T0203483

LA HIJA
del
RELOJERO

KATE MORTON

LA HIJA
del
RELOJERO

Traducción de
Máximo Sáez

SUMA

Título original: *The Clockmaker's Daughter*
Primera edición: diciembre de 2018

© 2018, Kate Morton
© 2018, de la presente edición en castellano para todo el mundo:
Penguin Random House Grupo Editorial, S. A. U.
Travessera de Gràcia, 47-49. 08021 Barcelona
© 2018, de la presente edición en castellano:
Penguin Random House Grupo Editorial USA, LLC.
8950 SW 74th Court, Suite 2010
Miami, FL 33156
© 2018, Máximo Sáez por la traducción

Diseño de cubierta: Penguin Random House Grupo Editorial / Yolanda Artola
Imagen de cubierta: © Loius Tresserras

ISBN: 978-1-949061-12-3

Impreso en Estados Unidos – *Printed in USA*

Penguin
Random House
Grupo Editorial

*A Didee, por ser el tipo de madre que nos llevó
a vivir a la cima de una montaña y por darme el
mejor consejo de escritura que nunca haya recibido.*

PRIMERA PARTE
EL BOLSO

I

Vinimos a Birchwood Manor porque Edward dijo que estaba encantada. No era cierto, no entonces, pero solo los aburridos dejan que la verdad estropee una buena historia y Edward nunca lo fue. Su pasión, esa fe cegadora en todo lo que creía, era uno de los rasgos por los que me enamoré de él. Tenía ese fervor del predicador, esa manera de expresar opiniones que las transformaba en monedas relucientes. Y el hábito de atraer a las personas, de inspirarles un entusiasmo del que ni siquiera habían sido conscientes, tras el cual todo se desvanecía, salvo él y sus convicciones.

A pesar de todo, Edward no era predicador.

Le recuerdo. Lo recuerdo todo.

El estudio con techo de cristal en el jardín londinense de su madre, el olor a pintura recién mezclada, el roce de las cerdas del pincel contra el lienzo mientras su mirada me recorría la piel. Aquel día yo tenía los nervios de punta. Estaba ansiosa por impresionar, por hacerle pensar que yo era algo que no era, y sus ojos se paseaban por mi cuerpo y el ruego de la señora Mack daba vueltas en mi cabeza: «Tu madre fue una señora de verdad, tu familia fue importante, que no se te olvide. Juega bien tus cartas y tal vez recibas tu recompensa».

Y así me senté bien erguida en la silla de madera de palisandro aquel primer día en esa habitación tan blanca detrás de una maraña de guisantes de olor.

Su hermana pequeña me trajo té y bizcocho cuando me entró hambre. Su madre, además, bajó por ese camino angosto para verle trabajar. Adoraba a su hijo. En él tenía depositadas las esperanzas de la familia. Distinguido miembro de la Real Academia, prometido de una dama de considerable riqueza, pronto sería padre de un montón de herederos de ojos castaños.

No eran para él las mujeres como yo.

Su madre se culpó a sí misma por lo que sucedió después, pero le habría resultado más fácil separar el día de la noche que a nosotros. Él me llamó su musa, su destino. Me dijo que lo había sabido al instante, en cuanto me vio bajo esa brumosa luz de gas del vestíbulo del teatro en Drury Lane.

Yo fui su musa, su destino. Y él fue el mío.

Ocurrió hace muchísimo tiempo; ocurrió ayer.

Ah, recuerdo el amor.

Este rincón, a media altura del tramo de escalera principal, es mi favorito.

Es una casa extraña, construida con el propósito de resultar confusa. Escaleras que giran en ángulos insólitos, hostiles a rodillas y codos y con pasos desiguales; ventanas que no están alineadas por mucho que uno las mire con la cabeza torcida; tablas del suelo y paneles en la pared con escondrijos ingeniosos.

En este rincón hay una calidez casi antinatural. Todos lo notamos la primera vez que vinimos y, durante esas primeras semanas del verano, nos turnamos para adivinar la causa.

Tardé un tiempo en averiguar el motivo, pero al final descubrí la verdad. Conozco este lugar tan bien como mi nombre.

No fue la casa, sino la luz lo que Edward utilizó para tentar a los otros. En un día despejado, desde las ventanas de la buhardilla se ve más allá del río Támesis, hasta las montañas de Gales. Jirones malvas y verdes, peñascos de caliza que se alzan hacia las nubes y un aire cálido que vuelve todo iridiscente.

Esta fue su propuesta: todo un mes de verano dedicado a pintar, escribir poesía y salir de pícnic, a cuentos y ciencia e inventos. A la luz que nos enviara el cielo. Lejos de Londres, lejos de miradas indiscretas. No fue de extrañar que los otros aceptaran sin pensárselo dos veces. Edward era capaz de poner a rezar al diablo, si así lo deseara.

Solo a mí me confesó su otro motivo para venir aquí. Pues, si bien el atractivo de la luz era innegable, Edward tenía un secreto.

Vinimos a pie desde la estación de tren.

Julio, y el día era perfecto. Una brisa jugueteaba con el dobladillo de mi falda. Alguien había traído bocadillos y nos los comimos sin dejar de caminar. Qué pinta tendríamos: los hombres con las corbatas aflojadas, las mujeres con el pelo suelto. Risas, bromas, diversión.

¡Qué gran comienzo! Recuerdo el sonido de un arroyo cercano y las llamadas de una paloma torcaz en lo alto. Un hombre que tiraba de un caballo, un carro con un muchacho sentado sobre fardos de paja, el olor a hierba recién cortada... Ah, ¡cuánto echo de menos ese olor! Unos rechonchos gansos de campo nos miraron con atención cuando llegamos al río y se pusieron a graznar valientes cuando nos fuimos.

Todo era luz, pero no duró mucho.

Ya lo sabías, claro, pues no habría una historia que contar si el bienestar hubiera durado. A nadie le interesan los veranos tranquilos y felices que acaban igual que empiezan. Edward me enseñó eso.

El aislamiento tuvo su parte de culpa; esta casa varada en un recodo del río como un enorme navío terrestre. El tiempo, también; los días de calor abrasador, uno tras otro, y la tormenta de verano de aquella noche, que nos obligó a quedarnos dentro.

Sopló el viento y los árboles gimieron y cayeron truenos por el río que apresaron la casa; dentro, la conversación giró sobre fantasmas y maldiciones. Había un fuego que chisporroteaba en la chimenea, las llamas de las velas temblaban y en la oscuridad, en esa atmósfera de miedos y confesiones deliciosas, algo malvado fue invocado.

No un fantasma, ah, no, eso no... Fue algo por completo humano.

Dos invitados inesperados.

Dos secretos guardados mucho tiempo.

Un disparo en la oscuridad.

Se fue la luz y todo se volvió negro.

El verano se echó a perder. Empezaron a caer las primeras hojas, que se descompusieron en los charcos bajo los setos cada vez más finos, y Edward, que adoraba esta casa, comenzó a acechar por los pasillos, atrapado.

Al final, no pudo soportarlo más. Guardó sus cosas para marcharse y yo no pude impedirlo.

Los otros le siguieron, igual que siempre.

¿Y yo? Yo no tenía opción; me quedé aquí.

CAPÍTULO UNO

Verano, 2017

E ra el momento favorito del día de Elodie Winslow. En el verano de Londres, en cierto momento al final de la tarde, el sol parecía vacilar en su camino por el cielo y la luz se derramaba sobre las pequeñas baldosas de vidrio de la acera y llegaba a su escritorio. Lo mejor de todo era que Margot y el señor Pendleton se habían ido ya a casa y Elodie podía disfrutar del momento a solas.

El sótano de Stratton, Cadwell & Co., situado en un edificio en el Strand, no era un lugar especialmente romántico, no como la sala del registro de la propiedad del New College, donde Elodie había trabajado un verano tras completar su máster. No era cálido tampoco e incluso durante una ola de calor como esta Elodie se tenía que poner una rebeca en el escritorio. Pero en ciertas ocasiones, cuando se alineaban las estrellas, la oficina, que olía a polvo, a años y a la humedad del Támesis, era casi encantadora.

En la pequeña cocina que había detrás de la pared de los archivadores, Elodie echó agua humeante en una taza y dio la vuelta al reloj de arena. A Margot le parecía una exageración ser tan precisa, pero Elodie prefería el té cuando había reposado tres minutos y medio, ni uno más ni uno menos.

Mientras esperaba y los granos de arena caían a través del cristal, Elodie volvió a pensar en el mensaje de Pippa. Lo había escuchado mientras sorteaba la calle para ir a comprar el bocadillo del almuerzo: la invitaba a la fiesta del lanzamiento de una línea de moda, lo que a Elodie le resultaba tan tentador como la sala de espera del médico. Por fortuna, ya tenía planes —visitar a su padre en Hampstead para que le diera las grabaciones que le había buscado— y no tuvo que inventarse una excusa.

Rechazar a Pippa no era sencillo. Era la mejor amiga de Elodie desde tercero de primaria en Pineoaks. A menudo Elodie le agradecía a la señora Perry que las hubiera sentado juntas: Elodie, la Chica Nueva, con ese uniforme que le resultaba extraño y esas trenzas torcidas que su padre había intentado arreglar; y Pippa, con esa amplia sonrisa, esos hoyuelos en las mejillas y esas manos que no se estaban quietas cuando hablaba.

Habían sido inseparables desde entonces. En primaria, en secundaria e incluso cuando Elodie fue a Oxford y Pippa a Central Saint Martins. Se veían menos ahora, pero era comprensible: el del arte es un mundo ajetreado, lleno de eventos sociales, y Pippa era la responsable de una incesante cadena de invitaciones en el teléfono de Elodie, pues iba de la inauguración de una galería o instalación a la siguiente.

El mundo de los archivos, por el contrario, era, sin duda, poco ajetreado. Es decir, no a la manera deslumbrante del mundo de Pippa. Elodie trabajaba muchas horas y a menudo trataba con otros seres humanos; simplemente, no eran de los que respiran. Los señores Stratton y Cadwell, los fundadores de la empresa, habían recorrido el globo en aquella época en que este comenzaba a encoger y la invención del teléfono no había mermado la importancia de la comunicación escrita. Así, Elodie pasaba los días entre los artefactos polvorientos y ajados de los muertos para adentrarse en aquella crónica de una velada en el Orient Express o aquel encuentro entre aventureros victorianos en busca del Paso del Noroeste.

Esos eventos sociales de otra época llenaban de felicidad a Elodie. Era cierto que no tenía muchos amigos, no de los que respiran, pero no le molestaba. Era agotador tener que sonreír, comentar y conjeturar acerca del tiempo y siempre que se iba de una velada, por muy íntima que fuese, se sentía exhausta, como si hubiera olvidado algunas partes vitales de sí misma que ya jamás recuperaría.

Elodie retiró la bolsita de té, exprimió las últimas gotas en el fregadero y añadió más leche.

Llevó la taza de vuelta al escritorio, donde los prismas del sol de la tarde comenzaban su avance diario, y, mientras el vapor dibujaba ondas voluptuosas y sus manos se calentaban, Elodie contempló las tareas pendientes del día. Se había quedado a medias en la compilación de un índice de la crónica del joven James Stratton acerca de su viaje a la costa occidental de África en 1893; tenía que escribir un artículo para el próximo número de *Stratton, Cadwell & Co. Monthly;* y el señor Pendleton le había dejado el catálogo de la próxima exposición para que lo corrigiera antes de enviarlo a la imprenta.

Sin embargo, Elodie había pasado todo el día decidiendo qué palabras escoger y en qué orden y su cerebro ya no daba abasto. Su mirada se posó en una caja de cartón encerado que había en el suelo, junto a su escritorio. Llevaba ahí desde el lunes por la tarde, cuando una avería en las cañerías de la oficina de arriba les había obligado a evacuar de inmediato el viejo guardarropa, una ocurrencia arquitectónica de última hora de techo bajo en la que Elodie, si no le fallaba la memoria, no había entrado en los diez años que llevaba trabajando en ese edificio. La caja había aparecido bajo un montón de cortinas de brocado polvorientas al fondo de una vieja cómoda, con una etiqueta escrita a mano que decía: «Contenidos del cajón del escritorio de la buhardilla, 1966, sin clasificar».

Encontrar materiales de archivo en un guardarropa en desuso, más aún cuando al parecer habían pasado décadas desde el envío, era inquietante y el señor Pendleton, como cabía esperar, había reaccionado de manera explosiva. Le daba mucha importancia al protocolo y, por fortuna, coincidieron Elodie y Margot más tarde, el responsable de recibir ese paquete en 1966 habría dejado este empleo hacía mucho tiempo.

No podía haber llegado en peor momento: desde que les habían enviado a un consejero de administración para «apretar el cinturón», el señor Pendleton estaba de los nervios. La invasión de su terreno ya era bastante grave, pero que cuestionaran su eficiencia era un insulto intolerable. «Es como si alguien te pidiera prestado el reloj para decirte la hora», había comentado con los labios fruncidos tras la reunión con el consejero la mañana anterior.

La aparición sin previo aviso de la caja había estado a punto de provocarle una apoplejía, así que Elodie —a quien la discordia le desagradaba tanto como el desorden— se había ofrecido con la firme promesa de arreglarlo todo, tras lo cual no tardó en llevársela y guardarla fuera de la vista.

En los días transcurridos desde entonces, había tenido cuidado para mantenerla oculta y no provocar otra erupción, pero ahora, a solas en la oficina en silencio, se arrodilló en la alfombra y sacó la caja de su escondite...

Unos rayos de luz repentina la sorprendieron y el bolso, apretado contra el fondo de la caja, soltó un suspiro de alivio. Había sido un viaje largo y era comprensible que estuviera fatigado. Los bordes se le estaban desgastando, las hebillas se habían deslustrado y un desafortunado olor a moho se había apoderado del interior. En cuanto al polvo, se había formado una pátina permanente y opaca en esa superficie tan elegante antaño y ahora era uno de esos bolsos que la gente agarraba con reparos, la cabeza ladeada, mientras sopesaba sus posibilidades. Era demasiado viejo para resultar útil, pero su inconfundible aspecto histórico le impedía acabar en la basura.

A este bolso le habían tenido cariño en otro tiempo, lo habían admirado por ser tan elegante y, sobre todo, por ser tan práctico. Había sido indispensable para una persona en concreto en un periodo concreto, cuando esos atributos se valoraban de un modo especial. Desde entonces, lo habían ocultado e ignorado, recuperado y descartado, perdido, encontrado y olvidado.

Ahora, sin embargo, uno a uno, los artículos que durante décadas habían permanecido en su interior salían a la luz, al igual que el bolso, resurgiendo al fin en esta habitación de tenue luz eléctrica y tuberías ruidosas.

De una difusa luz amarillenta y olor a papel y suaves guantes blancos.

Al otro lado de los guantes había una mujer. Joven, con brazos de cervatillo, cuello delicado y rostro enmarcado por un cabello corto y negro. Sostuvo el bolso a distancia, pero no con asco.

Lo tocaba con delicadeza. Se le había fruncido la boca en un gesto de interés y los ojos grisáceos se le entrecerraron levemente antes de abrirse al observar las junturas cosidas a mano, el elegante algodón indio y los pespuntes precisos.

Recorrió con el pulgar las iniciales de la solapa frontal, desgastadas y tristes, y el bolso sintió un escalofrío de placer. Por algún motivo, la atención de esta joven sugería que ese viaje que había resultado tan largo se acercaba a su final.

Ábreme, le rogó el bolso. *Mira en mi interior.*

En otra época había sido nuevo y deslumbrante. Confeccionado por encargo del señor Simms en persona en la fábrica de W. Simms & Son, en Bond Street, a la que acudía en ocasiones la familia real. Las iniciales doradas habían sido estampadas a mano y selladas a fuego con todo lujo; cada remache y cada hebilla plateada se habían seleccionado, inspeccionado y abrillantado; el cuero, de la mejor calidad, se había cortado y cosido con esmero, lubricado y pulido con orgullo. Especias del Lejano Oriente —clavo, sándalo y azufre—, llegadas de la perfumería de al lado, habían infundido al bolso la sugerencia de lugares lejanos.

Ábreme...

La mujer de los guantes blancos abrió la hebilla plateada y sin brillo y el bolso contuvo la respiración.

Ábreme, ábreme, ábreme...

Echó hacia atrás la solapa de cuero y, por primera vez en más de cien años, la luz llegó a los rincones ocultos del bolso.

Una oleada de recuerdos —fragmentados, confusos— llegó al asalto: una campanilla sonando sobre la puerta de W. Simms & Son; el roce de la falda de una joven; el ruido de los cascos de un caballo; el olor a pintura fresca y aguarrás; el calor, el deseo, los susurros. La luz de gas de las estaciones de ferrocarril; un río largo y serpenteante; el aroma a trigo del verano...

Las manos enguantadas se retiraron y con ellas se fueron los objetos del bolso.

Las viejas sensaciones, voces, huellas se desvanecieron y todo, por fin, volvió a la oscuridad y el silencio.

Había llegado a su fin.

Elodie depositó el contenido en el regazo y apartó el bolso a un lado. Era un bello objeto que no encajaba con los otros artículos que había sacado de la caja. Se había encontrado con una colección de material de oficina más bien anodina —una perforadora de papel, un tintero, un encarte de madera para organizar bolígrafos y sujetapapeles— y una funda de gafas de cuero de cocodrilo con la etiqueta del fabricante: «Propiedad de L. S-W.». Este hallazgo hizo pensar a Elodie que el escritorio, y todo lo que había dentro, había pertenecido a Lesley Stratton-Wood, una bisnieta del original James Stratton. La época concordaba: Lesley Stratton-Wood había fallecido en los años sesenta, lo cual explicaría el envío de la caja a Stratton, Cadwell & Co.

El bolso, sin embargo —a menos que fuera una imitación de primera calidad—, era demasiado viejo para haber pertenecido a la señora Stratton-Wood; los artículos que contenía parecían anteriores al siglo xx. Un vistazo preliminar reveló un diario negro con monograma —E. J. R.— de borde marmolado, una caja para plumas de metal de la época victoriana y un portadocumentos de cuero verde. Era imposible saber a primera vista a quién había pertenecido el bolso, pero bajo la solapa frontal del portadocumentos había una etiqueta que decía: «James W. Stratton, Londres, 1861».

El portadocumentos apenas abultaba y al principio Elodie pensó que estaría vacío, pero cuando abrió el broche, apareció un solo objeto. Era un delicado marco de plata, tan pequeño que le cabía en la mano, y contenía la fotografía de una mujer. Era joven y tenía el pelo largo, claro pero no rubio, la mitad recogido sobre la cabeza en un moño medio suelto; tenía una mirada directa, la barbilla levemente alzada y los pómulos altos. Los labios reflejaban una actitud de atención inteligente, tal vez incluso desafiante.

Elodie sintió el familiar despertar de la curiosidad mientras observaba los tonos sepia, la promesa de una vida que esperaba ser redescubierta. El vestido de la mujer era más suelto de lo que cabría esperar en aquella época. La tela blanca hacía pliegues sobre los hombros y el escote formaba una V. Las mangas eran translúcidas y ahuecadas y las había estirado hasta el codo en un brazo. Tenía muñecas esbeltas y la mano en la cadera acentuaba la curva de la cintura.

El estilo era tan inusual como el tema, pues la mujer no posaba en un sofá ni contra un fondo pintoresco, como era de esperar en un retrato victoriano. Estaba al aire libre, rodeada por una vegetación densa, un ambiente que evocaba movimiento y vida. La luz era difusa, de un efecto embriagador.

Elodie apartó la fotografía y cogió el diario con monograma. Al abrirse este reveló unas páginas gruesas de color crema de caro papel de algodón; había líneas de una bella caligrafía, pero solo servían para complementar los numerosos dibujos a lápiz y tinta de figuras, paisajes y otros temas de interés. Así pues, no era un diario: era un cuaderno de bocetos.

Un trozo de papel, arrancado de cualquier otro lugar, se cayó de entre dos páginas. Una sola línea lo recorría: *La amo, la amo, la amo y, si no puedo tenerla, voy a enloquecer, pues, cuando no estoy con ella, temo...*

Las palabras saltaron del papel como si las hubieran dicho en voz alta, pero cuando Elodie dio la vuelta a la página, los temores del escritor no fueron revelados.

Pasó las puntas de los dedos enguantados sobre los márgenes del texto. Alzado bajo la última luz solar del día, el papel reveló sus fibras individuales, junto a los diminutos agujeritos que había dejado la afilada punta de la estilográfica a lo largo de la hoja.

Elodie dejó con delicadeza ese trozo de papel arrancado dentro del cuaderno.

Aunque ya era una antigüedad, la urgencia del mensaje era perturbadora: hablaba, lleno de vida y de presente, de asuntos sin resolver.

Elodie continuó hojeando con cuidado las páginas, cada una llena de estudios artísticos a medio hacer junto a algún que otro bosquejo de un rostro en los márgenes.

Y entonces se detuvo.

Este boceto estaba más trabajado que los otros, más acabado. Era una escena en un río, con un árbol en primer plano y un bosque distante que se veía al otro lado de un prado. A la derecha, detrás de un bosquecillo, se veía el tejado doble de una casa, con ocho chimeneas y una elaborada veleta con el sol, la luna y otros cuerpos celestiales.

Era un dibujo muy logrado, pero Elodie no se quedó mirándolo por ese motivo. Sintió un *déjà vu* tan intenso que le causó una punzada en el pecho.

Conocía este lugar. El recuerdo era tan vívido como si hubiera estado ahí y, sin embargo, Elodie sabía que era un sitio que solo había visitado en su imaginación.

Las palabras vinieron a ella con la claridad de un canto de pájaro al amanecer: *Por las curvas del camino y al otro lado del prado, al río fueron con sus secretos y su espada.*

Y lo recordó. Era un cuento que solía contarle su madre. Un relato para la hora de dormir, romántico y enrevesado, lleno de héroes, villanos y la reina de las hadas, ambientado en una casa en medio de un bosque oscuro a la que rodeaba un río largo y serpenteante.

Pero no había habido un libro con ilustraciones. Era un cuento narrado a viva voz, las dos juntas en su pequeña cama de niña, en esa habitación de techo inclinado...

En la oficina del señor Pendleton sonó el reloj de pared, grave y premonitorio, y Elodie miró la hora. Llegaba tarde. El tiempo había perdido una vez más su forma y se desvanecía en el polvo en torno a ella. Con un vistazo final a esa escena extrañamente familiar, devolvió el cuaderno de bocetos, junto a los otros objetos, al interior de la caja, cerró la tapa y la metió de nuevo bajo el escritorio.

Elodie había recogido sus cosas y estaba a punto de completar el ritual de costumbre antes de cerrar la puerta del departamento y salir, cuando sintió un deseo irresistible. Incapaz de contenerse, se acercó a toda prisa a la caja, sacó el cuaderno y lo guardó dentro del bolso.

CAPÍTULO DOS

Elodie se subió al 24, el autobús que iba de Charing Cross a Hampstead. Habría ido más rápido en metro, pero no lo usaba. Había demasiada gente, demasiado poco aire y a Elodie no le sentaban bien los espacios reducidos. Era una aversión que había sentido desde niña y ya estaba acostumbrada, pero en este caso lo lamentaba; le encantaba el metro como idea abstracta, su ejemplo de iniciativa decimonónica, sus azulejos y su tipografía de otra época, su historia y su polvo.

El tráfico avanzaba a una velocidad exasperante, sobre todo cerca de Tottenham Court Road, donde una excavación se había topado con una hilera de casas victorianas de ladrillo. Era una de las vistas favoritas de Elodie, ya que le ofrecía una imagen del pasado tan real que podía tocarse. Como siempre, imaginó las vidas de quienes habían habitado esas casas tanto tiempo atrás, cuando al sur de St. Giles se encontraba el Rookery, un barrio bajo abarrotado y sórdido de callejuelas retorcidas y cloacas inmundas, de licorerías y casas de apuestas,

LA HIJA DEL RELOJERO

de prostitutas y huérfanos, por donde Charles Dickens se paseaba a diario y los alquimistas ejercían su oficio entre los sumideros de las calles de Seven Dials.

El joven James Stratton, que compartía ese interés tan común entre los victorianos por lo esotérico, había dejado un número de entradas en su diario que daban constancia de sus visitas a cierta espiritualista y vidente en Covent Garden con quien había mantenido un largo coqueteo. Para ser banquero, James Stratton había sido un escritor de talento y sus diarios ofrecían una visión vívida, compasiva y, en ocasiones, muy divertida de la vida en el Londres victoriano. Había sido un hombre amable, un hombre bueno, comprometido en mejorar la vida de los pobres y desposeídos. Creía, según escribió a sus amigos cuando intentó que se sumaran a sus causas filantrópicas, que «la vida y las perspectivas de un ser humano sin duda mejorarían al tener un lugar decente donde pasar una noche de reposo».

En su vida profesional había recibido el respeto, incluso el cariño, de sus colegas: era un invitado solicitado en todas las fiestas, muy viajado y rico, que disfrutó de todas las facetas del éxito que importaban a un victoriano; y, sin embargo, en su vida personal fue una figura más bien solitaria. Se había casado tarde en la vida, tras un número de aventuras improbables y breves. Hubo una actriz que se había escapado con un inventor italiano, una modelo de artista que quedó embarazada de otro hombre y, en su madurez, contrajo un afecto profundo y duradero por una de sus sirvientas, una chica silenciosa llamada Molly, a quien dedicó muchos gestos amables sin declararle nunca sus verdaderos sentimientos. Elodie tenía la impresión de que se había propuesto escoger mujeres que no querrían —o no podrían— hacerle feliz.

—¿Por qué iba a hacer algo así? —le preguntó Pippa con el ceño fruncido cuando Elodie le mencionó esa idea mientras tomaban tapas y sangría.

Elodie no estaba segura, salvo que, aunque en su correspondencia no hubiera nada explícito, una declaración de amor no correspondido o de infelicidad arraigada, presentía una melancolía que acechaba detrás de la superficie agradable de sus cartas personales, que buscaba sin cesar una satisfacción verdadera que siempre quedaba fuera de su alcance.

Elodie estaba acostumbrada a ese gesto escéptico que ponía Pippa cada vez que decía algo así. No era capaz de describir la intimidad que se alcanzaba al trabajar un día tras otro entre los artefactos de la vida de otra persona. Elodie no comprendía esa necesidad moderna de compartir hasta los sentimientos más privados de un modo público y permanente; protegía su privacidad con cuidado y suscribía esa idea francesa de *le droit à l'oubli*: el derecho a ser olvidado. Y, sin embargo, su trabajo —más aún: su pasión— consistía en preservar, incluso reanimar, la existencia de personas que no podían opinar al respecto. Había leído los pensamientos más privados de James Stratton en esas entradas de diario escritas sin pensar en la posteridad, y él ni siquiera conocía su nombre.

—Estás enamorada de él, claro —comentaba Pippa cada vez que Elodie intentaba explicarse.

Pero no era amor; Elodie, sencillamente, admiraba a James Stratton y deseaba proteger su legado. A Stratton se le había concedido una vida más allá de los años que le tocaron vivir y Elodie trabajaba para asegurarse de que era respetada.

Mientras la palabra «respeto» tomaba forma en su mente, Elodie pensó en el cuaderno de bocetos que llevaba en el bolso y se ruborizó.

¿Cómo diablos se le había metido semejante idea en la cabeza?

Al pánico se le unió una sensación de curiosidad terrible, maravillosa y culpable. Durante la década que había trabajado en la sala de archivos de Stratton, Cadwell & Co., jamás había quebrantado de un modo tan rotundo las órdenes del señor Pendleton. Sus reglas eran absolutas: llevarse un objeto de la cámara —peor aún: guardarlo sin más en un bolso y someterlo al sacrilegio de viajar en un autobús londinense del siglo XXI— era mucho peor que una falta de respeto. Era imperdonable.

Pero mientras el 24 bordeaba la estación Mornington Crescent y comenzaba a subir Camden High Street, Elodie, tras echar un rápido vistazo para comprobar que nadie la miraba, sacó el cuaderno del bolso y lo abrió a toda prisa para ver el dibujo de la casa junto al río.

Una vez más sintió esa sensación de familiaridad. Conocía este lugar. En el cuento de su madre, la casa había sido un umbral a otro mundo; para Elodie, sin embargo, acurrucada entre los brazos de ella, respirando la exótica fragancia a narciso que llevaba, el umbral era el cuento, un hechizo que la transportaba desde el aquí y ahora al mundo de la fantasía. Tras la muerte de su madre, el mundo del cuento se había convertido en su lugar secreto. Tanto a la hora de comer en el nuevo colegio como en casa, en esas largas tardes silenciosas, o de noche, cuando la oscuridad amenazaba con resultar asfixiante, lo único que tenía que hacer era esconderse, cerrar los ojos y así podía cruzar el río, penetrar en el bosque y entrar en la casa encantada...

El autobús llegó a South End Green y Elodie se detuvo un momento para comprar algo en un puesto junto a la estación Overground antes de subir a toda prisa por Willow Road hacia los jardines Gainsborough. Todavía corría un aire cálido y muy cargado y, cuando llegó ante la puerta de la casita de su padre —que en un principio era del jardinero—, Elodie se sintió como si hubiera corrido un maratón.

—Hola, papá —dijo y le dio un beso—. Te he traído algo.

—Ah, cariño —dijo él, y miró con recelo la planta en la maceta—. ¿Es que no recuerdas cómo acabó la última vez?

—Tengo confianza en ti. Además, la señora que me la vendió me dijo que esta solo necesita que la riegues un par de veces al año.

—Santo cielo, ¿de verdad? ¿Un par de veces al año?

—Eso me dijo.

—Todo un milagro.

A pesar del calor, había preparado pato a la naranja, su especialidad, y cenaron juntos en la mesa de la cocina, como siempre. La suya nunca había sido una de esas familias que cenan juntas en el comedor, salvo en ocasiones especiales, como la Navidad o un cumpleaños o aquella vez que la madre de Elodie había invitado a ese violinista estadounidense y su esposa por el Día de Acción de Gracias.

Mientras comían, hablaron del trabajo: la próxima exposición que iba a comisariar Elodie y el coro de su padre o las clases de música que había comenzado a dar hacía poco en una escuela de primaria del barrio. El rostro de él se iluminó al describir a la pequeña cuyo violín era casi tan largo como el brazo y al muchacho de ojos brillantes que había venido a practicar por voluntad propia y le había rogado que le diera clases de violonchelo.

—A sus padres no les interesa la música, ya ves.

—A ver si adivino: ¿a que habéis encontrado un arreglo entre los dos?

—No fui capaz de negarme.

Elodie sonrió. Su padre era un trozo de pan cuando se trataba de la música y ni se le habría pasado por la cabeza negarle a un niño la oportunidad de darle a conocer su gran amor. Creía que la música tenía el poder de cambiar la vida de la gente —«incluso su forma de pensar, Elodie»— y nada lo entusiasmaba tanto como hablar de la plasticidad neuronal y las resonancias electromagnéticas que mostraban la conexión entre la música y la empatía. A Elodie se le encogía el corazón al ir con él a un concierto: el embelesamiento total de su rostro junto a ella en el teatro. Había sido músico profesional. «Solo el segundo violín», comentaba siempre que surgía el tema y su voz adquiría un tono reverente cuando añadía, siempre predecible: «Nada que ver con ella».

Ella. La mirada de Elodie se desvió hacia el comedor al otro lado del vestíbulo. Desde donde estaba sentada solo se veían los bordes de unos cuantos marcos, pero Elodie no necesitaba alzar la vista para saber con precisión dónde colgaba cada retrato. Sus posiciones nunca variaban. Era la pared de su madre. Es decir, era la pared de Lauren Adler: asombrosas fotografías en blanco y negro de una radiante joven de pelo largo y liso con un chelo entre los brazos.

Elodie había realizado un estudio de las fotografías cuando era niña y así quedaron impresas de forma indeleble en su mente. Su madre, en diversos momentos de la actuación, la concentración visible en todos sus rasgos: esos pómulos altos, la mirada fija, la inteligente articulación de los dedos sobre las cuerdas que resplandecían bajo las luces.

—¿Te apetece un poco de pudín?

Su padre había sacado un tembloroso mejunje rosado de la nevera y Elodie notó de repente lo viejo que estaba en comparación con las imágenes de su madre, cuya juventud y belleza permanecían fijas en el ámbar de su memoria.

Como hacía un día precioso, se llevaron las copas de vino y los postres a la terraza del ático, que tenía vistas al bosque. Un trío de hermanos se arrojaba un disco volador. El más pequeño corría de acá para allá sobre la hierba entre los otros dos, mientras un par de adultos estaban sentados cerca, las cabezas inclinadas, en plena conversación.

El crepúsculo veraniego lanzaba un resplandor soporífero y Elodie no quería estropear el ambiente. A pesar de todo, tras compartir unos minutos de agradable silencio, una de las especialidades tanto de su padre como de ella, se aventuró a preguntar:

—¿Sabes en qué he estado pensando hoy?

—¿En qué? —Su padre tenía una mancha de crema en la barbilla.

—En ese cuento de cuando era pequeña... El del río y esa casa que tenía una veleta con la luna y las estrellas. ¿Lo recuerdas?

Se rio, un poco sorprendido.

—¡Caramba! Eso me ha hecho viajar en el tiempo. Sí, claro, te encantaba ese cuento. Ha pasado muchísimo tiempo desde la última vez que pensé en ello. Siempre me pregunté si daría miedo a una niña, pero tu madre creía que los niños son mucho más valientes de lo que la gente piensa. Decía que la infancia era una época aterradora y que escuchar cuentos de miedo era una forma de sentirse menos solos. Y tú parecías estar de acuerdo: cada vez que ella se iba de gira, no te hacían mucha gracia los libros que yo te leía. Me sentía muy rechazado. Escondías mis libros debajo de la cama para que no los encontrara y me exigías que te contara el cuento del claro en el bosque tenebroso y la casa mágica en el río. —Elodie sonrió—. No te gustaban mis tentativas. Solo se oían pisotones en el suelo y palabras como «¡No!» o «¡Así no!».

—Ay, vaya.

—No era culpa tuya. A tu madre se le daba de maravilla contar cuentos.

Su padre cayó en un silencio melancólico, pero Elodie, que por lo general trataba de no despertar el viejo dolor de su padre, insistió cautelosa.

—Me estaba preguntando, papá... ¿Es posible que ese cuento venga de un libro?

—Ojalá. Me habría ahorrado un montón de tiempo intentando consolar a mi niña inconsolable. No, fue una invención, un relato familiar. Recuerdo que tu madre me dijo que se lo habían contado a ella de niña.

—Eso pensaba yo, pero ¿y si se equivocaba? Tal vez quien le contó el cuento lo había leído en un libro. Uno de esos libros ilustrados para niños de la época victoriana.

—Es posible, supongo. —Frunció el ceño—. Pero ¿por qué lo preguntas? ¿A qué viene este interés repentino?

—Hoy he encontrado algo.

—¿Algo de tu madre?

—No, qué va. —Con un súbito sobresalto de nervios, Elodie sacó el cuaderno de bocetos de su bolso y se lo entregó a su padre, abierto en el dibujo de la casa—. Lo encontré hoy en el trabajo, en una caja.

—Es precioso... Y salta a la vista que es un gran artista... Magnífica técnica... —Lo contempló un poco más antes de mirar a Elodie con gesto incierto.

—Papá, ¿es que no lo ves? Es la casa del cuento. Una ilustración de esa misma casa.

Volvió a fijarse en el boceto.

—Bueno, es una casa. Y veo que hay un río.

—Y un bosque y una veleta con el sol y la luna.

—Sí, pero... Cariño, me atrevería a decir que hay muchas casas que encajan en esa descripción.

—¿Tan al dedillo? Venga, papá. Es la misma casa. Los detalles son idénticos. Más aún, el artista ha captado la misma sensación que despertaba la casa del cuento. ¿Es que no lo ves?

Ese instinto posesivo de repente la dominó de nuevo y Elodie le quitó el libro a su padre. No podía explicarlo mejor de lo que ya lo había explicado: no sabía cómo ni qué significaba o por qué ese boceto había aparecido entre los archivos de su trabajo, pero sabía que era la casa del cuento de su madre.

—Lo siento, cariño.

—No tienes que disculparte. —Al hablar, Elodie sintió el ardor de las lágrimas inminentes. ¡Qué ridículo!

Llorar como una niña por la procedencia de un cuento. Trató de encontrar otro tema, algo (lo que fuera) que desviara la conversación—. ¿Sabes algo de Tip?

—Todavía no. Pero ya sabes cómo es. No cree en el teléfono.

—Voy a ir a verle este fin de semana.

Una vez más se hizo el silencio entre ambos, pero esta vez no era ni agradable ni compartido. Elodie observó la luz cálida que jugaba entre las hojas de los árboles. No sabía por qué se sentía tan alterada. Incluso si fuera la misma casa, ¿qué importancia tenía? O el artista había hecho los bocetos para un libro que su madre había leído o era una casa real que alguien había visto y había incluido en el relato. Sabía que debería dejar el tema, pensar en algo amable que decir…

—Han pronosticado buen tiempo —dijo su padre en el mismo momento en que Elodie exclamaba:

—La casa tiene ocho chimeneas, papá. ¡Ocho!

—Ah, qué bonito.

—Es la casa del cuento. Mira los tejados…

—Mi niña preciosa.

—¡Papá!

—Todo encaja.

—¿El qué?

—Es la boda.

—¿Qué boda?

—La tuya, claro. —Su sonrisa rebosaba amabilidad—. Los grandes eventos de la vida reavivan las cargas del pasado. Y echas de menos a tu madre. Debería haberlo visto venir: ahora la echas más de menos que nunca.

—No, papá, yo…

—De hecho, hay algo que quiero darte desde hace tiempo. Espera un momento.

Mientras su padre desaparecía al bajar el tramo de escaleras de hierro que llevaban a la casa, Elodie suspiró. Con ese delantal que llevaba a la cintura y ese pato a la naranja demasiado dulce, su padre no era el tipo de persona con quien uno podría estar enfadado mucho tiempo.

Notó un mirlo que la observaba desde una de las chimeneas de terracota. El mirlo clavó los ojos en ella hasta que respondió a una orden que Elodie no oyó y salió volando. El más pequeño de los niños que jugaba en la hierba comenzó a llorar y Elodie pensó en las palabras de su padre sobre el mal genio que se gastaba ella cuando él hacía lo que podía para contarle un cuento: cuántos años se habían ido acumulando, solos ella y él.

No debió de ser nada fácil.

—Lo he estado guardando para ti —dijo su padre al reaparecer en lo alto de las escaleras. Elodie había supuesto que le iba a buscar las cintas que le había pedido, pero la caja que sostenía era demasiado pequeña, apenas más grande que una de zapatos—. Sabía que un día... Que llegaría el momento adecuado... —Sus ojos comenzaban a resplandecer y sacudió la cabeza, tras lo cual le entregó la caja—. Toma, ya verás.

Elodie levantó la tapa.

Dentro había una tira de organdí de seda, de color marfil claro, cuyo borde festoneado lo adornaba una fina cinta de terciopelo. Supo qué era al instante. Había estudiado muchísimas veces la fotografía que había en un marco dorado en la planta de abajo.

—Qué guapísima estaba ese día —dijo su padre—. Jamás se me olvidará el momento en que apareció en el umbral de la iglesia. Casi me había convencido a mí mismo de que no se presentaría. Mi hermano me tomó el pelo sin piedad los días anteriores. Le pareció muy divertido y me temo que se lo puse fácil. No me podía creer que me hubiera dicho que sí. Estaba seguro de que habría habido algún malentendido..., que era demasiado bueno para ser verdad.

Elodie estiró el brazo para tomarle la mano. Habían pasado veinticinco años desde la muerte de su madre, pero para su padre era como si hubiera sucedido ayer. Elodie solo tenía seis años, pero todavía recordaba cómo él solía mirar a su madre, cómo entrelazaban los dedos de la mano cuando paseaban juntos. Recordaba también la llamada a la puerta, las voces bajas de los agentes de policía, el grito espantoso de su padre.

—Se está haciendo tarde —dijo con una breve palmadita en la muñeca de su hija—. Deberías volver a casa, cariño. Vamos abajo... También he encontrado las cintas que querías.

Elodie volvió a poner la tapa de la caja en su sitio. Lo iba a dejar en la pesada compañía de sus recuerdos, pero tenía razón: el viaje de vuelta a casa era largo. Además, Elodie había descubierto hacía muchos años que no era capaz de aliviar su dolor.

—Gracias por guardarme el velo —dijo, y le dio un beso en la mejilla al levantarse.

—Tu madre estaría orgullosa de ti.

Elodie sonrió, pero al seguir a su padre por las escaleras, se preguntó si sería cierto.

Su casa era un apartamento pequeño y pulcro situado en lo alto de un edificio victoriano en Barnes. La escalera común olía a fritura, cortesía del puesto de pescado frito de abajo, pero al rellano de Elodie solo llegaba un leve rastro. El apartamento en sí era poco más que una sala, una cocina con barra americana y un dormitorio de distribución extraña con un baño adjunto; a pesar de todo, las vistas siempre alegraban el corazón de Elodie.

Una de las ventanas de su dormitorio daba a la parte trasera de otra hilera de casas victorianas: viejos ladrillos, ventanas blancas de guillotina y tejados truncados con chimeneas de terracota. Entre los desagües podía ver el Támesis. Mejor aún: si se sentaba erguida sobre el alféizar, podía ver río arriba hasta el recodo donde cruzaba el puente del ferrocarril.

La ventana de la otra pared daba a la calle y a una casa idéntica enfrente. La pareja que vivía ahí todavía estaba comiendo cuando Elodie llegó a casa. Eran suecos, según había descubierto, lo que parecía explicar no solo su altura y belleza, sino también la exótica costumbre nórdica de cenar pasadas las diez. Había una lámpara sobre la mesa de la cocina, que parecía hecha de crepé e iluminaba la superficie de abajo con una luz rosada y resplandeciente. Bajo esa luz, la piel de la pareja brillaba.

Elodie corrió las cortinas del dormitorio, encendió la luz y sacó el velo de la caja. No sabía gran cosa de moda, a diferencia de Pippa, pero entendía que se trataba de un artículo especial. Era una valiosa reliquia por su antigüedad y por la fama de Lauren Adler, pero para Elodie resultaba importante porque había pertenecido a su madre y era sorprendente las pocas cosas que quedaban de ella. Y menos aún de carácter íntimo.

Tras un momento de vacilación, levantó el velo y lo sostuvo indecisa sobre la cabeza. Colocó el pasador en su sitio y el organdí se desplegó sobre sus hombros. Dejó caer las manos a los costados.

Elodie se había sentido halagada cuando Alastair le pidió que se casara con él. Se había declarado en el primer aniversario del día que se conocieron —les había presentado un tipo con quien Elodie había ido al colegio y que ahora trabajaba en el bufete de Alastair—. Alastair la había invitado al teatro y a cenar en un elegante restaurante del Soho. Mientras el encargado del guardarropa se ocupaba de sus abrigos, Alastair le susurró al oído que la mayoría de la gente tenía que esperar semanas para conseguir una reserva. Cuando el camarero fue a buscar el postre, Alastair le había entregado el anillo en una cajita de color azul verdoso. Había sido como la escena de una película y Elodie se había visto a sí misma y a Alastair como desde fuera: él, con su cara apuesta y expectante, la dentadura perfecta y blanca, y ella con ese vestido nuevo que Pippa le había confeccionado para el discurso de la gala por los ciento cincuenta años del Grupo Stratton.

Una anciana sentada en la mesa de al lado había dicho a su compañero: «¿No es maravilloso? ¡Mira! Se está ruborizando porque está muy enamorada». Y Elodie había pensado: *Me estoy ruborizando porque estoy muy enamorada* y, cuando Alastair alzó las cejas, Elodie se había visto a sí misma sonreír y decirle que sí.

En el río a oscuras un barco tocó la sirena y Elodie se quitó el velo de la cabeza.

Así era como ocurría, supuso. Así era como la gente se comprometía. Habría una boda —dentro de seis semanas, según la invitación, cuando, según la madre de Alastair, los jardines de Gloucestershire «estarían en su plenitud a finales del verano»— y Elodie se convertiría en una de esas personas casadas que quedan los fines de semana para hablar de casas, hipotecas y colegios. Porque habría niños, era de suponer, y ella sería la madre. Y no se parecería a su madre, llena de talento y vida, seductora y lejana, pero sus hijos acudirían a ella en busca de consejo y consuelo y ella sabría qué hacer y decir porque la gente siempre parecía saber esas cosas, ¿verdad?

Elodie dejó la caja de zapatos en la silla de terciopelo marrón en un rincón de su dormitorio.

Tras un momento de incertidumbre, la guardó debajo de la silla.

La maleta que había traído de la casa de su padre aún estaba junto a la puerta, donde la había dejado.

Elodie se había imaginado que comenzaría con las grabaciones esta noche, pero sintió un cansancio repentino e intenso.

Se duchó y, con sentimiento de culpa, apagó la luz y se metió en la cama. Comenzaría con las cintas mañana; no le quedaba más remedio. La madre de Alastair, Penelope, ya la había llamado tres veces desde el desayuno. Elodie había dejado que las llamadas fueran al buzón de voz, pero en cualquier momento Alastair iba a anunciar que «mamá» iba a cocinar este domingo y Elodie se encontraría en el asiento de pasajeros del Rover, con rumbo a esa casa enorme de Surrey donde la inquisición aguardaría su llegada.

Escoger la grabación era una de las tres tareas que le correspondían. La segunda era visitar el local donde se celebraría la recepción, que pertenecía a la mejor amiga de Penelope, «solo para presentarte, claro; yo me encargo del resto». La tercera era quedar con Pippa, que se había ofrecido a diseñar su vestido. Hasta el momento, Elodie no había terminado ninguna.

Mañana, se prometió a sí misma, apartando los pensamientos de la boda. Mañana.

Cerró los ojos y llegaron hasta ella los débiles sonidos de los últimos clientes que compraban pescado y patatas fritas y, sin previo aviso, sus pensamientos volvieron a la otra caja, la que había dejado bajo su escritorio en el trabajo. Esa fotografía enmarcada de la joven de mirada directa. El boceto de la casa.

Una vez más esa sensación extraña, como el atisbo de un recuerdo que no lograba definir, la inquietó. Vio el boceto en su mente y oyó una voz que era la de su madre y al mismo tiempo no lo era: *Por las curvas del camino y al otro lado del prado, al río fueron con sus secretos y su espada...*

Y cuando por fin se quedó dormida, en ese preciso instante en que la conciencia se diluye, ese dibujo a pluma dejó paso a unos árboles iluminados por el sol y al Támesis plateado, y un viento cálido acarició sus mejillas en un lugar desconocido que, por algún motivo, sabía que era su casa.

II

La vida ha sido tranquila, aquí en Birchwood. Han pasado muchos veranos desde el nuestro y me he convertido en una criatura de costumbres fijas, que se deja llevar por los mismos ritmos de un día a otro. No tengo muchas opciones. Apenas recibo visitas y las pocas que vienen no se quedan mucho tiempo. No soy una buena anfitriona. No es fácil vivir en este lugar.

Las personas, en gran medida, tienen miedo de los edificios antiguos, al igual que temen a los ancianos. El camino del Támesis se ha convertido en una ruta popular para salir a pasear y a veces, al final de la tarde y a primeras horas de la mañana, la gente se detiene en el sendero y echa un vistazo sobre el muro del jardín. Los veo, pero no dejo que me vean a mí.

Rara vez salgo de la casa. Solía ir a correr por el prado, el corazón desbocado en el pecho, las mejillas calientes, las piernas y los brazos moviéndose con fuerza y valor, pero tales hazañas ya no están a mi alcance.

Esas personas del sendero han oído rumores acerca de mí y señalan y asoman las cabezas juntas, como hacen los cotillas en todas partes. «Ahí es donde ocurrió», dicen, «Ahí es donde vivía él» y «¿Crees que fue ella?».

Sin embargo, no se cuelan cuando la puerta está cerrada. Han oído que es un lugar embrujado.

Confieso que prestaba poca atención cuando Clare y Adele hablaban de espíritus. Estaba ocupada, pensaba en mis cosas. Cuántas veces he lamentado esa distracción. A lo largo de los años ese conocimiento me habría resultado muy útil, sobre todo cuando he recibido «visitas».

Acaba de llegar una nueva. Lo *sentí* al principio, como siempre. Una percepción, un cambio leve pero inconfundible en las corrientes estancas que se asientan en los peldaños de las escaleras por la noche. He mantenido la distancia, con la esperanza de que no me molestara, mientras esperaba el regreso de la inmovilidad.

Pero la inmovilidad no volvió. Ni el silencio. La visita —el visitante, pues ya lo he visto— no es ruidosa, no como otras, pero he aprendido a escuchar y sé a qué prestar atención, y cuando los movimientos adquirieron un ritmo regular, comprendí que tenía la intención de quedarse.

Ha pasado muchísimo tiempo desde la última vez que recibí un visitante. Solían molestarme con sus susurros y sus pisotones, con esa sensación de que mis cosas, mi espacio, ya no me pertenecían. Seguía con mis asuntos, pero los estudiaba, uno tras otro, al igual que habría hecho Edward, y con el tiempo aprendí la mejor manera de hacerlos marchar. Son criaturas sencillas, al fin y al cabo, y he adquirido experiencia al ayudarles a proseguir su camino.

No todos, claro, pues de algunos me he encariñado. Los Seres Especiales. Ese pobre y triste soldado que gritaba por la noche. La viuda cuyo llanto enojado se hundía entre las tablas del suelo. Y, por supuesto, los niños: esa colegiala solitaria que quería volver a casa, ese pequeñajo serio que aspiraba a arreglar el corazón de su madre. Me gustan los niños. Siempre son más perceptivos. Todavía no han aprendido a no ver.

Todavía no sé bien si el nuevo y yo podremos convivir pacíficamente y durante cuánto tiempo. Él, por su parte, todavía no ha notado mi presencia. Está muy concentrado en sus propios quehaceres. Son los mismos cada día: caminar hasta la cocina de la maltería, siempre con esa mochila de lona al hombro.

Al principio, todos son así. Poco observadores, absortos en sus asuntos, ensimismados en aquello que creen que tienen que hacer. Aun así, soy paciente. No tengo mucho más que hacer aparte de observar y esperar.

Puedo verlo ahora a través de la ventana, avanzando hacia el pequeño cementerio en las afueras de la aldea. Se detiene y parece leer las lápidas, como si buscara a alguien.

Me pregunto a quién. Hay muchos enterrados ahí.

Siempre he sido curiosa. Mi padre solía decir que ya nací preguntándome cosas. La señora Mack decía que solo era cuestión de tiempo antes de que la curiosidad me hiciera lo mismo que al gato.

Ya está. Se ha ido, al otro lado de la cuesta, así que ya no sé hacia dónde camina ni qué lleva dentro de la mochila ni qué pretende hacer aquí.

Creo que tal vez me hace ilusión. Como ya he dicho, ha pasado mucho tiempo y que un visitante me despierte la curiosidad es refrescante. Así mis pensamientos dejan de roer los mismos huesos de siempre.

Huesos como estos...

Cuando recogieron las cosas y se marcharon, en esos carruajes que parecían arrastrados por mil diablos, ¿miró Edward atrás y vio en esa ventana iluminada algo que alejara sus pesadillas?

De regreso en Londres, detrás de su caballete, ¿alguna vez tuvo que parpadear para apartar mi imagen de su mente? ¿Soñó conmigo durante esas noches largas, igual que mis pensamientos revoloteaban en torno a él?

¿Recordó entonces, al igual que yo ahora, esas estrellas plateadas sobre un cielo de tinta azul?

Hay otros, además. Huesos a los que me he prohibido sacar más brillo. No sirve de nada hacerme preguntas cuando no queda nadie que pueda ofrecer respuestas.

Todos se han ido. Todos se han ido hace mucho tiempo. Y las preguntas siguen siendo mías. Nudos que ya no podrán deshacerse. Pensadas y repensadas una y otra vez, olvidadas por todos salvo por mí. Pues yo no olvido nada, por mucho que lo intente.

CAPÍTULO TRES

Verano, 2017

E sa sensación extraña e inquietante seguía acompañando al día siguiente a Elodie, que dedicó el viaje en tren hacia el trabajo a anotar todo lo que podía recordar de ese cuento de su madre. Mientras Londres se desdibujaba al otro lado de la ventana y un grupo de colegiales un poco más allá en el vagón se reían ante una pantalla de teléfono, Elodie posó una libreta sobre las rodillas y dejó que el mundo real desapareciera. El bolígrafo recorrió la hoja a toda velocidad, pero cuando el tren se acercó a Waterloo, el entusiasmo de Elodie comenzó a menguar y el ritmo disminuyó. Echó un vistazo a lo que había escrito, la historia de la casa con su veleta celestial, ese río serpenteante y mercúrico y las cosas maravillosas y terribles que sucedían en el bosque por la noche, y Elodie se sintió un poco avergonzada. Era un cuento para niños, al fin y al cabo, y ella ya era una mujer adulta.

El tren se detuvo en el andén y Elodie recogió el bolso, que había dejado en el suelo, junto a los pies. Miró el cuaderno de bocetos —envuelto en un paño de algodón limpio— y la incertidumbre se apoderó de ella al recordar lo imprudente que había sido la tarde anterior, la súbita compulsión que había sentido de llevárselo, la convicción creciente de que el boceto presagiaba algún misterio. Incluso albergaba la sospecha —¡menos mal que había sido sensata y no se lo había contado a su padre!— de que ese boceto la había estado esperando todos estos años.

El teléfono de Elodie sonó cuando pasaban por St. Mary le Strand y el nombre de Penelope apareció en la pantalla. A Elodie se le hizo un nudo en el estómago y se le ocurrió que su padre tal vez tuviera razón. Quizás, después de todo, era la boda y no el boceto de la casa lo que despertaba estas emociones extrañas. No hizo caso a la llamada de Penelope y se guardó el teléfono en el bolsillo. Ya rendiría cuentas ante su imponente futura suegra esa tarde, después de ver a Pippa, cuando tuviera algo concreto que decirle.

Por enésima vez, Elodie deseó que su madre estuviera viva y creara cierto equilibrio en el reparto de fuerzas. Sabía de buena tinta —y no solo gracias a su padre— que Lauren Adler había sido extraordinaria. A los diecisiete años Elodie se había embarcado en una investigación frenética, primero por internet y luego, tras solicitar un carné de lectora, en la Biblioteca Británica, y recopiló todos los artículos y entrevistas que encontró relacionados con la deslumbrante carrera de Lauren Adler. Por la noche, en su dormitorio, leía todos los artículos, que formaron la imagen de una joven exuberante de impresionante talento, una virtuosa que dominaba su instrumento con total maestría. Sin embargo, fueron las entrevistas lo que más había saboreado Elodie, pues ahí, entre las comillas, había descubierto las palabras de su madre. Sus pensamientos, su voz, las expresiones que usaba.

Una vez Elodie leyó un libro que había encontrado bajo la cama de una habitación de hotel en Grecia acerca de una mujer moribunda que escribía a sus hijos una serie de cartas sobre la vida y cómo vivir para seguir guiándolos cuando dejara este mundo. Sin embargo, la madre de Elodie no había recibido el aviso de su muerte inminente y no había dejado ningún consejo a su única hija. Las entrevistas, a pesar de todo, era lo mejor que tenía, y Elodie, a sus diecisiete años, las había estudiado una por una, las había memorizado y susurraba ciertas expresiones ante el espejo del tocador. Se habían convertido en líneas de poesía imborrables, en su lista de mandamientos personal. Porque, a diferencia de Elodie, que sufría acné y era un caso desesperado de inseguridad adolescente, a los diecisiete años Lauren Adler había sido deslumbrante: tan modesta como brillante, ya había tocado en el Albert Hall y se había consolidado como la gran promesa musical del país.

Incluso Penelope, cuya confianza en sí misma saltaba tanto a la vista como el collar de perlas perfectas que lucía en el cuello, hablaba de la madre de Elodie en un tono de reverencia nervioso. Nunca la llamaba «tu madre»; siempre hablaba de Lauren Adler. «¿Lauren Adler sentía predilección por alguna pieza de concierto?». «¿Había un lugar donde a Lauren Adler le gustaba tocar más que en ningún otro?». Elodie respondía semejantes preguntas lo mejor que podía. No mencionó que gran parte de sus conocimientos eran gracias a las entrevistas disponibles de forma gratuita si uno sabía dónde buscar.

El interés de Penelope era halagador y Elodie no quería perderlo. Teniendo en cuenta la grandiosa finca familiar de Alastair, sus padres siempre elegantes, el peso de la tradición en una familia cuyas paredes estaban cubiertas de retratos ancestrales, Elodie necesitaba hasta la más leve ventaja que pudiera encontrar.

En los primeros días de su relación Alastair había mencionado que a su madre le encantaba la música clásica. Había tocado de niña, pero renunció a ello cuando empezó a acudir a sus primeras fiestas. Esas historias que Alastair le había contado se habían granjeado el cariño de Elodie: los conciertos a los que su madre le había llevado de niño, la emoción de la noche inaugural de la Orquesta Sinfónica de Londres en el Barbican o la llegada del director al escenario del Royal Albert Hall. Habían ido siempre solos los dos, eran sus momentos especiales. («Para mi padre todo esto es demasiado, me temo. Su actividad cultural favorita es el rugby»). Todavía mantenían la tradición de salir una noche al mes, un concierto seguido de una cena.

Pippa había arqueado las cejas al oírlo, en especial cuando Elodie admitió que nunca la habían invitado, pero no le daba importancia. Estaba segura de haber leído en alguna parte que los hombres que trataban bien a su madre eran las mejores parejas. Además, era agradable que, por una vez, no dieran por hecho que era una entendida en música clásica. A lo largo de su vida había mantenido la misma conversación una y otra vez: los desconocidos le preguntaban qué instrumento tocaba y la miraban confundidos cuando respondía que ninguno. «¿Ni siquiera un poco?».

Alastair, sin embargo, lo había comprendido:

—No te culpo —le había dicho—. ¿Qué sentido tiene competir contra la perfección?

Y aunque Pippa había torcido el gesto al oír ese comentario —«Tú eres perfecta tal como eres»—, Elodie sabía que él no se refería a eso, que no era una crítica velada.

Había sido idea de Penelope incluir una grabación de Lauren Adler en la ceremonia de boda. Cuando Elodie dijo que su padre guardaba toda una colección de vídeos con las actuaciones de Lauren Adler y que le podía pedir que los sacara del desván si Penelope quería, la mujer la miró con una expresión que solo cabía describir como cariño auténtico. Tras tocar la mano de Elodie —por primera vez—, dijo:

—En una ocasión la vi tocar. Era asombrosa, qué concentración. Una técnica de lo mejorcito, pero con ese toque de calidad que la hacía sobresalir por encima de todos. Fue terrible lo que ocurrió, terrible. Se me rompió el corazón.

A Elodie la había tomado por sorpresa. La familia de Alastair no era dada al contacto ni, mucho menos, a hablar de temas como corazones rotos en una conversación relajada. En efecto, el momento se acabó en un abrir y cerrar de ojos y Penelope se lanzó a compartir sus reflexiones sobre el comienzo de la primavera y lo que supondría para el festival floral de Chelsea. Elodie, menos hábil en esos cambios súbitos de conversación, se había quedado con una sensación persistente en la mano donde la otra mujer la había tocado y el recuerdo de la muerte de su madre la había ensombrecido durante el resto del fin de semana.

Lauren Adler había viajado de pasajera en un coche conducido por ese violinista estadounidense que estaba de visita y ambos se dirigían de vuelta a Londres tras actuar en Bath. El resto de la orquesta había regresado el día anterior justo después del concierto, pero la madre de Elodie se había quedado para participar en un taller junto a músicos locales. «Era muy generosa», había comentado el padre de Elodie en numerosas ocasiones y esa frase ya formaba parte de la letanía del luto. «La gente no se lo esperaba, no de alguien tan imponente, pero le encantaba la música y hacía lo posible para pasar tiempo con aquellos a quienes también les encantaba. Le daba igual si eran expertos o aficionados».

El informe del forense, al que Elodie tuvo acceso en el registro local durante el verano de sus investigaciones, decía que el accidente lo había causado una combinación de gravilla suelta en la carretera rural y un error de juicio. Elodie se había preguntado por qué no habían ido por la autopista, pero los forenses no conjeturaban acerca de la organización del viaje. El conductor había tomado una curva cerrada demasiado deprisa y el coche había perdido la tracción y derrapado por el borde; la colisión había arrojado a Lauren Adler por el parabrisas y su cuerpo se rompió por incontables lugares. De haber sobrevivido, jamás habría vuelto a tocar el chelo, hecho que Elodie había descubierto gracias a un par de músicos amigos de su madre cuya conversación había escuchado escondida detrás de un sofá durante el velatorio. Parecían dar a entender que la muerte era un mal menor.

Elodie no lo había visto de esa manera y tampoco su padre, que había vivido los momentos posteriores y el funeral sumido en una serenidad desconsolada que, en cierto sentido, preocupó más a Elodie que su caída posterior en las garras de la desesperación. Su padre había creído estar ocultando su dolor al permanecer tras la puerta cerrada de su dormitorio, pero las viejas paredes de ladrillo no eran tan gruesas. La señora Smith, la vecina de al lado, le había sonreído con gesto comprensivo y lúgubre al salir al rellano y todas las noches le sirvió huevos pasados por agua con tostada para cenar. Le contaba a Elodie vívidas historias acerca de Londres durante la guerra: esas noches de infancia que pasó entre bombardeo y bombardeo y ese día que llegó un telegrama de borde negro que anunciaba la desaparición de su padre.

Así, Elodie nunca llegó a ser del todo capaz de separar la muerte de su madre del sonido de explosivos y el olor a azufre y, en un sentido sensorial, del vehemente deseo de una niña que necesita que le cuenten un cuento.

—Buenos días. —Margot estaba hirviendo el agua cuando Elodie llegó al trabajo. Sacó la taza favorita de Elodie, la colocó junto a la suya y echó una bolsita de té a un lado—. Te aviso: esta mañana tiene un humor de perros. Ese consejero le ha dado una lista de «recomendaciones».

—Ay, vaya.

—Pues sí.

Elodie se llevó el té a su escritorio y trató de evitar la mirada del señor Pendleton al pasar junto a su despacho. Sentía afecto por el viejo cascarrabias de su jefe, pero cuando estaba de mal humor, podía llegar a ser punitivo, y Elodie ya tenía bastantes cosas que hacer sin el encargo de la revisión de otro índice porque sí.

No tenía que haberse preocupado: el señor Pendleton estaba ensimismado, fulminando con la mirada algo en su monitor.

Elodie se sentó ante su escritorio y, sin perder un instante, pasó el cuaderno de bocetos, tras quitarle el paño protector, de su bolso a la caja del guardarropa en desuso. Había sido una locura temporal y aquí llegaba a su fin. Lo mejor que podía hacer ahora era catalogar los artículos y asignarles un lugar en los archivos de una vez por todas.

Se puso los guantes y sacó la perforadora de papel, el tintero, el encarte de madera y la funda de gafas. Bastaba echarles un simple vistazo para darse cuenta de que eran objetos de oficina de mediados del siglo xx; gracias a las iniciales de la funda, no era arriesgado registrarlas como propiedad de Lesley Stratton-Wood; y Elodie se relajó ante la sencillez de preparar una lista de contenidos sin problemas. Fue a buscar una nueva caja de archivos, guardó los artículos y con cuidado fijó a un lado la lista de contenidos.

El bolso era más interesante. Elodie comenzó una meticulosa inspección y observó los bordes desgastados del cuero y una serie de rozaduras en la parte trasera, más cerca de la mano derecha; la costura de las junturas era de muy alta calidad y una de las hebillas llevaba un conjunto de cinco sellos, lo que sugería que era plata de ley y de elaboración británica. Elodie se ajustó la lupa de relojero en el ojo izquierdo y miró más de cerca: sí, ahí estaba el león de la plata de ley; el leopardo de Londres —sin corona, lo que significaba que era posterior a 1822—; una «g» minúscula en inglés antiguo para indicar el año —una rápida consulta a la guía de datación de Londres reveló que se trataba de 1862—; la marca que mostraba la cabeza de la reina Victoria; y, finalmente, la marca del creador, unas iniciales: «W. S.».

Elodie consultó el directorio, pasando el dedo por la lista hasta llegar a William Simms. Sonrió al reconocerlo. El bolso era obra de W. Simms & Son, fabricante de gama alta de artículos de plata y cuero que servía a la familia real y, si a Elodie no le fallaba la memoria, tenía una tienda en Bond Street.

Se trataba de una historia satisfactoria pero incompleta, pues las otras marcas del bolso, las rozaduras y el desgaste, no eran menos importantes a la hora de aclarar su pasado. Demostraban que el bolso, a pesar de tener una procedencia tan exclusiva, no había sido un mero adorno. Lo habían usado y lo habían usado bien, echado al hombro de su dueño, se fijó Elodie, que pasó los dedos enguantados con suavidad por las marcas desiguales de desgaste de la correa, y se rozó con frecuencia contra el muslo izquierdo del propietario. Elodie imitó el gesto de echarse el bolso al hombro y comprendió que lo más natural para ella habría sido llevarlo al otro lado. Era muy probable que el propietario del bolso hubiera sido zurdo.

James Stratton quedaba así descartado, aunque su portadocumentos hubiera estado en el bolso; de todos modos, esas iniciales doradas de la correa de cuero ya lo habían eliminado. «E. J. R.». Elodie recorrió con el dedo enguantado la E en cursiva. Las mismas iniciales aparecían en el cuaderno de bocetos. En ese caso, parecía lógico pensar que la persona que había dibujado los bocetos era la misma a quien pertenecían las iniciales y que este bolso era suyo. ¿Un artista, entonces? James Stratton se había relacionado con bastantes artistas célebres de la época, pero las iniciales no le resultaban familiares en un principio. Siempre podría acudir a Google, pero Elodie disponía de un medio incluso más rápido para obtener información sobre arte. Sacó el teléfono, suprimió un escalofrío al notar que Penelope le había dejado un segundo mensaje y envío un texto a Pippa:

¡Buenas! ¿Se te ocurre algún artista victoriano con las iniciales EJR??

La respuesta fue inmediata:

Edward Radcliffe. ¿Sigue en pie lo de hoy? ¿Podemos quedar a las 11 en lugar de a las 12? Luego te mando la dirección.

Edward Radcliffe. El nombre le resultaba vagamente familiar, aunque no era uno de los artistas con quienes James Stratton había mantenido una correspondencia habitual. Elodie escribió su nombre en Google e hizo clic en la página de Wikipedia. Era una entrada breve y leyó por encima la primera mitad. Le llamó la atención que, por su año de nacimiento, 1840, Edward Radcliffe era coetáneo de James Stratton y que había nacido en Londres pero había pasado parte de su infancia en Wiltshire. Fue el mayor de tres hermanos, el único hijo varón de un hombre que, al parecer, fue un diletante y una mujer con pretensiones artísticas y, durante unos años, lo criaron sus abuelos, el señor y la señora Radcliffe, mientras sus padres viajaban por el Lejano Oriente coleccionando cerámica japonesa.

El siguiente párrafo describía una juventud salvaje, un fuerte temperamento y un talento precoz, descubierto al azar cuando un anciano artista —desconocido para Elodie, aunque era evidente que tenía cierto renombre—

se topó con su obra y se convirtió en su protector. Tras realizar algunas exposiciones prometedoras, mantener una relación voluble con la Real Academia y una polémica breve pero intensa con Dickens después de recibir una mala crítica, al fin llegó su confirmación cuando el gran John Ruskin le encargó un cuadro. A decir de todos, Edward Radcliffe había dado los primeros pasos de una carrera notable y Elodie comenzaba a preguntarse por qué no le resultaba familiar su obra cuando llegó al último párrafo:

Edward Radcliffe estaba prometido con la señorita Frances Brown, hija del propietario de una fábrica de Sheffield; sin embargo, tras su trágico asesinato durante un robo a la tierna edad de veinte años, Radcliffe se retiró de la vida pública. Según los rumores, Radcliffe estaba trabajando en una obra maestra por aquel entonces; si es así, ni el cuadro ni los bocetos preliminares han visto la luz. Radcliffe se ahogó frente a las costas del sur de Portugal en 1881, pero su cadáver fue repatriado y recibió sepultura en el pequeño cementerio de una aldea, cerca de donde pasó su infancia. Si bien su producción artística no alcanzó las alturas que se esperaba, Radcliffe sigue siendo una figura importante del arte decimonónico por su papel como fundador de la Hermandad Magenta.

La Hermandad Magenta. El nombre le resultaba vagamente familiar por algún asunto del trabajo y Elodie se propuso cotejarlo con la base de datos de la correspondencia de Stratton. Releyó el párrafo y esta vez se fijó en la muerte prematura y violenta de Frances Brown, el retiro de Radcliffe y su solitaria muerte en Portugal. En su mente unió los puntos de causa y efecto y llegó a la imagen de un hombre cuya prometedora carrera había sido interrumpida por un corazón roto y cuya constitución se había debilitado hasta llegar a un punto de agotamiento físico.

Elodie cogió el cuaderno de bocetos y pasó las páginas hasta llegar a esa hoja suelta que contenía la nota de amor garabateada: *La amo, la amo, la amo y, si no puedo tenerla, voy a enloquecer, pues, cuando no estoy con ella, temo...*

¿Era cierto que existía un amor tan poderoso que alguien se volvería loco al perderlo? ¿De verdad la gente sentía algo similar? Sus pensamientos volvieron a Alastair y se sonrojó porque, claro que sí, perderlo sería devastador. Pero ¿hasta el punto de volverse loca? ¿De verdad podía imaginarse a sí misma hundiéndose en una desesperación irremediable?

¿Y si fuera ella la primera en irse? Elodie se imaginó a su prometido en uno de esos trajes impecables que le hacía a medida el mismo sastre de su padre; ese rostro apuesto y dulce que atraía miradas dondequiera que iba; esa voz que se expresaba con una autoridad heredada. Tenía tanta confianza en sí mismo, era tan íntegro y contenido, que Elodie no pudo imaginar nada capaz de hacerle perder la razón. De hecho, era aleccionador reflexionar sobre lo rápido que se cerraría la brecha creada por su ausencia. Como la superficie de un estanque tras caer un guijarro.

Nada que ver con las turbulencias que siguieron a la muerte de su madre, esa emoción intensa y el luto público, las columnas de prensa que mostraban retratos en blanco y negro de Lauren Adler y utilizaban palabras como «tragedia» y «brillante» y «estrella caída».

¿Fue también Frances Brown una persona brillante?

A Elodie se le ocurrió una idea. El portadocumentos que había pertenecido a James Stratton estaba todavía dentro del bolso y sacó la fotografía enmarcada.

¿Era esta mujer Frances Brown? La edad coincidía, pues este rostro no podía pertenecer a alguien que tuviera más de veinte años.

Elodie la miró fijamente, embelesada por la mirada de la joven, esa expresión directa. Era dueña de sí misma, eso era lo que transmitía. Era alguien que se conocía bien y sabía cuánto valía. Era el tipo de mujer sobre el que un joven artista apasionado escribiría: ... *y, si no puedo tenerla, voy a enloquecer...*

Tecleó Frances Brown en Google y la búsqueda de imágenes le mostró varias copias del mismo retrato: una joven con un vestido verde, también hermosa, pero de un modo convencional... No era la persona cuya mirada había captado la fotografía.

Elodie sintió la fría llegada de la decepción. No era una sensación desconocida. Era el sino de los archivistas, cazadores de tesoros que cribaban los restos cotidianos de la vida de sus sujetos, que clasificaban metódicamente y creaban registros, siempre con la esperanza de ese hallazgo precioso y esquivo.

Había sido un palo de ciego: el cuaderno de bocetos y la nota habían aparecido en el mismo bolso que el portadocumentos con la fotografía, pero, al parecer, no había más relación entre esos objetos. El bolso y el cuaderno de bocetos habían pertenecido a Edward Radcliffe; el portadocumentos, a James Stratton. A estas alturas, no había indicios de que hubieran llegado a conocerse.

Elodie tomó la fotografía una vez más. El marco era de alta calidad: plata de ley con adornos muy elaborados. El portadocumentos de James Stratton era de 1861 y parecía razonable suponer que la fotografía que contenía le había pertenecido y que la había adquirido después de esa fecha. Además, que la mujer había sido importante para él, pues la había conservado. Pero ¿quién era? ¿Un amor secreto? Elodie no recordaba haber encontrado ninguna referencia reveladora ni en los diarios ni en las cartas.

Volvió a contemplar ese bello rostro en busca de pistas. Cuanto más miraba la imagen, más fuerte era la atracción que ejercía. La fotografía tenía más de cien años, tal vez ciento cincuenta, y aun así la mujer parecía ajena al tiempo; su cara era extrañamente contemporánea, como si pudiera ser una de esas muchachas que caminaban por las calles de Londres, riéndose con sus amigas y disfrutando del sol del verano sobre la piel. Tenía confianza en sí misma, se divertía y miraba al fotógrafo con una familiaridad que resultaba casi incómoda para el espectador. Elodie se sentía como si estuviera interrumpiendo un momento íntimo.

—¿Quién eres? —se preguntó entre dientes—. ¿Y qué fuiste para él?

Había algo más, algo difícil de expresar. La mujer de la fotografía estaba *iluminada:* era esa cara, por supuesto, de bellas facciones y expresión animada, pero también era el estilo de la imagen. El pelo, largo y peinado con sencillez, ese maravilloso vestido romántico, suelto y llano, aunque se volvía tentador ahí donde se ceñía a la cintura, donde se había subido la manga para revelar una piel bronceada. Elodie casi podía sentir esa brisa cálida que venía del río hasta rozar el rostro de la mujer, alborotarle el pelo y dar calor al algodón blanco del vestido. Y, a pesar de todo, eran todo imaginaciones suyas, pues no salía ningún río en esa imagen. Era una respuesta a la libertad que impregnaba la fotografía, a su ambiente. Y ese era el tipo de vestido que a Elodie le gustaría llevar en la boda...

¡Su boda!

Elodie echó una mirada al reloj y vio que ya eran las diez y cuarto. Ni siquiera había respondido el mensaje de Pippa, pero tendría que ir saliendo ya si quería llegar a King's Cross antes de las once. Tras coger el teléfono y el cuaderno, el diario y las gafas de sol, Elodie los guardó en el bolso. Echó un vistazo al escritorio por si se le hubiera olvidado algo y, sin pensarlo dos veces, cogió la fotografía enmarcada, la mujer con ese maravilloso vestido. Sin dejar de mirar a Margot, que estaba encorvada ante un archivador, Elodie lo envolvió con el paño y lo metió en el bolso.

Mientras salía por la puerta de la oficina y subía las escaleras hacia un cálido día de verano, Elodie comenzó a teclear su respuesta:

A las 11, vale, escribió. *Estoy saliendo... Envíame la dirección y ahí te veo.*

CAPÍTULO CUATRO

Aquel día Pippa estaba trabajando en una editorial en New Wharf Road, donde preparaba una instalación en el vestíbulo. Cuando Elodie llegó a las once y cuarto, su amiga estaba encaramada en lo alto de una escalera enorme en medio de una sala blanca de arte contemporáneo. Había estado colgando vestidos largos y otras prendas de época —faldas, bombachos y corsés— del techo y el efecto era asombroso, como si la brisa hubiera arrastrado una pista de baile de fantasmas de marfil. A Elodie le vinieron a la mente las palabras de uno de sus poemas favoritos de Wilde:

> *Seguimos las huellas de pies que bailaban,*
> *hacia la calle alumbrada de luna,*
> *y nos detuvimos bajo la casa de la ramera.*
>
> *Vimos girar los fantasmales bailarines*
> *al ritmo de violines y de cuernos*
> *cual hojas negras llevadas por el viento.*

Pippa vio a Elodie y exclamó a pesar de la regla de madera que tenía entre los dientes.

Elodie la saludó con la mano y contuvo el aliento mientras su amiga se inclinaba para colgar el tirante de una enagua de un sedal.

Tras un momento insoportable, Pippa regresó al suelo en una pieza.

—No tardo —le dijo al hombre detrás del mostrador mientras se echaba la mochila al hombro—. Solo voy a tomar un café. ¿Quieres que te traiga algo?

Al salir por esas enormes puertas de cristal, Elodie se puso a caminar junto a su amiga. Pippa llevaba un pantalón de peto estilo años cuarenta y unas llamativas deportivas similares a las de los adolescentes que quedaban los viernes por la noche ante el puesto de pescado frito. No eran prendas demasiado llamativas, pero Pippa sabía sacarles partido, así que Elodie se sentía como una sosaina, con sus vaqueros y zapatos planos.

Pippa dio una calada al cigarrillo mientras atajaban por una puerta cerrada —de la que Pippa tenía el código quién sabía por qué— y bordearon el canal.

—Gracias por venir pronto —dijo en una exhalación—. Voy a tener que trabajar durante la comida para acabar a tiempo. El autor viene esta noche para el lanzamiento del libro. ¿Te lo he enseñado? Es precioso... Es de un estadounidense que descubrió que su tía de Inglaterra, que para él siempre había sido una vieja en una residencia, había sido amante del rey y había reunido una increíble colección de vestidos y los tenía guardados con bolas de naftalina en un almacén de Nueva Jersey. ¿Te lo puedes imaginar? Lo único que mi tía me dejó fue esta narizota con la que podría virar un barco.

Cruzaron la calle y llegaron a un puente que daba a un restaurante de paredes de cristal situado junto a la estación de metro.

Una vez dentro, una amable camarera las sentó a una mesa redonda en un rincón.

—¿*Macchiato*? —dijo, a lo que Pippa respondió:

—Perfecto. ¿Y un...?

—Un café con leche, por favor —dijo Elodie.

Pippa no perdió el tiempo y sacó del bolso un enorme álbum de recortes, que dejó abierto sobre la mesa para mostrar un montón de papeles sueltos y muestras.

—Esto es lo que estoy pensando —comenzó, y se lanzó a una entusiasta descripción de mangas y faldas, las ventajas e inconvenientes de los velos, las virtudes de las telas naturales, y pasaba de una ilustración a otra sin apenas una pausa para respirar, hasta que la mesa quedó cubierta de páginas de revistas, muestras de telas y bocetos de moda. Al fin, dijo—: Bueno, ¿qué piensas?

—Me encanta. Todo.

Pippa se rio.

—Sé que está hecho un lío, es que tengo la cabeza llena de ideas. ¿Y tú? ¿Tienes alguna idea?

—Tengo un velo.

—*Oh la la.*

—Mi padre lo rescató del olvido.

Elodie le dio su teléfono, donde se veía la foto que había tomado esa mañana.

—¿Era de tu madre? Qué suerte, es precioso. De diseñador, seguro.

—Eso creo. No sé bien cuál.

—Qué importa, es muy bonito. Ahora solo tenemos que encontrar un vestido a la altura.

—He encontrado una fotografía de algo que me gusta.

—Venga, a ver.

Elodie sacó el paño del bolso y lo retiró para dejar al descubierto el marco plateado.

Pippa arqueó una ceja, divertida.

—Vaya, lo admito: me esperaba una página del *Vogue*.

Elodie deslizó el marco sobre la mesa y esperó con unos nervios que venían de algún rincón remoto del estómago.

—Caramba, qué guapa.

—La encontré en el trabajo. Había pasado cincuenta años en un bolso de cuero al fondo de una caja tras unas cortinas en un armario que hay bajo las escaleras.

—Por eso está tan contenta de salir al aire libre. —Pippa se acercó la fotografía—. El vestido es divino. Todo el conjunto es divino. Es más una fotografía artística que un retrato, como los de Julia Margaret. —Alzó la vista—. ¿Tiene algo que ver con el mensaje que me enviaste esta mañana? ¿El de Edward Radcliffe?

—Todavía estoy intentando averiguarlo.

—No me sorprendería. Esta foto es de un esteticismo clásico. Esa expresión cautivadora, el vestido suelto y la postura reposada. Entre principios y mediados de la década de 1860, en mi opinión.

—Me recordó a los prerrafaelitas.

—Están relacionados, sin duda; y, claro, los artistas de aquella época se inspiraban unos en otros. Estaban obsesionados por la naturaleza y la verdad, el color, la composición y el sentido de la belleza. Pero los prerrafaelitas aspiraban al realismo y la atención al detalle, mientras que los pintores y fotógrafos de la Hermandad Magenta se consagraron a la sensualidad y el movimiento.

—Hay algo conmovedor en la luz, ¿no te parece?

—Al fotógrafo le encantaría oírte decir eso. La luz era uno de sus principales intereses: adoptaron ese nombre por la teoría del color de Goethe, la interacción de la luz y la oscuridad, la idea de que existía un color oculto en el espectro, entre el rojo y el morado, que contenía todos los otros colores. Recuerda que en esta época la ciencia y el arte estaban lanzándose en todas las direcciones posibles. Los fotógrafos pudieron utilizar tecnologías antes desconocidas para manipular la luz y experimentar con los tiempos de exposición para crear nuevos efectos. —Hizo una pausa mientras la camarera servía los cafés—. Edward Radcliffe era de la Hermandad Magenta. Muy admirado, pero no tan famoso como llegarían a ser algunos de los otros.

—¿Me los recuerdas?

—Thurston Holmes, Felix y Adele Bernard. Se conocieron en la Real Academia y les unieron sus ideas contra el sistema; se hicieron uña y carne, pero con las mentiras, la lujuria y las lealtades encontradas de esperar en el despiadado mundo del arte del siglo XIX. Radcliffe tenía un talento asombroso, pero murió joven. —Pippa volvió a fijarse en la fotografía—. ¿Qué te hace pensar que podría haber tenido algo que ver con ella?

Elodie explicó lo de la caja en el archivo y el bolso con las iniciales de Edward Radcliffe.

—Había un portadocumentos de James Stratton; lo único que tenía dentro era esta fotografía.

—¿Y Radcliffe era amigo de tu hombre?

—No he visto nada que lo sugiera —admitió Elodie—. Es una de las rarezas de todo este asunto. —Tomó un sorbo del café mientras sopesaba si continuar. Se debatía entre dos impulsos opuestos: el deseo de contárselo todo a Pippa y aprovechar los conocimientos de su mejor amiga sobre historia del arte y, por otro lado, la extraña sensación que se había apoderado de ella al dar la fotografía a Pippa, un instinto casi celoso de guardar la imagen, el dibujo, para sí misma. Era un impulso inexplicable y no demasiado noble, así que se obligó a continuar—: La foto no era lo único que había en el bolso. Había un cuaderno de bocetos.

—¿Qué clase de cuaderno?

—Tapa de cuero, así de grande —hizo un gesto con las manos— y una página tras otra de bocetos a tinta y notas a mano. Creo que era de Edward Radcliffe.

Pippa, a quien nunca le sorprendía nada, contuvo la respiración. Se recuperó enseguida.

—¿Viste algo que ayudara a datar esos bocetos?

—Todavía no lo he repasado todo, no con atención, pero el portadocumentos de Stratton lo fabricaron en 1861. No tengo manera de saber si hay relación entre ellos, claro —recordó a Pippa—, aparte de haber pasado unos ciento cincuenta años en el mismo bolso.

—¿Cómo eran los dibujos? ¿De qué eran?

—Figuras, perfiles, paisajes, una casa. ¿Por qué?

—Corrieron rumores sobre una obra abandonada. Tras la muerte de su prometida, Radcliffe siguió pintando, pero no con el ímpetu de antes, y trató temas muy diferentes y luego se ahogó en el extranjero. Fue todo muy trágico. La idea de esta obra inacabada, en la que trabajaba antes de morir, ha llegado a crear toda una mitología en los círculos del arte: la gente sigue teniendo esperanzas y lanza conjeturas y teorías. De vez en cuando un académico lo toma en serio y escribe un ensayo, aunque a estas alturas todavía no ha aparecido gran cosa para apoyar la idea. Es uno de esos rumores tan fascinantes que se resisten a morir.

—¿Crees que el cuaderno podría tener algo que ver con eso?

—Es difícil decirlo con certeza sin haberlo visto. Supongo que no tendrás más sorpresas entre paños en el bolso.

A Elodie se le ruborizaron las mejillas.

—Jamás sacaría el cuaderno del archivo.

—Bueno, ¿por qué no me paso la semana que viene y le echo un vistazo?

Elodie notó que una sensación desagradable le hacía un nudo en el estómago. Posesividad, supuso.

—Llámame primero: el señor Pendleton está de los nervios.

—Claro. —Pippa sacudió la mano, sin dejarse impresionar. Se echó atrás en la silla—. Mientras tanto, voy a comenzar con tu vestido. Ya lo veo: romántico, precioso. Muy actual..., aunque con un toque de 1860.

—Bueno, nunca he ido a la moda.

—Eh, la nostalgia se lleva, ya sabes.

Pippa estaba siendo cariñosa, pero hoy Elodie se resintió. Era una persona nostálgica, pero no le gustaba que la acusaran de ello. Era una palabra con una carga muy negativa. La gente la usaba para indicar sensiblería, cuando no se trataba de eso en absoluto. La sensiblería era empalagosa y cursi, en tanto que la nostalgia era aguda y dolorosa. Describía uno de los anhelos más profundos: saber que no era posible parar el paso del tiempo y regresar a un momento, una persona, y hacer las cosas de otro modo.

Por supuesto, Pippa solo había pretendido hacer
una broma inocente y, mientras recogía las muestras, no
sabía que Elodie albergaba semejantes pensamientos.
¿Por qué estaba tan sensible hoy? Desde que miró dentro del bolso se había sentido inquieta. Se distraía todo
el tiempo, como si tuviera que hacer algo que se le hubiera olvidado. Anoche incluso volvió a tener el mismo
sueño: había visitado la casa del boceto, que de repente se convirtió en una iglesia y comprendió que iba a
llegar tarde a una boda —la suya— y comenzó a correr,
pero las piernas no le respondían, se vencían como si
estuvieran hechas de cuerdas, y cuando por fin llegaba,
ya no había ninguna boda, había llegado demasiado tarde, ahora era un concierto y su madre —que solo tenía
treinta años— tocaba el chelo sobre el escenario.

—¿Cómo van los otros planes de la boda?

—Bien. Van bien. —Lo había dicho con sequedad
y Pippa lo notó. Lo último que quería Elodie era verse
arrastrada a una conversación a corazón abierto que pudiera revelar su malestar, así que añadió como si tal
cosa—: Aunque si quieres saber más, mejor que se lo
preguntes a Penelope. A mí me ha dicho que todo va a
quedar precioso.

—Espero que no se le olvide decirte cuándo y dónde tienes que presentarte. —Se sonrieron, aliadas una
vez más, y Pippa continuó con una cortesía hiriente—:
¿Y cómo está el prometido?

Pippa y Alastair habían empezado con mal pie, lo
cual no era demasiado sorprendente, pues Pippa era de
opiniones firmes y lengua afilada y no tenía paciencia
con las tonterías. No era que Alastair dijera tonterías
—Elodie hizo una mueca al percatarse de su desliz—,

pero Pippa y él no se parecían en nada. Elodie, que lamentaba su sequedad de antes, decidió ser un poco desleal para dar el gusto a su amiga.

—Parece tranquilo al ver que su madre está al mando.

Pippa sonrió.

—¿Y tu padre?

—Ah, ya conoces a mi padre. Él está contento si yo estoy contenta.

—¿Y lo estás?

Elodie le lanzó una mirada estricta.

—Vale, vale. Estás contenta.

—Me ha dado las grabaciones.

—Entonces, ¿no le ha molestado?

—Parece que no. No dijo gran cosa. Creo que está de acuerdo con Penelope y que sería como tenerla ahí.

—¿Y tú también piensas así?

Elodie no tenía ganas de hablar de ello.

—Tenemos que poner algo de música —respondió, a la defensiva—. Tiene sentido que sea de la familia.

Pippa parecía a punto de añadir algo, pero Elodie se adelantó.

—¿Te he contado que mis padres se casaron de penalti? Se casaron en julio y yo nací en noviembre.

—Una pequeña polizona.

—Ya sabes cómo me hacen sentir las fiestas. Siempre acabo buscando un lugar donde esconderme.

Pippa sonrió.

—¿Sabes que vas a tener que asistir a esta? Tus invitados esperarán verte.

—Hablando de invitados, ¿me podrías hacer un favor y mandar tu confirmación?

—¿Qué? ¿Por correo? ¿Con sello y todo?

—Al parecer, tiene su importancia. Es lo que se hace.

—Bueno, si es lo que se hace...

—Pues sí y sé de buena tinta que mis amigos y mi familia van a contracorriente. Tip es el siguiente en la lista.

—¡Tip! ¿Cómo está?

—Voy a ir a verle mañana. ¿Quieres venir?

Pippa arrugó la nariz, decepcionada.

—Tengo un evento en una galería. Hablando de lo cual... —Hizo una señal a la camarera para que trajera la cuenta y sacó un billete de diez libras de la cartera. Mientras esperaba, señaló la fotografía enmarcada, que se encontraba junto a la taza vacía de Elodie—. Voy a necesitar una copia para empezar a pensar en tu vestido.

Elodie volvió a sentir ese impulso extraño y posesivo.

—No te la puedo prestar.

—Claro que no. Le voy a sacar una foto con el teléfono.

Levantó el marco y lo inclinó para no cubrirlo con la sombra.

Elodie se contuvo y deseó que su amiga terminara cuanto antes, tras lo cual envolvió de nuevo la foto en su paño de algodón.

—¿Sabes qué? —dijo Pippa, que observaba la foto en la pantalla del teléfono—. Se lo voy a enseñar a Caroline. Su trabajo de fin de máster era sobre Julia Margaret Cameron y Adele Bernard. Seguro que nos podría decir algo sobre la modelo, tal vez incluso quién tomó la foto.

Caroline, la tutora de Pippa en la escuela de arte, era una cineasta y fotógrafa reconocida por su capacidad de encontrar momentos de belleza donde menos se esperaba.

Sus imágenes eran salvajes y cautivadoras, con árboles y casas demacradas y paisajes melancólicos. Tendría unos sesenta años y se movía con la energía y la agilidad de una mujer mucho más joven; no tenía hijos y parecía considerar a Pippa como si lo fuera. Elodie se había cruzado con ella en un par de eventos. Tenía una llamativa cabellera plateada, que le llegaba hasta los omóplatos, y era ese tipo de mujer cuya confianza en sí misma y su autenticidad hacían sentir a Elodie que no encajaba en ningún lugar.

—No —dijo enseguida—. No lo hagas.

—¿Por qué no?

—Es que... —No sabía cómo explicarle que la foto había sido solo de ella y que estaba dejando de serlo sin sonar mezquina y, con franqueza, un poco trastornada—. Solo quería decir... que no hace falta molestar a Caroline. Está muy ocupada...

—¿Estás bromeando? Le encantaría verla.

Elodie atinó a ofrecerle una leve sonrisa y se dijo a sí misma que la opinión de Caroline le podría ser útil. Su trabajo consistía en averiguar todo lo posible acerca de la fotografía y del cuaderno de bocetos y para ello debía apartar esas desagradables sensaciones personales. Y si un vínculo real con Radcliffe revelaba nueva información sobre James Stratton, sería un logro para el equipo de archivistas de Stratton, Cadwell & Co. No aparecía con frecuencia información nueva sobre los victorianos más célebres.

CAPÍTULO CINCO

E lodie recorrió el camino de regreso a pie y dio un rodeo por Lamb's Conduit Street porque era bonita y porque el escaparate de Persephone, tan atractivo y tan gris, siempre le levantaba el ánimo. Entró —la fuerza de la costumbre— y ahí, mientras hojeaba los diarios de guerra de Vere Hodgson, absorta en la música de baile de los años treinta, su teléfono comenzó a sonar.

Era, una vez más, Penelope, y Elodie sufrió un ataque súbito de pánico.

Salió de la librería y atajó a toda prisa por Theobalds Road y High Holborn, hasta Lincoln's Inn Fields. Elodie avivó el paso al llegar a los Reales Tribunales de Justicia, se lanzó tras un autobús rojo al cruzar la calle y casi iba corriendo al llegar al Strand.

En lugar de volver directa al trabajo, donde el señor Pendleton se encontraba de tal humor que se regodearía si encontrara a alguien haciendo llamadas personales, se metió por un callejón adoquinado que trazaba una curva hacia el río y encontró un banco en Victoria Embankment, justo al lado del muelle.

Sacó la libreta y la abrió por la página donde había escrito el número de teléfono de la recepción de la boda en Gloucestershire; Elodie marcó y concertó una cita para el fin de semana siguiente. Sin dejar tiempo para que se secara la tinta, llamó a Penelope, se disculpó por no haber respondido sus llamadas y se lanzó a informarla de los avances realizados con el local, el velo, el vestido y los vídeos.

Después de colgar, Elodie se quedó sentada unos minutos. Penelope se había mostrado muy complacida, en especial cuando Elodie le habló de la maleta con las grabaciones de su madre. Había sugerido que, en lugar de poner solo una pieza de la madre de Elodie al chelo, sería posible incluir otra al final de la ceremonia. Elodie le había prometido hacer una lista de tres temas que podrían ver juntas para tomar una decisión.

—Mejor cinco —había respondido Penelope—. Por si las moscas.

Así pues, ya tenía planes para el fin de semana.

El ferry que llevaba a los turistas a Greenwich salió del muelle y un hombre con una gorra de barras y estrellas apuntó la enorme lente de su cámara hacia el obelisco de Cleopatra. Una bandada de patos descendió donde antes estaba el bote y se posó con destreza sobre el agua picada.

El ferry dejó ondas que llegaban hasta la orilla y el aire se llenó del olor a barro y agua salada. Elodie recordó cómo describió James Stratton en su diario el Gran Hedor de 1858. La gente no recordaba qué mal olía Londres por aquel entonces. Las calles habían quedado cubiertas de boñigas de animales, de desechos humanos, de verduras podridas y de los cadáveres de animales sacrificados. Todo ello, y mucho más, se había abierto camino hasta el río.

En el verano de 1858, el olor que desprendía el Támesis llegó a ser tan fétido que el Palacio de Westminster tuvo que cerrar y aquellos que podían permitírselo fueron evacuados de Londres. Al joven James Stratton le había inspirado fundar el Comité para la Limpieza de Londres; incluso publicó un artículo en 1862 en una revista llamada *El Constructor,* donde hacía campaña por el progreso. Entre los archivos había cartas entre Stratton y sir Joseph Bazalgette, cuyo sistema de alcantarillado en Londres fue uno de los grandes triunfos de la Inglaterra victoriana, pues canalizaba los excrementos para alejarlos del centro, de modo que no solo mejoró el olor, sino que las enfermedades transmitidas por el agua se redujeron de modo considerable.

Al pensar en Stratton, Elodie recordó que ya debería estar en su puesto y que tenía trabajo que hacer. Fue a toda prisa, consciente de cuánto tiempo había pasado desde que quedó con Pippa, y se sintió aliviada al llegar y ver que el señor Pendleton había tenido que salir y estaría fuera el resto del día.

Dispuesta a aprovechar su regreso a la eficiencia, Elodie pasó la tarde catalogando los artículos restantes de esa caja extraviada. Cuanto antes terminara y la guardara, mejor.

Comenzó por buscar «Radcliffe» en la base de datos y le sorprendió encontrarse con dos coincidencias. Uno de los primeros trabajos que le encargaron al comenzar en la firma fue transferir el viejo fichero a un sistema informático; Elodie se enorgullecía de tener una memoria casi fotográfica de las personas y los lugares que James Stratton había conocido y no recordaba haberse topado con el nombre de Radcliffe.

Llena de curiosidad, fue a buscar los documentos correspondientes a la sala de archivos y los llevó al escritorio. El primero era una carta de 1861 de James Stratton a John Haverstock, un marchante de arte con quien había hecho planes para ir a cenar la semana siguiente. En el último párrafo de la carta, Stratton expresó el deseo de «saber qué piensas de un pintor con cuyo nombre me he topado hace poco: Edward Radcliffe. Según me dicen, es hombre de gran talento, si bien, tras haber echado un vistazo a unas muestras de su obra, observo que este "talento" consiste, al menos en parte, en encandilar a sus jóvenes modelos para que revelen más de lo que deberían... en nombre del arte, por supuesto».

Si a Elodie no le fallaba la memoria, James Stratton no poseía ningún cuadro de Radcliffe —aunque tomó una nota para confirmarlo—; es decir, a pesar de su interés por el pintor, al final habría declinado adquirir sus obras.

La segunda mención tuvo lugar unos años más tarde, en el diario de Stratton de 1867. Al final de una entrada, había escrito:

El pintor, Radcliffe, ha venido a verme esta tarde. Fue una visita inesperada, a una hora muy tardía. Confieso que me había quedado dormido con un libro en la mano cuando la llamada a la puerta me despertó; la pobre Mabel estaba en la cama y tuve que tocar la campanilla para que nos sirviera un refrigerio. Debería haber dejado dor-

mir a la agotada muchacha, pues Radcliffe ni siquiera se dignó tocar una miga de la cena. Nada más llegar, comenzó a deambular de un lado a otro de la alfombra con gesto atribulado y fue imposible calmarle. Sus modales eran los de una bestia enloquecida, de mirada salvaje y cabello alborotado, que se mesaba sin cesar con dedos finos y pálidos. De él emanaba una energía cautiva, como si estuviera poseído. Mientras iba de un lado a otro, farfullaba palabras incomprensibles acerca de maldiciones y el destino. Se encontraba en un estado lamentable y me causó gran preocupación. Soy más consciente que la mayoría de la pérdida que ha sufrido, pero su dolor es un espectáculo lamentable; es un recordatorio de lo que un corazón roto puede hacer a un alma sensible. Confieso haber oído las habladurías acerca de su deplorable condición, pero no las habría creído de no haberlo visto con mis propios ojos. He decidido hacer todo lo posible, pues, en cierto modo, se equilibraría la balanza si pudiera ayudarle a volver a ser quien fue. Le he animado a quedarse y le he asegurado que no sería ninguna molestia prepararle una habitación, pero se ha negado. En su lugar, me pidió que le guardara un par de efectos personales y, por supuesto, acepté. Se puso nervioso al pedírmelo y sentí que no había venido con la intención de dejar esos objetos conmigo; por el contrario, la idea se le había ocurrido en el momento. Era solo un bolso de cuero, vacío salvo por un cuaderno de bocetos. Jamás habría traicionado su confianza para mirar en su interior, pero él insistió en enseñármelo antes de irse. Me hizo jurar que los guardaría en lugar seguro, pobrecillo. No le pregunté de quién tenía que protegerlos y no me respondió cuando quise saber cuándo iba a regresar. Se

*limitó a mirarme con tristeza antes de darme las gracias
por la cena que no había tocado y marcharse. Su desdichada presencia permaneció a mi lado, y sigue junto a mí
mientras escribo junto al fuego que se apaga.*

Ese extracto del diario dibujaba una imagen melancólica y esa «presencia» que describía en sus páginas
permaneció con Elodie también. La narración resolvía
su duda sobre por qué el bolso de Edward Radcliffe había acabado en posesión de James Stratton, pero aún
permanecía la intrigante cuestión de cómo Radcliffe había llegado a conocer tan bien a James Stratton en un
plazo de seis años, hasta el punto de presentarse ante
su puerta en medio de la noche cuando lo acosaban sus
demonios íntimos. Además, ¿por qué había elegido a
Stratton, de entre todos sus conocidos, para que protegiera el bolso y el cuaderno? Elodie anotó que debía
cotejar algunos archivos de los amigos y socios de Stratton para ver si mencionaban a Radcliffe.

Otra incógnita era la referencia de Stratton a «equilibrar la balanza». Era una expresión extraña, que casi
sugería que Stratton había tenido algo que ver con el
declive de Radcliffe, lo cual no tenía ningún sentido.
Stratton no podía haber conocido bien a Edward Radcliffe; no lo mencionaba en ninguno de los documentos,
privados o públicos, que albergaba el archivo y que databan de entre 1861 y 1867. Y era un hecho aceptado,
según Pippa y Wikipedia, que Radcliffe se había sumido en la desesperación tras la muerte de su prometida,
Frances Brown. El nombre no le resultaba familiar en el
contexto de los archivos de Stratton, pero Elodie escribió otra nota para cotejar los documentos de los socios.

Abrió un nuevo archivo en su ordenador y tecleó la descripción del bolso y del cuaderno de bocetos, tras lo cual añadió un breve sumario de la carta y la entrada del diario y los correspondientes datos de referencia del expediente.

Elodie se echó atrás en la silla y se estiró.

Dos terminados, quedaba uno.

La identidad de la mujer de la foto, sin embargo, iba a ser más difícil. Apenas disponía de datos con los que trabajar. El marco era de excelente calidad, pero James Stratton poseía muy pocos objetos que no lo fueran. Elodie se puso la lupa de relojero y buscó en el marco los sellos de la plata. Los anotó en un trozo de papel, aunque sabía que era poco probable que revelaran algún indicio respecto a la identidad de la modelo y su relación con James Stratton.

Se preguntó cómo habría acabado esa fotografía en el bolso de Radcliffe. ¿Fue una mera casualidad o tenía algún significado? Todo dependía, supuso, de la identidad de la mujer. Era posible, por supuesto, que ella no hubiera sido especial para Stratton y que el marco, de hecho, hubiera acabado en el bolso gracias a la sobrina nieta a quien había pertenecido el escritorio, que lo guardaría de forma un tanto aleatoria en algún momento durante las décadas posteriores a la muerte de Stratton. Pero era una posibilidad remota. La forma en que iba vestida, el estilo y el aspecto de la foto sugerían que tanto la modelo como el retrato eran contemporáneos de Stratton. Era mucho más probable que él hubiera guardado, incluso escondido, la fotografía dentro del portadocumentos y que la hubiera metido en el bolso él mismo.

Elodie terminó su inspección del marco, tomando notas para poder describir su condición en el expediente —una mella en la parte superior, como si se hubiera caído; algunas rozaduras finas en la parte trasera— y volvió a centrar la atención en la mujer. Una vez más, la palabra que le vino a la mente fue «iluminada». Había algo en la expresión de la mujer, la caída de su cabello, la luz en sus ojos...

Elodie se dio cuenta de que miraba a la mujer como si esperara que le ofreciera explicaciones. A pesar de todo, por mucho que lo intentó, no pudo descubrir ningún rasgo que la identificara, ni en el rostro ni en la ropa ni en el fondo de la imagen. Si bien la composición de la fotografía era excelente, no aparecía la firma de ningún estudio y Elodie no conocía tanto la fotografía victoriana para saber si algo en esa imagen podía ofrecer una pista respecto a su origen. Tal vez la tutora de Pippa, Caroline, fuera capaz de ayudar después de todo.

Dejó el marco en el escritorio y se frotó las sienes. La foto iba a ser un desafío, pero se negó a desalentarse. La emoción de investigar era una de las mejores partes de su trabajo, un contrapeso a la satisfactoria pero repetitiva tarea de crear expedientes bien hechos.

—Te voy a encontrar —dijo en voz baja—. Que no te quepa duda.

—¿Ya estás hablando sola otra vez? —Margot estaba junto al escritorio de Elodie, hurgando en el bolso que llevaba al hombro—. Es la primera señal de problemas, ya sabes. —Encontró una lata de caramelos de menta y la sacudió sobre la palma extendida de Elodie, que recibió dos—. ¿Te vas a quedar hasta tarde?

Elodie echó una mirada al reloj y se sorprendió al ver que ya eran las cinco y media.

—Hoy no.

—¿Va a venir a recogerte Alastair?

—Está en Nueva York.

—¿Otra vez? Seguro que le echas de menos. Yo no sabría qué hacer si Gary no me estuviera esperando en casa.

Elodie concedió que echaba de menos a su prometido y Margot le dedicó una sonrisa comprensiva que se convirtió súbitamente en una alegre despedida. Tras sacar del bolso los auriculares de color fosforescente, activó el iPhone y se adentró en el fin de semana.

La oficina volvió a sumirse en un silencio de papel. El rayo de luz había llegado a la pared de enfrente y estaba comenzando la ruta diaria hacia su escritorio. Elodie partió uno de los caramelos con las muelas y pulsó Imprimir en el archivo de la etiqueta que había preparado para la nueva caja. Comenzó a recoger el escritorio, tarea que realizaba religiosamente los viernes por la tarde para empezar con buen pie la semana siguiente.

No estaba dispuesta a admitirlo, y menos aún a Margot, pero una pequeña parte de Elodie esperaba con ilusión la semana que Alastair iba a pasar en Nueva York. Le echaba de menos, claro, pero en cierto sentido era relajante saber que podría dormir seis noches seguidas en su propia casa, en su cama, rodeada de sus libros y junto a su taza de té favorita, sin tener que andarse con explicaciones ni negociaciones.

Era cierto lo que Alastair decía: el piso de Elodie era diminuto y en las escaleras flotaba ese olor a fritura, mientras que el de él era amplio, con dos baños, siempre había agua caliente y no se oía la televisión de los vecinos al otro lado de unas paredes de papel. Sin embargo, Elodie se había encariñado con su pisito. Sí, había que usar un truco para desatascar bien el fregadero de la cocina y el agua de la ducha solo salía a media presión cuando ponía la lavadora, pero le parecía que en un lugar así es donde se podía vivir una vida de verdad. Estaban impregnados de historia sus armarios destartalados, las tablas del suelo que crujían y ese baño al que se llegaba subiendo tres escalones enmoquetados.

Al parecer, a Alastair le resultaba entrañable que ella se sintiera a gusto en un lugar tan precario.

—Deberías quedarte en mi casa cuando me vaya —decía siempre, refiriéndose a ese elegante apartamento que tenía en Canary Wharf—. No hace falta que vuelvas a tu guarida.

—Soy feliz aquí.

—¿Aquí? ¿De verdad?

Habían mantenido variantes de la misma conversación al menos quince veces y Alastair siempre reservaba su mirada más escéptica para este momento y la lanzaba sin falta al rincón en el que Elodie había puesto el viejo sillón de terciopelo de su padre, bajo un estante iluminado con luces de colores y lleno de tesoros: el cuadro que la señora Berry le había regalado al cumplir treinta años, la caja de recuerdos que le dio Tip tras la muerte de su madre, una serie de fotos de feria enmarcadas que se hicieron ella y Pippa a los trece años.

Alastair prefería el diseño danés de los años cincuenta y creía que, si no se podía comprar en Conran Shop, un objeto no era digno de verse. El piso de Elodie era acogedor, estaba dispuesto a admitirlo, pero solo después de añadir:

—Claro, tendrás que dejarlo cuando nos casemos... No vamos a poner la cuna en el baño.

Como era obvio, sería una grosería sentir algo que no fuera ilusión ante la perspectiva de vivir en una casa tan grandiosa y resplandeciente, pero Elodie no era una persona grandiosa y resplandeciente y se le daban muy mal los cambios.

—No es de extrañar —le dijo la psicóloga a la que había acudido durante un tiempo cuando se mudó a Oxford—. Perdiste a tu madre. Es uno de los cambios más importantes y aterradores que puede vivir una niña.

Era inevitable que una pérdida semejante, le informó de manera fehaciente la doctora Judith Davies —«Llámame Jude»—, tras tres meses de sesiones semanales en esa sala calurosa de su casa de estilo eduardiano, se quedara grabada en la psique de una persona.

—¿Quieres decir que va a afectar todas las decisiones que tome en la vida? —le había preguntado Elodie.

—Sí.

—¿Para siempre?

—Es lo más probable.

Había dejado de ver a la doctora Davies —«Jude, por favor»— poco después. Ya no le encontraba el sentido, aunque echaba de menos el té de menta y limón que aparecía en la mesa de madera al comienzo de cada sesión.

La doctora había estado en lo cierto: los cambios no se habían vuelto más sencillos para Elodie. Al imaginar a otras personas en *su* piso, que colgarían fotos en los ganchos que ella había dejado en la pared, pondrían las tazas en el alféizar donde ella cultivaba especias y disfrutarían las vistas desde su ventana, Elodie sentía el mismo pavor que había experimentado algunas veces en las vacaciones, cuando despertaba en una habitación extraña, desubicada por completo porque le faltaban sus puntos de referencia.

Todavía no se había atrevido a decirle a su casera que iba a mudarse. La señora Berry tenía ochenta y cuatro años y había crecido en esta casa, cuando aún era un hogar familiar y no tres pisos y medio sobre un puesto de pescado frito. Ahora vivía en el piso del jardín, detrás del puesto. «Aquí solía pasar las mañanas mi madre», le gustaba recordar después de tomarse una o dos copas de su jerez favorito. «Qué señora, qué gran señora fue. Ah, no en el sentido aristocrático, no es eso lo que digo, era su carácter». Los ojos de la señora Berry adquirían un brillo especial cuando comenzaba a recrear el pasado y se volvía menos cuidadosa con sus naipes. «¿Qué pintan?», preguntaba al comienzo de cada mano, pasando el dedo por la parte alta del abanico. «¿Picas? ¿O eran rombos?».

Elodie iba a tener que cancelar la partida de esta noche. Le había prometido a Penelope una lista de grabaciones y una selección para antes del lunes. Ahora que estaba en racha, no podía permitirse distracciones para seguir completando su lista.

Apagó el ordenador y tapó la pluma, que dejó junto a la libreta. El escritorio estaba ordenado salvo por el bolso, el cuaderno de bocetos y la fotografía enmarcada. Podía guardar los dos primeros en el archivo; a la última le esperaba otro fin de semana entre los artículos de oficina dentro de la caja perdida.

Antes de guardar el retrato, Elodie le sacó una foto con el teléfono, como había hecho Pippa. Lo iba a necesitar para tener ideas para el vestido. Tampoco vendría mal verlo junto al velo.

Tras un momento de vacilación, hizo una fotografía de la casa del boceto. No porque quisiera jugar con la idea de que fuera, mágicamente, la casa del cuento de hadas de su madre. Hizo la foto solo porque le gustaba el dibujo. Era precioso y le resultaba conmovedor: le hacía sentirse cerca de su madre y esa parte imborrable de su infancia.

Y luego Elodie metió el bolso y el cuaderno de bocetos en una nueva caja de archivo, pegó la etiqueta que había impreso y los guardó en el almacén antes de salir a una ajetreada calle de Londres.

III

La señora Mack decía que los necesitados solo llegaban a fin de mes si les salían bien las tretas. Era una de esas cosas que afirmaba cuando quería que ensayara una nueva estafa uno de los nuestros, los niños que vivíamos como ratas en los cuchitriles sobre la pajarería en Little White Lion Street.

Últimamente he estado pensando en la señora Mack. Y en Martin, Lily y el Capitán. Incluso en Joe el Pálido, la primera persona a quien quise de verdad. (La segunda si cuento a mi padre, lo que no siempre hago).

La señora Mack, a su estilo, era bastante amable. Su estilo incluía un montón de tundas a quienes le torcían el gesto y una lengua tan afilada que cortaba, pero era más justa que la mayoría. A su estilo. Fue buena conmigo; me acogió cuando yo estaba desesperada; creo que incluso llegó a quererme. La traicioné al final, pero solo cuando no me quedó más remedio.

A este lado, es diferente. Los seres humanos son conservadores de un museo. Cada uno pule sus recuerdos favoritos, los ordena a su manera para crear una narrativa que les guste. Hay eventos que reparan y abrillantan para sacarlos a la luz; a otros se les considera indignos y los desechan, los ocultan bajo tierra en el almacén a rebosar de la mente. Ahí, con un poco de suerte, caen enseguida en el olvido. El proceso no es deshonesto: es la única manera que tienen de vivir consigo mismos y sobrellevar el peso de sus experiencias.

Sin embargo, aquí es diferente.

Lo recuerdo todo y mis recuerdos forman diferentes imágenes según el orden en que caen.

El tiempo pasa de otro modo cuando estoy sola en la casa; no tengo manera de marcar el paso de los años. Soy consciente de la salida y la puesta del sol y de la llegada de la luna, pero ya no siento su avance. El pasado, el presente y el futuro carecen de sentido; vivo fuera del tiempo. Vivo aquí y allí, y allí y aquí, al mismo tiempo.

Mi visitante ha pasado conmigo cinco de sus días. Me sorprendió su llegada, con su maleta desgastada y ese bolso marrón que llevaba al hombro, que me recuerda al de Edward; me sorprendió aún más cuando se cerraron las puertas de la casa al caer la noche y él se quedó. Ha pasado muchísimo tiempo desde que alguien se quedara a dormir aquí. Desde que la Asociación de Historiadores del Arte abrió la casa al público, solo he visto viajeros de fin de semana, con zapatos cómodos y guías de viaje.

Los de la Asociación han puesto al joven en la habitación de la antigua maltería, parte del área cerrada reservada a la administración, donde los visitantes tienen Prohibido el Paso. No tendría sentido que se instalara en la casa, pues ahora es como un museo. Para que los turistas tengan espacio para dar vueltas, han cambiado la disposición de los muebles antiguos, la mayor parte de los cuales Edward adquirió cuando compró la casa. Han puesto ramas de lavanda con lazos de terciopelo en los asientos, para que a nadie se le ocurra sentarse.

Justo antes de que el reloj dé las diez los sábados por la mañana, llega un grupo de voluntarios, que se colocan por la casa para que haya uno por habitación. Llevan al cuello unas etiquetas en las que pone «Guía» y su trabajo es decir a la gente: «¡No se toca!». Han aprendido unas cuantas anécdotas históricas parcialmente correctas, de modo que cuando descubren un turista medio dispuesto, le sueltan su perorata.

Hay una en particular, Mildred Manning, a quien le gusta sentarse en una silla de estilo cuáquero, en lo alto de la escalera de la buhardilla, y mostrar los dientes en lo que resulta una sombría aproximación a una sonrisa. Nada la hace más feliz que sorprender a un visitante desprevenido a punto de posar el folleto en la mesilla de al lado. Esta infracción le ofrece la valiosa oportunidad de entonar: «No dejen nada sobre el mobiliario de Edward Radcliffe».

A Edward le habría sacado de sus casillas. No soportaba esa ferviente sobreprotección de «las cosas». Creía que los objetos hermosos debían admirarse, no venerarse. Y así, con Edward en mente, algunos días, cuando el año se arrastra hacia el otoño, paso las tardes cubriendo los hombros de Mildred. Por mucha ropa que se ponga, nadie puede sentir calor si me acerco demasiado.

He realizado un inventario preliminar: el visitante tiene el pelo rubio oscuro y la piel bronceada. Tiene manos curtidas y ágiles. No son las manos finas de un pintor. Son las manos de un hombre que sabe cómo utilizar las herramientas que lleva consigo cuando sale cada día.

Ha estado muy ocupado desde su llegada. Se despierta temprano, antes del amanecer, lo que no parece que sea muy de su agrado, pues gime y tuerce la vista en busca del teléfono que deja junto a la cama a modo de reloj, pero, a pesar de todo, se levanta en lugar de remolonear entre las sábanas. Se prepara una taza de té, de forma rápida y torpe, tras lo cual se ducha y se viste, siempre con la misma ropa: una camiseta y unos vaqueros azules descoloridos, que por la noche arroja sobre la silla del rincón.

Su tarea, sea la que sea, le exige fruncir el ceño ante el mapa de los terrenos de la casa y una serie de notas manuscritas. He adquirido la costumbre de situarme a cierta distancia detrás de él mientras intento descubrir qué se trae entre manos. Pero es inútil. La letra es demasiado pequeña para leerla y no me atrevo a acercarme más. Todavía no estoy familiarizada con él y no sé cuánto puedo acercarme. Mi compañía puede resultar opresiva y no quiero asustarle.

No todavía.

Y así espero.

Al menos sé qué guarda en ese bolso marrón; sacó las cosas ayer por la noche. Es una cámara, una cámara de verdad que Felix tal vez reconocería si de repente apareciera aquí y ahora.

Sin embargo, lo que Felix no reconocería es esa manera en que mi visitante conecta la cámara a un ordenador para que las imágenes aparezcan, como por arte de magia, en la pantalla. Ya no se necesitan un cuarto oscuro o esas soluciones para el revelado, con su olor punzante.

Anoche observé mientras pasaba de una imagen a otra. Fotografías del camposanto; lápidas, sobre todo. Ninguna que conociera, pero me quedé absorta de todos modos. Era la primera vez en muchos años que he podido «salir» de este lugar.

Me pregunto qué revelan sus fotografías acerca de su propósito.

No lo suficiente.

Ahora está ahí fuera, en algún lugar; lleva fuera desde el desayuno. Pero soy paciente, muchísimo más paciente que antes.

He estado observando desde la ventana de la escalera, mirando, más allá del castaño, hacia mi viejo amigo, el Támesis. No espero que el joven regrese por este camino: a diferencia de quienes vinieron a Birchwood Manor antes que él, no siente predilección por el río. A veces lo observa, igual que se mira un cuadro, pero solo desde lejos y no, creo yo, con gusto. No ha dado ni un paseo en barca hasta ahora.

No; si contemplo el río, es por mí. El Támesis ha fluido a lo largo de mi vida igual que la sangre recorre un cuerpo. Ahora solo puedo llegar al muro del granero que queda al norte, al arroyo Hafodsted al oeste, a la huerta al este y al arce japonés al sur. He intentado ir más lejos a lo largo de los años, pero por desgracia, sin éxito alguno. La sensación, por así decirlo, es como la de un ancla que tira de mí. No comprendo la física; solo sé que es así.

Mi visitante no es tan joven como pensé al principio. Es musculoso y ágil, con esa corporalidad palpitante del animal que entra en casa en contra de su voluntad; pero lleva un peso a cuestas. Las penurias dejan su rastro en un hombre: mi padre envejeció una década en los meses posteriores a la muerte de mi madre, cuando el casero comenzó a llamar a la puerta y los dos se enfrascaban en tensas discusiones que se volvieron más y más acaloradas con el tiempo, hasta que al fin, en un sombrío día de invierno, el casero gritó que había tenido la paciencia de un santo y que no era una beneficencia y que ya era hora de que mi padre encontrara un nuevo acomodo.

Las penurias de mi visitante son de carácter diferente. Guarda una fotografía en su maltrecha cartera de cuero. Le he visto sacarla en plena noche y estudiarla. Es la imagen de dos niñas pequeñas, casi bebés. Una sonríe a la cámara con una felicidad gustosa; la otra es más cauta.

Por la manera en que el visitante frunce el ceño ante la fotografía —cómo la roza con el pulgar, como si así fuera a agrandarla y verla más de cerca—, estoy segura de que son sus hijas.

Y anoche hizo una llamada con el móvil a alguien a quien llamó Sarah. Su voz es cálida y educada, pero noté, al ver cómo apretaba el bolígrafo y se mesaba los cabellos, que le resultaba difícil.

Dijo: «Pero eso fue hace mucho tiempo» y «Ya lo verás, he cambiado» y «¿Es que no me merezco una segunda oportunidad?».

Y todo el rato tenía la mirada clavada en la fotografía y toqueteaba con los dedos el borde superior izquierdo.

Fue esa conversación lo que me hizo recordar a mi padre. Porque, antes de la señora Mack y el Capitán, estuvo mi padre, siempre en busca de una segunda oportunidad. Era relojero de profesión, un maestro artesano de destreza sin igual, a quien acudían los que deseaban reparar los relojes más elaborados. «Cada reloj es único —solía decirme—. Y su cara, igual que la de una persona, ya sea bonita o fea, solo es una máscara que oculta el complejo mecanismo de su interior».

A veces iba con él a reparar relojes. Me llamaba su ayudante, aunque en realidad yo no le ayudaba. Cuando a él le conducían a la biblioteca o al estudio, a mí una diligente criada me llevaba sin falta a una de las enormes cocinas humeantes que daban vida a las casas pudientes de Inglaterra. Todas contaban con una rechoncha cocinera que se afanaba en su sala de máquinas, los mofletes sonrosados, la frente sudorosa, ocupada con los estantes, que mantenía bien abastecidos de mermelada dulce y hogazas de pan recién hecho.

Mi padre solía decirme que mi madre había crecido en una de estas casas. Estaba sentada ante la ventana de la escalera principal, me decía, cuando él llegó a reparar el reloj de su padre. Sus ojos se habían encontrado, se habían enamorado y nada pudo separarlos desde entonces. Sus padres lo habían intentado, su hermana pequeña le había rogado que se quedara, pero mi madre era testaruda y joven y estaba acostumbrada a conseguir lo que quería, así que se fugó. Por lo general, los niños son criaturas literales y, cada vez que oía esta historia, me imaginaba a mi madre corriendo, la falda revoloteando tras ella como una estela de satén, mientras huía del castillo imponente y abandonaba a su hermana querida y a sus padres sobreprotectores, furiosos y horrorizados.

Eso es lo que yo creía.

Fue mi padre quien tuvo que contarme historias, pues no tuve ocasión de conocer a mi madre. Le quedaban dos días para cumplir veintiún años cuando murió. Fue tuberculosis, pero mi padre le pidió al médico forense que pusiera bronquitis en el certificado de defunción, ya que le sonaba más refinado. No se tenía que haber molestado: tras casarse con mi padre y dejar el seno de su familia, mi madre fue a parar a la gran masa de gente corriente que la historia no recuerda.

Había un solo retrato, un pequeño boceto, que mi padre guardaba en un medallón de oro y que para mí era un tesoro. Hasta que nos vimos obligados a mudarnos a un par de habitaciones con corrientes de aire en el callejón angosto de East London, donde el olor del Támesis se nos metía a todas horas en las narices y las llamadas de las gaviotas y los marineros se mezclaban para formar una canción incesante, y el medallón desapareció entre las manos de un usurero. No sé qué fue del retrato. Se cayó entre las grietas del tiempo y acabó donde terminan las cosas extraviadas.

Mi padre me llamaba Birdie; decía que yo era su pajarillo. Mi nombre verdadero era bonito, afirmaba, pero era el nombre de una mujer adulta, uno de esos nombres de faldas largas y finas sedas, pero sin alas con las que volar.

—¿Me vendría bien un nombre con alas?

—Ah, sí, eso creo.

—Entonces, ¿por qué me pusisteis un nombre sin alas?

Se puso serio entonces, como siempre que la conversación rozaba el tema de *ella:*

—Te pusimos ese nombre por el padre de tu madre. Para ella era importante que tuvieras algo de su familia.

—¿Incluso aunque no quisieran conocerme?

—Incluso así —dijo con una sonrisa y me alborotó el pelo, lo que siempre me tranquilizaba: como si todas las privaciones perdieran peso ante su amor.

El taller de mi padre estaba lleno de maravillas. Bajo la ventana, la enorme mesa de trabajo era un mar de muelles y remaches, escalas y alambres, campanas, péndulos y pequeñas manecillas. Solía colarme por la puerta abierta y me arrodillaba sobre un taburete de madera y exploraba la mesa mientras él trabajaba, dando vueltas a esos artilugios llamativos e ingeniosos, presionando con delicadeza esas piezas diminutas y frágiles bajo los dedos, sujetando los diferentes metales a la luz del sol para verlos brillar. Hacía una pregunta tras otra y él me miraba por encima de los anteojos al responderme; pero me hizo prometer que no diría ni una palabra a nadie acerca de lo que había visto, pues mi padre no se limitaba a reparar relojes; estaba trabajando en un invento suyo.

Su Gran Proyecto consistía en la creación de un Reloj Secreto, para lo cual pasaba largas sesiones ante su mesa de trabajo y hacía visitas frecuentes y furtivas al tribunal donde se tramitaban las patentes de los inventos. Mi padre decía que el Reloj Secreto, cuando lo completara, nos daría una fortuna, pues ¿qué hombre pudiente no desearía un reloj cuyo péndulo se moviera en apariencia sin ayuda de ningún mecanismo?

Yo asentía con gesto solemne cuando me decía esas cosas —me hablaba con tal gravedad que me parecía necesario—, pero en realidad no me impresionaban menos los relojes normales que se alineaban en sus paredes, del suelo al techo, cuyos corazones latían y cuyos péndulos oscilaban en una constante y agradable disonancia. Me enseñó a darles cuerda y más tarde me ponía en el centro de la habitación y contemplaba las esferas dispares que me hacían tic-tac a coro.

—Pero ¿cuál es el que da la hora exacta? —le preguntaba.

—Ah, Birdie. Hay una pregunta mejor: ¿cuál no?

No existía la hora exacta, explicó. Las horas eran una idea; no tenían ni principio ni final; no se podían ver ni oír ni oler. Se podían medir, claro que sí, pero todavía no se habían encontrado las palabras para explicar con exactitud qué eran. En cuanto a la hora «exacta», solo se trataba de aceptar un consenso.

—¿Recuerdas a esa mujer del andén? —preguntó.

Le dije que sí. Una mañana había estado jugando en una estación al oeste de Londres mientras mi padre trabajaba cuando noté un segundo reloj. Había dejado lo que estaba haciendo y estaba mirando las dos esferas distantes cuando una mujer se me acercó.

—Esa de ahí es la hora de verdad —me había explicado, señalando la esfera más pequeña—. Y esa —frunció el ceño ante el reloj al que mi padre acababa de dar cuerda— es la hora de Londres.

Y así es como aprendí que, aunque me era imposible estar en dos lugares a la misma hora, sí podía estar en un lugar en dos horas distintas.

Poco después, mi padre sugirió un viaje a Greenwich, «por donde pasa el meridiano».

El meridiano de Greenwich. Esas palabras novedosas fueron como un hechizo.

—La línea de la que nace el tiempo —continuó—. Del Polo Norte al Polo Sur, divide la Tierra en dos.

Me impresionó tanto, tan vívida era mi imaginación de niña, que supongo que era inevitable que la realidad me defraudara.

Nuestro viaje nos llevó al patio bien cuidado de un gran palacio de piedra, desde el que busqué en vano ese desgarro enorme e irregular que me había imaginado en la superficie de la Tierra.

—Ahí está —indicó mi padre con el brazo tendido—, justo enfrente de ti, esa línea recta. Cero grados de longitud.

—Pero no veo nada. Lo único que veo es... la hierba.

Se rio cuando lo dije, me alborotó el pelo y me preguntó si me gustaría echar un vistazo por el telescopio del Observatorio Real.

En los meses anteriores a la muerte de mi madre viajamos por el río hasta Greenwich unas cuantas veces y en el barco mi padre me enseñó a leer: las palabras de los libros, las corrientes del río, las expresiones de los otros viajeros.

Me enseñó a saber qué hora era gracias al Sol. Los seres humanos siempre se han sentido fascinados por esa gran esfera ardiente que hay en el cielo, me dijo, «pues no solo nos da calor sino también luz. El mayor anhelo de nuestras almas».

Luz. Me acostumbré a mirarla en los árboles de la primavera y me fijaba en cómo volvía traslúcidas las hojas que acababan de brotar. Observaba cómo arrojaba sombras contra las paredes; cómo lanzaba polvo de estrellas sobre la superficie del agua; cómo hacía filigranas en el suelo al pasar a través de una verja de hierro forjado. Quería tocar esta maravillosa herramienta. Sostenerla entre los dedos igual que esos objetos diminutos del taller de mi padre.

Capturar la luz se convirtió mi misión. Encontré una pequeña caja con tapa de bisagras, la vacié y, con un martillo de mi padre, atravesé la tapa con un clavo varias veces para hacer pequeñas perforaciones. Me llevé el artilugio conmigo, me senté en el lugar más soleado que pude encontrar y esperé a que la parte superior estuviera muy caliente. Por desgracia, cuando abrí esa caja de maravillas, no había un rayo cautivo y resplandeciente a la espera. Solo era el interior de una vieja caja oxidada.

«Encima de llover, lo hace a cántaros», solía decir la señora Mack, lo cual no era un comentario sobre el tiempo, algo que tardé en comprender, sino una observación sobre cómo las desgracias nunca vienen solas.

Tras la muerte de mi madre, comenzó a llover a cántaros sobre nuestras cabezas.

Por un lado, se acabaron nuestros viajes a Greenwich.

Por otro, empezamos a ver a Jeremiah mucho más a menudo. Era amigo de mi padre, más o menos, y los dos se habían criado en el mismo pueblo. De vez en cuando nos había visitado cuando mi madre aún vivía, pues mi padre lo había llevado como aprendiz al reparar esos enormes relojes de las estaciones de tren; pero yo sabía, de esa manera vaga e instintiva de los niños pequeños, que Jeremiah era un motivo de tensiones entre ellos. Recuerdo a mi padre tratando de apaciguar a mi madre con frases como: «Hace lo que puede con lo que Dios le ha dado» o «Tiene buenas intenciones» y le recordaba que, si bien había recibido pocos dones en esta vida, Jeremiah era «un buen tipo, de verdad, y muy emprendedor».

Esto último era innegable: Jeremiah se lanzaba ante la menor oportunidad. Fue trapero, curtidor y en una ocasión tuvo la convicción de que iba a hacerse rico distribuyendo de puerta en puerta las Pastillas Aromáticas de Steel, entre cuyas numerosas ventajas se encontraba una «magnífica resistencia masculina».

Tras la muerte de mi madre, cuando mi padre comenzó a hundirse en el oscuro abismo del dolor, Jeremiah empezó a llevarlo por ahí por las tardes y cuando volvían, tambaleándose, ya era de noche y mi padre, medio dormido, se derrumbaba sobre el hombro de su amigo. Jeremiah pasaba la noche en el sofá de nuestro salón, para «ayudarnos» mejor al día siguiente.

Y los días de mi padre se habían vuelto más largos y vacíos. Habían comenzado a temblarle las manos y había perdido la capacidad de concentrarse. Recibía menos ofertas de trabajo, lo que a su vez le volvía más resentido. Jeremiah, a pesar de todo, siempre estaba ahí para animarle. Convenció a mi padre de que, de todos modos, había estado perdiendo el tiempo con sus reparaciones; que su futuro dependía de perfeccionar el Reloj Secreto; que con Jeremiah de agente se harían ricos.

Cuando el casero por fin perdió lo que le quedaba de paciencia, fue Jeremiah, gracias a sus contactos, quien ayudó a mi padre a encontrar habitaciones en un edificio a la sombra del campanario de St. Anne. Al parecer, conocía a mucha gente y siempre tenía una opinión que decir y un «pequeño negocio» que realizar. Fue Jeremiah quien supervisó la venta de las patentes de mi padre y fue Jeremiah quien me dijo que no me preocupara cuando el alguacil comenzó a aporrear la puerta a todas horas, quejándose porque mi padre le debía dinero; conocía a alguien, dijo Jeremiah, que regentaba una casa de apuestas en Limehouse. Lo único que necesitaba mi padre era un poco de suerte para enderezar el rumbo.

Y cuando este comenzó a pasar las noches en la taberna de Narrow Street, volviendo a rastras al amanecer, apestando a tabaco y whisky, para dejarse caer sobre la mesa vacía con la pipa —ya había vendido sus últimos remaches y objetos de latón para pagar las deudas de juego—, fue Jeremiah quien sacudió la cabeza con tristeza y dijo:

—Lo que le pasa a tu padre es que tiene mala suerte. No he conocido a otro hombre con tan mala estrella.

El alguacil siguió aporreando la puerta, pero mi padre no le hacía caso. En cambio, comenzó a hablar de forma obsesiva sobre Estados Unidos. En su maltrecho estado, la idea tenía sentido. Dejaríamos atrás los recuerdos tristes y dolorosos y comenzaríamos en un lugar nuevo desde cero. «Hay tierras, Birdie —me dijo—, y luz para todos. Y ríos de agua limpia y terrenos que se pueden cultivar sin miedo a desenterrar huesos del pasado». Vendió los últimos vestidos de mi madre, prendas que había estado guardando para mí, y nos reservó un pasaje barato para el próximo barco que partía a Estados Unidos. Guardamos todas nuestras posesiones en una pequeña maleta cada uno.

Hizo frío durante la semana que íbamos a irnos y nevó por primera vez en la estación. Mi padre estaba ansioso de llevar todo el dinero que pudiéramos durante el viaje. Pasábamos cada día junto al río, donde hacía poco había volcado un buque de suministros y en el lodo se ocultaban recompensas para quienes estuvieran dispuestos a buscarlas. Trabajábamos sin parar, desde la salida hasta la puesta del sol, lloviera, granizara o nevara.

Hurgar en el fango era agotador, pero una noche me sentí más exhausta que de costumbre. Me dejé caer sobre el colchón, empapada, y no fui capaz de levantarme. El mareo llegó de repente, junto a unos dolores que me dejaron los huesos fríos y pesados. Me castañeteaban los dientes, me ardía la frente y el mundo comenzó a oscurecerse, como si alguien hubiera echado el telón.

Me sentía a la deriva y mi percepción se volvió tan inestable como un barquito de madera en el mar embravecido. A veces oía la voz de mi padre y la de Jeremiah, pero eran breves fragmentos seguidos de largos periodos sumida en las vívidas historias que narraba mi mente, sueños de lo más picante y peculiar.

Me subió la fiebre, que creaba sombras y monstruos retorcidos en la habitación; se sacudían por las paredes, con los ojos enloquecidos abiertos de par en par, y estiraban las garras para sujetar la ropa de mi cama. Me giraba y me retorcía para alejarme de ellos y mis sábanas quedaban empapadas por el esfuerzo, mientras en mis labios se formaban encantamientos que parecían de vital importancia.

Las palabras agujereaban mis delirios como agujas, palabras familiares como médico..., fiebre..., Estados Unidos..., que antes tenían significado e importancia.

Y entonces oí a Jeremiah decir:

—Tienes que irte. El alguacil va a volver y ha prometido que esta vez te va a llevar a la cárcel o algo peor.

—Pero mi hija... Mi Birdie... No puede viajar así.

—Déjala aquí. Manda a buscarla cuando te hayas establecido. Hay gente que cuida de niños por poco dinero.

Me ardieron los pulmones, la garganta, la mente por el esfuerzo de gritar: «¡No!»; pero no sé si la palabra llegó a salir de entre mis labios.

—Ella depende de mí —dijo mi padre.

—Peor todavía si el juez decide que pagues tus deudas con tu propia vida.

Quise gritar, estirar el brazo y agarrar a mi padre, apretarlo contra mí para que nunca nos separasen. Pero fue inútil. Los monstruos tiraron de mí hacia abajo de nuevo y no oí nada más. El día se disolvió en la noche; mi barquito se adentró una vez más en mares tormentosos...

Y eso es lo último que recuerdo.

Lo siguiente que noté es que era una mañana soleada y el primer sonido que llegó a mis oídos fue el de los pájaros al lado de la ventana. Pero no eran los pájaros que dan la bienvenida al día aquí en Birchwood Manor o los que anidaban bajo el alféizar de nuestra casita en Fulham. Era una gran cacofonía de pájaros, cientos, que graznaban y chillaban en idiomas desconocidos para mí.

Repicó la campana de una iglesia y reconocí al instante que era la de St. Anne, aunque resultaba un poco diferente al sonido que tan bien conocía.

Yo era una náufraga llegada a una costa desconocida.

Y entonces una voz, la voz de una mujer que no conocía, dijo:

—Está despertando.

—Padre —intenté decir, pero tenía la garganta seca y no surgió más que un leve sonido etéreo.

—Shhh... Tranquila —dijo la mujer—. Tranquila. La señora Mack está aquí. Todo va a ir bien.

Entreabrí los ojos para encontrarme ante una enorme figura humana que se alzaba sobre mí.

Más allá vi mi pequeña maleta, en una mesa junto a la ventana. Alguien la había abierto y mi ropa formaba una pila bien ordenada a su lado.

—¿Quién eres? —atiné a decir.

—Vaya, soy la señora Mack, por supuesto, y este muchacho es Martin y el de ahí es el Capitán. —Hablaba con un atisbo de alegre impaciencia.

Miré a mi alrededor para asimilar ese entorno desconocido y los extraños a quienes señalaba.

—¿Papá? —Comencé a llorar.

—Shhh. Cielos, niña, no tienes por qué lloriquear. Sabes muy bien que tu padre se ha ido a Estados Unidos y va a enviar a buscarte en cuanto esté preparado. Mientras tanto, le ha pedido a la señora Mack que te cuide.

—¿Dónde estoy?

—¡Vaya, niña! —La mujer se rio—. Estás en casa, claro. Venga, basta ya de pucheros, que se te va a estropear esa cara tan bonita que tienes.

Y así fue como nací dos veces.

La primera vez, de mi madre y mi padre, en una pequeña habitación en nuestra casa de Fulham, en una fría noche de invierno de luna llena y estrellas brillantes, cuando el río era una serpiente de piel reluciente bajo la ventana.

Y la otra, de la señora Mack, cuando tenía siete años, en esa casa bajo esa tienda que vendía pájaros y jaulas, en el área de Covent Garden a la que llamaban Seven Dials.

CAPÍTULO SEIS

Verano, 2017

La señora Berry se encontraba entre las malvarrosas y delfinios cuando Elodie volvió del trabajo. Al otro lado de la entrada, la puerta del jardín estaba abierta de par en par y Elodie vio que su anciana casera estaba examinando las flores. Nunca dejaba de asombrarla cómo alguien que necesitaba una lupa para diferenciar entre diamantes y corazones podía seguir teniendo una vista de águila cuando se trataba de sus flores.

En lugar de subir las escaleras, Elodie cruzó la entrada, pasó junto al reloj de pie de la señora Berry, que seguía marcando el tiempo con la paciencia de siempre, y se detuvo ante la puerta.

—¿Vas ganando?

—Bribones —respondió la señora Berry, que arrancó una enorme oruga de una hoja y la sostuvo en alto para que Elodie la viera bien—. Taimados diablillos... Y codiciosos también, qué codiciosos. —Dejó al infractor en un viejo tarro de mermelada junto a los otros—. ¿Te apetece beber algo?

—Me encantaría.

Elodie dejó el bolso en el escalón de hormigón y salió al jardín veraniego. Una breve charla para ponerse al día y luego comenzaría con las grabaciones que había prometido a Penelope.

La señora Berry dejó el frasco de bichos en la elegante mesa de hierro que había bajo el manzano y desapareció en la cocina. A sus ochenta y cuatro años tenía una vitalidad excepcional, hecho que ella atribuía a carecer de permiso de conducir.

—Qué horrorosas máquinas contaminantes. ¡Y cómo la gente va a lo loco! Terrible. Mucho mejor caminar.

Reapareció con una bandeja en la que llevaba una bebida burbujeante naranja. El año anterior la señora Berry había ido de viaje a la Toscana con su clase de pintura y se había aficionado al Aperol Spritz, un cóctel popular en Italia. Llenó una copa a rebosar para cada una y pasó la de Elodie al otro lado de la mesa.

—*Salute!*

—¡Salud!

—Hoy te envié la confirmación.

—Qué bien. Por lo menos, ya hay una invitada en mi lado de la iglesia.

—Y he estado pensando más en lo que voy a leer. Hay un poema precioso de Rossetti que parece una tela de Morris, todo pavos reales, frutas y mares paradisiacos...

—Suena genial.

—Pero frívolo. Demasiado frívolo para ti. Prefiero el de Tennyson. «Si me amaras como deseo, ¿qué, en esta gran esfera de la tierra, de toda la maldad que hay entre la muerte y el nacimiento, iba a temer, si tú me amaras?».

—Sonreía de una manera beatífica, una mano diminuta

en el corazón—. Ah, Elodie, ¡qué gran verdad! ¡Qué libertad! Qué alegría, sentirse liberada de los miedos de la vida por el simple conocimiento del amor.

Elodie se descubrió a sí misma asintiendo con el mismo entusiasmo.

—Es precioso.

—¿A que sí?

—Hay un pequeño inconveniente: qué pensará la madre de Alastair sobre un poema para la boda que describe la vida como la maldad que hay entre el nacimiento y la muerte.

—¡Bah! ¿Qué importará lo que piense ella?

—Bueno, nada, supongo.

—De todos modos, no es lo importante del poema. Lo importante es que, a pesar de toda la maldad que nos encontremos, el amor nos protege.

—¿Crees que eso es cierto?

La señora Berry sonrió.

—¿Alguna vez te he contado cómo conocí a mi marido?

Elodie negó con la cabeza. El señor Berry había fallecido antes de que ella se mudara a este piso. Había visto fotos de él, muchísimas: un hombre sonriente con gafas y una tira de pelo cano alrededor de una calva impecable; cubrían todas las paredes y los aparadores del piso de la señora Berry.

—Éramos unos niños. Se llamaba Bernstein por aquel entonces. Vino a Inglaterra en uno de los trenes llegados de Alemania al comienzo de la Segunda Guerra Mundial. El *Kindertransport*, ¿sabes? Mis padres se habían ofrecido como padres de acogida y en junio de 1939 nos enviaron a Tomas. Todavía recuerdo la noche en que llegó: abrimos la puerta y ahí estaba, solo, con esas piernas flacuchas y una maleta destartalada en la mano. Qué poquita cosa era, con sus ojos y su pelo oscuros, y no hablaba ni una palabra de inglés. Y qué educado. Se sentó a la mesa y sufrió con paciencia el chucrut que intentó cocinar mi madre, tras lo cual le llevaron a la habitación que le habían preparado. Yo me sentía fascinada, claro —cuántas veces había pedido un hermanito—, y por aquel entonces había una grieta en la pared que separaba mi habitación de la suya, una guarida de ratón que mi padre no había reparado. Solía espiarle por esa ranura y así supe que se acostaba cada noche en la cama que mi madre le había hecho, pero, cuando se apagaban las luces de la casa, metía la manta y la almohada en el armario y se subía para dormir ahí. Creo que fue eso lo que me hizo quererle.

»Cuando llegó, tenía solo una fotografía, envuelta en una carta de sus padres. Más tarde me contó que su madre le había cosido ese pequeño paquete dentro del forro de la chaqueta para que no se perdiera. Guardó esa fotografía toda la vida. Sus padres, muy elegantes, y él, una criatura feliz entre ellos que no tenía ni idea de lo que les esperaba. Murieron en Auschwitz, los dos. Lo descubrimos más tarde. Nos casamos en cuanto cumplí los dieciséis y nos fuimos juntos a Alemania. Había muchísima confusión después de la guerra, muchos horrores que superar. Él era muy valiente. Temí más de una vez que todo lo que había perdido le fuera a abrumar.

»Cuando supimos que no podríamos tener hijos, cuando su mejor amigo, que además era su socio, le estafó y pareció que íbamos a la bancarrota, cuando me noté un bulto en el pecho... Él siempre fue muy valiente.

Y muy resiliente, supongo... Parece que es la palabra de moda. No es que no sintiera las cosas —le vi llorar muchas veces—, pero sabía lidiar con la decepción, con las penurias y el dolor; se volvía a poner de pie y seguía adelante, siempre. Y no es que fuera uno de esos locos que se niegan a reconocer la adversidad, sino que aceptaba que la vida es injusta. Que lo único de verdad justo en la vida es la aleatoriedad de su injusticia. —Volvió a llenar las copas—. Te cuento todo esto no porque me apetezca recordar mi vida ni porque disfrute contando cosas tristes a mis amigas los viernes por la tarde... Es solo que... quería que lo comprendieras. Quería que comprendieras qué bálsamo es el amor. Qué significa compartir la vida con alguien, compartirla de verdad, de modo que poco importa lo que pase más allá de los muros que habéis levantado. Porque el mundo está lleno de ruidos, Elodie, y aunque la vida está llena de alegría y cosas maravillosas, también existen la maldad, el dolor y la injusticia.

A Elodie no se le ocurrió gran cosa que decir. Mostrarse de acuerdo con esa sabiduría adquirida tras tantos sacrificios le pareció insustancial y, en realidad, ¿qué experiencias había vivido ella para añadir algo a los pensamientos de su amiga de ochenta y cuatro años? La señora Berry no daba la impresión de esperar una respuesta. Bebía a sorbos de su copa y había fijado la atención en algo que se encontraba más allá de los hombros de Elodie, así que esta se abandonó a sus cavilaciones. Cayó en la cuenta de que no había recibido noticias de Alastair en todo el día. Penelope le había dicho por teléfono que había tenido una reunión con la junta directiva de Nueva York y que todo había ido bien. ¿Tal vez había salido con sus colegas a celebrar la fusión?

Elodie todavía no estaba del todo segura de a qué se dedicaba la empresa de Alastair. Algo que tenía que ver con adquisiciones. Se lo había explicado más de una vez —se trataba de consolidaciones, le dijo, de la unión de dos entidades para aumentar su valor combinado—, pero Elodie siempre se quedaba con las ganas de hacer esas preguntas que habría hecho una niña. En su trabajo, una adquisición se refería a la entrega y posesión de un objeto. Algo sólido y real que podría sostenerse entre las manos y que contaba una historia con cada una de sus marcas.

—Cuando Tomas se estaba muriendo —la señora Berry retomó el hilo de su relato—, justo antes del mismísimo final, comencé a preocuparme. Me preocupaba muchísimo que él tuviera miedo; no quería que tuviera que irse solo. Por las noches mis sueños se llenaron con la imagen de ese niño pequeño, solo ante nuestra puerta. No dije nada, pero siempre habíamos sido capaces de saber lo que pensaba el otro y un día volvió la cabeza hacia mí, sin venir a cuento, y me dijo que nunca había tenido miedo a nada en la vida desde el día que nos conocimos. —Los ojos de la señora Berry resplandecieron y su voz se llenó de asombro—. ¿Lo has oído bien? Nada en esta vida tenía el poder de asustarlo porque sabía cuánto le quería.

A Elodie se le hizo un nudo en la garganta.

—Me habría encantado conocerle.

—A mí también me habría encantado. Le habrías caído bien. —La señora Berry tomó un largo sorbo de su bebida. Un estornino bajó en picado y se posó en la mesa entre ellas, con la mirada fija en el frasco de insectos, hasta que pio con fuerza y se apartó a una rama del manzano para seguir observándolos. Elodie sonrió y la señora Berry lanzó una risotada—. ¿Por qué no te quedas a cenar? —dijo—. Te contaré una historia más alegre, sobre aquella vez en que Tomas y yo compramos una granja por accidente. Y luego te voy a dar una buena paliza. Ya he barajado bien las cartas y estoy lista.

—Ah, señora Berry, me encantaría, pero esta noche no puedo.

—¿Ni siquiera una partidita?

—Me temo que no. Tengo que terminar algo.

—¿Más trabajo? Trabajas demasiado, ya lo sabes.

—Esta vez, no; son cosas de la boda.

—¡Cosas de la boda! De verdad, la gente complica demasiado todo en estos tiempos. ¿Qué más necesitas aparte de dos personas que se quieren y otra que les oiga decirlo? En mi opinión, incluso la presencia del tercero me parece un exceso. Si lo pudiera hacer de nuevo, me escaparía a la Toscana y pronunciaría mis votos en una de esas aldeas medievales en una colina, con el sol en la cara y una corona de madreselva en el pelo. Y luego me bebería una buena botella de Chianti.

—¿Las hay malas?

—¡Esa es mi chica!

Arriba Elodie se quitó los zapatos y abrió las ventanas. La madreselva del jardín de la señora Berry había crecido de modo voraz durante el verano y subía por la pared trasera de la casa, de modo que su fragancia flotaba en la cálida brisa de la tarde por todo el piso.

Se puso de rodillas en el suelo y abrió la maleta con las cintas que su padre le había dado. Elodie reconoció la maleta: su padre la había comprado unos doce años atrás, cuando ella le convenció para que fuera a una gira de música clásica. Había visto mejores tiempos y no estaba a la altura de su preciosa carga. Nadie habría adivinado que contenía lo más querido para su padre, lo cual, supuso Elodie, habría sido intencionado, para que no corriera peligro.

Dentro había por lo menos treinta cintas de vídeo, todas etiquetadas de manera meticulosa con la letra esmerada de su padre: fecha, concierto, lugar y nombre de la pieza. Gracias a la señora Berry, Elodie tenía el que con certeza sería uno de los últimos reproductores de vídeo de Londres y lo conectó a la parte trasera de la televisión. Escogió una cinta al azar y la metió en el reproductor. De repente, sintió nervios en el estómago.

La cinta no estaba rebobinada del todo y la música inundó la habitación al instante. Lauren Adler, célebre violonchelista y madre de Elodie, apareció en primer plano en la pantalla. No había comenzado todavía, pero tenía el violonchelo entre los brazos, el mástil al cuello, mientras la orquesta tocaba detrás de ella. En este vídeo era muy joven. Tenía el mentón alzado, los ojos fijos en el director; el pelo, largo, caía sobre los hombros hacia la espalda. Estaba a la espera. Las luces del escenario le iluminaban un lado de la cara; la otra parte se sumía en una sombra dramática. Llevaba un vestido de satén negro de tirantes finos que dejaba al descubierto los brazos, delgados y engañosamente fuertes. No lucía joyas salvo una sencilla alianza de boda; los dedos, posados sobre las cuerdas, aguardaban preparados.

En la pantalla apareció el director, que llevaba chaqueta negra y pajarita blanca. La orquesta hizo una pausa y, al cabo de unos segundos de silencio, el director hizo un gesto con la cabeza a Lauren Adler. Tras respirar hondo, ella y el violonchelo comenzaron su danza.

En los muchos artículos que Elodie había devorado acerca de su madre, un adjetivo aparecía sin cesar: el talento de Adler era sublime. Todos los críticos estaban de acuerdo. Había nacido para tocar el violonchelo y todas las piezas, por famosas que fueran, renacían a manos de ella. Gracias a su talento, escribían, el público podía escuchar los clásicos como si fuera la primera vez.

El padre de Elodie había guardado todos los obituarios, pero el de *The Times* le había gustado tanto que lo enmarcó para colgarlo entre las fotografías de la pared. Elodie lo había leído muchas veces y un pasaje se le quedó grabado en la memoria: «El talento de Lauren Adler abrió una fisura en la experiencia cotidiana por el que se vislumbraban la pureza, la claridad y la verdad. Ese fue su regalo al público; gracias a la música de Lauren Adler experimentaban lo que los religiosos tal vez llamen Dios».

La etiqueta de la cinta decía que esta actuación había tenido lugar en el Royal Albert Hall en 1987 y que se trataba del *Concierto para violonchelo en si menor op. 104* de Dvořák. Elodie lo apuntó en una nota.

Su madre estaba tocando sin acompañamiento y la orquesta —un mar borroso de mujeres de gesto serio y hombres con gafas de montura oscura— permanecía inmóvil detrás de ella. Al escuchar esas conmovedoras notas del violonchelo, un escalofrío recorrió la espalda de Elodie.

Según Lauren Adler, las grabaciones no tenían vida. Lo había dicho en una entrevista a *The Times* en la que describía las actuaciones en vivo como un precipicio en el que se encontraban el miedo, la ilusión y la dicha, una experiencia única que compartían el público y el artista, que perdía todo su poder cuando se volvía permanente. Pero esas grabaciones eran todo lo que tenía Elodie. No guardaba ningún recuerdo de su madre la artista. De pequeña la habían llevado una o dos veces a verla tocar y, por supuesto, la había oído ensayar en casa, pero Elodie en realidad no recordaba haberla oído tocar de un modo profesional... Era incapaz de separar su experiencia de otros conciertos, tocados por otros músicos.

Jamás se lo había confesado a su padre, a quien le encantaba pensar que Elodie conservaba esos recuerdos; más aún, que formaban una parte intrínseca de ella. «Tu madre solía tocar para ti cuando estaba embarazada —le había dicho más veces de las que podía contar—. Decía que el latido del corazón era la primera música que escuchaban las personas y que todos los niños nacían conociendo el ritmo de su madre».

A menudo hablaba con Elodie como si compartiera sus recuerdos. «¿Recuerdas cuando tocó para la reina y el público se puso en pie y aplaudió tres minutos? ¿Recuerdas aquella noche que tocó las seis suites para violonchelo de Bach en los Proms de la BBC?».

Elodie no lo recordaba. No llegó a conocer a su madre en absoluto.

Cerró los ojos. Su padre era parte del problema. Su dolor lo invadía todo. En lugar de permitir que se cerrara el abismo que provocó la muerte de Lauren Adler —no digamos ayudar a cerrarlo—, su dolor, su negativa a olvidarla, lo había mantenido abierto de par en par.

Un día, en las semanas posteriores al accidente, Elodie estaba en el jardín cuando oyó a un par de mujeres bienintencionadas que habían venido a dar el pésame y ya volvían al coche. «Menos mal que la niña es tan pequeña —había dicho una de ellas al llegar a la puerta de salida—. Va a crecer y olvidar y no va a saber qué ha perdido».

En parte, tenían razón: Elodie había olvidado. Tenía muy pocos recuerdos con los que llenar el agujero abierto por la muerte de su madre. Pero también se equivocaban, pues Elodie sabía con exactitud qué había perdido. No le habían permitido olvidarlo.

Abrió los ojos.

Fuera reinaba la oscuridad; el ocaso había dejado paso a la noche. Dentro la pantalla de la televisión se había llenado de nieve. Elodie no había notado que se había parado la música.

Se bajó del asiento, sacó la cinta y la reemplazó con otra.

La etiqueta decía: «*Quinteto para cuerda n.º 3 en do mayor, K. 515* de Mozart, Carnegie Hall, 1985» y Elodie se quedó de pie escuchando el preámbulo unos minutos. Era un vídeo rodado como si fuera un documental, que comenzaba con una introducción a la biografía de los cinco jóvenes músicos —tres mujeres y dos hombres— que habían ido a Nueva York a tocar juntos. Mientras el narrador los iba presentando uno a uno, la secuencia se centraba en una sala de ensayo en la que su madre se estaba riendo junto a los otros mientras un violinista de pelo rizado y moreno hacía bromas con el arco del violín.

Elodie reconoció al amigo de su madre, ese violinista estadounidense que conducía el coche desde Bath a Londres el día en que ambos perdieron la vida. Lo recordaba vagamente: su familia había venido a cenar una o dos veces cuando visitaban Londres. Y, por supuesto, había visto su fotografía en algunos artículos de prensa publicados tras el accidente. Había visto un par, además, entre las cajas de fotos sueltas que su padre no había llegado a ordenar.

Lo observó un momento mientras la cámara seguía sus movimientos, intentando decidir qué le hacía sentir este hombre que, sin quererlo, le había arrebatado a su madre y que permanecería unido a Lauren Adler para siempre por las circunstancias de sus muertes. Sin embargo, solo podía pensar en lo joven que parecía y cuánto talento tenía y en cuánta razón tenía la señora Berry al decir que la vida solo es justa en la forma aleatoria en que reparte sus golpes. Al fin y al cabo, él también había dejado una familia.

Lauren Adler apareció en la pantalla. Era cierto lo que decían todas las columnas de los periódicos: había sido una mujer imponente. Elodie vio el concierto del quinteto mientras tomaba notas y sopesaba si esta pieza sería una buena elección para la ceremonia y, en ese caso, qué fragmento debería usar.

Cuando acabó la cinta, puso otra.

Estaba a medias de la interpretación de su madre del *Concierto para violonchelo op. 85* de Elgar con la Orquesta Sinfónica de Londres cuando sonó el teléfono. Elodie miró la hora. Era tarde y su reacción instintiva fue pensar que algo le había sucedido a su padre, pero era Pippa.

Elodie recordó la presentación del libro en una editorial en King's Cross; era probable que su amiga estuviera volviendo a casa y tuviera ganas de charlar por el camino.

Su pulgar vaciló sobre el botón de responder, pero la llamada terminó.

KATE MORTON

Elodie pensó en devolver la llamada, silenció el teléfono y lo arrojó al sofá.

Desde la calle llegó una carcajada y Elodie suspiró.

Aún persistía en ella parte del desasosiego que la invadió al hablar con Pippa. Elodie sintió un instinto posesivo respecto a la fotografía de la mujer victoriana de vestido blanco, pero había algo más. Ahora, sentada en una habitación llena de los acordes melancólicos del violonchelo de su madre, Elodie supo que era por la forma en que Pippa había preguntado por las grabaciones.

Ya habían hablado del tema antes, cuando Penelope sugirió por primera vez que usaran algún fragmento de las actuaciones de Lauren Adler en la ceremonia. Pippa se había preguntado si el padre de Elodie no tendría sus reservas, pues casi no podía hablar de la madre de Elodie sin emocionarse. En realidad, Elodie había compartido esa preocupación, pero resultó que su padre se mostró complacido y tranquilo y estuvo de acuerdo con Penelope: sería casi como tenerla ahí.

Hoy, sin embargo, cuando Elodie se lo había contado, en lugar de dejar el tema, Pippa había insistido y le había preguntado si ella estaba de acuerdo.

Ahora, al ver a Lauren Adler en la dolorosa conclusión del concierto de Elgar, Elodie se preguntó si Pippa tendría sus razones. En su amistad, a Pippa siempre le había correspondido el papel más dinámico: ella atraía la atención en tanto que Elodie, de carácter tímido, prefería un papel secundario; ¿sería posible que en este caso, cuando era Elodie quien tenía una madre extraordinaria, Pippa se sintiera contrariada por la intrusión?

En el mismo momento en que se le ocurrió la idea, Elodie se avergonzó. Pippa era una buena amiga que en estos momentos dedicaba sus esfuerzos a diseñar el vestido de boda de Elodie. Jamás había hecho nada que diera a entender que envidiara a Elodie por su familia. De hecho, era una de las pocas personas que nunca se había mostrado particularmente interesada en Lauren Adler. Elodie estaba acostumbrada a que los demás, cuando descubrían el parentesco, se murieran de ganas de hacer preguntas, casi como si Elodie hubiera podido absorber parte del talento y la tragedia propios de Lauren Adler. Pero Pippa no. Si bien a lo largo de los años había hecho muchas preguntas acerca de la madre de Elodie —si la echaba de menos, si tenía muchos recuerdos de cuando vivía—, su interés se había limitado al papel de Lauren Adler como madre. Era como si la música y la fama, aunque bastante interesantes, fueran intrascendentes cuando hablaban de lo que de verdad importaba.

Al acabar la grabación de Elgar, Elodie apagó el televisor.

Sin Alastair, que siempre insistía en dormir hasta tarde los fines de semana, Elodie planeó levantarse temprano y dar un buen paseo hasta el río. Quería visitar a Tip, su tío abuelo, antes de que abriera la tienda.

Tras ducharse y acostarse, cerró los ojos y se obligó a dormir.

Todavía hacía calor por la noche y se sentía inquieta. A su alrededor flotaba una ansiedad que giraba en el aire como un mosquito que busca a alguien a quien picar.

Elodie cambió de postura y se giró y volvió a cambiar de postura.

Pensó en la señora Berry y en su marido, Tomas, y se preguntó si era cierto que el amor de una persona —y una persona tan pequeñita como la señora Berry, que mediría un metro y medio como mucho y no podía ser más flacucha— era suficiente para aliviar los temores de alguien.

A Elodie le daban miedo muchísimas cosas. ¿Tenía que pasar el tiempo, se preguntó, para que la certeza del amor acumulara semejante poder? ¿Descubriría en algún momento que había vencido sus temores al saber que Alastair la quería?

¿Acaso la quería tanto? ¿Cómo podía saberlo?

Sin duda, su padre había querido a su madre así, pero, en lugar de volverle valiente, su pérdida le había convertido en un timorato. Edward Radcliffe también había amado tanto que se había vuelto vulnerable. *La amo, la amo, la amo y, si no puedo tenerla, voy a enloquecer, pues, cuando no estoy con ella, temo...*

Tenerla. A la mente de Elodie vino la mujer de la fotografía. Pero no, esa era su propia obsesión. No había nada que vinculara a la mujer del vestido blanco con Radcliffe; había aparecido en el bolso, sin duda, pero la fotografía estaba en un marco que había pertenecido a James Stratton. No, Radcliffe había escrito acerca de Frances Brown, la prometida cuya muerte, como era bien sabido, lo había llevado a su fin.

Si no puedo tenerla... Elodie giró sobre la espalda. Era extraño escribir esa frase acerca de la mujer que era su prometida. De hecho, si era su prometida, no tenía mucho sentido. Ya era suya.

A menos que escribiera ese mensaje tras la muerte de Frances, cuando se enfrentaba al mismo abismo que el padre de Elodie. ¿Fue entonces cuando Radcliffe había dibujado la casa? ¿Era una casa real? ¿Había vivido ahí tras la muerte de su prometida, para recuperarse, tal vez?

Los pensamientos de Elodie revolotearon como pájaros de plumas oscuras que daban vueltas cada vez más cerca.

Su padre, su madre, la boda, la mujer de la foto, la casa del dibujo, Edward Radcliffe y su prometida, la señora Berry y su marido, ese pequeño alemán solo frente a la puerta; la vida, el miedo, la inevitabilidad de la muerte...

Elodie se sorprendió a sí misma adentrándose en ese círculo vicioso de reflexiones nocturnas y se detuvo.

Retiró la sábana y salió de la cama. Ya había experimentado esto tantas veces que sabía que le iba a resultar imposible dormir. Más le valía hacer algo útil.

Las ventanas aún estaban abiertas y los sonidos de la ciudad nocturna le ofrecían un consuelo familiar. Al otro lado de la calle, todo estaba a oscuras.

Elodie encendió la lámpara y se preparó una taza de té.

Metió otra cinta en el reproductor. La etiqueta decía: «*Suite n.º 1 en sol mayor* de Bach, Queen Elizabeth Hall, 1984» y se sentó con las piernas cruzadas en el viejo sillón de terciopelo.

Mientras el reloj indicaba que ya era medianoche pasada y había llegado un nuevo día, Elodie pulsó la tecla y vio salir al escenario a una bella joven con el mundo a sus pies, que saludó con la mano al público que aplaudía, tomó el violonchelo y comenzó a hacer magia.

CAPÍTULO SIETE

El tío abuelo de Elodie vivía en una planta baja con jardín al final de Columbia Road. Era excéntrico y un tanto retraído, pero solía venir a comer los fines de semana cuando su madre estaba viva. De niña a Elodie le resultaba pasmoso; por aquel entonces, ya parecía viejo y a ella le llamaban la atención esas cejas pobladísimas y los dedos regordetes y cómo se enfurruñaba cuando la conversación giraba en torno a temas que no le interesaban. Sin embargo, aunque a Elodie la regañaban por tocar con los dedos la cera caliente de la vela de la mesa y juguetear con los restos ya fríos de la cera derretida, nadie le decía nada a Tip, que acumulaba en silencio un montoncito considerable y formaba complejos diseños sobre el mantel de lino, hasta que perdía el interés y apartaba la cera de un manotazo.

La madre de Elodie había querido mucho a su tío. Hija única, había forjado una estrecha relación con Tip cuando él vivió un año en la casa de ella. «Decía que era diferente a los otros adultos —Elodie recordó las palabras de su padre—. Decía que tu tío abuelo, Tip, era como Peter Pan, un niño que se negó a crecer».

Elodie lo había comprobado por sí misma tras la muerte de su madre. Entre todos aquellos adultos bienintencionados, ahí estaba Tip con su caja de amuletos, cuya superficie de cerámica estaba cubierta de una asombrosa selección de conchas y guijarros, azulejos rotos y trozos brillantes de cristal... Todas esas cosas que maravillaban a los niños y los adultos ni siquiera notaban.

—¿Qué es una caja de amuletos? —le preguntó Elodie.

—Un poco de magia —respondió Tip, sin rastro de la sonrisa indulgente con que los adultos hablaban de estos temas—. Y esta es solo para ti. ¿Tienes algún tesoro?

Elodie asintió al recordar ese anillo grabado de oro que su madre le había regalado por Navidad.

—Bueno, ahora ya tienes un lugar donde guardarlo.

Había sido un gesto amable de Tip: se había tomado la molestia de ir a buscarla cuando todo el mundo estaba ensimismado en su propio dolor. No se habían visto demasiado desde entonces, pero Elodie no había olvidado ese gesto y esperaba que pudiera ir a la boda.

Era una mañana soleada y, mientras caminaba junto al río, Elodie se alegró de estar al aire libre. Se había quedado dormida al cabo de un tiempo en el sillón y la noche había transcurrido entre una serie de sueños rotos y sobresaltos hasta que se despertó con los cantos de los pájaros al amanecer. Al acercarse a Hammersmith Bridge, notó que no se había sacudido los efectos de la noche: le dolía el cuello y se le había pegado la melodía inquietante de un violonchelo.

Una bandada de gaviotas daba vueltas en torno al agua y a lo lejos, junto a los cobertizos para botes, los remeros aprovechaban el buen tiempo para salir temprano. Elodie se detuvo ante uno de los pilares del puente y se apoyó en la baranda para contemplar el Támesis. Desde este lugar el teniente Charles Wood se había lanzado al río en 1919 para rescatar a una mujer que se estaba ahogando. Elodie se acordaba de él cada vez que cruzaba el puente. La mujer había sobrevivido, pero Wood falleció a causa del tétanos que contrajo por las heridas que sufrió durante el rescate. Parecía un destino especialmente cruel: sobrevivir a la Primera Guerra Mundial al servicio de la RAF solo para morir en tiempos de paz en un acto de valor.

Cuando llegó a Chelsea Embankment, Londres empezaba a despertar. Elodie caminó hasta el puente de ferrocarril de Charing Cross y se subió al autobús de la línea 26 frente a los Reales Tribunales de Justicia. Logró sentarse en un asiento delantero en la parte de arriba: era un placer de la infancia del que todavía disfrutaba. La ruta del autobús iba por Fleet Street hasta la City de Londres, pasaba junto al Old Bailey y la catedral de St. Paul, entraba en Threadneedle Street y giraba al norte en Bishopsgate. Como siempre, Elodie imaginó cómo habrían sido las calles en el siglo XIX, en el Londres de James Stratton.

Elodie se bajó en Shoreditch High Street. Bajo el puente del ferrocarril un grupo de niños recibía una clase de hip hop mientras los padres, con tazas de café para llevar, los miraban de pie. Cruzó la calle y atajó entre las callejuelas para girar en Columbia Road, donde las tiendas comenzaban a abrir.

Columbia Road era una de esas calles ocultas y llenas de vida que representaba una de las especialidades de Londres: una hilera de casas bajas de ladrillo con coloridas fachadas turquesas, amarillas, rojas, verdes y negras, con tiendas que vendían ropa de época, joyas artesanales, tesoros hechos a mano y una amplia gama de artículos de buen gusto. Los domingos, cuando instalaban el mercado de flores y los aromas llenaban el aire, era difícil avanzar tanto por el bullicio como por la abundancia de flores preciosas; pero hoy, a estas horas, la calle estaba casi vacía.

Había una puerta de hierro en un lateral del edificio de Tip, tras el cual un sendero cubierto de violetas silvestres daba al patio trasero. En la columna de ladrillo blanco habían dibujado un índice y unas letras blancas para indicar el camino al apartamento. La puerta no tenía echado el cerrojo y Elodie entró. Al final del sendero, en un rincón del jardín, había un cobertizo con un cartel tallado sobre la puerta que decía: «El estudio».

La puerta del estudio estaba entreabierta. Elodie la abrió y se encontró, como siempre, con una increíble colección de objetos misteriosos. Una bicicleta de carreras azul estaba apoyada contra una imprenta victoriana y una hilera de escritorios de madera apuntalaba las paredes. Las superficies de los escritorios estaban cubiertas de artilugios anticuados: lámparas y relojes, radios y máquinas de escribir, que pugnaban por encontrar un espacio entre las bandejas de metal llenas de letras tipográficas antiguas. Debajo, los armarios estaban a rebosar con piezas de repuesto de formas extrañas y herramientas misteriosas y de las paredes colgaban cuadros al óleo y plumas estilográficas que habrían sido la envidia de cualquier coleccionista.

—¿Hola? —dijo al entrar. Vio a su tío abuelo en un escritorio alto en la parte de atrás del estudio—. Tip, hola.

Tip alzó la vista por encima de las gafas pero no mostró ninguna sorpresa ante la llegada de su sobrina nieta.

—Justo a tiempo. ¿Me puedes pasar la más pequeña de esas cuchillas?

Elodie la cogió de la pared que le indicaba y se la entregó por encima de la mesa de trabajo.

—Así está mejor —dijo, haciendo un corte preciso—. Entonces..., ¿qué hay de nuevo? —preguntó como si Elodie acabara de regresar después de una hora tras hacer un recado.

—Me voy a casar.

—¿Casar? Pero ¿no tienes diez años?

—Unos pocos más. Esperaba que pudieras venir. Te he enviado una invitación.

—¿De verdad? ¿La habré recibido?

Señaló un montón de papeles situados en un extremo de la mesa que había junto a la puerta. Entre una pila de facturas de la luz y folletos de agentes inmobiliarios, Elodie vio el sobre color crema que había escogido y enviado Penelope. No lo había abierto.

—¿Lo abro yo? —dijo, alzando el sobre.

—Estás aquí. Me puedes dar la noticia en persona.

Elodie se sentó ante la mesa, enfrente de Tip.

—Es el mes que viene, el 26, que cae en sábado. Lo único que tienes que hacer es presentarte. Papá dijo que estaría encantado de llevarte y traerte en coche.

—¿En coche?

—Es en un lugar que se llama Southrop, un pueblecito en los Cotswolds.

—Southrop. —Tip se concentró en una línea que estaba a punto de cortar—. ¿Cómo es que escogiste Southrop?

—La madre de mi prometido conoce a alguien que tiene un local ahí. En realidad, yo no he estado, pero voy a echar un vistazo el fin de semana que viene. ¿Lo conoces?

—Bonito lugar. Hace años que no voy. Espero que el progreso no lo haya echado a perder. —Afiló la hoja en una piedra japonesa y la sostuvo bajo la luz para mirarla bien. —Es el mismo tipo, ¿verdad? David, Daniel...

—Danny. No.

—Lástima, me caía bien. Tenía unas ideas interesantes sobre el sistema sanitario, creo recordar. ¿Todavía está trabajando en su tesis?

—Que yo sepa, sí.

—Algo sobre adoptar el mismo sistema que Perú, ¿no?

—Brasil.

—Eso es. ¿Y el nuevo? ¿Cómo se llama?

—Alastair.

—Alastair. ¿También es médico?

—No, trabaja en la City.

—¿En la banca?

—Adquisiciones.

—Ah. —Pasó un paño suave por la hoja—. Supongo que es buen tipo, ¿no?

—Sí.

—¿Te trata bien?

—Sí.

—¿Es divertido?

—Le gusta bromear.

—Bien. Es importante escoger a alguien que te haga reír. Me lo dijo mi madre y sabía unas cuantas cosas acerca de la vida. —Tip pasó la hoja de la cuchilla a lo largo de una curva amplia que había diseñado. Estaba trabajando en una escena fluvial; Elodie notó que esa línea formaba parte del flujo del agua—. Ya sabes que tu madre también vino a verme antes de su boda. Se sentó ahí, donde estás tú ahora.

—¿También vino para que enviaras una respuesta a su invitación?

Elodie estaba bromeando, pero Tip no se rio.

—Vino a hablar acerca de ti, por así decirlo. Acababa de descubrir que estaba embarazada. —Tip alisó un trozo de linóleo, pasando el pulgar por un fragmento suelto en el borde—. Fue una época difícil; no se sentía bien. Yo estaba preocupado por ella.

Elodie tenía un vago recuerdo de haber oído que su madre sufrió náuseas por la mañana durante los primeros meses. Según su padre, el embarazo de Lauren Adler fue el motivo de una de las pocas cancelaciones que hizo.

—No creo que fuera exactamente un embarazo planeado.

—Creo que no —estuvo de acuerdo—. Pero fuiste muy querida y eso es más importante.

Era extraño imaginarse a su madre, una joven treinta años atrás, sentada en el mismo taburete que ella, hablando de ese bebé que sería Elodie. Despertó en ella la sensación de estar unidas. No estaba acostumbrada a pensar en su madre como una igual.

—¿Le preocupaba que tener un bebé pudiera ser el fin de su carrera?

—Era comprensible. Eran otros tiempos. Y era complicado. Tuvo suerte de que Winston, tu padre, la ayudara tanto.

Al hablar así de su padre, como si lo hubieran reclutado para servirla, puso a Elodie a la defensiva.

—No creo que le pareciera un sacrificio. Estaba orgulloso de ella. En cierto sentido, era un adelantado a su tiempo. Jamás pensó que, por ser mujer, debiera ser ella quien dejara el trabajo.

Tip la contempló por encima de las gafas. Parecía a punto de decir algo, pero no lo hizo y se produjo un silencio incómodo entre ellos.

Elodie tenía una actitud protectora respecto a su padre. Y respecto a sí misma y a su madre, también. La suya había sido una situación única: Lauren Adler había sido única. Pero su padre no fue un mártir y no se merecía ser compadecido. Le encantaba ser profesor; le había dicho muchas veces a Elodie que enseñar era su vocación.

—Papá siempre ha sido muy lúcido —dijo—. Era buen músico, pero sabía que el talento de mamá era de otro calibre, que su lugar estaba en el escenario. Era su mayor admirador.

Le pareció una cursilada cuando lo dijo en voz alta, pero Tip se rio y Elodie sintió desvanecerse esa extraña tensión.

—Eso es cierto —dijo Tip—. No te lo voy a discutir.

—No todo el mundo puede ser un genio.

Tip le sonrió con cariño.

—Y bien que lo sé.

—He estado viendo las grabaciones de sus conciertos.

—Vaya.

—Vamos a poner una pieza de ella durante la ceremonia, en lugar de contratar a un organista. Me ha tocado a mí escoger, pero no es fácil.

Tip dejó la cuchilla.

—La primera vez que la oí tocar ella tenía cuatro años. Era Bach. A esa edad, yo necesitaba mucha suerte para ponerme bien los zapatos.

—Para ser justos —Elodie sonrió—, ponerse los zapatos es difícil. —Jugueteó con la esquina de la invitación a la boda que estaba sobre la mesa—. Es raro ver sus vídeos. Pensé que sentiría una conexión..., que reconocería algo...

—Eras muy pequeña cuando murió.

—Ella era más pequeña cuando la oíste tocando a Bach. —Elodie negó con la cabeza—. No, era mi madre. Debería recordarla mejor.

—Algunos recuerdos no resultan obvios. Mi padre murió cuando yo tenía cinco años y no recuerdo gran cosa. Pero, incluso ahora, setenta y siete años después, no puedo caminar junto a alguien que fuma una pipa sin que me venga a la cabeza el recuerdo clarísimo de oír las teclas de una máquina de escribir.

—¿Fumaba mientras escribía?

—Fumaba mientras mi madre escribía.

—Ah, claro.

La bisabuela de Elodie había sido periodista.

—Antes de la guerra, por la noche, cuando mi padre no estaba trabajando, los dos se sentaban juntos ante la mesa redonda de la cocina. Él se tomaba una cerveza y ella un whisky y hablaban y se reían y ella se ponía a trabajar en el artículo que estuviera escribiendo. —Tip se encogió de hombros—. No lo recuerdo con imágenes, como una película. Cuántas cosas han pasado desde entonces para ocupar su lugar. Pero no puedo oler el humo de una pipa sin que me abrume la sensación visceral de ser pequeño y estar contento al saber que mi madre y mi padre estaban juntos en casa mientras yo me iba quedando dormido. —Miró la cuchilla—. Tú tendrás tus recuerdos ahí, en algún lugar. Solo tienes que averiguar cómo despertarlos.

Elodie reflexionó.

—Recuerdo que me contaba cuentos antes de ir a dormir.

—Pues ahí lo tienes.

—Había un cuento en concreto... Lo recuerdo con claridad. Creía que vendría de un libro, pero papá me ha dicho que se lo contaron a mamá de niña. En realidad —Elodie se enderezó—, dijo que era un cuento que se contaba en la familia sobre un bosque y una casa en el recodo de un río.

Tip se limpió las manos en el pantalón.

—Hora del té.

Se acercó a la nevera y cogió la tetera con salpicaduras de pintura que estaba sobre ella.

—¿Lo conoces? ¿Sabes cuál digo?

Alzó una taza vacía y Elodie asintió.

—Conozco ese cuento —dijo Tip, que desenrolló una bolsita de té y luego otra—. Fui yo quien se lo contó a tu madre.

Hacía calor en el estudio, pero Elodie sintió un leve escalofrío en los antebrazos.

—Viví con ellos un tiempo cuando tu madre era pequeña, con la familia de mi hermana Beatrice. Me caía bien tu madre. Era una niña muy lista, incluso sin música. Yo estaba hecho un desastre por aquel entonces: acababa de perder el trabajo, a mi pareja y mi piso, pero a los niños no les importan esas cosas. Habría preferido estar solo para hundirme por completo en el abismo de la desesperación, pero ella no me dejó. Me seguía por la casa como si fuera un mal olor, el mal olor más alegre que te puedas imaginar. Yo le rogaba a mi hermana que la llamara, pero Bea sabía bien lo que se hacía. Le conté a tu madre esa historia del río y el bosque para tener un pequeño momento de descanso de esa vocecilla alegre con sus comentarios y preguntas interminables. —Sonrió con cariño—. Me alegra saber que te la contó a ti. Los cuentos tienen que contarse o acaban muriendo.

—Era mi cuento favorito —dijo Elodie—. Para mí, era real. Pensaba en ese cuento cada vez que ella estaba fuera y soñaba con él.

La tetera comenzó a silbar.

—A mí me pasó lo mismo de niño.

—¿Fue tu madre quien te contó el cuento?

—No. —Tip sacó una botella de leche de la nevera y sirvió un poco en cada taza—. De niño me evacuaron de Londres; nos evacuaron a todos: a mi madre, a mi hermano, a mi hermana y a mí. No de un modo oficial. Lo organizó mi madre. Nuestra casa fue bombardeada y se las ingenió para encontrar otra en el campo. Una casa vieja y estupenda, llena del mobiliario más increíble: era casi como si la gente que vivía ahí antes hubiera ido a dar un paseo y no hubiera regresado.

A Elodie le vino a la mente el dibujo que había encontrado en el archivo y cómo había creído que el cuento procedería de un libro ilustrado del que ese dibujo sería un boceto. Una antigua casa de campo parecía el lugar indicado para que un libro de la época victoriana quedara olvidado en un estante hasta que lo encontrara un niño pequeño un siglo después. Casi podía ver al niño, Tip, al encontrarlo.

—¿Leíste el cuento en esa casa?

—No lo leí. No venía de un libro.

—¿Alguien te lo contó? ¿Quién?

Elodie notó en Tip un leve atisbo de duda antes de responder.

—Una amiga.

—¿Alguien que conociste en el campo?

—¿Azúcar?

—No, gracias.

Elodie recordó que había hecho una foto de la casa con el teléfono. Mientras Tip terminaba de preparar el té, Elodie sacó el móvil, vio otra llamada perdida de Pippa y buscó la foto del boceto. Se la mostró cuando Tip le acercó la taza.

Alzó las pobladas cejas y tomó el teléfono.

—¿De dónde has sacado esto?

Elodie le explicó lo del archivo, la caja descubierta en la vieja cómoda, el bolso.

—En cuanto vi el boceto me resultó familiar, como si hubiera estado ahí. Y entonces comprendí que era la casa, la del cuento. —Elodie observaba el gesto de su tío abuelo—. Es esa casa, ¿a que sí?

—Sí que lo es. También es la casa donde vivió mi familia durante la guerra.

En lo más hondo, Elodie sintió que algo se aclaraba. Había estado en lo cierto. Era la casa del cuento. Y era una casa real. Tip, su tío abuelo, había vivido ahí de niño durante la guerra, donde una lugareña se habría inventado un cuento que había entusiasmado al pequeño Tip, quien, a su vez, muchos años más tarde se lo contó a su pequeña sobrina.

—¿Sabes? —dijo Tip, que aún tenía la mirada clavada en el dibujo—. Tu madre también vino a preguntarme acerca de la casa.

—¿Cuándo?

—Una semana o así antes de morir. Comimos juntos y salimos a pasear y, cuando volvimos, me preguntó por la casa de campo donde habíamos vivido durante los bombardeos.

—¿Qué quería saber?

—Al principio, solo quería oírme hablar de la casa. Dijo que recordaba que le había hablado de ella, que había adquirido una dimensión mágica en su mente. Y entonces me preguntó si le podía decir dónde estaba exactamente. La dirección, el pueblo más cercano.

—¿Quería ir ahí? ¿Por qué?

—Solo sé con certeza lo que te acabo de contar. Vino a verme y quería saber más cosas sobre la casa del cuento. No la volví a ver.

La emoción le volvió huraño e hizo un movimiento para retirar la foto de la pantalla del teléfono. En su lugar, la imagen se desplazó hacia atrás. Ante la mirada de Elodie, la cara de Tip se volvió pálida.

—¿Qué pasa? —dijo.

—¿De dónde has sacado esto? —Tip alzó el teléfono para enseñarle la foto que Elodie había hecho de la mujer del vestido blanco.

—Encontré el original en el trabajo —dijo—. Estaba con el cuaderno de bocetos. ¿Por qué? ¿Sabes quién es?

Tip no respondió. Tenía los ojos clavados en la imagen y no dio muestras de haberla oído.

—¿Tío Tip? ¿Sabes cómo se llama esa mujer?

Tip alzó la vista. Sus ojos se encontraron con los de ella, pero había desaparecido la franqueza. Era la mirada defensiva de un niño al que han pillado mintiendo.

—No digas tonterías —dijo—. ¿Cómo lo iba a saber? No la había visto jamás en la vida.

IV

Es justo antes de la primera luz del alba y estoy sentada a los pies de la cama de mi visitante. Es un acto íntimo ver dormir a alguien; hace mucho tiempo habría dicho que no hay ningún momento en el que un ser humano sea más vulnerable, pero ahora sé por experiencia que no es cierto.

Recuerdo la primera vez que pasé la noche en el estudio de Edward. Había estado pintando hasta medianoche, hasta que las velas, en frascos de vidrio verde, ardieron una a una hasta no ser más que montoncitos de cera derretida y al fin resultó demasiado oscuro para continuar. Nos quedamos dormidos juntos sobre las almohadas que se amontonaban en el suelo en un rincón cerca de la caldera. Me desperté antes que él, cuando el amanecer se colaba a hurtadillas por el techo de cristal, y me tumbé sobre mi costado, la cara apoyada contra una mano, para contemplar cómo sus sueños bullían bajo sus párpados.

Me pregunto con qué soñará este joven. Ayer volvió antes del anochecer y al instante sentí un cambio en la energía del interior de la casa. Fue directamente a la habitación de la maltería donde se ha instalado y me acerqué enseguida. Se quitó la camiseta con un movimiento ágil y descubrí que yo era incapaz de apartar la mirada.

Es un hombre atractivo a la manera de los hombres que no se consideran atractivos. Es de torso amplio y de brazos fuertes, acostumbrados al trabajo duro y a levantar objetos pesados. A lo largo del Támesis, los hombres de los muelles tenían cuerpos así.

Hace mucho tiempo habría salido de la habitación o me habría dado la vuelta cuando un desconocido se desvestía; los prejuicios aprendidos se arraigan de forma sorprendente. Sin embargo, mirarlo no le hace ningún mal, así que lo miro.

Tiene el cuello rígido, creo, pues se frota con las manos y lo inclina a un lado y a otro al caminar hacia el pequeño baño contiguo. La noche había seguido, cálida y húmeda, y presté atención a su nuca, ahí donde se había posado la mano, donde acababan sus rizos.

Echo de menos tocar.

Echo de menos que me toquen.

El cuerpo de Edward no era como el de los hombres que trabajaban en los muelles, pero era más fuerte de lo que cabría esperar de alguien que se pasaba el día levantando pinceles y mirando modelos. Lo recuerdo a la luz de las velas, en su estudio de Londres y aquí, en esta casa, la noche de la tormenta.

Mi visitante canta en la ducha. No demasiado bien, pero no sabe que tiene público. De niña, cuando vivía en Covent Garden, a veces escuchaba practicar a los cantantes de ópera en los teatros. Hasta que venían los gerentes, que lanzaban manotazos y amenazas al aire, y yo salía corriendo entre las sombras.

Aunque mi visitante ha dejado abierta la puerta del dormitorio, el cubículo es tan pequeño que se ha llenado de vapor y, al terminar, se ha plantado frente al espejo, tras limpiarlo con la mano. Me he mantenido a distancia detrás de él y, si aún respirara, habría contenido el aliento. Una o dos veces, cuando las condiciones de la luz eran ideales, he alcanzado a verme a mí misma en el espejo. El espejo circular del comedor es el mejor... por algún motivo relacionado con los lados curvos. En raras ocasiones, he conseguido que otros me vean también. No, no lo he conseguido yo, pues ha ocurrido sin que yo haya hecho nada diferente.

A pesar de todo, mi visitante no me ha visto. Se ha pasado la mano por la barba crecida y se ha ido a buscar la ropa.

Echo de menos tener rostro. Y voz. Una voz real, que todo el mundo pueda oír.

A veces me siento sola en este espacio casi imperceptible.

La señora Mack vivía con un hombre al que llamaban el Capitán, a quien al principio consideré su marido, aunque resultó ser un hermano. Era tan delgado como ella rechoncha y caminaba con paso torcido debido a una pierna de madera que le habían puesto tras un incidente con un carruaje en Fleet Street.

—Se quedó atascado en la rueda —me dijo uno de los niños que vivía en las calles—. Lo llevaron a rastras una milla, hasta que la pierna se le rompió de cuajo.

LA HIJA DEL RELOJERO

La pierna de madera era un artilugio artesanal que iba pegado a la rodilla con una serie de correas de cuero y hebillas de plata. La había diseñado un amigo suyo del muelle y el Capitán, muy orgulloso de ella, le prodigaba todo tipo de cuidados: lustraba las hebillas, enceraba las correas y lijaba las astillas. De hecho, la madera estaba tan lisa y las hebillas tan lustrosas que en más de una ocasión la pierna se salió, lo que causó gran alarma entre quienes no conocían bien la situación. Se decía que a veces se quitaba la pierna de la rodilla para agitarla ante quienes le habían irritado.

Yo no era la única niña que había acabado al cuidado de la señora Mack. Junto a otros negocios, de los cuales solo se hablaba en voz baja y mediante alusiones veladas, tenía el pasatiempo de acoger niños. Todas las semanas publicaba un anuncio en los periódicos que decía:

SE OFRECE
*Respetable viuda sin hijos se ofrece para cuidar
o adoptar niños de ambos sexos.*
*

*La anunciante ofrece un hogar cómodo y un cariño
maternal. Modesto recargo; para menores de diez años.*
*

CONDICIONES
*5 chelines a la semana. Se adopta a bebés de menos
de tres meses por la suma de 13 libras.*

Al principio no comprendí que se mencionara con tal hincapié a los bebés de menos de tres meses, pero había una chica, mayor que yo, que sabía un poco de todo y gracias a ella me enteré de que habían venido bebés en el pasado. Esa chica se llamaba Lily Millington y me habló de un bebé que se llamaba David, otra que se llamaba Bessie y unos gemelos cuyos nombres ya nadie recuerda. Por desgracia, todos ellos eran enfermizos y murieron. Por aquel entonces, esto me había parecido muy mala suerte, pero cuando lo dije, Lily Millington se limitó a arquear las cejas y decir que la suerte no tenía nada que ver, ni la buena ni la mala.

La señora Mack explicó que me había acogido por hacerle un favor a mi padre y a Jeremiah, a quien conocía bien; tenía planes especiales para mí y sabía que yo no iba a decepcionarla. De hecho, dijo, mirándome severa, mi padre le había asegurado que yo era buena chica y que obedecería a lo que me mandaran y le haría sentirse orgulloso.

—¿Eres buena chica? —preguntó—. ¿Me ha dicho la verdad tu padre?

Le dije que sí.

Aquí, continuó, cada uno hacía su parte para pagar los gastos. Todo lo que sobrara se lo enviaría a mi padre para ayudarle con su nueva vida.

—¿Y entonces podrá mandar a buscarme?

—Sí —concedió la señora Mack, con un gesto de la mano—. Sí, sí. Entonces podrá mandar a buscarte.

Lily Millington se rio cuando le dije que la señora Mack tenía planes especiales para mí.

—Ah, ya te encontrará algo que hacer, claro que sí, que no te quepa duda. Ya verás que es muy creativa y te va a hacer sudar.

—Y luego voy a ir a Estados Unidos con mi padre.

Lily me alborotaba el pelo cada vez que me oía decir eso, igual que mi padre, por lo que me caía incluso mejor.

—¿De verdad, tesoro? —decía—. Qué divertido va a ser. —Y cuando estaba de buen humor añadía—: ¿Crees que habrá espacio para mí en tu maleta?

Su padre «no servía para nada», decía, y estaba mejor sin él. Su madre, sin embargo, había sido actriz —«Qué manera tan fina de decirlo», gruñía la señora Mack cuando lo oía— y cuando era más pequeña, Lily había salido en una obra de Navidad.

—Hadas de luz de gas, nos llamaban. Porque brillábamos amarillas en el escenario.

Podía imaginar a Lily de hada y de actriz, que es a lo que planeaba dedicarse.

—Actriz directora, como Eliza Vestris o Sara Lane —añadía mientras se pavoneaba por la cocina, el mentón alzado, los brazos abiertos.

De oír semejantes ideas, la señora Mack no perdía la ocasión para arrojar un jarro de agua fría y resoplaba:

—Más te vale que dirijas esos platos sucios de vuelta a la cocina, si sabes lo que te conviene.

Lily Millington era de lengua afilada y de carácter irascible y tenía un don para provocar la ira de la señora Mack, pero también era divertida e inteligente y, durante esas primeras semanas que pasé en las habitaciones sobre la tienda de pájaros y jaulas en Seven Dials, ella fue mi salvación. Lily Millington lo iluminaba todo. Me volvió más valiente. Sin ella no creo que hubiera sobrevivido a la ausencia de mi padre, pues yo estaba tan acostumbrada a ser la hija del relojero que no sabía ser nada sin él.

Es extraño, sin embargo, el instinto humano de supervivencia. En esta casa he tenido muchas oportunidades para ver de primera mano cómo las personas soportan lo insoportable. Y así fue conmigo. Lily Millington se hizo cargo de mí y los días pasaron.

Era cierto lo que había dicho la señora Mack: en la casa todos trabajaban para ganarse la vida, pero debido a sus «planes especiales» a mí me concedieron un breve respiro al principio.

—Un poco de tiempo para que te asientes —dijo, haciendo un gesto con la cabeza al Capitán—. Mientras yo pongo las cosas en orden.

Entretanto, hice lo posible para no cruzarme en su camino. A pesar de acoger niños, a la señora Mack no parecían gustarle demasiado y bramaba que si uno se le ponía a tiro, se iba a llevar un buen correazo. Los días eran largos y en la casa no había bastantes rincones donde esconderse, así que me dediqué a ir detrás de Lily Millington cuando iba a trabajar por las mañanas. No le hizo mucha gracia al principio, pues le preocupaba que la «pillaran por mi culpa», pero al fin suspiró y dijo que yo estaba más verde que una lechuga y no me vendría mal que alguien me espabilara un poco antes de meterme en líos.

Por aquel entonces, las calles eran caóticas, llenas de ómnibus a caballo y carruajes variopintos; al mercado de Leadenhall llevaban patos y cerdos; vendedores de todo tipo de comida —manitas de cordero, bígaros en escabeche, empanada de anguilas— anunciaban sus mercancías a viva voz. Más al sur, si íbamos a robar entre las callejas adoquinadas y oscuras de Covent Garden, estaba la plaza del mercado, donde los vendedores callejeros se agolpaban por docenas para comprar las mejores fresas de los repartidores, los cargadores del mercado llevaban cestas de frutas y hortalizas sobre la cabeza y los vendedores ambulantes zigzagueaban entre el gentío vendiendo pájaros y serpientes, escobas y cepillos, Biblias y romances, rodajas de piña a un penique, adornos de porcelana, ristras de cebollas, bastones y gansos vivos.

Llegué a reconocer a los asiduos y Lily Millington me dio a conocer entre ellos. Mi favorito era el mago francés que se plantaba cada dos días en un rincón al sur del mercado, cerca del Strand. Detrás de él tenía su puesto un granjero, con los mejores huevos a la venta, así que se acercaban sin cesar muchos curiosos y siempre conseguía atraer una multitud. Al principio me llamó la atención por su elegancia: era alto y delgado, rasgos que acentuaba con un sombrero de copa negro y pantalones ajustados; llevaba frac y chaleco, bigote curvado y perilla. Apenas hablaba y se comunicaba con unos ojos perfilados con trazos oscuros mientras hacía desaparecer las monedas de la mesa delante de él para que reaparecieran en los sombreros y los pañuelos del público. Además, hacía aparecer carteras y joyas que pertenecían a los presentes, que se sentían asombrados e indignados en igual medida al ver sus objetos más valiosos en las manos de este exótico desconocido.

—¿Lo has visto, Lily? —exclamé la primera vez que observé cómo sacaba una moneda de la oreja de un niño—. ¡Es magia!

Lily Millington se limitó a mordisquear una zanahoria que había conseguido quién sabe dónde y me dijo que prestara más atención la próxima vez.

—Es una ilusión —dijo, pasándose una larga trenza sobre el hombro—. La magia es para los que tienen dinero, no para los de nuestra calaña.

Todavía no había comprendido quiénes éramos exactamente «los de nuestra calaña» ni a qué se dedicaban Lily Millington y los otros. Se les daba bien, supongo, porque de eso se trataba. Solo sabía que suponía pasarse horas merodeando y que Lily me dijera de vez en cuando que esperara mientras ella se confundía entre la muchedumbre y, en otras ocasiones, huir como alma que lleva el diablo —de quién, no lo sabía— por las callejuelas abarrotadas.

Algunos días, sin embargo, eran diferentes. En cuanto poníamos un pie fuera de la casa de la señora Mack, Lily Millington se volvía más nerviosa de lo habitual, como una gata flacucha a la que no le gustan las caricias. En tales ocasiones, me encontraba un lugar discreto en el mercado y me hacía prometerle que la esperaría.

—No te vayas a ninguna parte, ¿me oyes? Y no hables con nadie. Lily va a volver a buscarte enseguida.

No sabía adónde iba, salvo que pasaba fuera más tiempo del habitual y a menudo regresaba con un gesto sombrío y reservado.

En uno de esos días se me acercó el hombre del abrigo negro. Había estado esperando lo que me parecía una eternidad y, cada vez más aburrida, me había alejado del lugar donde me había dejado Lily para agazaparme contra una pared de ladrillo. Miraba distraída a una vendedora de rosas y no noté al hombre del abrigo negro hasta que estuvo justo a mi lado. Su voz me sobresaltó:

—Vaya, vaya, ¿qué tenemos aquí? —Me agarró la barbilla con brusquedad y me giró la cara hacia él para inspeccionarme con ojos entrecerrados—. ¿Cómo te llamas, muchacha? ¿Quién es tu padre?

Estaba a punto de responder cuando apareció Lily y se interpuso, como un destello de luz, entre nosotros.

—Aquí estás —dijo, agarrándome el brazo con dedos fuertes y finos—. He estado buscándote por todas partes. Mamá está esperando esos huevos. Es hora de llevarlos a casa.

Antes de que pudiera abrir la boca, Lily me llevó a rastras y nos escabullimos entre las callejuelas.

No paró hasta que llegamos a Seven Dials. Me dio la vuelta para mirarme a los ojos, las mejillas ruborizadas.

—¿Le has contado algo? —dijo—. ¿A ese hombre?

Negué con la cabeza.

—¿Estás segura?

—Quería saber mi nombre.

—¿Se lo dijiste?

Volví a negar con la cabeza.

Lily Millington me puso ambas manos sobre los hombros, que aún palpitaban con el esfuerzo de haber corrido tanto y tan rápido.

—Nunca le digas a nadie tu nombre de verdad, ¿me oyes, Birdie? Jamás. Y menos aún a él.

—¿Por qué no?

—Porque no es seguro. No aquí. La única manera de estar a salvo es convertirse en otra persona cuando estás aquí.

—¿Como una ilusión?

—Ni más ni menos.

Y entonces me explicó qué era un asilo de pobres, pues de ahí venía el hombre del abrigo negro.

—Si descubren la verdad, te van a encerrar ahí, Birdie, y no te van a dejar salir. Te van a hacer trabajar hasta que te sangren los dedos y te van a azotar por cualquier cosa. La señora Mack tiene sus rarezas, pero las de nuestra calaña podemos acabar en lugares mucho peores. Oí de una muchacha a la que le tocó barrer. Dejó un poco de polvo en el suelo y le quitaron la ropa y la golpearon con una escoba hasta dejarla cubierta de moratones. A otro chico le ataron a un saco y lo colgaron de las vigas por mojar la cama. —Mis ojos comenzaron a empañarse y el gesto de Lily se volvió más dulce—. Tranquila. No me vengas con lagrimones o voy a ser yo la que te azote. Pero tienes que prometerme por lo que más quieras que nunca le vas a decir a nadie tu nombre de verdad. —Le juré que no lo haría y por fin pareció satisfecha—. Bien. —Asintió—. Entonces, vamos a casa.

Doblamos la esquina en Little White Lion Street y, cuando vimos la tienda de pájaros y jaulas, Lily dijo:

—Una cosa más, ya que estamos dando lecciones. No le vas a chivar a la señora Mack que te he dejado sola, ¿vale? Le he prometido que no lo haría. Ella tiene planes especiales para ti y me cortaría la cabeza si supiera lo que he estado haciendo.

—¿Qué has estado haciendo, Lily?

Se me quedó mirando unos cuantos segundos, tras lo cual se agachó cerca de mi oído y pude oler el olor penetrante de su sudor.

—Estoy ahorrando —susurró—. Está muy bien trabajar para la señora Mack, pero nunca vas a ser libre si no ahorras un poco para ti.

—¿Has estado vendiendo cosas, Lily? —Dudé porque no llevaba fruta, pescado o flores, como los otros mercaderes.

—En cierto sentido.

Eso fue todo lo que me dijo y nunca se me ocurrió hacerle preguntas. La señora Mack decía que «menuda lengua» tenía Lily Millington, pero esta podía quedarse callada como una tumba cuando quería.

De todos modos, no tuve muchas oportunidades de preguntarle. Habían pasado seis semanas desde que la conocí cuando un marinero con demasiado whisky en el buche asesinó a Lily Millington por no aceptar el precio que le había pedido por sus servicios. No se me escapa la ironía: apenas sé nada de esa joven a quien estoy unida por el resto de la eternidad. Sin embargo, Lily Millington es para mí un tesoro, pues a ella le debo mi nombre: lo más valioso que podía darme.

Aunque no tenía donde caerse muerta, la señora Mack se daba aires de grandeza. En la casa se contaba una y otra vez que la familia estaba destinada a la Abundancia y que les había apartado del lugar que les correspondía un Cruel Infortunio sucedido dos generaciones atrás.

Y así, como cabía esperar de una mujer de tan ilustre linaje, en la parte delantera de la casa tenía una habitación a la que llamaba «su sala de visitas» y a la que dedicaba todo el dinero que podía. Cojines coloridos y muebles de caoba, mariposas disecadas sobre respaldos de terciopelo, campanas de cristal con ardillas de taxidermia, fotografías firmadas de la familia real y una colección de accesorios de cristal cuyas fisuras apenas se notaban.

Era un lugar sagrado y los niños tenían prohibida la entrada salvo si recibían una invitación explícita, lo que no ocurría jamás. De hecho, aparte de la señora Mack, las otras dos personas que tenían derecho a entrar en el santuario eran el Capitán y Martin. Y, por supuesto, la perra de la señora Mack, una gran danesa que había llegado en barco y a quien llamó Grendel, palabra que había oído en un poema y le había gustado. La señora Mack mimaba a la perra con un cariño zalamero que no recuerdo haberle visto prodigar a ningún ser humano.

Tras Grendel, la luz de los ojos de la señora Mack era Martin, su hijo, que tenía diez años, tres más que yo, cuando vine a vivir con ellos en la casa de Little White Lion Street. Martin era grande para su edad: no solo era alto, sino imponente y siempre parecía ocupar más espacio del que le correspondía. Era un muchacho de escasa inteligencia y menos bondad, quien, por el contrario, había recibido el don de la astucia, atributo que resultó ser una bendición en ese momento y lugar en concreto, igual que lo habría sido hoy.

A lo largo de los años me he preguntado muchas veces si Martin habría sido de otro modo de haberse criado en otro ambiente. Si hubiera nacido en el seno de la familia de Joe el Pálido, por ejemplo, ¿se habría convertido en un decoroso caballero de gustos refinados? La respuesta, estoy casi segura, es sí, pues habría aprendido los modales y las máscaras necesarias para sobrevivir e incluso prosperar en el ámbito de la sociedad en que se encontrara. Este era el principal talento de Martin: la capacidad innata de saber hacia dónde sopla el viento e izar las velas en consecuencia.

Al parecer, la suya fue una concepción inmaculada, pues jamás oí mencionar a su padre. La señora Mack, orgullosa, solo le llamaba «mi chico, Martin». Que era su madre saltaba a la vista tanto como la nariz de ambos, pero si la señora Mack era de un optimismo inquebrantable, Martin tendía a ver los aspectos negativos de la vida. No veía más que fracasos y era incapaz de recibir un regalo sin preguntarse por las alternativas que ahora ya no serían suyas. Otro rasgo, debo añadir, que le vino bien en nuestro mundillo de Londres.

Yo llevaba dos meses en esa casa encima de la pajarería y Lily Millington llevaba muerta dos semanas cuando una noche, después de cenar, recibí la invitación de ir a la sala de visitas.

Me dirigí a la sala muy preocupada, pues a estas alturas ya había visto qué les pasaba a los niños que daban un disgusto a la señora Mack. La puerta estaba entreabierta y me acerqué para mirar por la ranura, como solía hacer Martin cuando la señora Mack recibía a uno de sus «socios comerciales».

El Capitán estaba junto a la ventana que daba a la calle, perorando sobre uno de sus temas favoritos: la niebla del invierno de 1840. «Todo estaba blanquísimo: los barcos se chocaban como fantasmas en medio del Támesis». Grendel estaba tumbada en el sofá; Martin estaba encorvado en un taburete de tres patas, mordisqueándose las uñas; y la señora Mack, a quien vi al fin, estaba arrellanada en su sillón, junto al fuego. Durante un tiempo había dedicado las tardes a un proyecto de costura secreto y a quien preguntara le respondía que se metiera en sus asuntos «o te meto yo». El proyecto, vi por la ranura, descansaba sobre su regazo.

Supongo que me acerqué demasiado a la puerta, que se abrió con un desagradable chirrido.

—Ah, ahí estás —dijo la señora Mack, que lanzó una mirada cómplice a Martin y al Capitán—. Las paredes oyen. —Pasó la aguja por la tela con gesto triunfal, cortó el hilo con los dientes y agarró un extremo—. Vamos, pasa, deja que te veamos bien.

Me apresuré a su lado y la señora Mack desenrolló y sacudió lo que tenía en el regazo para revelar un vestido, más bonito que los que había usado yo desde que me quedaron pequeños los que mi madre había guardado con tanto cuidado cuando vivía.

—Date la vuelta, niña, con los brazos en el aire. A ver cómo te queda.

La señora Mack desabrochó el primer botón de mi bata y tiró de ella por encima de brazos y cabeza. No hacía frío, pero me recorrió un escalofrío cuando ese elegante vestido se deslizó sobre mí.

No comprendía qué estaba sucediendo, por qué me daban un regalo tan caro y hermoso, pero supe que sería mejor no preguntar. Por la parte de atrás serpenteaban hasta la nuca unos diminutos botones de perlas y un amplio lazo azul celeste me rodeaba la cintura.

Sentí la presencia de la señora Mack detrás de mí, su respiración fatigosa y su aliento cálido, mientras se afanaba poniendo el conjunto en su sitio. Cuando terminó, me dio la vuelta para mirarme y dijo a todo el mundo:

—¿Y bien?

—Sí, está muy guapa —el Capitán tosió sin quitarse la pipa de la boca—. Y con esa vocecilla tan dulce... Nunca habíamos tenido una como esta. Es una señorita de las de verdad.

—No, todavía no —respondió satisfecha la señora Mack—. Pero con un poco de lustre, unas lecciones de modales y un ricito o dos, pronto pasará por una jovencita refinada. ¿A que parece un cuadro, Martin?

Mis ojos se cruzaron con los de Martin, pero no me gustó cómo me miraba.

—¿Y los bolsillos? —dijo la señora Mack—. ¿Has encontrado los bolsillos?

Deslicé las manos por los laterales de la falda y encontré con la punta de los dedos unas aberturas. Eran hondos: de hecho, no podía llegar al fondo a menos que me dejara los brazos en el empeño. Era como llevar bolsos cosidos bajo la enagua de mi vestido.

Estaba perpleja, pero era evidente que se lo esperaban, pues la señora Mack soltó una risotada exultante e intercambió una mirada con los otros.

—Vale —dijo, relamiéndose con satisfacción felina—. ¿Ves eso? ¿Lo ves?

—Vale, claro que sí —dijo el Capitán—. Bien hecho, señora Mack. Bien hecho. Parece un angelito y nadie sospecharía nada. Presiento unas ganancias sin igual. ¿Acaso no quiere ayudar todo el mundo a una pequeña que se ha perdido?

Mi visitante al fin despierta.

No creo haber tenido otro visitante tan reacio a levantarse y comenzar el día. Ni siquiera Juliet, que solía aferrarse a esos últimos minutos, cuando sus hijos ya se habían levantado y armaban jaleo, hasta que al fin entraban a su cuarto y la obligaban a ponerse en pie.

Me voy a acercar más a la cabecera de la cama, a ver si eso ayuda. Me viene bien saberlo. Algunos son insensibles y puedo pasar a través de ellos sin que sientan el más leve escalofrío. Otros me notan sin que yo haga nada para ello, como mi pequeño amiguito durante esa época de bombas y aviones, que tanto me recordaba a Joe el Pálido.

Y así le pongo a prueba. Voy a alzar la cama, despacito, poco a poco, a ver qué ocurre.

Lo que ocurre es esto:

El hombre tiembla, tuerce el gesto y sale de la cama y fulmina con la mirada la ventana abierta, como si quisiera castigar a la brisa.

Sensible. Y viene bien saberlo; voy a tenerlo en cuenta.

Dificulta mi tarea, pero en cierto sentido me complace. Mi persistente vanidad. Siempre es agradable que noten tu presencia.

Se quita los tapones para los oídos que usa al dormir y se dirige al baño.

La fotografía de las dos pequeñas tiene un nuevo hogar en el estante sobre el pequeño lavabo, y cuando termina de afeitarse, hace una pausa y toma la imagen entre las manos. Se le podría perdonar cualquier cosa por el gesto que se le pone al observar la foto.

Anoche le oí hablar con Sarah una vez más. No fue tan paciente como en las otras ocasiones y dijo:

—Eso fue hace mucho tiempo; ya es agua pasada —y bajó la voz para añadir en un tono reposado que fue peor que si hubiera gritado—: Pero, Sar, las chicas ni siquiera saben quién soy.

Era evidente que la había convencido de algo, pues acordaron que quedarían el jueves para comer.

Tras esa llamada, se mostró inquieto, como si esa victoria no hubiera entrado en sus planes. Llevó una botella de cerveza a una de las mesas de madera que había puesto la Asociación de Historiadores del Arte en un claro que había junto al manzano, con vistas al arroyo Hafodsted. Los sábados la zona se llena de visitantes que hacen equilibrios con las bandejas de té, bollos y sándwiches comprados en el café, donde antes había un viejo granero en el que las estudiantes daban sus conciertos. Entre semana, sin embargo, todo está tranquilo y él era una figura solitaria de hombros tensos que bebía cerveza y contemplaba el río de un gris metálico a lo lejos.

Me recordó a Leonard en otro verano de hace mucho tiempo, cuando Lucy estaba a punto de ceder la casa y su gestión a la Asociación. Leonard solía sentarse en el mismo lugar, el sombrero calado sobre un ojo y un cigarrillo siempre entre los labios. Llevaba un petate en lugar de una maleta, bien ordenado, que contenía todo lo que le parecía que podría necesitar. Había sido soldado, lo que explicaba mucho.

Mi joven va a la cocina para poner el agua a hervir para la taza de té del desayuno. Se moverá demasiado rápido y se le caerá un poco sobre el banco y se maldecirá a sí mismo, pero no con rencor, y hará ruido al beber los primeros sorbos, tras lo cual dejará que el té se enfríe en la taza, olvidado en el alféizar mientras se ducha.

Quiero saber por qué está aquí, qué hace con la pala y qué relación tienen las fotografías con su tarea, si es que la tienen. Cuando vuelva a salir, con la pala y la bolsa marrón de la cámara, voy a esperar. Pero cada vez soy menos paciente, me contenta menos observar.

Algo, en algún lugar, ha cambiado. Lo siento, igual que antes sentía cuándo se iba a alterar el tiempo. Lo siento como una variación en la presión atmosférica.

Siento una conexión.

Como si algo o alguien hubiera dado a un interruptor y, aunque no sé qué esperar, está a punto de llegar.

CAPÍTULO OCHO

Verano, 2017

Elodie estaba sentada en la ventana de su apartamento, con el velo de su madre puesto, y contemplaba el silencioso avance del río hacia el mar. Era una de esas tardes perfectas y poco comunes en las que flota en el aire el aroma del algodón limpio y la hierba recién cortada y un millar de recuerdos de infancia brillan bajo la luz persistente. Sin embargo, Elodie no estaba pensando en la infancia.

No había ni rastro de Pippa en High Street. Había pasado una hora desde su llamada y Elodie había sido incapaz de hacer nada desde entonces. Su amiga se había negado a entrar en detalles por teléfono y solo dijo que era importante, que tenía algo que darle. Había hablado con urgencia, casi sin aliento, lo que era casi tan extraño como sugerirle que fuera a Barnes un sábado por la noche.

En cualquier caso, nada parecía normal este fin de semana. Nada había sido normal desde que Elodie encontró esa caja en el trabajo y vio el cuaderno de bocetos y la fotografía.

La mujer del vestido blanco. Aquella mañana Tip se había negado a admitir que la conocía y se quedó callado como una tumba cuando Elodie insistió. La había echado del estudio en cuanto pudo, farfullando que tenía que abrir la tienda y que sí, sí, por supuesto, la vería en la boda. Sin embargo, su reacción había sido inconfundible. Había reconocido a la mujer de la foto. Y, sobre todo, aunque Elodie aún no sabía bien cómo, al hacerlo había creado un vínculo con el dibujo, pues Tip también había identificado la casa. Había vivido ahí con su familia de niño.

Tras salir del estudio, Elodie se había dirigido al Strand de vuelta al trabajo. En la puerta había tecleado el código del fin de semana y entró. En el sótano estaba más oscuro y hacía más frío que de costumbre, pero Elodie no se había quedado mucho tiempo. Había sacado la fotografía enmarcada de la caja que guardaba debajo del escritorio y el cuaderno de bocetos de los archivos y se marchó. Esta vez no se había sentido ni un poquito culpable. Por algún motivo que aún no lograba comprender, la fotografía y el cuaderno de bocetos debían estar a su lado. No los había encontrado por casualidad.

Cogió la fotografía, la sostuvo en la palma de la mano y la mujer la miró a los ojos con gesto indómito, casi desafiante. *Encuéntrame,* parecía decirle. *Descubre quién soy.* Elodie giró el marco entre las manos y pasó la punta de los dedos por las finas rayaduras de la plata. Había a ambos lados, casi idénticas, como si hubieran utilizado una aguja o algún objeto afilado para grabar esas marcas a propósito.

Elodie apoyó el marco en el alféizar frente a ella, como lo habría colocado James Stratton, imaginó.

Stratton, Radcliffe, la mujer de blanco... Todos estaban relacionados, pero ¿cómo?

La madre de Elodie, la evacuación de Tip cuando era niño, la amiga que le contó el cuento de la casa en el Támesis...

La mirada de Elodie volvió a perderse por la ventana, hasta llegar a su recodo del río. Era consciente, levemente, de las ocasiones anteriores en que había hecho lo mismo. El río era un enorme portador silencioso de deseos y esperanzas, de botas viejas y monedas de plata, de recuerdos. Uno le vino a la mente de repente: un día cálido cuando todavía era pequeña, la brisa que le rozaba la piel, su madre y su padre y un pícnic a orillas del río...

Repasó con la punta de los dedos los festones color marfil del velo, suaves al tacto. Supuso que su madre habría hecho lo mismo treinta años antes, tal vez frente a la iglesia, cuando se preparaba para caminar hacia el padre de Elodie. ¿Qué música habría sonado cuando Lauren Adler fue camino al altar? Elodie no lo sabía; no se le había ocurrido preguntarlo.

Había estado viendo vídeos toda la tarde, tomándose un descanso solo cuando Pippa llamó, y sus pensamientos divagaban entre melodías de violonchelo. «Será como si ella estuviera aquí —había dicho Penelope—. Lo mejor después de tener a tu madre a tu lado». Pero no era así en absoluto. Elodie lo comprendió en ese momento.

Si estuviera con vida, su madre ya rondaría los sesenta años. No sería una joven ingenua de sonrisa infantil. Su cabello habría empezado a encanecer; ya no tendría una piel impecable. La vida habría dejado sus marcas en ella, en cuerpo y alma, y la vivacidad y la emoción que destacaban tanto en los vídeos ya se habrían calmado. La gente seguiría susurrando palabras como *genio* y *extraordinario* al verla, pero no habría bajado la voz para añadir esa gran hipérbole: *tragedia*.

En eso pensaba Pippa cuando le había preguntado a Elodie si le parecía bien mostrar vídeos de Lauren Adler en la boda. No había estado celosa y no había pretendido ser desagradable. Había estado pensando en su amiga, pues supo antes que la propia Elodie que no sería tanto como tener a su madre ahí junto a ella, sino más bien como tener a Lauren Adler en pleno escenario, el violonchelo en la mano, arrojando una sombra enorme sobre Elodie.

El interfono sonó y Elodie se levantó de un salto para responder.

—¿Hola? —dijo.

—Eh, soy yo.

Pulsó el botón para abrir la puerta de seguridad del portal y abrió la puerta de su piso. De la calle llegaron los sonidos habituales del sábado y la brisa trajo el leve aroma a pescado y patatas fritas mientras esperaba a Pippa, que subía las escaleras corriendo.

Pippa llegó sin aliento.

—Dios, estas escaleras me dan hambre. Qué velo tan bonito.

—Gracias. Todavía me estoy decidiendo. ¿Quieres tomar una taza de algo?

—Mejor una copa, por favor —dijo Pippa al tiempo que dejaba una botella de vino entre las manos de Elodie.

Elodie se quitó el velo de la cabeza y lo posó al final del sofá. Sirvió dos vasos de pinot noir y los llevó a donde estaba Pippa, junto a la ventana. Había cogido la fotografía enmarcada y la estaba estudiando. Elodie le dio la bebida.

—¿Y?

La expectativa les impedía hablar de otros temas.

—Y... —Pippa dejó la foto y prestó atención a Elodie— ayer vi a Caroline en la fiesta. Le enseñé la foto en el móvil y la mujer le resultó familiar. Le costó ubicarla, pero confirmó que el estilo de la foto sin duda recuerda el de la década de 1860; más en concreto, como pensábamos, a los fotógrafos asociados con los prerrafaelitas y la Hermandad Magenta. Dijo que necesitaría ver el original para datarlo con cierta precisión y que el papel de la fotografía podría ofrecer algún indicio acerca de la identidad del fotógrafo. Entonces le mencioné a Radcliffe —en esos momentos yo estaba pensando en el cuaderno de bocetos que me dijiste que habías encontrado con la foto, que tal vez nos ofreciera alguna pista sobre su obra perdida— y Caroline dijo que tenía varios libros sobre la Hermandad Magenta, que me los prestaría encantada.

—¿Y?

Pippa hurgó en la mochila y sacó un viejo libro con una sobrecubierta descolorida. Elodie intentó no crisparse cuando su amiga abrió el volumen y pasó las hojas amarillentas y granuladas a toda velocidad.

—Elodie, mira —dijo al llegar a una lámina ilustrada en el centro, en la que clavó el dedo—. Es ella. La mujer de la foto.

La lámina estaba descolorida por los bordes, pero la pintura del centro seguía intacta. Según la nota a pie de página, se titulaba *La bella durmiente* y el artista se llamaba Edward Radcliffe. La mujer de la pintura yacía recostada en una fantástica enramada de hojas y botones florales, que esperaban inmóviles la ocasión de florecer. Entre las ramas entrelazadas había pájaros e insectos; el cabello, largo y rojizo, formaba ondas alrededor de la cara dormida, espléndida en su reposo. Tenía los ojos cerrados, pero los rasgos del rostro —los pómulos y labios elegantes— eran inconfundibles.

—Era su modelo —susurró Elodie.

—Su modelo, su musa y, según este libro —Pippa pasó las páginas con impaciencia para llegar a un capítulo posterior—, su amante.

—¿La amante de Radcliffe? ¿Cómo se llamaba?

—Por lo que he averiguado esta mañana, parece que hay cierto misterio al respecto. Usó un nombre falso como modelo. Aquí dice que era conocida como Lily Millington.

—¿Por qué iba a usar un nombre falso?

Pippa se encogió de hombros.

—Tal vez viniera de una familia respetable que no veía con buenos ojos que se dedicara a esto o quizá era una actriz que usaba su nombre artístico. Un montón de actrices hacían de modelos.

—¿Qué fue de ella? ¿Lo dice?

—No he tenido tiempo de leerlo, pero le he dado una buena ojeada. El autor comienza diciendo que es difícil saberlo a ciencia cierta cuando incluso su verdadero nombre sigue siendo un misterio, pero postula una nueva teoría: esa mujer rompió el corazón de Radcliffe al robar una joya —un legado de familia— y huir a Estados Unidos con otro hombre.

Elodie recordó la entrada de Wikipedia que había leído, el robo en el que asesinaron a la prometida de Edward Radcliffe. Se lo resumió a Pippa y dijo:

—¿Crees que sería el mismo robo? ¿Que esta mujer, su modelo, estuvo involucrada?

—No tengo ni idea. Es posible, aunque hay que tener cuidado y no tomarse esas teorías demasiado literalmente. Esta mañana hice una búsqueda rápida en JSTOR y encontré algunas críticas que señalaban que el autor basaba gran parte de su información en una única fuente sin identificar. Lo que sí es útil es el cuadro de nuestra mujer de blanco; ahora hemos demostrado que ella y Radcliffe se conocían.

Elodie asintió, pero estaba pensando en la página suelta del cuaderno de bocetos, con esas líneas garabateadas sobre el amor, el miedo y la locura. ¿Radcliffe había escrito esas líneas desesperadas cuando la mujer de blanco, su modelo, Lily Millington, desapareció de su vida? ¿Fue ella quien le había roto el corazón al fugarse a Estados Unidos con el tesoro de su familia en vez de su prometida? ¿Y Stratton? ¿Qué relación había tenido con la mujer? Fue él quien había guardado la fotografía enmarcada a buen resguardo en el bolso de Edward Radcliffe.

Pippa había ido a la mesa de la cocina en busca de la botella de vino y ahora estaba llenando los vasos.

—Elodie, hay otra cosa que quería enseñarte.

—¿Otro libro?

—No un libro, no. —Se sentó y una vacilación nueva y poco característica se reflejó en su gesto, lo que puso en guardia a Elodie—. Le había mencionado a Caroline que le estaba pidiendo todo esto por ti, por lo que habías

encontrado en los archivos. Siempre le has caído bien.
—Pippa estaba siendo benévola. Caroline apenas conocía a Elodie—. Le conté que te estoy haciendo el vestido y empezamos a hablar de la boda, de las grabaciones, la música y qué sentirías tú al ver los conciertos de tu madre y entonces Caroline se quedó muy callada. Al principio me pregunté si le habría molestado, pero se disculpó, se excusó y fue a buscar algo al estudio.

—¿Qué era?

Pippa rebuscó en la mochila y sacó una fina carpeta de plástico que contenía un trozo de cartón.

—Una de sus fotografías. Elodie... Es una foto de tu madre.

—¿Caroline conoció a mi madre?

Pippa negó con la cabeza.

—La hizo por casualidad. Dijo que no supo quiénes eran hasta más tarde.

—¿Eran?

Pippa abrió la boca como si fuera a explicarse, pero cambió de idea y se limitó a darle a Elodie la carpeta.

La fotografía era más grande de lo habitual, con los bordes dentados y las marcas de corte que indicaban que se había imprimido de un negativo. Era una imagen en blanco y negro de dos personas, un hombre y una mujer, inmersos en una conversación. Estaban sentados al aire libre, en un lugar precioso lleno de hiedra y se veía el borde de un edificio de piedra al fondo. Había un mantel y una cesta de pícnic y los restos de lo que parecía un almuerzo. La mujer llevaba falda larga y sandalias de tiras y estaba sentada de piernas cruzadas, inclinada hacia delante, un codo apoyado en la rodilla y la cara vuelta parcialmente hacia el hombre. Alzaba la barbilla y los inicios de una sonrisa parecían dibujarse en las comisuras de sus labios. Un rayo de luz caía por entre las hojas para bañar la escena. Era una imagen preciosa.

—Hizo la foto en julio de 1992 —dijo Pippa.

Elodie no respondió. Ambas conocían bien la importancia de esa fecha. La madre de Elodie había muerto ese mes. Había fallecido en un accidente de tráfico junto al violinista estadounidense al volver de una actuación en Bath, pero aquí estaba, sentada junto a él en una frondosa arboleda apenas unas semanas —¿días?— antes.

—Me dijo que era una de sus fotografías favoritas. Por la luz, las expresiones de ambos, el lugar.

—¿Cómo lo...? ¿Dónde estaba?

—En el campo, en algún lugar cerca de Oxford; un día salió a pasear, dobló una esquina y los vio. Dijo que no se lo pensó dos veces; levantó la cámara y captó el momento.

Casi todas las preguntas que quería hacer no se le ocurrieron hasta más tarde. Por ahora, estaba demasiado distraída por esta nueva imagen de su madre, que no parecía una celebridad, sino una joven en plena conversación íntima. Elodie quiso absorber hasta el más leve detalle. Estudiar el dobladillo de la falda de su madre que la brisa rozaba contra el tobillo desnudo, la fina cadena del reloj, que caía por la muñeca, el elegante movimiento de la mano con la que gesticulaba al violinista.

Le recordó otra fotografía, un retrato de familia que había descubierto en casa a los dieciocho años. Cuando estaba a punto de graduarse de sexto, el editor del periódico escolar decidió publicar fotos de la infancia de toda la clase junto a los retratos escolares. Su padre no era un hombre ordenado y guardaba décadas de fotos en sus sobres Kodak en un par de cajas al fondo de un armario de la ropa. Un día lluvioso de invierno, siempre decía, iba a sacar las fotos y ponerlas en álbumes.

Del fondo de una caja Elodie había rescatado una serie de fotografías cuadradas y amarillentas que mostraban un grupo de jóvenes risueños en torno a una mesa cubierta de velas y botellas de vino elegantes. Sobre ellos colgaba un cartel que anunciaba el año nuevo. Al ojear las fotos, se fijó con cariño en el jersey de cuello alto y pantalones acampanados de su padre y la esbelta cintura y enigmática sonrisa de su madre. Y llegó a una toma en la que no salía su padre... ¿Tal vez estaba detrás de la cámara? Era la misma escena, pero su madre estaba ahora sentada junto a un hombre de ojos oscuros y actitud fogosa, el violinista, y ambos conversaban absortos. En esa foto, además, la mano izquierda de su madre aparecía borrosa, en pleno movimiento. Siempre había hablado con las manos. De niña, Elodie pensaba que eran pájaros pequeños y delicados que revoloteaban al compás de los pensamientos de su madre.

Elodie lo había sabido al instante al ver esa foto. Un conocimiento arraigado, intuitivo, humano. La química entre su madre y ese hombre no habría saltado más a la vista si hubiera chispazos en el aire. Elodie no le había dicho nada a su padre, que ya había perdido mucho, pero esa imagen arrojó una sombra; y varios meses más tarde, mientras veían juntos una película francesa que trataba la infidelidad, Elodie realizó un comentario hiriente acerca de la mujer infiel. Había sonado más cortante de lo que esperaba; había sido un desafío: sufría por él y estaba enojada con él; y enojada con su madre también. Sin embargo, su padre no mordió el anzuelo.

—La vida es larga —se limitó a decir con calma; no apartó la vista de la película—. No es fácil ser humano.

A Elodie la sorprendió, dada la fama de su madre —y la de Caroline—, que una fotografía tan llamativa no se hubiera publicado nunca, en especial si, como afirmó Pippa, estaba entre las favoritas de su autora. Se lo dijo a Pippa.

—Se lo pregunté a Caroline. Me dijo que reveló el carrete unos días más tarde y que le encantó al instante. Incluso mientras estaba en la bandeja de revelado, notó que era una de esas raras imágenes en que los protagonistas, la composición, la luz..., todo se encontraba en armonía. Esa misma noche encendió la tele y vio la noticia del funeral de tu madre. No había caído en ello hasta entonces, pero mostraron una foto de tu madre en la pantalla y Caroline dijo que sintió un escalofrío al reconocerla, sobre todo cuando comprendió que él también iba en el coche. Los había visto juntos poco antes de... —Pippa dedicó una tenue sonrisa de disculpa.

—¿No la publicó por el accidente?

—Dijo que no le habría parecido bien dadas las circunstancias. Y también por ti.

—¿Por mí?

—En las noticias saliste tú. Caroline dice que te vio al entrar en la iglesia de la mano de tu padre y supo entonces que no podría publicar la foto.

Elodie volvió a mirar a los dos jóvenes en medio de la arboleda. La rodilla de su madre rozaba la de él. La intimidad de la escena, las posturas relajadas. Elodie se preguntó si Caroline también habría percibido la verdadera naturaleza de esa relación. Tal vez eso explicara en parte su decisión de guardar la imagen para sí.

—Pensó en ti de vez en cuando a lo largo de los años, me dijo, y se preguntaba qué había sido de ti. Sentía un vínculo contigo por lo sucedido... Como si al haber tomado la fotografía aquel día, al preservar aquel momento entre ellos, se hubiera convertido en parte de la historia. Cuando supo que éramos amigas, cuando viniste a ver mi exposición del último curso, me dijo que le entraron unas ganas irresistibles de conocerte.

—¿Por eso vino a cenar con nosotras aquella noche?

—En esos momentos, yo no lo sabía.

Cuando Pippa mencionó que Caroline iba a acompañarlas, había sido una sorpresa; al principio, Elodie se sintió intimidada por su presencia: era una artista de renombre de quien Pippa le hablaba a menudo con admiración. Sin embargo, la actitud de Caroline la había relajado; es más, había sido de una calidez encantadora. Le había hecho preguntas acerca de James Stratton y los archivos, esas preguntas que hacen quienes escuchan de verdad. Y cómo reía: una risa musical y llena de vida que había hecho sentir a Elodie más inteligente y divertida que nunca.

—¿Quería conocerme por lo de mi madre?

—Bueno, sí, pero no solo por eso. A Caroline le gustan los jóvenes; le interesan y le inspiran... Por eso es profesora. Pero contigo había algo más. Se sentía unida a ti por lo que vio aquel día y todo lo que sucedió después. Ha querido contarte lo de la foto desde que te conoció.

—¿Y por qué no lo hizo?

—Le preocupaba que fuera demasiado. Que te afectara. Pero cuando le hablé de ti esta mañana —la boda, las grabaciones de conciertos, tu madre—, me preguntó mi opinión.

Elodie estudió la imagen una vez más. Pippa dijo que Caroline reveló la foto unos días después de hacerla y que el funeral de su madre ya había salido en las noticias. Sin embargo, aquí estaba, almorzando con el violinista estadounidense. Habían actuado en Bath el 15 de julio y fallecieron al día siguiente. Parecía probable que hubiera tomado esta fotografía durante el viaje de regreso a Londres; se habrían parado a comer y a tomarse un descanso. Explicaba por qué habían ido por una carretera de campo y no por la autopista.

—Le dije a Caroline que me parecía que te alegraría verla.

Y le había alegrado. Su madre había aparecido en muchas fotografías, pero esta, comprendió, fue la última que le hicieron. Le gustaba que no estuviera posando en una sesión de fotos. Su madre parecía muy joven, más joven que Elodie. La cámara de Caroline la había captado en un momento íntimo, cuando no estaba siendo Lauren Adler; no había ningún violonchelo a la vista.

—Acertaste —le dijo a Pippa—. Dale las gracias a Caroline de mi parte.

—Claro que sí.

—Y gracias.

Pippa sonrió.

—Y también por el libro... Y por haberlo traído hasta aquí. Sé que es una buena caminata.

—Sí, bueno, resulta que voy a echar de menos este lugar. Aunque casi esté en Cornualles. ¿Cómo se ha tomado la noticia tu casera?

Elodie alzó la botella de vino.

—¿Otra?

—Ay, vaya. No se lo has dicho.

—No he podido. No quería molestarla antes de la boda. Se ha esforzado mucho al escoger la lectura para la ceremonia.

—¿Sabes que lo va a averiguar cuando se acabe la luna de miel y no vuelvas?

—Lo sé. Me siento fatal.

—¿Cuánto tiempo te queda de contrato?

—Dos meses.

—Entonces, ¿estás pensando en…?

—¿Hacer como si no pasara nada y esperar que surja algo mientras tanto?

—Qué buen plan.

—Otra posibilidad es firmar otro contrato y presentarme dos veces a la semana para recoger mi correo. Podría subir de vez en cuando y sentarme aquí. Podría incluso dejar aquí mis muebles, mi sillón viejo y cutre, mi colección rara de tazas de té.

Pippa sonrió, comprensiva.

—¿Puede que Alastair cambie de opinión?

—Puede. —Elodie sirvió vino en la copa de su amiga. No le apetecía mantener otra conversación acerca de Alastair; acababan convirtiéndose sin falta en interrogatorios que le hacían sentir como una pusilánime. Pippa no comprendía las medias tintas—. ¿Sabes qué? Tengo hambre. ¿Quieres quedarte y comemos algo?

—Claro —dijo Pippa, que aceptó cambiar de tema—. Ahora que lo dices, me apetece pescado y patatas fritas.

CAPÍTULO NUEVE

E lodie había planeado pasar el domingo escuchando más grabaciones para poder entregar la selección prometida a Penelope, pero la noche anterior, en algún momento entre la primera y la segunda botella de vino, había tomado una decisión. No iba a ir hacia el altar ante un vídeo de Lauren Adler tocando el violonchelo. Por mucho que la idea le gustara a Penelope —¿y a Alastair también?—, Elodie se sentía incómoda al imaginarse en un vestido de novia caminando hacia una pantalla gigantesca con una actuación de su madre. Era un poco raro, ¿verdad?

—¡Sí! —había respondido Pippa mientras paseaban junto al río, terminaban su pescado con patatas fritas y observaban el final del día que se alejaba por el horizonte—. De todos modos, pensaba que no te gustaba la música clásica.

Era cierto. Elodie prefería el jazz.

Y así, mientras llegaban por las ventanas abiertas las primeras campanadas del domingo por la mañana,

Elodie guardó las cintas de vídeo en la maleta de su padre y se sentó en el sillón de terciopelo. La nueva fotografía de su madre estaba en el estante de los tesoros, entre la acuarela de Montepulciano de la señora Berry y la caja de recuerdos de Tip, y Elodie comenzó a pensar en una lista de preguntas que quería hacerle a su tío abuelo... acerca de su madre, de la casa del dibujo y del violinista también. Mientras tanto, iba a sumergirse en el libro de Caroline y aprender todo lo que pudiera sobre la mujer de la fotografía. Al abrirlo sobre el regazo, tuvo la muy agradable sensación de volver a casa, como si estuviera haciendo justo lo que tenía que hacer.

Edward Radcliffe: Vida y amores. Era un título un poco cursi, pero lo habían publicado en 1931 y no sería justo juzgarlo según el gusto contemporáneo. En el interior de la sobrecubierta había una fotografía en blanco y negro del autor, el doctor Leonard Gilbert, un joven serio ataviado con un traje de color claro. Era difícil adivinar su edad.

El libro se dividía en ocho capítulos: los dos primeros ofrecían una crónica de la infancia de Radcliffe, del ámbito familiar, su interés por los cuentos populares y su temprano don artístico. Hacía hincapié en su particular predilección por las casas y postulaba que la importancia del hogar y los espacios cerrados en su arte podría deberse a su educación aislada. Los dos siguientes describían la fundación de la Hermandad Magenta, retrataba a los otros miembros y recapitulaba los logros iniciales de Radcliffe en la Real Academia. El quinto capítulo se volvía más personal y exponía en detalle su relación con Frances Brown y su eventual compromiso; en el sexto llegaba por fin a la modelo conocida como

Lily Millington y el periodo de la vida de Radcliffe en el que creó sus obras más importantes.

Iba en contra de sus principios, pero Elodie no pudo resistirse y comenzó por el capítulo seis. Se sumergió en la crónica de Leonard Gilbert de ese encuentro casual en Londres entre Edward Radcliffe y la mujer cuyo rostro le inspiraría a crear algunas de las piezas más asombrosas de ese movimiento estético... Una mujer de la que, según Gilbert, se enamoraría de un modo apasionado. Gilbert equiparaba a Lily Millington con la Dama Oscura de los sonetos de Shakespeare y le concedía una gran importancia al misterio de su verdadera identidad.

Tal y como le había advertido Pippa, gran parte de la información, sobre todo la biográfica, procedía de una única «fuente anónima», una mujer que «había mantenido una relación cercana con la familia Radcliffe». La fuente, según Gilbert, había estado especialmente unida a la hermana menor de Radcliffe, Lucy, y ofrecía una importante perspectiva sobre la infancia de Radcliffe y los eventos del verano de 1862, cuando su prometida falleció de un disparo y Lily Millington desapareció. Gilbert había conocido a la mujer al visitar el pueblo de Birchwood para completar su tesis doctoral; entre 1928 y 1930 le realizó una serie de entrevistas.

Si bien el retrato íntimo de Radcliffe y la modelo que realizaba Gilbert debía de ser en gran parte imaginario —una extrapolación de los hechos, si Elodie deseaba ser generosa—, era un retrato rico en matices. Gilbert escribía con perspicacia y atención y tejía una historia que daba vida a la pareja, que culminaba en el último verano que pasaron juntos en Birchwood Manor. El tono era por lo general conmovedor y Elodie se preguntaba por qué cuando cayó en la sencilla respuesta: Leonard Gilbert, el autor, se había enamorado de Lily Millington. La describía de un modo tan cautivador que Elodie descubrió que ella tampoco podía resistirse a la inteligencia y la belleza de esta mujer. En las manos de Gilbert, era encantadora. Cada palabra acariciaba su carácter, desde la descripción inicial de la joven cuya «llama ardía con fuerza» hasta el doloroso giro con el que cerraba el capítulo.

Porque en el capítulo siete la historia llegaba a la caída de Radcliffe y Gilbert se rebelaba contra la opinión aceptada para proponer su nueva teoría: el declive del artista no se debió a la muerte de su prometida, sino a la desaparición de su gran amor y su musa, Lily Millington. Basándose en los testimonios extraídos de informes policiales «desconocidos hasta la fecha», Gilbert postulaba que la modelo había sido cómplice del robo en el cual Frances Brown perdió la vida y había huido con el intruso a Estados Unidos, llevándose consigo la joya de la familia de Radcliffe.

La versión oficial, aseguraba Gilbert, había sido manipulada por la propia familia de Radcliffe, cuya influencia en el pueblo alcanzaba a la policía local, y la familia de Frances Brown, pues era de interés mutuo borrar el recuerdo de «la mujer que robó el corazón de Edward Radcliffe». Para ambas familias, preocupadas por la posteridad, ante la cual la tragedia era preferible al escándalo, resultaba mucho más aceptable la versión oficial: un ladrón desconocido había irrumpido en la casa para robar el collar, lo que provocó la muerte de Frances Brown y el fin de su ferviente prometido. Se organizó una búsqueda del colgante pero, salvo alguna que otra información falsa, no se halló ningún indicio.

En comparación con el resto del libro de Gilbert, la teoría relacionada con la perfidia de Lily Millington se exponía en un tono casi mecánico y el texto estaba salpicado de citas textuales de las notas del caso que Gilbert había encontrado en los archivos policiales. Como investigadora, Elodie comprendía la reticencia de Gilbert a creer semejante traición de la mujer a quien había dado vida en el capítulo anterior. Este capítulo se leía como si dos aspectos del mismo hombre entablaran batalla: el académico ambicioso que lanzaba una nueva teoría y el escritor encariñado con un personaje al que había dedicado tantos esfuerzos. Y luego estaba esa cara. Elodie se preguntó cómo esa mujer de la fotografía del marco de plata le había afectado de tal modo. Incluso aunque se recordó con severidad a sí misma los peligros y el poder inherente de la belleza, Elodie supo que ella también se resistía a la idea de que la mujer de blanco hubiera sido capaz de semejante duplicidad.

Gilbert daba la impresión de tener ciertas reservas respecto al papel de Lily Millington en la desaparición del colgante, pero se explayaba al hablar de la joya, pues el diamante que contenía no era un diamante cualquiera. La piedra, de veintitrés quilates, era un diamante azul tan raro y valioso que tenía nombre: el Azul de los Radcliffe. El linaje del Azul se remontaba a María Antonieta, para quien habían colocado la piedra en un colgante; antes, el mercenario John Hawkwood, quien obtuvo la gema durante una incursión en Florencia en el siglo XIV y no estuvo dispuesto a desprenderse de ella hasta su lecho de muerte, según una crónica, «cubierto de honor y riquezas»; y mucho antes, en el siglo X, en la India, donde se dice —de forma apócrifa, en opinión de Gilbert— que un mercader ambulante arrancó la piedra del muro de un templo hindú. En cualquier caso, cuando la piedra cayó en manos de los Radcliffe en 1816, la volvieron a engarzar en un colgante de oro de filigrana, enhebrado a una fina cadena para llevarlo al cuello. Era espectacular, pero de un valor prohibitivo: durante el medio siglo que el diamante permaneció en manos de los Radcliffe, lo guardaron casi sin excepción en una caja fuerte de Lloyd's en Londres.

A Elodie no le interesaba demasiado la historia del Azul de los Radcliffe, pero se enderezó al leer la siguiente frase. Según Gilbert, Edward Radcliffe había tomado «prestado» el colgante de la caja fuerte en junio de 1862 para que su modelo lo luciera en una gran obra que tenía pensado completar durante el verano. Esta, pues, sería la pintura inacabada que los amantes del arte y los académicos habían dotado de un aura mitológica.

La segunda mitad del capítulo siete se centraba en la posibilidad de que ese cuadro, acabado o no, existiera en algún lugar. Gilbert postulaba varias teorías posibles, basadas en su investigación de la obra artística de Edward Radcliffe, pero concluía admitiendo que no eran más que conjeturas sin pruebas. Si bien se hacían vagas referencias a una obra abandonada en la correspondencia de los otros miembros de la Hermandad Magenta, todavía no había salido a la luz ninguna mención del propio Radcliffe.

Elodie miró el cuaderno de bocetos que había encontrado en el archivo. ¿Era esta la prueba que tanto había anhelado Gilbert? ¿Esa confirmación que tanto había esperado el mundo del arte había estado todo este tiempo oculta en un bolso de cuero en la casa del gran reformista victoriano James Stratton? Esa idea le hizo pensar de nuevo en Stratton, pues ahora sabía que Lily Millington era el eslabón perdido entre los dos hombres. Stratton conoció a la mujer lo suficientemente bien para guardar su fotografía; Radcliffe había estado enamorado de ella. Al parecer ellos no habían mantenido una relación estrecha y, a pesar de todo, fue a Stratton a quien Radcliffe acudió en mitad de la noche cuando su desesperación amenazaba con engullirlo. También daba la impresión de que Radcliffe había confiado a Stratton los planes de su gran obra. Pero ¿por qué? Descubrir la verdadera identidad de Lily Millington era la clave. El nombre no le resultaba familiar, pero Elodie decidió buscar si aparecía en la base de datos de la correspondencia de Stratton.

En el capítulo final del libro, Gilbert volvía a centrarse en el interés de Edward Radcliffe por las casas, en especial por esa casa de campo que en sus cartas llamaba «mi casa preciosa, en su recodo del río», y en esta ocasión se permitió intercalar su propia historia con la del protagonista de su libro. Resultó que también Gilbert había pasado un verano en la «casa preciosa» de Radcliffe y había recorrido los mismos caminos que Radcliffe mientras completaba su tesis doctoral.

Leonard Gilbert, soldado de regreso, que había sufrido pérdidas en los campos de batalla franceses durante la Gran Guerra, escribía con tono elegíaco sobre los efectos de la inadaptación, pero terminó el libro con una nota de esperanza, una meditación sobre el anhelo del «hogar» y lo que suponía encontrarse en un lugar acogedor tras haber pasado tanto tiempo a la intemperie. Acudió a un contemporáneo de Radcliffe, el victoriano más grande de todos, Charles Dickens, para transmitir el poder enorme y sencillo del «hogar»: «Hogar es un nombre, una palabra, de gran fuerza; más poderosa que el conjuro de un mago o la invocación de un espíritu...». Para Edward Radcliffe, escribió Gilbert, ese lugar fue Birchwood Manor.

Elodie volvió a leer la frase. La casa tenía nombre. Lo tecleó en el motor de búsqueda de su móvil, el aliento contenido, y ahí estaba. Una fotografía, una descripción, una dirección. La casa estaba en los lindes de Oxfordshire y Berkshire en el Valle del Caballo Blanco. Escogió un enlace y se enteró de que Lucy Radcliffe la había donado a la Asociación de Historiadores del Arte en 1928 para uso como residencia de estudiantes. Cuando los costes de mantenimiento se volvieron demasiado elevados, se había hablado de convertirla en un museo para celebrar el arte de Edward Radcliffe y la asombrosa creatividad surgida al amparo de la Hermandad Magenta, pero no se halló de inmediato el dinero necesario. Se habían recaudado fondos durante años y, por fin, en 1980 una generosa donación anónima permitió a la asociación llevar a cabo sus planes. El museo seguía ahí, abierto al público los sábados.

A Elodie le tembló la mano cuando llegó al final de la página y notó las indicaciones para llegar a Birchwood Manor. Había otra foto de la casa, tomada desde otro ángulo, y Elodie la agrandó para que ocupara toda la pantalla. Con la mirada recorrió el jardín, la fachada de ladrillo, las ventanas de la buhardilla en el tejado inclinado, y entonces se le cortó la respiración...

En ese momento la imagen desapareció de la pantalla, desplazada por una llamada. Era una llamada internacional —Alastair—, pero antes de fijarse en lo que estaba haciendo, Elodie ya la había cancelado con un movimiento brusco para volver a la foto de la casa. Hizo zoom y lo vio, como esperaba: la veleta celestial.

Radcliffe había dibujado su propia casa, su recodo en el río, que a su vez era la casa del cuento que le había contado su madre y la casa a la que habían evacuado a Tip durante la Segunda Guerra Mundial. La familia de Elodie tenía un vínculo con Radcliffe y ese misterio que le había caído entre manos en el trabajo. No tenía ningún sentido y, sin embargo, el vínculo no se acababa ahí, pues Tip, aunque no estuviera dispuesto a admitirlo, había reconocido la fotografía de Lily Millington, la mujer de blanco.

Elodie cogió la fotografía enmarcada. ¿Quién era? ¿Cuál era su nombre verdadero y qué había sido de ella? Por algún motivo que no sabía explicar, Elodie sintió la necesidad, apasionada, casi desesperada, de averiguarlo.

Pasó el dedo levemente por el borde del marco, sobre las finas rayaduras. Al hacerlo, Elodie notó que la parte trasera del marco, de donde sobresalía el pie, no era del todo lisa. Lo alzó a la altura de los ojos para que el plano horizontal quedara justo enfrente de ella; sí, había una levísima curva. Elodie apretó ligeramente con los dedos. ¿Eran imaginaciones suyas o notaba un leve relleno en el respaldo?

Con el corazón latiendo cada vez más rápido y el instinto afinado de una buscadora de tesoros, aunque sabía que iba contra las normas manipular los archivos, Elodie buscó una manera de soltarlo sin causar desperfectos. Tiró de la vieja cinta empleada para sellar el respaldo, que se alzó, desgastado el adhesivo. Ahí, oculto contra el marco, había un trozo de papel plegado en

cuatro. Elodie lo abrió y notó enseguida que era viejo...,
muy viejo.

Era una carta, escrita a mano en letra cursiva, y comenzaba: *Mi querido e inimitable J: lo que voy a contarte ahora es mi mayor secreto...* A Elodie se le cortó la
respiración, pues aquí, al fin, estaba la voz de la mujer
de blanco. Su atención saltó al final de la página, donde
la carta estaba firmada con un par de iniciales entrelazadas: *Tu amiga agradecida, que te quiere, BB.*

SEGUNDA PARTE
LOS ESPECIALES

V

Hubo un largo periodo, antes de la llegada del nuevo visitante, antes de que la Asociación de Historiadores del Arte abriera el museo, en que nadie vivió en esta casa. Tuve que contentarme con niños que, de vez en cuando, en las tardes entre semana, trepaban por las ventanas para impresionar a sus amigos. A veces, cuando estaba de humor, les daba el gusto de dar un portazo o sacudir una ventana, lo que les hacía chillar y salir dando tumbos para escaparse.

Pero he echado de menos la compañía de un visitante de verdad. Alguno ha habido a lo largo del siglo, escasos y preciosos, de los que he llegado a encariñarme. En su lugar, me veo obligada a soportar la ignominia de una avalancha semanal de cotillas y funcionarios que se regocijan diseccionando mi pasado. Los turistas, por su parte, hablan sin cesar sobre Edward, aunque le llaman Radcliffe o Edward Julius Radcliffe, lo que le hace parecer viejo y estirado. La gente olvida qué joven era cuando vivió en esta casa. Acababa de cumplir veintidós años cuando decidimos irnos de Londres. Hablan en un tono serio y respetuoso acerca del Arte y miran por las ventanas y señalan el río y dicen cosas como: «Esta es la vista que inspiró las pinturas del Támesis».

También muestran mucho interés en Fanny. Se ha convertido en una heroína trágica, algo inverosímil para cualquiera que la hubiera conocido en vida. La gente conjetura dónde ocurriría «eso». Las noticias de la prensa nunca fueron claras al respecto, contradiciéndose unas a otras; y, aunque había más de una persona en la casa aquel día, sus testimonios fueron imprecisos y la historia ha logrado enterrar los detalles. Yo no vi cómo sucedió —no estaba en la habitación—, pero por uno de esos guiños de la historia he podido leer los informes policiales. Uno de mis visitantes anteriores, Leonard, obtuvo unas copias maravillosas y claras y pasamos muchas tardes absortos en ellos. Obras de ficción, por supuesto, pero así se hacían las cosas por aquel entonces. Quizás eso no haya cambiado.

Cuando abrieron la casa a los turistas, la asociación trajo ese retrato que hizo Edward de Fanny, en el que luce el vestido verde de terciopelo y la esmeralda en el escote pálido. Cuelga de una pared de un dormitorio de la primera planta, frente a la ventana que da a la huerta y el sendero que lleva al cementerio de la aldea. A veces me pregunto qué habría pensado Fanny de eso. Se entusiasmaba con facilidad y no le gustaba la idea de un dormitorio con vistas a las lápidas. «Es solo otra forma de dormir —oigo la voz de Edward, que intenta calmarla—, nada más. Es solo el sueño eterno de los muertos».

A veces la gente hace una pausa frente al retrato de Fanny y lo compara con la imagen más pequeña del folleto de los turistas; hacen comentarios sobre su cara bonita, su vida de privilegios, su trágico final; lanzan teorías sobre lo sucedido aquel día. Sobre todo, niegan con la cabeza y suspiran con tono elegíaco y satisfecho; al fin y al cabo, pensar en las tragedias ajenas es uno de los pasatiempos más deliciosos que existen. Se preguntan por el padre de Fanny y su dinero, su prometido y su corazón roto, la carta de Thurston Holmes que ella recibió una semana antes de morir. Lo sé: morir asesinado equivale a ser interesante por el resto de la eternidad. —A menos, por supuesto, que seas una huérfana de diez años que vive en Little White Lion Street, en cuyo caso morir asesinada es solo morir—.

Los turistas también hablan, cómo no, del Azul de los Radcliffe. Se preguntan, con los ojos bien abiertos y las voces llenas de emoción, dónde habrá acabado el colgante. «Las cosas no desaparecen sin más», dicen.

A veces incluso hablan de mí. Una vez más, he de agradecérselo a Leonard, mi joven soldado, pues fue él quien escribió el libro que me dio a conocer como amante de Edward. Hasta entonces yo era solo una de sus modelos. En la tienda de regalos hay ejemplares del libro a la venta y, de vez en cuando, veo la cara de Leonard en la contraportada y recuerdo el tiempo que pasó en la casa, esos gritos de «¡Tommy!» en medio de la noche.

Los turistas que se pasean por la casa los sábados, con las manos a la espalda y gestos estudiados de buenos conocedores, me llaman Lily Millington, lo cual es comprensible, teniendo en cuenta cómo salieron las cosas. Algunos incluso se preguntan de dónde vine, adónde fui, quién era de verdad. Estos tienden a caerme bien, a pesar de sus conjeturas descabelladas. Es agradable que piensen en ti.

No importa cuántas veces oiga el nombre Lily Millington en boca de extraños, siempre es una sorpresa. He intentado susurrar mi verdadero nombre en el aire, cerca de sus oídos, pero solo un par me han oído, como mi pequeño amigo, que tenía una cortina de pelo por flequillo. No es de extrañar: los niños perciben mejor que los adultos, en todos los sentidos que importan.

La señora Mack decía que quienes buscan estar al corriente de los cotilleos acaban oyendo lindezas de sí mismos. La señora Mack decía muchas cosas, pero esta vez tenía razón. A mí me recuerdan como a una ladrona. Una impostora. Una muchacha que vivió por encima de sus posibilidades, que no fue casta.

Y fui todo eso en diferentes épocas, y mucho más. Pero hay algo de lo que me acusan que no es justo. Yo no fui una asesina. Yo no disparé el arma que mató a la pobre Fanny Brown aquel día.

Mi visitante ya lleva aquí una semana y media. Pasó otro sábado, en el que él salió de la casa tan pronto como pudo —ojalá yo pudiera hacer lo mismo—, tras lo cual, durante unos cuantos días, continuó con las mismas rutinas de la semana anterior. Había comenzado a perder la esperanza y a pensar que nunca averiguaría a qué había venido, pues no es muy comunicativo: nunca deja papeles por ahí en los que pueda encontrar respuestas, ni me da el gusto de mantener conversaciones largas y reveladoras.

Sin embargo, esta noche, por fin, una llamada. El resultado es que ya sé por qué está aquí. También sé su nombre. Se llama Jack..., Jack Rolands.

Había pasado el día entero fuera de casa, como acostumbra, tras salir por la mañana con la pala y la cámara en su funda. Cuando regresó, sin embargo, noté enseguida que estaba cambiado. Para empezar, llevó la pala al grifo que hay en un lateral del cobertizo y la lavó bien. Era evidente que no iba a volver a cavar.

Además, había algo diferente en su actitud. Una relajación en los movimientos, un aire decidido. Entró y cocinó pescado para cenar, lo cual no era muy propio de él, pues hasta ahora había sido más de sopas en lata.

Esa actitud ceremoniosa me puso aún más en guardia. Ha terminado con su tarea, pensé, fuera la que fuera. Y entonces, como si quisiera darme la razón, recibió una llamada.

Al parecer, Jack la estaba esperando. Había echado un par de vistazos al teléfono mientras cenaba, como si mirara la hora, y cuando al fin respondió, ya sabía quién le hablaba al otro lado.

Al principio me preocupaba que fuera Sarah para cancelar su cita de mañana —iban a comer juntos—, pero no era ella; era, en su lugar, una mujer llamada Rosalind Wheeler, que telefoneaba desde Sídney, y la conversación no tuvo nada que ver con las dos criaturas de la foto de Jack.

Escuché desde donde estaba sentada en la cocina y así le oí mencionar un nombre que conozco bien.

Hasta ese momento, la conversación había sido un breve y un tanto forzado intercambio de cumplidos, hasta que Jack, que a mi parecer no es de los que se muerden la lengua, dijo:

—Mire, siento decepcionarla. He dedicado diez días a revisar los lugares de su lista. La piedra no está ahí.

La gente siempre se refiere a la misma piedra cuando se trata de Edward y su familia, así que supe al instante qué había estado buscando. Confieso haberme sentido un poco decepcionada. Qué predecible es todo... Pero así son los seres humanos, en su mayor parte. No pueden evitarlo. ¿Y quién soy yo para juzgar a un buscador de tesoros?

Sin embargo, me llamó la atención que a Jack se le hubiera ocurrido buscar el Azul de los Radcliffe aquí, en Birchwood. Ya sabía, por oírselo decir a los excursionistas del museo, que el diamante no había caído en el olvido —de hecho, su paradero se ha convertido en leyenda—, pero Jack es la única persona que ha venido a buscarlo aquí. Desde las primeras noticias en la prensa, la opinión más aceptada es que el colgante llegó a Estados Unidos en 1862, donde se lo tragó la tierra. Leonard llevó la idea aún más lejos y propuso que fui yo quien sacó el diamante de esta casa. Se equivocaba, por supuesto, y tengo la certeza de que en el fondo lo sabía. Le convencieron los informes policiales, esos interrogatorios extraños y obcecados que tuvieron lugar en los días posteriores a la muerte de Fanny. En fin. Había llegado a creer que él y yo nos comprendíamos.

Me intrigaba que Jack hubiera venido a Birchwood —enviado por esta mujer, esta señora Wheeler— a buscar el Azul de los Radcliffe y estaba pensando en ello cuando Jack dijo: «Parece que me está pidiendo que allane la casa» y mis ideas se desvanecieron.

—Sé que esto significa mucho para usted —prosiguió—, pero no voy a allanar la casa. La gente que regenta este lugar me dejó muy claro que solo podía quedarme aquí con ciertas condiciones.

Llevada por mi entusiasmo, me había acercado demasiado sin darme cuenta. Jack tembló de repente, dejó el teléfono en la mesa y fue a cerrar la ventana; supongo que pulsaría algún botón porque de repente también oí la otra mitad de la conversación. Era la voz de una mujer, no joven, con acento estadounidense:

—Señor Rolands, le pagué para hacer un trabajo.

—Y he mirado en todos los lugares de su lista: el bosque, el recodo del río, la colina en el claro... Todos los lugares que Ada Lovegrove mencionó en las cartas a sus padres.

Ada Lovegrove.

Cuánto tiempo había pasado desde la última vez que oí ese nombre; confieso que sentí una profunda emoción. ¿Quién era esta mujer al otro lado del teléfono? Esta estadounidense que llamaba desde Sídney. ¿Y cómo es que tenía las viejas cartas de Ada Lovegrove?

—La piedra no estaba ahí. Lo siento —continuó Jack.

—Le dije cuando le conocí, señor Rolands, que, si la lista de lugares no daba los resultados esperados, le propondría un plan B.

—No dijo nada de allanar un museo.

—Este es un asunto de extremada importancia para mí. Como sabe, habría ido en persona si mi estado no me impidiera volar.

—Mire, lo siento, pero...

—Sé que no tengo que recordarle que solo le voy a pagar la segunda parte de sus honorarios si cumple.

—De todos modos...

—Le voy a enviar nuevas instrucciones por correo electrónico.

—Y yo voy a entrar el sábado, cuando está abierto al público, y echaré un vistazo. No antes.

La mujer no finalizó la llamada de buen humor, pero Jack no se dejó amedrentar. Es una de esas personas que no se alteran por nada. Una buena cualidad, aunque me entran unas ganas inexplicables de alterarle. Solo un poquito. He adquirido una costumbre un tanto perversa, me temo; sin duda, consecuencia del aburrimiento y su miserable gemela, la frustración. Consecuencia también de haber conocido a Edward, para quien el entusiasmo era belleza y cuyas ideas defendía con tal pasión que era imposible permanecer indiferente.

Después de la llamada, se apoderó de mí una gran inquietud. Cuando Jack sacó la cámara y comenzó a transferir imágenes a su ordenador, me retiré, sola, al rincón cálido donde gira la escalera, a sopesar qué significa todo esto.

En cierto sentido, la causa de mi perturbación era evidente. Resultaba desconcertante que mencionaran a Ada Lovegrove al cabo de tanto tiempo. Despertó un sinfín de recuerdos, y también de preguntas. Había cierta lógica en el vínculo entre Ada y el Azul; cuando, sin embargo, era un misterio. ¿Por qué ahora, más de cien años después de su breve estancia en esta casa?

Sin embargo, mi angustia procedía también de un lugar más profundo. Menos aparente. Más personal. Ajeno a Ada. Se debía, comprendí, a la negativa de Jack a hacer lo que le pedía Rosalind Wheeler. No por la señora Wheeler; mi inquietud la causaba saber que Jack ha terminado la tarea encomendada. No guarda relación con las dos pequeñas de la fotografía, en quienes piensa sin cesar, y por lo tanto tiene intención de marcharse.

No quiero que se vaya.

Al contrario, tengo muchísimas ganas de que se quede, de que entre en mi casa. No un sábado, junto a los otros, sino otro día, a solas.

Esta casa, al fin y al cabo, es mía, no de ellos. Más aún, es mi hogar. Les permito usarla, a regañadientes, porque se han propuesto realizar un homenaje a Edward, quien se merecía un destino mucho mejor del que tuvo. Pero es mi casa y voy a recibir visitas si así lo deseo.

Ha pasado mucho tiempo desde la última.

Así pues, he bajado las escaleras y entrado en el aposento del viejo conserje, donde Jack y yo estamos sentados ahora: él contempla en silencio sus fotografías, yo lo contemplo nerviosa a él.

Mira una imagen y luego la otra y yo observo los leves cambios en sus gestos. Todo está en silencio; todo está inmóvil. Oigo el reloj que marca la hora dentro de casa, ese reloj que Edward me regaló justo antes de venir aquí aquel verano. «Te voy a amar hasta el final de los tiempos», me prometió aquella noche, cuando decidimos dónde ponerlo.

En la pared, detrás de Jack, hay una puerta que da a la cocina de la casa. Dentro de la cocina está la estrecha entrada de las escaleras pequeñas, que llegan a la primera planta. A mitad de camino hay una repisa de ventana, bastante amplia para que descanse una mujer. Recuerdo un día de julio, el aire perfumado que pasaba entre los cristales para rozarme el cuello; las mangas de Edward, subidas hasta el antebrazo; el dorso de su mano que me acariciaba la mejilla...

Jack ha dejado de teclear. Está sentado muy quieto, como si intentara escuchar una melodía que viene de lejos. Al cabo de un momento, vuelve a prestar atención a la pantalla.

Recuerdo cómo los ojos de Edward exploraban los míos; cómo mi corazón latía más rápido en el pecho; las palabras que me susurraba al oído, su aliento cálido contra mi piel...

Jack se detiene una vez más y mira la puerta de la pared que tiene a su espalda.

De repente, lo comprendo. Me acerco.

Entra, le susurro.

Ahora tiene el ceño un poco fruncido; apoya el codo en la mesa, el mentón en el puño. No aparta la mirada de la puerta.

Entra en mi casa.

Se pone en pie junto a la puerta y apoya la palma de una mano sobre la superficie. Tiene expresión de perplejidad, como quien trata de comprender un problema aritmético que ha arrojado una solución inesperada.

Me sitúo junto a él de inmediato.

Abre la puerta...

Pero no lo hace. Se va. Va a salir de la habitación.

Lo sigo, deseando con todas mis fuerzas que vuelva, pero se acerca a la vieja maleta que contiene su ropa y rebusca hasta sacar una pequeña caja de herramientas negra. Se levanta, con la mirada en ese objeto, que mueve un poco, como si quisiera calcular su peso. No solo está sopesando esa caja, comprendo, pues al fin, con gesto decidido, se da la vuelta.

¡Viene hacia aquí!

Hay una alarma al otro lado de la puerta, que la asociación instaló tras las dificultades para contratar un buen conserje, la cual programan sin falta cada sábado por la tarde cuando abre el museo. Lo miro con avidez mientras, no sé cómo, con una herramienta que ha sacado de esa cajita, logra sortear la alarma. A continuación, fuerza la cerradura con tan poco esfuerzo que me recuerda al Capitán, quien se habría sentido impresionado. La puerta se abre y, antes de que me dé cuenta, Jack ha cruzado el umbral.

Mi casa está a oscuras y Jack no ha traído linterna; la única luz es la de la luna, que se derrama plateada por las ventanas. Camina por la cocina y llega al pasillo, donde se detiene. Gira despacio, pensativo. Y comienza a subir las escaleras, sin parar, hasta llegar arriba, a la buhardilla, donde una vez más se queda inmóvil.

Y vuelve sobre sus pasos hasta la maltería.

Me habría gustado que se quedara, que viera más. Pero mi estado de ánimo mejora al ver la expresión pensativa que se le pone al marcharse. Tengo una corazonada, nacida de mi larga experiencia: va a volver. Es lo que suelen hacer, una vez que me intereso.

Así pues, dejo que se marche y me quedo sola en la oscuridad de mi casa mientras él echa el cerrojo una vez más desde el otro lado.

Siempre he encontrado muchos motivos para admirar a un hombre que sabe forzar cerraduras. Y a una mujer, por qué no decirlo. Culpad a la educación que recibí. La señora Mack, quien sabía mucho de la vida e incluso más de hacer negocios, decía que si te encontrabas una cerradura, lo más probable es que hubiera algo que mereciera la pena al otro lado. Yo nunca me dediqué a forzar cerraduras, al menos no oficialmente. La señora Mack dirigía una empresa mucho más compleja y creía que diversificarse era crucial; o como prefería decirlo, usando un viejo refrán inglés que habría quedado bien en su lápida: Hay muchas formas de despellejar un gato.

Yo era una buena ladrona. Tal y como había previsto la señora Mack, era el juego de manos perfecto: la gente esperaba que los mugrientos huérfanos callejeros intentaran robarles y se ponían en guardia contra ellos. Pero nadie sospechaba de las niñas limpias, con bonitos vestidos y rizos rubios hasta los hombros. Mi llegada a la casa permitió a la empresa de la señora Mack extender sus redes más allá de Leicester Square, hasta Mayfair al oeste y Lincoln's Inn Fields y Bloomsbury al norte.

El Capitán se frotaba las manos, feliz, ante semejante expansión.

—Ahí es donde van todos los hombres de mérito —decía—, con los bolsillos a rebosar.

El de la Pequeña Perdida era un ardid sencillo, para el que solo tenía que plantarme en algún lugar con gesto desamparado y esperar a que se fijaran en mí. Las lágrimas eran bienvenidas, pero no esenciales y, como exigían bastante energía y no era fácil revertir su efecto si me parecía que había mordido el anzuelo el pez equivocado, las utilizaba con moderación. No tardé mucho en desarrollar un sexto sentido para saber con quién merecía la pena tomarse la molestia.

Cuando se me acercaba el tipo de caballero indicado, lo cual ocurría tarde o temprano, para preguntarme dónde vivía y por qué estaba sola, le contaba una historia bien triste y mencionaba una dirección de lo más respetable —aunque no de las más exclusivas, para que no la reconocieran— y le permitía que me comprara un pasaje y me acompañara a un carruaje. No era difícil deslizar la mano en su bolsillo mientras él era la viva imagen del Buen Samaritano. Existe una sensación de superioridad moral que se apodera del benefactor hasta el punto de nublarle el juicio y cegarlo.

Pero la Pequeña Perdida tenía que pasar mucho tiempo de pie en el mismo lugar, lo que me resultaba aburrido y, en los meses de invierno, frío, húmedo y desagradable. Pronto comprendí que había otra manera de obtener las mismas ganancias en una situación de relativa comodidad. También solucionaba el problema del Buen Samaritano que insistía en acompañarme hasta la puerta de mi casa. La señora Mack sabía apreciar el ingenio: era una embaucadora nata y se iluminaba cuando se le presentaba la posibilidad de un nuevo ardid; también había demostrado su destreza con aguja e hilo. Así, cuando le conté mi idea, enseguida obtuvo un par de guantes blancos de calidad y los remendó para cumplir mi propósito.

Así nació la Pequeña Pasajera, una criatura silenciosa, pues su trabajo era el opuesto al de la Pequeña Perdida. Mientras aquella deseaba llamar la atención, la Pequeña Pasajera aspiraba a pasar inadvertida. Era una viajera habitual de los ómnibus, que se sentaba en silencio recostada contra la ventana, los guantes delicados bien plegados sobre el regazo. Al ser pequeña, pulcra e inocente, la elección natural de cualquier señora que viajaba sola era sentarse a su lado. Pero, una vez que la señora se había relajado, distraída por alguna conversación o por las vistas, un libro o un ramillete, las manos de la Pequeña

Viajera —ocultas fuera de la vista— se deslizaban entre los numerosos pliegues de faldas hasta toparse con un bolsillo o un bolso. Todavía recuerdo la sensación: la mano que se agazapa bajo la elegante falda de la señora, el frescor de la seda, el movimiento veloz y seguro de mis dedos, mientras los guantes falsos de niña seguían sobre mi regazo, irreprochables.

Con algunos conductores de ómnibus, se podía conseguir un asiento para todo el día por un módico precio. Y si el conductor no se dejaba sobornar, la Pequeña Perdida retomaba su papel, desamparada y asustada, en una calle bien transitada.

Aprendí mucho acerca de la gente durante aquellos días. Cosas como:

1. El privilegio vuelve a las personas, sobre todo a las mujeres, confiadas. Nada en su experiencia las prepara para la posibilidad de que alguien se les acerque con malas intenciones.
2. Nada es más seguro que el que a un caballero le gusta que le vean ayudando.
3. El arte de la ilusión reside en saber con exactitud qué espera ver la gente y cómo lograr que lo vea.

El mago francés de Covent Garden me ayudó a tal fin, pues hice lo que Lily Millington me había recomendado y no le quité ojo de encima hasta que supe sin ninguna duda cómo hacía aparecer esas monedas.

También descubrí que, en el peor de los casos, si alguien gritaba «¡Al ladrón!» a mis espaldas, Londres era mi mejor aliado. Para una criatura menuda que sabía por dónde ir, el jaleo y el gentío de las calles ofrecía la guarida perfecta; era fácil desaparecer entre el bosque de piernas en movimiento, sobre todo cuando una tenía amigos. Una vez más, debía agradecérselo a Lily Millington. Estaba el hombre con el carrito de bocadillos, siempre dispuesto a girarlo contra las espinillas de un policía demasiado curioso; el organillero cuyo artilugio tenía el extraño hábito de rodar hacia atrás para bloquear el camino de mi perseguidor; y, por supuesto, el mago francés, quien, junto a sus monedas, tenía el don de hacer aparecer la cartera oportuna en el momento indicado, lo que enfurecía y reducía a mi perseguidor mientras yo me escabullía hacia la libertad.

Así pues, fui una ladrona. Una buena ladrona. Que se ganaba la vida.

Mientras volviera cada día con un pequeño botín, la señora Mack y el Capitán estaban contentos. Me dijo muchas veces que mi madre había sido una señora de verdad, que las señoras a las que robaba no eran mejores que yo, que tenía derecho a sentir el tacto de objetos de calidad bajo los dedos. Supongo que intentaba contrarrestar el posible y molesto despertar de mi conciencia.

No tenía que haberse molestado. Todos hacemos cosas en la vida que lamentamos; robar fruslerías a los ricos no figura en los primeros puestos de mi lista.

Me sentí inquieta cuando Jack se fue de mi casa anoche y él durmió de manera irregular, hasta que al final se resignó a desvelarse a la luz pálida del alba. Es el día de su cita con Sarah y hace horas que está vestido. Ha realizado un esfuerzo al escoger la ropa y las prendas le dan un aspecto incómodo.

Se ha preparado de modo meticuloso. Le veo detenerse para frotarse una mancha imaginaria en la manga y ha pasado más tiempo del habitual enfrente del espejo; se ha afeitado e incluso se ha pasado un cepillo por el pelo mojado. No le he visto hacer eso antes.

Al terminar, se quedó quieto un momento, como si sopesara su reflejo. Vi que sus ojos se movían por el espejo y por un breve instante pensé que me estaba mirando a mí. Me dio un vuelco el corazón, pero comprendí que estaba mirando la fotografía de las dos pequeñas. Estiró el brazo para tocar la cara de cada una de ellas.

Al principio supuse que su desasosiego se debería a la cita de hoy y, sin duda, en su mayor parte así es. Pero ahora me pregunto si habría algo más.

Se preparó una taza de té, como es su costumbre, y con una tostada en la mano se acercó al ordenador en la pequeña mesa redonda en medio de la habitación. Habían aparecido un par de mensajes de correo electrónico por la noche, uno de Rosalind Wheeler —como había avisado—, que contenía una lista bastante extensa y un boceto de algún tipo. La reacción de Jack fue introducir un pequeño artilugio en un lateral del portátil y pulsar unas cuantas teclas antes de guardar ese objeto diminuto en el bolsillo.

No sé con certeza si el contenido del mensaje de Rosalind Wheeler fue el motivo de que volviera a entrar en mi casa esta mañana. Me acerqué cuando dejó la mesa y vi que el asunto decía: «Nuevas instrucciones: notas de Ada Lovegrove»; pero no pude averiguar nada más porque estaba abierto el correo de arriba, un anuncio para suscribirse al *New Yorker*.

En cualquier caso, poco después de consultar el ordenador, cogió esa caja de herramientas en miniatura y abrió de nuevo la puerta de mi casa.

Está aquí, conmigo, ahora.

No ha hecho gran cosa desde que llegó; en sus movimientos no se nota demasiada decisión. Está en la sala morada, apoyado contra el enorme escritorio de caoba que linda con la ventana. Se ve el castaño que está en medio del jardín trasero y, más allá, el granero. Pero Jack está prestando atención a algo más distante, el río a lo lejos, y una vez más veo ese gesto atribulado en su rostro. Parpadea cuando me acerco y su mirada se dirige al prado, el granero.

Me recuerdo tumbada en la planta alta del granero, junto a Edward, aquel verano, mirando el paso del sol por las rendijas entre las pizarras del tejado mientras me decía a susurros todos los lugares del mundo a los que le gustaría ir.

Fue en esta misma habitación, en la *chaise longue*, junto a la chimenea, donde Edward me contó los detalles de su plan para pintar a la Reina de las Hadas; fue aquí donde sonrió y metió la mano en el bolsillo del abrigo para sacar la caja de terciopelo negro y revelar el tesoro que contenía. Todavía puedo sentir el leve toque de la punta de sus dedos al abrochar esa fría piedra alrededor de mi cuello.

Tal vez Jack solo busque una forma de distraerse, de pasar el tiempo hasta la hora de irse; sin duda, su cita con Sarah le preocupa, pues mira mi reloj de pared a intervalos regulares para comprobar la hora. Cuando por fin le ofrece la respuesta que esperaba, se retira a toda prisa y sale de mi casa, tras cerrar la puerta de la cocina y restablecer la alarma, casi antes de que pueda alcanzarle.

Lo sigo hasta la puerta, desde donde le miro subirse al coche y partir.

Espero que no tarde mucho en regresar.

Por ahora, voy a volver a la maltería. Tal vez haya un nuevo correo electrónico de Rosalind Wheeler. Me muero de ganas de saber cómo encontró las cartas de Ada Lovegrove.

Pobre Ada. La infancia es la época más cruel. Un territorio de extremos, en el que uno navega despreocupado bajo las estrellas un día, solo para verse arrastrado al día siguiente al negro bosque de la desesperanza.

Tras la muerte de Fanny y el final de la investigación policial, los demás se marcharon de Birchwood Manor y todo quedó en silencio durante mucho tiempo. La casa descansó. Pasaron veinte años hasta el regreso de Lucy. Fue así, entonces, cuando supe que Edward estaba muerto y que había dejado esta casa, su posesión más querida, a su hermana pequeña.

Fue un gesto muy propio de Edward, pues adoraba a sus hermanas y ellas a él. Aun así, sé por qué escogió a Lucy. Pensaría que Clare podía cuidar de sí misma, o bien casándose con un buen partido o bien engatusando a alguien para que la mantuviera, pero que Lucy era diferente. Nunca olvidaré la primera vez que la vi, ese rostro pálido y vigilante en la ventana de la planta alta en esa casa de ladrillo oscuro en Hampstead, cuando Edward me trajo al estudio en el jardín de su madre.

Para mí siempre será esa niña: la pequeña contrariada por las restricciones de Londres que florecía en cuanto llegaba al campo, donde tenía la libertad de explorar, excavar y recoger a su antojo. Recuerdo con claridad cuando llegamos a la casa aquel verano: el paseo desde la estación, Lucy que se rezagaba porque su baúl iba cargado con libros importantes y se negaba a que lo llevaran en el carro, junto a los otros.

Qué sorpresa me llevé al verla cuando acudió a inspeccionar la casa. La pequeña Lucy se había convertido en una mujer austera y grave. Tenía treinta y tres años, lo cual, por aquel entonces, ya no era ser joven. Pero seguía siendo la misma Lucy, que vestía una falda larga, práctica, de un color verde oliva que no podía resultar menos favorecedor, y un espantoso sombrero que me hizo sentir un abrumador arranque de cariño. Por debajo del sombrero el cabello ya comenzaba a soltarse —jamás fue capaz de mantener un alfiler en su sitio— y tenía las botas embarradas.

No vio todas las habitaciones, pero no le hacía falta; conocía la casa y sus secretos tan bien como yo. Solo llegó a la cocina antes de estrechar la mano del abogado y decirle que podía irse.

—Pero, señora Radcliffe —un atisbo de desconcierto salpicaba sus palabras—, ¿es que no le gustaría que le mostrara la propiedad?

—No va a ser necesario, señor Matthews.

Esperó mientras veía desaparecer al hombre por el camino de carruajes, tras lo cual se volvió hacia la cocina y se quedó muy quieta. Me acerqué a su lado, leyendo las líneas finas escritas en su rostro. Detrás de ellas vi a la pequeña Lucy que conocía, pues la gente no cambia. Siguen siendo, a medida que envejecen, las mismas personas que fueron de jóvenes, salvo que más débiles y más tristes. Deseé con todas mis fuerzas poder rodearla con mis brazos. Lucy, que siempre había sido mi aliada.

De repente alzó la vista y fue como si estuviera mirándome a mí. O a través de mí. Algo había perturbado sus reflexiones y me apartó, cruzó el pasillo y subió las escaleras.

Me pregunté si tenía la intención de vivir aquí, en Birchwood Manor. Esperé contra toda esperanza que se quedara. Y entonces comenzaron a llegar los envíos: primero la caja de madera, seguida por los pupitres, las sillas y las pequeñas camas de hierro. Pizarras y bandejas de tizas y, por último, una mujer de aspecto severo que se llamaba Thornfield, cuya placa en el escritorio decía: «Subdirectora».

Una escuela. Y tuve el placer de verlo. La pequeña Lucy siempre había ido en pos del conocimiento. Edward se habría alegrado, porque siempre se paraba en mitad de la calle para arrastrarme a esta o a aquella librería, a fin de elegir un nuevo ejemplar para Lucy. La curiosidad de ella era insaciable.

A veces todavía puedo oír a las colegialas. Voces lejanas, apenas perceptibles, que cantan, discuten, ríen, lloran contra las almohadas, suplicando a una madre o un padre que cambiaran de idea, que volvieran y las llevaran a casa. Sus voces quedaron atrapadas en el tejido de la casa.

Durante los años que viví con la señora Mack, Martin y el Capitán, yo deseaba que mi padre volviera en mi busca, pero no lloré. La carta que le dejó a la señora Mack había sido muy clara: Yo tenía que ser valiente, escribió mi padre, y hacer lo posible por portarme bien; debía espabilarme y ser útil; tenía que hacer lo que me pidiera la señora Mack, pues ella tenía su completa confianza y sabía que iba a proteger mis intereses.

—¿Cuándo va a volver? —pregunté.

—Va a enviar a buscarte cuando esté bien asentado en su nueva vida.

Hay una herida que nunca se cura en el corazón de una niña abandonada. Reconocí esa herida en Edward y a veces me pregunto si fue eso lo que nos unió. Por supuesto, a él también lo abandonaron de niño. Él y sus hermanas se quedaron con sus malhumorados abuelos mientras sus padres viajaban por el mundo.

Es un rasgo que noté también en Ada Lovegrove.

He pensado en ella a menudo a lo largo de los años. La crueldad de los niños. Cuánto sufrió. Aquel día en el río.

Hace muchísimo tiempo y, sin embargo, fue ayer. Con el esfuerzo más leve la puedo ver ante mí, sentada con las piernas cruzadas en la cama de la buhardilla, esas lágrimas de ira que le caían por las mejillas, y garabateaba más rápido de lo que le permitía el bolígrafo para rogar a sus padres que, por favor, por favor, por favor, volvieran a por ella.

CAPÍTULO DIEZ

Verano, 1899

Ada Lovegrove tenía un padre alto y adinerado y una madre inteligente y elegante y odiaba a ambos por igual. Era un odio reciente —los había adorado hasta el 25 de abril—, pero no era menos intenso por ser novedoso. Unas vacaciones, dijeron, un viajecito a Inglaterra. Ah, Ada-Osito, cómo te va a gustar Londres... Los teatros y el Parlamento. ¡Y espera a ver qué verde y lozano es el campo en verano! ¡Qué delicado y florido, lleno de madreselvas y prímulas, caminitos estrechos y setos!...

A estas palabras enigmáticas, pronunciadas con un anhelo romántico que no comprendía ni le inspiraba confianza, Ada les había dado vueltas con el desapasionado interés de un arqueólogo que reconstruía la imagen de una civilización distante. Había nacido en Bombay y la India formaba parte de ella, tanto como la nariz y las pecas que la cubrían. No reconocía palabras como «suave», «delicado» y «estrecho»: su mundo era vasto, repentino y deslumbrante. Era un lugar de una belleza indescriptible —de flores que relucían en la terraza y ese aroma dulce y embelesador en plena noche—, pero también de una crueldad impredecible. Era su hogar.

Su madre le había dado la noticia sobre las próximas vacaciones una tarde de marzo, mientras Ada cenaba. Había ido a la biblioteca porque sus padres ofrecían una cena esa noche y estaban preparando la enorme mesa de caoba del comedor —enviada desde Londres—. La biblioteca estaba abarrotada de libros —también enviados desde Londres— en cuyos lomos figuraban apellidos como Dickens, Brontë y Keats y, al final del escritorio, se encontraba el compendio con el que su madre le había enseñado *La tempestad*. Con el calor, el pelo se le había quedado pegado sobre la frente y una mosca remolona daba vueltas por la habitación, su zumbido una amenaza vacía en el aire.

Ada había estado pensando en Calibán y Próspero, preguntándose por qué su madre había fruncido el ceño con desaprobación cuando Ada dijo que sentía lástima por Calibán, cuando las palabras «pequeño viaje a Inglaterra» la desconcentraron.

Mientras las cortinas de encaje ondeaban ante una brisa cálida y húmeda, Ada dijo:

—¿Cuánto tiempo se tarda en llegar?

—Mucho menos tiempo que antes, cuando no estaba abierto el canal. Antes íbamos en tren, ya sabes.

Ir en tren sonaba mejor a Ada, que no sabía nadar.

—¿Qué vamos a hacer ahí?

—Un montón de cosas. Visitar a familiares y amigos, disfrutar de las vistas. Me hace mucha ilusión enseñarte los lugares de mi infancia, las galerías y los parques, el palacio y los jardines.

—Aquí también hay jardines.

—Claro.

—Y un palacio.

—No con un rey y una reina.

—¿Cuánto tiempo vamos a pasar fuera?

—El tiempo suficiente para hacer lo que tenemos que hacer, ni más ni menos.

Esta respuesta, que en realidad no era una respuesta en absoluto, no era propia de su madre, que solía satisfacer con claridad las muchas preguntas de Ada, pero Ada no tenía tiempo para fijarse en la reticencia de su madre.

—Nos vamos, ahora —había dicho su madre, que hizo un movimiento aleteante con sus elegantes dedos—. Padre va a volver del club en cualquier momento y todavía tengo que poner las flores. Viene lord Curzon, como sabes, y todo tiene que estar perfecto.

Más tarde, Ada hizo volteretas laterales, despacio, en la terraza, contemplando cómo el mundo cambiaba de color, como si fuera un caleidoscopio: pasaba de morado a naranja a medida que se turnaban el mirto y el hibisco. El jardinero estaba barriendo el césped y su ayudante limpiaba las sillas de caña en la amplia veranda.

Por lo general, hacer volteretas era uno de los pasatiempos favoritos de Ada, pero esta tarde las hizo a desgana. En lugar de disfrutar cómo el mundo giraba en torno a ella, se sintió mareada, incluso aturdida. Al cabo de un tiempo, se sentó al borde de la terraza, cerca de los lirios.

El padre de Ada era un hombre importante y su mansión estaba en la cima de una colina en pleno centro de Bombay; desde el mirador, Ada veía hasta los jardines colgantes, donde el mar Arábigo se partió en dos. Se dedicaba a pelar los largos tentáculos blancos de una enorme flor de lis, aspirando ese dulce perfume, cuando su *aaya*, Shashi, la encontró.

—Ahí estás, *pilla* —dijo Shashi, en un inglés esmerado—. Ven, ahora: tu madre quiere que recojamos más fruta para el postre.

Ada se levantó y tomó la mano tendida de Shashi.

Le encantaba ir al mercado —había un hombre con un puesto de refrigerios que siempre le daba un *chakkali* de regalo para picotear mientras seguía a Shashi y su enorme cesta en el recorrido entre todos los vendedores de frutas y verduras—, pero hoy, tras ese preocupante anuncio de su madre, bajó la colina arrastrando los pies.

Al este se acumulaban nubes de tormenta y Ada deseó que lloviera. Una lluvia torrencial, justo cuando llegaran los carruajes con los invitados de sus padres. Lanzó un sonoro suspiro mientras repasaba en su mente cada frase de la inesperada propuesta de su madre, en busca de significados ocultos. Inglaterra. La lejana tierra de la infancia de sus padres, el mundo de la misteriosa y legendaria Abuela, la patria de un pueblo al que el padre de Shashi llamaba culos de mono...

Shashi empezó a hablar en punyabí.

—Estás muy callada, *pilla*. No te equivoques, mis oídos agradecen esta paz, pero me pregunto si ha sucedido algo para que pongas ese hocico.

Ada no había terminado aún sus cavilaciones, pero, de todos modos, se oyó a sí misma balbuciendo un resumen de la conversación. Volvió a respirar al terminar.

—¡Y no quiero irme!

—¡Mula cabezota! ¿Tanto alboroto por un viajecito a casa?

—Es la casa de ellos, no la mía. No quiero ir a Inglaterra nunca jamás y se lo voy a decir a mamá cuando volvamos del mercado.

—Pero, *pilla* —el sol hacía equilibrios sobre el horizonte y derramaba oro sobre el mar, que lo arrastraba de vuelta a la orilla en cada ola—, vas a visitar una *isla*.

Qué sabia era Shashi: aunque Ada no sentía ningún interés por Inglaterra, le apasionaban las islas y había olvidado, por el disgusto, que Inglaterra estaba en una en medio del Mar del Norte: una isla con forma de reloj de arena, de tono rosado, en la parte superior del mapa. Su padre tenía un globo terráqueo en el estudio, una esfera de color crema en un soporte de caoba, que Ada a veces giraba cuando se le permitía entrar en estos dominios donde olía a puro, pues hacía un ruidito maravilloso que recordaba a un gigantesco enjambre de cigarras. Al encontrarse con esa isla llamada Gran Bretaña, le había comentado a su padre que más bien parecía la Pequeña Bretaña. Su padre se había reído y le dijo que las apariencias engañaban.

—En esa pequeña isla —le había explicado, con un toque de orgullo personal que a Ada le resultaba desconcertante— está el motor que mueve el mundo.

—Sí, bueno —concedió Ada—, una isla está bien, supongo. ¡Pero es una isla llena de culos de mono!

—*¡Pilla!* —Sashi contuvo las ganas de reír—. No digas esas cosas... Y menos cerca de tu madre o tu padre.

—¡Padre y madre son culos de mono! —Ada bramó, apasionada.

El riesgo, delicioso e irreverente, de referirse a sus muy dignos padres en semejantes términos fue la chispa que encendió la llama y Ada sintió que se desvanecía su

determinación de estar siempre enfadada. Una inesperada carcajada amenazó con escaparse. Tomó la mano
libre de su *aaya* y la apretó con fuerza.

—Pero tienes que venir conmigo, Shashi.

—Voy a estar aquí cuando vuelvas.

—No, te voy a echar muchísimo de menos. Tienes
que venir con nosotros. Padre y madre van a decir que sí.

Shashi negó con la cabeza, despacio.

—No puedo ir a Inglaterra contigo, *pilla*. Me mar-
chitaría como flor arrancada. Este es mi lugar.

—Bueno, también es mi lugar.

Habían llegado al final de la colina y la hilera de
palmeras que crecía a lo largo de la costa. Los *dhows*
se balanceaban suavemente sobre el mar en calma, mientras los parsis, en sus túnicas blancas, se reunían a la orilla para comenzar las oraciones del atardecer. Ada dejó
de caminar y se giró hacia el océano dorado, el sol mori-
bundo aún cálido en su rostro. Se extendió en su interior
un sentimiento para el cual no tenía nombre, pero que era
sumamente maravilloso y doloroso al mismo tiempo. Repitió, en voz más baja:

—Este también es mi lugar, Shashi.

Shashi le sonrió con dulzura, pero no dijo nada más.
Esto, en sí mismo, era inusual, y a Ada le preocupó el
silencio de su *aaya*. En tan solo una tarde tuvo la impresión de que el mundo se había inclinado y todo se había
caído del centro. Todos los adultos de su vida se habían
estropeado, como esos relojes que empezaban a dar mal
la hora.

Lo había sentido muchas veces en los últimos tiempos. Se preguntó si tendría que ver con haber cumplido
ocho años hacía poco. ¿Tal vez la edad adulta era así?

La brisa trajo consigo el aroma a sal y fruta demasiado madura y un mendigo ciego alzó la taza cuando pasaron a su lado. Shashi le echó una moneda y Ada probó una nueva táctica y dijo con ligereza:

—No me pueden obligar a ir.

—Sí pueden.

—No sería justo.

—¿No sería justo?

—Ni un poquito.

—¿Te acuerdas del cuento «La boda de la rata»?

—Claro.

—¿Fue justo que la rata que no había hecho nada malo acabara solo con un botón chamuscado?

—¡Claro que no!

—¿Y «El mal negocio del oso»? ¿Fue justo que el pobre oso hiciera todo lo que le pidieron y acabara sin *khichri* y sin peras tampoco?

—¡Pues claro que no!

—Pues eso.

Ada frunció el ceño. No se le había ocurrido antes que la moraleja de muchos cuentos que le contaba Shashi era que la vida no era justa.

—¡Ese oso era *bevkuph!* —Estúpido—. Yo habría castigado a la mujer del leñador si fuera él.

—Muy estúpido —concedió Shashi— y sé que lo habrías hecho.

—Era una mentirosa.

—Sí.

—Y una glotona.

—Mmm, hablando de glotonas... —Habían llegado al borde del concurrido mercado y Shashi llevó a Ada de la mano hacia su puesto favorito—. Creo que

tenemos que llevar algo de comida a ese hocico tuyo.
No quiero tener que oír más quejas mientras escojo la
fruta.

Era difícil seguir enfadada con un *chakkali* calen-
tito y recién hecho en la mano, con las canciones de los
parsis que llegaban del agua, con las velas y las flores de
hibisco que flotaban en el mar y yacían esparcidas entre los puestos del mercado, en un mundo que se había
vuelto naranja y malva al atardecer. De hecho, Ada se
sintió tan feliz que no atinaba a recordar del todo por
qué se había sentido tan molesta. Sus padres querían llevarla en un breve viaje y visitar una isla. Eso era todo.

Madre exigió que le llevaran la fruta enseguida, así
que Shashi no tenía tanto tiempo como de costumbre
para pasarse por cada puesto en busca de las mejores papa-
yas y melones y Ada aún lamía el último resto de su
chakkali cuando comenzaron a caminar de vuelta a casa.

—¿Me cuentas el de la Princesa Berenjena?

—¿Otra vez?

—Es que es mi favorito. —En realidad, a Ada le
gustaban todos los cuentos de Shashi. De hecho, le habría encantado que le contara cuentos incluso si Shashi
escogiera leerle uno de los documentos diplomáticos del
padre de Ada; lo que le encantaba de verdad era tumbarse junto a Shashi, cuyo nombre significaba luna, mientras la última luz del día se disolvía para dar paso a las
estrellas del cielo nocturno, escuchar el sonido cautivador de la voz de su *aaya*, el suave y entrecortado murmullo de las palabras en punyabí con las que tejía sus
historias—. Por favor, Shashi.

—A lo mejor.

—¡Por favor!

—Muy bien. Si me ayudas a llevar la fruta hasta lo alto de la colina, esta noche te cuento el de la Princesa Berenjena y su ingenioso ardid contra la reina malvada.

—¿Y ahora, mientras caminamos?

—*Bāndara!* —dijo Shashi, que fingió dar un manotazo a la oreja de Ada—. ¡Pequeña mona! Pero ¿quién te crees que soy, para pedirme tal cosa?

Ada sonrió. Había merecido la pena intentarlo, aunque ya sabía que Shashi diría que no. Ada conocía las reglas. Los mejores contadores de cuentos solo hablaban en la oscuridad. Muchas veces, tumbadas la una al lado de la otra cuando hacía demasiado calor para dormir, en esa plataforma en lo alto de la casa, con la ventana abierta de par en par, Shashi le había hablado a Ada acerca de su infancia en el Punyab.

—Cuando yo tenía tu edad —decía—, no había cuentos desde la salida a la puesta del sol, pues había trabajo que hacer. ¡A mí no me tocó una vida de placeres como la tuya! Me pasaba el día ocupada con el estiércol, para prepararlo como combustible, mientras mi madre estaba sentada ante la rueca y mi padre y mis hermanos iban con los bueyes por los campos. En el pueblo, siempre había trabajo que hacer.

Ada había recibido este breve sermón muchas veces y, aunque sabía que solo pretendía resaltar la ociosidad e indulgencia de su vida, no le importaba: Shashi hablaba de su casa de una forma mágica y esas historias estaban tan llenas de maravillas como las que empezaban «Érase una vez...».

—Venga, vale —dijo, cogiendo la cesta más pequeña, que rodeó con un brazo—. Esta noche. Pero si llego a casa la primera, tú me vas a contar la historia de la Princesa Berenjena dos veces.

—¡Mono!

Ada comenzó a correr y Shashi soltó un chillido detrás de ella. Corrieron juntas, las dos riéndose; y, cuando miró a un lado para ver la cara de su *aaya*, fijándose en su mirada dulce y su amplia sonrisa, Ada supo que nunca había querido tanto a nadie. Si le hubieran preguntado «¿Qué da sentido a tu vida?» —como la reina malvada preguntó a la Princesa Berenjena a fin de averiguar su punto débil—, Ada habría confesado que Shashi.

Y así, aquella calurosa tarde de Bombay, el mal humor de Ada desapareció bajo la luz del sol. Y cuando llegó a la casa junto a Shashi, la terraza ya bien barrida, las velas que oscilaban en tarros de cristal, el aroma de la hierba recién cortada en la cálida brisa vespertina y el sonido del piano que flotaba entre las ventanas abiertas, Ada se sintió en éxtasis al saberse completa de un modo tan abrumador que dejó la cesta de fruta y entró corriendo para decirle a su madre que sí, que aceptaba, que los acompañaría en el viaje a Inglaterra.

Sin embargo, los padres de Ada no habían sido sinceros.

Al cabo de un viaje tortuoso por el canal de Suez, que Ada había pasado vomitando por la borda o tumbada en la cama con un paño húmedo sobre la frente, pasaron una semana en Londres y otra recorriendo Gloucestershire —su madre destacó hasta el delirio qué gloriosa era la primavera y cómo en la India apenas veían las estaciones— antes de llegar a una casa de dos tejados en un recodo de la parte alta del Támesis.

Las nubes habían comenzado a oscurecerse cuando el carruaje se dirigió al sur por la aldea de Burford, y cuando giró en la carretera antes de Lechlade, comenzó a caer la lluvia. Con la cara apoyada contra el borde de la ventana del carruaje, Ada, que contemplaba pasar los campos mojados, se había preguntado por qué los colores de este país daban la impresión de haber sido lavados con leche. Sus padres, mientras tanto, habían permanecido en un silencio inusual desde que se despidieron de lady Turner, pero Ada solo lo notó al recordarlo.

Pasaron por un prado con forma triangular en medio de una aldea diminuta y una taberna que se llamaba The Swan y al llegar ante una iglesia de piedra y el cementerio, el carruaje se metió por un sendero serpenteante cuyos bordes daban en un barranco, de modo que fue un trayecto plagado de baches.

Por fin, tras llegar tan lejos como podían por ese sendero, el carruaje atajó por un portón de hierro abierto en un alto muro de piedra. A un lado se alzaba una estructura similar a un granero, que daba a una extensión de hierba verde que llegaba hasta una hilera de sauces a lo lejos.

Los caballos se detuvieron y el conductor bajó de un salto para abrir la portezuela de su madre. Sostuvo en alto un paraguas negro y la ayudó a bajar.

—Birchwood Manor, señora —anunció con voz grave.

Los padres de Ada habían pasado mucho tiempo hablándole de las personas y los lugares que iban a visitar cuando llegaran a Inglaterra, pero Ada no recordaba que hubieran mencionado a ningún amigo que viviera en una casa llamada Birchwood Manor.

Avanzaron por un camino de losas con rosales a los lados y, cuando llegaron a la puerta principal, los recibió una mujer de hombros inclinados hacia delante, como si hubiera pasado toda la vida apresurándose para llegar a tiempo a algún lugar. Era, anunció, la señora Thornfield.

Ada notó con leve curiosidad qué diferente era de las otras señoras que habían visitado a lo largo de la semana, con su cara restregada y su peinado austero, antes de comprender que esta mujer, aunque no llevara uniforme, debía de ser el ama de llaves.

Los padres de Ada se estaban mostrando escrupulosamente educados —su madre no dejaba de recordarle a Ada que una señora de verdad siempre trataba con respeto a los sirvientes— y Ada los imitó. Sonrió con finura y contuvo el aliento tras los labios cerrados. Con un poco de suerte, los llevarían a conocer a la señora de la casa, les ofrecerían té y una porción de bizcocho —algo que los ingleses hacían muy bien, tenía que admitir— y se marcharían dentro de una hora.

La señora Thornfield los llevó por un pasillo en penumbra, por dos salones y junto a una escalera, para llegar a una sala que llamó la biblioteca. En el centro de la sala había un sofá y un par de sillones desgastados, además de estantes cargados de libros y otros *objets d'art* a lo largo de las paredes. Por la ventana de la parte trasera de la habitación se veía un jardín con un castaño en el centro; más allá, un prado con un granero de piedra. Ya había dejado de llover y entre las nubes esponjosas caía una luz tenue; ni siquiera la lluvia era lluvia de verdad en Inglaterra.

En este momento el encuentro dio un giro inesperado: le pidieron a Ada que esperara mientras sus padres iban a tomar el té en otro lugar.

Torció el gesto a su madre cuando se marcharon —siempre era sensato dar muestras del descontento—, pero en realidad no le molestó ser excluida. Los adultos, como había descubierto durante este viaje a Inglaterra, podían resultar un tanto aburridos y, a primera vista, la biblioteca rebosaba de curiosidades que se volvían más tentadoras sin un guardián que le dijera que no tocara nada.

En cuanto los adultos se fueron, comenzó la inspección y se dedicó a sacar libros de las estanterías, quitar las tapas de tarros de aspecto extraño y de delicadas *bonbonnières*, investigar los tapices de la pared entre los que había colecciones de plumas, flores y helechos prensados y citas en cursiva en una delicada tinta negra. Al fin llegó a una vitrina de vidrio que albergaba una serie de rocas de diferentes tamaños. Tenía cerrojo, pero Ada se llevó una alegría al descubrir que la tapa se levantaba con facilidad y podía meter la mano, dar la vuelta a las rocas una a una, fijándose en las curiosas marcas, antes de comprender que no se trataba de rocas sino de fósiles. Ada había leído sobre fósiles en la *Nueva historia natural ilustrada* de Wood, que su padre le había encargado en Londres cuando ella cumplió siete años. Eran las marcas restantes de antiguas formas de vida, algunas de las cuales ya no existían. Su madre había leído a Ada un libro del señor Charles Darwin durante sus clases en Bombay, así que Ada estaba al corriente de la transmutación de las especies.

Debajo de los fósiles, en un estante de cristal, había otra roca, esta más pequeña y de forma casi triangular. Era muy gris y lisa, sin las reveladoras espirales de los fósiles. A un lado había un orificio limpio y unas finas marcas lineales, casi paralelas, al otro. Ada lo cogió y, con cuidado, lo giró entre las manos. Estaba frío y sostenerlo le causó una sensación extraña.

—¿Sabes qué es?

Ada se sobresaltó y la piedra no se le cayó por poco. Se dio la vuelta, en busca de la dueña de esa voz.

No había nadie en el sofá ni en los sillones y la puerta seguía cerrada. Por el rabillo del ojo vio un movimiento y Ada giró la cabeza al instante. Una mujer surgió de un rincón a la izquierda de la chimenea en el que Ada no se había fijado cuando entró en la habitación.

—No quería tocar —dijo, cerrando los dedos con más fuerza alrededor de la piedra lisa.

—¿Y por qué no? A mi parecer, semejantes tesoros deberían ser irresistibles. Y no me has respondido: ¿sabes qué es eso?

Ada negó con la cabeza, aunque su madre siempre le estaba diciendo que era una grosería responder así.

La mujer se acercó y tomó la piedra. De cerca, Ada notó que era más joven de lo que había parecido a primera vista: era de la edad de su madre, tal vez, aunque no se parecía a su madre en ningún otro aspecto. La falda de la mujer, por ejemplo, tenía el dobladillo tan sucio como el de Ada cuando jugaba en el gallinero que tenían detrás de la cocina en Bombay. Se había puesto las horquillas en el pelo a toda prisa y saltaba a la vista que no lo había hecho una doncella, pues sobresalían en muchos lugares, y no llevaba ni rastro de maquillaje en esa nariz cubierta de pecas.

—Es un amuleto —dijo la mujer, que sostuvo la roca en la palma de la mano—. Hace miles de años tal vez alguien la llevara al cuello para protegerse. Para eso es este agujero —metió el meñique todo lo que pudo—, para un cordel o algo así; se pudrió hace mucho tiempo.

—Protegerse ¿de qué?

—Del mal. En todas sus formas.

Ada notaba cuándo los adultos decían la verdad; era uno de sus poderes especiales. La mujer, fuera quien fuera, creía en lo que estaba diciendo.

—¿Dónde se encuentra algo así?

—Encontré este hace años, en el bosque que hay junto a la casa. —La mujer dejó la piedra de nuevo en el estante de la vitrina de cristal, sacó una llave del bolsillo y la giró en la cerradura—. Aunque hay quienes dicen que es el amuleto el que nos encuentra a nosotras. Que la tierra sabe cuándo y con quién compartir sus secretos. —Miró a Ada a los ojos—. Tú eres la chica de la India, supongo.

Ada respondió que sí, que había venido a visitar Inglaterra desde su casa en Bombay.

—Bombay —dijo la mujer y dio la impresión de saborear la palabra al pronunciarla—. Cuéntame. ¿A qué huele el mar en Bombay? ¿Es la arena del mar Arábigo granular o pedregosa? ¿Y la luz? ¿De verdad es más brillante que aquí?

Indicó con un gesto que se sentaran y Ada la complació para responder estas preguntas y más con la dócil cautela de una niña que no está acostumbrada a que los adultos muestren interés. La mujer, que ahora estaba a su lado en el sofá, escuchaba con atención y, en ocasiones, hacía algún ruido para mostrar sorpresa o satisfacción, a veces una mezcla de ambas. Al final, dijo:

—Sí, bien. Gracias. Voy a recordar todo lo que me has contado, ¿señorita...?

—Lovegrove. Ada Lovegrove.

La mujer le tendió la mano y Ada la estrechó como si fueran un par de mujeres adultas que se acababan de conocer en la calle.

—Es un placer conocerla, señorita Lovegrove. Me llamo Lucy Radcliffe y este es mi...

Justo en ese momento se abrió la puerta y la madre de Ada irrumpió en la habitación con esa efervescencia que llevaba consigo a todas partes. El padre de Ada y la señora Thornfield la siguieron de cerca y Ada se levantó de un salto, preparada para marcharse.

—No, cariño —dijo su madre con una sonrisa—, vas a pasar aquí la tarde.

—¿Sola? —Ada frunció el ceño.

—Ay, cariño —se rio su madre—, ¿cómo vas a estar sola aquí? Aquí tienes a la señora Thornfield y a la señora Radcliffe y mira detrás de ti a todas esas chicas adorables...

Ada echó un vistazo por la ventana y, como si respondiera a una señal, un grupo de muchachas —chicas inglesas de pelo rubio de largos tirabuzones recogidos con cintas— apareció en el jardín. Iban caminando hacia la casa en pequeños grupos, riéndose y hablando, y algunas llevaban caballetes y juegos de pinturas.

Fue una experiencia tan inesperada e inexplicable que ni siquiera entonces Ada cayó en la cuenta de en qué tipo de lugar se encontraba. Más tarde, tras haberse fustigado a sí misma por ser tan estúpida, en su defensa surgió una vocecita que le recordó que solo tenía ocho años y que hasta ahora no había ido nunca a un colegio; en realidad, nada de lo que había sucedido en su vida podía haberla preparado para lo que sus padres tenían en mente.

En aquel momento, había consentido que su madre la abrazara al despedirse —otro suceso inesperado en un día de lo más extraño—, recibió una firme palmada de su padre en el hombro junto a la orden de portarse bien y observó cómo se dieron el brazo, se giraron sobre los talones y salieron, juntos, por la puerta, al pasillo, de vuelta a donde les aguardaba el carruaje.

Fue la señora Thornfield quien al final se lo dijo. Ada había salido tras sus padres, pensando en preguntarles qué tenía que hacer esa tarde cuando la señora Thornfield la agarró de la muñeca y la detuvo.

—Bienvenida, señorita Lovegrove —dijo con una sonrisa apenada— al Colegio para Señoritas de la señora Radcliffe.

Un colegio. Para señoritas. Bienvenida. A Ada le gustaban las palabras —las coleccionaba—, pero esas le golpearon como ladrillos.

Le entró un ataque de pánico y olvidó esos buenos modales en los que tanto insistía su madre. A la señora Thornfield la llamó mentirosa y babuino; dijo que era una vieja malvada; tal vez incluso gritó «*Bevkuph!*» a todo pulmón.

Se soltó el brazo de un tirón y salió corriendo de la casa como un guepardo, pasó junto a las otras chicas, que aún pululaban por los pasillos, y se golpeó contra una muchacha alta de pelo dorado que dio un grito. Ada soltó un bufido entre los dientes, apartó a la grandullona de un empujón y salió corriendo por el pasillo, cruzó la puerta y llegó a donde el carruaje la había dejado junto a sus padres hacía apenas una hora.

El carruaje se había ido y Ada dejó escapar un aullido de frustración y furia.

¿Qué significaba todo esto? Su madre·le había dicho que iba a pasar la tarde, pero las palabras de la señora Thornfield le hicieron pensar que se iba a quedar aquí, en este colegio... ¿cuánto tiempo?

Más que una tarde.

Ada pasó las siguientes horas merodeando por el río, arrancando los juncos de sus vainas y azotando las hierbas altas a lo largo de la ribera. Observó esa casa horrible desde lejos y la odió con toda su fuerza. Lloró lágrimas ardientes y enojadas al recordar a Shashi.

Solo cuando el sol comenzó a ponerse y Ada comprendió que estaba sola en medio de un bosquecillo cada vez más a oscuras, comenzó a regresar por el prado, bordeando el muro de piedra que rodeaba la casa, hasta llegar a la puerta de entrada. Se sentó de piernas cruzadas en el suelo donde podía ver el camino que llevaba a la aldea. Así vería el carruaje en cuanto girara la curva hacia Birchwood Manor. Observó cómo la luz amarillenta se volvía cada vez menos amarillenta y sintió un dolor en el corazón al imaginar las siluetas de las palmeras recortadas contra el horizonte púrpura y anaranjada de casa, los olores intensos y el bullicio, los cánticos de los parsis que rezaban.

Casi había oscurecido cuando sintió a alguien a su lado.

—Venga conmigo, señorita Lovegrove. —La señora Thornfield surgió de entre las sombras—. Están sirviendo la cena. No sería buena idea pasar hambre en su primera noche.

—Voy a cenar con mi madre y mi padre cuando vuelvan —dijo Ada—. Van a volver por mí.

—No. No van a volver. No esta noche. Como intenté explicarle, la han dejado aquí para que estudie en nuestro colegio.

—No quiero quedarme aquí.

—Puede ser, pero...

—No me voy a quedar.

—Señorita Lovegrove...

—¡Quiero volver a casa!

—Ya está en casa y, cuanto antes lo acepte, mejor. —La señora Thornfield se irguió y pareció volverse más alta, estirándose como una escalera, hasta los hombros encorvados, de modo que Ada pensó en un caimán que estira las escamas—. ¿Empezamos de nuevo? Están sirviendo —vocalizó despacio— la cena y no importa a qué se haya acostumbrado en el subcontinente, señorita Lovegrove, le aseguro que aquí no servimos la cena dos veces.

CAPÍTULO ONCE

Y aquí estaba, sesenta y tres días más tarde, agazapada en la oscuridad en un espacio secreto que olía a humedad en el revestimiento entre las paredes del pasillo de la primera planta en el Colegio para Señoritas de la señora Radcliffe. Sus padres, a su entender, estaban de vuelta en Bombay, si bien no había recibido la noticia de primera mano porque, según la explicación de la señora Thornfield, deseaban conceder a Ada un tiempo para «aclimatarse» antes de enviarle alguna carta.

—Qué amable por su parte —fue la opinión de la señora Thornfield—. No desean causarte ningún malestar.

Ada apretó la oreja contra el panel de madera y cerró los ojos. Ya estaba a oscuras, pero cerrarlos le ayudaba a concentrarse en sus otros sentidos. A veces pensaba que podía oír de verdad las espirales de la madera. La palabra espirales sonaba parecida a la palabra espíritus y era una distracción agradable imaginarlas así. Casi llegó a creer que los espíritus de la madera le hablaban con una preciosa voz. Le hizo sentirse mejor esa voz.

Fuera, en el pasillo, se oyeron dos voces reales, apagadas, y los ojos de Ada se abrieron de par en par.

—Pero la he visto venir por aquí.

—No es posible.

—La vi.

—¿Entonces? ¿Dónde está? ¿Ha desaparecido en el aire?

Se hizo un silencio, que rompió una respuesta malhumorada:

—La he visto venir por aquí. Sé que la he visto. Tiene que estar por aquí, en algún lugar; será mejor que esperemos.

Encogida en su escondite, Ada exhaló sin hacer ruido. Se le había dormido un pie; llevaba acurrucada en la misma postura al menos veinticinco minutos, pero si algo se le daba bien —a diferencia de coser, tocar el piano, pintar y casi todo lo demás que enseñaban en este colegio de *bevkuph*— era ser terca. Shashi siempre la estaba llamando «mi pequeña *khacara*»: mi pequeña mula. Esas chicas podían esperar en el pasillo todo el tiempo que quisieran; Ada esperaría más.

Sus enemigas se llamaban Charlotte Rogers y May Hawkins. Eran mayores que ella, de doce años. Charlotte, muy alta para su edad, era hija de un parlamentario; May, de un empresario importante. Ada no había pasado mucho tiempo con otros niños, pero aprendía rápido y era muy observadora, así que no tardó en confirmar que en el Colegio para Señoritas había un pequeño grupo de chicas mayores que dirigían el cotarro y que exigían obediencia a las pequeñas.

Sin embargo, Ada no estaba acostumbrada a que otros niños le dijeran qué tenía que hacer y su inquebrantable sentido de la justicia le impedía mostrarse dócil. Así pues, cuando Charlotte Rogers le exigió las nuevas cintas para el pelo que su madre le había comprado en Londres, Ada se negó. Le gustaban esas cintas, muchas gracias, y prefería quedárselas. Cuando las dos la arrinconaron en la escalera y le dijeron que no hiciera ruido mientras May Hawkins comprobaba cuánto podía retorcerle el dedo hacia atrás, Ada le propinó un buen golpe con la bota en el pie y gritó: «¡Suéltame el dedo ahora mismo!». Cuando dijeron —las muy falsas— a la matrona que había sido Ada quien se había colado en la despensa para abrir los tarros de mermelada recién hecha, Ada intervino enseguida para decir que no, que ella no era la culpable, tras lo cual añadió que en realidad había sido Charlotte Rogers quien había ido a escondidas por el pasillo después del anochecer; lo había visto con sus propios ojos.

Nada de eso ayudó a granjearse la simpatía de Charlotte Rogers y May Hawkins, era cierto, pero su enemistad venía de más lejos, del mismo principio. Cuando Ada había salido corriendo de la biblioteca con la esperanza de alcanzar a sus padres, había sido con Charlotte Rogers con quien se había chocado en el pasillo. El golpe había pillado por sorpresa a Charlotte, que soltó un aullido agudo que provocó risas entre las otras chicas y que la señalaran con el dedo, incluso las más pequeñas. Que Ada le soltara un bufido en plena cara no había contribuido a mejorar la situación.

—Ahí está, la gatita salvaje de la India —había dicho Charlotte al ver a Ada de nuevo.

Se habían cruzado en el jardín delantero. Ada estaba sentada sola bajo el arce japonés, junto al muro.

Charlotte iba en medio de una bandada de risueñas niñas con tirabuzones.

Una sonrisa radiante y voraz se había extendido por la bonita cara de Charlotte cuando pidió al grupo que se fijara en Ada.

—Esta es la niña de quien les hablaba, señoras. Sus padres la trajeron ni más ni menos que desde la India, con la esperanza de que, quién sabe cómo, se civilizara. —Una de ellas se rio por lo bajo y Charlotte, envalentonada, abrió bien los ojos azules y fríos—. Quiero que sepas que todas estamos aquí para ayudarte, Ada, así que si necesitas algo, lo que sea, solo tienes que pedirlo. Ahora que lo pienso, hay un inodoro en casa, pero no dudes en cavar un hoyo aquí mismo si así te sientes más cómoda.

Las chicas se rieron y los ojos de Ada ardieron de dolor y rabia. Se le había venido a la mente, de forma espontánea, una imagen de la cara de Shashi a la luz del sol, las dos tumbadas una al lado de la otra en el tejado, en Bombay, esa sonrisa amplia y luminosa, mientras le contaba historias de su infancia en Punyab y se burlaba cariñosa de la vida de privilegios de Ada en aquella mansión. De una manera inexplicable, cuando Charlotte hablaba de forma despectiva de la India, era como si se burlara de Shashi; como si hubiera convertido a Ada en cómplice.

Ada, desafiante, había decidido no darles el gusto de verla reaccionar; apartó los pensamientos de Shashi y la dolorosa nostalgia de su casa y miró a lo lejos, fingiendo que no las veía. Al cabo de un tiempo, ante esas constantes burlas, empezó a contarse a sí misma un cuento en punyabí, como si no tuviera ninguna preocupación en el mundo. A Charlotte no le había hecho ninguna gracia; se le cayó del rostro esa sonrisa alegre y, mientras ordenaba a las demás que la siguieran, había clavado en Ada una mirada desconcertada, como si Ada fuera un problema que debía resolver. Una nuez que debía cascar.

Charlotte había tenido razón en una cosa: los padres de Ada la habían dejado en el Colegio para Señoritas de la señora Radcliffe con la equivocada esperanza de que se transformara por arte de magia en una decorosa colegiala inglesa. Sin embargo, aunque Ada sabía muy bien cómo usar un inodoro, no era una «señorita» y no tenía intención de llegar a serlo. No había aprendido a coser bien, hacía demasiadas preguntas difíciles de responder y su talento para el piano era inexistente. En la India, si bien su madre tocaba a las mil maravillas, melodías que salían flotando de la biblioteca en la cálida brisa, Ada solo atinaba a atormentar las teclas de tal modo que incluso su padre, que solía valorar sus traspiés, se había encogido para que el cuello de la camisa le protegiera los oídos.

Casi todas las clases en el Colegio para Señoritas eran, así, un suplicio. Las únicas asignaturas que Ada disfrutaba un poco eran las dos que impartía la señora Radcliffe: ciencia y geografía. Ada también se había unido a la Sociedad de Historia Natural de la señora Radcliffe, de la cual era el único miembro salvo por una chica llamada Meg, a quien parecía faltarle una neurona y se contentaba con ir por ahí tarareando melodías románticas y recogiendo tréboles en flor para hacer coronas.

Para Ada, sin embargo, la Sociedad de Historia Natural era la única cualidad redentora de haber sido abandonada en Birchwood Manor. Los sábados por la mañana y los jueves por la tarde la señora Radcliffe las llevaba a una caminata por el campo, que a veces duraba horas, por prados llenos de fangos y arroyos, por colinas y bosques. A veces iban en bicicleta aún más lejos, hasta Uffington para ver el Caballo Blanco, o hasta Barbury para trepar el castro de la Edad de Hierro o incluso, en ocasiones, hasta los círculos de piedra de Avebury. Se volvieron expertas en avistar esos hoyos redondos que la señora Radcliffe llamaba estanques: los cavaron los pueblos prehistóricos, dijo, para asegurarse de tener siempre bastante agua. Según la señora Radcliffe, había rastros de comunidades antiguas por todas partes, si una sabía dónde mirar.

Incluso el bosque que había detrás del colegio estaba lleno de secretos del pasado: la señora Radcliffe las había llevado más allá del claro, hasta una pequeña colina que llamó «el montículo del dragón».

—Es muy probable que esto fuera un sitio funerario anglosajón —había explicado, y añadió que se llamaba así porque los anglosajones creían que los dragones cuidaban de sus tesoros—. Por supuesto, los celtas no habrían estado de acuerdo. Lo habrían llamado el montículo del hada y dirían que en su interior se ocultaba la entrada al reino de las hadas.

Ada había recordado el amuleto de la biblioteca y se preguntó si sería aquí donde la señora Radcliffe había encontrado su amuleto protector.

—No lejos de aquí —había respondido la señora Radcliffe—. No muy lejos de aquí, no.

Para Ada, formar parte de la Sociedad de Historia Natural era como ser detective e ir en busca de pistas para resolver misterios. Todas las reliquias que desenterraban tenían su propia historia, una vida secreta que había tenido lugar mucho antes de que llegara a sus manos.

Se convirtió en una especie de juego concebir la historia más emocionante —aunque plausible: al fin y al cabo, eran científicas y no escritoras— de cada hallazgo.

La señora Radcliffe siempre les permitía conservar sus tesoros. Era firme al respecto: la tierra desvelaba sus secretos en el momento indicado, le gustaba repetir, y siempre a la persona elegida.

—¿Y el río? —había preguntado Ada un sábado por la mañana, cuando sus andanzas las habían llevado cerca del agua. Había estado pensando en uno de los cuentos de Shashi, acerca de un diluvio que azotó su pueblo y se llevó las más preciadas posesiones de su infancia. Comprendió demasiado tarde su metedura de pata, pues conocía las habladurías según las cuales el hermano de la señora Radcliffe había muerto ahogado.

—Los ríos son diferentes —dijo al fin la directora, la voz firme, pero, bajo las pecas, más pálida que de costumbre—. Los ríos siempre están en movimiento. Se llevan sus secretos y misterios al mar.

La misma señora Radcliffe era, en cierto sentido, un misterio. A pesar de haber puesto su nombre a un colegio para convertir a las jóvenes en señoras civilizadas, ella no se comportaba precisamente como una dama. Ah, empleaba todos los modales de los que tanto hablaba la madre de Ada —no masticaba con la boca abierta ni eructaba en la mesa—, pero en otros aspectos le recordaba mucho más a su padre: esas zancadas decididas cuando estaban al aire libre, su disposición a hablar sobre temas como política o religión, su insistencia en que todo el mundo debía esforzarse en adquirir conocimientos, en exigir la mejor información posible para tal fin. Pasaba la mayor parte del tiempo al aire libre y, como no sentía ningún interés en la moda, se vestía siempre de la misma manera: unas botas de cuero oscuro con botones y un vestido verde para pasear, cuya falda larga siempre tenía el dobladillo cubierto de barro. Tenía una enorme cesta de mimbre que recordaba a la de Shashi y la llevaba dondequiera que iba; pero si Shashi llenaba su cesta con frutas y verduras, la señora Radcliffe llevaba palos, piedras, huevos y plumas de aves, y cualquier cosa que le hubiera llamado la atención en plena naturaleza.

Ada no era la única persona que se había fijado en las excentricidades de la señora Radcliffe. El colegio le pertenecía y, sin embargo —aparte de algún discurso ocasional, apasionado e implorante, acerca del deber «que tenéis las jóvenes» de aprender tanto como sea posible y de lanzar esta advertencia: «El tiempo es vuestro bien más preciado, jóvenes, y solo las más insensatas lo desperdician»—, dejaba los asuntos de la administración y disciplina a la directora adjunta, la señora Thornfield. Entre las otras chicas se rumoreaba que era bruja. Para empezar, estaban todas esas muestras de plantas y cosas raras, por no mencionar la sala donde las guardaba. Era una pequeña cámara contigua a su dormitorio donde las estudiantes tenían prohibida la entrada. «Ahí es donde elabora sus hechizos —insistía Angelica Barry—. Desde el otro lado la he oído canturrear y recitar». Y Meredith Sykes juró que había alcanzado a mirar por la puerta entreabierta y, entre las piedras y los fósiles, había un cráneo humano sobre el escritorio.

Una cosa era cierta: la señora Radcliffe adoraba esa casa. Las únicas veces que alzó la voz fue para reprender a una chica que se deslizaba sobre la barandilla o que daba patadas a los rodapiés. En uno de sus paseos por

Wiltshire, habían comenzado a hablar acerca de la soledad y de lugares especiales y la señora Radcliffe había explicado a Ada que Birchwood Manor había pertenecido a su hermano, fallecido muchos años atrás; y, aunque le echaba de menos más que a nada en el mundo, se sentía cerca de él dentro de la casa.

—Fue artista —había comentado Meg, la compañera de caminatas de Ada, sin venir a cuento, alzando la vista del collar de tréboles que estaba trenzando—. El hermano de la señora Radcliffe. Un artista famoso, pero su novia murió de un disparo y él se volvió loco de pena.

La proximidad de sus enemigas interrumpió el ensueño de Ada, que cambió de postura en el escondite en el interior de la pared, con cuidado para no hacer el menor ruido. No sabía gran cosa acerca de amantes o novias, pero sabía lo mucho que dolía separarse de un ser querido y sentía muchísima lástima por la señora Radcliffe. Ada había decidido que la pérdida de su hermano explicaba ese gesto de infelicidad que a veces se reflejaba en su rostro cuando pensaba que nadie estaba mirando.

Como si hubiera leído los pensamientos de Ada, una voz familiar sonó al otro lado del panel de la pared:

—Chicas, ¿qué hacéis aquí en el pasillo? Ya conocéis la opinión de la señora Thornfield sobre quienes se escabullen.

—Sí, señora Radcliffe —dijeron al unísono.

—No se me ocurre qué os tiene tan interesadas aquí.

—Nada, señora Radcliffe.

—Espero que no estéis arrastrando por las paredes esos palos de hockey.

—No, señora Radcliffe.

—Bueno, pues marchaos de aquí y tal vez no mencione esta infracción a la señora Thornfield.

Ada oyó los pasos que se alejaban y se permitió soltar un leve suspiro de satisfacción y alivio.

—Ya puedes salir, niña —dijo la señora Radcliffe, que dio unos golpecitos en la pared—. Tú también estarás a punto de perderte una clase.

Ada llevó los dedos al pestillo oculto y lo echó hacia atrás, de modo que la puerta se abrió. La señora Radcliffe ya había desaparecido y Ada salió rápido del escondite, asombrándose una vez más al ver con qué facilidad volvía a su lugar el panel de madera. A menos que alguien supiera de su existencia, era imposible notarlo.

Había sido la señora Radcliffe quien le había mostrado la cámara secreta. Una tarde, tras sorprender a Ada escondida tras las gruesas cortinas de brocado en la biblioteca en plena clase de costura, le había pedido que fuera a su despacho para mantener «una breve charla». Ada iba preparada para una buena reprimenda, pero en su lugar la señora Radcliffe le había pedido que se sentara donde quisiera, y dijo:

—Yo no era mucho mayor que tú cuando vine a esta casa por primera vez. Mi hermano y sus amigos eran adultos y estaban demasiado ocupados en sus cosas para hacerme caso. Me dejaron a mi aire, como dicen, y, al ser de carácter un tanto —vaciló— inquisitivo, dediqué más tiempo a explorar de lo que habría cabido esperar.

La casa era muy vieja —continuó—, de cientos de años, y la habían construido en una época en que ciertas personas tenían muy buenos motivos para buscar un lugar donde ocultarse. Había invitado a Ada a que la siguiera y, mientras las otras chicas cantaban la *Oda a la*

Alegría de Beethoven, la señora Radcliffe reveló a Ada el escondite secreto.

—No sé si será tu caso, señorita Lovegrove —había dicho—, pero en mi vida ha habido ciertos momentos en los que me habría encantado desaparecer.

Ada se apresuró por el pasillo hacia la escalera central. En lugar de bajar para ir a la clase de iniciación musical, subió hasta la buhardilla y entró en el cuarto etiquetado «Ático Este» que compartía con otra interna, Margaret Worthington.

No tenía mucho tiempo; la clase de iniciación musical estaba a punto de terminar y las otras chicas saldrían pronto. Ada se arrodilló en el suelo y retiró el volante de lino que rodeaba la cama. Su maleta todavía estaba ahí, justo donde la había dejado, y la sacó con cuidado.

Ada levantó la tapa y un pequeño manojo de pelos parpadeó, abrió la boca y soltó un silencioso y rotundo *¡miau!*

Tomó el gatito en una mano y se lo acercó para darle un cariñoso abrazo.

—Tranquilo, pequeño —susurró en ese punto suave entre las orejas—. No te preocupes, estoy aquí.

El gatito palpó el vestido con las almohadillas de las patas, tan suaves, y se lanzó a narrar una historia indignante de hambre y necesidades; Ada sonrió, rebuscó en el bolsillo del pichi que su madre había escogido en Harrods y sacó el tarro de sardinas que había sisado en la cocina.

Mientras el gatito estiraba las patas, explorando un rincón de la habitación como si fuera la sabana africana, Ada retiró la tapa del frasco y sacó un pececillo resbaladizo. Con la sardina en la mano, dijo en voz baja:

—Toma, Bilī; toma, gatito.

Bilī se acercó a ella y devoró la sardina que pendía del aire y todas las otras, hasta que el frasco quedó vacío; a continuación, maulló quejumbroso hasta que Ada dejó el frasco en el suelo y le dejó lamer el jugo del interior.

—Qué glotón —dijo, admirada—. Ahora tienes el hocico empapado.

Ada había salvado la vida de Bilī la semana anterior. Mientras evitaba a Charlotte y a May, se había alejado por el prado, más allá de la casa, donde el río giraba en torno al bosquecillo y desaparecía de la vista.

Ada había oído ruidos procedentes del otro lado de los árboles que le recordaron a la época de festivales en Bombay, así que había seguido el curso del río hacia el oeste hasta encontrarse con un campamento gitano en un claro. Había caravanas y hogueras, caballos y perros, además de unos niños que jugaban con una cometa de larga cola formada por cintas de colores.

Había notado que un chiquillo desaliñado se dirigía al río él solo. Llevaba un saco al hombro y silbaba una canción que casi reconoció. Curiosa, Ada lo había seguido. Se agazapó detrás de un árbol y lo había observado mientras sacaba cosas del saco, una a una, y las arrojaba al río. Al principio, Ada había pensado que estaba limpiando prendas pequeñas, como había visto hacer en Dhobi Ghat. Solo cuando oyó el primer gritito comprendió que no se trataba de ropa y que no estaba limpiando nada.

—¡Eh! ¡Tú! ¿Qué te crees que estás haciendo? —había gritado y se acercó a zancadas.

El muchacho alzó la vista para mirarla, sorprendido a todas luces.

A Ada le temblaba la voz.

—Te he dicho: ¿qué te crees que estás haciendo?

—Les estoy ayudando a no sufrir más. Lo que me han dicho que haga.

—¡Qué cruel y asqueroso eres! ¡Bestia cobarde! ¡Matón bruto!

El muchacho arqueó las cejas y a Ada le dio rabia ver que le divertía su reacción. Sin decir una palabra, el muchacho metió la mano en el saco y sacó el último gatito, que sostuvo en alto agarrándolo por el cuello sin ningún miramiento.

—¡Asesino! —le espetó Ada.

—Mi padre sí que me va a asesinar si no le obedezco.

—Dame ese gato ahora mismo.

El muchacho se había encogido de hombros y arrojó el gatito inerte a las manos tendidas de Ada, tras lo cual se echó el saco vacío al hombro y se escabulló hacia el campamento.

Desde aquel día, Ada había pensado sin parar en los hermanos y hermanas de Bilī. A veces se despertaba en mitad de la noche, incapaz de librarse de las imágenes de esas caras sumergidas y cuerpos inertes, llevados por la corriente hacia el mar.

Bilī soltó un chillido de protesta cuando Ada lo abrazó un poco demasiado fuerte.

Fuera, en las escaleras, se oyó un ruido de pisadas y Ada metió el gatito a toda prisa en la maleta, cerró la tapa y comprobó que había una ranura por la que entrara el aire. No era una solución ideal, pero tendría que apañarse así por ahora. La señora Thornfield, qué sorpresa, no permitía que tuvieran mascotas.

La puerta se abrió justo cuando Ada se había puesto en pie. El volante, notó, seguía metido bajo el colchón, pero no tenía tiempo para sacarlo.

Charlotte Rogers estaba de pie ante la puerta.

Sonrió a Ada, pero Ada sabía que devolverle la sonrisa no era buena idea. Permaneció *en garde*.

—Aquí estás —dijo Charlotte con dulzura—. ¡Qué resbaladiza has sido hoy! —Por una fracción de segundo, consciente del tarro de sardinas vacío que tenía en el bolsillo, Ada pensó que Charlotte Rogers había adivinado su secreto. Pero la muchacha mayor continuó—: Solo he venido a darte un mensaje... Soy portadora de malas noticias, me temo. La señora Thornfield sabe que no has ido a la clase de música y me ha dicho que vayas a buscarla para recibir tu castigo. —Sonrió con una compasión fingida—. Te iría mucho mejor aquí si aprendieras a seguir las reglas, Ada. La regla número uno es que yo siempre gano. —Se dio la vuelta para marcharse, dudó y miró hacia atrás—. Te recomiendo que hagas la cama. No me gustaría tener que decirle a la señora Thornfield que no has limpiado.

Ada apretaba los puños con tanta fuerza mientras bajaba las escaleras para ir al despacho de la señora Thornfield que las marcas de las uñas tardaron horas en desaparecer. Era evidente que no iba a ganar una guerra de desgaste contra Charlotte Rogers y May Hawkins si se limitaba a evitarlas o no hacerles caso. No estaba dispuesta a hincar la rodilla, lo cual significaba que tendría que devolver los golpes y de tal manera que la dejaran en paz de una vez por todas.

Escuchó a duras penas el sermón de la señora Thornfield acerca de la puntualidad y cuando le informó de su castigo —dos semanas con más deberes de costura y, en lugar de asistir a la Sociedad de Historia Natural, ayudar con el vestuario del concierto de fin de curso—, Ada estaba tan distraída que ni siquiera protestó.

Se pasó toda la tarde pensando en las piezas del rompecabezas, tratando de obligarlas a tener sentido, pero solo esa noche, mucho más tarde, mientras Margaret, su compañera de habitación, roncaba al otro lado del cuarto y Bilī ronroneaba en sus brazos, al fin se le ocurrió la idea.

Lo pensó con toda claridad, como si alguien hubiera entrado en el dormitorio, se hubiera acercado a la cama de puntillas y, tras arrodillarse a su lado, le hubiera susurrado la idea al oído.

Ada se sonrió a sí misma en la oscuridad; era un plan perfecto y muy sencillo. Y mejor aún, gracias a Charlotte Rogers, ahora disponía de los medios para llevarlo a cabo.

CAPÍTULO DOCE

El concierto veraniego de fin de curso era toda una tradición en el Colegio para Señoritas de la señora Radcliffe y por ello los ensayos habían comenzado en la primera semana del trimestre. La señora Byatt, la delgada y nerviosa profesora de artes escénicas, había celebrado una serie de audiciones hasta seleccionar un grupo de quince actuaciones que comprendía números musicales, recitales poéticos y soliloquios dramáticos.

Ada iba a interpretar el papel, soso y sin texto, del Ratón Dos en una escena de la pantomima de Cenicienta; Charlotte Rogers, sobrina nieta de Ellen Terry, considerada —sobre todo por ella misma— una excelente actriz shakesperiana, iba a actuar tres veces durante el espectáculo: iba a recitar un soneto, interpretar un monólogo de lady Macbeth y cantaría una pieza de música de salón, acompañada al piano por su amiga May Hawkins.

Debido al reducido tamaño de las dos salas de la casa, era costumbre representar el concierto en el granero que había a un lado del camino de carruajes. En los días previos al espectáculo, las chicas eran responsables de llevar las sillas de la casa y ordenarlas en hileras; a quienes no tuvieran la suerte de formar parte del elenco se les asignaban tareas técnicas, como montar un escenario elevado y suspender el telón de las vigas de arriba.

Debido al castigo impuesto por la señora Thornfield, Ada estaba muy ocupada y la acorralaron para que se uniera al círculo de costura, cuyos miembros estaban dando el toque final al vestuario de las chicas. Era una ocupación que no se avenía bien con su carácter: a Ada se le daba fatal la costura y era incapaz de atinar con las hileras de pespuntes necesarios para unir dos trozos de tela. Sin embargo, había demostrado que tenía mano para recortar los hilos sueltos, así que le dieron unas tijeras pequeñas y le encargaron que igualara los bordes.

—Siempre es la primera en llegar, no dice ni pío y trabaja sin descanso —informó la profesora de costura a la señora Thornfield, y la subdirectora, con una fina sonrisa, respondió:

—Me alegra oírlo.

Cuando amaneció el día del concierto, en el colegio reinaba una actividad frenética. Las clases de la tarde fueron canceladas por el ensayo general y el espectáculo comenzaría a las cuatro en punto.

Dos minutos antes de esa hora, Valerie Miller, quien se había presentado a una audición —sin éxito— interpretando «My Wild Irish Rose» con cencerros, recibió un gesto de la señora Thornfield y comenzó a tocar uno de los cencerros para anunciar al público que el espectáculo iba a comenzar. Ya estaban en sus sitios la mayor parte de las chicas, junto a unos cuantos padres y hermanos, además de algunos miembros Muy Importantes de la comunidad; aun así, el sonido puso fin a las charlas, momento en el que las luces de la sala se atenuaron y cayó el telón, lo que sumió al público en la oscuridad y los focos del escenario se encendieron.

Una a una, las intérpretes tomaron posiciones bajo el resplandor del escenario, cantando y recitando con todas sus fuerzas, ante la cariñosa admiración del público. El programa no era breve, sin embargo, y cuando tocaba a su fin la primera hora, la concurrencia comenzó a flaquear. Cuando Charlotte Rogers apareció en el escenario por tercera vez, los niños más pequeños empezaban a retorcerse y bostezar en sus asientos y les sonaban las tripas.

Charlotte, siempre tan profesional, no se amedrentó. Plantó los pies con firmeza y parpadeó seductora al público. El pelo, dorado, formaba al caer dos pesados tirabuzones sobre cada hombro y, detrás del piano, May Hawkins aguardaba una señal para comenzar a tocar y miraba a su amiga con gesto de evidente admiración.

Sin embargo, Ada estaba prestando atención al disfraz de Charlotte: un conjunto de blusa más propio de una mujer adulta —basado, por supuesto, en un modelo que había lucido Ellen Terry hacía poco— que le hacía parecer mayor de lo que era.

Desde su asiento en la sala a oscuras, Ada observó con atención a la otra muchacha, como si el poder de su mirada bastara para mover la materia. Estaba nerviosa, mucho más nerviosa que cuando interpretó al Ratón Dos. Tenía los puños apretados sobre el regazo.

Sucedió justo cuando Charlotte cantaba la nota más aguda, la que llevaba practicando casi todo el mes. Tal vez fue por contener todo el aire necesario para alcanzar un do agudo o tal vez por la forma de abrir los brazos de repente para implorar a la multitud. En cualquier caso, justo cuando Charlotte alcanzaba su nota, se le cayó la falda.

La falda no cayó poco a poco. Se vino abajo de repente y hasta el suelo, de un tirón, para formar un charco de encajes y lino blanco en el suelo, alrededor de los tobillos.

Fue mil veces mejor de lo que Ada se había aventurado a imaginar.

Tras recortar unas cuantas puntadas en la cintura de Charlotte, Ada había esperado que la prenda se deslizara un poco para causar cierta distracción, pero ni en un millón de años habría imaginado algo así. ¡Cómo se cayó la falda! El momento excepcional en el que se venció por completo, casi como si una fuerza invisible, controlada por la mente de Ada, se hubiera colado en la sala y, al recibir una orden en silencio, hubiera dado un buen tirón...

Era, con gran diferencia, lo más gracioso que Ada había visto en muchos meses. Y, a juzgar por el estallido de carcajadas desenfrenadas que llenaron todo el granero, rodando y retumbando entre las vigas, las otras chicas estaban de acuerdo.

Mientras Charlotte, los mofletes encendidos, cantaba las últimas líneas y el gentío continuaba con sus aplausos extasiados y jocosos, Ada comprendió que, por primera vez desde su llegada a Birchwood Manor, se sentía casi feliz.

Según la tradición, la cena posterior al concierto era más relajada que las cenas habituales del colegio e incluso la señora Thornfield, para quien por lo habitual era una falta de decoro intentar divertirse en un evento escolar, se dejó convencer para presentar la ceremonia de los premios anuales. Era una serie de galardones cómicos propuestos y votados por las estudiantes con el objetivo de reforzar el ambiente festivo y la alegría que se apoderaba del personal docente y del alumnado cuando el año académico se acercaba a su fin.

Para muchas de las chicas sería la última cena del curso. Solo unas cuantas estudiantes —aquellas que no tenían casas a las que se pudiera viajar por tren o carruaje o cuyos padres hubieran viajado al continente para pasar el verano y no hubieran podido encontrar otro acomodo para sus hijas— se quedarían durante las vacaciones. Ada era una de ellas.

Eso la desanimó a pesar del espectacular éxito del concierto y estaba sentada en silencio, acabando la segunda porción de su postre, dando vueltas al premio «La costurera de sueños» que le habían dado por sus «servicios de costura» —la elección sería anterior al accidente de vestuario, era de suponer—, mientras las otras chicas charlaban de buen humor sobre las cercanas vacaciones de verano, cuando llegó el correo de cada día.

Ada estaba tan acostumbrada a no oír su nombre durante el reparto de cartas que le tuvieron que dar dos empujoncitos cuando la llamaron. Junto a la mesa de la profesora, una chica del último curso sostenía una caja grande.

Ada se levantó de un salto y casi se tropezó por las prisas.

Comenzó a desatar el cordel en cuanto llegó a la mesa y sacó las pequeñas tijeras plateadas para cortar los últimos nudos.

En el interior había una preciosa caja decorada con recortes, que a Ada le pareció al instante la casa ideal para Bilī; dentro de la caja había un grueso sobre que prometía una carta de su madre, un nuevo sombrero para resguardarse del sol y un paquete más pequeño que le alegró el corazón. Reconoció al instante la letra de Shashi en la tarjeta. *«Pilla* —había escrito y continuaba en punyabí—: Un pequeño detalle para que te acuerdes de tu casa mientras vives entre culos de mono».

Ada rasgó el paquete y encontró un pequeño libro de cuero negro. Entre las tapas no había palabras, sino una página tras otra de flores prensadas: hibiscos naranjas, mirtos malvas, flores de la pasión púrpuras, lirios blancos, caliandras rojas. Todas ellas, supo Ada, procedían de su propio jardín y en un instante se sintió de vuelta en Bombay. Podía sentir el aire sensual en el rostro, oler la embriagadora fragancia del verano, escuchar los cánticos de las oraciones mientras el sol se ponía sobre el océano.

Tan ensimismada estaba Ada que no notó que Charlotte Rogers se había acercado hasta que vio su sombra sobre la mesa.

Ada alzó la vista y se fijó en la seria expresión de Charlotte. Como de costumbre, May Hawkins ejercía de ayudante de campo y la llegada de las dos muchachas a la mesa de Ada había provocado el silencio en la sala. Por instinto, Ada cerró el libro de flores de Shashi y lo escondió bajo el papel de envolver.

—Supongo que viste lo que pasó durante la actuación —dijo Charlotte.

—Terrible —dijo Ada—. Qué mala suerte.

Charlotte sonrió sombría.

—Siempre he creído que las personas se crean su propia suerte.

Ada no tenía gran cosa que decir a modo de respuesta. Mostrarse de acuerdo parecía imprudente.

—Espero tener mejor suerte en el futuro. —Charlotte tendió la mano—. ¿Paz?

Ada se quedó mirando la mano antes de darle la suya.

—Paz.

Se dieron un apretón solemne y cuando Charlotte le dedicó una leve sonrisa, tras un momento de duda, Ada se permitió imitarla.

Y así, aunque no había esperado que el pícnic de fin de curso despertara en ella ningún entusiasmo, a la luz de su reciente reconciliación con Charlotte Rogers, Ada descubrió que le hacía bastante ilusión ese día. Iba a haber juegos de raqueta y de comba, lanzamientos de discos y algunas de las chicas mayores habían logrado convencer a la señora Radcliffe para permitirles sacar el pequeño bote de remos que guardaban en el granero. La semana anterior el encargado le había echado un vistazo y, tras unas pequeñas reparaciones, declaró que no se hundiría en el río.

Amaneció un día cálido y despejado. La calima de las primeras horas se disipó y al mediodía el cielo era azul intenso y el jardín relucía. Junto al río había una serie de manteles dispuestos a largo de un tramo de orilla con hierba que quedaba bajo dos sauces y las profesoras ya estaban ahí, disfrutando del día. Algunas habían traído grandes sombrillas blancas, mientras que otras llevaban pamelas y, en la sombra, a lo largo de los extremos donde estaba el grupo, colocaron las canastas de mimbre con el banquete del mediodía. Siguiendo las instrucciones de la señora Radcliffe, el encargado había llevado una mesa de madera de la casa, que ahora estaba cubierta con un mantel de encaje, adornada con un jarrón de rosas rosas y amarillas, jarras de limonada fría y una tetera de porcelana con un juego de vasos, tazas y platillos.

Shashi siempre le había tomado el pelo a Ada por ser una pequeña glotona y era cierto: le encantaba cuando llegaba la hora de comer. Por fortuna, el pícnic no defraudó. Se sentó en un cuadrado de tela junto a la señora Radcliffe, que comió una serie de suculentos bocadillos de queso, al tiempo que señalaba el bosquecillo y le contaba a Ada la primera vez que había visto Birchwood Manor —cuando su hermano, Edward, les había hecho ir a pie desde la estación de tren de Swindon— y se patearon todo el bosque antes de, al final, descubrir la casa, como una visión, ante ellos.

Ada escuchó con toda su atención. Estaba ávida por oír historias y la señora Radcliffe no solía ser tan comunicativa. Solo había hablado de esta manera en otra ocasión. Al regresar de una de las caminatas de la Sociedad de Historia Natural, Birchwood Manor había aparecido de repente como un gran navío contra el cielo del atardecer. En una de las ventanas de arriba se reflejaba uno de los últimos rayos de sol, que resplandecía anaranjado, y sin previo aviso había surgido una historia acerca de niños mágicos y de la Reina de las Hadas. Encantada, Ada le había suplicado que contara otro, pero la señora Radcliffe se había negado. Dijo que era el único cuento que conocía.

En el césped soleado, cerca del pícnic, estaba comenzando un juego de la gallina ciega. Le tocaba a Indigo Harding, que llevaba un pañuelo atado sobre los ojos; un grupo de seis o siete muchachas le hacía girar y contaban cada vuelta. Al llegar al número diez, todas se dispersaron hacia atrás para formar un círculo desordenado e Indigo, mareada, tambaleándose y riendo, comenzó a perseguirlas con los brazos extendidos. Ada no tenía intención de participar, pero, al haber caminado en esa dirección, se encontró antes de saberlo en medio del grupo, esquivando los brazos de Indigo y gritando comentarios jocosos.

A todo el mundo le tocó ponerse el pañuelo y al fin llegó el turno de Ada. El placer se desvaneció y dio paso a la aprensión. Era un juego que se basaba en la confianza y Ada apenas conocía a estas chicas; había un río no demasiado lejos y le daba miedo el agua. Estas y otras ideas desordenadas pasaron por su cabeza en un instante y entonces su mirada se encontró con la de May Hawkins, que asintió de tal manera que parecía haber comprendido. «Paz», habían acordado la noche anterior; ahora, comprendió Ada, era el momento de poner a prueba esa promesa.

Se quedó quieta mientras le ataban el pañuelo alrededor de la cabeza y permitió que la giraran en redondo, cantando despacio de uno a diez. A Ada le dio vueltas la cabeza y no pudo evitar reírse para sí misma mientras intentaba mantener el equilibrio al caminar hacia las chicas. Agitó las manos y escuchó las voces; notaba el aire cálido y recargado entre los dedos; oía a los grillos que cantaban desafiantes entre las hierbas secas y, en algún lugar, detrás de ella, un pez saltó en el agua y cayó con un satisfactorio *plof*. Por fin, sus dedos rozaron la cara de alguien y se desató la risa. Ada se quitó la venda de los ojos. Notó una línea de sudor en el labio superior. Tenía el cuello rígido por la tensión. Parpadeando ante el súbito resplandor, sintió una extraña mezcla de alivio y triunfo.

—Vamos —dijo May, de repente a su lado—. Se me ha ocurrido algo divertido.

Charlotte ya estaba sentada en la barca cuando May y Ada llegaron al río. Una sonrisa iluminó su rostro al verlas y, con un gesto, les pidió que la acompañaran.

—Llevo siglos esperando.

—Lo siento —respondió May—, estábamos jugando a la gallina ciega.

—No importa, ¡vámonos!

Ada se detuvo en seco y negó con la cabeza.

—No sé nadar.

—Yo tampoco —dijo May, que entrecerró los ojos al sol—. ¿Quién ha hablado de nadar?

—Aquí no cubre, de todos modos —dijo Charlotte—. Solo vamos a subir un poco y luego dejamos que la corriente nos traiga de vuelta. Hace un día precioso.

Ada notó que lo que decía Charlotte era cierto: los juncos oscilaban un poco por debajo de la superficie; el agua no era muy profunda.

Charlotte alzó una pequeña bolsa de papel.

—He traído caramelos.

May sonrió, se acercó de un salto al sencillo muelle de madera al que la barca estaba amarrada y se acomodó en el asiento que había en medio de la barca.

Ada miró con ansia la bolsa de golosinas, las dos chicas sonrientes, la luz solar que resplandecía sobre la superficie del río; oyó a Shashi, que le decía que no tuviera miedo, que mucha gente solo vivía a medias debido al miedo...

—¡Vamos! —dijo May—. ¡Vamos a perder el turno!

Así pues, Ada decidió ir con ellas. Se apresuró al final del muelle y dejó que May la ayudara a tomar lugar en el asiento de atrás.

—¿Qué hago?

—No tienes que hacer nada salvo sentarte —dijo Charlotte, que desató la soga—. Nosotras nos encargamos del resto.

Ada se alegró. En realidad, estaba tan ocupada agarrándose con todas sus fuerzas que no habría podido ayudar en nada. Era muy consciente del sutil vaivén de la barca mientras la muchacha de más edad tomó el remo y las alejó del muelle. Ada se agarró a los laterales con fuerza, los nudillos blancos.

Y entonces empezaron a flotar en medio del agua. Y era *casi* bonito. No se mareó en absoluto.

—Claro que no —respondió Charlotte, riéndose, cuando Ada lo dijo—, es que esto no tiene nada que ver con el mar.

Charlotte remó y avanzaron poco a poco corriente arriba; una mamá pato seguida de nueve patitos flotaba hacia ellos desde el otro lado. Los pájaros cantaban en los sauces que bordeaban el agua; un caballo relinchó en el campo. Las otras chicas se volvieron motas cada vez más pequeñas a lo lejos. Al fin la barca bordeó un recodo y quedaron a solas.

El campamento gitano estaba solo un poco más adelante. Ada se preguntó si llegarían tan lejos. Tal vez incluso fueran hasta St. John's Lock.

Pero cuando comenzaron a acercarse al borde del bosquecillo, Charlotte dejó de remar.

—Ya vale. Tengo los brazos cansados. —Tendió la bolsa de papel—. ¿Un caramelo?

May tomó uno de azúcar de cebada y le pasó la bolsa a Ada, que escogió un caramelo de menta a rayas blancas y negras.

La corriente del río no era fuerte y, en lugar de comenzar a bajar a la deriva, la barca se quedó tan contenta donde estaba. Aunque el lugar del pícnic ya no quedaba a la vista, al otro lado del campo Ada vio los tejados gemelos del colegio. Recordó que la señora Radcliffe había descrito Birchwood Manor como «una visión» y comprendió que parte del cariño que su profesora sentía por la casa comenzaba a contagiársele.

—Es una lástima que empezáramos con tan mal pie —dijo Charlotte para romper el silencio—. Lo único que quería era ayudarte, Ada. Sé lo difícil que es ser la nueva. —Ada, que lamía su caramelo, asintió—. Pero nunca escuchas y parece que nunca aprendes.

Aunque Charlotte todavía estaba sonriendo, Ada tuvo un presentimiento súbito y desagradable. Al otro lado de la barca, la chica de más edad extendió el brazo para alcanzar algo que había debajo del asiento.

Era la caja decorada con recortes que había recibido de la India.

Mientras Ada se ponía cada vez más tensa, Charlotte quitó la tapa y metió la mano dentro para sacar un pequeño manojo de pelos.

—Qué bonito es, lo admito. Pero las mascotas están prohibidas en el colegio de la señora Radcliffe, Ada.

Ada se levantó en la barca, que comenzó a balancearse de un lado otro.

—Dámelo.

—Te vas a meter en un buen lío si no me dejas ayudarte.

—Dámelo.

—¿Qué crees que va a decir la señora Thornfield cuando se lo diga?

—Dámelo.

—Creo que no comprende —intervino May Hawkins.

—No —Charlotte estuvo de acuerdo—, qué lástima. Voy a tener que darle una lección. —Se deslizó a un lado de su asiento y estiró el brazo todo lo que pudo, de modo que Bilī casi tocaba el agua. Era apenas una manchita en su mano, que movía las patas traseras, asustado, en busca de agarre, intentando a la desesperada volver a un lugar seguro—. Te lo dije, Ada. Regla número uno: yo siempre gano.

Ada dio otro pasó y la barca se sacudió con más fuerza. Tenía que salvarlo.

Casi perdió el equilibrio, pero no se sentó. Tenía que ser valiente.

May se estaba agarrando a sus piernas, intentando evitar que pasara.

—Es la hora de la despedida —dijo Charlotte.

—¡No!

Ada se deshizo de las manos de May y se arrojó contra la otra chica.

La barca se sacudía con violencia y Ada cayó con todo su peso contra el suelo de madera.

Charlotte aún sostenía a Bilī sobre el agua y Ada se puso en pie como pudo. Se volvió a arrojar contra ella y una vez más cayó. Esta vez, sin embargo, no se golpeó contra el suelo de madera.

El agua estaba mucho más fría de lo que se había imaginado, mucho más dura. Estaba jadeando en busca de aire, las manos golpeteaban y la boca se le abría, y su visión se volvió borrosa.

No atinaba a quedarse en la superficie. No atinaba a gritar para pedir auxilio. Comenzó a tener un ataque de pánico.

Cayó, cayó, cayó, los brazos y las piernas convulsos, la boca llena de agua, los pulmones que comenzaban a arder.

Todo era diferente aquí abajo. El mundo sonaba de otro modo. Y cada vez estaba más oscuro. El sol era un diminuto disco plateado más allá de la superficie del agua, pero Ada se estaba hundiendo cada vez más lejos, como una niña en el espacio, rodeada de estrellas que se le resbalaban entre los dedos cuando intentaba alcanzarlas.

A través del agua cenagosa, entre los juncos borrosos, vio a Shashi en la terraza, con esa sonrisa amplia y blanca, y a su madre ante la mesa de la biblioteca y a su padre en el estudio con el globo que giraba. *Tic, tic, tic*, sonaba al girarlo, *tic, tic, tic...*

Iba a tomarse un *chakkali* cuando llegaran al mercado.

Pero ¿dónde estaba Shashi? Se había ido. Las velas parpadeaban...

Ada estaba perdida.

Pero no estaba sola. Había alguien más en el agua con ella, estaba segura. No veía quién era, pero supo que había alguien ahí. Una sombra... Una sensación...

Lo último que Ada sintió fue su cuerpo al golpearse contra el fondo del río, los brazos y las piernas que se estamparon contra las piedras suaves y las algas resbaladizas mientras sus pulmones se volvían más grandes que su torso y llegaban hasta la garganta y le llenaban la cabeza.

Y en ese momento lo más extraño de todo: mientras le ardía el cerebro, vio algo delante de ella, una intensa luz de color azul brillante, una joya, una luna, y supo, por algún motivo, que si estiraba la mano y la agarraba, esa brillante luz azul le mostraría el camino.

VI

Ha sucedido algo muy interesante. Esta tarde hemos recibido otra visita.

Jack pasó la mañana en la maltería enfrascado en un montón de papeles que había traído consigo al volver a casa anoche. Eché un vistazo cuando fue a meter una empanada en el horno para el almuerzo y deduje que reproducían el contenido del correo electrónico que le envió ayer Rosalind Wheeler. En su mayor parte, son texto, pero hay uno que parece un mapa. Un plano, para ser más preciso, dibujado a mano, que en gran medida corresponde con la distribución de la casa, es de suponer que obra de la misteriosa señora Wheeler. Sospecho que, junto a las notas por escrito, su fin es guiar a Jack hasta el Azul de los Radcliffe.

Justo antes del mediodía volvió a la casa y pasamos una hora agradable, mientras él intentaba encontrarle el sentido al plano, mirándolo y midiendo los pasos a lo largo de cada habitación, y se detenía de vez en cuando para hacer una pequeña corrección con el bolígrafo.

Más o menos a la una llamaron a la puerta. A él le sorprendió, pero a mí no, pues ya me había fijado en esa mujer, delgada y elegante, cuando se quedó al borde del camino que se extiende junto al muro. Se había quedado mirando la casa, los brazos cruzados sobre la cintura, y algo en su actitud me hizo preguntarme si ya la conocía. No la conocía; lo supe cuando se acercó: jamás olvido una cara. —Jamás olvido nada. Ya no—.

A menudo la gente se para en el camino y mira la casa —personas con perros, botas embarradas y guías de viaje, que señalan con el dedo—, así que no hubo nada extraño en ello. Aventurarse en el jardín y llamar a la puerta, sin embargo, no es habitual.

A pesar de la sorpresa inicial, Jack se tomó la interrupción con calma, echó un vistazo por la ventana de la cocina y avanzó, con pasos pesados y ese aire decidido tan suyo, hacia la puerta, que abrió con la energía habitual. Ha estado de un humor sombrío desde ayer, cuando vio a Sarah. Más que enfadado, se le veía triste y frustrado. Como es natural, me moría de curiosidad por saber lo sucedido entre ellos, pero hasta ahora no me ha dado el gusto. Anoche solo hizo una llamada y fue a su padre; iban a celebrar el aniversario de no sé qué porque Jack dijo: «Veinticinco años hoy. Difícil de creer, ¿verdad?».

—Oh —dijo la mujer, desconcertada por la puerta que se abrió de golpe—. Hola... En realidad, yo no... Pensé que el museo cerraba durante la semana.

—Y, de todos modos, has llamado.

—Sí.

—¿La fuerza de la costumbre?

—Supongo. —Recuperó la compostura y metió la mano en el bolso para sacar una tarjeta de color marfil, que sostuvo en alto con una mano pequeña y delicada para ofrecérsela a Jack. —Me llamo Elodie Winslow. Trabajo en el archivo de Stratton, Cadwell & Co., en Londres. Soy la encargada de los archivos de James William Stratton.

Esta vez me tocó a mí sorprenderme, lo cual no ocurre a menudo. Aunque la otra noche, cuando Jack pronunció el nombre de Ada Lovegrove, me había dado motivos para temer el regreso de mi pasado, me quedé, aun así, perpleja por momentos. Hacía años que no oía el nombre que había pronunciado Elodie y no tenía ningún motivo para pensar que volvería a oírlo de nuevo.

—No he oído hablar de él —respondió Jack, que dio vueltas a la tarjeta—. ¿Debería conocerle?

—En realidad, no. Fue un reformista de la época victoriana, que mejoró la situación de los necesitados, cosas así. ¿Eres la persona con quien debería hablar acerca del museo?

La voz de la mujer sonaba vacilante, lo cual no era de extrañar. Jack no tiene nada que ver con los guías que se encargan de la entrada, que endilgan su cháchara a los visitantes a la menor ocasión.

—En cierto sentido. Soy la única persona que hay aquí.

La mujer no pareció muy convencida, pero dijo:

—Sé que no abren los viernes, pero he venido desde Londres. No me esperaba encontrar a nadie aquí. Solo iba a asomarme por el muro, pero...

—¿Quieres echar un vistazo por la casa?

—Si no es molestia.

Invítala.

Tras reflexionar un momento, Jack se apartó y le hizo saber con un gesto de los suyos, generoso y corpóreo, que podía entrar. Cerró la puerta enseguida cuando ella accedió.

Pasó a la entrada en penumbra y miró a su alrededor, como casi todo el mundo, y se inclinó para ver mejor una de las fotografías enmarcadas que la Asociación de Historiadores del Arte ha colgado por las paredes. Algunos días, cuando necesito divertirme, me pongo a rondar por la entrada y disfruto los comentarios reverentes con que los visitantes de Cierto Tipo se manifiestan acerca de los hechos de la foto. «Fue en esta época, por supuesto —afirmaba el hombre trajeado de edad avanzada—, cuando la Hermandad Magenta estaba enfrascada en apasionados debates respecto al valor artístico de la fotografía y se preguntaban si sería más adecuado considerarla una ciencia o un arte». A lo que el muy sufrido compañero responde sin falta: «Ah, ya veo».

—Ponte cómoda —dijo Jack—. Pero sin tocar nada.

La mujer sonrió.

—No te preocupes. Soy archivista. Me paso la vida cuidando de objetos valiosos.

—Discúlpame un momento... Tengo una empanada en el horno y huele a quemado.

Jack ya se dirigía a la cocina de la maltería y le dejé farfullando para seguir a nuestra visitante.

Fue de una habitación a otra por la planta baja, una expresión enigmática en el rostro. Solo se detuvo una vez, contuvo un pequeño escalofrío y echó un vistazo por encima del hombro, como si presintiera que no estaba sola.

En la primera planta, dudó ante la ventana que daba al bosque y echó un vistazo al río, antes de subir las escaleras hasta la buhardilla. Dejó el bolso en la mesa de Mildred Manning, lo que me predispuso a mirarla con buenos ojos, y sacó de dentro algo que me sobresaltó. Era uno de los cuadernos de bocetos de Edward. Lo habría reconocido en cualquier lugar. La conmoción fue casi física. Deseé más que nada agarrarla de las muñecas y suplicarle que me lo contara todo: quién es y cómo llegó a sus manos el cuaderno de Edward. Había mencionado a James William Stratton, una empresa llamada Stratton, Cadwell & Co., y una serie de archivos. ¿Sería ahí donde ha estado el cuaderno todo este tiempo? Pero ¿cómo diablos era posible? No se conocían el uno al otro; por lo que sé, ni siquiera llegaron a verse.

Tras pasar las páginas del cuaderno de bocetos —deprisa, como si lo hubiera hecho muchas veces antes y supiera bien qué estaba buscando—, se detuvo en una ilustración y la estudió con atención; se acercó a la ventana que daba al prado y se puso de puntillas, estirando el cuello para ver.

El cuaderno de bocetos seguía abierto sobre la mesa y me apresuré a verlo.

Era el que Edward usó aquel verano de 1862. Yo estaba sentada junto a él mientras trazaba esas mismas líneas sobre ese papel de algodón: eran estudios para la pintura que había planeado, en la que llevaba años pensando. En las páginas siguientes, lo sabía, estaban sus bocetos del claro en el bosque y del montículo de hadas y de la pequeña granja junto al río y, en la esquina inferior de uno, en líneas libres e improvisadas, había trazado un corazón y un barco en alta mar, mientras hablábamos con entusiasmo de nuestros planes.

No deseaba nada más que pasar esas páginas, ver los otros dibujos, tocar el recuerdo de aquellos días. Pero, por desgracia, tras muchos experimentos a lo largo de los años, he tenido que aceptar que mis capacidades en tal sentido son limitadas. Consigo cerrar de golpe una puerta o hacer sonar una ventana, puedo dar un tirón a la falda de una colegiala traviesa, pero cuando se trata de manipulaciones más precisas —tirar de un hilo o pasar una página—, no poseo el control necesario.

Tengo que averiguar por qué ha venido a la casa. ¿Es solo una amante del arte o hay algo más? Me llama la atención que, después de tantos años, reciba a un visitante que menciona el nombre de Ada Lovegrove y ahora a otra que habla de James Stratton; sin embargo, que tenga el cuaderno de bocetos de Edward de aquel verano de 1862 es asombroso. No puedo evitar pensar que todo esto es obra de una diablura oculta.

A Jack también le picaba la curiosidad, a su manera, pues cuando la joven bajó de nuevo y asomó la cabeza por la puerta de la cocina para decir: «Gracias», él alzó la mirada del plato ennegrecido que raspaba en el fregadero y dijo:

—¿Has encontrado lo que buscabas?

Recibió una muy indignante no-respuesta.

—Qué amable —dijo—. Muchas gracias por dejarme entrar un viernes.

Ni la más leve pista sobre sus intenciones.

—¿Te vas a quedar por aquí? —preguntó Jack cuando la mujer comenzó a bajar por el pasillo hacia la puerta principal—. ¿O vuelves ya a Londres?

—He reservado una habitación en The Swan, ahí, en esa calle. Solo para el fin de semana.

Me acerqué más y me concentré con todas mis fuerzas para enviar a Jack mi mensaje. *Invítala a quedarse. Invítala a volver.*

—Pásate cuando quieras —dijo, con un leve gesto de confusión en el rostro—. Estoy aquí todos los días.

—Pues quizás te tome la palabra.

Como suelen decir —cuando no les queda más remedio, al no conseguir lo que deseaban—, menos da una piedra.

Fue una visita breve, pero la perturbación perduró en la casa toda la tarde. Me desconcertó y entusiasmó a partes iguales, así que mientras Jack seguía con su inspección de la casa —ahora está en el pasillo de la primera planta y palpa la pared con las manos—, yo me he retirado a mi rincón en la escalera, en el cual me distraigo cavilando sobre los viejos tiempos.

Pensé, sobre todo, en Joe el Pálido y la mañana en que nos conocimos.

Pues si bien yo era una ladrona diestra, no era imposible que cometiera errores. Por lo general, los enmendaba con facilidad y no tenían consecuencias. Elegí a la persona equivocada, me vi obligada a dar esquinazo a un policía, sisé una cartera más vacía que la promesa de un insensato. En una ocasión, sin embargo, a los doce años, cometí un error cuyas consecuencias tuvieron mayor alcance.

Fue en una de esas mañanas de Londres en las que, en vez de salir el sol, la niebla cambia de color y pasa del negro al plateado oscuro hasta llegar a un gris plomizo y amarillento. El aire estaba cargado del humo tóxico de las fábricas y del olor grasiento que surgía del río; llevaba así varios días y mis ganancias se habían visto afectadas. Cuando esa niebla sombría caía sobre Londres, a las señoras elegantes se les quitaban las ganas de pasear solas por las calles.

Aquella mañana la Pequeña Pasajera había viajado en el ómnibus que iba entre Regent's Park y Holborn, con la esperanza de encontrar a la esposa o la hija de un abogado que regresaba a casa tras su paseo matutino por el parque. Era un buen plan, pero la técnica dejó que desear, pues iba pensando en la conversación que había tenido con la señora Mack la noche anterior.

Si bien era de carácter optimista, la señora Mack tenía una imagen que proteger y nada la hacía más feliz que tener motivos para quejarse de lo que fuera. Uno de sus lamentos más frecuentes se debía a la necesidad de comprarme vestidos elegantes y costosos: yo crecía como una mala hierba. «En cuanto acabo de soltar las costuras o bajar el dobladillo, ¡ya tengo que ponerme manos a la obra otra vez!». En aquella ocasión, sin embargo, no se contentó con dejar ahí el comentario: «El Capitán y yo estábamos hablando de que puede que haya llegado la hora de hacer algún cambio en tu trabajo. Estás creciendo demasiado para seguir siendo la Pequeña Perdida. Dentro de poco a esos buenos samaritanos se les van a ocurrir otras maneras de ayudar a una muchacha bonita como tú. Y, sobre todo, cómo tú podrías ayudarles a ellos».

Yo no quería hacer cambios en mi forma de trabajar y no me hizo ninguna gracia que la señora Mack insinuara cómo podría «ayudar» yo a esos caballeros. Había comenzado a percibir un cambio en la forma en que los parroquianos de la taberna Anchor and Whistle me miraban cuando me enviaban a llevar al Capitán a rastras a casa a la hora de cenar y yo tenía bastantes entendederas para saber que tenía que ver con «esos bonitos brotes» a los que la señora Mack se había referido cuando me medía para sus apaños.

Martin, por su parte, había comenzado a observarme con más atención. Rondaba por el pasillo cerca de la habitación donde yo dormía y, cuando me vestía por la mañana, por el ojo de la cerradura no pasaba ninguna luz. Me resulta casi imposible escapar de su constante mirada. En los negocios de su madre siempre le había correspondido echar un ojo a las cosas —para que los niños no arrastráramos líos a las puertas de la casa por la noche—, pero esto era diferente.

Y así, mientras viajaba en el ómnibus aquella mañana, al deslizar la mano en el bolsillo de la señora sentada a mi lado y palpar el bolso con la punta de los dedos, no estaba tan concentrada como debería; pensaba una y otra vez en esa preocupante advertencia de la señora Mack en busca de sus posibles implicaciones, y me pregunté por enésima vez por qué mi padre todavía no me había enviado a buscar. Más o menos una vez al mes, Jeremiah venía a recoger el dinero que debía enviar a Estados Unidos y la señora Mack me leía la carta más reciente de mi padre. Pero siempre que preguntaba si le había pedido que me comprara un billete para viajar a Estados Unidos, ella me respondía que no, que todavía no había llegado el momento.

Por lo tanto, fui descuidada y no supe que la señora tenía intención de bajarse del ómnibus hasta que sentí un tirón en la mano cuando se levantó, llevándose consigo su bolso y con él mi mano. Y entonces soltó el grito:

—¡Pero serás ladrona!

A lo largo de los años me había preparado para esta situación en concreto. Lo había repasado muchísimas veces en mi cabeza. Debería haber fingido ser inocente, abrir los ojos de par en par y comportarme como si todo fuera un error, tal vez incluso dejar escapar alguna lágrima triste. Sin embargo, me pilló desprevenida. Dudé un instante demasiado largo. Lo único que oía era la voz de la señora Mack, que me repetía que acusar es recordar quién tiene el poder. Contra esta señora de sombrero elegante, modales exquisitos y refinamiento herido, yo no era nada.

El conductor ya se dirigía por el pasillo hacia mí; un caballero, a dos asientos de distancia, se puso en pie. Miré por encima del hombro y vi que el camino hacia la puerta trasera estaba casi despejado, así que salí corriendo.

Se me daba bien correr, pero, qué mala suerte, un policía recién graduado que hacía la ronda por ahí cerca oyó la conmoción, me vio huir y, con el entusiasmo del novato, se lanzó en mi persecución.

—¡Para! ¡Al ladrón! —gritó, empuñando la porra por encima de la cabeza.

No era la primera vez que me perseguía un policía, pero aquella mañana la niebla me había llevado muy al norte, donde no podía contar con la ayuda de mis amigos. Como me había advertido Lily Millington, dejar que me detuvieran a mi edad era comprar un billete de solo ida al asilo de pobres, así que no me quedó más opción que correr como alma que lleva el diablo hacia la seguridad de Covent Garden.

Mi corazón latía con fuerza mientras recorría a toda velocidad Red Lion Square. El policía llevaba a cuestas más peso del recomendable, pero era un hombre adulto y más rápido que yo. High Holborn estaba a rebosar de tráfico y mi ánimo mejoró; podía escabullirme entre el tráfico para escapar. Pero por desgracia cuando llegué al otro lado y eché un vistazo por encima del hombro, el hombre seguía ahí, incluso más cerca que antes.

Me metí por un estrecho callejón y de inmediato comprendí mi error: al otro lado se extendía Lincoln's Inn Fields, con su prado amplio y verde, en el cual no tenía donde esconderme. Me había quedado sin opciones y el agente casi podía alcanzarme. En ese momento vi una fina calleja que pasaba por detrás de la imponente hilera de casas y una escalera apoyada contra la pared trasera de ladrillos de la más cercana.

Me dejé llevar por la euforia y aposté que yo sería más rápida que el policía si la persecución no tenía lugar en el suelo.

Comencé a trepar, paso a paso, todo lo rápido que pude. La escalera se sacudió debajo de mí cuando mi perseguidor comenzó a subir, haciendo un ruido metálico con sus botas pesadas. Subí más y más alto y dejé atrás una, dos, tres hileras de ventanas. Y cuando llegué todo lo alto que me permitía la escalera, avancé a trancas y barrancas por encima las tejas de pizarra.

Me abrí camino entre los canalones, los brazos estirados para mantener el equilibrio, y al llegar a la siguiente casa, trepé sobre los separadores y me colé entre las chimeneas. Había acertado al suponer que aquí arriba la ventaja sería mía, pues si bien el agente seguía a mis espaldas, ahora había un poco más de espacio entre nosotros.

Sin embargo, poco me duró el alivio. Ya había avanzado mucho sobre la hilera de casa y, al llegar al otro lado, vi que no había ningún otro lugar al que ir.

Justo cuando empezaba a asimilar esa terrible situación, ¡lo vi! Una de las ventanas de la buhardilla estaba entreabierta. No me lo pensé dos veces: subí aún más y me colé por la rendija.

Caí al suelo con todo mi peso, pero no tenía ni un segundo para fijarme en mis heridas. A toda prisa traté de incrustarme bajo el ancho alféizar y me apreté contra la pared, agazapada. El corazón me latía con tal fuerza que temí que el policía lo oyera. Tenía que silenciarlo para poder escuchar cómo pasaba de largo, pues solo entonces estaría a salvo y podría salir para volver a casa.

Había sentido tal alivio al encontrar la ventana abierta que ni siquiera me había parado a pensar en qué clase de habitación me estaba colando. Ahora, sin embargo, que comenzaba a recuperar el aliento, giré la cabeza y vi que se trataba del cuarto de un niño. Lo cual no era ninguna catástrofe, salvo que el niño en cuestión estaba en la cama y me estaba mirando.

Era la criatura más pálida que había visto nunca. Sería más o menos de mi edad, de rostro lánguido y pelo del color de paja blanqueada, apoyado contra unas almohadas de plumas enormes, los brazos de cera inertes sobre las sábanas de lino. Traté de sonreír para tranquilizarlo y ya había abierto la boca para decir algo cuando comprendí que no había nada que pudiera decir o hacer para que la situación pareciera normal; es más, el policía podía llegar en cualquier momento y lo mejor sería que ninguno de los dos hablara.

Me llevé el dedo a los labios para implorarle que guardara silencio, consciente de que mi destino estaba en sus manos, y entonces habló:

—Si te acercas más... —las vocales del niño eran tan cortantes que casi partían en dos el aire recargado y viciado de la habitación—, voy a llamar a mi padre y te van a enviar a Australia antes de que tengas tiempo para disculparte.

El exilio a Australia era casi lo único peor que el asilo para pobres y estaba buscando las palabras para explicarle cómo había llegado a su cuarto por la ventana de la buhardilla cuando oí otra voz; era la voz áspera y avergonzada de un hombre asomado a la ventana:

—Mis disculpas, señor..., señorito. Había una chica por aquí a la que perseguía: una jovencita que huía de mí...

—¿Una joven? ¿En el tejado? ¿Se ha vuelto loco?

—Claro que no, señorito: ella trepó como un mono por una escalera...

—¿Espera que me crea que una niña corrió más rápido que usted?

—Bueno, ah, eh... Sí, señor.

—¿Y usted es un hombre adulto?

Una leve pausa.

—Sí, señor.

—Apártese de la ventana de mi dormitorio ahora mismo o me pongo a gritar con todas mis fuerzas. ¿Sabe quién es mi padre?

—Sí, señor, pero yo... Ya ve, señor, había una niña...

—¡Ahora! ¡Mismo!

—Señor. Sí, señor. Muy bien, señor.

Del tejado vino el ruido de un topetazo, seguido del sonido de algo pesado que se deslizaba por las tejas, tras lo cual llegó un grito cada vez más bajo.

El muchacho centró su atención en mí.

Según mi experiencia, cuando no tenía nada que decir, lo mejor era no decir nada, así que esperé a ver hacia dónde soplaba el viento. Me miró extrañado hasta que, al fin, dijo:

—Hola.

—Hola.

Ahora que se había ido el policía, no tenía mucho sentido que siguiera agazapada, así que me puse en pie. Era mi primera oportunidad de echar un buen vistazo a la habitación y no me avergüenza admitir que me quedé con la boca abierta.

Jamás había visto algo semejante. Era un cuarto infantil de techo inclinado y estantes que cubrían las paredes del suelo al techo, en los cuales había una muestra de todos los juguetes que se me podrían haber ocurrido. Soldados de madera y bolos, pelotas y bates y canicas, un asombroso tren de cuerda con vagones en los que viajaban muñecos diminutos, un arca con una pareja de cada animal sobre la faz de la tierra, un conjunto de peonzas de diferentes tamaños, un tambor rojo y blanco, una caja de sorpresas y, en un rincón, un caballito de balancín que no perdía nada de vista. Punch y Judy, unos títeres de cachiporra. Una compleja casa de muñecas tan alta como yo en su pedestal. Un aro y un palo que tenían el aspecto reluciente de los objetos jamás usados.

Durante mi inspección mis ojos se posaron en una bandeja al pie de la cama. Contenía ese tipo de comida que había visto en los escaparates de Mayfair y que jamás habría esperado probar. Se me hizo un nudo en el estómago y tal vez el chico notó cómo miraba porque dijo:

—Me harías un gran favor si comieras un poco. Siempre están intentando atiborrarme, aunque les he dicho que casi nunca tengo hambre.

No hizo falta que lo dijera dos veces.

La comida todavía estaba caliente y comí agradecida, encaramada en un extremo de la cama acolchada.

Tenía la boca demasiado llena para hablar y, como él no parecía tener ganas de hacer ni una cosa ni la otra, nos miramos el uno al otro con cautela.

Cuando terminé, me limpié con la servilleta, como lo hacía siempre la señora Mack, y sonreí insegura.

—¿Por qué estás en la cama?

—No estoy bien.

—¿Qué te pasa?

—Al parecer, nadie lo sabe con certeza.

—¿Vas a morir?

Se quedó pensativo.

—Es posible. Aunque todavía no ha ocurrido, lo que parece una buena señal.

Asentí para mostrarle que estaba de acuerdo y para animarle. No conocía a este muchacho pálido y extraño, pero me alegró saber que no se encontraba a las puertas de la muerte.

—Pero qué grosero por mi parte —dijo—. Discúlpame. No recibo muchas visitas. —Me tendió la mano—. Me llamaron igual que a mi padre, claro, pero puedes llamarme Joe. ¿Y tú eres...?

Al estrecharle la mano, me acordé de Lily Millington. Inventarse un nombre era lo más sensato y todavía no sé por qué le dije la verdad. Sentí un impulso que nacía en lo más hondo del estómago y que creció cada vez más rápido y sólido, hasta que no lo pude contener.

—Me llamaron igual que al padre de mi padre —dije—. Pero mis amigos me llaman Birdie.

—Y así te voy a llamar yo, pues te has posado en mi ventana igual que un pájaro.

—Gracias por dejarme entrar.

—De nada. A menudo me he preguntado, tumbado aquí sin otra cosa que mirar, por qué los constructores malgastaron tanto material para hacerla tan ancha. Veo ahora que fueron más sabios de lo que pensaba.

Me sonrió y yo le sonreí.

En la mesilla, cerca de él, había algo que no había visto nunca. Su amabilidad me envalentonó y lo cogí. Era un disco con un trozo de cordel en cada extremo; en un lado había un dibujo de un canario y en el otro una jaula de metal.

—¿Qué es esto?

Me indicó que se lo entregara.

—Se llama taumatropo. —Sostuvo uno de los cordeles y giró el disco hasta que los cordeles se tensaron. Agarró ambos cordeles y tiró de cada uno en una dirección, de modo que el disco comenzó a girar a toda velocidad. Aplaudí, encantada, al ver al pájaro volar de repente dentro de la jaula.

—Magia —dijo él.

—Ilusión —le corregí.

—Sí. Muy cierto. Es un truco. Pero bonito.

Con una última mirada al taumatropo, le di las gracias por la comida y le dije que me tenía que ir.

—No —dijo enseguida, negando con la cabeza—. Lo prohíbo.

Fue una respuesta tan inesperada que no se me ocurrió qué decir. Al menos atiné a no soltar una carcajada ante ese muchacho pálido postrado en la cama que se creía capaz de prohibirme algo; me entristeció también, porque con apenas tres palabras había revelado con toda claridad tanto sus deseos como sus limitaciones.

Quizás también él comprendió lo absurdo de su orden, pues se dejó de bravatas y continuó, casi a la desesperada:

—Por favor. Quédate más tiempo.

—Me voy a meter en un lío si no vuelvo antes de que oscurezca.

—Todavía queda mucho hasta la puesta de sol... Dos horas, por lo menos.

—Pero no he hecho mi trabajo. No tengo nada que llevar a casa.

Joe el Pálido se quedó confundido y me preguntó a qué clase de trabajo me refería. ¿Hablaba de las tareas escolares? Y, en ese caso, ¿dónde tenía los libros y la pizarra y dónde iba a buscarme mi institutriz? Le dije que no hablaba de los deberes, que nunca había ido a una escuela y le expliqué cómo eran mis viajes en ómnibus y los guantes y los vestidos de bolsillos ocultos.

Me escuchó con los ojos cada vez más abiertos y me pidió que le enseñara los guantes. Me senté más cerca de él al borde de la cama, saqué los guantes de mi bolsillo y los dejé sobre mi regazo, interpretando el papel de la pequeña en su trayecto.

—Ya ves que tengo las manos aquí —dije, señalando los guantes con un gesto de la cabeza, y él se mostró de acuerdo—. Pero —continué—, ¿qué es esto?

Se quedó sin aliento porque, sin cambiar de postura, al menos en apariencia, había deslizado la mano por debajo de la manta para hacerle cosquillas en una rodilla.

—Y así es como funciona —dije, levantándome de la cama de un salto y alisándome la falda.

—Pero... Es maravilloso —dijo, y una súbita sonrisa apareció en su rostro, que le devolvió por un momento un bienvenido aspecto vital—. ¿Y lo haces todos los días?

Ya me encontraba junto a la ventana y contemplaba cómo volver a trepar por ahí.

—Casi todos. A veces finjo que me he perdido y robo al caballero que me ayuda.

—Y las cosas que te llevas —los bolsos, las joyas— ¿las llevas a casa y se las das a tu madre?

—Mi madre está muerta.

—Una huérfana —dijo en tono reverencial—. He leído libros sobre huérfanos.

—No, no soy huérfana. Mi padre está en el extranjero por un tiempo, pero me va a mandar buscar en cuanto pueda. —Me alcé hasta el alféizar.

—No te vayas —dijo el chico—. Todavía no.

—Tengo que irme.

—Pues vuelve... Por favor. Dime que vas a volver.

Dudé. Aceptar su invitación, no me cabía duda, sería insensato; por estos lares una joven sin acompañante no tardaría en llamar la atención y un policía de este barrio ya me conocía. Tal vez no me hubiera visto la cara, pero ya me había perseguido y quién sabe si la próxima vez me volvería a sonreír la suerte. Pero esa comida... No había probado nada igual. Y esos estantes llenos de juguetes y maravillas...

—Llévate esto —dijo Joe el Pálido, que me ofreció el taumatropo—. Es tuyo. Y te prometo que la próxima vez que vengas te voy a enseñar algo mucho, mucho mejor.

Y así fue como conocí a Joe el Pálido y él se convirtió en mi secreto, al igual que yo me convertí en el suyo.

Ha habido un cambio en el ánimo de la casa. Algo importante ha ocurrido mientras yo estaba pensando en mi viejo amigo, Joe el Pálido. En efecto, Jack está en el pasillo y tiene la mirada de quien se ha llevado el gato al agua. No tardo en comprender el motivo. Se encuentra delante del escondite y ha retirado el panel que lo cubre.

Sale al trote, de vuelta a su habitación, para buscar la linterna, supongo. Aunque Jack le dijo a Rosalind Wheeler que no iba a entrar en la casa antes del sábado, comprendo la curiosidad y sus exigencias y no dudo que tiene planes para registrar cada centímetro del escondite, cada ranura entre los tablones del suelo, con la esperanza de hallar el diamante. No lo va a encontrar. No está aquí. Pero no todas las verdades deben contarse en el mismo instante. No le vendrá mal buscarlo. Me gusta cuando la frustración le vuelve pesimista.

Le voy a dejar a su aire y le voy a esperar en la maltería. Tengo otras cosas en las que pensar, como la visita de Elodie Winslow. Había algo en su actitud que me resultó familiar. En un principio no sabía decir qué, pero ya he comprendido de qué se trataba. Cuando entró en la casa, al pasear entre las habitaciones, dejó escapar un suspiro que no habría notado nadie salvo yo y vi en su rostro un gesto de satisfacción, casi como si se sintiera completa. Me recordó a Edward. Era el mismo gesto que puso él cuando entramos en la casa por primera vez.

Sin embargo, Edward tenía motivos para sentir un apego tan intenso. Se sentía unido a este lugar desde niño, desde esa noche de terror en los campos cercanos. ¿Por qué está Elodie Winslow aquí? ¿Qué relación tiene con Birchwood Manor?

Espero que vuelva. Lo deseo con un fervor que no he sentido en años. Comienzo a comprender al fin cómo se habría sentido Joe el Pálido aquel día, cuando me prometió enseñarme algo maravilloso a cambio tan solo de que yo aceptara volver. A uno le entran unas ganas desesperadas de recibir visitas cuando pierde la capacidad de visitar.

Después de Edward, es a Joe el Pálido a quien más echo de menos en este limbo mío. Solía pensar en él a menudo y me pregunto qué le deparó la vida, pues fue una persona especial; cuando lo conocí llevaba un tiempo con problemas de salud y sus días de aislamiento en aquella habitación de tesoros intactos le hizo sentir un interés más intenso que el de la mayoría en el mundo que se extendía más allá de su ventana. Todo lo que Joe el Pálido sabía lo había aprendido de los libros y, por lo tanto, había muchos aspectos que no entendía sobre cómo eran las cosas. No podía comprender cuando le hablaba de los cuchitriles húmedos que había compartido con mi padre a la sombra de St. Anne; del excusado colectivo y la anciana desdentada que lo limpiaba a cambio de los rescoldos sobrantes; de lo que le sucedió a Lily Millington, quizá lo más triste de todo. Quería saber por qué la gente escogía vivir de tal modo y siempre me estaba pidiendo que le contara historias del Londres que yo conocía, de las callejuelas de Covent Garden, de las zonas de tenebrosos comercios bajo los puentes del Támesis, de los niños sin padres. Quería oír sobre todo de los niños que habían acabado viviendo con la señora Mack y sus ojos se llenaban de lágrimas cuando le hablaba de esos pequeños desafortunados que no eran bastante fuertes para sobrevivir en este mundo.

Me pregunto qué pensaría cuando desaparecí de su vida de una vez y para siempre. ¿Me buscaría? Al principio, no, pero ¿y cuando pasó más tiempo del que resultaba explicable? ¿Dudó e hizo preguntas o creyó lo peor? Joe el Pálido, nacido en 1844, era de mi edad; si hubiera llegado a viejo, habría tenido ochenta y siete años cuando se publicó el libro de Leonard. Como era un ávido lector —a menudo leíamos juntos, ahí en su buhardilla, sentados hombro contra hombro en su cama de lino blanco—, siempre estaba al corriente de qué se publicaba y cuándo; era también amante del arte, pasión que heredó de su padre, cuya casa en Lincoln's Inn Fields estaba llena de cuadros de Turner. Sí, estoy segura de que Joe el Pálido habría leído el libro de Leonard. Y me pregunto qué habría pensado de sus teorías. ¿Me creyó una ladrona de joyas traicionera que huyó a Estados Unidos en busca de una vida mejor?

Joe el Pálido sabía a ciencia cierta que yo era capaz de robar. En ciertos aspectos, me conocía mejor que Edward. Al fin y al cabo, nos habíamos conocido en plena persecución policial y, desde el mismo comienzo, me había preguntado sin parar acerca de la señora Mack y sus negocios, encantado con mis historias sobre la Pequeña Perdida y la Pequeña Pasajera y, con el paso del tiempo, la Aficionada al Teatro, y me animaba a que le contara más historias, como si fueran grandes proezas.

Además, Joe el Pálido también sabía que había tomado una decisión: si mi padre no me mandaba buscar, yo viajaría a Estados Unidos para encontrarle. Aunque Jeremiah nos ofrecía noticias con regularidad y se quedaba de pie dándose importancia mientras la señora Mack leía las cartas en las que mi padre describía sus esfuerzos para comenzar de nuevo y me animaba a hacer caso a la señora Mack, siempre me preocupaba que no me lo estuvieran contando todo; si la nueva vida de mi padre iba mejorando como decían sus cartas, ¿por qué insistía en que me quedara aquí?

Más tarde Joe el Pálido también supo que yo amaba a Edward. De hecho, fue el primero en notarlo. Todavía recuerdo la noche de la exposición de 1861 en la Real Academia, cuando Edward me invitó a ver la inauguración de *La Belle,* tras lo cual me acerqué a la ventana de Joe el Pálido. Desde entonces, me ha sobrado el tiempo para reflexionar sobre las palabras de Joe el Pálido cuando le conté lo sucedido. «Estás enamorada —dijo— y es que el amor es exactamente así. Es quitarse una máscara, mostrar tu verdadero ser a otra persona y la aceptación forzosa, la espantosa conciencia de que quizás la otra persona no sienta nunca lo mismo».

Cuánto sabía Joe el Pálido sobre el amor, para un chico que rara vez salía de su cuarto. Su madre siempre le estaba animando a asistir a los bailes de sociedad a fin de conocer a jóvenes debutantes y en muchas ocasiones, cuando me despedía, él se vestía con un traje blanco y negro para esta cena o la otra. Solía pensar en él cuando me escabullía entre las callejuelas hacia Covent Garden, mi amigo elegante y pálido con su cojera y su buen corazón, que había crecido tanto en los cinco años desde que nos conocimos, y guapo; y nos imaginaba a los dos vistos desde lo alto, viviendo nuestras vidas paralelas en esta ciudad enorme.

Supongo que en uno de esos bailes Joe el Pálido habrá conocido a una mujer, una dama refinada de quien se habrá enamorado tanto como yo me enamoré de Edward, y tal vez no le correspondiera, pues aquella noche sus palabras fueron perfectas.

No tuvo ocasión de decirme quién fue la afortunada. La última vez que vi a Joe el Pálido los dos teníamos dieciocho años. Había ido a su ventana para decirle que iba a pasar el verano con Edward en Birchwood Manor. No le conté nada de mis planes posteriores; no me despedí de verdad. No pensé que fuera necesario, no entonces. Pensé que habría más tiempo. Supongo que las personas siempre pensamos eso.

Jack ha vuelto a la maltería y mi casa, tranquila una vez más, recupera el aliento tras un día de inusual actividad. Ha pasado muchísimo tiempo desde que alguien se aventurara en el escondite.

Está desanimado, pero no porque no haya encontrado la piedra. Tendrá que volver a llamar a Rosalind Wheeler, y no será una llamada placentera, porque ella no va a estar contenta. Pero para Jack buscar el Azul de los Radcliffe es solo un trabajo; no tiene ningún motivo personal salvo la curiosidad que le impulsa. Su estado de ánimo tiene que ver, no me cabe duda, con su cita con Sarah respecto a las dos niñas.

Me encantaría saber qué sucedió entre ambos. Me da algo en lo que pensar aparte de mis recuerdos y el interminable y confuso paso del tiempo.

Ha apartado las notas y el plano de la señora Wheeler y ha cogido la cámara. He notado que Jack sigue una pauta. Cuando algo le molesta, saca la cámara, mira por la lente y apunta a objetos —lo que sea, al parecer— toqueteando la apertura y el enfoque, alejando y acercando el zoom. A veces toma la foto; a menudo, no. Poco a poco recupera el equilibrio y guarda la cámara.

Hoy, sin embargo, no se aplaca fácilmente. Devuelve la cámara a su funda y se la echa al hombro. Tiene intención de salir a hacer más fotografías.

Voy a esperarle en mi rincón favorito al final de las escaleras. Me gusta mirar el Támesis entre los árboles, más allá del prado. El río ahí es tranquilo; solo lo cruzan las barcas del canal, que dejan a su paso una tenue columna de humo de carbón. A veces se oye un sedal de pesca al hundirse, un pato que se posa sobre el agua, las risas de verano cuando hace bastante calor para nadar.

Lo que dije antes no es del todo veraz, que jamás he logrado llegar al río. Hubo una ocasión, y sola una. No lo he mencionado porque todavía no soy capaz de explicarlo. Pero aquella tarde en que Ada Lovegrove cayó de la barca yo estaba ahí, en el río, viendo cómo se hundía hasta el fondo.

Edward decía que el río poseía una memoria primigenia de todo lo que había sucedido en su corriente. Se me ocurre que esta casa es igual en ese sentido. Recuerda, igual que yo. Lo recuerda todo.

Esas ideas me traen de vuelta a Leonard.

Había sido soldado, pero, cuando llegó a Birchwood Manor, era estudiante y trabajaba en una tesis sobre Edward, con los papeles esparcidos por el escritorio de la sala malva, abajo. Gracias a él aprendí mucho de lo sucedido tras la muerte de Fanny. Entre las notas de sus investigaciones había cartas y noticias de prensa y, al cabo de un tiempo, también informes policiales. Qué extraña sensación al leer el nombre Lily Millington entre los otros. Thurston Holmes, Felix y Adele Bernard, Frances Brown, Edward, Clare y Lucy Radcliffe.

Vi a los policías que llevaron a cabo la investigación sobre la muerte de Fanny. Miré mientras registraban las habitaciones, revolvían las ropas de Ada y raspaban las paredes del cuarto oscuro de Felix. Estuve ahí cuando el agente más bajo se guardó una fotografía de Clare en enaguas de encaje dentro del abrigo. Estuve ahí también cuando vaciaron el estudio de Edward, del que se llevaron todo lo que pudiera arrojar luz sobre mí...

Leonard tenía un perro que se quedaba dormido en el sillón mientras él trabajaba; era un animal enorme y peludo, de patas siempre embarradas y una expresión sufriente. Me gustan los animales: a menudo son conscientes de mi presencia aunque las personas no me perciban; me hacen sentir importante. Es asombroso qué importante se vuelve el más leve reconocimiento cuando una se ha acostumbrado a ser ignorada.

Leonard trajo un tocadiscos consigo y solía poner canciones a altas horas de la noche, y tenía una pipa de cristal en la mesilla, objeto que me resultaba familiar por las noches que pasó mi padre en ese antro chino en el Limehouse. De vez en cuando una mujer, Kitty, venía de visita y él escondía la pipa.

Lo miré muchas veces mientras dormía, al igual que miro a Jack ahora. Tenía costumbres de militar, como ese viejo mayor que era un conocido de la señora Mack y el Capitán, que podía soltar una paliza a una jovencita en cualquier lugar pero que no podía meterse en la cama sin pulir las botas y colocarlas con esmero para el día siguiente.

Leonard no era violento, pero sus pesadillas eran tenebrosas. Callado y educado, de día iba siempre como un pincel, pero sus noches se llenaban de los sueños más oscuros. Se sacudía en la cama y gemía y llamaba con una voz quebrada por el miedo. «Tom —decía—, Tommy».

Me preguntaba quién sería ese Tommy. Leonard gritaba su nombre como se grita el nombre de un niño perdido.

En esas noches en que se fumaba la pipa de cristal y se sumía en un sueño lánguido en el que Tommy no podía encontrarlo, me sentaba en el silencio de la casa a oscuras y pensaba en mi padre, en todo el tiempo que esperé su regreso.

Y cuando Leonard no usaba la pipa, me quedaba a su lado. Comprendo la desesperación; y así, en aquellas noches, me arrodillaba y le suspiraba al oído:

—Todo está bien. Duerme en paz. Tommy dice que está bien.

Tom... Tommy... Todavía oigo ese nombre cuando por la noche el viento sopla con fuerza río abajo y crujen los tablones del suelo.

CAPÍTULO TRECE

Verano, 1928

E ra el día más caluroso hasta el momento y Leonard, al despertarse, había decidido que iría a nadar. Por la mañana temprano solía dar un paseo por el camino de sirga y, a veces, de nuevo en esas tardes lentas en las que el calor parecía no acabarse nunca hasta que de repente desaparecía como una vela que se apaga.

Aquí el Támesis era muy distinto a ese tirano enlodado que avanzaba furioso a través de Londres. Era agraciado, ligero y sorprendentemente desenfadado. Saltaba sobre las piedras y rozaba las riberas con un agua tan cristalina que se veían los juncos que se mecían en su estrecho cauce. El río aquí era mujer, había decidido. A pesar de esa soleada transparencia, en ciertos lugares se volvía de repente insondable.

Un periodo monótono que se extendió hasta junio le había ofrecido la ocasión de explorar y Leonard había descubierto un recodo especialmente acogedor corriente arriba, antes de llegar al puente Halfpenny en Lechlade. Una pandilla de niños desaliñados había acampado en un prado un poco más allá, pero un sotobosque de abedules protegía la intimidad del recodo.

Ahora, sentado con la espalda apoyada en el tronco de un sauce, deseó haber terminado las reparaciones que quería hacer en esa vieja barca de madera que había encontrado en el granero. Era un día de una inmovilidad perfecta y a Leonard no se le ocurría nada más placentero que tumbarse en esa barca y dejarse arrastrar por la corriente.

A lo lejos, un niño de unos once años, de piernas largas y flacuchas y rodillas huesudas, salió corriendo de debajo de la sombra de un árbol hacia el tronco de otro. Se lanzó por el claro soleado girando el brazo como un molino de viento, solo porque era divertido, con una amplia sonrisa.

Durante una fracción de segundo, Leonard pudo recordar la alegría de ser joven y rápido y libre. «¡Ven a correr conmigo, Lenny, corre!». Todavía lo oía a veces cuando el viento soplaba de cierta manera o un pájaro cruzaba el cielo. «Ven a correr conmigo, Lenny».

El muchacho no había visto a Leonard. Él y sus amigos tenían una misión, recoger palos del tamaño de una espada, que entregaban a un chaval junto a la tienda de campaña, quien inspeccionaba las ofrendas y aceptaba unas y rechazaba otras con una negación de la cabeza. Para la mirada adulta de Leonard, ese muchacho no tenía nada que lo distinguiera como líder. Era, tal vez, un poco más alto que los otros, un poco mayor, pero los niños tenían la capacidad instintiva de reconocer el poder.

Leonard se llevaba bien con los niños. Con ellos no existían esas duplicidades de las que se servían los adultos. Decían lo que pensaban y describían lo que veían y, cuando no estaban de acuerdo, se peleaban y luego hacían las paces. Así habían sido Leonard y Tom.

Una pelota de tenis surgió sin previo aviso, cayó con un ruido sordo y salió rodando por la hierba hacia la orilla del río. Perro salió corriendo en su busca y la llevó a los pies de su amo. Leonard aceptó la ofrenda empapada, la sopesó un momento en la mano y la arrojó en la dirección de la que había venido.

Ahora el sol brillaba con cierta calidez. Se quitó la camiseta y los pantalones y, con tan solo el traje de baño, se acercó al borde del agua. Metió un dedo del pie en el agua cuando una familia de patos pasó a su lado.

Sin darse tiempo para cambiar de idea, Leonard se sumergió bajo la superficie.

El frío matinal del agua le tensó la piel. Mantuvo los ojos abiertos al bucear cada vez más y más hondo y estiró las manos cuando llegó al fondo para agarrar el suelo cenagoso. Aguantó y comenzó a contar. Tom le sonrió entre los juncales escurridizos.

Leonard no recordaba un tiempo anterior a Tom. Solo les habían separado trece meses. Su madre había perdido una criatura antes del nacimiento de Leonard, una niña llamada June que contrajo la escarlatina a los dos años, y no estaba dispuesta a correr riesgos. Una tarde, a la hora del té, le había oído a su madre confesar a su tía que habría tenido diez hijos de no ser por los «problemas de mujer» que se lo habían impedido.

—Tienes un heredero y un repuesto —había respondido la tía con su pragmatismo habitual—. Mejor que nada.

A Leonard le había dado que pensar a lo largo de los años y se preguntaba si él sería el «dedero» y si eso sería bueno o malo. Su madre siempre odió que el viento soplara por la noche y sacudiera las ventanas.

Tom era el pequeño, pero había sido más atlético. Cuando cumplieron cinco y cuatro años, Tom ya era el más alto de los dos. Era también más corpulento, de hombros fuertes —como un nadador, solía decir su padre con orgullo masculino— y una personalidad encantadora, franco y abierto, que le hacía popular. Leonard, por el contrario, era más introvertido. A su madre le gustaba decirles que sus personalidades se habían hecho notar desde que los acunó en brazos por primera vez.

—Tú apretaste los brazos y las piernas contra tu cuerpo y hundiste la barbilla en el pecho como si trataras de escapar del mundo. Y Tom... Él apretó los puños, alzó el mentón y estiró el labio inferior, como si dijera: «Ven a por mí si te atreves».

A Leonard le dolieron los pulmones, pero permaneció debajo del agua. Se encaró con la mirada burlona de su hermano mientras un banco de peces pequeños nadaba entre ellos. Siguió contando.

A las mujeres les gustaba Tom; siempre había sido así. Era apuesto —incluso Leonard lo reconocía—, pero no era solo eso. Tenía algo. Era divertido y generoso y, cuando se reía, era como si el cielo se abriera y el sol te iluminara la piel. Leonard, a quien le sobró tiempo para reflexionar sobre ello, había decidido que era la sinceridad innata de Tom lo que atraía a la gente. Incluso cuando se enfadaba o se volvía amenazante, la autenticidad de su emoción conmovía a los demás.

Leonard sintió el martilleo ardiente del pulso contra las orejas. Se había extendido por todo el cráneo y ya no podía soportarlo más. Se impulsó desde el fondo y salió disparado por el agua hacia el día reluciente y jadeó bruscamente al salir del agua. Entrecerró los ojos mientras el mundo se volvía blanco por momentos y flotó sobre la espalda para recuperar el aliento.

Flotó con los brazos y las piernas estirados y le gustó sentir el calor del sol en el vientre. Noventa y tres segundos. Todavía estaba lejos de la mejor marca de Tom, lograda en el verano de 1913, pero lo volvería a intentar al día siguiente. Una alondra cantaba cerca y Leonard cerró los ojos. El agua lo mecía con delicadeza. Los muchachos gritaban a lo lejos con la alegría del verano.

Leonard nadó despacio de vuelta a la orilla. Era un día más, igual que el anterior.

Hora pars vitae. Su profesor de latín le había hecho escribirlo en versos. *Todas las horas son parte de la vida.*

Serius est quam cogitas, leyó en un reloj de sol en Francia. Una modesta construcción en el jardín de una pequeña iglesia donde la unidad de Leonard se había dejado caer, agotada, durante una retirada. *Es más tarde de lo que piensas.*

—Vamos, Perro. —El sabueso se puso en pie de un salto y Leonard observó de nuevo el maravilloso don para el optimismo del animal. Se había presentado la primera noche de Leonard en Birchwood Manor, casi hacía un mes, y se habían adoptado el uno al otro por mutuo acuerdo. Era difícil saber su raza: era grande, marrón, con una cola poderosa y peluda que se movía por su cuenta.

Caminaron de vuelta a la casa, la camisa mojada de Leonard pegada contra la piel. Un par de cometas de cola roja flotaban en el aire, como por acto de magia, sobre un trigal y a Leonard de repente le asaltó un recuerdo. Una enorme mansión en ruinas donde se habían alojado una noche en Francia, con un lateral derruido y el otro intacto. Había un reloj en el pasillo blanco y negro, un reloj de pie cuyo tictac se volvía más ruidoso de noche, en una cuenta atrás que nunca supo cuándo acabaría; no parecía tener final.

Uno de los hombres había encontrado un violín en la planta de arriba, en una habitación polvorienta llena de libros y de divertimentos de tiempos de paz, lo llevó al jardín y comenzó a tocar una pieza inquietante que a Leonard le sonó vagamente conocida. Las guerras tenían un carácter surrealista, llenas de eventos espantosos a los que resultaba imposible acostumbrarse, aunque lo más espantoso era que uno se habituaba. Un día tras otro de disonancias, mientras la vieja realidad y la nueva se hacían sitio y los hombres que hacía unos meses eran impresores, zapateros y oficinistas se encontraban cargando munición y esquivando ratas en trincheras anegadas.

Para Leonard no había habido ironía mayor en esos cuatro años que aquella tarde que pasaron escuchando la música de un violín en un jardín soleado mientras, a menos de una milla de distancia, explotaban los obuses y los hombres morían. Habían visto halcones trazar círculos en el cielo distante: halcones peregrinos, que sobrevolaban la acción. No les conmovía lo que sucedía en los campos de abajo. El barro y la sangre y la matanza, las pérdidas sin sentido. Tenían la memoria anciana de las aves; ya lo habían visto todo antes.

Ahora los seres humanos también podían mirar atrás en el tiempo. Solo habían necesitado una guerra.

Otra ironía: la fotografía aérea ideada para ayudar a los bombarderos a causar la mayor destrucción posible ahora servía a los cartógrafos para revelar la maravillosa preservación geográfica de la tierra.

Las guerras, al parecer, eran útiles. Anthony Baxtor, viejo amigo de Leonard, se lo había dicho mientras tomaban una cerveza unos meses atrás. La necesidad era la madre de todas las invenciones, le había dicho, y nada era tan necesario como sobrevivir. Anthony trabajaba en la manufacturación... Un material nuevo que reemplazaría al cristal. Se podía ganar mucho dinero, había continuado, las mejillas ruborizadas por la cerveza y la avaricia, si uno se atrevía a pensar de forma creativa.

Leonard despreciaba el dinero. Es decir, despreciaba el esfuerzo por poseerlo. En su opinión, lo único bueno que se podía sacar de la guerra era comprender qué poco necesita un hombre para sobrevivir. Qué poco importaba el resto. Todos esos relojes de pie abandonados; la gente cerró las puertas de las mansiones y salió huyendo con sus familias en busca de un lugar seguro. Lo único real, ahora lo sabía, era la tierra que pisaba. La tierra, el mundo natural, del que se podía obtener todo lo necesario, y que conservaba las huellas de todos los hombres, mujeres y niños.

Antes de venir a Birchwood Manor, Leonard había comprado un par de mapas topográficos en la librería Stanfords en Long Acre, que abarcaban Oxfordshire, Wiltshire y Berkshire. Se podían ver las calzadas romanas grabadas en la tierra caliza por las pisadas de miles de años de antigüedad, los círculos en los cultivos de los cercados abandonados, los rastros paralelos que dejaron los arados medievales. Aún más atrás en el tiempo, se veían las redes de las fosas mortuorias neolíticas, que databan de la última glaciación.

La tierra era el museo definitivo, que preservaba y mostraba la crónica del tiempo, que en esta zona, el Ridgeway —la tiza de la llanura de Salisbury, el Gigante de Cerne Abbas, el Caballo Blanco de Uffington—, era muy visible. La tiza resistía mejor el paso del tiempo que la arcilla; tenía mejor memoria. Leonard conocía bien la tiza. En Francia una de sus labores había sido cavar túneles bajo el campo de batalla; en Larkhill, en el condado de Wiltshire, había aprendido a construir puestos de escucha y pasar horas con un estetoscopio contra el frío de la tierra. Y luego, junto a unos neozelandeses, había cavado uno de verdad bajo la ciudad de Arras. Semanas enteras a oscuras, a la luz de las velas, un cubo que hacía las veces de brasero en los días más fríos del invierno.

Leonard conocía bien la tiza.

Gran Bretaña era una isla antigua, un lugar de fantasmas, y en cada acre se escondía un legado, aunque esta parte era especialmente rica. En la misma franja de tierra había varias capas de asentamientos humanos: prehistóricos, de la Edad de Hierro, medievales y, ahora, prácticas para los túneles de la Gran Guerra. El Támesis serpenteaba por la mitad del mapa, apenas un arroyo en los Cotswolds que se ensanchaba a medida que iba avanzando. Enclavado en la bifurcación con un pequeño afluente, se encontraba el pueblo de Birchwood. No muy lejos de allí, en una cresta, había un sendero, más recto de los que suele dibujar la naturaleza, una línea ley. Leonard había leído a Alfred Watkins y la crónica que William Henry Black ofreció a la Asociación Arqueológica Británica en Hereford, en la que conjeturaba que esas «grandes líneas geométricas» vinculaban los monumentos neolíticos por toda Gran Bretaña y Europa occidental. Eran los viejos caminos, forjados hacía miles de años, mágicos, poderosos, sagrados.

Ese pasado, misterioso y místico, era lo que había atraído a Edward Radcliffe y los demás a esta zona aquel verano de 1862. También había motivado, en parte, la compra inicial de la casa por parte de Radcliffe. Leonard había leído el manifiesto muchas veces y también las cartas que Radcliffe envió a Thurston Holmes, amigo y artista. A diferencia de Radcliffe, caído en una relativa oscuridad tras la muerte de su prometida, cuyo recuerdo solo persistía en un grupo de entusiastas, Holmes había seguido pintando y disfrutando de la vida en sociedad hasta bien entrados los setenta. Había muerto hacía poco y dejó su correspondencia y sus diarios para la posteridad, y Leonard había realizado varios viajes a la Universidad de York, donde pasó semanas buscando en ellos algo que arrojara una nueva luz sobre el vínculo de Edward Radcliffe con la casa de Birchwood.

En una carta de enero de 1861, Radcliffe había escrito:

He comprado una casa. Una casa bastante bonita, que, sin ser majestuosa, es de proporciones elegantes. Igual que un pájaro humilde y digno, se posa en su recodo del río, a orillas de una aldea pequeña pero de organización intachable. Y, Thurston, hay más. No te lo voy a contar aquí, por escrito, sino cuando volvamos a vernos, y me contentaré con decir que, dentro de la casa, hay algo más que me atrae, algo viejo y esencial y no enteramente de este mundo. Me ha llamado durante mucho tiempo, pues mi nueva casa y yo no somos desconocidos el uno para el otro.

Radcliffe no se había explayado y, si bien Leonard sabía gracias a sus investigaciones que había vivido en esa zona durante su infancia, era un misterio qué le había llevado a la casa y cuándo. En un par de ocasiones, Radcliffe había realizado veladas alusiones a una experiencia de infancia que le cambió la vida y le obsesionó, pero Leonard no había sido capaz de averiguar el verdadero motivo. Fuera lo que fuera, algo había ocurrido; Radcliffe no estaba dispuesto a hablar de ello, pero ese suceso había sido de crucial importancia para explicar su obsesión con Birchwood Manor y por qué la compró. En diciembre de 1860, había vendido todos los cuadros que tenía y llegó a un acuerdo con un benefactor: ofreció seis cuadros a cambio de las doscientas libras que necesitaba. Armado con la suma necesaria, había firmado el contrato y, por fin, Birchwood Manor y sus alrededores le pertenecieron.

Perro soltó un ladrido de entusiasmo y Leonard siguió su mirada. Esperaba ver una bandada de patos o gansos, pero vio una pareja, un hombre y una mujer, que caminaba hacia ellos. Amantes, era evidente.

Mientras Leonard observaba, el hombre se rio de algo que había dicho la mujer; ese ruido alegre eclipsó los otros sonidos de la mañana y se ganó un codazo a las costillas.

La mujer estaba sonriendo y Leonard también sonrió, un poco, al observarlos. Eran dos criaturas brillantes, intactas, de siluetas nítidas. Caminaban como si tuvieran todo el derecho a estar en el mundo; como si no dudaran ni un segundo que debían estar aquí en este preciso instante.

Por contraste, Leonard se sabía frágil y transparente y sus carencias le volvieron tímido. No sabía si podría hacer frente a un alegre «¡Buenos días!»; no estaba seguro de si encontraría las palabras o si bastaría con un simple gesto de la cabeza. Nunca se había sentido cómodo en los intercambios de sociedad, incluso antes de la guerra que le había dejado vacío.

Había un palo en el suelo, un estupendo pedazo de madera clara, y Leonard lo cogió y lo sopesó en una mano.

—Eh, Perro, vamos, cógelo.

Leonard arrojó el palo al otro lado del prado y Perro salió encantado en su busca, el hombre y la mujer ya olvidados.

Dando la espalda al río, Leonard lo siguió. Los picos de los dos tejados de Birchwood Manor se veían por encima de los sauces que bordeaban el arroyo Hafodsted y Leonard notó que una de las ventanas de la buhardilla reflejaba la luz del sol y los paneles de cristal parecían arder.

Cuando fue a Oxford a los dieciocho años, Leonard no había imaginado ni por un segundo que acabaría centrando su investigación en Radcliffe y una casa de cuatrocientos años en un tranquilo rincón del campo. Pero cuántas cosas habían ocurrido durante esos quince años que desafiaban los límites de la imaginación del joven

Leonard. A decir verdad, en 1913 no había imaginado gran cosa respecto a sus estudios académicos. Había ido a Oxford porque era un muchacho inteligente de una determinada clase social; había sido así de sencillo. Había escogido Historia en el Christ Church College porque le gustaba el césped y ese enorme edificio de piedra que daba a la pradera. En una clase introductoria del primer curso conoció al profesor Harris y descubrió el arte moderno.

Esa elección aleatoria se transformó súbitamente en una pasión. Le habían entusiasmado el valor y el efecto del *Desnudo bajando una escalera nº. 2* de Marcel Duchamp, la confrontación explosiva de *Las señoritas de Aviñón* de Picasso; había leído a Marinetti hasta bien entrada la noche y había viajado a Londres para ver la exposición de Umberto Boccioni en la galería Doré. La ironía del arte encontrado, la rueda de bicicleta sobre un taburete de Duchamp, fue una revelación que infundió un nuevo optimismo a Leonard. Deseaba la innovación, veneraba la velocidad y la invención, acogía las nuevas ideas sobre el espacio y el tiempo y sus representaciones; se sentía en lo alto de una ola gigantesca que le llevaba hacia el futuro.

Pero llegó 1914 y una noche su hermano vino a visitarlo a la facultad. Tenían planes para cenar en el pueblo, pero Tom sugirió que primero dieran un paseo por la pradera. Era verano y hacía calor, la luz persistía y Tom se puso nostálgico. Habló atropelladamente del pasado, de su infancia, así que Leonard supo enseguida que algo pasaba. Entonces, al sentarse a la mesa del restaurante:

—Me he alistado.

Con esas tres palabras, la guerra que se había venido gestando en los titulares de los periódicos de repente apareció en la sala, junto a ellos.

Leonard no había querido ir. A diferencia de Tom, no le atraía la aventura; no las de ese tipo. Le había costado sentir incluso un atisbo de deber. ¿A él qué más le daba si un loco de gatillo fácil de Sarajevo detestaba a un archiduque austríaco con sombrero de plumas? Leonard se había resistido a decírselo a nadie, y menos aún a su madre y a su padre, que estaban orgullosos hasta las lágrimas del nuevo uniforme de Tom, pero no dejaba de pensar que era un enorme contratiempo que la guerra estallara justo cuando había descubierto su pasión.

Pero.

Pensó.

¿Cuánto tiempo podría durar?

Sería una breve interrupción, una nueva experiencia que solo le ayudaría a percibir el mundo desde diferentes puntos de vista; sería capaz de estudiar la mecanización y la modernidad de cerca.

No tenía sentido pensar en el cómo y los porqués. Tom iba a ir a Francia y Leonard también.

Cinco años más tarde regresó a un país y a un mundo que ya no conocía.

CAPÍTULO CATORCE

Londres, después de la guerra, lo había conmocionado. La historia fue la última en reír y Leonard tuvo que hacer frente al cambio y al progreso en una escala que no se esperaba. No afectaban solo al mundo, sino también a la gente que lo habitaba. Le rodeaban personas que no reconocía, todas dispuestas a bailar y celebrar, a reír como locos, a soltarse el pelo y desprenderse de los viejos modales y todo lo que les atara al pasado y al largo dolor de la guerra.

Leonard alquiló una habitación en la planta superior de un edificio, cerca de Holloway Road. Había un cerdo en el pequeño patio trasero y por debajo, en las entrañas de la tierra, pasaba un túnel de metro. Se había fijado en el cerdo al hacer la inspección, pero solo supo lo de los trenes tras haber pagado el primer mes, sentado con un vaso de cerveza y un cigarrillo en el pequeño escritorio de madera junto a la cama. Era justo al atardecer —siempre un momento desasosegante para Leonard, cuando ni siquiera en la luz podía confiar— y había pensado que era un bombardeo, que había habido un terrible error y que la guerra aún no había terminado; sin embargo, solo era el tren. Aterrorizado, había derribado la cerveza y se ganó un fuerte golpe de cepillo contra el suelo de la mujer que vivía debajo.

Leonard había tratado de avanzar con los tiempos, pero, en lugar de ser libre como el viento, había descubierto que no tenía raíces. Todo el mundo bebía en exceso, pero, si a los otros les hacía felices, a Leonard le volvía taciturno. Si le invitaban a salir por la noche, llegaba con las mejores intenciones: se ponía un traje nuevo y se pedía a sí mismo estar de buen humor, escuchar y asentir, incluso sonreír a veces. Sin embargo, irremediablemente, en algún momento de la noche, tras permitir que le incluyeran en una conversación, Leonard se oía hablar de los amigos que había perdido, de cómo regresaban a él en medio de la noche o ante el espejo, mientras se afeitaba, a veces incluso en la calle, en la media luz del atardecer, cuando oía las pisadas de sus botas detrás de él.

En el bullicio del club, las personas sentadas a su mesa se le quedaban mirando con recelo cuando se ponía a hablar así y le daban la espalda, su sensibilidad herida, como si no comprendieran que se hubiera propuesto aguarles la fiesta. Incluso cuando no hablaba de sus amigos perdidos, Leonard carecía de chispa para la conversación despreocupada. Era demasiado serio. Demasiado directo. El mundo era una pompa de jabón, fina y resplandeciente, y todo el mundo había descubierto la manera de entrar. Sin embargo, Leonard pesaba demasiado para esa pompa. Era un hombre ajeno a su tiempo; era demasiado mayor para ser uno de esos jóvenes llenos de vida y demasiado joven para encajar entre los borrachos desesperados que se amontonaban junto al río. No se sentía unido a nada ni a nadie.

Una tarde, en el puente de Charing Cross, bajo el que pasaban barcos y personas, se encontró por casualidad con su viejo profesor, que iba de camino a la National Gallery. El profesor Harris había invitado a Leonard a acompañarlo y le había hablado en tono amistoso sobre la vida y el arte y los viejos conocidos de ambos, mientras Leonard escuchaba y asentía, contemplando en su mente esas anécdotas como si fueran reliquias de escaso valor. Cuando doblaron la esquina de las salas del Renacimiento y el profesor sugirió que Leonard considerara retomar sus estudios, esas palabras sonaron como un idioma extranjero. Incluso si Leonard hubiera sido capaz de volver a la desconcertante belleza de los edificios de Oxford, las vanguardias estaban muertas: a Boccioni lo habían asesinado en 1916 y la crítica francesa abogaba ahora por un «regreso al orden». La jovialidad y vitalidad del movimiento se habían disuelto en el aire igual que las de Leonard y yacían sepultadas bajo el fango y los huesos.

A pesar de todo, algo tenía que hacer. En Londres todo era demasiado rápido y demasiado ruidoso y Leonard comenzó a sentir la creciente necesidad de escapar. Notó que aumentaba igual que la presión antes de la tormenta: los tímpanos le dolían; las piernas no se estaban quietas. Se despertaba por la noche sudoroso cuando los trenes estremecían la cama y la mujer delgada y maquillada de la habitación de abajo cerraba de un portazo tras echar a un cliente pendenciero. Las alas negras del pánico le rodearon la garganta y rezó para que apretaran con fuerza y terminaran el trabajo. Se descubrió a sí mismo recorriendo en su imaginación los caminos de su infancia una vez más, los caminos que había recorrido junto a Tom, sobre el muro de ladrillo al fondo del jardín, entre los arbustos, a lo largo del sendero que acababa en ninguna parte al cruzar el prado hacia el bosque. «Ven a correr conmigo, Lenny». Lo oía más a menudo, pero, al girarse, solo veía hombres envejecidos en los bares y jóvenes en las esquinas de las calles y gatos flacos y hostiles que le seguían con ojos de cristal.

Sin esperar a que el arrendamiento tocara a su fin, dejó dos meses de alquiler en la jarra del escritorio y abandonó la habitación para irse de Londres en uno de esos trenes que traqueteaban ante las pequeñas ventanas y las vidas de otras personas. La casa de su familia era más pequeña de lo que recordaba, más destartalada, pero el olor era el mismo y eso le agradó. Su madre volvió a abrir su cuarto de niño, pero ni siquiera tocó la cama vacía en la pared de enfrente. De los rincones colgaban conversaciones sin fin, inaudibles durante el día pero ensordecedoras de noche, y Leonard a veces se incorporaba y encendía la lámpara, seguro de ver a su hermano sonriéndole desde la otra cama. Oía los muelles del colchón que crujían en la oscuridad mientras los recuerdos de su hermano se transformaban al soñar.

Sus viejos juguetes y libros seguían en la estantería: los soldados de madera, la peonza, la caja desgastada del juego de mesa Serpientes y Escaleras; y Leonard releyó *La máquina del tiempo*, de H. G. Wells. Había sido su relato favorito a los trece años; el de Tom, también. Por aquel entonces soñaban sin parar con el futuro y ambos fantaseaban con saltar a través del tiempo para ver las maravillas que ocultaba el porvenir. Ahora, sin embargo, Leonard se descubría a sí mismo siempre mirando al pasado. A veces se quedaba sentado con el libro en las manos, maravillado ante su solidez y su forma. Qué objeto tan digno era un libro, casi noble en su propósito.

Algunas noches sacaba el juego de Serpientes y Escaleras. Siempre habían jugado con las mismas fichas. Leonard había encontrado su piedra gris, de una redondez impecable, cuando su madre y su padre los llevaron a la costa en Salcombe; a Tom le dio su moneda de plata un anciano a quien había ayudado a levantarse tras caerse en la calle. Habían usado siempre sus fichas de la suerte con celo religioso y ambos insistían en que la suya era la mejor, aunque Leonard recordaba sentir envidia de la de Tom, que ganaba nueve de cada diez partidas. Tom siempre había sido el más afortunado de los dos. Excepto, por supuesto, la única vez que de verdad había importado.

Un día, a principios de 1924, las piernas de Leonard no podían quedarse quietas. Guardó un poco de agua en el petate y salió a dar un paseo, como hacía a menudo, pero cuando comenzó a oscurecer, no giró para volver a casa; siguió caminando. No sabía adónde iba y no le importaba. Al cabo de un tiempo se quedó dormido en pleno campo, bajo la media luna en un cielo sin nubes. Y cuando le despertó una alondra al amanecer, recogió sus cosas y volvió a caminar. Recorrió Dorset de un lado a otro y llegó a Devon, tras encontrar y seguir los senderos de Dartmoor, en comunión con los espíritus del lugar. Comenzó a notar cuántos tonos diferentes de verde existían, en las capas de follaje sobre su cabeza, en las hebras de hierba que se volvían más blanquecinas al acercarse a la tierra.

Le creció la barba y se le bronceó la piel. Le salieron ampollas en los talones y se le curtieron los dedos, así que sus pies eran ya los de otro hombre, un hombre al que prefería. Se volvió un experto en escoger buenos palos con los que caminar. Aprendió a hacer hogueras y se le formaron callos en los dedos. Trabajó donde le ofrecieron trabajo: chapuzas que no le exigían ningún compromiso y en las que no entablaba amistades y, cuando acababa la tarea, aceptaba el exiguo salario y volvía a ponerse a caminar. A veces se encontraba con alguien, algún desconocido que seguía el mismo camino, e intercambiaban un gesto o incluso un saludo. En raras ocasiones hablaba con un viajero en la taberna de un pueblo y el sonido de su propia voz le sorprendía.

En una de esas tabernas vio la primera fotografía de Inglaterra tomada desde el aire. Un sábado a la hora de comer, cuando el local estaba a rebosar, vio a un hombre sentado a solas a una mesa de madera, una bicicleta negra y polvorienta a su lado, el gorro de ciclista aún puesto. Estaba ensimismado ante una enorme fotografía mientras tomaba notas y no había notado que Leonard lo observaba. Frunció el ceño al advertirlo y, por instinto, cubrió su obra con el brazo y dio la impresión de estar a punto de reprender a Leonard, pero su gesto cambió y Leonard supo que lo había reconocido. En realidad, no se conocían; no habían coincidido hasta ahora. Pero todos ellos acababan marcados donde habían estado, tras todo lo que habían visto y hecho.

El hombre se llamaba Crawford y había servido en el Real Cuerpo Aéreo. A continuación, había trabajado para el Servicio de Cartografía y ahora se dedicaba a viajar por los condados de Wiltshire y Dorset, a fin de señalar la ubicación de los yacimientos arqueológicos; ya había identificado varios desconocidos hasta la fecha. Leonard siempre había preferido escuchar antes que hablar y las palabras de Crawford le resultaron reconfortantes. Le confirmaron unas cuantas nociones vagas e infundadas que había sentido acerca del tiempo y su maleabilidad. Las fotografías de Crawford armonizaban tiempo y espacio en una sola imagen, en la que el pasado coexistía con el presente; y Leonard comprendió que se sentía más unido a los pueblos antiguos que habían recorrido los mismos caminos sobre la tierra que a la juventud brillante y bailarina de las noches de Londres. Al caminar era consciente de su sentido de pertenencia; de una manera esencial se sabía parte de la tierra y, con cada paso, se volvía más sólido. *Pertenencia*. La palabra se quedó incrustada en su mente y cuando reanudó sus viajes aquella tarde, descubrió que sus pies se movían al compás de esas sílabas.

Ese mismo día, mientras Leonard decidía dónde pasar la noche, le vino una idea a la cabeza, un recuerdo distante de su primer curso de Historia en Oxford: un ensayo que había leído acerca de un movimiento victoriano del que formaba parte un artista llamado Edward Radcliffe. Aunque no eran pocos los artistas de la Hermandad Magenta, Radcliffe le había resultado memorable por su trágica historia: el asesinato de su joven prometida y su posterior caída en la decadencia. Aun así, el grupo no había sido del interés de Leonard: le aburrían los victorianos. Le contrariaban sus certezas y despreciaba su rancia ropa de encaje negro y sus pasillos atestados. Como todos los vanguardistas, como todos los niños, había procurado definirse a sí mismo rebelándose contra la granítica grandeza del sistema.

Sin embargo, la Introducción a la Historia del Arte del profesor Harris había sido exhaustiva y tuvo que leer el ensayo. En cierto momento hacía referencia a un manifiesto firmado en 1861 por Edward Radcliffe, que tituló «El arte de la pertenencia», en el cual el artista se mostraba exultante por la conexión que percibía entre los seres humanos y los lugares, entre los lugares y el arte. «La tierra no olvida —recordó haber leído Leonard—. Todo lugar es un umbral por donde atravesamos el tiempo». El ensayo mencionaba una casa en concreto que había obsesionado al artista, en la cual creía haber encontrado su verdadera pertenencia. A sus dieciocho años, a Leonard le habían aburrido las reflexiones de Radcliffe sobre el lugar, el pasado y la pertenencia, que le parecieron superfluas. Ahora, sin embargo, una década más tarde, no lograba dejar de pensar en esas palabras.

Cuando al fin Leonard volvió a la casa de sus padres, era más delgado y tenía el pelo más largo que antes; la piel se le había curtido y su ropa se había desgastado. Esperaba que su madre retrocediera o soltara un aullido de pavor al verlo tan estropeado y que le mandara a tomar un baño. No hizo nada por el estilo. Le abrió la puerta y, tras un breve momento de sorpresa, dejó caer la servilleta y lo abrazó con tanta fuerza que Leonard pensó que le iba a romper las costillas.

Le hizo entrar sin decir palabra, le llevó al sillón de su padre y le trajo un cubo de agua caliente con jabón. Le quitó las botas viejas y los calcetines que se le habían amoldado a la piel y comenzó a lavarle los pies. Leonard no recordaba que su madre hubiera hecho algo así antes, no desde que era un niño muy pequeño, y vio unas lágrimas silenciosas aparecer en las mejillas de ella. Su madre inclinó la cabeza y Leonard notó, como si fuera la primera vez, el pelo cano, la textura cambiada. Por encima del hombro de su madre, sobre la mesa con mantel de encaje, vio una colección de fotografías de la familia. Tom y Leonard con sus elegantes uniformes del ejército, de niños con pantalones cortos y gorras, de bebés con gorritos a ganchillo. Cuántos atuendos a lo largo del tiempo. El agua estaba tan cálida, la generosidad fue tan pura e inesperada y Leonard estaba tan desacostumbrado a ambas cosas, que comprendió que él también estaba llorando.

Tomaron una taza de té juntos y su madre le preguntó a qué se había dedicado estos meses.

—A caminar —dijo Leonard.

—A caminar —repitió ella—. ¿Y lo pasaste bien?

Leonard le dijo que sí.

—Recibí una visita el otro día. Alguien que te conocía —añadió ella, un poco nerviosa.

Resultó que el profesor de Leonard le había buscado mediante el registro de la universidad. El profesor Harris había presentado uno de los ensayos de Leonard a una competición universitaria y le habían concedido una pequeña suma, lo suficiente para comprar unas botas y un par de mapas en Stanfords. Con las sobras se compró un billete de tren. Leonard había llegado a sentir un vínculo con Radcliffe durante sus andanzas y se dirigió a York para leer los documentos de Thurston Holmes. Le parecía que algo debía de haberle sucedido para que un joven —de apenas veinte años entonces— escribiera con tal entusiasmo acerca de la pertenencia a un lugar, para que sintiera semejante pasión por una casa. Sin duda, solo alguien que se considerara un inadaptado pensaría de esa manera.

No había tenido demasiada suerte. El archivo de Holmes contenía muchas cartas de Radcliffe, pero ninguna del periodo que interesaba a Leonard. Era sumamente frustrante, aunque también curioso. A lo largo de 1859, 1860 y 1861, Radcliffe y Holmes se habían escrito con frecuencia y sus cartas, largas y coloquiales, dejaban bien claro que se veían a menudo y que cada uno estimulaba el pensamiento y el arte del otro. Sin embargo, Radcliffe se mostró reticente a escribir más acerca de la casa y en enero de 1862, tras una carta breve y cortante en la que pedía que le devolviera el juego de pintura que le había prestado, al parecer solo mantuvieron una correspondencia escasa y superficial.

Por supuesto, era posible que no existiera ningún misterio: quizás se habían distanciado o quizás aquel invierno las cartas más sustanciosas se hubieran perdido en un incendio, un error en el archivo o una limpieza a fondo en exceso febril. No había manera de saberlo y Leonard no pasó mucho tiempo buscando el motivo. En cualquier caso, era evidente que a mediados de 1862 habían estado lo suficientemente unidos para pasar un verano juntos con los otros miembros de la Hermandad Magenta —Felix y Adele Bernard— y la hermana de Edward, Clare, modelo de Thurston Holmes, en la casa de Edward Radcliffe en Birchwood.

Y aunque Leonard no había encontrado lo que buscaba, tampoco se fue de los archivos con las manos vacías. Había descubierto un umbral y al otro lado había un grupo de jóvenes que habían vuelto de un pasado de más de medio siglo para llevar a Leonard junto a ellos.

Lo que más llamaba la atención de esas cartas era el vívido carisma de Edward Radcliffe. Saltaban a la vista su energía y su franqueza, su disposición a experimentar la vida y todo lo que ofrecía, su arte integrador, su facilidad para crecer, cambiar y captar experiencias. Cada frase de cada carta estaba llena de juventud, posibilidades y sensualidad y Leonard era capaz de ver el estado de gozosa desnudez doméstica en la que vivía Radcliffe, su posición al borde de la pobreza artística, como si estuviera ahí mismo. Comprendió su intimidad y su buena vida, la camaradería que a otros les resultaba tan aristocrática como fascinante; fueron una hermandad de verdad. Para Leonard así había sido su relación con Tom, casi patrimonial, como si estuvieran hechos de la misma pasta y, por lo tanto, fueran la misma persona. Les permitía pelear y revolcarse y después reírse mientras yacían jadeantes en el suelo, para que uno de los dos girara y aplastara un mosquito en la pierna del otro, como si fuera la suya. Leonard percibía, además, cómo a ellos, igual que a los hermanos, les había estimulado la competición y cada uno trabajaba febrilmente para crear obras que dejaran una huella imborrable en el sistema. Se esforzaban en ganarse los elogios de John Ruskin, una crítica entusiasta de Charles Dickens, el mecenazgo de un caballero de posibles.

Era embriagador y, al leer las cartas de los jóvenes, el gozoso florecimiento creativo y sus tentativas para expresar con palabras sus ideas e intuiciones parecieron reanimar una parte olvidada de Leonard. Tras marcharse de la biblioteca de York, siguió leyendo, caminando y pensando, preguntándose sobre la finalidad del arte, la importancia del lugar, la fluidez del tiempo; y Edward Radcliffe se deslizó en lo más hondo de su conciencia, así que un día se descubrió a sí mismo de vuelta en la universidad, llamando a la puerta del profesor Harris.

El granero que había junto a la casa apareció a la vista y Perro salió corriendo por en medio del agua fresca del arroyo Hafodsted, ilusionado por el desayuno que imaginaba que le esperaba al llegar a casa. Para ser un intruso, tenía mucha fe en la bondad de los desconocidos. Aunque, a decir verdad, ya no eran desconocidos.

La camisa de Leonard ya estaba casi seca al salir del campo soleado y llegar al tronco caído. Atravesó la hierba para alcanzar el polvoriento camino de carruajes que se extendía a lo largo del muro de piedra que rodeaba el jardín delantero de la casa. Era difícil imaginar que debía de haber sido una vía concurrida por donde llegaban los carruajes y los caballos golpeaban impacientes las pezuñas contra el suelo, deseosos de beber y descansar tras el largo viaje desde Londres. Hoy estaban solos Leonard, Perro y el tempranero zumbido de las abejas.

La puerta de hierro no estaba cerrada con llave, tal y como la había dejado, y su pintura verde se había descolorido hasta recordar el color de las hojas de lavanda. A lo largo del muro de piedra crecían zarcillos de jazmín entrelazados y, sobre el arco, caían unas flores diminutas, blancas y rosadas, de intenso aroma.

Como cada vez que llegaba a la casa, Leonard se pellizcó. Birchwood Manor, orgullo y alegría de Edward Radcliffe. En realidad, había sido un maravilloso golpe de suerte. Casi inmediatamente tras la aceptación de su candidatura doctoral, Leonard había descubierto que, por una vez, era el hombre ideal en el lugar ideal en el momento preciso: una mujer llamada Lucy Radcliffe se había puesto en contacto con la Asociación de Historiadores del Arte para anunciar que estaba planteándose dejarles un impresionante legado. La casa había pasado a manos de la señora Radcliffe tras la muerte de su hermano y había vivido en ella desde entonces. Ahora, sin embargo, a un par de años de cumplir los ochenta, había decidido buscarse un lugar con menos escaleras y rincones y deseaba donar la casa como parte del legado de su hermano. Lo imaginaba como un lugar para estudiantes que compartieran sus intereses, un refugio donde los artistas exploraran las nociones de verdad y belleza, de luz, lugar y hogar. Su abogado le había sugerido que, antes de comprometerse, hiciera una prueba.

Leonard había leído sobre la nueva beca de residencia en Cherwell y empezó a trabajar de inmediato en la solicitud. Unos meses después de enviar una carta y su currículo, recibió la gran noticia: era una nota escrita a mano que le invitaba a tomar residencia en Birchwood Manor durante un periodo de tres meses en el verano de 1928. Se estremeció, apenas un momento, al leer que no había electricidad y tendría que depender de velas y faroles, pero tras apartar los recuerdos de los tenebrosos túneles de Francia, se dijo a sí mismo que sería verano y no tendría que hacer frente a la oscuridad. Viviría según el reloj de la naturaleza. *Ad occasum tendimus omnes*, había leído una vez en una lápida gris y agujereada en Dorset. *Todos viajamos hacia el ocaso.*

Leonard había llegado predispuesto a caer rendido ante el lugar, pero la realidad, en una de esas raras ocasiones en su vida, había superado con creces su imaginación. Ese día, en lugar de llegar por el río, había venido desde la aldea, por ese sendero serpenteante que se iba desvaneciendo a medida que se acercaba a la casa, y dejó atrás la hilera de casitas para estar a solas en medio de los campos jalonados por vacas aburridas y terneras curiosas.

Lo primero que vio de la casa fue el muro, de dos metros y medio de altura, tras el cual apenas se veían los dos tejados de pizarra gris. Leonard notó con satisfacción cómo la pizarra imitaba la naturaleza: en lo alto, pequeños rectángulos, bien ordenados, que aumentaban de tamaño a medida que llegaban a los canalones, igual que las plumas del ala. Así pues, aquí estaba esa ave digna de Radcliffe, posada en su propio recodo del río.

Había encontrado la llave en un pequeño hueco tras una piedra suelta del muro, como decía la carta de aceptación. Aquel día no había visto a nadie más y Leonard se había preguntado quién habría guardado la llave en este escondite tan particular.

Cuando giró el pomo de la puerta, se quedó quieto, boquiabierto, ante una escena que parecía demasiado perfecta para ser real. Un jardín desbordante crecía entre el camino de losas y la casa, dedaleras que se mecían alegres a la brisa, margaritas y violetas que charlaban sobre los bordes de los adoquines. El jazmín que cubría el muro había continuado su expansión por la fachada de la casa y rodeaba las ventanas de varias hojas para mezclarse con las voraces flores rojas de la madreselva al subir sobre la hornacina de la entrada. El jardín estaba vivo con insectos y pájaros, y a su lado la casa parecía inmóvil y muda, como una bella durmiente. Al dar el primer paso en el sendero, Leonard se había sentido como si caminara hacia atrás en el tiempo; casi vio a Radcliffe y sus amigos, con sus pinturas y caballetes sobre la hierba, más allá de las zarzamoras...

Esta mañana, sin embargo, Leonard no tenía tiempo para imaginar fantasmas del pasado. Al llegar a la verja, se encontró con una persona muy real junto a la entrada, apoyada con aire despreocupado en una de las columnas del tejado saliente. Llevaba una camisa de Leonard, notó este, y poco más, y miraba hacia el arce japonés que había junto al muro de enfrente con un cigarrillo en los labios.

Debió de haberle oído, pues se giró y su gesto cambió. Una leve sonrisa tensó esos labios con forma de arco y alzó una mano para saludar.

Leonard le devolvió el saludo.

—Pensé que tenías que estar en Londres antes del mediodía.

—¿Ya intentas librarte de mí? —Cerró un ojo al dar una calada al cigarrillo—. Ah, no pasa nada. Esperas compañía. Tu vieja amiga. ¿Quieres que me vaya antes de que ella venga? No me sorprendería que fuera una de las reglas: prohibido que las visitas pasen la noche.

—No va a venir aquí. Hemos quedado en su casa.

—¿Debería estar celosa? —Se rio, pero el sonido entristeció a Leonard.

Kitty no era celosa, solo bromeaba; bromeaba a menudo. Kitty no estaba enamorada de Leonard y él no se engañaba nunca al respecto, ni siquiera esas noches en que ella se aferraba a él con tanta fuerza que dolía.

Leonard le dio un beso en la mejilla al llegar a la puerta y ella se lo devolvió con una sonrisa sin reservas. Hacía mucho tiempo que se conocían; desde la adolescencia, cuando ella tenía dieciséis y él diecisiete. La Feria de Pascua de 1913. Ella se había puesto un vestido azul celeste, recordó Leonard, y llevaba un pequeño bolso de satén. Una cinta se había soltado de alguna parte y había caído al suelo. Ella no lo había notado y nadie lo había visto; tras dudar un momento, Leonard se agachó para dársela. Todos ellos eran niños por aquel entonces.

—¿Te quedas a desayunar? —preguntó él—. Perro me ha pedido huevos.

Lo siguió a la cocina, cuya oscuridad contrastaba con la deslumbrante luz de la mañana al aire libre.

—Estoy tan nerviosa que no puedo comer. Voy a tomar una taza de té, solo para tomar algo.

Leonard cogió las cerillas de la lata de estaño del estante que había tras la cocina.

—No sé cómo puedes vivir aquí tan solo.

—Es tranquilo.

Leonard encendió el fogón y cocinó unos huevos revueltos mientras hervía el agua.

—Cuéntame otra vez dónde sucedió, ¿vale, Lenny?

Leonard suspiró. Deseó no haberle hablado nunca de Frances Brown. No estaba seguro de qué le había llevado a ello, salvo que apenas nadie le preguntaba acerca de su trabajo y, al estar aquí, en Birchwood Manor, todo le había resultado mucho más real. Kitty se había entusiasmado cuando mencionó el ladrón de joyas que se había colado en la casa y había matado de un disparo a la prometida de Radcliffe.

—¿Asesinato? —había dicho—. ¡Qué horror! —Ahora dijo—: He echado un vistazo en el salón, pero no he visto nada.

Leonard no tenía ganas de hablar otra vez del asesinato o sus autores; no ahora, no con Kitty.

—¿Me pasas la mantequilla, por favor?

Kitty se la dio.

—¿Hubo una gran investigación policial? ¿Cómo es posible que el ladrón desapareciera sin dejar rastro? Si el diamante era tan valioso, ¿no lo habría reconocido alguien cuando volviera a aparecer?

—Sabes tanto como yo, Kit.

En realidad, a Leonard le intrigaba el Azul de los Radcliffe. Era cierto lo que había dicho Kitty: la gema del colgante era tan valiosa y rara que cualquier joyero la habría reconocido al instante; para mantener en secreto su venta habrían tenido que recurrir a unas argucias inconcebibles. Y las gemas no desaparecían sin más: incluso si la hubieran cortado para formar diamantes más pequeños, estaban en alguna parte. Por otro lado, según la sabiduría popular, el robo del Azul había sido la causa del disparo que costó la vida a la prometida de Radcliffe y, a su vez, la muerte de Fanny Brown había sumido a Radcliffe en la desesperación, todo lo cual interesaba muchísimo a Leonard, en buena medida porque empezaba a albergar dudas acerca de esta teoría.

Mientras Leonard cocinaba, Kitty se puso a toquetear los otros objetos que había en la mesa de madera. Al cabo de un tiempo, desapareció y volvió con el bolso en la mano, mientras Leonard ponía las cosas en la bandeja para ir a comer fuera.

Se sentaron juntos en las sillas y la mesa de hierro bajo el manzano.

Kitty ahora iba vestida con su propia ropa. Un traje elegante que le hacía parecer mayor de lo que era. Tenía una entrevista de trabajo, un puesto de mecanógrafa en una agencia de seguros de Holborn. Iba a ir a pie hasta Lechlade, donde un amigo de su padre la recogería y la llevaría en automóvil.

Tendría que mudarse a Londres si le daban el trabajo. Leonard esperaba que así fuera. Era su cuarta entrevista en cuatro semanas.

—... Tal vez no tu vieja amiga, pero hay alguien más.

Leonard alzó la vista; los nervios volvían a Kitty habladora y Leonard no había estado escuchando.

—Sé que has conocido a alguien. Has estado distraído... Más que de costumbre. Entonces..., ¿quién es ella, Lenny?

—¿Qué?

—Una mujer. Ayer te oí hablar en sueños.

Leonard notó que se ruborizaba.

—Te has puesto rojo.

—Claro que no.

—No me respondes.

—Estoy ocupado, eso es todo.

—Si tú lo dices. —Kitty sacó la caja de cigarrillos y encendió uno. Expulsó el humo y agitó la mano derecha en medio de la bocanada, distraída. Leonard notó un reflejo de la luz en el anillo de oro que llevaba—. ¿Alguna vez desearías ver el futuro?

—No.

—¿Nunca?

Perro dio unos golpecitos en la rodilla de Leonard y dejó una pelota a sus pies. Por lo que sabía, Perro no tenía ninguna pelota. Uno de esos niños del río iba a sentirse muy decepcionado dentro de poco.

Leonard la cogió y la arrojó lejos y miró a Perro, que salió de un salto entre las flores silvestres y los helechos, hacia la orilla del arroyo Hafodsted.

No había nadie más —no en el sentido que ella decía— y, sin embargo, Leonard no podía negar que algo extraño le estaba sucediendo. En el mes que había pasado en Birchwood había tenido los sueños más vívidos. Habían sido intensos desde el primer día, batiburrillos poderosos sobre la pintura y los pigmentos, la naturaleza y la belleza, de los que despertaba con la certeza fugaz de haber vislumbrado importantes respuestas a las cuestiones más profundas de la vida. Y luego, en algún momento, los sueños habían empezado a cambiar y una mujer había comenzado a aparecer en sus noches. No una mujer cualquiera, sino una de las modelos de los cuadros de Radcliffe. Le hablaba en sus sueños; le contaba cosas como si él fuera una mezcla de Radcliffe y de sí mismo, cosas que no siempre recordaba al despertar.

Era estar aquí, por supuesto, en el mismo lugar al que Radcliffe había conferido gran parte de su pasión y creatividad, el lugar que había inmortalizado en sus escritos; era natural que Leonard, ya de por sí un tanto obsesivo, se sumiera bajo la piel del otro y viera el mundo a través de los ojos de Radcliffe, sobre todo cuando se rendía cada noche al sueño.

A pesar de todo, jamás se lo diría a Kitty: sabía cómo sería esa conversación. *Vaya, Kitty, parece que me he enamorado de una mujer que se llama Lily Millington. No la he visto ni he hablado con ella. Lo más probable es que esté muerta, a no ser que esté viejísima; tal vez sea una ladrona de diamantes internacional. Pero no puedo dejar de pensar en ella y por la noche me visita cuando estoy dormido.* Leonard sabía muy bien qué respondería Kitty. Le diría que no estaba soñando, que eran alucinaciones, y que ya era hora de que parara.

Kitty no se callaba lo que pensaba de la pipa. No importaba que Leonard le explicara que el opio era lo único que le salvaba de los terrores nocturnos: la fría humedad de las trincheras, el olor y el ruido, las explosiones ensordecedoras que tiraban del cráneo de un hombre mientras observaba, impotente, cómo sus amigos, su hermano, corrían entre el polvo y el lodo hacia su final. Si la mujer de los cuadros le hacía olvidarse de Tom por las noches..., bueno, ¿qué tenía de malo?

Kitty estaba de pie, el bolso al hombro, y Leonard se sintió mal de repente, pues ella había venido hasta aquí y, aunque él no se lo había pedido ni lo esperaba, estaban unidos y ella era su responsabilidad.

—¿Te acompaño a Lechlade?

—No te molestes. Ya te diré qué tal me ha ido.

—¿Estás segura?

—Claro.

—Bueno, vale, buena su...

—No lo digas.

—Pues mucha mierda, entonces.

Kitty le sonrió, pero su mirada no era alegre. Estaba llena de cosas no dichas.

Leonard se quedó mirándola cuando comenzó a caminar por el sendero hacia el granero.

En un minuto o dos llegaría al camino que cruzaba la aldea y daba a la carretera de Lechlade. Desaparecería de la vista, hasta la próxima vez.

Se dijo a sí mismo que lo hiciera ahora, por el bien de ambos, que rompiera con todo de una vez y para siempre. Se dijo a sí mismo que así la haría libre; estaba mal lo que hacía, aferrarse a ella de esa manera.

—¿Kitty?

Kitty se dio la vuelta, una ceja arqueada como respuesta.

Leonard se tragó su valor.

—Te va a ir de maravilla —dijo—. Muchísima mierda.

CAPÍTULO QUINCE

Aquella tarde Leonard había quedado con su «vieja amiga» a las cuatro de la tarde o, como ella insistía en decir, «a la hora del té». Sus modales delataban una infancia privilegiada, en la que «la hora del té» suponía sándwiches de pepino y pastel Battenberg y marcaba los días con la misma fiabilidad que el amanecer y la puesta de sol.

Tras pasar el resto del día estudiando sus notas para asegurarse de llevar una buena lista de preguntas, Leonard salió con bastante tiempo de antelación, en parte porque se sentía emocionado y en parte porque quería recorrer a pie el largo camino al cementerio de la aldea.

Leonard se había topado con la lápida por casualidad un par de semanas antes. Al volver de un largo paseo por el campo, Perro había salido corriendo cerca del camino de la aldea y se había colado por una rendija en la parte inferior de la valla para curiosear entre la hiedra que crecía como espuma de mar entre las tumbas. Leonard había entrado en el cementerio para seguirlo y le encantó la modesta belleza del edificio de piedra enclavado en medio de la vegetación.

Al sur había una pequeña estructura cubierta de enredaderas con un banco de mármol debajo y Leonard se había quedado sentado ahí un buen rato contemplando la agradable forma de la iglesia del siglo XII, mientras esperaba a que Perro terminara con sus exploraciones. La lápida había estado enfrente de él todo este tiempo y al fin le llamó la atención el nombre: Edward Julius Radcliffe, cincelado en letras sencillas y elegantes.

Leonard se había acostumbrado a detenerse ahí un momento casi todos los días. Si se trataba de encontrar un lugar para el reposo eterno, Leonard había decidido que esta era una excelente opción. Tranquilo y bonito, cerca de la casa que Radcliffe tanto había amado. Cómo le habría consolado.

Echó un vistazo al reloj cuando vio el cementerio. Solo eran las tres y media; le sobraba tiempo para pasar unos minutos ahí dentro antes de dar la vuelta y caminar hasta la casita al otro lado de la aldea. Llamarlo aldea era tal vez una exageración: Birchwood era poco más que tres callecitas silenciosas que partían de un prado triangular.

Siguió el camino de siempre a la tumba de Radcliffe y se sentó en el banco de mármol. Perro, que lo había seguido, olisqueó los escasos lugares alrededor de la tumba donde el suelo era un tanto irregular. Al no encontrar nada de interés, ladeó la cabeza hacia un ruido procedente de la maleza antes de salir disparado para investigar.

En la lápida de Radcliffe, en un texto más pequeño bajo su nombre, decía: *Aquí yace alguien que buscó la verdad y la luz y vio la belleza en todas las cosas. 1840-1881.* Leonard reparó en que se había quedado mirando una vez más el guion que separaba las fechas. En ese signo surcado de liquen se encontraba toda la vida de un hombre: su infancia, sus amores, sus pérdidas y temores, todo reducido a una leve línea cincelada en un trozo de piedra en un cementerio en silencio al final de un sendero. Leonard no sabía bien si era una idea consoladora o desasosegante: cambiaba de opinión según el día.

A Tom lo habían enterrado en un cementerio francés, cerca de un pueblo donde no puso el pie en vida. Leonard había visto la carta que enviaron a su madre y a su padre y le había maravillado cómo el oficial al mando de Tom lograba que todo sonara tan valiente y honorable; la muerte, un terrible pero noble sacrificio. Supuso que se debía a la práctica. Bien sabía el Señor que esos oficiales habían escrito muchísimas cartas. Se habían vuelto expertos en no revelar ni un atisbo del caos y el horror y jamás hablaban de pérdidas inútiles. Era increíble qué pocas pérdidas inútiles había en las guerras, qué pocos errores.

Leonard había leído la carta dos veces cuando su madre se la mostró. Había sido un gran consuelo para ella, pero debajo de esas elegantes palabras de aliento Leonard oía los gritos de dolor y miedo de los enfermos, que llamaban a sus madres, sus infancias, sus hogares. Ningún lugar estaba más lejos de casa que el campo de batalla y nadie echaba de menos su hogar tanto como el soldado que hacía frente a la muerte.

El otro día Leonard se había sentado en este mismo lugar, a pensar en Tom y Kitty y Edward Radcliffe, cuando conoció a su «vieja amiga». Eran las últimas horas de la tarde y se había fijado en ella al instante, pues era la única persona en el camposanto. Había llegado con un pequeño ramillete de flores, que dejó sobre la tumba de Radcliffe. Leonard la había observado con interés y se preguntó si habría conocido al artista en persona o si era solo una admiradora.

En su cara se veían los surcos de la edad y el pelo, cano y muy fino, iba recogido en un moño en la nuca. Iba vestida con la ropa que uno se pondría para ir a un safari en África. Se quedó muy quieta, apoyada en un bastón con un delicado puño de plata, los hombros encogidos, en comunión silenciosa. En su actitud había una reverencia que a Leonard le pareció revelar algo más que simple admiración. Al cabo de un tiempo, cuando la mujer estiró un brazo para apartar una maleza de las piedras que rodeaban la tumba, Leonard había sabido con certeza que debía de tratarse de una pariente o una amiga.

Era tentadora la oportunidad de hablar con alguien que hubiera tratado a Edward Radcliffe. El santo grial del investigador era el material nuevo, sobre todo cuando se trataba de personas históricas, en cuyo caso toparse con alguna novedad era casi imposible.

Se había acercado a ella con cautela, para no asustarla, y, cuando se aproximó lo suficiente para que lo oyera bien, dijo:

—Buenos días.

La mujer había alzado la vista enseguida, con la actitud de un pájaro asustadizo.

—No pretendía molestar —añadió apresuradamente—. Soy nuevo en la aldea. Vivo en la casa junto al río.

La mujer se enderezó y le echó una mirada crítica por encima de sus gafas de montura fina.

—Dígame, señor Gilbert, ¿qué le parece Birchwood Manor?

Ahora fue Leonard quien se sorprendió: la mujer conocía su nombre. A fin de cuentas, la aldea era pequeñita y sabía de buena tinta que las noticias volaban en lugares así. Le dijo que tenía a Birchwood Manor en muy alta estima; que había leído mucho sobre la casa antes de llegar, pero que la realidad había superado sus expectativas.

La mujer escuchó, parpadeando de vez en cuando, pero sin dar muestras de si le parecía bien o mal lo que estaba escuchando. Cuando calló Leonard, la mujer solo dijo:

—Fue un colegio, ¿lo sabía? Un colegio para chicas.

—Lo había oído.

—Qué lástima tan grande que sucediera lo que sucedió. Iba a ser revolucionario. Una nueva forma de educar a las jóvenes. Edward decía que la educación nos salvaría.

—¿Edward Radcliffe?

—¿Quién si no?

—Usted lo conoció.

Los ojos de la mujer se entrecerraron un poco.

—Sí.

Leonard tuvo que contenerse con todas sus fuerzas para hablar con calma.

—Soy un estudiante de Oxford con una beca de investigación. Estoy trabajando en una tesis sobre Radcliffe y esta aldea, la casa y su arte. Me pregunto si le importaría hablar conmigo.

—Tenía la impresión de que eso era lo que estábamos haciendo, señor Gilbert.

—Sí, por supuesto, pero...

—Quiere decir que le gustaría hablar conmigo acerca de Edward, que le gustaría entrevistarme.

—Hasta ahora he tenido que fiarme de las cartas de los archivos y de las crónicas escritas por sus amigos, ya sabe, gente como Thurston Holmes...

—¡Bah!

Leonard se estremeció ante su vehemencia.

—¡Menuda rata con aires de grandeza! No me creería ni una sola palabra que viniera de él. —La anciana se había fijado en otra mala hierba y la estaba arrancando con la punta del bastón—. No me gusta hablar —dijo entre golpe y golpe—. No me gusta nada de nada. —Estiró el brazo para arrancar el hierbajo de entre las piedras y lo sacudió con fuerza para quitar la arena de las raíces antes de lanzarlo entre los arbustos—. Sin embargo, señor Gilbert, veo que voy a tener que hablar con usted, no sea que publique más mentiras. Ya han contado bastantes a lo largo de los años.

Leonard había comenzado a darle las gracias, pero ella agitó una mano con imperiosa impaciencia.

—Sí, sí, déjelo para más tarde. Voy a hacerlo muy a pesar mío, pero le veré este jueves a la hora del té. —Le dio su dirección y Leonard iba a despedirse cuando comprendió que ni siquiera le había preguntado su nombre—. Vaya, señor Gilbert —dijo con el ceño fruncido—, pero ¿qué tiene usted en la cabeza? Me llamo Lucy, claro. Soy Lucy Radcliffe.

Debería haberlo adivinado. Lucy Radcliffe: la hermana pequeña que había heredado la casa del hermano, que por el amor que le había profesado se había propuesto no venderla a alguien que no la fuera a cuidar como él lo habría hecho; la casera de Leonard. Tras esa conver-

sación Leonard había vuelto directo a casa irrumpiendo
por la puerta principal en esa penumbra previa al anochecer y se había dirigido al escritorio de caoba de la habitación con el papel pintado de color malva, con frutas
y hojas, en el cual tenía los papeles de su investigación.
Había tenido que revisar cientos de páginas de notas manuscritas, citas que había anotado en bibliotecas y casas
privadas a lo largo de los años, procedentes de cartas y
diarios; ideas garabateadas y rodeadas con círculos, unidas
a diagramas y flechas.

Encontró lo que buscaba esa noche, ya tarde, cuando el farol había ardido tanto que la habitación olía a
queroseno. Entre las notas que había tomado de los documentos conservados en la colección privada de una
familia de Shropshire, se encontraba una serie de cartas
entre Edward y su hermana pequeña mientras él estaba en
un internado. Habían ido a parar a este lugar, en medio
de un tesoro de vieja correspondencia familiar, gracias a
una serie de infortunios maritales de la otra hermana de
Radcliffe, Clare.

A Leonard las cartas no le habían parecido importantes entonces; no hablaban de la casa ni del arte de
Radcliffe; eran las cartas personales de dos hermanos,
entre quienes había nueve años de diferencia; solo había
anotado el contenido porque la familia había dado a entender que su visita era un inconveniente y no se le per-
mitiría volver a mirar esos documentos. Sin embargo, al
releer las conversaciones —anécdotas divertidas, historias de hadas aterradoras y fascinantes, habladurías in-
fantiles sobre otros miembros de la familia— y sopesar-
las a la luz de la anciana que acababa de conocer, de
caminar vacilante, aunque seguía atravesando la aldea

para dejar flores frescas en la tumba de su hermano cincuenta años después de su muerte, vio otra faceta de Edward Radcliffe.

Todo este tiempo Leonard se había centrado en Radcliffe el artista, el pensador apasionado, el autor del manifiesto. Pero esas cartas largas y simpáticas de un niño triste en el internado a una hermana curiosa que le rogaba —con qué precocidad, pensó Leonard, pues solo tenía cinco años— libros «sobre cómo nacían las estrellas» o «si es posible viajar en el tiempo», añadían una nueva dimensión al hombre. Es más, insinuaban un misterio que Leonard había sido incapaz de resolver hasta ahora. Tanto Lucy como Edward mencionaban en más de una ocasión «la Noche de la Persecución» —siempre así, en mayúscula— y «la casa de la luz» y el contexto dejaba claro que se referían a algo sucedido a Edward.

En los archivos de York, a Leonard le había intrigado la carta que Edward escribió a Thurston Holmes en 1861, en la que anunciaba la compra de Birchwood Manor y admitía que la casa no le resultaba desconocida; ahora comenzaba a pensar que había un vínculo entre lo que decía en una y otra carta. En ambas se aludía a un misterioso suceso del pasado y Leonard tuvo la corazonada de que esa «Noche de la Persecución» explicaba la obsesión de Edward con Birchwood Manor. Era una de las preguntas más importantes que pretendía hacer a Lucy.

Leonard se irguió y encendió un cigarrillo. En la tierra todavía se notaba dónde ella había arrancado las malas hierbas el otro día y Leonard alisó el suelo con el pie. Al devolver el encendedor al bolsillo, rozó con la punta de los dedos la moneda de la suerte de Tom. No había visitado nunca la tumba de su hermano. No le veía el sentido; sabía que Tom no estaba ahí. ¿Dónde estaba?, se preguntó Leonard. ¿Adónde habían ido todos? Parecía imposible que todo pudiera terminar así, sin más. Imposible que las esperanzas y los sueños de tantos jóvenes acabaran sepultados bajo tierra junto a sus cuerpos y que la tierra no sufriera ningún cambio. Una transferencia de energía y materia tan poderosa debería afectar el equilibrio del mundo en un plano esencial —y elemental—: todas esas personas, desaparecidas de repente.

Una pareja de pájaros bajó en picado de las ramas de un enorme roble para posarse en el campanario y Leonard llamó a Perro con un silbido. Salieron juntos del cementerio y rodearon el zócalo de piedra picada al que los lugareños llamaban «la encrucijada».

Un poco más allá se extendía el prado triangular, que tenía un gran roble en el centro y una taberna de dos plantas llamada The Swan en el extremo opuesto. Había una mujer en la acera, barriendo alrededor de un banco situado bajo su ventana. Alzó una mano para saludar a Leonard, que le devolvió el gesto. Este avanzó por el camino más estrecho de los tres y pasó junto a un edificio conmemorativo para llegar a una hilera de casas adosadas. Lucy Radcliffe le había dicho el número seis, que era el más lejano.

Las casas eran de piedra de color miel clara. Tenía un frontón en el centro con chimeneas a cada lado y bonitos entarimados en los aleros. En ambas plantas había ventanas de guillotina a juego y en la entrada se alzaba un pórtico con un pequeño tejado a dos aguas igual que el de la casa. La puerta estaba pintada de color lila claro. A diferencia de los jardines de las otras casas, rebosantes de flores estivales inglesas en un estado de perfecto caos, el número seis contenía especies mucho más exóticas: aves del paraíso y otras cuyo nombre Leonard desconocía porque no las había visto antes.

Un gato maulló desde una zona soleada en la grava antes de levantarse, estirarse y entrar por la puerta, que no estaba cerrada con llave, vio Leonard. Le estaba esperando.

Se sintió inusualmente nervioso y se tomó su tiempo para cruzar el camino. Se fumó otro cigarrillo mientras repasaba la lista de temas de conversación que había preparado. Se recordó a sí mismo que no se hiciera demasiadas ilusiones; que quizás no tuviera las respuestas que buscaba; que, incluso si las tenía, quizás no estuviera dispuesta a compartirlas. Había sido muy clara al respecto antes de salir del cementerio:

—Tengo dos condiciones, señor Gilbert. La primera es que voy a hablar con usted si me promete el más estricto anonimato. No tengo ningún interés en leer mi nombre por ahí. La segunda es que le voy a conceder una hora, ni un segundo más.

Tras respirar hondo, Leonard abrió la puerta de metal oxidado y la cerró con cuidado al pasar.

No se sentía cómodo abriendo la puerta y entrando sin previo aviso, así que llamó con los nudillos, sin fuerza, y dijo:

—¿Hola? ¿Señora Radcliffe?

—¿Sí? —sonó una voz en el interior.

—Soy Leonard Gilbert. De Birchwood Manor.

—Bueno, por el amor de Dios, Leonard Gilbert de Birchwood Manor. Entre, por favor.

CAPÍTULO DIECISÉIS

En la casa reinaba una agradable penumbra y la mirada de Leonard tardó un momento en llegar a Lucy Radcliffe, sentada en medio de sus tesoros. Ella sabía que iba a llegar en cualquier momento, pero saltaba a la vista que tenía cosas mejores que hacer que esperarlo. Estaba absorta en su lectura, inmóvil como el mármol en su sillón de color mostaza, una figura diminuta a la que veía de perfil, un periódico en la mano, la espalda encorvada mientras miraba con lupa el papel plegado. A su lado, en una mesilla con forma de media luna, había una lámpara de luz amarillenta y difusa. Bajo la lámpara, vio una tetera acompañada de dos tazas.

—Señora Radcliffe —dijo.

—¿Qué le parece, señor Gilbert? —No alzó la vista del periódico—. Al parecer, el universo se está expandiendo.

—¿De verdad?

Leonard se quitó el sombrero. No vio una percha donde dejarlo, así que lo sostuvo con las dos manos.

—Eso dice aquí. Un señor de Bélgica (y sacerdote, quién iba a decirlo) ha propuesto que el universo se está expandiendo a un ritmo constante. A menos que mi francés esté muy oxidado, y no creo que sea el caso, incluso ha calculado el ritmo de la expansión. Ya sabe qué significa eso, por supuesto.

—No estoy seguro.

Lucy tenía el bastón apoyado contra la mesa, al alcance de la mano, y comenzó a caminar de un lado a otro por la desgastada alfombra persa.

—Si aceptamos que el universo se está expandiendo a un ritmo constante, es de suponer que lo ha estado haciendo desde el origen. Desde el mismísimo origen, señor Gilbert. —Se quedó muy quieta, bajo una pulcra corona de pelo cano—. El origen. Y no me refiero a Adán y Eva, claro que no. Me refiero a ese momento, a esa acción o suceso que dio comienzo a todo. Al espacio y al tiempo, a la materia y a la energía. Un único átomo que, no sabemos cómo —estiró los dedos de una mano—, explotó. Santo Dios. —Sus ojos, brillantes y veloces, se encontraron con los de Leonard—. Tal vez estemos a punto de comprender el nacimiento de las estrellas, señor Gilbert... ¡Las estrellas!

En la habitación la única luz natural procedía de una pequeña ventana y dio en la cara de la anciana para iluminar esa viva imagen del asombro. Era un gesto hermoso y entusiasta y Leonard vio a la joven que habría sido hacía mucho tiempo.

Ante sus ojos, sin embargo, la expresión se marchitó. La luz cayó de sus rasgos y su piel pareció hundirse. No llevaba maquillaje y tenía la tez curtida de una mujer que había vivido al aire libre y cada arruga revelaba cien historias diferentes.

—Oh, es lo peor de envejecer, señor Gilbert. El tiempo. Ya no queda bastante. Cuántas cosas hay que aprender y qué pocas horas quedan para aprenderlas. Algunas noches ese hecho espantoso me impide dormir (cierro los ojos y oigo los latidos, como si marcaran el paso de las horas), así que me siento en la cama y me pongo a leer. Leo y escribo notas y las memorizo y entonces empiezo con algo nuevo. Y todo es en vano, pues el tiempo que me queda va a llegar a su fin. ¿Qué maravillas voy a perderme?

Leonard no tenía nada que ofrecerle a modo de consuelo. Y no porque no comprendiera su congoja, sino porque había visto morir a demasiadas personas que no habían tenido ni un cuarto del tiempo que se le había concedido a ella.

—Sé qué está pensando, señor Gilbert. No hace falta que lo diga. Le parezco una vieja egoísta e irascible y, por todos los santos, es lo que soy. Pero llevo demasiado tiempo siendo así y no voy a cambiar ahora. Y usted no ha venido para hablar de mis penas. Venga, siéntese. El té ya está listo y estoy segura de tener un pastelillo o dos en alguna parte.

Leonard comenzó reiterando su gratitud por haberle escogido para la beca en Birchwood Manor y le contó cuánto le gustaba vivir en esa casa y lo satisfactorio que resultaba tener la oportunidad de conocer un lugar sobre el que había leído y pensado tanto.

—Me está ayudando muchísimo con mi trabajo —dijo—. En Birchwood Manor me siento unido a su hermano.

—Comprendo lo que quiere decir, señor Gilbert; muchos no lo entenderían, pero yo sí. Y estoy de acuerdo.

Mi hermano forma parte de esa casa de una manera que la mayoría no sabe percibir. La casa también fue parte de él: Birchwood Manor ya le fascinaba años antes de comprarla.

—Me lo había figurado. Escribió una carta a Thurston Holmes en la que le hablaba de la compra y daba a entender que había descubierto la casa hacía mucho tiempo. Aunque no entró en detalles.

—No, bueno, era de esperar. Thurston Holmes tenía buena técnica, pero, por desgracia para todos, era un mojigato jactancioso. ¿Té?

—Por favor.

La anciana continuó mientras el té salía por el pico de la tetera.

—Thurston no tenía la sensibilidad necesaria para ser un verdadero artista; Edward jamás le habría contado cómo fue la noche que descubrió Birchwood Manor.

—Pero ¿a usted sí se lo contó?

Lucy se quedó mirándole, la cabeza ladeada, lo que le recordó a un profesor en el que Leonard no había pensado en años; o, para ser más preciso, le recordó al perico que el profesor tenía en una jaula dorada en el aula.

—Usted tiene un hermano, señor Gilbert. Recuerdo que lo leí en su solicitud.

—Tenía un hermano. Tom. Murió en la guerra.

—Lamento oírlo. Estaban muy unidos, me parece.

—Sí.

—Edward me sacaba nueve años, pero las circunstancias nos unieron cuando éramos jóvenes. Mis primeros recuerdos, mis favoritos, son de Edward contándome cuentos. Si desea comprender a mi hermano, señor Gilbert, debe dejar de verlo como pintor y comenzar a verlo como narrador de historias. Fue su mayor don. Sabía cómo comunicarse, cómo hacer sentir y ver y creer a los demás. El medio que escogía para expresarse era irrelevante. No es tarea fácil inventar todo un mundo, pero Edward era capaz de ello. El ambiente, una trama, personajes que respiran... Siempre era capaz de conseguir que la historia cobrara vida en la mente del otro. ¿Alguna vez ha pensado qué se necesita para eso, señor Gilbert? ¿Para transferir una idea? Y, por supuesto, una historia no es una sola idea; son miles de ellas que funcionan en armonía.

Todo ello era cierto. Como artista, Edward Radcliffe era capaz de embelesar a la gente, que dejaban de ser meros espectadores de su obra para convertirse en participantes, cómplices del mundo que él aspiraba a crear.

—Tengo una memoria excelente, señor Gilbert. Muy a mi pesar. Me recuerdo de pequeña; mi padre aún vivía y residíamos en la casa de Hampstead. Mi hermana, Clare, era cinco años mayor que yo y perdía la paciencia enseguida al jugar conmigo, pero Edward nos dejaba maravilladas a las dos con sus historias. A menudo daban miedo, pero siempre eran electrizantes. Algunos de los momentos más felices de mi vida los pasé escuchándole. Pero un día todo cambió en casa y cayó una terrible oscuridad.

Leonard había leído acerca de la muerte del padre de Edward, a quien atropelló un carruaje en Mayfair a altas horas de la noche.

—¿Cuántos años tenía usted cuando murió su padre?

—¿Mi padre? —Lucy frunció el ceño, pero el gesto pronto dejó paso a una alegre carcajada—. Ah, señor Gilbert, no, por todos los cielos. Casi no me acuerdo de él.

No, no, me refería a cuando enviaron a Edward al internado. Fue horrible para todos nosotros, pero para él fue una pesadilla. Tenía doce años y odió hasta el último minuto que pasó ahí. Para un niño con la imaginación de Edward, de temperamento ardiente y de pasiones arrebatadoras, a quien no le gustaba el críquet ni el rugby ni el remo y prefería los libros viejos sobre alquimia y astronomía, un colegio como Lechmere fue una pobre elección.

Leonard comprendió. Había asistido a un colegio semejante de niño. Todavía estaba intentando liberarse de su yugo.

—¿Fue durante esa época en el internado cuando descubrió la casa?

—Señor Gilbert, por favor. Lechmere estaba a kilómetros de distancia, cerca de los Lagos... Cómo iba a encontrarse Edward con Birchwood Manor en esa época. No, fue a los catorce años, al volver durante las vacaciones. Nuestros padres viajaban a menudo, así que pasamos aquel verano en la finca de los abuelos. Beechworth se llamaba; no queda lejos de aquí. Edward al abuelo le recordaba demasiado a nuestra madre (el carácter salvaje, el desprecio por las convenciones) y decidió que era su deber enderezarlo para que se convirtiera en un Radcliffe de verdad. Mi hermano reaccionó haciendo todo lo posible para enfrentarse al anciano. Le robaba el whisky y se escapaba por la ventana cuando lo mandaban a dormir. Se iba a dar largos paseos por el campo a oscuras y volvía con señales y símbolos esotéricos dibujados por el cuerpo con carbón y con la cara y la ropa cubierta de barro y los bolsillos llenos de piedras, palos y hierbajos del río. Era ingobernable. —En su rostro se reflejaba una admiración sin reservas, hasta que se le ensombreció el gesto—. Una noche no volvió a casa. Me desperté y su cama estaba vacía, y cuando al fin reapareció, estaba pálido y muy callado. Tardó días en contarme qué había sucedido.

Leonard le prestó toda su atención, expectante. Después de todos los indicios que apuntaban a un suceso en el pasado de Radcliffe que explicaba su obsesión con Birchwood Manor, al fin las respuestas parecían al alcance.

Lucy lo estaba observando con curiosidad y Leonard sospechó que pocas cosas se le pasaban por alto. Lucy tomó un largo sorbo de té.

—¿Cree usted en fantasmas, señor Gilbert?

Leonard hizo una mueca ante la inesperada pregunta.

—Creo que una persona puede sentir que un espíritu la acosa.

Lucy seguía teniendo los ojos clavados en él y, al cabo de un tiempo, sonrió. Leonard tuvo la inquietante sensación de que ella podía ver en el interior de su alma.

—Sí —dijo Lucy—, eso mismo. Una persona puede sentir el acoso de un espíritu. Y mi hermano, sin duda alguna, lo sintió. Aquella noche algo lo siguió a casa y nunca logró apartar ese recuerdo.

La Noche de la Persecución. Así pues, a esto era a lo que se habían referido Lucy y Edward en las cartas de su niñez.

—¿Qué clase de cosa?

—Aquella noche Edward salió de casa con la intención de convocar un espíritu. Había encontrado un libro en la biblioteca del colegio, un libro antiguo, lleno de ideas y conjuros viejos. Siendo como era, Edward no pudo esperar a ponerlo en práctica, pero, al final, no tuvo la ocasión de probar. Algo le sucedió en el bosque. Más adelante leyó todo lo que pudo y llegó a la conclusión de que lo había perseguido el Perro Negro.

—¿Un espectro? —A Leonard le vinieron a la mente vagos recuerdos de infancia: siniestras criaturas del folclore que habitaban lugares antiguos donde los dos mundos se encontraban—. ¿Como en *El sabueso de los Baskerville?*

—El «qué» no es lo importante, señor Gilbert. Lo que de verdad importa es que temió por su vida y, mientras huía por el campo, vio en el horizonte una luz en la ventana de la buhardilla de una casa. Corrió hacia allá y observó que la puerta estaba abierta y que había fuego en la chimenea.

—Y esa casa era Birchwood Manor —dijo Leonard en voz baja.

—Edward dijo que supo que estaba a salvo en cuanto cruzó el umbral.

—¿Las personas que vivían en la casa cuidaron de él?

—Señor Gilbert, no está comprendiendo nada.

—Pero pensé...

—Supongo que a lo largo de sus investigaciones ha estudiado la historia de Birchwood Manor.

Leonard confesó que no se le había ocurrido que el pasado de la casa, antes de pertenecer a Edward, tuviera la más mínima importancia.

Lucy arqueó las cejas con la misma mezcla de sorpresa y decepción que habría sentido —imaginó Leonard— si le hubiera dado el cuaderno y le hubiera pedido que le escribiera la tesis.

—La casa, tal como la ve hoy, fue construida en el siglo XVI. La diseñó un hombre llamado Nicholas Owen con la intención de ofrecer refugio a los sacerdotes católicos. Pero escogieron este lugar por un motivo, señor Gilbert, ya que el terreno en el que se alza Birchwood Manor es, por supuesto, mucho más antiguo que la casa. Tiene su propia historia. ¿Es que nadie le ha hablado de los niños del Otro Mundo?

A Leonard le sobresaltó un movimiento que vio por el rabillo del ojo. Echó un vistazo a un rincón oscuro de la habitación y vio que el gato que había entrado antes se estaba estirando y lo miraba con ojos relucientes.

—Es un viejo cuento popular de estos lares, señor Gilbert, sobre tres niños que fueron de un mundo al otro hace muchísimos años. Un día salieron del bosque al campo donde los agricultores locales quemaban rastrojos y los adoptó una pareja de ancianos. Desde el principio, notaron algo extraño en ellos. Hablaban un idioma desconocido, no dejaban huellas al caminar y, según se dice, a veces su piel parecía casi brillar.

»Al principio los toleraron, pero las cosas empezaron a ir mal en la aldea (una mala cosecha, un bebé nació muerto, el hijo del carnicero se ahogó) y la gente comenzó a fijarse en esos tres niños extraños. Al cabo de un tiempo, cuando se secó el pozo, los aldeanos exigieron a la pareja que se los entregaran. Se negaron y los echaron de la aldea.

»La familia se asentó en una pequeña granja de piedra junto al río y por un tiempo vivió en paz. Pero una noche, cuando una enfermedad asoló la aldea, el gentío marchó hacia la granja con antorchas encendidas. La pareja y los niños se abrazaron, rodeados, y todo indicaba que su destino estaba sellado. Sin embargo, justo cuando los aldeanos comenzaron a acercarse, se oyó el sonido misterioso de un cuerno y una mujer surgió de la nada, una mujer majestuosa de pelo largo y brillante y piel luminosa.

»La reina de las hadas había llegado para reclamar a sus hijos. Y cuando lo hizo, lanzó un hechizo protector sobre la casa y el terreno de la vieja pareja como muestra de agradecimiento por proteger al príncipe y las princesas del reino de las hadas.

»Birchwood Manor se alza en un recodo del río que para los lugareños siempre ha sido un refugio. Incluso se dice que algunos todavía ven el hechizo del hada: unos pocos afortunados ven una luz, en lo alto, en la ventana de la buhardilla de la casa.

Leonard quiso preguntar si Lucy, con su evidente pasión por la ciencia, creía en esa historia —si pensaba que Leonard había visto esa luz aquella noche y que la casa lo había protegido—, pero, por mucho que lo intentara, no lograba encontrar las palabras para que la pregunta no resultara descortés e imprudente. Por fortuna, Lucy parecía haberse esperado un razonamiento similar.

—Creo en la ciencia, señor Gilbert. Pero una de mis primeras pasiones fue la historia natural. Esta tierra es antigua y vasta y hay muchas cosas que aún no comprendemos. Me niego a aceptar que la ciencia y la magia se oponen; ambas son tentativas válidas de comprender cómo funciona nuestro mundo. Y he visto cosas, señor Gilbert, he sacado cosas de la tierra y las he sostenido entre las manos y he sentido cosas que la ciencia aún no es capaz de explicar. El cuento de los niños del Otro Mundo es una leyenda popular. No tengo más motivos para creer en ella que para creer que el Rey Arturo sacó una espada de una roca o que los dragones surcaron los cielos. Pero mi hermano me dijo que vio una luz aquella noche en la buhardilla de Birchwood Manor y que la casa lo protegió y sé que dijo la verdad.

Leonard no dudaba de su fe, pero también tenía ciertos conocimientos de psicología, del dominio perdurable del hermano mayor. Cuando él y Tom eran pequeños, Leonard había notado que, por muchas veces que le engañara o le dijera algo que no era cierto, Tom volvía a confiar en él la próxima vez. Lucy era mucho más joven que Edward, lo adoraba y él había desaparecido de su vida. Puede que tuviera setenta y nueve años y ahora fuera invulnerable, pero cuando se trataba de Edward, en su interior siempre sería esa niña pequeña.

A pesar de todo, Leonard escribió una nota sobre los niños del Otro Mundo. En realidad, la veracidad del relato no tenía demasiada importancia para la tesis de Leonard. Bastaba que a Radcliffe le hubiera poseído una idea, que creyera que la casa tenía ciertas cualidades y era fascinante vincular esas cualidades con una leyenda local. Consciente del paso del tiempo, subrayó la nota y pasó al siguiente tema.

—Me pregunto, señora Radcliffe, si podríamos hablar del verano de 1862.

Lucy cogió una cajetilla de nogal de la mesa y ofreció un cigarrillo a Leonard. Lo aceptó y esperó mientras ella sonsacaba con habilidad una llama al encendedor de plata. Lucy se encendió otro y sacudió la mano en medio del humo.

—Supongo que le gustaría que le dijera que recuerdo el verano de 1862 como si fuera ayer. Bueno, pues no es así. Lo recuerdo como si fuera otro mundo. Extraño, ¿a que sí? Cuando evoco a Edward contándome cuentos de niña, vuelvo a oler el aire húmedo de la buhardilla en Hampstead. Pero, al recordar ese verano, es como si mirara a una estrella distante por un telescopio. Me veo a mí misma desde fuera.

—Entonces, ¿usted estuvo ahí? ¿En Birchwood Manor?

—Tenía trece años. Mi madre iba a ir al continente con unos amigos y había propuesto enviarme con los abuelos a Beechworth. Edward me invitó a que lo acompañara. Me hizo ilusión orbitar a su alrededor.

—¿Cómo fue?

—Era verano y hacía calor y ya puede imaginar cómo pasamos las dos primeras semanas: montábamos en la barca, íbamos de pícnic, pintábamos y salíamos a pasear. Todos se quedaban hasta tarde contando historias y discutiendo las teorías científicas, artísticas y filosóficas de la época.

—¿Y luego?

Lucy lo miró a los ojos.

—Como ya sabe, señor Gilbert, todo acabó mal.

—La prometida de Edward fue asesinada.

—Fanny Brown, sí.

—Y el intruso robó el colgante con el Azul de los Radcliffe.

—Veo que ha hecho los deberes.

—Había varios artículos en la hemeroteca.

—No me extraña. Se habló mucho de la muerte de Fanny Brown.

—Pero, por lo que he visto, al parecer se habló incluso más del posible paradero del diamante.

—Pobre Fanny. Era bastante agradable, pero solía quedar a la sombra... Tanto en la vida como en la muerte. Espero que no me pida explicaciones sobre las obsesiones de los lectores de los tabloides, señor Gilbert.

—Claro que no. De hecho, lo que me interesa son las reacciones de las personas que conocieron a Frances Brown. Aunque el resto del mundo parecía fascinado por los acontecimientos, he notado que en la correspondencia de los amigos y colegas de Edward, Thurston Holmes, Felix y Adele Bernard, apenas se habla de lo sucedido. Es como si no hubiera ocurrido.

¿Fueron imaginaciones suyas o vio un leve resplandor de reconocimiento en la mirada de Lucy?

—Fue un día terrible, señor Gilbert. Supongo que no le sorprenderá que los desafortunados que lo presenciaron prefirieran no pensar mucho en ello.

Lo miró con severidad por encima del cigarrillo. Lo que decía era razonable, pero Leonard no se podía quitar de la cabeza que había algo más. Notaba algo forzado en esa reticencia. No se trataba solo de la mera falta de alusiones a aquel día en concreto; esas cartas, escritas poco después de los hechos, daban la impresión de que Edward Radcliffe y Frances Brown jamás habían existido. Y solo después de la muerte de Edward Radcliffe apareció su espíritu en la correspondencia de Thurston Holmes.

Algo se le escapaba en esa amistad y no solo tras la muerte de Frances Brown. Leonard pensó en su visita al archivo de Holmes en York: había notado un cambio anterior en el tono de los dos jóvenes. Las conversaciones largas y desinhibidas acerca del arte, la filosofía y la vida, tan frecuentes tras conocerse en 1858, habían cesado a principios de 1862 y se volvieron breves y formales. Algo había ocurrido entre ellos, no le cabía duda.

Lucy frunció el ceño cuando le preguntó al respecto y dijo:

—Recuerdo que una mañana Edward volvió a casa de un humor de perros... Supongo que sería por esa época porque fue antes de su segunda exposición. Tenía rasguños en los nudillos y la camisa rasgada.

—¿Se había peleado con alguien?

—No me contó los detalles, pero aquella semana vi a Thurston Holmes y tenía el ojo morado.

—¿Por qué se pelearon?

—No lo sé y creo que entonces no le di importancia. Discutían a menudo, incluso cuando eran buenos amigos. Thurston era competitivo y vanidoso. Un toro, un pavo real, un gallito... Escoja el que más le guste. Podía ser encantador y generoso y, como era mayor que Edward, le presentó a muchas personas influyentes. Estaba orgulloso de Edward, creo. Le gustaba el prestigio de tener un amigo joven tan lleno de energía y talento. Llamaban mucho la atención cuando iban juntos, por su forma de vestir, con camisas y pañuelos, el pelo alborotado, y por su actitud despreocupada. Sin embargo, Thurston Holmes necesitaba estar al mando. No le hizo ninguna gracia que Edward comenzara a recibir más elogios que él. ¿Alguna vez ha notado, señor Gilbert, que ese tipo de amigos tienden a convertirse en los rivales más encarnizados?

Leonard anotó esta reflexión sobre la amistad entre los dos artistas. La firmeza con que se expresaba explicó por qué le había invitado hoy. En el cementerio Lucy le había dicho que no podía fiarse de lo que Holmes decía sobre Edward, que tendría que poner los puntos sobre las íes, «no sea que publique más mentiras». Y aquí estaba: quería que Leonard supiera que Holmes tenía motivos ocultos, que era un amigo celoso con aires de grandeza.

Sin embargo, a Leonard no le convencía que los celos profesionales causaran por sí solos el distanciamiento entre ambos. Radcliffe fue un valor al alza entre 1861 y 1862, pero la exposición que le volvió famoso no tuvo lugar hasta abril de aquel año y la correspondencia entre ellos se había enfriado mucho antes. Leonard sospechó que había algo más y tuvo una corazonada al respecto.

—Edward comenzó a pintar a una nueva modelo a mediados de 1861, ¿no es así? —Fingió indiferencia, pero al abordar el tema le abrumó el recuerdo de sus sueños recientes y se sintió ruborizar; no pudo mirar a Lucy a los ojos y fingió prestar atención a sus notas—. ¿Lily Millington? Creo que se llamaba así.

A pesar de sus mejores intenciones, se había delatado a sí mismo, pues Lucy habló con un atisbo de sospecha en la voz:

—¿Por qué lo pregunta?

—Por lo que he leído, la Hermandad Magenta era un grupo muy unido. Compartían ideas e influencias, secretos, casas, incluso las modelos. Edward y Thurston Holmes retrataron a Diana Barker y los tres pintaron a Adele Winterson. Sin embargo, Lily Millington solo aparece en las pinturas de Edward. Me llamó la atención y me preguntaba el motivo. Solo se me han ocurrido dos posibilidades: o bien los demás no habían querido retratarla o bien Edward se había opuesto.

Lucy agarró el bastón, se puso en pie y cruzó la alfombra despacio para detenerse junto a la ventana que daba a la calle. Aún pasaba la luz por el cristal, pero había cambiado desde la llegada de Leonard y el perfil de Lucy quedó en sombra.

—Esa intersección de ahí, donde se cruzan los caminos, se llama la encrucijada. En el centro antes había una cruz medieval. Se perdió durante la Reforma, cuando los hombres de Isabel irrumpieron en la región, destrozando los símbolos del catolicismo, las iglesias y el arte religioso... y también a los sacerdotes, cuando podían ponerles las manos encima. Ahora solo queda la base de la cruz. Y su nombre, por supuesto, que ha perdurado en el tiempo. Es asombroso, ¿no le parece, señor Gilbert?, que un nombre, una simple palabra, sea lo único que quede de unos acontecimientos históricos tan traumáticos. Cosas que pasaron aquí mismo, a gente de verdad, en otra época. Pienso en el pasado cada vez que paso por la encrucijada. Pienso en la iglesia, en los sacerdotes que se escondieron y en los soldados que llegaron para buscarlos y matarlos. Pienso en la culpa y el perdón. ¿Alguna vez piensa en esas cuestiones?

Se mostraba evasiva y había evitado la pregunta sobre Lily Millington. Sin embargo, y no por primera vez, Leonard tuvo la sensación de que ella era capaz de ver en su interior.

—A veces —dijo Leonard. Las palabras se le quedaron atascadas en la garganta y tosió para aclararse.

—Sí, era de esperar en alguien que ha ido a la guerra. No me gusta demasiado dar consejos, señor Gilbert, pero he vivido muchos años y he aprendido que debemos perdonarnos por nuestro pasado o el viaje al futuro se vuelve insoportable.

Leonard sintió una vergüenza teñida de sorpresa. Era una suposición afortunada, nada más. Ella no sabía nada acerca de su pasado. Como había dicho, casi todos los hombres que han ido a la guerra han visto y hecho cosas que preferirían olvidar. Se negó a dejarse desconcertar. Aun así, continuó con una voz más incierta de lo que le habría gustado:

—Tengo un extracto de una carta que Edward escribió a su primo Hamish en agosto de 1861. ¿Sería una molestia que se lo leyera, señora Radcliffe?

Lucy no se giró hacia él, pero tampoco intentó impedírselo. Leonard comenzó a leer.

—«La he encontrado, una mujer de tal belleza que me duele la mano cuando acerco la pluma al papel. Anhelo captar todo lo que veo y siento cuando la miro a la cara y, sin embargo, no consigo ni empezar. ¿Cómo voy a hacerle justicia? Hay nobleza en su porte, quizás no de nacimiento, pero sí de carácter. No se acicala ni coquetea; de hecho, la forma en que acepta la atención del otro en lugar de apartar la mirada es una forma de franqueza. Hay una confianza (orgullo, incluso) en el gesto de sus labios que es arrebatadora. Ella es arrebatadora. Ahora que la he visto, el mundo me parece lleno de impostores. Ella es la verdad; la verdad es belleza; y la belleza es divina».

—Sí —dijo Lucy en voz baja—. Así es Edward. Reconocería su voz en cualquier parte. —Se dio la vuelta y se acercó despacio al sillón para sentarse y a Leonard le sorprendió notar un reflejo húmedo en sus mejillas—. Recuerdo la noche que la conoció. Había ido al teatro y volvió a casa aturdido. Todos supimos que pasaba algo. Nos contó todo atropelladamente y se fue directo al estudio del patio y comenzó a dibujar. Trabajó de manera compulsiva y sin parar durante días. Ni comía ni dormía ni hablaba con nadie. Llenaba páginas y páginas de su cuaderno con la imagen de ella.

—Estaba enamorado.

—Iba a decirle, señor Gilbert, que mi hermano fue de carácter obsesivo. Que siempre se comportaba así al conocer a una nueva modelo o cuando descubría una técnica novedosa o se le ocurría una idea. Y habría sido verdad. —Su mano revoloteó sobre el brazo del sillón—. Y mentira. Pues con Lily Millington fue diferente y todo el mundo lo vio desde el principio. Yo lo vi, Thurston lo vio y la pobre Fanny Brown lo vio también. Edward se enamoró de Lily Millington con una locura que no presagiaba nada bueno y aquel verano, aquí, en Birchwood, todo llegó a su fin.

—Entonces, Lily Millington estaba aquí. Pensé que habría venido, pero no se la menciona en ninguna parte. Ni en las cartas ni en los diarios y tampoco en los periódicos.

—¿Ha leído los informes de la policía, señor Gilbert? Supongo que guardan esas cosas.

—¿Me está diciendo que cuentan otra historia?

—Señor Gilbert, querido, usted fue soldado en la Gran Guerra. Sabe mejor que nadie que las crónicas de los periódicos para el gran público a veces no guardan ninguna relación con la verdad. El padre de Fanny era un hombre poderoso. Tenía un gran interés en que la prensa no publicara que su hija había sido suplantada en el corazón de Edward.

La mente de Leonard se iluminó al trazar las conexiones. Edward se había enamorado de Lily Millington. No fue la muerte de Frances Brown lo que le rompió el corazón y lo volvió loco de pena; fue la pérdida de Lily. Pero ¿qué había sido de ella?

—Si ella y Edward estaban enamorados, ¿por qué él acabó solo? ¿Cómo la perdió? —Lucy había sugerido que los informes policiales se referirían en concreto a la presencia de Lily Millington en Birchwood Manor la noche del robo y el asesinato... De repente, Leonard cayó en la cuenta—. Lily Millington estuvo implicada en el robo. Lo traicionó... Y eso es lo que volvió loco a Edward.

Una mirada lúgubre ensombreció la cara de Lucy y Leonard lamentó de inmediato sus palabras. Cuando se le ocurrió la idea, se le había olvidado que estaban hablando de su hermano. Su tono había sido casi alegre.

—Señora Radcliffe, lo siento —dijo—, qué insensible de mi parte.

—No se preocupe. Pero empiezo a estar cansada, señor Gilbert.

Leonard miró al reloj y vio, con desánimo, que se había quedado más tiempo del acordado.

—Claro. No le voy a robar más tiempo. Voy a buscar los informes policiales, como ha sugerido. Tengo la certeza de que van a arrojar nueva luz sobre el asunto.

—Hay pocas certezas en este mundo, señor Gilbert, pero le voy a decir algo de lo que no me cabe duda: la verdad depende de quién cuenta la historia.

CAPÍTULO DIECISIETE

Al caminar de vuelta por la aldea, por esa calle en silencio con sus bordes desdibujados, Leonard pensó en Lucy Radcliffe. Tenía la seguridad de no haber conocido antes a una mujer —o a una persona— como ella. Saltaba a la vista que era muy inteligente. La edad no había mermado su fascinación por todas las áreas del saber; sus intereses eran amplios y variados; su capacidad de retener y procesar información compleja era a todas luces notable. Se había mostrado, además, sardónica y autocrítica. Le había caído bien.

También había sentido lástima por ella. Le había preguntado, mientras recogía sus cosas para irse, sobre el colegio y un gesto de profunda tristeza le había ensombrecido el rostro.

—Cuántas esperanzas puse en ello, señor Gilbert, pero era demasiado pronto. Supe que tendría que hacer concesiones, que para atraer un número suficiente de estudiantes tendría que aceptar ciertas expectativas de los padres. Había pensado que podría cumplir la promesa de convertir a esas niñas en «señoritas» mientras les inculcaba el amor por el aprendizaje. —Había sonreído—. No creo que me engañe a mí misma al pensar que algunas comenzaron a adentrarse por ese camino, lo que no habrían hecho en ningún otro lugar. Pero muchas más de las que me habría esperado se dedicaron a coser y cantar.

Mientras Lucy hablaba sobre el colegio y sus estudiantes, a Leonard se le había ocurrido que quedaban muy pocos rastros de ambos en la casa. Nada hacía pensar que una vez las colegialas habían marchado en fila por el pasillo de camino a clase y era difícil imaginar Birchwood Manor como algo que no fuera la casa de campo de un artista del siglo XIX. De hecho, con todos los muebles de Radcliffe aún en su sitio, entrar en la casa era como viajar en el tiempo.

Al comentárselo, Lucy había reflexionado:

—Una imposibilidad lógica, por supuesto, viajar en el tiempo: ¿cómo íbamos a estar en dos lugares a la vez? La frase en sí es una paradoja. En este universo, al menos...

Como no quería verse envuelto en otro debate científico, Leonard había preguntado cuánto tiempo había pasado desde el cierre del colegio.

—Oh, décadas. Murió al mismo tiempo que la reina, en 1901. Hubo un accidente, un suceso lamentable, un par de años antes. Una joven se ahogó en el río durante un pícnic escolar y, una a una, las otras estudiantes fueron volviendo a casa. Como no hubo nuevas matriculaciones en su lugar, bueno... Poco más se podía hacer salvo aceptar la realidad. La muerte de una estudiante nunca es buena para el negocio.

Lucy hablaba con una franqueza que agradaba a Leonard. Era directa e interesante y, sin embargo, mientras reflexionaba en la conversación, tuvo la clara sensación de que no iba a contarle ni una palabra más de lo que se había propuesto decir. Solo hubo un momento durante la entrevista en que Leonard sintió que se había quitado la máscara. Algo en la manera en que describió los sucesos de 1862 incomodaba a Leonard. Ahora reparó en que Lucy casi había parecido sentirse culpable al hablar de la muerte de Frances Brown y la posterior decadencia de su hermano. Además, ese extraño inciso sobre la encrucijada, en el que había reflexionado sobre la culpa y la necesidad de perdonarse a uno mismo, le hizo pensar a Leonard que ella también necesitaba hacerlo.

Sin embargo, en 1862 Lucy Radcliffe no era más que una niña y, según lo contaba, más una espectadora que una partícipe en las diabluras veraniegas de su hermano y sus inteligentes amigos. Se había producido un robo, había desaparecido un diamante de valor incalculable y Frances Brown había perdido la vida en el acto. Lily Millington, la modelo de quien Edward Radcliffe estaba enamorado, había desaparecido. Al parecer, los informes policiales de la época sugerían que ella había colaborado con el ladrón. El querido hermano de Lucy jamás se recuperó. Leonard podía comprender el sufrimiento y el pesar de Lucy, pero no su culpa. Ella no había apretado el gatillo que mató a la señorita Brown, igual que Leonard no había sido responsable del trozo de metralla que le costó la vida a Tom.

¿Cree usted en fantasmas, señor Gilbert?

Leonard se lo había pensado bien antes de responder. *Creo que una persona puede sentir que un espíritu la acosa.* Ahora, mientras contemplaba la culpa tan evidente como irracional de Lucy, Leonard comprendió de repente lo que ella había querido decir: a pesar de sus cuentos folclóricos y esas luces misteriosas en las ventanas, no hablaba de espectros en las sombras, al fin y al cabo. Lo que le había preguntado era si a él le acosaba la muerte de Tom de la misma manera que a ella la muerte de Edward. Había reconocido en él a un espíritu afín, un compañero en el sufrimiento: la culpa del hermano que sobrevive.

Al pasar junto a The Swan, Perro apareció de repente y se puso a caminar, jadeante, a su lado. Leonard sacó una pequeña tarjeta rectangular del bolsillo y repasó con un dedo los bordes desgastados. Había conocido a la mujer que se la dio en una fiesta varios años atrás, cuando todavía vivía en Londres, en aquella habitación sobre los raíles del tren. Ella se había plantado en un rincón en la parte trasera de la casa y se sentaba ante una mesilla redonda cubierta con un mantel de terciopelo violeta, sobre el que había una especie de juego de mesa. Al verla, con ese pañuelo bordado con cuentas en la cabeza, Leonard no pudo evitar quedarse mirándola. Y sentados a la mesa junto a ella estaban los cinco invitados a la fiesta, todos ellos tomados de la mano y formando un círculo mientras escuchaban con los ojos cerrados. Leonard se paró, se apoyó en el marco de la puerta y se quedó mirando a través de la nube de polvo.

De repente, los ojos de la mujer se habían abierto y lo miró fijamente.

—Tú —había dicho y le señaló con una larga garra roja mientras los otros se giraban para mirarlo—. Aquí hay algo para ti.

LA HIJA DEL RELOJERO

No le había hecho caso, pero sus palabras y la intensidad de su mirada habían permanecido en su interior, y más tarde, cuando coincidieron al salir de la fiesta, se había ofrecido a llevarle su extraña cartera mientras bajaban los cuatro tramos de escaleras. Tras llegar a la salida y despedirse, ella había sacado una tarjeta del bolsillo y se la había dado.

—Estás perdido —dijo en voz calma y fría.

—¿Qué?

—Has perdido el camino.

—Estoy bien, muchas gracias.

Leonard había echado a andar tras guardarse la tarjeta en el fondo de un bolsillo, tratando de sacudirse esa sensación extraña y desagradable que le había inspirado la mujer.

—Ha estado intentando encontrarte.

La voz de la mujer, ahora más fuerte, lo siguió por la calle.

Solo al llegar a la siguiente farola, donde leyó la tarjeta, sus palabras tuvieron sentido.

Madame Mina Waters
Espiritualista
Apartamento 2B
16 Neal's Yard
Covent Garden
Londres

Poco después de lo sucedido, le había contado la conversación con Madame Mina a Kitty. Ella se había echado a reír y dijo que Londres estaba lleno de chiflados en busca de víctimas de las que aprovecharse. Sin embargo, Leonard le dijo que esa opinión era demasiado cínica.

—Sabía lo de Tom —insistió—. Sabía que había perdido a alguien.

—Ah, cielo santo, mira a tu alrededor: todo el mundo ha perdido a alguien.

—No viste cómo se quedó mirándome.

—¿Fue algo así? —Kitty entrecerró los ojos y puso una cara, sonrió y estiró un brazo por la sábana para agarrar las medias y arrojárselas, divertida.

Leonard las apartó. No estaba de humor.

—Me dijo que había estado intentando encontrarme. Me dijo que yo estaba perdido.

—Ah, Lenny. —Había desaparecido el tono jocoso; solo parecía cansada—. ¿No lo estamos todos?

Leonard se preguntó cómo le habría ido a Kitty en su entrevista en Londres. Iba muy elegante cuando se marchó por la mañana; se había hecho algo en el pelo. Ojalá hubiera recordado decírselo. A Kitty le sentaba bien su cinismo, pero Leonard la había conocido antes de la guerra y veía las puntadas que impedían que se le cayera el disfraz.

Al pasar junto a la iglesia y comenzar el paseo hacia Birchwood Manor por un sendero vacío, Leonard cogió un puñado de grava a un lado del camino. Sopesó las piedrecillas en la mano antes de dejar que se cayeran entre los dedos al caminar. Una, notó mientras se dirigía al suelo, era clara y redonda, un trozo de cuarzo perfectamente liso.

La primera vez que Leonard y Kitty durmieron juntos fue en una agradable noche de octubre de 1916. Él estaba en casa de permiso y había pasado la tarde en el salón de su madre, bebiendo té de una taza de porcelana mientras las amigas de su madre se turnaban para criticar, con igual entusiasmo, la guerra y la organización de la próxima feria navideña del pueblo.

Alguien había llamado a la puerta y Rose, la criada de su madre, había anunciado la llegada de la señorita Barker. Kitty había llegado con una caja de pañuelos para un acto benéfico y, cuando su madre la invitó a tomar el té, Kitty había dicho que no podía quedarse: había un baile en el salón de la iglesia y estaba a cargo de los refrescos.

Fue su madre quien sugirió que Leonard acudiera al baile. Había sido lo último que habría imaginado hacer aquella noche, pero cualquier cosa era preferible a seguir en el salón escuchando las peroratas sobre las ventajas de servir vino caliente, así que se levantó de un salto y dijo:

—Voy a buscar el abrigo.

Mientras caminaban por una calle del pueblo en la creciente oscuridad, Kitty le había preguntado por Tom.

Todo el mundo le había preguntado por Tom, así que Leonard ya tenía preparada una respuesta.

—Ya conoces a Tom —había dicho—. Nada le hunde el ánimo.

Kitty había sonreído y Leonard se había preguntado cómo era posible que nunca se hubiera fijado en el hoyuelo de su mejilla.

Bailó mucho esa noche. En el pueblo había escasez de hombres, así que le divirtió —y le complació— la alta demanda. Muchachas que nunca se habían fijado en él ahora hacían cola para bailar.

Empezaba a hacerse tarde cuando miró atrás y vio a Kitty tras una mesa cubierta con un mantel en un extremo de la pista de baile. Había pasado toda la noche sirviendo sándwiches de pepino y trozos de bizcocho y se le había soltado el pelo. Terminaba la canción cuando Kitty vio que la estaba mirando y le saludó, tras lo cual Leonard se excusó ante su compañera de baile.

—Bueno, señorita Barker —dijo al llegar a su lado—, debo decir que ha sido un éxito rotundo.

—Dices bien. Hemos recaudado mucho más de lo que esperaba para nuestro ejército. Lo único que lamento es que no he tenido ni un momento para bailar.

—Es lamentable, claro que sí. No sería justo que terminara esta noche sin que bailaras al menos un foxtrot, ¿verdad?

Una vez más, ese hoyuelo en la mejilla al sonreír.

Leonard posó la mano en su espalda mientras bailaban y se fijó en lo suave que era su vestido, el fino collar dorado que llevaba al cuello, cómo le brillaba el pelo.

Se ofreció a acompañarla a casa y hablaron con soltura y naturalidad. Para ella fue un alivio que el baile hubiera salido bien; había estado preocupada.

Había refrescado un poco por la noche y Leonard le ofreció el abrigo.

Le preguntó por la vida en el frente y Leonard descubrió que le resultaba más fácil hablar de ello en la oscuridad. Él habló y ella escuchó y, cuando terminó de decir todo lo que era capaz, le contó que todo parecía un mal sueño de vuelta aquí, caminando con ella, y ella dijo que en ese caso no le haría más preguntas. Comenzaron a rememorar aquella feria de Pascua de 1913, el día que se conocieron, y Kitty le recordó que habían paseado hasta lo alto de la colina que hay detrás del pueblo, los tres —Kitty, Leonard y Tom— y se sentaron bajo ese roble enorme, con vistas a todo el sur de Inglaterra.

—Dije que se veía hasta Francia, ¿te acuerdas? —preguntó Kitty—. Y tú me corregiste: «Eso no es Francia, es Guernsey».

—Qué pedante era.

—Claro que no.

—Sí, claro que sí.

—Bueno, quizás un poco.

—¡Eh!

Kitty se rio, le tomó de la mano y dijo:

—Vamos a subir a la colina.

—¿Ahora que ha oscurecido?

—¿Por qué no?

Corrieron juntos colina arriba y Leonard tuvo la fugaz idea de que era la primera vez en más de un año que corría sin temer por su vida; el pensamiento, la sensación, la libertad eran estimulantes.

En la oscuridad, bajo el árbol, en la cima de la colina que dominaba el pueblo, la cara de Kitty bajo la luz plateada de la luna, Leonard había alzado un dedo para trazar una línea desde lo alto de la nariz de ella, casi sin tocarla, hasta llegar a los labios. No había sido capaz de contenerse. Ella era perfecta, una maravilla.

Ninguno de los dos habló. Kitty, que aún llevaba el abrigo de él encima de los hombros, se arrodilló a su lado y comenzó a desabrocharle la camisa. Deslizó la mano bajo el algodón y la mantuvo quieta junto al corazón. Él le rodeó la cara con la mano, le acarició la mejilla con el pulgar y ella se inclinó al notar el contacto. La acercó hacia sí y se besaron, y en ese momento la suerte quedó echada.

Después, se vistieron en silencio y se sentaron juntos bajo el árbol. Leonard le ofreció un cigarrillo y ella lo fumó antes de decir, como si tal cosa:

—Tom no tiene que enterarse.

Leonard había asentido para mostrar su acuerdo, pues era evidente que Tom no debía saberlo.

—Ha sido un error.

—Sí.

—Esta maldita guerra.

—Ha sido mi culpa.

—No. No ha sido tu culpa. Pero lo quiero, Leonard. Siempre le he querido.

—Lo sé.

Había tomado la mano de Kitty y le dio un apretón, pues lo sabía bien. También él quería a Tom y no dudó de ello.

Se vieron una o dos veces antes de regresar al frente, pero solo de pasada, siempre en presencia de otras personas. Y fue extraño porque en esos momentos sabía que era cierto, que Tom no debía saberlo y que ambos seguirían con su vida como si nada hubiera sucedido.

Una semana más tarde, de vuelta en el frente, cuando el peso del lugar comenzaba a abrumarle, Leonard empezó a dar vueltas a los hechos en su mente y siempre llegaba a la misma pregunta, una pregunta de niño, pequeño y necesitado, que le hacía despreciarse a sí mismo: ¿por qué su hermano parecía salir victorioso siempre?

Tom fue uno de los primeros hombres a los que Leonard vio al llegar a la trinchera y su rostro, sucio de barro, se iluminó con una sonrisa mientras se ponía el casco.

—¡Bienvenido, Lenny! ¿Me has echado de menos?

Una media hora más tarde, mientras compartían una taza de té de trinchera, Tom le preguntó por Kitty.

—Solo la vi una o dos veces.

—Me lo dijo en su carta. Qué bien. Supongo que no tendríais tiempo para una conversación especial, ¿verdad?

—¿A qué te refieres?

—¿Te contó algo íntimo?

—No seas tonto. Casi ni hablamos.

—Veo que el permiso no te ha mejorado el ánimo. Solo quería decir —su hermano era incapaz de dejar de sonreír— que Kitty y yo nos vamos a casar. Estaba convencido de que ella no iba a ser capaz de resistir la tentación y te lo diría. Prometimos que no se lo íbamos a decir a nadie hasta que acabara la guerra... Por su padre, ya sabes.

Tom parecía tan contento consigo mismo, con una felicidad tan juvenil, que Leonard sintió el impulso de darle un fuerte abrazo y palmearle la espalda.

—Felicidades, Tom. Me alegro muchísimo por los dos.

Tres días más tarde, su hermano estaba muerto. Lo alcanzó un trozo de metralla. Murió por la pérdida de sangre en las horas largas y oscuras transcurridas tras el golpe, tirado en tierra de nadie mientras Leonard escuchaba desde la trinchera. —*Ayúdame, Lenny, ayúdame*—. Lo único que rescataron de él, de Tom el del muro del jardín, Tom el campeón de contener la respiración, Tom el chico más popular, fue una carta perfumada de Kitty y una moneda sucia y vieja.

No, las palabras sobre la culpa y el perdón de Lucy Radcliffe habían sido bienintencionadas, pero se había equivocado en las semejanzas que había creído percibir entre ellos. La vida era complicada; las personas cometían errores, sin duda. Pero ellos dos eran diferentes. La culpa respecto a la muerte de sus hermanos no era la misma.

Después de la muerte de Tom, Kitty había comenzado a escribirle a Francia y Leonard le respondía y, cuando terminó la guerra y regresó a Inglaterra, Kitty había ido a verle una noche en su cuarto de Londres. Trajo una botella de ginebra que bebieron entre los dos y hablaron de Tom y ambos lloraron. Cuando ella se fue, Leonard había dado por hecho que ahí se acabaría su historia. Sin embargo, no sabía muy bien cómo, pero la muerte de Tom los había unido. Eran dos lunas que orbitaban en torno a su recuerdo.

Al principio, Leonard se dijo que estaba cuidando a Kitty por su hermano y tal vez si no hubiera ocurrido aquella noche de 1916, podría haberlo creído. La verdad, sin embargo, era más compleja y menos honrosa y no pudo ocultarla por mucho tiempo. Tanto Kitty como él sabían que había sido su deslealtad de aquella noche lo que había provocado la muerte de Tom. Sabía bien que no era una idea racional, pero no por ello era menos cierta. Lucy Radcliffe tenía razón a pesar de todo: nadie es capaz de soportar la carga de tanta culpa para siempre. Tenían que justificar el devastador efecto de su acción, así que aceptaron, sin hablar de ello, que lo sucedido en la colina aquella noche era amor.

Permanecieron juntos. Unidos por el dolor y la culpa. Detestaban la razón de su vínculo, pero eran incapaces de romperlo.

Ya no hablaban acerca de Tom, no de forma explícita. Sin embargo, él siempre estaba con ellos. Estaba en la fina alianza de oro con su pequeño y bonito diamante que Kitty llevaba en la mano derecha; estaba en las miradas que lanzaba a Leonard, con cierta sorpresa, como si hubiera esperado ver a otra persona; estaba en los rincones oscuros de las habitaciones, en todos los átomos del aire soleado.

Sí, Leonard creía en fantasmas, claro que sí.

Leonard había llegado a la puerta de Birchwood Manor y entró. El sol comenzaba a bajar por el cielo y las sombras se iban alargando por el campo. Al mirar hacia el muro del jardín, Leonard se detuvo en seco. Ahí, recostada sobre la hierba soleada bajo el arce japonés, vio a una mujer dormida. Durante un breve momento, pensó que era Kitty, que habría decidido no ir a Londres después de todo.

Leonard se preguntó si sería una alucinación, pero cayó en la cuenta de que no era Kitty. Era la mujer del río de aquella mañana: la mujer de esa pareja a la que él había preferido evitar.

Ahora le resultaba imposible apartar la mirada. Junto al cuerpo dormido había un par de zapatos bajos de cuero y a Leonard esos pies descalzos sobre la hierba le parecieron una visión erótica. Se encendió un cigarrillo. Era su indefensión, supuso, lo que le atraía. Su súbita aparición aquí, en este lugar.

Mientras Leonard miraba, la mujer se despertó y se estiró y en su rostro se dibujó una expresión beatífica. La forma en que miraba la casa despertó en Leonard un distante reconocimiento. Pureza, sencillez, amor. Le entraron ganas de llorar como no había llorado desde que era pequeño. Por todas las pérdidas, el caos repugnante y la conciencia de que, por mucho que lo quisiera, jamás podría volver y borrar el horror, como si no hubiera sucedido; que, hiciera lo que hiciera con su vida, la guerra y la muerte de su hermano y los años perdidos desde entonces siempre formarían parte de su historia.

—Lo siento —dijo la mujer, pues le había visto—. No pretendía entrar sin permiso. Me perdí.

Su voz era como una campanilla, pura e inmaculada, y Leonard quiso correr hasta ella y agarrarla de los hombros y avisarla, decirle que la vida podía ser brutal, fría y abrumadora.

Quiso decirle que todo era en vano, que las buenas personas morían demasiado jóvenes, sin ningún motivo, y que el mundo estaba lleno de gente que trataría de hacerle daño y que era imposible saber qué le aguardaba a la vuelta de la esquina o si llegaría a dar la vuelta a la esquina.

Y sin embargo...

Mientras Leonard miraba a la mujer y ella miraba la casa, un rayo de sol pasó entre las hojas del arce para iluminar a la joven y el corazón de Leonard se expandió de un modo doloroso y comprendió que también quería decirle que, por algún extraño motivo, ese sinsentido de la vida era lo que la volvía tan bella y única y maravillosa. Que a pesar de la violencia —o mejor dicho precisamente por la violencia—, todos los colores se habían vuelto más brillantes después de la guerra. Que sin esa oscuridad era imposible notar las estrellas.

Todo eso quiso decirle, pero las palabras se le quedaron en la garganta y, en su lugar, levantó la mano a modo de saludo, un gesto tonto que la mujer no vio porque ya había apartado la vista.

Entró en la casa y por la ventana de la cocina miró cómo la mujer recogía el bolso y, tras dedicar una sonrisa deslumbrante a la casa, desapareció bajo la luz del sol. No la conocía. No volvería a verla. Y, sin embargo, deseó haberle dicho que él también se había perdido. Se había perdido, pero la esperanza aún revoloteaba como un pájaro que no siempre estaba a la vista y cuyo canto le decía que si seguía poniendo un pie delante del otro, quizás volviera a casa.

VII

Me dijo una vez mi padre que cuando vio a mi madre asomada a la ventana de la casa de su familia, fue como si hubiera vivido hasta ese momento en la penumbra. Tras conocerla, me dijo, los colores, los aromas, las sensaciones que ofrecía el mundo se volvieron más brillantes, más intensos, más creíbles.

Yo era pequeña y esa historia me pareció un cuento de hadas, pero las palabras de mi padre volvieron a mi mente la noche que conocí a Edward.

No fue amor a primera vista. Quienes así hablan convierten el amor en una farsa.

Fue un presentimiento. La conciencia inexplicable de que algo importante había sucedido. Algunos momentos son así: brillan como pepitas en la batea del buscador de oro.

He dicho que he nacido dos veces, la primera de mi padre y mi madre, la segunda cuando desperté en la casa de la señora Mack, encima de la tienda que vendía pájaros y jaulas en Little White Lion Street.

Esa es la verdad. Pero no es toda la verdad. Pues hubo una tercera parte en la historia de mi vida.

Nací de nuevo frente al Teatro Real en Drury Lane, una cálida noche de 1861, a un mes de cumplir los diecisiete años. La misma edad que tenía mi madre cuando nací por primera vez, aquella noche estrellada en esa casa angosta de Fulham, a orillas del Támesis.

La señora Mack tenía razón, por supuesto, cuando dijo que tocaban a su fin los días de la Pequeña Perdida y la Pequeña Pasajera, así que tramaron un nuevo ardid, se hicieron con un nuevo disfraz y un nuevo personaje fue mi segunda piel. Era bastante sencillo: la entrada del teatro era un hervidero de actividad. Los vestidos de las mujeres eran coloridos y generosos, la reserva de los hombres cedía ante el whisky y la expectativa; a una mujer de dedos veloces se le presentaban numerosas oportunidades de separar a un caballero de sus objetos de valor.

El único problema era Martin. Yo ya no era una niña sin experiencia, pero él se negaba a dejar el papel de guardián que se le había encomendado. Importunaba a la señora Mack, le llenaba la cabeza con todas las maneras imaginables en que me podría ocurrir algo malo o incluso —le oí susurrar una vez, cuando pensaba que yo no estaba escuchando— «traicionarlos»; y propuso un arreglo según el cual él podía inmiscuirse en mi trabajo. Argumenté que estaba complicando demasiado las cosas, que prefería trabajar sola, pero él siempre estaba ahí, con su irritante mirada de amo y señor.

Aquella noche, sin embargo, le había dado esquinazo. La obra había terminado y me había abierto camino por la entrada para salir a toda prisa por un lateral, que me dejó en un callejón que se alejaba del teatro. Había sido una buena noche: el bolsillo oculto de mi vestido iba bien cargado y yo estaba alegre. La última carta de mi padre decía que, tras una serie de contratiempos desafortunados, el negocio de hacer relojes en el que se había embarcado era casi solvente. Mi esperanza era que, tras un verano fructífero, me concediera permiso para viajar a Estados Unidos. Habían pasado nueve años desde que me dejó con la señora Mack.

Estaba sola en el callejón, preguntándome si debía atajar por las callejas de vuelta a casa o seguir por el abarrotado Strand para añadir una a dos carteras más a mi botín, y, en ese momento de indecisión, Edward salió por la misma puerta y me sorprendió sin mi máscara.

Fue como la claridad repentina que viene cuando se disipa la niebla. Me sentí alerta, a la expectativa, y al mismo tiempo no me sorprendí, pues ¿cómo podría haber terminado la noche sin que nos hubiéramos conocido?

Se acercó a mí y cuando estiró la mano para rozarme la mejilla, su tacto fue tan leve como si yo fuera uno de los tesoros de la colección del padre de Joe el Pálido. Sus ojos me estudiaron.

No sabría decir cuánto tiempo pasamos así —segundos, minutos—, pues los límites del tiempo se habían desdibujado.

Solo cuando apareció Martin, que gritó: «¡Quieto! ¡Al ladrón!», se rompió el hechizo. Parpadeé y di un paso atrás.

Martin se lanzó a soltar su artimaña, tan bien aprendida, pero de repente su aspecto andrajoso me hizo perder la paciencia. No, dije con firmeza, este hombre no era un ladrón.

Claro que no, dijo Edward, era pintor y deseaba pintar mi retrato.

Martin comenzó a trastabillarse con sinsentidos sobre las jóvenes, su «hermana», el decoro; pero Edward no lo tuvo en cuenta. Habló de su familia, prometió que él y su madre vendrían a casa a conocer a mis padres para que vieran que era un caballero de buen carácter y que llegar a un acuerdo con él no supondría una mancha en mi reputación.

Fue tan inesperada la propuesta, tan extravagante el deseo de conocer a mis padres y mi casa, que confieso que me halagó la idea de que mi honra exigiera tales protecciones.

Me mostré de acuerdo y, antes de irse, me preguntó mi nombre y, como Martin no nos quitaba ojo, le respondí lo primero que se me vino a la mente:

—Lily —dije—. Me llamo Lily Millington.

La señora Mack, con su buen olfato para los negocios, se puso manos a la obra sin pensárselo dos veces. Comenzó al instante el proceso de convertir el salón en la viva imagen de la felicidad doméstica. Una de las nuevas, Effie Granger, que tenía once años pero era alta para su edad, se enfundó un uniforme blanco y negro de criada, que Martin sisó en un tendedero de Chelsea, y recibió una lección breve y brutal sobre las reglas del servicio. Martin y el Capitán debían desempeñar el papel de hermano y padre cabales y la señora Mack comenzó el proceso de encarnar a la Madre Amantísima en Dificultades con una pasión que habría sido la envidia de las actrices de Drury Lane.

Cuando llegó el día tan esperado, enviaron a los más jóvenes arriba con la estricta orden de ni siquiera rozar las cortinas de encaje para cotillear si sabían lo que les convenía y los demás esperamos abajo, nerviosos, a que sonara el timbre.

Hicieron pasar a Edward y su madre, una mujer de quien más tarde la señora Mack diría que tenía modales continentales, quien no pudo contenerse y lanzó a su alrededor una mirada de curiosidad mientras se quitaba el sombrero. Pensara lo que pensara del «señor y señora Millington» y su hogar, su hijo era su gran orgullo y había depositado en él todas sus aspiraciones artísticas; si su hijo creía que la señorita Millington era lo que necesitaba para completar su visión, la señorita Millington sería suya. Y si para ello tenía que beber té de unos extraños en Covent Garden, estaba más que dispuesta a hacerlo.

Durante toda la cita me quedé sentada en un extremo del sofá —privilegio que rara vez se me concedía— y Edward en el otro, mientras la señora Mack recitaba, supongo que con palabras que a sus oídos sonaban decorosas y bien educadas, mi bondad y virtud.

—Una buena cristiana de pies a cabeza, mi Lily. Inocente como una recién nacida.

—Me alegra mucho oírlo —dijo la señora Radcliffe con una sonrisa encantadora—. Y así seguirá. El difunto padre de mi esposo es el conde de Beechworth y mi hijo es un caballero de carácter nobilísimo. Tiene mi palabra de que cuidará de su hija como si fuera de nuestra familia y volverá a usted en la misma condición que se fue.

—Veremos —dijo el Capitán, a quien le había tocado el papel de Padre Reticente.

(Cuando no sepas qué decir —le había instruido la señora Mack—, gruñe. Y, pase lo que pase, no te quites esa pierna).

Al final obtuvieron el permiso y acordaron el importe, cuyo pago, declaró la señora Mack, le ayudaría a confiar en que la virtud de su hija permanecería intacta.

Y entonces, cuando al fin me permití mirar a Edward a los ojos, se acordó la fecha en la que tendría lugar el primer posado.

Su estudio se encontraba en el jardín de atrás de la casa de su madre, en Hamsptead, y el primer día me tomó de la mano para ayudarme a recorrer un camino resbaladizo.

—Flores de cerezo —dijo—, preciosas pero letales.

No sabía nada de pintores y todos mis conocimientos de arte se los debía a los libros de Joe el Pálido y las paredes de la casa de su padre. Así que cuando Edward abrió la puerta, yo no sabía qué esperar.

Era una habitación pequeña, con una alfombra persa sobre la que había un caballete frente a un sillón sencillo pero elegante. Tenía el techo de cristal y las paredes, pintadas de blanco, eran de madera; una mesa de trabajo con estantes debajo, llenos de cajones amplios, se extendía a lo largo de dos paredes. La mesa estaba cubierta de frascos diminutos que contenían pigmentos, botellas de líquidos varios y latas con pinceles de todos los tamaños.

Edward se acercó a encender la caldera situada en el rincón más lejano. No quería que yo tuviera frío, comentó; me pidió que le dijera si algo me hacía sentir incómoda. Me ayudó a quitarme el abrigo y cuando sus dedos me rozaron el cuello, sentí que se me calentaba la piel. Me indicó que me sentara en el sillón; hoy iba a trabajar en unos estudios. Noté en ese momento que en la parte trasera de la habitación la pared estaba cubierta de una colección dispar de bocetos a lápiz y a tinta.

Aquí, ahora, en esta extraña existencia que no transcurre en realidad ni aquí ni ahora, veo pero nadie me ve. Antes no comprendía lo fundamental que era el acto de intercambiar miradas: mirar a los ojos de otro ser humano. No comprendía tampoco qué rara es la oportunidad de dedicar toda nuestra atención a otra persona, sin miedo a que nos sorprendan.

Mientras Edward me estudiaba, yo le estudiaba a él.

Me volví adicta a su concentración. Y descubrí también el poder de ser observada. Si yo movía el mentón, aunque fuera un poco, veía que ese cambio se reflejaba en su gesto. Un leve entrecerrar de los ojos al tomar en consideración el nuevo ángulo de la luz.

Voy a contarte algo más que sé: es difícil no enamorarse de un hombre apuesto que te dedica toda su atención.

Dentro del estudio no había reloj. No había tiempo. Al trabajar juntos, día tras día, el mundo más allá de los muros se disolvía. Existía Edward y existía yo e incluso esos límites se volvieron borrosos en el extraño ensimismamiento de nuestra labor.

A veces me hacía preguntas sobre mí misma sin previo aviso para perturbar el silencio espeso de la habitación y yo le respondía lo mejor que podía mientras él me escuchaba sin dejar de pintar, una fina arruga entre las cejas, reflejo de la concentración. Al principio podía eludir la verdad, pero, a medida que pasaron las semanas,

comencé a temer que notaría mis sombras y mis eufe-
mismos. Más aún, sentí la necesidad novedosa e inquietante de mostrarme al desnudo.

Y así desviaba la conversación a temas más seguros,
como el arte y la ciencia o lo que hablaba con Joe el Pálido sobre la vida y el tiempo. Esto le sorprendía, pues
sonreía con el ceño levemente fruncido y dejaba lo que
estaba haciendo para contemplarme por encima del lienzo. Estos temas le resultaban de gran interés, me dijo al
cabo de un tiempo, y me habló de un ensayo que había
escrito acerca de la conexión entre las personas y los lugares, sobre cómo ciertos paisajes eran más poderosos
y nos hablaban en el presente de los acontecimientos del
pasado.

Edward no se parecía a nadie que hubiera conocido. Cuando hablaba, era imposible no escucharle. Se
entregaba en cuerpo y alma a lo que estuviera haciendo,
sintiendo o expresando en ese momento. Me descubría
a mí misma pensando en él cuando no estábamos juntos.
Recordaba un sentimiento que él había expresado, cómo
había echado la cabeza atrás al soltar una carcajada mientras yo le contaba una anécdota, y deseaba volver a hacerle reír así de nuevo. Ya no recordaba qué solía pensar
de las cosas antes de conocerle. Él era la música que se
mete en la cabeza de alguien y le cambia el ritmo del
pulso; la necesidad inexplicable que nos insta a actuar
sin hacer caso de la prudencia.

Jamás nos interrumpían, salvo, apenas un momento, cuando llegaba el té recién hecho. A veces era su madre quien traía la bandeja, deseosa de echar un vistazo
por encima del hombro y ver cómo avanzaba la obra.
Otros días era la criada. Y una mañana, tras haber que-

dado con Edward una vez al día durante una o dos semanas, cuando llamaron a la puerta y él respondió: «Adelante», fue una jovencita de unos doce años quien portaba la bandeja, con sumo cuidado.

Avanzaba con un nerviosismo que enseguida me hizo encariñarme de ella. No era bonita, pero en el gesto de su mandíbula noté una fuerza que me hizo pensar que sería mejor no subestimarla; era curiosa, además, pues sus ojos fueron a toda velocidad de Edward a mí y a los bocetos de la pared. La curiosidad era un rasgo con el que me identificaba y que, en verdad, siempre me ha parecido un requisito para la vida. ¿Qué propósito podría encontrar una persona en este valle de sombras si la curiosidad no le iluminara el camino? Supuse de inmediato quién era y cómo no:

—Mi hermana pequeña —dijo Edward con una sonrisa—. Lucy. Y, Lucy, esta es Lily Millington, «La Belle».

Hacía seis meses que conocía a Edward cuando *La Belle* se expuso por primera vez en la Real Academia en noviembre de 1861. Me habían pedido que llegara a las siete y la señora Mack estaba ansiosa por conseguirme un vestido digno para la ocasión. Para una mujer de semejante confianza en sí misma, casi era enternecedor ver cómo le impresionaba la celebridad, más aún si la acompañaba la perspectiva de ingresos constantes.

—Ya está —dijo, abrochando los botones de nácar que subían por la espalda hasta la nuca—. Juega bien tus cartas, niña mía, y esto podría ser el comienzo de algo maravilloso. —Señaló con un gesto de la cabeza la colección de *cartes de visite* que había sobre el mantel:

miembros de la familia real y otras personas bien cono-
cidas y distinguidas—. Podrías estar a punto de ser una
de ellas.

Como era de esperar, Martin no compartía ese entusiasmo. Le había contrariado el tiempo que había pasado como modelo de Edward y, al parecer, se había tomado mi ausencia como un desaire personal. Algunas
noches, en el salón de la señora Mack, le oí quejarse sobre
el descenso en los ingresos y cuando esos argumentos
no lograron disuadirla —el salario por mis servicios de
modelo compensaba con creces las ganancias como ladrona—, insistió en que era demasiado arriesgado dejar
que me acercara tanto a la gallina de los huevos de oro.
A pesar de todo, era la señora Mack quien estaba al mando. Me habían invitado a una exposición en la Real Academia, uno de los eventos sociales más importantes de Londres, así que, con Martin en los talones, ahí me enviaron.

Al llegar me encontré con un gentío: hombres con
relucientes sombreros de copa y chaquetas largas y mujeres con exquisitos vestidos de seda, que abarrotaban el
gran salón. Sus miradas apenas me rozaron cuando me
abrí paso en ese mar cálido y espeso. El aire estaba muy
cargado y arrastraba las conversaciones interrumpidas
de vez en cuando por una carcajada.

Estaba comenzando a desfallecer cuando de repente vi la cara de Edward ante mí.

—Aquí estás —dijo—. Te he esperado en la otra
entrada, pero no te vi.

Cuando me tomó la mano, sentí que me recorría una
descarga de energía eléctrica. Era una novedad para mí
verlo así, en público, tras haber pasado seis meses reclui-
da en su estudio. Sobre cuántas cosas habíamos hablado

y cuánto sabía ya de él y, sin embargo, aquí, rodeado de
estos risueños desconocidos, Edward se me aparecía fuera de contexto. Ese nuevo ambiente, tan familiar para él
y tan ajeno a mí, lo convirtió en una persona diferente a
la que yo conocía.

Me guio entre la multitud hasta el cuadro. Había alcanzado a verlo un momento en el estudio, pero nada me
habría preparado para verlo así, en la pared, majestuoso
por el simple hecho de estar expuesto. Sus ojos explora-
ron los míos.

—¿Qué te parece?

Por una vez me quedé sin palabras. Era un cuadro
extraordinario. Era de colores vivos, mi piel estaba llena
de luz y daba la impresión de estar caliente al tacto. Me
había pintado en el centro del lienzo y mi cabello flotaba
ondeado, mis ojos miraban sin disimulo y tenía la expresión de haber contado un secreto que no estaba dispuesta a repetir. Y, sin embargo, había algo subyacente
en la imagen. Edward había captado en ese bello rostro
—mucho más bello que el mío— una vulnerabilidad que
volvía exquisita la escena.

Aun así, no era solo el cuadro lo que me había dejado sin palabras. *La Belle* es una cápsula del tiempo.
Bajo las pinceladas y los pigmentos se encontraban todas
las palabras, todas las miradas que Edward y yo habíamos intercambiado; ella conserva todas nuestras risas y
esos instantes en que se acercó para tocarme la cara y mo-
verla con cuidado hacia la luz. Cada pensamiento de
Edward está ahí plasmado, al igual que cada momento en
que nuestras mentes coincidieron en aquel estudio ais-
lado en el rincón de un jardín. En el rostro de La Belle
hay miles de secretos ocultos, que juntos cuentan una

historia que solo conocemos Edward y yo. Verla ahí, colgada de la pared en una sala llena de desconocidos bulliciosos, fue abrumador.

Edward todavía esperaba una respuesta y dije:

—Es...

Me estrechó la mano.

—¿A que sí?

Edward se excusó, pues acababa de ver al señor Ruskin, y me dijo que volvería enseguida.

Seguí mirando el cuadro y noté que un hombre apuesto y alto se había acercado a mí.

—¿Qué te parece? —dijo, y al principio pensé que me estaba hablando a mí. Me estaba esforzando en encontrar palabras cuando otra mujer respondió. Se hallaba al otro lado del hombre, era bonita y menuda, de pelo castaño claro y boca fina.

—El cuadro es maravilloso, como siempre —dijo—. Pero me pregunto por qué insiste en escoger modelos de los barrios bajos.

El hombre se rio.

—Ya conoces a Edward. Siempre ha sido de carácter depravado.

—Esa mujer lo envilece. Fíjate cómo nos mira, sin ningún decoro; no tiene ni vergüenza ni clase. ¡Y mira qué labios! Ya se lo he dicho al señor Ruskin.

—¿Y qué te respondió?

—Se sentía inclinado a pensar lo mismo, aunque dijo que suponía que Edward se había propuesto probar eso mismo. Algo sobre el contraste, la inocencia del escenario y la osadía de la mujer.

Todas las células de mi cuerpo se encogieron. Deseé más que nada desaparecer en el aire. Había sido un grave error haber venido; lo comprendí en ese momento. Martin estaba en lo cierto. Me había dejado embelesar por la energía que rodeaba a Edward. Había bajado la guardia. Había creído que éramos compañeros en una gran obra. Había sido estúpida a más no poder.

Me ardieron las mejillas de vergüenza y quise escapar. Eché un vistazo a mi espalda para ver si sería fácil llegar a la puerta. La sala rebosaba de invitados, todos apretados los unos contra los otros, y el aire estaba viciado, lleno de humo de tabaco y colonia.

—Lily. —Edward había vuelto y tenía un gesto cálido y entusiasta. Pero cuando vio mi mirada, dijo—: ¿Qué pasa?, ¿qué ha ocurrido?

—¡Aquí estás, Edward! —dijo el hombre alto y apuesto—. Me estaba preguntando dónde te habrías metido. Estábamos aquí, admirando *La Belle*.

Edward me lanzó una mirada de ánimo antes de girarse hacia la sonrisa de su amigo, que le estaba dando unas palmaditas en el hombro. Posó con delicadeza la mano en mi espalda y me llevó hacia delante.

—Lily Millington —dijo—, este es Thurston Holmes, de la Hermandad Magenta, un buen amigo mío.

Thurston me tomó la mano y la rozó con los labios.

—Vaya, así que esta es la famosa señorita Millington sobre la que tanto he oído hablar. —Me miró a los ojos y noté en los suyos un interés inconfundible. Era imposible crecer en las callejas angostas de Covent Garden y las calles oscuras alrededor del Támesis y no reconocer una mirada así—. Es un placer conocerla al fin. Ya era hora de que la compartiera con nosotros.

A su lado, la mujer de cabello castaño tendió una mano fría y pequeña y dijo:

—Veo que voy a tener que presentarme a mí misma. Soy la señorita Frances Brown. Aunque pronto seré la señora de Edward Radcliffe.

En cuanto vi a Edward enfrascado en una conversación con otro invitado, di una vaga excusa a nadie en concreto y me abrí paso entre la multitud hasta llegar a la puerta.

Fue un alivio escapar de esa sala y, sin embargo, mientras me confundía entre los pliegues oscuros de la noche fría, no pude evitar sentir que había salido de más de un lugar. Había dejado atrás un mundo tentador lleno de creatividad y luz y ahora me encontraba en las callejas lúgubres y sombrías de mi pasado.

Ahí, en ese callejón, mientras esa idea me rondaba por la cabeza, sentí un apretón en la muñeca. Me giré, esperando ver a Martin, quien había merodeado toda la noche por Trafalgar Square, pero era el amigo de Edward, Thurston Holmes. Oí el ruido procedente del Strand, pero, salvo por un vagabundo tirado en una alcantarilla, estábamos solos.

—Señorita Millington —dijo—. Se ha ido de repente. Me preocupaba que se sintiera mal.

—Estoy bien, gracias. Hacía mucho calor ahí dentro... Necesitaba aire fresco.

—Puede resultar abrumador, imagino, cuando no se está acostumbrado a recibir tanta atención. Pero me temo que no es seguro para una joven ir por aquí sola. La noche está llena de peligros.

—Gracias por su preocupación.

—Tal vez podría acompañarla a algún lugar para tomar un refresco. Tengo unas habitaciones por aquí cerca y una casera muy comprensiva.

Supe al instante qué tipo de refresco deseaba.

—No, gracias. No quiero entretenerlo en su noche.

Se acercó más en ese momento y me puso una mano en la cintura, que deslizó por la espalda y me acercó hacia sí. Con la otra mano, sacó dos monedas de oro del bolsillo, que sujetó con dos dedos.

—Le prometo que seré muy generoso.

Le miré a los ojos y no aparté la vista.

—Como ya he dicho, señor Holmes, quiero tomar el aire.

—Como desee. —Se quitó el sombrero y se despidió con un gesto rápido de la cabeza—. Buenas noches, señorita Millington. Hasta la próxima.

Fue un encuentro desagradable y, a pesar de todo, tenía cosas más importantes en las que pensar. No deseaba regresar todavía a la casa de la señora Mack y así, con cuidado para no llamar la atención de Martin, fui al único lugar que se me ocurrió.

Si a Joe el Pálido le sorprendió verme, no dio muestras de ello: puso el marcapáginas en el libro y lo cerró. Habíamos hablado con entusiasmo de la exposición del cuadro y él se giró hacia mí para escuchar mi historia triunfal. En vez de eso, en cuanto abrí la boca para hablar, me eché a llorar... Yo, que no había llorado desde aquella mañana en que me desperté en la casa de la señora Mack sin mi padre.

—¿Qué pasa? —dijo con cierta alarma—. ¿Qué ha ocurrido? ¿Te han hecho daño?

Le dije que no, que no había pasado nada por el estilo. Que ni siquiera sabía muy bien por qué estaba llorando.

—Entonces, empieza desde el principio y cuéntamelo todo. Así tal vez yo sí sepa por qué lloras.

Y eso fue lo que hice. Primero le hablé del cuadro: cómo me había situado ante él y había sentido timidez ante mí misma. Cómo la imagen que había creado Edward en ese estudio con techo de cristal era mucho más que yo. Que era radiante; que borraba todas las mezquinas preocupaciones de la vida cotidiana; que captaba la vulnerabilidad y la esperanza y la mujer oculta bajo los artificios.

—Entonces, estás llorando porque la obra es tan hermosa que te ha conmovido.

Negué con la cabeza, pues sabía que no se trataba de eso.

Le hablé del hombre alto y apuesto que se había acercado a mí y de la mujer bonita, con su pelo castaño claro y su boca fina, y todo lo que habían dicho y cómo se habían reído.

Joe el Pálido suspiró y asintió.

—Estás llorando porque la mujer dijo cosas hirientes sobre ti.

Volví a negar con la cabeza porque nunca me habían importado las opiniones de los desconocidos.

Le conté que mientras les escuchaba, me fijé en ese vestido tan llamativo que me había conseguido la señora Mack. Al principio me había parecido extraordinario —el terciopelo estampado, los delicados ribetes de encaje alrededor del escote—, pero de pronto comprendí que era estridente y demasiado colorido.

Joe el Pálido frunció el ceño.

—Sé que no estás llorando porque te habría gustado llevar otro vestido.

Estuve de acuerdo con él en que el vestido no era el problema; sin embargo, en esa sala había reparado en que era yo lo que resultaba estridente y demasiado llamativo y una furia repentina contra Edward se había apoderado de mí. Había confiado en él, pero él me había traicionado, ¿a que sí? Me había hecho sentirme en casa en su compañía, en su mundo, me había engatusado al prestarme toda su atención —esos ojos atentos y oscuros, el mentón apretado cuando se concentraba, el atisbo de necesidad—, pues todo, sin duda, no fueron imaginaciones mías, ¿verdad?... Solo para humillarme en una sala llena de gente que no tenía nada en común conmigo, que veía al instante que yo no era una de los suyos. Cuando me invitó, yo había pensado... Bueno, lo había comprendido mal. Y, cómo no, estaba su prometida, esa mujer bonita de rasgos agradables y ropa de calidad. Me lo debería haber contado; así me habría preparado y habría llegado con la cabeza sobre los hombros. Me había engañado y no quería volver a verlo.

Joe el Pálido me miraba con una expresión triste y cariñosa y supe qué iba a decir. Que era una acusación injusta. Que había sido una insensata y que era yo quien había cometido un error, pues Edward no me debía nada. Me habían contratado y pagado para realizar una tarea: posar de modelo para un cuadro que deseaba exponer en la Real Academia.

Sin embargo, Joe el Pálido no dijo nada de eso. En su lugar, me rodeó con los brazos y dijo:

LA HIJA DEL RELOJERO

—Birdie, pobrecita mía. Estás llorando porque estás enamorada.

Tras despedirme de Joe el Pálido, me apresuré por las calles oscuras de Covent Garden, abarrotadas con hombres de mofletes rubicundos que salían de las tabernas y en cuyo aire flotaban las canciones de borrachos que llegaban de los sótanos junto al humo de tabaco y los olores de animales y fruta podrida.

Mi falda larga rozaba los adoquines y, al girar en Little White Lion Street, miré hacia arriba y vi la luna borrosa entre los edificios; no había estrellas, pues la niebla gris de Londres las ocultaba. Entré por la puerta de la tienda que vendía pájaros y jaulas con cuidado, para no despertar a esas criaturas aladas bajo los velos, y subí las escaleras de puntillas. Al pasar junto a la puerta de la cocina una voz surgió de la oscuridad:

—Vaya, vaya, mira quién ha vuelto a casa.

Vi a Martin sentado a la mesa, una botella de ginebra abierta frente a él. Por la ventana torcida caía un rayo de luz de luna y una parte de su cara desaparecía en la sombra.

—Te crees muy lista, ¿a que sí?, dándome esquinazo de esa manera. He perdido toda una noche esperándote. No podía trabajar el teatro yo solo, así que perdí el tiempo bajo la maldita columna de Nelson mirando a esos cretinos ir de aquí para allá. ¿Qué les voy a decir a mamá y al Capitán cuando me pregunten por qué no he traído el dinero que les había prometido, eh?

—No te he pedido que me esperes, Martin, y me alegraría mucho que me prometieras que no volverás a hacerlo.

368

—Oh, te alegraría, ¿a que sí? —Se rio, pero fue un sonido roto—. Te alegraría, claro que sí. Porque ahora eres toda una señorita. —Echó la silla atrás de repente y se acercó a mí. Me agarró de la barbilla y sentí su aliento, cálido contra el cuello, cuando añadió—: ¿Sabes lo primero que hizo mamá cuando viniste a vivir con nosotros? Me mandó arriba, a donde tú dormías, y me dijo: «Ve y mira qué hermana más bonita tienes. Habrá que andarse con ojo con esta. Recuerda lo que te digo, vamos a tener que andarnos con mucho ojo». Y mamá tenía razón. Veo cómo te miran esos hombres. Sé qué están pensando.

Estaba demasiado cansada para discutir otra vez sobre las mismas naderías de siempre. Tenía ganas de subir las escaleras y quedarme a solas en mi habitación para reflexionar sobre lo que me había dicho Joe el Pálido. Martin me lanzó una mirada lasciva y sentí asco pero también lástima por él, pues era un hombre cuya paleta no contenía ningún color. Desde niño su vida había transcurrido en unos límites demasiado estrechos, que nunca se habían ampliado. Como no dejaba de agarrarme la cara, dije en voz baja:

—No tienes que preocuparte, Martin. El cuadro ya está terminado. Estoy en casa. Todo ha vuelto a su lugar.

Tal vez había esperado que discutiera, pues se tragó sus siguientes palabras, fueran las que fueran. Parpadeó despacio y asintió.

—Bueno, no lo olvides —dijo—, no olvides que tu lugar está aquí, con nosotros. No eres una de ellas, diga lo que diga mamá cuando va detrás del oro de un artista. Eso es solo para quedar bien, ¿vale? Te van a hacer daño si lo olvidas y la culpa será solo tuya.

Me soltó por fin y me obligué a sonreír. Pero al darme la vuelta para marcharme, me agarró de la muñeca y me empujó hacia sí.

—Estás muy guapa con ese vestido. Ya eres una mujer hermosa. Eres toda una mujer.

Su tono era amenazante y pude imaginar el terror que recorrería el cuerpo de una joven acosada en la calle de este modo, al ver el escrutinio de su mirada, el labio torcido, las intenciones apenas disimuladas; y tendría buenas razones para reaccionar así. Pero yo conocía a Martin desde hacía mucho tiempo. Jamás me haría daño mientras viviera su madre. Yo era demasiado valiosa en sus negocios. Así que le dije:

—Estoy cansada, Martin. Es muy tarde. Mañana tengo mucho trabajo atrasado y debo acostarme. Mamá no querría que estuviéramos cansados con todo lo que hay que hacer mañana.

Al mencionar a la señora Mack, su mano perdió fuerza y aproveché la oportunidad para soltarme y subir a toda prisa. Dejé encendida la vela de sebo y me quité el vestido de terciopelo al instante y, cuando lo colgué del gancho de la puerta, estiré la falda para cubrir el ojo de la cerradura.

Aquella noche me desvelé pensando en lo que me había dicho Joe el Pálido, reviviendo cada minuto pasado junto a Edward en su estudio.

—¿Él también te quiere? —me había preguntado Joe el Pálido.

—No creo —había respondido yo—. Se va a casar.

Joe el Pálido había sonreído, paciente.

—Ya hace meses que lo conoces. Has hablado con él muchas veces. Él te ha hablado de su vida, de sus amores, de sus pasiones y ambiciones. Y, a pesar de todo, esta noche has descubierto que se va a casar.

—Sí.

—Birdie, si yo me fuera a casar con la mujer que amo, estaría hablando de ella hasta con los hombres que limpian las calles durante las nevadas. Cantaría su nombre a la menor oportunidad al primero que se dejara. No te puedo decir con certeza qué siente por ti, pero te puedo asegurar que no quiere a la mujer que has conocido esta noche.

Justo después del amanecer oí que llamaban a la puerta de abajo. Las calles de Covent Garden ya estaban abarrotadas de carros, carretones y mujeres con cestas de frutas sobre la cabeza que se dirigían al mercado y supuse que sería el sereno del barrio. Tenía un acuerdo con la señora Mack: cuando hacía la ronda por las calles, repiqueteando cada media hora para marcar el paso del tiempo, se detenía y golpeaba con el aldabón de nuestra puerta para indicarnos que era hora de despertar.

El ruido sonó más bajo que de costumbre y cuando lo hizo por segunda vez, me levanté de la cama y retiré la cortina para mirar por la ventana.

No era el sereno, con su sombrero de ala ancha y gabán, sino Edward, que todavía llevaba el abrigo y el pañuelo de la noche anterior. Me dio un vuelco el corazón y, al cabo de un breve instante de indecisión, abrí la ventana y lo llamé en apenas un susurro:

—¿Qué haces ahí?

Edward dio un paso atrás, alzó la vista para ver de dónde venía mi voz y casi le atropelló el carro de una floristería que pasaba por la calle.

—Lily —dijo, y su cara se iluminó al verme—. Lily, baja.

—¿A qué has venido?

—Baja, tengo que hablar contigo.

—Pero si todavía no ha salido el sol.

—Ya lo sé, pero no puedo hacerle salir más rápido. Llevo aquí de pie toda la noche. He bebido más café del puesto de la esquina de lo que aconsejaría a nadie, pero ya no puedo esperar más. —Se puso una mano sobre el corazón y dijo—: Baja, Lily, o me veré obligado a trepar hasta tu ventana.

Asentí enseguida y comencé a vestirme, con dedos tan emocionados que equivoqué todos los botones y rasgué una media. No había tiempo para arreglarme o recogerme el pelo; bajé las escaleras a toda prisa, deseosa de llegar a su lado antes de que bajara alguien más.

Quité el cerrojo y abrí la puerta y, en ese momento, al mirarnos el uno al otro a cada lado del umbral, supe que Joe el Pálido había dicho la verdad. Cuántas cosas quise que supiera. Quise hablarle de mi padre y la señora Mack y de la Pequeña Perdida y de Joe el Pálido. Quise decirle que lo quería y que todo hasta este momento había sido un boceto, preliminar y pálido, a la espera de nuestro encuentro. Quise decirle mi nombre verdadero.

Sin embargo, era necesario encontrar demasiadas palabras y no supe por dónde empezar y la señora Mack apareció a mi lado, la bata atada en torno a su generosa cintura, las marcas dejadas por la sábana todavía en las mejillas.

—¿Qué está pasando? ¿Qué hace aquí a estas horas?

—Buenos días, señora Millington —dijo Edward—. Mis disculpas por interrumpir así su mañana.

—Ni siquiera ha amanecido.

—Lo sé, señora Millington, pero es urgente. Quiero que comprenda que siento la admiración más sincera por su hija. Anoche se vendió el cuadro de *La Belle* y desearía hablar con usted acerca de retratar a la señorita Millington de nuevo.

—Me temo que no puedo prescindir de ella —dijo la señora Mack con un resuello—. Mi hija es mi mano derecha. Sin ella tendría que pagar más a la criada y, aunque soy una señora respetable, señor Radcliffe, no soy rica.

—Me aseguraré de compensarla por sus molestias, señora Millington. Es probable que deba dedicar más tiempo a mi próximo cuadro. Le propongo pagar a su hija el doble que la última vez.

—¿El doble?

—Si le parece aceptable.

La señora Mack no era de las que rechaza dinero, pero tenía muy buen olfato para saber cuándo regatear.

—Creo que el doble no sería suficiente. No, no creo que bastara. Tal vez si sugiriera el triple...

Martin, noté en ese momento, había bajado y observaba la negociación desde el umbral a oscuras que daba a la tienda.

—Señora Millington —dijo Edward, que ahora me miraba a los ojos—, su hija es mi musa, mi destino. Le pagaré lo que usted considere justo.

—Pues muy bien. Multipliquemos por cuatro la suma y creo que llegaremos a un trato.

—De acuerdo. —Edward se arriesgó a sonreírme—. ¿Necesitas algo de la casa?

—Nada.

Me despedí de la señora Mack y Edward me tomó de la mano y comenzó a llevarme al norte por las calles de Seven Dials. No hablamos al principio, pero entre nosotros algo había cambiado. O, mejor dicho, al fin admitimos algo que había existido desde el principio.

Al salir de Covent Garden, Edward me miró por encima del hombro y supe que ya no había vuelta atrás.

Jack ha vuelto, menos mal; los huesos del pasado me embelesan y corro el riesgo de pasarme la noche entera entre ellos.

Ah, recuerdo el amor.

Ha pasado mucho tiempo desde que Jack salió con la cámara y ese aire melancólico. Ha caído el atardecer y los ruidos púrpuras de la noche nos rodean.

Dentro de la maltería, Jack conecta la cámara al ordenador y las fotografías se importan a una velocidad asombrosa. Las veo todas. Ha estado ocupado: el camposanto de nuevo, el bosque, el prado, la encrucijada en la aldea, otras que son todo textura y color y no se ve al instante de qué se trata. No aparece el río, noto.

Oigo la ducha; la ropa de Jack forma un ovillo en el suelo; el baño se está llenando de vapor. Imagino que estará empezando a preguntarse qué va a cenar.

Jack no se dirige a la cocina, sin embargo. Después de ducharse, con la toalla aún en torno a la cadera, coge el teléfono y lo mece de un lado a otro, pensativo. Lo observo desde el otro lado de la cama y me pregunto si va a decepcionar a Rosalind Wheeler con su informe sobre el paradero del diamante todavía desaparecido.

Con un suspiro que le hunde los hombros un par de centímetros, comienza a marcar un número, tras lo cual espera con el teléfono en la oreja. Se da unos golpecitos en los labios con la punta de los dedos, un hábito cuando se pone nervioso.

—Sarah, soy yo.

¡Ah, qué bien! Mucho mejor que un informe del trabajo.

—Escucha, ayer no tenías razón. No voy a cambiar de opinión. No voy a dar la vuelta y volver a casa. Quiero conocerlas... Necesito conocerlas.

Conocerlas. A las niñas, las gemelas. Hijas de él y de Sarah. (Una cosa es evidente: la sociedad ha cambiado. En mis tiempos habría sido la mujer quien habría perdido el contacto con sus hijas si osara romper con el padre).

Es Sarah quien habla ahora y, sin duda, le está recordando que, para ser buen padre, las necesidades de Jack no son lo más importante, pues él dice:

—Lo sé; no es eso lo que quería decir. Quería decir que me parece que ellas también me necesitan. Necesitan un padre, Sar; por lo menos, lo van a necesitar algún día.

Otro silencio. Y, por esa voz alzada al otro lado de la línea, evidente incluso desde donde estoy sentada, ella no está de acuerdo.

—Sí —dice Jack—, sí, lo sé. Fui un marido pésimo... Sí, tienes razón y es mi culpa. Pero ha pasado mucho tiempo, Sar, siete años. Soy una nueva suma de células... No, no intento hacerme el gracioso, lo digo en serio. He hecho cambios. Incluso tengo una afición. ¿Recuerdas esa vieja cámara...?

Ahora es ella quien habla de nuevo y Jack asiente y hace algún ruido que otro mientras escucha, con la mirada en el rincón de la habitación donde la pared llega al techo, y repasa la línea de la viga con los ojos mientras espera a que termine.

Ha perdido un poco el ánimo cuando dice:

—Mira, Sar, lo único que te pido es que me des una oportunidad. Una visita de vez en cuando... Poder llevarlas a Legoland o a Harry Potter World o a donde quieran ir. Tú pon los límites donde te parezca. Lo único que pido es una oportunidad.

La llamada termina sin llegar a una conclusión. Jack deja el teléfono en la cama, se frota la nuca y camina despacio hasta el baño, donde toma la foto de las niñas.

Esta noche Jack y yo pensamos igual. Los dos separados de nuestros seres queridos; los dos absortos en los recuerdos del pasado, en busca de algún propósito.

Todos los seres humanos aspiran a un vínculo, incluso los tímidos: les resulta aterrador pensar que están solos. El mundo, el universo —la misma existencia—, es demasiado grande. Gracias a Dios, no logran ver que es mucho más grande de lo que imaginan. A veces me pregunto por Lucy... ¿Qué habría pensado de todo esto?

En la cocina, Jack se come una especie de estofado de judías directamente de la lata. Ni siquiera lo calienta. Y cuando suena el teléfono de nuevo, se apresura a mirar la pantalla, pero se lleva una decepción. No responde la llamada.

Todos tienen una historia, todos aquellos a quienes me siento unida.

Cada uno es diferente de quienes vinieron antes, pero en el corazón de cada visitante había una pérdida que los unía. He llegado a comprender que las pérdidas dejan un agujero en las personas y que los agujeros hay que llenarlos. Es lo natural.

Son siempre los más proclives a oírme cuando hablo... y en ocasiones, cuando me sonríe la suerte, alguno me responde.

CAPÍTULO DIECIOCHO

Verano, 1940

Encontraron las cerillas en una vieja lata verde en un estante detrás de la cocina. Fue Freddy quien las vio y se puso a saltar de un pie al otro con un entusiasmo contagioso, y se declaró vencedor. Esa celebración tan alegre provocó otro ataque de lágrimas a Tip y Juliet maldijo en silencio mientras se esforzaba en encender el fogón para poner agua a hervir.

—Vamos —dijo cuando al fin surgió la llama—, ya es agua pasada, Tippy, cariño. No importa. —Se volvió hacia Freddy, quien todavía hacía el payaso—. De verdad, Red. Tienes cuatro años más que él.

Freddy, que no se inmutaba con nada, siguió bailoteando mientras Juliet le limpiaba la cara a Tip.

—Quiero volver a casa —dijo Tip.

Juliet abrió la boca para responder, pero Beatrice se le adelantó.

—Pues no puedes —dijo desde la otra habitación— porque no queda nada. Nuestra casa ya no existe.

Juliet se aferró a los últimos restos de su paciencia. Había estado de buen humor todo el viaje desde Londres, pero, al parecer, iba a necesitar una nueva dosis. Hacer frente a la mordacidad adolescente de su hija —¿no había llegado un año antes de tiempo?— tendría que esperar. Se agachó para acercarse a la cara de Tip, que empezaba a enfurruñarse de manera alarmante, y notó con ansiedad su respiración acelerada y sus hombros de gorrión tembloroso.

—Ven a ayudarme con la cena —dijo—. A lo mejor hasta encuentro un trocito de chocolate si busco bien.

La cesta de bienvenida había sido un bonito detalle. La había preparado la señora Hammett, esposa del dueño de la taberna: una barra de pan recién hecho, un trozo de queso y una barra de mantequilla. Fresas y grosellas en tela de muselina, medio litro de leche cremosa y, debajo de todo —qué alegría—, una pequeña tableta de chocolate.

Tip cogió su trocito y se retiró como gato callejero a un rincón tranquilo donde lamerse las heridas mientras Juliet preparaba un plato de bocadillos para todos. Nunca se le había dado bien la cocina —cuando conoció a Alan, sabía hervir un huevo; y los años transcurridos desde entonces no habían añadido gran cosa a su repertorio—, pero le resultaba terapéutico: cortar el pan, untar la mantequilla, colocar el queso, repetir.

Mientras tanto, echó un vistazo a la tarjeta escrita a mano que venía en la cesta. La señora Hammett, con letra firme y segura, les daba la bienvenida y les invitaba a cenar en The Swan el viernes por la noche. Había sido Bea quien había sacado la tarjeta del sobre y le hizo tanta ilusión la idea de ver el lugar donde sus padres habían pasado la luna de miel que habría sido insensato rechazar la oferta. Aunque sería muy raro volver, sobre todo sin Alan. Habían pasado doce años desde que se hospedaron en esa habitación pequeñita, con su papel pintado de rayas amarillas claras, su ventana con vidriera de colores y la vista al campo y, más allá, el río. En la chimenea, recordó, había un par de bonitos brotes de cardencha en un jarrón con grietas y una aulaga que hacía flotar un aroma a cocos por toda la habitación.

La tetera aulló y Juliet le pidió a Bea que dejara la flauta dulce y preparara el té.

Tras los aspavientos y protestas de rigor, llegó el té a la mesa, donde el resto de la familia se había reunido para comer los bocadillos.

Juliet estaba cansada. Todos lo estaban. Habían pasado el día entero en un tren abarrotado que avanzaba a rastras desde Londres. Se les habían acabado las provisiones antes de llegar a Reading; después de eso, el viaje se les había hecho larguísimo.

Tip, pobrecillo, sentado junto a ella a la mesa, tenía unas ojeras oscuras y grandes y apenas había tocado el bocadillo. Se había desplomado, la mejilla apoyada en la palma de la mano.

Juliet se inclinó para acercarse y pudo oler el aceitoso cuero cabelludo del niño pequeño.

—¿Cómo estás, Tippy Toes?

Tip abrió la boca como si fuera a responder, pero bostezó en su lugar.

—¿Hora de ir de fiesta con la señora Maravillas?

Tip asintió despacio y su flequillo de pelo lacio se movió adelante y atrás.

—Venga, vamos —dijo Juliet—. A la cama, entonces.

KATE MORTON

Tip se quedó dormido antes incluso de que llegara a describir la fiesta del cuento. Aún estaban de camino, a punto de llegar a la puerta, cuando el peso de su cuerpo se recostó contra Juliet y ella supo que lo había perdido.

Se permitió cerrar los ojos, su respiración se acompasó a la del niño y disfrutó la solidez de ese cuerpo pequeño y cálido; el simple hecho de su existencia; ese aliento que le hacía cosquillas en la mejilla.

Una leve brisa se coló por la ventana abierta y se habría quedado dormida si no fuera por las carcajadas y golpes que venían de abajo. Juliet logró no prestarles atención hasta que la diversión, como era de esperar, degeneró y estalló otra pelea fraternal y se vio obligada a separarse de Tip y volver a la cocina. Mandó a los dos mayores a la cama y, sola al fin, evaluó la situación.

El representante de la AHA que le había entregado la lleva tenía aires de estar a la defensiva y querer pedirle disculpas. Nadie había vivido en la casa al menos durante un año, desde que comenzara la guerra. Alguien había hecho un esfuerzo para arreglar las cosas, pero había ciertas señales reveladoras. De la chimenea, por ejemplo, sobresalía un considerable follaje y los ruidos procedentes del hueco oscuro cuando tiró de los matojos dejaron bien claro que algo vivía ahí dentro. A pesar de todo, era verano, así que Juliet pensó que sería un problema para otro momento. Además, como había farfullado el tipo de la AHA cuando una golondrina salió volando de la despensa, estaban en guerra y no tenía sentido quejarse.

Arriba, el baño era básico, pero los círculos de la bañera se podían limpiar, al igual que los azulejos mohosos.

Por teléfono la señora Hammett había mencionado a Juliet que la propietaria, una anciana que le había tenido muchísimo cariño a la casa, al final no había dispuesto de demasiados recursos. Y había sido «muy tiquismiquis con los inquilinos», así que, durante largos periodos de tiempo, la casa había permanecido vacía. Sí, tenían mucho trabajo por delante, eso era evidente, pero estar ocupados les vendría bien. Animaría a los niños a sentirse como en casa, les daría la sensación de pertenencia.

Ahora dormían todos, a pesar de la luz del final de la tarde de verano, y Juliet se apoyó contra el marco de la puerta de la habitación principal, en la parte trasera de la casa. Desde hacía meses Bea tenía gesto de pocos amigos, pero no ahora. Sus brazos, largos y delgados, se extendían a su lado sobre las sábanas. Cuando nació, la enfermera había estirado los brazos y las piernas y anunció que sería una gran corredora, pero Juliet había mirado esos deditos pálidos y largos —perfectos y fascinantes— y supo que su hija sería música.

A Juliet se le vino un recuerdo a la mente: las dos, de la mano, cruzaban Russell Square. Bea, a sus cuatro años, hablaba con entusiasmo, los ojos bien abiertos, la expresión fogosa, y daba unos saltitos elegantes para no quedarse atrás. Había sido una niña encantadora: interesada e interesante, callada, pero no tímida. La intrusa que había tomado su lugar era una desconocida.

Freddy, por el contrario, seguía siendo tranquilizadoramente familiar. El pecho al descubierto, tenía la camiseta en el suelo, arrojada junto a la cama. Dormía con las piernas arqueadas, como si se hubiera estado peleando con las sábanas. Era imposible enderezarlas y Juliet ni lo intentó. A diferencia de Bea, él había sido colorado y compacto al nacer. «Cielo santo, has dado a luz a un hombrecito rojo —le había dicho Alan, que miraba asombrado el bulto en los brazos de Juliet—, un hombrecito rojo muy enfadado». Desde entonces lo llamaban Red. La intensidad de sus pasiones no había disminuido. En cuanto sentía algo, todo el mundo sabía qué estaba sintiendo. Era dramático, encantador, divertido y gracioso. Daba mucho trabajo; era un rayo de sol en forma humana; era atronador.

Al fin Juliet llegó junto al pequeño Tip, acurrucado entre un barullo de almohadas en el suelo, al lado de la cama, una costumbre reciente. La cabeza, sudorosa, había dejado una huella húmeda en la funda blanca de la almohada y tenía el pelo pegado a cada lado de la oreja. (Todos sus niños eran de sangre caliente. Les venía de Alan).

Juliet levantó la sábana y cubrió con ella el pequeño pecho de Tip. La metió con delicadeza por ambos lados de la cama, alisó el centro y se quedó dudando un momento con la mano estirada sobre el corazón de Tip.

¿Se preocupaba tanto por él solo porque era el pequeño? ¿O había algún otro motivo? Tal vez esa fragilidad innata y sutil que percibía en él; el miedo a no ser capaz de protegerlo, a no poder curarle si se resquebrajaba.

—No te metas en la madriguera del conejo —oyó decir a Alan, alegre, en su mente—. Bajar es muy fácil, pero subir es toda una batalla.

Y tenía razón. Estaba siendo demasiado sensiblera. Tip estaba bien. Estaba bien en todos los sentidos.

Con una última mirada a los tres niños dormidos, Juliet cerró la puerta tras de sí.

La habitación que había escogido para ella era la más pequeña y quedaba en el centro. Siempre le habían gustado los espacios reducidos, algo que tendría que ver con el útero, sin duda. No tenía escritorio, pero Juliet había requisado una mesilla de nogal junto a la ventana para su máquina de escribir. No resultaba demasiado elegante, pero cumplía con su función y ¿acaso necesitaba algo más?

Juliet se sentó a un lado de la cama de hierro forjado con su colcha a cuadros descolorida. En la otra pared había un cuadro, una arboleda con un enorme rododendro en primer plano. El marco colgaba de un clavo y una pieza de alambre oxidada que no inspiraban demasiada confianza. En una cavidad del techo algo hacía ruidos veloces y el cuadro se osciló un poco contra la pared.

Volvieron el silencio y la quietud y Juliet soltó el aliento que había contenido sin darse cuenta. Cuántas ganas había tenido de que los niños se quedaran dormidos para disponer de un momento para ella sola; ahora, sin embargo, echaba de menos la certeza de sus ruidos, su confianza esencial. La casa estaba en silencio. Era una sensación poco familiar. Juliet estaba sola.

Abrió la maleta junto a la cama. El cuero de las esquinas estaba desgastado, pero era una amiga fiel, de sus tiempos en el teatro, y se alegraba de tenerla. Con los dedos, trazó pensativa una línea entre dos pequeños montones de vestidos y blusas doblados y pensó en deshacer el equipaje.

En su lugar, sacó una botella fina de debajo de la ropa y se la llevó abajo.

Tras coger un vaso de vidrio de la cocina, salió al aire libre.

En el jardín hacía calor y la luz era azulada. Era una de esas largas tardes estivales en las que el día parece inmóvil en su transición.

Había una puerta en el muro de piedra que daba a ese sendero polvoriento que el hombre de la AHA había llamado el camino de carruajes. Juliet siguió el camino y vio una mesa de jardín apostada en un montículo entre dos sauces. Más allá, el agua daba saltos alegres en el cauce. No era tan ancho como el río; sería un afluente, supuso. Posó el vaso en la mesa de hierro y se sirvió el whisky con cuidado, mirando la línea del medio. Cuando llegó, se sirvió otro generoso trago.

—Salud —dijo al ocaso.

Ese primer sorbo, lento y largo, fue balsámico. Los ojos de Juliet se cerraron y, por primera vez en horas, dejó que sus pensamientos volvieran a Alan.

Se preguntó qué habría pensado de haber sabido que ella y los niños estaban aquí. Le había gustado este lugar, pero no tanto como a ella. El cariño de Juliet por esa pequeña aldea junto al Támesis, sobre todo por esa casa de dos tejados, siempre había divertido a Alan. La había llamado romántica, con erre mayúscula.

Tal vez lo fuera. Sin duda, no era de las que empiezan con minúscula. Incluso cuando Alan estaba en Francia, Juliet había resistido la necesidad de colmarle de apasionadas declaraciones de amor. No era necesario —él ya sabía qué sentía— y permitir que la guerra y la ausencia le indujeran a la hipérbole, le embaucaran para emplear un sentimentalismo del que se habría avergonzado si hubieran estado cara a cara, era admitir su falta de fe. ¿Lo quería más porque Gran Bretaña estaba en guerra con Alemania? ¿Lo había querido menos cuando silbaba en la cocina, el delantal puesto, mientras freía el pescado de la cena?

No. Obstinada, decidida, indudablemente, no.

Y así, en lugar de resmas de promesas y declaraciones de tiempos de guerra, cumplieron el uno con el otro ateniéndose a la verdad.

Llevaba en el bolsillo la última carta que había recibido, pero Juliet no la sacó. En su lugar cogió la botella de whisky y siguió el tramo de hierba hacia el río.

La carta de Alan se había convertido en una especie de tótem, una parte integral de este viaje en el que se había embarcado. La había tenido con ella en el refugio aquella noche, guardada en el ejemplar de *David Copperfield* que andaba releyendo. Mientras la anciana del treinta y cuatro entrechocaba las agujas de tejer y canturreaba «We'll Meet Again» y los cuatro niños Whitfield tropezaban con los pies de la gente y graznaban como gansos, Juliet había leído de nuevo la crónica de Alan de la escena en Dunkerque, muy censurada, pero estremecedora de todos modos. Describía a los hombres en la playa y el trayecto realizado para llegar hasta ahí; los aldeanos a quienes habían visto en el camino, niños pequeños y ancianas de piernas arqueadas, carros abarrotados con maletas, jaulas y mantas de punto. Todos ellos huían de la miseria y la destrucción, pero no tenían adónde ir.

«Me encontré con un niño al que le sangraba la pierna —escribía—. Estaba sentado en una cerca rota y la mirada de sus ojos mostraba ese espantoso lugar que hay más allá del pánico, la terrible aceptación de que esta era ahora su suerte. Le pregunté cómo se llamaba y si necesitaba ayuda, dónde estaba su familia y, al cabo de un tiempo, me respondió en voz baja, en francés. No lo sabía, me dijo, no lo sabía. El pobre muchacho no podía caminar y tenía las mejillas sucias de lágrimas y no pude dejarle ahí solo. Me recordaba a Tip. Mayor, pero con el mismo ánimo serio de nuestro pequeño. Al final se subió de un salto a mi espalda, sin quejas ni preguntas, y le llevé a la playa».

Juliet llegó al embarcadero de madera e, incluso en esa penumbra, notó el deterioro de los doce años que habían pasado desde que ella y Alan se sentaran aquí, bebiendo té del termo de la señora Hammett. Cerró los ojos un momento y dejó que los ruidos del río la rodearan. Su constancia era alentadora: no importaba qué estuviera ocurriendo en el mundo, a pesar de la insensatez humana o el sufrimiento individual, el río seguía fluyendo.

Abrió los ojos y su mirada recorrió el denso bosquecillo que había más allá, agazapado a la espera de la noche. No se atrevía a alejarse más. Los niños se asustarían si se despertaran y vieran que no estaba en casa.

Al darse la vuelta para mirar por la dirección que había venido, sobre la oscuridad suave y curva del jardín de Birchwood Manor, distinguió una silueta de líneas más precisas, los dos tejados que se alzaban y las columnas de las ocho chimeneas.

Se sentó contra el tronco de un sauce cercano y colocó la botella de whisky en un pequeño macizo de hierba a sus pies.

Juliet sintió una oleada de entusiasmo, que decayó casi al instante por las circunstancias que los habían traído aquí.

La idea de volver a este lugar, doce años después de haberlo descubierto, había surgido plenamente formada. Se habían encaramado para salir del refugio cuando la sirena indicó que había pasado el peligro y Juliet había estado pensando en otras cosas.

El olor fue la primera indicación de que algo iba mal —humo y fuego, polvo y dolor— y habían aparecido en medio de una neblina de una luminosidad incomprensible. Tardó un momento en comprender que su casa ya no estaba ahí y que amanecía en ese espacio entre la hilera de edificios.

Juliet no se percató de que había dejado caer el bolso hasta que vio sus cosas entre los escombros. Las páginas de *David Copperfield* se agitaban donde el libro había caído abierto, la vieja postal que usaba de marcapáginas al lado. Más tarde, habría miles de pequeños pormenores que debería organizar y sopesar, pero en aquel momento, cuando se agachó para recuperar la postal y la fotografía de The Swan se empezó a ver con claridad, y oía y dejaba de oír las voces aterrorizadas de los niños y la inmensidad de lo que les estaba ocurriendo se alzaba como una nube ardiente para rodearla, solo había habido lugar para una idea.

Una fuerte emoción había surgido de ese espacio donde se conservan los recuerdos y, junto a ella, una idea que no le había parecido una locura en absoluto, sino clara y cierta. Juliet supo que tendría que llevar a sus hijos a un sitio seguro. Había sido un imperativo instintivo, animal; era lo único en lo que atinaba a concentrarse y la imagen sepia de la postal, regalo de Alan, recordatorio de su luna de miel, le había dado la sensación de que él estaba ahí, de pie, a su lado, y que le tomaba la mano. Y el alivio, tras haberle echado tanto de menos, tras haberse preocupado mientras él estaba en otro lugar, fuera de su alcance, incapaz de ayudar, había sido abrumador. Al abrirse camino entre los escombros para tomar a Tip de la mano, sintió un arrebato de euforia, pues había sabido con exactitud qué debía hacer a continuación.

Más adelante se le había ocurrido que esa certidumbre en realidad tal vez fuera un síntoma de la locura, un efecto del trauma, pero a lo largo de los siguientes días, mientras dormían en el suelo de las casas de amigos y adquirían una colección de nuevos objetos esenciales, se había decidido por esa idea. Los colegios estaban cerrados y los niños se iban a marchar de Londres a montones. Sin embargo, Juliet no era capaz de imaginarse enviando a sus hijos a otro lugar, solos. Tal vez los dos mayores habrían agradecido la oportunidad de vivir una aventura —sobre todo Bea, que tanto anhelaba ser independiente y vivir con quien fuera salvo su madre—, pero no Tip, no su pajarillo.

Después del bombardeo, Tip había tardado varios días antes de ser capaz de perder de vista a su madre y observaba todos sus movimientos con ojos abiertos por la preocupación, así que al llegar la noche a Juliet le dolía el mentón por el esfuerzo de poner buena cara. Al fin, sin embargo, con mucho cariño y el astuto despliegue de nuevas piedrecillas para su colección, Juliet había sido capaz de tranquilizarle lo suficiente para tener una hora o casi para sí misma.

Había dejado a los tres con Jeremy, el mejor amigo de Alan, dramaturgo de cierto renombre sobre cuyo suelo en Bloomsbury dormían aquellos días, y había usado la cabina telefónica de Gower Street para llamar a The Swan; había respondido la misma señora Hammett, cuya voz, al otro lado de la línea, se oía lejana y apagada.

La anciana se había mostrado encantada al recordarla cuando Juliet le habló de su luna de miel y le prometió preguntar por la aldea en cuanto Juliet le mencionó la idea de llevar a sus hijos al campo. Al día siguiente, cuando Juliet volvió a llamarla, la señora Hammett le había contado que había una casa vacía que podría alquilar.

—Un poco destartalada, pero las hay mucho peores. No tiene electricidad, pero con este apagón supongo que eso carece de importancia. El precio del alquiler es justo y qué más se puede pedir, con todos los evacuados que ocupan hasta la última habitación libre a este lado de Londres.

Juliet le había preguntado dónde quedaba respecto a The Swan y, cuando la señora Hammett describió la ubicación, un escalofrío le había recorrido la espalda. Había reconocido la casa, sin duda alguna; no había necesitado pensárselo dos veces. Le había dicho a la señora Hammett que aceptaban el trato y realizó unos breves trámites para enviar el depósito del primer mes de alquiler al grupo que gestionaba el arrendamiento. Colgó el auricular y se quedó quieta un rato dentro de la cabina telefónica. Al otro lado del cristal, las nubes de la mañana se movían con rapidez y se habían ido oscureciendo y la gente caminaba más rápido que de costumbre, los brazos cruzados, las cabezas gachas, para protegerse del frío súbito.

Hasta ese momento Juliet no había contado sus planes a nadie. No habría sido difícil convencerla para que desistiera y no había querido arriesgarse a ello. Sin embargo, ahora que había llegado tan lejos, era necesario hacer ciertas cosas. Para empezar, se lo tendría que contar al señor Tallisker. Era su jefe, el editor del periódico en el que trabajaba, donde, sin duda, se notaría su ausencia.

Fue sin más rodeos a las oficinas de Fleet Street y llegó unos minutos después de que se desatara la lluvia. En el baño de la primera planta hizo lo que pudo con su pelo mojado y zarandeó la blusa hacia delante y hacia atrás para intentar secarla. Tenía la cara cansada, notó, y pálida. A falta de lápiz de labios, se pellizcó los labios, los frotó uno contra el otro y sonrió ante su reflejo. El efecto no resultó muy convincente.

Y cómo no:

—Santo cielo —dijo el señor Tallisker cuando se marchó la secretaria—. Pues sí que van mal las cosas. —Arqueó las cejas cuando Juliet le reveló sus intenciones, se recostó en la silla de cuero y cruzó los brazos—. Birchwood —dijo al fin, al otro lado de ese enorme escritorio cubierto de papeles—. En Berkshire, ¿no?

—Sí.

—No es que haya mucho teatro por ahí.

—No, pero tengo la intención de volver a Londres cada quince días —o cada semana si hace falta— y así puedo seguir con mis reseñas.

El señor Tallisker hizo un ruido que no invitaba al optimismo y Juliet sintió que su futuro imaginado se desvanecía ante ella. Cuando habló, el tono de su voz era indescifrable.

—Siento oír que la situación está así.

—Gracias.

—Malditos bombarderos.

—Sí.

—Maldita guerra.

Cogió el bolígrafo y lo dejó caer una y otra vez, con un estilo incendiario, contra la superficie del escritorio de madera. Más allá de las persianas torcidas, que cubrían a medias la ventana polvorienta, una mosca agonizaba contra el cristal.

Un reloj marcó la hora.

Alguien se rio en el pasillo.

Al fin, con una rapidez y agilidad que uno no esperaría de su corpulencia, el señor Tallisker arrojó a un lado el bolígrafo y tomó un cigarrillo en su lugar.

—Birchwood —dijo en medio de una nube de humo—. Podría salir bien.

—Voy a dejarme la piel para que salga bien. Puedo volver a Londres...

—No. —Desdeñó la sugerencia con un gesto de la mano—. Nada de Londres. Nada de teatro.

—¿Señor?

El cigarrillo se convirtió en un puntero.

—Los londinenses son valientes, Juliet, pero están cansados. Necesitan evadirse y casi ninguno puede. El teatro está muy bien, pero ¿y la vida en un pueblo soleado? Ahí está el tema. Esas son las historias que quiere oír la gente.

—Señor Tallisker, yo...

—Una columna semanal. —Movió las manos de un lado a otro, como si colgara un cartel—. «Cartas desde Laneway». Cosas de esas que le contarías a tu madre. Historias de tu vida, tus hijos, la gente que conoces. Anécdotas sobre los días soleados y las gallinas que ponen huevos y bromas de pueblo.

—¿Bromas?

—Granjeros, amas de casa, párrocos, chismorreos de vecinos.

—¿Chismorreos?

—Cuanto más divertidos, mejor.

Juliet frunció el ceño mientras acomodaba la espalda contra la áspera corteza del árbol. No se le daban bien las bromas, al menos no por escrito, no al dirigirse a desconocidos. A veces mordaz —sarcástica, la habían llamado—, lo suyo no era ser graciosa. Sin embargo, el señor Tallisker no había dado el brazo a torcer, así que había aceptado el pacto con el diablo. La posibilidad de escaparse, de venir a este lugar, a cambio de... ¿qué? «¿Qué? Pues tu integridad, claro —respondió Alan en su mente, una leve sonrisa en los labios—, solo tu integridad».

Juliet bajó la vista. La blusa que llevaba no era suya y parecía disculparse. Fue muy amable por parte de los voluntarios encontrarle ropa, claro que sí; era asombroso cómo esos grupos surgían para satisfacer las necesidades del momento. Recordó un viaje a Italia de hace unos años, cuando ella y Alan habían salido de San Pedro para toparse con la lluvia y, de repente, los gitanos que hacía una hora vendían sombreros y gafas de sol iban ahora cargados de paraguas.

Un escalofrío recorrió su cuerpo al recordarlo o tal vez se debiera a algo más sencillo. La última luz del día se desvanecía en el aire y se avecinaba una noche fresca. En este lugar, el calor se iba junto a la luz. Cuando vinieron en su luna de miel, Juliet y Alan se habían sorprendido al sentir el aire nocturno en la piel, en esa pequeña habitación cuadrada encima de la taberna, con su papel pintado a rayas color limón y un asiento individual ante la ventana que se las arreglaban para compartir. Por aquel entonces, eran otras personas, otras versiones de sí mismos: más ligeros, más ágiles, con menos capas de vida que llevar a cuestas.

Juliet miró el reloj, pero no se veía la hora en esa oscuridad. De todas formas, sabía que era hora de volver a casa.

Con la mano en el tronco, se levantó y se puso en pie.

Le dio vueltas la cabeza: la botella de whisky pesaba menos de lo que esperaba y se tomó un momento para recobrar el equilibrio.

Mientras tanto, algo en la distancia atrajo su mirada. Era la casa, pero había una tenue luz en el interior, justo sobre uno de los tejados... En la buhardilla, quizás.

Juliet parpadeó y se sacudió la cabeza. Serían imaginaciones suyas. No había electricidad en Birchwood Manor y no había subido para dejar un farol.

Cómo no, cuando volvió a mirar, la luz había desaparecido.

CAPÍTULO DIECINUEVE

A la mañana siguiente se levantaron con el sol. Juliet se quedó tumbada en la cama escuchando a los niños, que corrían entusiasmados de una habitación a otra, exclamando por la luz, la canción de los pájaros, el jardín, y se tropezaban unos con otros de camino a la salida. Tenía un charco de whisky en la cabeza y fingió dormir todo el tiempo que pudo. Solo cuando sintió una presencia amenazante al otro lado de los párpados admitió al fin que estaba despierta. Era Freddy, justo encima de ella, y la proximidad volvió su cara —ya de rasgos generosos— más grande que de costumbre.

Se ensanchó con una sonrisa alegre de dientes separados. Las pecas bailaron, los ojos oscuros resplandecieron. Ya, quién sabía cómo, tenía la boca manchada de migas.

—Está despierta —gritó y Juliet hizo una mueca—. Vamos, mamá, tenemos que ir al río.

El río. Cierto. Juliet giró la cabeza unos grados y vio un impresionante cielo azul por la rendija de las cortinas. Freddy le tiraba del brazo y atinó a asentir y a ofrecerle una sonrisa valiente y maltrecha. Fue más que suficiente para que saliera correteando de la habitación con un grito de júbilo.

Era imposible explicárselo a Red, cuya fe en el mundo como fuente inagotable de diversión era inquebrantable, pero Juliet no estaba de vacaciones; tenía una reunión con la sección local del Servicio de Voluntariado de la Mujer a las once, con la esperanza de descubrir una perspectiva nueva para la primera de sus «Cartas desde Laneway». No obstante, la única ventaja de que la despertaran a una hora tan infame —había que mirar el lado bueno, al fin y al cabo— eran todas esas horas inesperadas hasta la llamada del deber.

Juliet se puso una blusa de algodón con lunares porque le quedaba a mano, se enfundó unos pantalones y se pasó los dedos por el pelo. Un breve viaje al baño para mojarse la cara y ya estaba lista. Tosco, pero tendría que valer. Abajo recogió la cesta de la señora Hammett con el pan y el queso y salieron de la casa, por el mismo camino de losas que había seguido anoche.

Tip, con un peto descolorido que ya le quedaba corto, se lanzó adelante como un muñeco de cuerda, corriendo con sus piernecillas detrás de sus hermanos por la hierba, hacia el camino que llevaba al río. Beatrice se había parado junto al granero de piedra en lo alto del camino de carruajes y tenía los brazos estirados. Tip se arrojó a sus brazos al acercarse y ella le ayudó a encaramarse a su espalda. Cómo sería vivir siendo el más pequeño de los tres... Qué suerte haber nacido en un grupo alborotador y revoltoso de mayores y ser adorado, sin más.

Unos gansos se retiraron asustados cuando los chicos pasaron como balas a su lado y Red se rio encantado por el sencillo placer de correr al sol y sentir la brisa en el pelo. No parecían sus hijos y a Juliet volvió a asombrarle el contraste entre este lugar y Londres, el único hogar que habían conocido los tres. Era el mundo del que procedían, al que pertenecía el padre de ellos sin ningún género de duda. Recordó la primera vez que lo vio, ese londinense alto y delgado con pipa de madera que movía de un lado a otro en un gesto de lo más pretencioso. Le había parecido arrogante; tenía talento, pero una confianza en sí mismo inverosímil; era, incluso, pomposo, con esa manera afectada de hablar y esas opiniones sobre casi todo. Había necesitado tiempo y ese evento desafortunado en la puerta giratoria en Claridge's para que viera, más allá de su ironía, el corazón que latía debajo.

Ya había alcanzado a los niños, que se turnaron para trepar por encima de la cerca cubierta de hiedra antes de dirigirse al oeste, junto a la orilla del río. Había una barcaza roja amarrada al muelle, que recordó a Juliet, vagamente, que por aquí cerca había una esclusa o una presa. Tomó una nota mental para llevar a los niños a explorar un día. Era una de esas cosas que sugeriría Alan de estar aquí; diría que sería maravilloso ver la esclusa en acción.

Un hombre de aspecto pícaro, con barba y gorra con visera, los saludó desde la cubierta de la barcaza y Juliet le devolvió el gesto. Sí, pensó, habían acertado al venir aquí, a Birchwood Manor. A todos les iría mejor aquí; el cambio de aires les sentaría de maravilla después de los horribles momentos que habían vivido.

Mientras los muchachos se alejaban a brincos, Bea se había puesto a caminar junto a ella.

—Cuando vinisteis de luna de miel, ¿papá y tú caminasteis por aquí a orillas del río?

—Sí.

—¿Por aquí se va al embarcadero?

—Sí.

—Mi embarcadero.

Juliet sonrió.

—Sí.

—¿Por qué vinisteis aquí? —preguntó Bea. Juliet miró de refilón a su hija—. A esta aldea —explicó Beatrice—. En vuestra luna de miel. ¿Es que la gente no suele ir a la playa?

—Ah, ya veo. No lo sé. Ahora me cuesta recordarlo.

—¿Puede que alguien te hablara de este lugar?

—Puede.

Juliet frunció el ceño, pensativa. Era extraño que recordara tantos detalles de aquella época y, sin embargo, otros hubieran caído en el olvido. Bea tenía razón: lo más probable era que alguien —el amigo de un amigo— les hubiera hecho una recomendación, tal vez incluso les dieran el nombre de la taberna. Así solían ocurrir las cosas en el mundo del teatro. Una conversación en el camerino o entre bastidores durante un ensayo o, quizás lo más probable, ante una cerveza en Berardo's tras una representación.

En cualquier caso, habían reservado una pequeña habitación en The Swan por teléfono y habían viajado desde Londres por la tarde, tras el banquete de boda. En algún lugar entre Reading y Swindon, Juliet había perdido su bolígrafo favorito..., y este era uno de esos detalles que se le habían quedado grabados, pues recordaba el viaje en tren con toda viveza. La última entrada en su diario había sido una nota garabateada a toda prisa acerca de un terrier blanco al que había estado mirando al otro lado del pasillo. Alan, a quien siempre le habían encantado los perros, se había puesto a charlar con el dueño, un hombre que llevaba un pañuelo verde y que había hablado sin parar sobre la diabetes del pobre señor Percival y las inyecciones de insulina que necesitaba. Juliet se había puesto a tomar notas, como era su costumbre, pues el hombre le resultó interesante y tendría un lugar, no le cabía duda, en la obra que se había propuesto escribir. Sin embargo, le habían entrado náuseas y, entre la visita al baño, la preocupación y la sorpresa de Alan y la llegada a Swindon, el bolígrafo se le había pasado por alto.

Juliet soltó un puntapié a una piedrecilla redonda y vio cómo rebotaba sobre la hierba hasta desaparecer en el agua. Ya casi estaban en el embarcadero. A la clara luz del día, vio lo decrépito que se había vuelto en esos doce años. Se había sentado junto a Alan en un extremo, los dedos de los pies rozando el agua; Juliet ni siquiera supo si aguantaría el peso de ella sola.

—¿Es este?

—El único e inimitable.

—Cuéntame otra vez qué te dijo papá.

—Estaba encantado. Dijo que al fin iba a tener la hija con la que siempre había soñado.

—No dijo eso.

—Sí lo dijo.

—Te lo estás inventando.

—Claro que no.

—¿Qué tiempo hacía?

—Soleado.

—¿Qué estabais comiendo?

—Unos bollos.

—¿Cómo sabía él que yo iba a ser niña?

—Ah. —Juliet sonrió—. Te has vuelto más lista desde la última vez que te conté la historia.

Beatrice bajó el mentón para disimular su orgullo y Juliet se contuvo las ganas de abrazar a esta irritable niña-mujer ahora que aún podía. El gesto, lo sabía bien, no sería bienvenido.

Siguieron caminando y Beatrice cogió un diente de león y lo sopló con delicadeza para enviar las esporas de pelusa en todas direcciones. El efecto fue tan elemental y ensoñador que a Juliet le entraron ganas de hacer lo mismo. Vio uno entero y lo arrancó por el tallo.

—¿Qué te dijo papá cuando le contaste que íbamos a vivir aquí? —preguntó Beatrice.

Juliet sopesó la pregunta; siempre se había prometido a sí misma que sería sincera con sus hijos.

—Todavía no se lo he dicho.

—¿Y qué crees que va a decir?

¿Que se había vuelto loca? ¿Que eran niños de ciudad, como su padre? ¿Que siempre había sido una romántica...? Un trino, familiar y medio olvidado, sonó en lo alto y Juliet se detuvo en seco y estiró la mano para avisar a Bea.

—¡Escucha!

—¿Qué es?

—Shhh... Una alondra.

Guardaron silencio unos segundos y Beatrice miró al cielo azul con los ojos entrecerrados, en busca del ave lejana, mientras Juliet contemplaba el rostro de su hija. Los rasgos de Bea le recordaban aún más a Alan cuando se concentraba: ese leve fruncimiento sobre la nariz aguileña, las cejas pobladas.

—¡Ahí! —señaló Bea, los ojos ahora abiertos de par en par. Había aparecido la alondra y se lanzó al suelo como una de las bombas incendiarias de Hitler—. Eh, Red, Tippy, mirad.

Los muchachos se dieron la vuelta y siguieron con la mirada el índice de su hermana, hasta llegar al pájaro que volaba en picado.

Era difícil de imaginar que esta zanquilarga de once años fuera quien había causado semejante conmoción en este mismo lugar todos esos años atrás.

Tras el incidente en el tren, Juliet había conseguido apaciguar a Alan. Había comido demasiado en el almuerzo, le aseguró, y había ido mirando el cuaderno en vez de por la ventana a pesar del vaivén del vagón, pero Juliet supo que iba a tener que contarle la verdad pronto.

En The Swan, la señora Hammett la había torpedeado con una lista de preguntas bienintencionadas aquella primera mañana.

—¿Y para cuándo lo esperas? —le había preguntado con una sonrisa beatífica mientras dejaba la jarra de leche en la mesa del desayuno. La expresión de Juliet debió de ser muy reveladora, pues la esposa del dueño de la taberna había guiñado un ojo y le había prometido que su secreto estaba a salvo.

Ese mismo día se habían topado con el embarcadero cuando la señora Hammett los envió fuera con una cesta de pícnic —«parte de la oferta de la luna de miel»— y Juliet le dio la noticia ante un termo de té y un bollito bastante sabroso.

—¿Un bebé? —La mirada confusa de Alan había ido de los ojos de Juliet a su cintura—. ¿Ahí dentro, quieres decir? ¿Ahora?

—Eso creo.

—Caramba.

—Pues sí.

Tenía que admitir que se lo había tomado bien. Juliet incluso se había notado un poco más relajada, pues la fácil aceptación de él otorgó solidez a la endeble imagen del nuevo futuro que trataba de imaginar desde que la enfermera confirmara sus temores. Pero dijo:

—Tendré que encontrar trabajo en algún lugar.

—¿Qué?

—Sé hacer ciertas cosas, ¿sabes?

—Lo sé. Eres el mejor Macbeth a este lado de Edimburgo.

—Un trabajo de verdad, Jules. De día, quiero decir, como una persona normal. Un trabajo que pague.

—¿Que pague?

—Para que puedas quedarte en casa, criar al bebé, ser madre. Puedo... vender zapatos.

No recordaba bien qué le había respondido, pero sí recordaba que el termo se había caído y el té le quemó el muslo y, a continuación, no sabía cómo, estaba de pie al final del embarcadero, gesticulando apasionada y explicando que no tenía ninguna intención de quedarse en casa, que no podía obligarla, que se llevaría al bebé con ella si hiciera falta, que aprendería a ser feliz así, que se las arreglarían. Esta no era la versión, claro, que le contó a Beatrice.

Juliet se había oído a sí misma como desde fuera —sonaba elocuente y confiada— y Alan se había acercado a ella y dijo:

—Por el amor de Dios, Juliet, ¡siéntate! —Y Juliet había pensado hacerlo y dio un paso antes de que Alan añadiera el fatídico—: Tienes que tener cuidado en tu condición.

Y entonces había sentido las palabras de él como una cadena al cuello y su respiración se aceleró y supo que se tenía que alejar del lugar, de él, y buscar aire fresco.

Había salido a toda prisa por la dirección opuesta a la que habían llegado, sin hacer caso a sus llamadas, y se dirigió a un bosquecillo que vio en el horizonte.

Juliet no solía llorar; no había llorado desde los seis años, cuando murió su padre y su madre le dijo que se iban a marchar de Londres para vivir con la abuela en Sheffield. Ahora, sin embargo, su ira ardiente, su frustración ante Alan, que veía las cosas de manera tan equivocada —y pensar que le había pedido que abandonara su carrera y se quedara en casa mientras él iba a ganarse la vida como..., ¿qué? ¿Vendedor de zapatos?—, hizo que todo diera vueltas ante ella, como si se estuviera deshaciendo como rastros de humo en la brisa.

Antes de darse cuenta, Juliet había llegado a los árboles y, poseída por una necesidad súbita de desaparecer de la vista, se adentró en la arboleda. Había un camino estrecho de hierba aplastada por las pisadas repetidas y se alejaba del río. Supuso que trazaría un círculo completo y la llevaría al otro lado de la aldea, cerca de The Swan, pero Juliet nunca había tenido buen sentido de la orientación. Se adentró más y más, sus pensamientos eran una tormenta desatada, y cuando al fin volvió a salir bajo el sol del día, no se encontraba al otro lado de la aldea en absoluto. No tenía ni la más remota idea de dónde estaba. Para colmo, le habían entrado unas náuseas tan intensas que tuvo que agarrarse al árbol más cercano y vomitar... «¡Puaaaaj!».

Juliet se sobresaltó cuando Red galopó hacia ella, los brazos estirados.

—Mamá, soy un Spitfire y tú eres un Junker.

Por instinto, giró el cuerpo para evitar la colisión.

—Mamá —dijo Red, malhumorado—, eso no es muy patriótico por tu parte.

—Lo siento, Red —comenzó, pero su disculpa se perdió en el aire cuando Red salió corriendo como una bala.

Bea, notó, ya caminaba muy por delante, casi al lado del bosquecillo.

Juliet se sentía decepcionada; ese embarcadero había formado parte de la historia de su familia durante más de una década y le había hecho ilusión traer aquí a su hija. No estaba segura de qué había esperado... No devoción, claro, pero algo.

—¿Estás triste, mamá?

Tip estaba a su lado y miraba hacia arriba con sus ojos penetrantes.

Juliet sonrió.

—¿Contigo en casa? Jamás.

—No estamos en casa.

—No. Tienes toda la razón. Qué tonta soy.

Deslizó su manita en la de ella y juntos comenzaron a caminar de nuevo hacia los otros. No dejaba de sorprender a Juliet que las manos de sus hijos encajaran en la suya a la perfección y cuánto le animaba ese sencillo gesto.

Al otro lado del río, un campo de cebada resplandeció amarillo. Era difícil de creer, mientras el Támesis avanzaba con paso airoso y las abejas buscaban tréboles entre la hierba, que se estuviera librando una guerra. Había señales en la aldea, por supuesto: los nombres de las calles habían desaparecido, las ventanas estaban cubiertas con cinta y Juliet había visto un cartel en una cabina telefónica que recordaba a los transeúntes que todos debían contribuir a la victoria. Incluso habían cubierto el Caballo Blanco de Uffington, por si ayudaba a orientarse a los pilotos enemigos. Sin embargo, aquí, ahora, en este acogedor recodo del río, era casi imposible de creer.

Tip soltó un pequeño suspiro a su lado y a Juliet se le ocurrió que estaba más callado que de costumbre. Esas oscuras ojeras de la noche anterior seguían ahí, además.

—¿Has dormido bien, ratoncillo?

Tip asintió con la cabeza.

—Siempre es un poco difícil en una cama nueva.

—¿De verdad?

—Sí, pero solo al principio.

Tip pareció pensar en ello.

—¿Es difícil para ti también, mamá?

—Ah, sí. Porque soy una persona adulta y todo es difícil para nosotros.

—Pero ¿solo al principio?

—Sí.

Tip pareció algo aliviado al oír esto, lo cual era bonito pero también un poco desconcertante. Juliet no se habría esperado que la comodidad de su madre fuera demasiado importante para un niño tan pequeño. Echó un vistazo a los otros, que se alejaban a zancadas. Estaba segura de que ninguno de los dos le había preguntado alguna vez si había dormido bien por la noche.

—¡Un palo para jugar!

Tip se soltó la mano y cogió una fina rama plateada, casi oculta entre la hierba.

—Ah, sí. Menudo descubrimiento. ¿A que es bonito?

—Muy suave.

—Es de sauce, creo. O quizás de abedul.

—Voy a ver si flota.

—Con cuidado, no te acerques demasiado al agua —dijo Juliet, alborotándole el pelo.

—Lo sé. No me voy a acercar. Está hondo.

—Está hondo, sí.

—Ahí es donde se ahogó la chica.

Juliet se quedó perpleja.

—Cariño, no.

—Sí, mamá.

—Estoy segura de que eso no es cierto.

—Sí lo es. Se cayó de una barca.

—¿Quién? ¿Cómo lo sabes?

—Me lo contó Birdie.

Y Tip sonrió, esa sonrisa preocupante y seria de niño pequeño y, con un súbito cambio de opinión, salió corriendo hacia donde sus hermanos se estaban peleando por un par de palos largos, blandiendo el suyo, victorioso, sobre la cabeza.

Juliet observó cómo se alejaba.

Se sorprendió a sí misma mordiéndose una uña.

No sabía qué era más alarmante: que hablara de niñas muertas o que hubiera recibido la noticia de Birdie, un pájaro, un amigo con plumas.

—Solo tiene una imaginación muy vívida —oyó la voz de Alan en su cabeza.

—Está hablando con pájaros —respondió Juliet entre dientes.

Se frotó los ojos, la frente, las sienes. Aún le daba vueltas la cabeza por la noche anterior y habría dado lo que fuera a cambio de acurrucarse y volver a dormir unas pocas horas más; unos pocos días más.

Con un suspiro largo y lento, decidió alejar sus preocupaciones. Ya tendría tiempo para pensar en ello más adelante. Tip había alcanzado a los otros y se estaba riendo mientras Red lo perseguía por el campo, mirando por encima del hombro en arrebatos de alegría mientras su hermano fingía darle caza. Igual que un niño normal. («Es un niño normal», dijo Alan).

Juliet miró el reloj y vio que ya eran casi las ocho. Tras sacudir los hombros, avanzó hacia los niños, que ahora la esperaban junto al bosquecillo.

Cuando llegó a su lado, señaló con un movimiento del brazo que la siguieran entre los árboles; y mientras continuaban con su juego tontorrón de espadas y caballeros, Juliet pensó una vez más en Alan y aquel día doce años atrás, cuando se había alejado de él y había seguido este camino por primera vez...

No estaba en el centro de la aldea, eso era evidente; en cambio, se encontraba al borde de un campo con enormes y redondos fardos de heno dispuestos a intervalos regulares. Más allá, al otro lado del segundo campo, había un granero de piedra; más lejos aún, distinguió la pendiente de un tejado. En realidad, dos tejados sobre los que había un sinfín de chimeneas.

Con un suspiro, pues el sol estaba en lo más alto y no tenía piedad, y su furia ya no era más que un montón de brasas ardientes que le pesaban en el estómago, Juliet comenzó a avanzar a trancas y barrancas sobre la hierba.

Y pensar que Alan la comprendía tan mal, que imaginara, aunque fuera un segundo, que iba a dejar su trabajo... Escribir no era un trabajo; era su ser. ¿Cómo es que no se daba cuenta de eso él, el hombre con quien había prometido pasar el resto de su vida, en cuyo oído había susurrado sus secretos más íntimos?

Había cometido un error. Ahora saltaba a la vista. Casarse fue un error y ahora iban a tener un bebé y sería pequeño y desvalido y era de esperar que ruidoso, no le darían la bienvenida en los teatros y ella acabaría igual que su madre después de todo, una mujer cuyos sueños grandiosos se habían marchitado hasta formar una red que la contenía.

Quizás no fuera demasiado tarde para echarse atrás. Solo había pasado un día. Apenas veinticuatro horas insignificantes. Quizás aún tuviera tiempo, si fueran directos a Londres por la tarde, vieran al funcionario que les había casado y le rogaran que les diera el certificado antes de que lo enviara al registro. Sería como si nunca hubiera ocurrido.

Sintiendo, tal vez, la precariedad de su futuro, la diminuta vida en su interior le envió otra oleada de náuseas: ¡Aquí estoy!

Y tenía razón. Estaba ahí. Él o ella, una persona pequeñita, estaba creciendo y un día en un futuro no muy lejano iba a nacer. Descasarse de Alan no cambiaría ese hecho.

Juliet llegó al final del primer campo y abrió un sencillo portón de piedra para pasar al segundo. Tenía sed; ojalá se le hubiera ocurrido traer el termo, pensó.

A medio camino del segundo campo llegó a la altura del granero. La enorme puerta de doble hoja estaba abierta y, al pasar, vio en el interior una gran máquina agrícola —una trilladora, recordó el nombre— y arriba, colgada de las vigas, una barca de madera con un inconfundible aspecto de abandono.

Al acercarse al borde del campo, la cosecha amarilla daba paso de un modo brusco al verde vívido y frondoso de un jardín inglés en verano. El jardín estaba en la parte trasera de la casa de dos tejados y, aunque la verja casi no se veía por un seto de endrino, había una puerta batiente por la que Juliet vio un patio de grava con un castaño en el centro. Alrededor había canteros de los que surgía una profusión de plantas y alegres flores.

Bordeó el seto hasta llegar al final del campo y se encontró con un camino de tierra. Pudo girar a la derecha y volver por donde había venido, pero Juliet giró a la izquierda. El seto de endrino se extendía a lo largo del límite del jardín antes de lindar con un muro de piedra que se convertía en un lateral de la casa. Tras la casa había otra puerta, esta de hierro decorado y coronada con un arco.

Al otro lado de la puerta, un camino de losas daba a la puerta de entrada de la elegante casa y Juliet se detuvo a contemplar sus formas y detalles. Siempre había sido sensible a la belleza, sobre todo a la de carácter arquitectónico. A veces, los fines de semana ella y Alan iban al campo en tren o en el coche prestado de un amigo y paseaban por los caminos serpenteantes de los pueblos más pequeños. Juliet tenía un cuaderno en el que tomaba apuntes rápidos acerca de los tejados o los diseños del pavimento que más le gustaban. Esa afición había hecho reír a Alan, que la llamaba con cariño la Dama de los Mosaicos porque había cometido el error de pedirle que se fijara en los mosaicos demasiadas veces.

Esta casa era del color de la piedra cubierta de liquen y tenía dos plantas de altura. El tejado —también de piedra, aunque un tono o dos más oscura— le resultaba muy satisfactorio. Las pizarras en lo alto eran pequeñas e iban aumentando de tamaño al llegar a los aleros. La luz del sol les daba el tono cambiante de las escamas de un pez que se mueve despacio. Había una ventana en cada uno de los gabletes y Juliet se apretó con cuidado contra la puerta para observarlos de cerca; por un segundo creyó ver un movimiento en una de las ventanas, pero no había nada, salvo la sombra de un pájaro que pasaba.

Mientras estudiaba la casa, la puerta se abrió bajo sus manos como si fuera una invitación.

Sin apenas dudarlo, Juliet se adentró por el camino de losas y de inmediato se apoderó de ella una sensación de profunda satisfacción. Era un jardín precioso: las proporciones, las plantas, la sensación de intimidad que ofrecía el muro de piedra. El aroma, además, era embriagador: una insinuación de jazmín de floración tardía mezclado con lavanda y madreselva. Los pájaros revoloteaban entre las hojas y las abejas y las mariposas se cernían sobre las flores en los amplios canteros del jardín.

La puerta por la que había pasado era la entrada lateral, vio Juliet, pues otro camino más amplio iba de la casa a un sólido portón de madera incrustado en el muro de piedra. El camino grande estaba flanqueado a ambos lados por rosas de pétalos rosas y, cerca del final, había un enorme sauce japonés que había crecido tanto que sus ramas llegaban al otro lado de la entrada.

La hierba era de un verde intenso y, sin pensárselo dos veces, Juliet se quitó los zapatos y caminó por encima. La notó suave y fresca entre los dedos. Celestial, esa era la palabra.

Había un lugar especialmente acogedor sobre la hierba, a la sombra del arce japonés, y Juliet fue a sentarse ahí.

Había entrado sin permiso, claro, pero, sin duda, si alguien poseía una casa y un jardín semejantes, debía de ser una persona encantadora.

Había un sol cálido y una brisa ligera y Juliet bostezó sin disimulo. Se había adueñado de ella un cansancio tan intenso que no le quedó más remedio que rendirse a su merced. Últimamente le venía ocurriendo a menudo, en los momentos más inoportunos... desde que había descubierto que esperaba un bebé.

Con la rebeca como almohada, se tumbó boca arriba, la cabeza ladeada hacia la casa. Se dijo a sí misma que solo descansaría unos minutos, pero el sol era una delicia y, antes de notarlo, se le cerraron los ojos.

Cuando despertó, Juliet necesitó un momento para recordar dónde estaba. Había dormido plácidamente, sin sueños, a diferencia de las últimas semanas.

Se incorporó y se estiró. Y fue entonces cuando notó que ya no estaba sola.

Había un hombre de pie en la esquina de la casa, cerca de la puerta. Era mayor que ella. No mucho, si se referían a los años, pero Juliet notó enseguida que le pesaba el alma. Había sido soldado; era imposible no verlo. Pobres hombres rotos, jamás serían capaces de quitarse el uniforme. Siempre serían una generación perdida.

Estaba mirándola, serio, pero no contrariado.

—Lo siento —dijo Juliet—. No pretendía entrar sin permiso. Me perdí.

El hombre no dijo nada durante un momento y al fin respondió con un simple movimiento de la mano. El gesto le dio a entender a Juliet que no había problema;

no la consideraba una amenaza, comprendía la atracción del jardín y la casa, la magia que les rodeaba y que para un transeúnte en un día caluroso la sombra que arrojaba el arce era irresistible.

Sin intercambiar más palabras o miradas, el hombre desapareció en el interior de la casa y cerró la puerta tras de sí. Juliet observó cómo se alejaba y su mirada se topó con sus zapatos en el césped. Notó que las sombras habían avanzado desde su llegada y miró el reloj. Habían transcurrido cuatro horas desde que dejó a Alan en el embarcadero.

Juliet se puso los zapatos y se ató los cordones, tras lo cual se puso en pie.

Sabía que tenía que marcharse; ni siquiera sabía bien dónde quedaba la aldea; y, sin embargo, algo tiraba de ella. Sintió dolor en el pecho, como si una fuerza física la apretara. Se quedó en medio de la hierba, contemplando la casa, y, por un extraño efecto de la luz, todo se volvió claro.

Amor... Eso era lo que sentía, un amor peculiar, poderoso, abstracto, que parecía surgir de todo lo que veía y oía: las hojas soleadas, los huecos oscuros bajo los árboles, las piedras de la casa, las aves que piaban al volar. Y en ese resplandor atisbó un instante qué sentirían las personas religiosas en una iglesia: la sensación de sumergirse en la luz de la certidumbre que nace cuando te conocen por dentro y por fuera, por ser parte de algo y de alguien. Era sencillo. Era luminoso y bello y verdadero.

Alan la estaba esperando cuando encontró el camino de regreso a The Swan. Juliet se apresuró por las escaleras, que subió de dos en dos, e irrumpió por la puerta de la habitación, la cara sonrosada por el calor del día, por la revelación del día.

Él estaba de pie, junto a la ventana, que ofrecía una vista inclinada del río, con una pose rígida e insegura, como si se hubiera puesto así nada más oírla llegar, una actuación improvisada. Tenía una expresión precavida y Juliet tardó un momento en recordar el motivo: la discusión en el embarcadero, la pasión de su marcha.

—Antes de que digas nada —comenzó Alan—, quiero que sepas que no pretendía sugerir...

Juliet estaba negando con la cabeza.

—No importa, ¿no lo ves? Nada de esto importa ya.

—¿Cómo? ¿Qué ha pasado?

Todo estaba en el interior de ella —la claridad, la iluminación— pero no encontraba las palabras para explicarse, solo esa energía dorada que le había infundido y ya no podía contener. Se apresuró a su lado, apasionada, impaciente, y tomó su cara entre las manos y lo besó para que desapareciera entre ellos cualquier inquina o reserva. Cuando Alan abrió la boca para hablar, sorprendido, Juliet negó con la cabeza y acercó un dedo a los labios de él. No había palabras. Las palabras solo estropearían las cosas.

Este momento.

Ahora.

CAPÍTULO VEINTE

El jardín estaba más o menos como lo recordaba Juliet. Un poco más asilvestrado, pero la señora Hammett ya le había explicado que la mujer que cuidaba de la casa cuando Juliet la vio por primera vez se había visto obligada a deshacerse de ella. «Noventa años tenía cuando murió el verano pasado». El jardinero aún venía una vez al mes, pero era un chapucero y, añadió con una mueca de desprecio, no era de aquí. La señora Hammett dijo que Lucy se estaría revolviendo en la tumba si viera cómo había podado las rosas en invierno.

Juliet, que recordaba la perfección del jardín en 1928, preguntó si por aquel entonces Lucy aún vivía en la casa, pero la señora Hammett dijo que no, que por esa época había comenzado su «acuerdo» con la asociación y se había mudado a una casita a la vuelta de la esquina.

—Donde estaba la caballeriza, en esa hilera de casas. ¿Las has visto? Menos escaleras, decía Lucy. Menos recuerdos, creo yo.

—¿Guardaba malos recuerdos de Birchwood?

—Oh, no, no quería decir eso. Le encantaba ese lugar. Eres demasiado joven para comprender, me parece, pero cuando una envejece, todos los recuerdos pesan, incluso los más felices.

Juliet conocía bien el peso del tiempo, pero no era un tema del que deseara hablar con la señora Hammett.

El acuerdo con la AHA, por lo que tenía entendido, permitía que la casa formara parte de una beca para estudiantes. El hombre que le había entregado las llaves la noche que llegaron de Londres se había subido las gafas por el puente de la nariz y dijo:

—No es la casa más moderna que existe. Por lo general, acogemos individuos, no familias, y no durante mucho tiempo. Me temo que no hay electricidad, pero... Bueno, la guerra... Seguro que todo lo demás estará en su sitio... —Y en ese momento el pájaro se había arrojado desde la despensa directo a sus cabezas y él había adoptado una actitud defensiva, Juliet le había dado las gracias y le acompañó a la salida y ambos soltaron un suspiro de alivio idéntico cuando él salió a paso vivo y ella cerró la puerta. Y al darse la vuelta, se había encontrado con las caras de tres pequeños desplazados que esperaban la cena.

Desde entonces, se habían asentado en una agradable rutina. Llevaban cuatro días ahí, todos ellos soleados, y se habían acostumbrado a pasar las primeras horas de la mañana en el jardín. Bea se había aficionado a trepar el muro de piedra que rodeaba la casa y se sentaba en el lugar más soleado, las piernas cruzadas, para tocar la flauta dulce, mientras Red, preocupantemente menos hábil pero que no estaba dispuesto a quedarse atrás, llevaba su arsenal de palos seleccionados con gran esmero al lugar más fino del muro para practicar combates de lanza. Juliet señalaba lugares estupendos donde jugar en la hierba, pero sus sugerencias caían en oídos sordos. Tip, gracias al cielo, no estaba interesado en las alturas. Parecía contentarse con sentarse en el rincón oculto entre la maleza que se le antojara ese día y alinear los soldados de juguete que había enviado a casa una amable señora del Servicio de Voluntariado de la Mujer.

A casa. Era extraño pensar qué pronto colocaron esa palabra junto a Birchwood Manor. Era una de esas palabras que significaban muchas cosas: una descripción somera del edificio en que uno vivía, pero también era el nombre afectuoso y pulido del lugar en el que nos sentíamos más cómodos y seguros. Su casa era la voz de Alan tras un duro y largo día de trabajo; sus brazos alrededor de ella; la fuerza conocida de su amor por ella y el de ella por él.

Dios, cuánto lo echaba de menos.

Junto a los niños, el trabajo resultó ser una distracción bienvenida. Juliet había quedado con las voluntarias del lugar el lunes a las once. Llevaban a cabo sus reuniones en la sala comunal, al otro lado de The Swan, y al llegar había oído el son de lo que parecía un alegre baile: música y risas, charlas y canciones. Se había parado en las escaleras y se preguntó por un momento si se había equivocado de dirección, pero cuando asomó la cabeza por la puerta, la señora Hammett saludó y le pidió que fuera donde estaba sentado el grupo, en un círculo de sillas en el centro de la sala. La sala comunal estaba cubierta de banderas británicas y carteles de Churchill en cada pared.

Juliet había llegado con una lista de preguntas, pero pronto pasó la página y se dedicó a tomar notas en taquigrafía de la conversación que surgía espontánea entre las mujeres. A pesar de haberse quedado hasta tarde para planear sus artículos, su imaginación no había estado a la altura de la realidad de estas mujeres, cuyas excentricidades, encantos y sabiduría la hicieron reír junto a ellas y afligirse por ellas. Marjorie Stubbs le proporcionó una extraordinaria visión de las tribulaciones de la crianza de cerdos; Milly Macklemore ofreció una perspectiva reveladora sobre los variados usos de las medias con agujeros; e Imogen Stephens logró que a todas se les empañaran los ojos al contar el regreso del prometido de su hija, un piloto al que se había dado por muerto.

Y aunque saltaba a la vista que se conocían bien entre sí, muchas de ellas madres e hijas, tías y sobrinas, amigas de infancia, las mujeres acogieron a Juliet en el seno del grupo con enorme generosidad. Al parecer, tenían tantas ganas de conocer la perspectiva de una londinense sobre esos extraños tiempos como Juliet de oír sus experiencias. Para cuando se marchó de la reunión, tras prometer que no se perdería la siguiente, Juliet había aprendido lo suficiente para entretener a sus lectores hasta el año 2000. Si acababan ganando la guerra, había decidido al recorrer el breve camino de vuelta a Birchwood Manor, iba a ser en parte por esas salas donde, por todo el país, mujeres ingeniosas e inquebrantables mantenían la cabeza bien alta y se negaban a darse por vencidas.

Y así, con su mismo ánimo, Juliet había pasado gran parte de esos tres días frente a la máquina de escribir, bajo la ventana de su dormitorio. Aunque no era el lugar más cómodo donde trabajar —el tocador donde había puesto la máquina de escribir era muy bonito, pero no dejaba lugar a las piernas—, a Juliet le gustaba muchísimo.

Zarcillos de madreselva y hiedra bajaban por la ventana abierta para agarrarse a los broches de la cortina y la vista de la aldea sobre la huerta, en especial el camposanto, le recomponía el ánimo. La iglesia de piedra era muy vieja y, a su alrededor, el terreno, aunque pequeño, era precioso: la hiedra se derramaba sobre las lápidas cubiertas de musgo. Juliet aún no había tenido ocasión de ir a visitarlo, pero estaba en su lista de cosas pendientes.

A veces, cuando hacía tan buen tiempo que era imposible quedarse dentro, Juliet iba con su cuaderno al jardín. Trabajaba a la sombra, tumbada boca abajo, la cabeza apoyada en la mano, mientras alternaba entre garabatear notas y mordisquear el lapicero, sin dejar de echar miradas furtivas a los niños. Al parecer, se estaban adaptando bien: les veía reírse y jugar, tenían buen apetito, se peleaban, zarandeaban y aporreaban y la volvían un poco loca, como siempre.

Juliet estaba decidida a seguir siendo fuerte por ellos. Era la piloto del pequeño avión de su familia y, a pesar de la indecisión, de las dudas que la sofocaban cuando apagaba la lámpara por las noches y se desvelaba en medio de esa oscuridad que avanzaba despacio, la ansiedad por tomar la elección equivocada y estropearles la vida, era su responsabilidad que se sintieran a salvo y protegidos al día siguiente. Esa responsabilidad resultaba una carga mucho más pesada sin Alan. No era fácil ser el único adulto.

Casi siempre atinaba a poner buena cara al mal tiempo, salvo aquella desafortunada noche del miércoles. Había pensado que los niños estaban todos fuera, en el prado, detrás del jardín trasero, y se había sentado ante su escritorio para tratar de acabar el artículo para el señor Tallisker antes de la cena. La reunión del lunes la

había convencido de la sabiduría de su editor: las señoras, cada una fascinante a su manera, de las secciones del
Servicio de Voluntariado de la Mujer de Birchwood y
Lechlade le habían proporcionado una inspiración va-
liosísima y Juliet se había propuesto hacerles justicia.

Había estado escribiendo acerca de la hija de Imogen Stephens, describiendo el momento en que la joven
miró por la ventana de la cocina y vio que el hombre al
que amaba, a quien le habían dicho que diera por muerto, se acercaba hacia ella. Los dedos de Juliet tecleaban
más rápido de lo que podía asimilar el mecanismo de la
máquina de escribir; Juliet estaba ahí, en medio de la escena, cuando la joven se quitó el delantal y corrió a la
puerta y se dijo que no creyera a sus ojos, y dudó, sin
fuerzas para convencerse de su error, y oyó la llave que
giraba en la cerradura. Y, mientras la hija de Imogen caía
en los brazos de su amado, el corazón de Juliet se había desbordado: los meses de preocupación y espera, el
cansancio y todos los cambios; durante apenas un minuto, dejó caer sus defensas.

—¿Mamá? —La voz había sonado detrás de ella y,
luego, más cerca—: ¿Mami? ¿Estás llorando?

Juliet, los codos hincados en el tocador, la cara en
las manos, se había quedado paralizada en pleno sollozo.
Había recuperado el aliento con toda la discreción que
pudo y dijo:

—No seas tonta.

—Entonces, ¿qué estás haciendo?

—Pensar, claro. ¿Por qué? ¿Es que tú no piensas
así? —Y en ese momento se había dado la vuelta y sonrió, arrojó el lapicero a su hija de broma y dijo—: ¡Ton-
torrona! ¿Es que alguna vez me has visto llorar?

Y luego estaba Tip. Le preocupaba, pero siempre le había preocupado. Juliet aún estaba tratando de decidir si había algún motivo nuevo para preocuparse. Lo quería muchísimo... No más que a los otros, pero de un modo diferente. Y últimamente había pasado mucho tiempo solo. («Genial —dijo Alan en su mente—. Es autónomo. Lo mejor. Es creativo, ya verás, va a ser artista cuando crezca»). Pero, además de los juegos a los que jugaba, con los soldaditos a los que ponía en fila para luego derribarlos, a los que llevaba en misiones secretas al jardín y a los rincones tranquilos de la casa, Juliet estaba bastante segura de haberle oído hablar cuando no había nadie a su lado. Juliet había mirado entre las ramas en busca de pájaros, pero Tip hacía lo mismo en casa. Había un lugar cálido en las escaleras que al parecer le gustaba especialmente y Juliet se había sorprendido a sí misma una o dos veces merodeando por ahí.

Un día, mientras Tip estaba de rodillas bajo un manzano en el jardín de atrás, Juliet se había acercado sin hacer ruido y se sentó a su lado.

—¿Con quién hablas? —le había preguntado en un tono que trataba de sonar despreocupado, pero que le pareció tenso incluso a ella misma.

—Con Birdie.

Juliet alzó la vista entre las hojas.

—¿Está por ahí Birdie, cariño?

Tip se la quedó mirando como si hubiera perdido la cabeza.

—¿O ya se ha ido volando? ¿Mamá la ha asustado?

—Birdie no vuela.

—¿No?

Tip negó con la cabeza.

—Camina, igual que tú y yo.

—Ah, ya veo. —Un pájaro terrestre. Existían. Más o menos—. ¿Y canta?

—A veces.

—¿Y dónde conociste a esta Birdie? ¿La viste en un árbol?

Tip frunció un poco el ceño ante sus soldados, como si intentara encontrarle el sentido a la pregunta, y señaló con un gesto la casa.

—¿En la casa?

Tip asintió sin dejar de mirar sus juguetes.

—¿Qué hacía ahí?

—Vive ahí. Y a veces en el jardín.

—Ya veo.

Tip alzó la vista de repente.

—¿La ves? ¿La ves, mamá?

Juliet no supo qué responder. Había pensado decirle que sí, que podía ver a su amiga imaginaria; pero si bien podía aceptar que Tip había inventado una compañera para que le consolara en estos tiempos de cambios, alimentar esa ilusión le pareció ir demasiado lejos.

—No, cariño —dijo—. Birdie es tu amiga, no de mamá.

—Pero le caes bien, mamá. Me lo ha dicho.

A Juliet le dolió el corazón.

—Qué bien, cariño. Me alegro.

—Quiere ayudarte. Me ha dicho que yo tengo que ayudarte.

Juliet no pudo soportarlo más. Tomó a su hombrecito entre los brazos y lo abrazó con fuerza, consciente de la fragilidad de su cuerpo, de lo pequeño y cálido que era, de cuánto le quedaba por vivir y cuánto la necesitaba a ella... A ella, por el amor de Dios, pobrecillo.

—¿Estás llorando, mamá?

¡Maldita sea! ¡Otra vez!

—No, cariño.

—Estás temblando.

—Tienes razón. Pero no son lágrimas tristes. Soy una mamá con mucha suerte por tener un hijo como tú.

Esa noche, más tarde, los niños ya dormidos, las caras transformadas por el sueño en versiones más inocentes de sí mismas, Juliet había salido al aire fresco y, tras un paseo junto al río, se detuvo de nuevo en el embarcadero para sentarse un momento y contemplar la casa.

Se sirvió un vaso de whisky y lo bebió de un trago.

Todavía recordaba la rabia que había sentido aquel día de 1928, cuando le dijo a Alan que estaba embarazada.

Sin embargo, lo que entonces le había parecido rabia por la incomprensión de Alan, ahora percibía que no había sido más que miedo. Una sensación repentina de soledad que le había resultado demasiado parecida al abandono infantil. Tal vez por ello se comportara como una niña y saliera hecha una furia.

Oh, volver atrás y hacerlo todo de nuevo, vivir una vez más. Aquel día. El siguiente. Y el siguiente. La llegada de Bea a sus vidas y la de Red y la de Tip. Los tres creciendo, lejos de ella ahora.

Juliet llenó otra vez el vaso. No había vuelta atrás. El tiempo solo se movía en una dirección. Y no se detenía. Jamás dejaba de avanzar, ni siquiera para permitir a alguien pensar. Solo había una manera de volver: los recuerdos.

Aquel día, al regresar a su habitación de The Swan, tras los besos y la reconciliación, los dos se tumbaron juntos en esa pequeña cama de bonitas barandas de hierro, las manos de Alan a cada lado de su cara, mirándola a los ojos, y le prometió con solemnidad que no volvería a insultarla sugiriendo que trabajara menos.

Y Juliet, tras darle un beso en la punta de la nariz, le prometió que no le impediría renunciar al teatro si deseaba vender zapatos.

El viernes por la mañana, Juliet leyó sus «Cartas desde Laneway» por última vez y las mandó por telegrama al señor Tallisker. Le había puesto un título provisional: «Mujeres en la sala de guerra o Una tarde con el Ministerio de Defensa» y cruzó los dedos para que el editor no lo cambiara.

Satisfecha con el resultado final, Juliet decidió tomarse un descanso esa mañana y, ante la insistencia de los dos mayores, mientras Tip jugaba con los soldados en el jardín, fue con ellos al granero. Se morían de ganas de enseñarle algo.

—¡Mira! Es una barca.

—Vaya, vaya —dijo Juliet, que se rio.

Explicó a sus hijos que había visto una pequeña barca de remos colgada de esas mismas vigas doce años atrás.

—¿La misma?

—Eso creo.

Red, que ya había trepado por la escalera, colgaba ahora de un brazo en un estado de alarmante excitación.

—¿La podemos bajar, mamá? ¡Di que sí, por favor!

—Con cuidado, Red.

—Ya sabemos remar —dijo Bea—. Y, además, el río aquí no es muy hondo.

Se acordó de Tip, de la historia de la niña ahogada, de peligros.

—¡Por favor, mamá, por favor!

—Red —dijo Juliet en tono cortante—. Te vas a caer, vas a acabar escayolado y adiós verano.

Como era de esperar, Red no le hizo caso y comenzó a dar saltos sobre el peldaño de la escalera.

—Baja, Red —dijo Bea con cara de pocos amigos—. ¿Cómo quieres que mire mamá si tú tapas la vista?

Mientras bajaba a toda prisa, Juliet sopesó la barca desde abajo. Alan estaba justo detrás de ella y le habló al oído para recordarle que mimarlos solo acabaría creando más problemas: «Los vas a convertir en personas asustadizas si eres demasiado protectora y, entonces, ¿qué vamos a hacer? ¡Se van a quedar siempre con nosotros! Nos van a aguar la fiesta el resto de nuestras vidas».

—Bueno —dijo Juliet, al cabo de un rato—, supongo que podemos desatarla y, si está en buen estado, no veo por qué no la podéis llevar al río.

Siguieron grandes muestras de júbilo y Red dio un brinco hacia Bea y le soltó un abrazo, mientras Juliet tomó su lugar en la escalera. La barca, según descubrió, pendía de las vigas gracias a un sistema de cuerdas y poleas que, aunque un poco oxidadas, aún cumplían su función. Desprendió la cuerda del gancho de la viga donde estaba amarrada, soltó el cabo y dejó que cayera, tras lo cual Juliet bajó al suelo y comenzó a tirar de la cuerda para descender la barca.

Tras haber visto el bote doce años atrás, Juliet había confiado en que estuviera tan maltrecho que no se pudiera usar; sin embargo, aunque estaba cubierto de telarañas y una gruesa capa de polvo, una atenta inspección de la base no reveló nada preocupante. La barca estaba seca, sin señales de podredumbre; al parecer, alguien, en algún momento, había realizado una cuidadosa labor de reparación.

Juliet pasaba el dedo a lo largo de una juntura donde se unían la base y el borde de madera cuando algo le llamó la atención. Relució a la luz del sol.

—¿Entonces, mamá? —Red le tiraba de la manga—. ¿Podemos llevarla al río? ¿Podemos, por favor?

Estaba atascada en la ranura entre dos trozos de madera, pero Juliet logró sacarla.

—¿Qué es? —dijo Bea, que se puso de puntillas para mirar por encima del hombro de Juliet.

—Una moneda. Una moneda vieja. De dos peniques, creo.

—¿Vale mucho?

—No creo. —Frotó la superficie con el pulgar—. Pero es bonita, ¿a que sí?

—¿A quién le importa? —Red saltaba de un pie al otro—. ¿Podemos ir en la barca, mamá? ¿Podemos?

Tras suprimir el resto de sus preocupaciones maternas, Juliet concedió al pequeño navío el certificado de buen estado y les ayudó a llevarlo hasta el final del campo, donde se quedó mirando cómo avanzaban, tambaleantes, cada uno a un lado de la barca.

Tip seguía en el jardín cuando Juliet regresó. La luz del sol caía entre las hojas del arce y dibujaba motas de oro y plata en el pelo liso y suave del niño. Tenía ante sí los soldados de juguete otra vez y estaba inmerso en un juego complejo con una poderosa colección de palos, piedras, plumas y otros objetos dispares dispuestos en círculo.

Parloteaba sin parar, notó Juliet, y soltó una risa cuando ella se acercaba. Esa vocecilla alegraba el día, el sol, todo el futuro, hasta que ladeó la cabeza y resultó evidente que estaba escuchando algo que Juliet no podía oír. De la luz a la sombra en un instante.

—¿Qué es tan divertido, Tippy Toes? —dijo mientras se sentaba a su lado.

Tip asintió y cogió una pluma, que retorció entre los dedos.

Juliet le apartó un trozo de hoja seca que tenía en la rodilla.

—Cuéntame... Me encantan las bromas.

—No era una broma.

—¿No?

—Solo era Birdie.

Juliet se lo esperaba; aun así, se le hizo un nudo en el estómago.

—Me hace reír —continuó Tip.

Juliet contuvo un suspiro y dijo:

—Vaya, qué bien, Tippy. Si vas a pasar tiempo con alguien, es importante escoger a alguien que te haga reír.

—¿Papá te hace reír, mamá?

—Más que nadie. Salvo quizás vosotros tres.

—Birdie dice... —Se detuvo en seco.

—¿Qué pasa, Tip? ¿Qué dice?

Tip negó con la cabeza y centró su atención en la piedra a la que daba vueltas sobre el regazo.

Juliet probó otra táctica.

—¿Está Birdie con nosotros ahora, Tip?

Tip asintió con la cabeza.

—¿Aquí mismo? ¿Sentada en el suelo?

Otro asentimiento.

—¿Cómo es?

—Tiene el pelo largo.

—¿De verdad?

Alzó la vista un poco y miró justo frente a él.

—Es rojo. Y lleva un vestido largo.

Juliet siguió su mirada, se sentó más erguida y se obligó a sonreír de oreja a oreja.

—¡Hola, Birdie! —dijo—. Me alegra conocerte, por fin. Soy Juliet, la mamá de Tip, y hace tiempo que quiero darte las gracias. Tippy me ha dicho que él tenía que ayudarme y quería que supieras que ha sido un niño muy bueno. Me ha ayudado a lavar por la noche y a doblar la ropa mientras los otros dos se comportan como salvajes. De verdad, no podría estar más orgullosa.

La manita de Tip se deslizó dentro de la de ella y Juliet le dio un apretón.

«Ser padre es pan comido —oyó la voz alegre de Alan en el viento—, no más difícil que volar un avión con una venda en los ojos y agujeros en las alas».

CAPÍTULO VEINTIUNO

E l viernes por la tarde, a las seis, los cuatro se pusieron en marcha hacia la aldea. Para niños que vestían con donaciones de desconocidos, iban bastante atildados y, antes de las seis y media, tras haberse parado a admirar las vacas de largas pestañas en un campo en el camino y para que Tip recogiera un par de piedras que le habían llamado la atención, cruzaron el prado triangular y llegaron a The Swan.

La señora Hammett les había dicho que entraran por la puerta principal, pero que giraran a la derecha en lugar de a la izquierda para ir al comedor en lugar de al bar.

Ella ya estaba ahí, bebiendo cócteles con una mujer alta de unos cincuenta años que llevaba las gafas de carey más maravillosas que Juliet había visto. Ambas mujeres se giraron cuando Juliet y los niños irrumpieron por la puerta y la señora Hammett dijo:

—¡Bienvenidos todos! Pasad, cuánto me alegra que hayáis podido venir.

—Siento llegar tarde. —Juliet señaló con un cariñoso gesto de cabeza a Tip—. Había piedras importantes que recoger por el camino.

—Un niño de los míos —dijo la mujer de gafas, cuyo acento reveló un dejo de Estados Unidos.

Los niños se quedaron relativamente quietos para presentarse como Juliet les había enseñado por el camino, tras lo cual los envió a la entrada, donde un par de sillones de cuero parecían el lugar perfecto para descansar mientras esperaban a que sirvieran la cena.

—Señora Wright —dijo la señora Hammett cuando regresó Juliet—, esta es la doctora Lovegrove. Se va a quedar con nosotros en una habitación de arriba... Otra visitante que regresa a la aldea. ¡Parece que 1940 es el año de los regresos!

La doctora Lovegrove le tendió la mano.

—Encantada de conocerte —dijo— y, por favor, llámame Ada y tutéame.

—Gracias, Ada. Y yo soy Juliet.

—La señora Hammett me ha comentado que tú y tus hijos os acabáis de mudar a Birchwood Manor, ¿no es así?

—Llegamos el domingo por la noche.

—Yo fui al colegio en esa casa, hace muchísimos años.

—Había oído que fue un colegio, en otra época.

—Era otra época, sin duda. Cerró hace décadas, poco después de mi marcha. Fue uno de los últimos bastiones de las viejas ideas acerca de las niñas y su educación. Mucho coser, cantar y, según recuerdo, hacer equilibrios con los libros en la cabeza en lugar de leerlos.

—Bueno, bueno —dijo la señora Hammett—. Lucy hizo lo que pudo. Y no parece que te haya venido mal, doctora.

Ada se rio.

—Es cierto. Y tienes razón acerca de Lucy. Tenía la esperanza de volver a verla.

—Qué lástima.

—Solo me puedo culpar a mí misma. Esperé demasiado. La edad nos pasa cuentas a todos, incluso a Lucy, al parecer. Curiosamente, a pesar de todas sus rarezas, tengo que agradecer a Birchwood por la dirección de mi vida adulta. Soy arqueóloga —explicó a Juliet—. Profesora en la Universidad de Nueva York. Pero, mucho antes que eso, fui miembro entusiasta de la Sociedad de Historia Natural en el colegio de la señora Radcliffe. Lucy (la señora Radcliffe) era una verdadera entusiasta. He conocido profesores universitarios con menos vocación: ella había reunido una maravillosa colección de fósiles y hallazgos. Su sala de muestras era de verdad un tesoro. Era pequeñita... Pero, bueno, seguro que sabes a cuál me refiero, en lo alto de las escaleras de la primera planta.

—Ahora es mi habitación —dijo Juliet con una sonrisa.

—Entonces, ya te puedes imaginar lo abarrotada que estaba con estantes a lo largo de las paredes y objetos sobre todas las superficies.

—Sí que puedo —dijo Juliet y sacó el cuaderno, que nunca tenía lejos de la mano—. Y me encanta que una sola casa haya tenido tantas encarnaciones; de hecho, me ha dado una idea.

Escribió una nota y, mientras lo hacía, les habló de las «Cartas desde Laneway», tras lo cual la señora Hammett no pudo resistirse y añadió:

—Mis amigas y yo hemos salido, doctora Lovegrove... ¡Y en el primer artículo, ni más ni menos! Nos vas a conseguir ejemplares, ¿verdad, señora Wright?

—Le he hecho un encargo especial a mi editor, señora Hammett. Van a llegar por correo el lunes por la mañana.

—¡Maravilloso! Las mujeres están emocionadas. Ahora bien, si vas a escribir sobre Lucy, recuerda mencionar que fue hermana de Edward Radcliffe.

Juliet frunció un poco el ceño: el nombre le resultaba vagamente familiar.

—El artista. Uno de esos de la Hermandad Magenta de la que tanto hablan. Murió joven, así que no es tan famoso como los otros, pero fue él quien compró la casa del río. Hubo cierto escándalo, me temo. Él y sus amigos estaban en la casa un verano... hace mucho tiempo, cuando mi madre era solo una niña, pero lo recordó hasta el último suspiro. Murió una heredera, muy joven y guapa. Ella y Radcliffe se iban a casar, pero después de su muerte, se le rompió el corazón y no volvió nunca. Dejó la casa a Lucy en el testamento.

Se abrió la puerta y llegó el señor Hammett, que acababa de terminar su turno tras la barra y guiaba a una joven camarera de expresión preocupada que cargaba con una bandeja de platos humeantes.

—Ah —dijo la señora Hammett, con una sonrisa radiante—, la cena está servida. ¡Vais a ver qué es capaz de hacer nuestro cocinero con unas buenas salchichas!

Lo que el cocinero era capaz de hacer, descubrieron, era casi un milagro. Las salchichas al vapor no estaban entre los platos favoritos de Juliet, pero así, servidas bajo una salsa de mejor no preguntar, estaban riquísimas. Igual de placentero fue el comportamiento de los niños a la mesa, que a todas las preguntas ofrecieron respuestas interesantes, aunque tal vez demasiado sinceras para algunos gustos e incluso aportaron unas cuantas preguntas propias. Tip se las había apañado para meter los dedos en la cera derretida de todas las velas, dejando un puñado de pequeñas huellas fosilizadas, pero recordaron dar las gracias al terminar, nadie se sonó los mocos con el mantel y cuando Bea preguntó si podía continuar con la partida de cartas en la entrada, Juliet le dio permiso con gusto.

—¿A tus hijos les está gustando Birchwood Manor? —preguntó Ada mientras la camarera de la señora Hammett servía té y café con el mismo gesto de preocupación—. Habrá sido todo un cambio después de vivir en Londres.

—Por fortuna, el cambio parece haberles sentado bien.

—Cómo no: el campo tiene mucho que ofrecer a los niños —dijo la señora Hammett—. Sería raro que un niño no se lo pasara de maravilla en nuestro rincón del mundo.

Ada se rio.

—Yo siempre fui una niña rara.

—¿No lo pasaste bien aquí?

—Me llevó un tiempo. Al principio, no. Nací en la India y era muy feliz allí hasta que me mandaron al colegio. No estaba dispuesta a que me gustara y no me gustó: la campiña me resultó insípida y demasiado formal. Extraña, por decirlo suavemente.

—¿Cuánto tiempo pasaste en el colegio?

—Poco más de dos años. Cerró cuando yo tenía diez años y me enviaron a un colegio más grande cerca de Oxford.

—Hubo un terrible accidente —dijo la señora Hammett—. Una chica se ahogó durante un pícnic de verano. El colegio solo duró unos pocos años después de eso. —Frunció el ceño a Ada—. Entonces, doctora Lovegrove, estarías ahí cuando ocurrió.

—Así es —dijo Ada, que se quitó las gafas para limpiar una lente.

—¿Conocías a la chica?

—No muy bien. Era mayor que yo.

Las otras dos mujeres siguieron hablando, pero Juliet se había puesto a pensar en Tip. Le había contado que una muchacha se había ahogado en el río y se preguntó si habría oído algo en la aldea al respecto. Sin embargo, lo había mencionado la primera mañana que pasaron en Birchwood, así que no había tenido tiempo de ir a la aldea. Era posible, supuso, que el joven nervioso de la AHA le hubiera hablado en susurros de ello. Ahora que lo pensaba, le había parecido que tal vez no fuera muy de fiar.

Pero puede que Tip solo estuviera expresando uno de sus temores más arraigados. ¿Acaso no los estaba avisando siempre —sobre todo a él— de que tuvieran cuidado? Alan le diría que ya la había avisado: los estaba convirtiendo en cobardicas con su preocupación maternal. Y tal vez Tip solo hubiera acertado de casualidad: la gente se ahogaba en los ríos; no era demasiado arriesgado suponer que alguien se había ahogado a cualquier altura del curso del Támesis. Solo encontraba motivos de preocupación porque siempre estaba preocupada por Tip.

—¿Señora Wright?

Juliet parpadeó.

—Lo siento, señora Hammett. Estaba en las nubes.

—¿Todo va bien, espero? ¿Otra taza de café?

Juliet deslizó la taza al otro lado de la mesa con una sonrisa y, como era tan frecuente tras haber sufrido una preocupación a solas, se descubrió hablando a ambas mujeres de Tip y de su amiga imaginaria.

—Pobrecito mío —dijo la señora Hammett—. No me sorprende tras todos estos cambios. Se le va a pasar, ya verás. Uno de estos días vas a caer en la cuenta de que no ha mencionado a su amiga en toda la semana.

—Puede que tengas razón —dijo Juliet—. Yo nunca he tenido amigos imaginarios y me resulta muy llamativo evocar a toda una persona del mismo aire.

—¿Esta amiga imaginaria le obliga a hacer cosas malas?

—No, gracias a Dios, señora Hammett. Me alegra decir que ha sido una buena influencia.

—Qué consuelo —dijo su anfitriona con una palmada—. ¿Ha venido aquí esta noche? Nunca he tenido una invitada imaginaria.

—Por suerte, no. Se quedó en casa.

—Bueno, algo es algo. Tal vez sea buena señal que solo la necesite a veces.

—Tal vez. Aunque Tip dijo que le había pedido que viniera. Al parecer, ella le respondió que no podía alejarse mucho.

—¿Inválida? Qué curioso. ¿Te ha contado otros detalles de esa niña?

—No es una niña, para empezar. Es una señora. No sé qué dice eso de mí, pero ha decidido crear una mujer adulta con la que pasar el tiempo.

—Quizás sea otra versión de ti —dijo la señora Hammett.

—No, no. Por lo que me cuenta, es casi lo opuesto de mí. Tiene una melena pelirroja y lleva un vestido blanco largo. Ha sido bastante específico al describirla.

Ada, que había guardado silencio hasta ese momento, preguntó:

—¿Se te ha pasado por la cabeza que esté diciendo la verdad?

Se hizo un silencio hasta que la señora Hammett intervino con una risa nerviosa:

—Vaya, doctora Lovegrove, qué bromista eres. Pero la señora Wright está preocupada de verdad.

—Oh, yo no me preocuparía —dijo Ada—. Seguro que solo significa que tu pequeño es un ser creativo que ha inventado su propia manera de hacer frente a los cambios.

—Hablas igual que mi marido —dijo Juliet con una sonrisa—. Y, sin duda, tenéis razón.

Cuando la señora Hammett dijo que iba a ver qué había pasado con el postre, Ada se excusó para ir a tomar el aire y Juliet aprovechó la ocasión para ir a ver a sus hijos. Fue fácil encontrar a Red y Bea, arrellanados como estaban en un rincón en una agradable penumbra bajo las escaleras, entretenidos con una bulliciosa partida de gin rummy.

Juliet echó un vistazo por el vestíbulo en busca de Tip.

—¿Dónde está vuestro hermano?

Ninguno de los dos alzó la vista de los naipes.

—No lo sé.

—Por ahí.

Juliet se quedó un momento con la mano en el poste de las escaleras, recorriendo el vestíbulo con la vista. Mientras su mirada subía por los escalones alfombrados, por una fracción de segundo vio a Alan arriba, con esa pipa infernal en la boca.

Aquel día había subido corriendo estas mismas escaleras para encontrarle esperándola en la habitación, preparado para reanudar la discusión.

No pudo resistirse y subió.

La barandilla le resultó familiar bajo la mano y Juliet cerró los ojos al acercarse a lo alto, imaginándose de vuelta en aquel momento. Un eco del recuerdo recorrió el aire a su alrededor. Alan estaba tan cerca que podía olerlo. Pero cuando abrió los ojos, Alan, con esa sonrisa irónica, había desaparecido.

El rellano de la primera planta estaba igual que lo recordaba. Limpio y ordenado, con esos pequeños detalles que revelaban esmero aunque no amor por la moda. Flores frescas en un jarrón de porcelana en una mesilla, pequeños cuadros enmarcados de hitos locales a lo largo de la pared, huellas del cepillo mecánico en la alfombra moteada. Y persistía el mismo olor, a detergente para la ropa y abrillantador de madera y el aroma leve, subyacente, de la cerveza.

No había ni rastro, sin embargo, de cierto niño de pies ligeros.

Al bajar de nuevo, Juliet oyó una voz familiar que venía de fuera de la taberna. Había notado un banco junto a la ventana cuando llegaron y se acercó para asomarse y echar un vistazo sobre el alféizar por la ranura de las cortinas. Ahí estaba, con sus queridos palos y guijarros en las manos, y junto a él se encontraba Ada y ambos estaban enfrascados en una conversación.

Juliet sonrió y se apartó sin hacer ruido, para no molestarlos. Hablaran de lo que hablaran, era evidente que Tip estaba interesado.

—Ah, señora Wright. —Era la señora Hammett, que venía tras la camarera, agobiada con otra bandeja bien cargada—. ¿Lista para un poco de pudín? Me alegra decir que es un pudín de bizcocho sin huevo con jalea de fresa.

El domingo por la mañana, por primera vez desde que habían llegado, Juliet se despertó antes que los niños. Tenía las piernas tan inquietas como la mente, así que se puso algo de ropa y salió a dar un paseo. No fue al río y, en su lugar, siguió el camino que iba a la aldea. Al acercarse a la curva de la iglesia, notó que la gente entraba a la primera misa de la mañana. La señora Hammett la vio, saludó y Juliet sonrió.

Los niños estaban en casa, así que no entró, pero escuchó un momento desde el banco del porche al pastor, que hablaba de la pérdida, el amor y el indomable espíritu humano cuando caminaba de la mano de Dios. Era un sermón reflexivo y el pastor era un buen orador, pero Juliet temió que habría muchos sermones similares antes de que acabara la guerra.

Su mirada vagó por el bonito camposanto. Era un lugar tranquilo. Estaba lleno de hiedra y almas dormidas. De lápidas que hablaban de la edad, la juventud y la ciega justicia de la muerte. Un ángel desamparado y bello inclinaba la cabeza ante un libro abierto, y su pelo de piedra, oscurecido por el tiempo, caía sobre una página fría. El silencio que reinaba en estos lugares inspiraba reverencia.

Al son del *Nimrod* de Elgar, Juliet recorrió el perímetro observando las lápidas moteadas y contemplando los nombres y las fechas, los mensajes llenos de amor sobre la eternidad y el descanso. Qué asombroso era que la raza humana valorara tanto la vida de sus miembros que conmemoraba la breve existencia de cada uno sobre la tierra antigua; y, sin embargo, al mismo tiempo, se arrojara a una matanza general sin sentido.

Al fondo del cementerio Juliet se detuvo ante una tumba cuyo nombre le resultó familiar. *Lucy Eliza Radcliffe, 1849-1939.* A su lado, había una lápida más vieja que pertenecía al hermano que había mencionado la señora Hammett durante la cena. Bajo el nombre de Lucy se leían las palabras *Todo pasado es presente,* frase que dio que pensar a Juliet, pues de alguna manera contradecía los sentimientos más comunes aquí.

Pasado, presente, futuro... ¿Qué significaban, de todos modos? Uno podía aspirar a hacerlo lo mejor posible en las circunstancias que le habían tocado en un momento concreto. Eso era todo.

Juliet salió del cementerio y volvió por el camino bordeado de hierba hacia casa. El sol naciente había disipado cualquier resto del frío de la noche y el cielo se iba aclarando hacia un azul espectacular. Hoy habría más súplicas para montar en barca, eso era evidente. Tal vez pudieran almorzar junto al río.

La casa tenía el aspecto de que ya se habían despertado sus habitantes incluso desde cierta distancia: era extraño, pero podía notarlo. Y, cómo no, incluso antes de llegar al camino de carruajes, Juliet oyó el sonido de la flauta dulce de Bea.

Antes de volver de la cena, la señora Hammett les había regalado cuatro estupendos huevos de gallina y Juliet se moría de ganas de pasarlos por agua; tenía pensado incluso untar el pan tostado con mantequilla de verdad. Primero, sin embargo, subió las escaleras para dejar el sombrero en su habitación. Echó un vistazo a los niños por el camino y vio a Bea en la cama, sentada de piernas cruzadas, como una encantadora de serpientes, tocando la flauta. Freddy estaba tumbado boca arriba en el colchón y la cabeza rozaba el suelo. Al parecer, estaba conteniendo el aliento. No había ni rastro de Tip.

—¿Dónde está vuestro hermano? —preguntó.

Beatrice alzó los hombros sin perder ni una nota.

Red soltó una exclamación ardiente:

—¿Arriba?

En la habitación flotaba el aire inconfundible de una pelea y Juliet sabía que lo mejor era no involucrarse. Las disputas entre hermanos, había descubierto, eran como humo al viento: cegadoras un momento, desaparecían al siguiente.

—El desayuno, en diez minutos —anunció al retirarse.

Arrojó el sombrero sobre la cama y asomó la cabeza por la esquina del antiguo salón al final del pasillo. No habían utilizado esa habitación; estaba polvorienta y llena de muebles cubiertos con sábanas, pero un lugar así era un imán para los niños.

Tip no estaba ahí tampoco, pero a Red se le había ocurrido que podía estar en la buhardilla. Juliet subió las escaleras al trote, llamándolo por su nombre.

—A desayunar, Tip, cariño. ¿Vienes y me ayudas a hacer las tostadas? —Nada—. ¿Tip?

Buscó en cada rincón de las habitaciones de la buhardilla y se acercó a la ventana con vistas al campo que llegaba al río.

El río.

Tip no era de los que se alejan. Era tímido por naturaleza; no habría ido hasta allá sin ella.

Esa idea no la calmó. Era un niño. Se distraía con facilidad. Y los niños se ahogaban en los ríos.

—¡Tip! —La voz de Juliet delató su preocupación y bajó a paso vivo las escaleras. Casi se perdió el apagado «¡Mamá!» al recorrer a toda prisa el pasillo.

Juliet se detuvo y escuchó. No era fácil oír en medio del pánico.

—¿Tip?

—Aquí.

Era como si la pared hablara: como si hubiera engullido a Tip y estuviera atrapado en su interior.

Y en ese momento, ante sus mismos ojos, apareció una grieta en la superficie y un panel quedó a la vista.

Era una puerta secreta y, detrás de ella, Tip le estaba sonriendo.

Juliet lo tomó en brazos y lo apretó contra su pecho; sabía que tal vez le estaría haciendo daño, pero no logró contenerse.

—Tippy. Oh, Tippy, mi amor.

—Estaba escondido.

—Ya lo veo.

—Ada me dijo cómo encontrar el escondite.

—¿De verdad?

Tip asintió con la cabeza.

—Es un secreto.

—Y de los buenos. Gracias por compartirlo conmigo. —Le sorprendió que su voz sonara tan tranquila, aunque su corazón estaba aporreándole las costillas. Juliet se sintió débil—. ¿Te sientas conmigo un minuto, Tippy Toes?

Lo dejó en el suelo y la puerta corrediza se cerró detrás de él a la perfección.

—A Ada le gustaron mis piedras. Dijo que ella también coleccionaba piedras. Y fósiles. Y ahora es una arquela...

—... óloga. Arqueóloga.

—Sí —aceptó Tip—. Una de esas.

Juliet llevó a Tip al escalón y lo sentó en su regazo. Lo rodeó con los brazos y descansó la mejilla sobre su cabeza cálida. De todos sus hijos, Tip era el más dispuesto a aceptar estos arrebatos ocasionales de excesivo amor materno. Solo cuando notó que empezaba a agotarse su paciencia casi infinita Juliet dijo:

—Vale. A desayunar. Y ya es hora, me parece a mí, de saber por qué se están peleando tu hermano y tu hermana.

—Bea dijo que papá no podría encontrarnos cuando volviera a casa.

—¿De verdad?

—Y Red dijo que papá era mago y nos encontraría donde estuviéramos.

—Ya veo.

—Y yo subí aquí porque no quise decírselo.

—Decirles ¿qué?

—Que papá no va a volver a casa.

A Juliet le dio vueltas la cabeza.

—¿Qué quieres decir?

No respondió, pero alzó la manita para apretar sin fuerza una de sus mejillas. Tenía la cara, con forma de corazón, muy seria, y Juliet supo al instante que él lo sabía.

Notó la carta que llevaba en el bolsillo, la última que había recibido de Alan. La había llevado con ella a todas partes desde el día que la recibió. Era el único motivo por el que todavía la tenía. El telegrama de bordes negros del Ministerio de Guerra, llegado el mismo día, ya había desaparecido. Juliet había decidido quemarlo, pero al final no fue necesario. Uno de los hombres de Hitler se había encargado de ello al arrojar una bomba en Queen's Head Street, Islington, que destrozó su casa y todo lo que contenía.

Se había propuesto decírselo a los niños. Claro que sí. El problema era —y Juliet apenas pensaba en otra cosa— que no existía una manera aceptable de decirles a sus hijos que había muerto ese padre maravilloso, divertido, despistado y tontorrón que tenían.

—¿Mamá? —Tip deslizó su mano en la de Juliet—. ¿Qué va a pasar ahora?

Cuántas cosas habría querido decir Juliet. Era una de esas raras ocasiones en las que una madre sabía que lo que dijera a continuación iba a permanecer en la memoria de su hijo para siempre. Cuánto deseaba estar a la altura. Era escritora y, aun así, fue incapaz de encontrar las palabras. Cada explicación que consideraba y descartaba creaba otro silencio entre el momento ideal para la respuesta y el momento en el que se encontraba ahora. Era cierto: la vida era un enorme bote de pegamento, como siempre decía Alan. Un tarro de harina y agua en el que todos trataban de mantenerse a flote con tanta elegancia como pudieran.

—No estoy del todo segura, Tip —dijo, lo cual no era ni reconfortante ni sensato, pero al menos era sincero—. Pero sé que vamos a salir adelante.

KATE MORTON

Sabía qué le iba a preguntar a continuación: iba a preguntarle cómo lo sabía. ¿Y qué diablos iba a decirle? ¿Porque sí? ¿Porque no había más remedio? ¿Porque este era su avión y ella lo pilotaba y, con los ojos vendados o no, iba a llevarlos a casa a salvo costara lo que costara?

Al final, se libró de responder porque se había equivocado: no le hizo esa pregunta, después de todo. Con una fe que dejó a Juliet con ganas de acurrucarse y llorar, Tip aceptó su palabra y cambió de tema por completo:

—Birdie dice que incluso dentro de las cajas más oscuras hay puntitos de luz.

Juliet, de repente, se sintió cansada hasta los huesos.

—¿De verdad, cariño?

Tip asintió con entusiasmo.

—Y es verdad, mamá. Los he visto dentro del escondite. Solo se ven desde dentro. Al principio, me dio miedo cuando cerré el panel, pero no hacía falta porque había un montonazo de lucecitas ahí que brillaban en la oscuridad.

VIII

Es sábado y han llegado los turistas. Estoy en la pequeña habitación donde el retrato de Fanny cuelga de una pared. O el cuarto de Juliet, como prefiero llamarlo. Fanny, al fin y al cabo, solo durmió aquí una noche. Acostumbraba a sentarme con Juliet mientras trabajaba ante la máquina de escribir, los papeles esparcidos sobre el tocador, bajo la ventana. También estaba junto a ella por las noches, cuando los niños dormían y ella sacaba la carta de Alan. No para leerla; no la leía a menudo. Solo la sujetaba en la mano y se sentaba a mirar, sin ver, por la ventana abierta la noche larga y oscura.

También es la habitación donde trajeron a Ada cuando estuvo a punto de ahogarse en el río. Por aquel entonces era un tesoro de fósiles y muestras junto al dormitorio de Lucy, con estantes que cubrían las paredes del suelo al techo. Lucy insistió en cuidar a Ada ella misma y ordenó a la enfermera cómo hacer su trabajo hasta que esta se negó a seguir haciéndolo. No quedó mucho espacio donde moverse cuando metieron la cama, pero Lucy se las apañó para colocar una silla de madera en una esquina y por la tarde se sentaba ahí durante horas, observando a la niña dormida.

Era conmovedor ver las atenciones que le prodigaba Lucy; la pequeña Lucy, quien había encontrado tan pocas personas en su vida, después de Edward, a las que sentirse unida. Se aseguraba cada noche de que hubieran calentado la cama con un brasero y permitió que Ada conservara a la gatita, a pesar de la evidente desaprobación de Thornfield.

Una de las turistas se ha acercado a la ventana y se ha asomado para ver más allá del muro, a la huerta, y el sol de la mañana le ha iluminado el rostro. Me recuerda al día posterior al pícnic, cuando Ada se sintió bastante bien para incorporarse apoyada contra las almohadas y la luz se coló a través de los paneles de vidrio para formar cuatro rectángulos a los pies de la cama.

Lucy traía la bandeja con el desayuno y, al dejarla sobre el tocador, Ada, pálida contra las sábanas de lino, dijo:

—Me caí en el río.

—Sí.

—No sé nadar.

—No, eso está claro.

Ada no volvió a hablar por un tiempo. Noté, sin embargo, que tenía algo más en mente y, en efecto, al cabo de un tiempo dijo:

—¿Señora Radcliffe?

—¿Sí, hija?

—A mi lado, en el agua, había alguien más.

—Sí. —Lucy se sentó al borde de la cama y tomó la mano de Ada—. Lamento tener que decirlo, pero May

Hawkins también cayó al río. No tuvo la misma suerte que tú; tampoco sabía nadar y se ahogó.

Ada escuchó estas palabras y, a continuación, su voz apenas un susurro, añadió:

—No fue a May Hawkins a quien vi.

Me quedé a la espera, preguntándome cuánto le revelaría a Lucy, si le confiaría toda la verdad de lo sucedido en el lecho del río.

Sin embargo, no habló más de esa otra persona y dijo en su lugar:

—Había una luz azul. Y estiré la mano para agarrarla y no era una luz. Era una piedra, una piedra que brillaba. —Abrió la mano y dejó a la vista el Azul de los Radcliffe, rescatado tras su larga espera entre las piedras del río—. Lo vi brillar y lo agarré con fuerza porque sabía que me iba a salvar. Y me salvó... Mi amuleto me encontró justo cuando más lo necesitaba y me protegió del mal. Como dijiste que pasaría.

Hace buen tiempo y está despejado el día, así que en la casa hay un flujo constante de turistas con reservas para comer en algún restaurante cercano. Arrastran los pies en pequeños grupos y no aguanto al guía que pide por enésima vez que cierren los ojos en «la habitación de Fanny» y «huelan el rastro espectral de la colonia favorita de la señorita Brown», así que me marcho y me dirijo a la maltería, donde Jack trata de no llamar la atención. Esta mañana temprano vi, entre los papeles que había impreso del último correo electrónico de la señora Wheeler, una carta de Lucy a Ada escrita en marzo de 1939. Por desgracia, el cuerpo de la carta no estaba a la vista y todavía no he sido capaz de averiguar qué dice. Tengo la esperanza de que ya haya apartado los otros papeles y la pueda leer con calma.

Abajo, en el vestíbulo, se ha reunido un grupo alrededor de un paisaje que cuelga en la pared sur. Es el primer encargo que Edward aceptó de la Real Academia, que forma parte de la serie conocida como las pinturas del Alto Támesis, vista tomada desde una ventana de esta casa. Era un paisaje precioso que dominaba el río, con unos campos que se extendían y una zona de densos bosques y, más allá, las montañas distantes; sin embargo, en manos de Edward, esa escena pastoral se transmutaba, mediante tonos magenta y grises oscuros, en una imagen de desconcertante belleza. Era una obra aclamada por el cambio que suponía entre las pinturas figurativas y el arte ambiental.

Es una pieza fascinante y los turistas de hoy dicen las mismas cosas que los turistas de siempre. Cosas como: «Qué colores maravillosos» y «Qué melancólico, ¿verdad?» y «¡Mira qué técnica!». Sin embargo, pocos compran una réplica en la tienda.

Uno de los dones de Edward era su capacidad de partir de sus propias emociones y, mediante la elección de pigmentos y pinceladas, volverlas visibles con una plasticidad extrema gracias a su poderosa necesidad de comunicarse y hacerse comprender. La gente no compra copias de *Vista desde la ventana del ático* para colgarla sobre el sofá porque es un cuadro cuya energía nace del miedo y, a pesar de su belleza —incluso sin conocer la historia de su creación—, perciben el aire amenazador.

El paisaje que aparece en el cuadro se le grabó a Edward a los catorce años. Es una edad frágil, una época de percepciones cambiantes y de transición emocional y Edward fue un muchacho de emociones particularmente intensas. El suyo fue siempre un carácter compulsivo. Nunca vi que hiciera algo con desgana y, en su infancia, había pasado por una serie de aficiones e intereses obsesivos, que se convertían en lo único interesante hasta que aparecía el próximo. Le consumían las historias sobre hadas y las teorías de las ciencias ocultas y, durante un tiempo, había decidido conjurar un espíritu. La idea se le había ocurrido por una lectura ilícita en el colegio, tras pasar horas a la luz de la vela, absorto en los tratados antiguos que se hallaban en el rincón más recóndito de la cámara de la biblioteca.

Por aquel entonces los padres de Edward se embarcaron en un viaje para coleccionar arte en el Lejano Oriente que los mantuvo lejos de Inglaterra durante todo un año. Así, cuando llegaron las vacaciones de verano, a Edward no lo enviaron a su casa de Londres, sino a la finca de su abuelo. Wiltshire es un condado viejo y encantado y Edward decía que cuando la luna se alzaba plateada en lo más alto del cielo, aún podía sentirse la magia antigua. Si bien estaba resentido por el abandono de sus padres y ese abuelo despótico a quien tenía que soportar, su fascinación con los espíritus y las leyendas de las hadas se volvió más intensa en esa tierra de tiza.

Pensó una y otra vez dónde ir a conjurar el espíritu y sopesó varios cementerios cercanos antes de mantener una conversación con el jardinero de su abuelo, que lo convenció para seguir el río Cole hasta llegar al Támesis. No lejos de allí había un lugar, según dijo el anciano, un claro en el bosque donde el río giraba de repente sobre sí mismo, donde las hadas y los espíritus aún caminaban entre los vivos. La abuela del jardinero, nacida en el norte a una hora embrujada, sabía tales cosas y fue ella quien le había hablado del lugar secreto.

Edward me confesó los sucesos de aquella tarde en una lluviosa noche de Londres, a la luz de las velas, en su estudio. He recordado aquel momento tantas veces que puedo oír su voz ahora mismo como si estuviera junto a mí. Puedo contar la historia de aquella noche en los bosques como si lo hubiera acompañado cuando sucedió.

Después de caminar durante unas horas, encontró el recodo del río y se aventuró en el bosque, dejando tras de sí piedras de tiza que había recogido ese mismo día para no perderse al volver. Llegó al claro justo cuando la luna se alzaba en el centro del cielo.

Era una noche cálida y despejada y solo llevaba ropa ligera, pero, al agacharse detrás de un tronco caído, sintió que algo muy frío le rozaba la piel. No dio importancia a la sensación en aquel momento, pues sucedían cosas mucho más interesantes a su alrededor.

Un rayo de luna iluminó el claro y Edward sintió una premonición. Algo, supo, estaba a punto de ocurrir. Sopló un viento extraño y los árboles sacudieron las hojas como bellas joyas de plata. Edward tuvo la sensación de que había ojos ocultos entre las ramas que observaban el claro vacío, al igual que él. Esperó, esperó...

Y entonces, de repente, cayó la oscuridad.

Miró al cielo y se preguntó si una nube había surgido de ninguna parte para tapar la luna. Y al mirar, le atrapó la repugnante garra del terror.

Se le heló la sangre y, sin saber por qué, se volvió y huyó por el bosque, corriendo de un trozo de tiza al siguiente hasta que apareció al borde del campo.

LA HIJA DEL RELOJERO

Continuó, o eso creyó, en la dirección por donde quedaba la casa de sus abuelos. Detrás de él, había algo que lo perseguía —lo oía a pesar de su respiración entrecortada—, pero cuando lanzó una mirada por encima de los hombros, no vio nada.

Tenía los nervios de punta. Su piel se tensó por el frío, como si quisiera escapar de su cuerpo.

Corrió y corrió en un paisaje oscuro y desconocido, saltó vallas, irrumpió entre setos y zarzas y galopó por los campos.

Mientras tanto, la criatura lo seguía y, justo cuando Edward creyó que ya no podía correr más, vio una casa en el horizonte, una luz visible en la ventana más alta, como un faro en la tempestad que señalaba el camino.

Con el corazón latiendo con fuerza, se dirigió a la casa, saltó el muro de piedra y cayó en un jardín plateado bajo la luz de la luna. Un camino de losas llevaba a la puerta principal. No estaba cerrada con llave, así que la abrió, entró deprisa y cerró la puerta detrás de sí. Echó el cerrojo.

Edward subió las escaleras por instinto, cada vez más y más alto, lejos de la criatura que lo había perseguido a través de los campos. No se detuvo hasta llegar a lo más alto, la buhardilla, y ahí no había ningún otro lugar al que ir.

Fue directamente a la ventana para escudriñar el paisaje nocturno.

Y ahí se quedó, vigilante y alerta, observando cada detalle de la vista, hasta que, poco a poco, como si fuera un milagro, llegó el amanecer y el mundo volvió una vez más a la normalidad.

Edward me confesó que, a pesar de todos los cuentos de misterio y miedo que había leído, escuchado e inventado para sus hermanas, aquella noche en el claro del bosque, cuando salió huyendo para salvar la vida y buscó refugio en esta casa, fue la primera vez que sintió miedo de verdad. Lo transformó, dijo: el terror abrió algo en su interior que no fue capaz de volver a cerrar.

Ahora sé con exactitud qué quería decir. El miedo verdadero es imborrable; la sensación no cede, incluso cuando se ha olvidado el motivo. Es una nueva forma de ver el mundo: la apertura de una puerta que permanecerá para siempre abierta.

Así pues, cuando miro ese cuadro de Edward, la *Vista desde la ventana del ático,* no lo relaciono con los campos que rodean Birchwood Manor, aunque la semejanza sea asombrosa; en su lugar, me hace pensar en pequeños rincones oscuros, en el aire cargado y en el ardor que se siente en la garganta cuando forcejeamos para encontrar el aliento.

Los turistas no compran copias de *Vista desde la ventana del ático,* pero sí compran copias de *La Belle.*

Supongo que debería sentirme halagada al pensar que mi rostro mira desde lo alto de tantos sofás. Es mezquino por mi parte, pero he comprobado que *La Belle* vende más que las otras reproducciones disponibles en la tienda de regalos, incluidas las obras de Thurston Holmes. He llegado a comprender que la gente disfruta de la cercanía de la infamia al colgar el retrato de una ladrona de joyas —y tal vez una asesina— en sus bonitas paredes.

Algunos, tras leer el libro de Leonard, comparan *La Belle* con el *Retrato de la señorita Frances Brown con motivo de su decimoctavo cumpleaños* y dicen cosas como: «Claro, se nota que estaba muy enamorado de su modelo».

Es extraño estar en las paredes de tantas personas a las que no conozco unos ciento cincuenta años después de haber conocido a Edward Radcliffe y haber posado en ese estudio diminuto en un rincón del jardín de su madre.

Que alguien pinte tu retrato es una de las experiencias más íntimas que se pueden vivir. Sentir el peso de la atención plena de una persona y mirarla de frente.

Ya me resultó abrumador cuando Edward terminó y llegó el momento de que el cuadro saliera del estudio para acabar en una pared de la Real Academia. Y por aquel entonces no era posible imprimir, enmarcar y vender un sinfín de copias; pues mi rostro, tal y como lo vio Edward en 1861, ha aparecido en bolsas de la compra, paños de cocina, llaveros y tazas e incluso en la portada de agendas del siglo XXI.

Me pregunto qué habría pensado de todo esto Felix, con su insignia de Abraham Lincoln y sus extravagantes predicciones del futuro. Es como dijo: la cámara se ha vuelto omnipresente. Ahora todos llevan una. Bajo mi mirada, recorren las habitaciones de la casa apuntando sus dispositivos a esta silla o aquellos azulejos. Experimentan el mundo a distancia, a través de las pantallas de los teléfonos, creando imágenes para más tarde, de modo que no es necesario ver o sentir ahora.

Después de que Edward viniera a buscarme a la casa de la señora Mack en Little White Lion Street, todo fue diferente. Sin hablar de ello, los dos dimos por sentada una nueva permanencia en nuestra relación que no existía antes. Edward comenzó otro cuadro, titulado *La bella durmiente,* pero, si bien antes él había sido el pintor y yo la modelo, ahora éramos algo más. La obra se diluyó en la vida y la vida en la obra. Nos volvimos inseparables.

Las primeras semanas de 1862 fueron muy frías, pero la caldera del estudio nos protegió de las gélidas temperaturas. Recuerdo mirar por ese techo de cristal empañado a un cielo grisáceo y reluciente, tumbada sobre las almohadas de terciopelo que él había juntado. Edward extendió largos mechones de mi cabello en torno a mis hombros y a lo largo de mi escote.

Pasamos todo el día juntos y gran parte de la noche. Y cuando, al fin, soltaba los pinceles, me llevaba de vuelta a Seven Dials solo para recogerme de nuevo al amanecer. Ya no existían barreras en nuestras conversaciones y, como una aguja en manos de una maestra costurera, tejían los hilos de nuestras vidas, así que nos unieron las historias que compartimos el uno con el otro. Le conté la verdad de mi madre y mi padre, el taller lleno de maravillas, los viajes a Greenwich, la lata en la que había intentado atrapar la luz; le hablé de Joe el Pálido y de nuestra insólita amistad; la señora Mack y el Capitán; la Pequeña Perdida y sus guantes blancos. Le confié mi verdadero nombre.

Los amigos de Edward notaron su ausencia. Siempre había pasado por periodos de reclusión y trabajo obsesivo, en los que abandonaba Londres durante semanas en viajes creativos que su familia llamaba con afecto «sus extravíos»; pero saltó a la vista que su retiro absoluto a principios de 1862 era diferente. No se tomaba un descanso ni siquiera para escribir y enviar una carta; tampoco asistió a ninguna de las reuniones semanales de la Hermandad Magenta en la taberna The Queen's Larder.

Corría marzo y *La bella durmiente* estaba casi terminada cuando me presentó a los demás. Quedamos en la casa de Felix y Adele Bernard en Tottenham Court Road; era una casa de sencilla fachada de ladrillo tras la que se ocultaba un colosal desorden bohemio. Las paredes, pintadas en color borgoña y azul intenso, estaban abarrotadas de enormes óleos y fotografías enmarcados. Lo que parecían cientos de llamas diminutas parpadeaban en unos complejos candelabros, que arrojaban sombras por las paredes, y el aire estaba cargado de humo y de conversaciones apasionadas.

—Así que tú eres ella —dijo Thurston Holmes, que me clavó la mirada cuando Edward nos presentó de nuevo y se llevó mi mano a los labios, igual que en la Real Academia. Una vez más, sentí la misma aprensión desagradable en lo más hondo del estómago.

Por aquel entonces, no había muchas cosas que me dieran miedo. Crecer en Seven Dials me había curado de espanto, pero Thurston Holmes me resulta turbador. Era un hombre acostumbrado a salirse con la suya, un hombre que no necesitaba nada, pero a quien le obsesionaba todo lo que no podía conseguir. La suya era una crueldad que podía ser tanto fortuita como calculada y era un experto en su manejo. Una noche lo vi hacer un desaire a Adele Bernard con un comentario cáustico sobre una de sus primeras fotografías, tras lo cual se sentó con una sonrisa en la comisura de los labios, dispuesto a disfrutar la escena como si fuera un espectáculo deportivo.

Yo le interesaba a Thurston porque suponía un desafío: era un tesoro que podía arrebatar a Edward. Lo supe en el momento, pero confieso que no comprendía entonces hasta dónde era capaz de llegar, cuánto le gustaba causar infelicidad a su alrededor como mero entretenimiento.

A veces reflexiono en cuánto de lo sucedido aquel verano de 1862 se habría evitado de haber ido con Thurston esa noche de noviembre tras la exposición en la Real Academia o si le hubiera hecho un cumplido. Pero todos tomamos nuestras decisiones, para bien o para mal, y yo había tomado la mía. Seguí negándome cada vez que insistía en retratarme; me aseguré de no quedar nunca a solas con él; evité sus constantes atenciones. La mayor parte del tiempo era discreto y prefería acosarme en secreto. Solo una vez llevó las cosas demasiado lejos con Edward; no sé qué dijo, pero lo pagó con un ojo morado que le duró una semana.

La señora Mack, mientras tanto, seguía contenta por los pagos frecuentes que recibía gracias a mis servicios como modelo y Martin no tuvo más remedio que aceptar a regañadientes la nueva situación. Siguió expresando su desaprobación a la menor oportunidad y en ocasiones, al salir del estudio de Edward por la noche, veía por el rabillo del ojo un movimiento que me alertaba de su presencia al otro lado de la calle. A pesar de todo, podía vivir con las desatinadas atenciones de Martin siempre que se mantuviera a distancia.

La madre de Edward, por su parte, alentó nuestra colaboración. *La bella durmiente* se expuso con gran éxito en abril de 1862 y atrajo un buen número de posibles compradores; la madre tuvo sueños de grandeza en la Real Academia y de grandes éxitos comerciales, pero estaba preocupada; si bien Edward tenía la costumbre de pasar de inmediato a un nuevo tema, todavía no había comenzado otro cuadro. Después de la exposición, alternó en su lugar entre periodos de distracción, con una expresión soñadora que le nublaba los rasgos, y periodos en que garabateaba febril en su cuaderno. Motivada por la calidad de sus últimas obras y porque su futuro dependía de él, su madre le animaba en el estudio día y noche y me ofrecía pasteles y té una y otra vez, como si temiera que solo con semejantes tentaciones pudiera evitar que yo desapareciera.

En cuanto a Fanny, aparte de un breve gesto distante con el que reconoció mi existencia en la exposición de *La bella durmiente*, solo la vi una vez, cuando vino con su madre a tomar el té con la señora Radcliffe, que las acompañó por el jardín para que vieran al artista en pleno trabajo. Se quedaron junto a la puerta, tras la espalda de Edward, mientras Fanny se pavoneaba en un nuevo vestido de satén.

—Caramba —dijo—, ¿a que son unos colores preciosos? —Y en ese momento Edward me miró a los ojos y en esa mirada vi una sonrisa tan cariñosa y melancólica que me cortó el aliento.

¿Me creerás si digo que a lo largo de todos esos meses Edward y yo no hablamos de Fanny ni una vez? No evitábamos el tema a propósito. Ahora suena de una ingenuidad incorregible, pero nunca pensábamos en Fanny. Teníamos muchísimas cosas de las que hablar y ella no parecía importante. Los amantes son siempre egoístas.

Es una de las cosas de las que más me arrepiento y una y otra vez mis divagaciones vuelven a ello, para preguntarme cómo pude ser tan insensata: cómo no comprendí que Fanny no estaría dispuesta a perder a Edward.

Estaba ciega, al igual que él, al saber que para nosotros no existía otra opción: teníamos que estar juntos. Ninguno de los dos contemplaba la posibilidad de que los demás no vieran ni aceptaran esta verdad fundamental.

¡Ha vuelto!

Elodie Winslow, la archivista de Londres, la cuidadora de la memoria de James Stratton y el cuaderno de bocetos de Edward.

La veo en la taquilla intentando comprar una entrada para ver la casa y el jardín. Hay algún tipo de inconveniente: lo noto por su gesto educado de frustración mientras señala el reloj. Echo un vistazo al reloj de la sala malva y comprendo la situación.

De hecho, cuando llego a su lado, le oigo decir:

—Habría venido antes, pero tenía otro compromiso. Vine en cuanto se acabó, pero el taxi se topó con un tractor y, como la carretera es tan estrecha, no pudo adelantarlo.

—De todos modos —dice el voluntario, cuya etiqueta anuncia que se llama Roger Westbury—, solo permitimos la entrada de un número fijo de visitantes y el último turno del día ya está completo. Tendrá que volver el próximo fin de semana.

—Pero no voy a estar aquí. Tengo que volver a Londres.

—Siento oírlo, pero seguro que lo comprende. Tenemos que proteger la casa. No podemos permitir que entren demasiadas personas a la vez.

Elodie mira el muro de piedra que rodea la casa, los tejados que se alzan sobre él. En su rostro hay una expresión de vehemente deseo y me prometo que Roger Westbury va a pasar un invierno especialmente incómodo. Se vuelve a mirarlo y dice:

—Supongo que puedo pasar a tomar un té.

—Claro. El café está justo detrás de nosotros, ahí, en ese granero, cerca del arroyo Hafodsted. La tienda de regalos está dentro del café. Podría comprar una bonita bolsa o una réplica para la pared.

Elodie se dirige al granero y, a medio camino, sin un ápice de falsedad, gira a la derecha en lugar de a la izquierda, pasa por la puerta de hierro forjado y entra en el jardín amurallado de la casa.

Se pone a pasear por los senderos y yo la sigo. Hoy noto algo diferente en su actitud. No saca el cuaderno de bocetos de Edward y no tiene la misma expresión absorta y plena de ayer. Lleva el ceño un poco fruncido y tengo la clara impresión de que busca algo en concreto. No ha venido solo a admirar las rosas.

De hecho, evita las partes más bonitas del jardín y sigue el borde exterior, donde el muro está cubierto de hiedra y otros tipos de enredaderas. Se detiene y hurga en el bolso y espero a ver si saca el cuaderno de bocetos.

En su lugar, saca una fotografía. Una fotografía en color de un hombre y una mujer sentados juntos al aire libre en medio de una vegetación abundante.

Elodie sostiene en alto la fotografía para compararla con los muros de atrás, pero salta a la vista que no queda satisfecha con la semejanza, pues baja la mano y continúa por el camino, que rodea la casa y pasa ante el castaño de atrás. Ahora está cerca de la habitación de Jack y estoy decidida a no dejar que se vaya hasta averiguar qué se propone. Veo que mira hacia la cocina donde ayer se encontró a Jack tirando la empanada quemada. No sabe qué pensar; reconozco los signos. Solo necesita un poco de ánimo y me alegra dárselo.

Sigue, le ordeno. *¿Qué tienes que perder? Tal vez te deje mirar dentro de la casa de nuevo.*

Elodie vuelve a la puerta de la maltería y llama.

Jack, mientras tanto, que tiene un horario extraño y duerme mal, está echando una siesta y ni siquiera se mueve.

Sin embargo, me niego a dejarla marchar, así que me agacho junto a él y soplo con todas mis fuerzas en su oreja. Se incorpora con un escalofrío, justo a tiempo para oír que llaman de nuevo.

Se acerca tambaleándose y abre la puerta.

—Hola de nuevo —dice Elodie. Es imposible no notar que Jack se acaba de despertar, así que añade—: Siento molestar. ¿Vives aquí?

—Por un tiempo.

Él no ofrece más explicaciones y ella es demasiado educada para preguntar.

—Siento molestarte de nuevo, pero ayer fuiste de gran ayuda. Me preguntaba si podrías dejarme echar otro vistazo a la casa.

—Ahora está abierta. —Con un gesto de la cabeza señala la puerta trasera, por donde acaban de salir unos turistas.

—Sí, pero tu colega de la taquilla me ha dicho que he llegado demasiado tarde y se negó a venderme una entrada.

—¿De verdad? Qué remilgado.

Elodie sonríe, sorprendida.

—Sí, bueno, eso me pareció a mí. Pero tú pareces... un poco menos remilgado.

—Mira, te dejaría pasar con mucho gusto, pero esta noche no puedo. Mi... colega... me dijo que se iba a quedar para supervisar unas reparaciones. Lo peor es que va a volver mañana para comprobar que vuelven a colocar bien los muebles.

—Ah.

—Si vuelves a mediodía, ya deberían haber terminado.

—A mediodía. —Asiente pensativa—. Tengo otra cita a las once, pero podría venir justo después.

—Muy bien.

—Muy bien. —Elodie sonríe de nuevo; Jack la pone nerviosa—. Bueno, gracias. Voy a disfrutar del jardín un rato. Hasta que me echen.

—Tómate tu tiempo —dice—. No les voy a dejar que te echen.

Son casi las seis en punto. Los últimos visitantes del día se dirigen a la puerta de salida cuando Jack la descubre sentada en el jardín contra el muro de piedra que separa el patio de la huerta. Reparte una cerveza en dos vasos y le entrega uno a ella.

—Le dije a mi colega que había venido mi prima a saludarme.

—Gracias.

—Pensé que te vendría bien un poco más de tiempo. —Jack se sienta en la hierba—. ¡Salud!

—¡Salud! —Elodie sonríe y toma un sorbo de cerveza. Ninguno de los dos habla durante un momento y estoy decidiendo a cuál de los dos presionar cuando Elodie dice—: Qué lugar tan bonito. Sabía que me iba a gustar. —Jack no responde y, al cabo de un tiempo, Elodie continúa—: No siempre soy tan... —Alza los hombros—. Ha sido un día extraño. Esta mañana tuve una cita y he estado pensando en ello. Vuelvo a Londres mañana por la tarde y siento que no he hecho lo que esperaba hacer aquí.

Quiero que Jack indague, que le pregunte qué esperaba hacer, pero se resiste a mi súplica y, en este caso, tiene razón, pues ella llena el silencio sin que se lo pida.

—Me dieron esto hace poco —dice al tiempo que le entrega una fotografía.

—Qué bonita —dice Jack—. ¿Los conoces?

—Es mi madre. Lauren Adler. —Jack niega con la cabeza, incierto—. Fue violonchelista, bastante famosa.

—¿Y él es tu padre?

—No. Era un violinista de Estados Unidos. Habían dado un concierto en Bath y volvían en coche a Londres cuando pararon para comer. Tenía la esperanza de encontrar el lugar donde estaban sentados.

Jack le devuelve la fotografía.

—¿Comieron aquí?

—Eso creo. Estoy intentando averiguarlo. Mi abuela vino a vivir en esta casa unos años cuando cumplió once; ella y su familia tuvieron que evacuarse de Londres cuando su casa quedó destruida en un bombardeo. Bea, mi abuela, ya no vive, pero su hermano (mi tío abuelo) me dijo que mi madre fue a verle una semana ántes de que tomaran esta fotografía porque quería saber la dirección de esta casa.

—¿Por qué?

—Creo que eso es lo que estoy tratando de comprender. En nuestra familia hay una historia (bueno, un cuento de hadas) que ha pasado de una generación a otra. Hace unos días descubrí que tiene lugar en esta casa. Mi tío abuelo me dijo que una amiga de aquí, alguien de la aldea, le contó el cuento cuando era niño. Él se lo contó a mi madre y mi madre me lo contó a mí. Es un cuento especial para nosotros; y esta casa también es especial. Incluso ahora, hoy, aquí sentada, siento una extraña sensación, muy posesiva. Ahora comprendo por qué mi madre quiso venir aquí, pero ¿por qué en ese momento? ¿Qué le hizo ir a ver al tío Tip y venir aquí aquel día?

Vaya. Elodie es la sobrina nieta de Tip, que todavía vive, y aún recuerda el cuento que le conté. Si tuviera corazón, se estaría derritiendo. Siento que se remueven otros recuerdos cuando ella habla de su madre, la violonchelista, y de la fotografía de los dos jóvenes entre la hiedra. Los recuerdo. Lo recuerdo todo. Recuerdos como las joyas del caleidoscopio que Joe el Pálido guardaba en el estante de los juguetes: gemas discretas que adquirían nuevas formas al juntarse y creaban diseños siempre diferentes pero siempre afines.

Elodie se pone a mirar la fotografía una vez más.

—Mi madre murió justo después de que tomaran esta fotografía.

—Lo siento.

—Fue hace mucho tiempo.

—Lo siento de todos modos. El dolor no tiene fecha de caducidad, según mi experiencia.

—No y tengo suerte de haberla encontrado. La fotógrafa que la hizo ahora es famosa, pero no lo era por aquel entonces. Se había hospedado por aquí y se los encontró de casualidad. No sabía quiénes eran cuando tomó la foto. Pero le gustó la escena.

—Es una gran fotografía.

—Creía que si exploraba cada rincón del jardín, en algún momento doblaría una esquina y me encontraría con el lugar y entonces, quién sabe cómo, descubriría qué tenía mi madre en la cabeza aquel día. Por qué tenía tantas ganas de encontrar la casa. Por qué vino aquí.

Por el aire cada vez más fresco se alejaron flotando hasta desaparecer las palabras no pronunciadas: «con él».

En ese momento, suena el teléfono de Elodie, que hace un ruido discordante, contra natura; echa un vistazo a la pantalla, pero no responde.

—Lo siento —dice con una leve negación de la cabeza—. Por lo general, no soy tan... habladora.

—Eh. ¿Para qué están los primos?

Elodie sonríe y se termina la cerveza. Le devuelve el vaso y le dice que le verá mañana.

—Por cierto, me llamo Jack —dice él.

—Elodie.

Y guarda la fotografía en el bolso y se va.

Jack ha estado pensativo desde su marcha. El carpintero ha estado aquí toda la tarde, haciendo ruido con el martillo y los clavos sin ningún miramiento, y tras pasar una hora o dos sin saber qué hacer, Jack se acercó a la casa y preguntó si podía echar una mano. Resulta que es bastante mañoso. El carpintero se alegró al tener un ayudante y trabajaron juntos sin decir gran cosa durante un par de horas. Me gusta que Jack haya añadido algo material a la casa que va a permanecer aquí cuando él ya no esté.

Jack ha cenado una tostada con mantequilla y ha llamado a su padre, que vive en Australia. Esta vez no había ningún cumpleaños que justificara la llamada y la conversación resultó forzada los primeros cinco minutos. Cuando pensé que iban a empezar a despedirse, Jack dijo:

—¿Recuerdas lo bien que trepaba, papá? ¿Recuerdas aquella vez que Tiger se quedó atascado en lo alto de un árbol y él trepó hasta arriba y lo bajó?

¿De quién habla y por qué se pone tan triste al mencionarlo? ¿Por qué se le corta la voz y, por un leve cambio en su actitud, parece un niño abandonado?

Ese es el tipo de cuestiones que me mantienen ocupada.

Ahora está dormido. La casa está en silencio. Soy la única presencia que vaga entre estas habitaciones y así llego a la habitación de Juliet, donde cuelga el retrato de Fanny.

En su nuevo vestido verde, la joven contempla al pintor. El retrato la ha atrapado para siempre en esa primavera en la que conoció a Edward. Está de pie en una habitación recargada decorada según el estilo de su padre. A su lado, la ventana de guillotina está abierta y tal es el talento de Edward, su atención por el detalle, que se nota el frescor de la brisa contra su antebrazo derecho. A cada lado del cristal caen cortinas de damasco en cálidos tonos borgoña y crema, que enmarcan un paisaje rural atemporal.

Pero es la luz, la luz, siempre la luz, lo que llena de vida el cuadro.

Los críticos sostuvieron que el retrato de Fanny era más que un retrato: era una reflexión sobre la yuxtaposición de la juventud y la eternidad, de la sociedad y el mundo natural.

A Edward le atraían las alusiones y es posible que tuviera todos esos contrastes en mente cuando se puso ante el caballete. Sin duda, es cierto que la obra cumplía un doble propósito. Pues la vista a través de la ventana, un campo amarillento por el sol del verano, no llama la atención en absoluto hasta que notamos a lo lejos —casi oculto tras una arboleda— una locomotora que tira de cuatro vagones.

No fue casualidad. El retrato de Fanny en un vestido verde de terciopelo lo encargó su padre con motivo de su decimoctavo cumpleaños y la locomotora, sin duda, era una tentativa de granjearse su simpatía. La madre de Edward habría insistido en que lo adulara; las ambiciones que albergaba para su hijo eran evidentes y Richard Brown era uno de los reyes del ferrocarril, hombre que había amasado una fortuna en la producción del acero y cuyo negocio tenía unas perspectivas inmejorables ante la expansión de la vía férrea británica.

El señor Brown adoraba a su hija. Leí el interrogatorio policial en los informes que obtuvo Leonard cuando trabajaba en su tesis. La muerte de Fanny lo angustió y estaba decidido a que su legado no quedara empañado por habladurías de un compromiso roto y menos aún por rumores sobre otra mujer en la vida de Edward. El padre de Fanny era un hombre poderoso. Hasta que Leonard comenzó con sus indagaciones, el señor Brown había logrado borrar mi página de los libros de historia. Hasta dónde llegaría un padre por su querida hija.

Padres e hijos. La relación más sencilla del mundo y, al mismo tiempo, la más compleja. Cada generación pasa a la siguiente una maleta que contiene las piezas desordenadas de un rompecabezas acumuladas a lo largo de los años y dice: «A ver cómo te las arreglas».

Con tal propósito, he estado pensando en Elodie. Algo en su carácter me recuerda a Joe el Pálido. Lo noté ayer cuando llegó por primera vez: la forma en que se presentó a Jack, cómo respondía sus preguntas. Es reflexiva y considerada en sus respuestas, escucha con atención a lo que él dice —en parte, lo noto, porque quiere hacer justicia a lo que le cuenta o le pregunta, pero también, pienso, porque en todo momento carga con la leve preocupación de no estar a la altura de lo que se le pide—. Joe el Pálido también era así. En su caso, se debía al padre que había tenido. Supongo que era común en aquellas familias de antaño, en que los hijos recibían el nombre del padre y eran criados para encajar en cierto molde, para seguir los pasos del padre y continuar la dinastía.

Joe el Pálido estaba orgulloso de su padre: era un hombre importante en el gobierno y en los círculos políticos, además de un apasionado coleccionista. Muchas veces, cuando iba a visitarle a su habitación y su familia había salido, Joe el Pálido me invitaba a explorar esa mansión grandiosa que daba a Lincoln's Inn Fields. ¡Y qué lugar de maravillas! Su padre había recorrido el mundo y había traído consigo antigüedades de todo tipo: un tigre se alzaba junto a un sarcófago egipcio, que quedaba bajo una máscara de bronce rescatada en Pompeya, que miraba desdeñosa una colección de esculturas japonesas en miniatura. Había frisos de la Grecia antigua y pinturas del Renacimiento italiano, además de un buen número de obras de Turner y Hogarth... Incluso una colección de manuscritos medievales entre los que se encontraba un ejemplar de *Los cuentos de Canterbury* que se consideraba más antiguo que el de la biblioteca del conde de Ellesmere. En ciertas ocasiones, cuando su padre recibía a un importante hombre de ciencia o de las artes, Joe el Pálido y yo bajábamos a hurtadillas para escuchar junto a la puerta la docta charla.

Habían reformado la casa para acomodar unos largos pasillos que Joe el Pálido llamaba «las galerías», que sostenían columnas y arcos entre las enormes paredes cubiertas de obras de arte y estantes llenos de tesoros. A veces, a lo largo de los años, cuando Joe el Pálido y yo nos estábamos divirtiendo tanto que la idea de marcharme para seguir con los trabajos del día no era aceptable, me rogaba que me colara en la casa y encontrara una pequeña curiosidad que pudiera llevar a la señora Mack como el botín del día. Uno pensaría que me sentí al menos un poco culpable al robar artefactos tan preciosos, pero, como señaló Joe el Pálido, ya se los habían robado a sus originales dueños mucho antes de que yo les ayudara a seguir su camino.

Cuánto me gustaría saber qué fue de Joe el Pálido. ¿Se casó con esa mujer a la que aludió aquella noche en su buhardilla cuando me habló del amor no correspondido? ¿Encontró la manera de ganarse su corazón y le hizo ver que no encontraría otro hombre tan bondadoso como él? Daría cualquier cosa por saberlo. También me gustaría averiguar a qué se dedicó, a qué labor consagró su energía, interés y fraternidad desbordantes. Si bien Joe el Pálido estaba orgulloso de su padre, temía no estar a la altura de sus expectativas. No nos equivoquemos: Joe el Pálido me dejaba robar de la colección de su padre en parte porque quería que me quedara más tiempo a su lado y en parte por ese desdén moderno por la acumulación de bienes y riquezas; sin embargo, también había otro motivo. Joe el Pálido me dejaba sisar fruslerías de los estantes de su padre por la misma razón que se negó a usar, de joven, el apellido paterno: le complacía socavar aunque fuera un poco los cimientos del pedestal.

Joe el Pálido, Ada, Juliet, Tip... La señora Mack repetía a menudo que los pájaros siempre volvían a casa a anidar y no hablaba precisamente de gallinas. Había un hombre que se presentaba con regularidad para comprar palomas en la tienda de pájaros y jaulas de abajo, en Little White Lion Street. Tenía un servicio de mensajería; enviaba las aves lejos y, cuando era necesario, las soltaban con una nota urgente, pues una paloma siempre vuelve a casa. Cuando la señora Mack hablaba de los pájaros que regresan, se refería a que si uno lanzaba sus esfuerzos al mundo, al final alguno daría fruto.

Y así es. Mis pájaros están volviendo a casa a anidar y siento una atracción inexorable que me empuja al nexo de mi historia. A partir de ahora, las cosas suceden a toda velocidad.

CAPÍTULO VEINTIDÓS

Verano, 2017

La habitación de Elodie en The Swan estaba en la primera planta, a un extremo del pasillo. Había una ventana con vidriera, con un butacón para uno desde donde se veía el Támesis, y estaba sentada con una pila de libros y papeles junto a ella, mientras comía el sándwich que había comprado a la hora de comer, pero había decidido guardar para la cena. A Elodie no le pasó inadvertido que había transcurrido una semana exacta desde que se sentara ante la ventana de su apartamento de Londres con el velo de su madre para contemplar el silencioso avance hacia el mar del mismo río.

Cuánto había ocurrido desde entonces. Es decir, estaba arrellanada en una habitación propia en la diminuta aldea de Birchwood, tras haber visitado la casa no una sino dos veces desde que llegara ayer por la tarde. Hoy había supuesto una cierta frustración: mientras la amiga de Penelope le mostraba las complejas reformas en Southrop y Elodie admiraba con gesto cortés las innumerables decoraciones textiles en todos los tonos imaginables de gris, se moría de ganas de volver a la casa. Se había excusado en cuanto le fue posible con la promesa de volver mañana a las once, llamó a un taxi y tuvo que morderse la mano para contener las lágrimas de frustración mientras viajaban a quince kilómetros por hora detrás de un tractor lentísimo.

No había llegado a Birchwood Manor antes de la hora de cierre, pero al menos había podido entrar en el jardín. Gracias al cielo, se había encontrado con Jack, quien a todas luces no trabajaba para el museo, pero al parecer cumplía cierta función ahí. Lo había conocido ayer al llegar de un viaje en tren desde Londres y dar un paseo hasta la casa. Tras recibir permiso para entrar, en cuanto cruzó el umbral, se había sentido abrumada con la certeza de que por primera vez en mucho tiempo estaba ni más ni menos donde tenía que estar. Elodie había sentido una extraña sensación que la empujaba a ir más adentro, como si la misma casa la hubiera invitado; lo cual era una idea ridícula que no parecía muy sensato expresar en voz alta y, sin duda, no era más que una imaginación para justificar una entrada que, casi con total seguridad, no había sido autorizada.

Mientras Elodie se terminaba su sándwich, sonó el teléfono y el nombre de Alastair apareció en la pantalla. Dejó que sonara sin responder. Solo la estaría llamando para hablar una vez más del malestar de Penelope y pedirle que reconsiderara la música para la boda. Cuando Elodie se lo había dicho, al otro lado de la línea se hizo un silencio que le hizo pensar, al principio, que se había perdido la conexión. Hasta que Alastair había dicho:

—¿Es una broma?

¿Una broma?

—No, yo...

—Escucha. —Había soltado una risilla ahogada, como si estuviera seguro de que se trataba de un sencillo malentendido que iban a resolver enseguida—. De verdad, me parece que ya no te puedes echar atrás. No es justo.

—¿Justo?

—Para mi madre. Le hace mucha ilusión lo del vídeo. Se lo ha dicho a todos sus amigos. Le rompería el corazón y ¿para qué?

—Es que... yo no me siento cómoda con la idea.

—Bueno, es evidente que no vamos a encontrar una intérprete mejor. —Había sonado un ruido al otro lado de la línea y Elodie le oyó decir: «Voy enseguida» antes de volver a la llamada—. Mira, tengo que irme. Vamos a dejarlo por ahora y ya hablaremos cuando vuelva a Londres, ¿vale?

Y antes de que Elodie pudiera decirle que no, que ella ya había tomado una decisión y no había nada de lo que hablar, Alastair se había marchado.

Ahora, en la soledad de esa silenciosa habitación de hotel, Elodie reparó en esa sensación asfixiante que se le había extendido por el pecho. Era posible que solo estuviera cansada y agobiada. Le habría gustado hablar con alguien que le dijera que era solo eso y que todo iba a salir bien, pero Elodie sospechaba que Pippa, la elección obvia, no le iba a decir lo que quería oír. ¿Y qué pasaría entonces? Que todo sería un caos, un caos enorme, y a Elodie no le gustaba el caos. Toda su vida había sido un ejercicio para evitar, clasificar y erradicar el caos por completo.

Así pues, apartó a Alastair de sus pensamientos y cogió los artículos. El jueves Tip había aparecido sin previo aviso para dárselos. Lo había visto de pie frente a su apartamento, al lado de su vieja bicicleta azul, cuando llegó a casa del trabajo. Tenía un bolso de lona al hombro, que se quitó para dárselo.

—Los artículos de mi madre —le había dicho—. Los que escribió cuando vivíamos en Birchwood.

En el bolso había una destartalada carpeta de cartón con páginas escritas a mano y una gran colección de recortes de periódico. Eran obra de Juliet Wright, bisabuela de Elodie.

—«Cartas desde Laneway» —había leído en voz alta.

—Mi madre las escribió durante la guerra. Llegaron a manos de Bea, tu abuela, cuando Juliet murió, y luego a mí. Me pareció que sería el momento idóneo para pasártelas a ti.

A Elodie le había abrumado el gesto. Apenas recordaba a su bisabuela: habían hecho una visita a una mujer muy anciana en una residencia cuando Elodie tenía unos cinco años. El recuerdo más persistente era el de una cabeza de pelo blanco como el papel. Le preguntó a Tip cómo era Juliet.

—Maravillosa. Era inteligente y divertida, a veces mordaz, pero nunca con nosotros. Se parecía a Lauren Bacall, si Lauren Bacall hubiera sido una periodista en Londres en los años cuarenta y no una estrella de Hollywood. Siempre vestía pantalones. Quiso muchísimo a mi padre. Y a Bea, a Red y a mí.

—¿No volvió a casarse?

—No. Pero tenía muchos amigos. Personas que habían conocido a mi padre… Gente de teatro. Y estaba todo el rato escribiendo y recibiendo cartas. Así es como la recuerdo: sentada ante el escritorio, garabateando un papel.

Elodie le había invitado a subir a tomar una taza de té; tenía una lista de preguntas que se le habían ocurrido desde que fue a verlo al estudio el fin de semana, sobre todo tras recibir la fotografía de Caroline que le había dado Pippa. Se la enseñó a Tip y le explicó cuándo y dónde la habían tomado y le observó con atención, intentando descifrar su expresión.

—¿Reconoces el lugar donde están?

Tip negó con la cabeza.

—No hay muchos detalles. Podría ser cualquier lugar.

Elodie había estado convencida de que sus respuestas estaban siendo evasivas.

—Creo que fue a Birchwood Manor con él —le había dicho— al volver a Londres. La casa era especial para ella y, al parecer, él también.

Tip había evitado su mirada al devolverle la fotografía.

—Deberías preguntar a tu padre.

—¿Y romperle el corazón? Ya sabes que no puede ni decir su nombre sin que se eche a llorar.

—La quería. Y ella le quiso a él. Fueron el mejor amigo el uno del otro.

—Pero ella le traicionó.

—Eso no lo sabes.

—No soy una niña, Tip.

—Entonces, ya has visto lo suficiente para saber que la vida es complicada. Las cosas no siempre son lo que parecen.

Esas palabras le habían recordado de una manera sobrecogedora el comentario de su padre de tantos años atrás, cuando dijo que la vida era larga y que ser humano no era fácil.

Habían cambiado de tema, pero Tip lo retomó antes de irse, al insistir en que debería hablar con su padre. Lo había dicho con firmeza, casi como si fuera una orden.

—Tal vez te sorprenda.

Elodie no estaba tan segura, pero desde luego tenía intención de hacer otra visita a Tip cuando volviera a Londres. Aquel jueves se había abstenido de preguntarle de nuevo acerca de la mujer de blanco, sintiendo que ya había habido bastantes tiranteces por un día; sin embargo, esta mañana, mientras desayunaba ante los artículos de Juliet, algo le había resultado extraño.

Hurgó en la carpeta en busca de un artículo en concreto. Casi todas las «Cartas desde Laneway» eran relatos acerca de la gente del lugar, aunque algunas trataban de su propia familia. Las había conmovedoras y tristes; otras eran cómicas hasta hacer reír. Juliet era una de esas escritoras que no llegaban a desaparecer del todo de la página; cada frase era a todas luces suya.

En cierto momento, en un artículo sobre la decisión de la familia de adoptar a un perro sin hogar, había escrito: «Somos cinco en esta casa. Yo, mis tres hijos y una quimera pelirroja y de vestido blanco a quien ha dado vida la imaginación de mi hijo y con quien debemos consultar todas las decisiones familiares. Se llama Birdie y, por fortuna, comparte la querencia de mi hijo por los perros, aunque ha dejado bien claro que preferiría un perro más bien viejo y de carácter tranquilo. Por fortuna, yo estoy del todo de acuerdo, así que ella y el señor Rufus, nuestro nuevo sabueso artrítico de nueve años, están invitados a formar parte de nuestra familia todo el tiempo que quieran».

Elodie volvió a leer esas frases. Juliet estaba escribiendo acerca de una amiga imaginaria de su hijo, pero la descripción era inquietantemente similar a la mujer de la fotografía, la modelo de Edward Radcliffe; Juliet también escribió que su hijo llamaba Birdie a esa «quimera». La carta que Elodie había encontrado detrás de la montura de la fotografía de la modelo de Radcliffe iba dirigida a James Stratton y la firma decía «BB».

Aunque ni se le pasó por la cabeza que la amiga imaginaria de la infancia de Tip fuera digna de investigarse, tras haber leído el libro de Leonard Gilbert dos veces desde que se lo dio Pippa, Elodie había comenzado a preguntarse si no podría haber otra explicación. Tal vez su tío abuelo había visto un cuadro de la mujer cuando era niño, tal vez incluso el mismo cuadro. El libro de Edward contenía bocetos preliminares que sugerían que estaba a punto de comenzar otra obra en la que saldría su modelo, Lily Millington. ¿Y si la obra perdida hubiera estado en Birchwood Manor todo este tiempo y Tip la hubiera descubierto de niño?

No tenía sentido llamarle para preguntárselo... No le gustaba el teléfono y, además, el número que tenía de él era tan antiguo que le faltaba una cifra, pero iba a ir a verlo a su estudio en cuanto le fuera posible.

Elodie bostezó y se bajó del butacón de la ventana, llevándose el libro de Leonard con ella, y se fue a la cama. Si no podía estar en la casa, el libro era el mejor sustituto. El amor de Leonard por Birchwood Manor era tangible, incluso cuando escribía de la pasión devoradora que sintió Edward Radcliffe por el lugar.

En el libro había una fotografía de la casa tomada en 1928, durante el verano de la beca de Leonard Gilbert.

Por aquel entonces, la propiedad era más pulcra; los árboles, más pequeños, y hasta el cielo resultaba más cercano por la exposición borrosa de la fotografía. Además, había fotografías anteriores: imágenes del verano de 1862, el que Edward Radcliffe y sus amigos habían pasado juntos en la casa. No eran como los retratos victorianos de costumbre. Esas personas miraban a Elodie a través del tiempo y se sintió extraña, como si la observaran. En la casa también había tenido esa sensación: un par de veces se había dado la vuelta, esperando encontrarse con Jack a sus espaldas.

Leyó un rato el capítulo que esbozaba el supuesto papel de Lily Millington en el robo del diamante de los Radcliffe. Elodie había encontrado un artículo posterior que Leonard Gilbert publicó en 1938, en el que se retractaba de esa teoría tras haber mantenido nuevas entrevistas con su «fuente anónima». Sin embargo, no se citaba a menudo, tal vez porque no ofrecía gran cosa a los estudiosos salvo nuevas incertidumbres.

Elodie no era experta en joyas; ni siquiera sabría escoger entre un diamante valiosísimo y una baratija de cristal. Entonces se fijó en su mano, tendida sobre la página del libro de Leonard. Tras deslizar el diamante solitario en el dedo de Elodie, Alastair le había dicho que no se lo podía quitar nunca. Elodie había pensado que estaba siendo romántico hasta que dijo:

—¿Un diamante de ese tamaño? ¡Es demasiado caro para que lo cubra un seguro!

No pasaba un día sin que le preocupara el precio de su anillo de compromiso. A veces, a pesar de las palabras de Alastair, se lo quitaba antes de ir al trabajo y lo dejaba en casa; los engarces se enganchaban en el algodón de sus guantes de archivista y le aterrorizaba quitárselo en el escritorio, donde podía caer en una de las cajas y no volver a aparecer jamás. Se había devanado los sesos en busca de un buen escondite, hasta que se decidió por la caja de amuletos de su infancia, donde podría descansar entre los tesoros de su niñez. Era una elección un tanto irónica y le pareció el lugar ideal donde ocultar el diamante a plena vista.

Elodie apagó la lámpara de la mesilla de noche y, mientras observaba la lentitud exasperante con que pasaban los minutos en el reloj digital, sus pensamientos volvieron al local de la recepción en Southrop. No se vio con energías para aguantar otra ronda de observaciones inanes sobre el «día más feliz» de su vida. Tenía que coger un tren a las cuatro de la tarde: ¿y si la entretenían de nuevo con esas fotografías interminables de diferentes adornos y perdía su oportunidad de ver el interior de la casa? No, era imposible. Elodie decidió que correría el riesgo de disgustar a Penelope y cancelaría la cita a primera hora de la mañana.

Se quedó dormida al fin entre el ruido del río cercano y soñó con Leonard y Juliet, Edward y Lily Millington, y en cierto momento incluso con el misterioso Jack, cuyo propósito en la casa todavía era un enigma; quien había intuido su necesidad de ver el interior; quien se había mostrado comprensivo al saber de la muerte de su madre. Y por quien, aunque jamás lo admitiría despierta, sentía una atracción inexplicable.

CAPÍTULO VEINTITRÉS

Había notado un cambio en el viento en la última media hora. Todavía no era mediodía, pero el cielo se estaba oscureciendo y Jack tuvo la sensación de que iba a llover más tarde. Estaba de pie al borde del prado y alzó su cámara para mirar por el visor la orilla en la distancia. El zoom era potente y fue capaz de centrar la imagen en unos juncos que crecían en la ribera. Mejoró el enfoque y, al concentrarse, el ruido del río desapareció.

Jack no tomó la foto. Ese momento de silencio le bastó.

Sabía de la existencia del río; entre las instrucciones que había recibido había un mapa de la propiedad. Pero no había caído en la cuenta de que lo oiría por la noche al cerrar los ojos para ir a dormir.

El río aquí avanzaba tranquilo. Jack había estado hablando con un tipo que tenía una barcaza, que le dijo que la corriente era muy fuerte después de las tormentas. No le había llevado la contraria, pero en realidad no se lo había creído: a lo largo del curso del Támesis había muchas esclusas y presas. Tal vez en otras épocas hubiera sido un río salvaje, pero lo habían domesticado hacía tiempo.

Jack sabía unas cuantas cosas sobre el agua. Había crecido en una casa donde, al otro lado de la calle, había un arroyo. Se quedaba seco la mayor parte del tiempo y cuando al fin llegaban las lluvias, se llenaba en cuestión de horas. Se arrojaba y daba tumbos, furioso y hambriento, sin dejar de rugir día y noche.

Jack y Ben, su hermano, llevaban una balsa hinchable para lanzarse por esos rápidos de vida breve, sabedores de que en apenas unos días el arroyo volvería a su precario estado habitual.

Su padre siempre les advertía acerca de la balsa y les hablaba de niños que habían acabado en el desagüe al llegar las inundaciones. Aun así, Ben y Jack se miraban el uno al otro con gesto burlón e hinchaban la balsa tras sacarla del garaje y cruzaban la calle a hurtadillas. No les preocupaba el arroyo. Sabían qué hacer en el agua. Hasta que llegó un momento en que dejaron de saberlo. Hasta la inundación de aquel verano, cuando Ben tenía once años y Jack nueve.

A lo lejos, el cielo adquirió un brillo dorado y el gruñido grave de un trueno distante bajó por el río hacia él. Jack miró el reloj y vio que ya casi era mediodía. El ambiente resultaba inquietante: era ese ocaso extraño, como de otro mundo, que precedía a la tormenta.

Se dio la vuelta y comenzó a caminar hacia la casa. El carpintero había dejado una luz encendida, notó al cruzar el prado: la vio en la ventana de la buhardilla y Jack se recordó a sí mismo que debía apagarla cuando abrió la puerta a Elodie.

Ella le estaba esperando cuando Jack llegó al camino de carruajes y la puerta de hierro quedó a la vista. Elodie alzó la mano para saludar y le sonrió y Jack sintió el mismo escalofrío de interés que la tarde anterior.

Culpó a la casa. Había estado durmiendo mal y no solo por el espantoso colchón de la cama de la maltería. Había tenido sueños extraños desde que llegó y, aunque no se le habría pasado por la cabeza mencionarlo en la taberna de la aldea, tenía una sensación rara en la casa, como si le estuvieran observando.

Te están observando, idiota, se dijo a sí mismo. *Los ratones.*

Pero no parecían ratones. Esa sensación de ser observado le recordó los primeros días de una relación amorosa, cuando hasta la más cotidiana de las miradas estaba cargada de significados. Cuando media sonrisa de cierta mujer podía causarle un estremecimiento en el estómago.

Se reprendió a sí mismo por complicarse tanto la vida. Estaba aquí para convencer a Sarah de que le diera otra oportunidad para conocer a sus hijas. Eso era. Y para encontrar un diamante, si era posible. Si existía. Lo cual no parecía muy probable.

Elodie llevaba una maleta, vio al acercarse.

—¿Te vas a mudar aquí? —dijo.

Las mejillas de Elodie se ruborizaron al instante. A Jack le gustaba cómo se ruborizaba.

—Voy de camino a Londres.

—¿Dónde has aparcado?

—Voy en tren. Tengo que estar en la estación dentro de cuatro horas.

—Entonces, tendrás ganas de entrar ya. —Jack inclinó la cabeza hacia la puerta—. Vamos. Voy a abrir la casa.

Jack debería estar haciendo las maletas para marcharse, pero, tras dejar pasar a Elodie, había decidido repasar los papeles de Rosalind Wheeler por última vez. Por si acaso encontraba algo que antes se le hubiera pasado por alto. Rosalind Wheeler no era una persona demasiado simpática y la búsqueda parecía inútil, pero le había contratado para hacer un trabajo y a Jack no le gustaba decepcionar a la gente.

Era una de esas cosas que Sarah le repetía cerca del final: «Tienes que dejar de intentar ser el héroe de todo el mundo, Jack. No vas a recuperar a Ben así». Había detestado que se lo dijera, pero ahora veía que estaba en lo cierto. Había pasado toda su carrera, toda su vida adulta, en busca de algo que borrara las fotos que habían aparecido en todos los periódicos después de la inundación: esa foto enorme de Jack, los ojos muy abiertos y asustados, una manta alrededor de los hombros, mientras le subían a una ambulancia. Y la foto escolar, más pequeña, de Ben, que le habían hecho a principios de curso porque su padre había insistido: Ben con el pelo muy bien peinado al lado, más pulcro que en la vida real. Esos artículos de prensa les habían asignado sus papeles, pesados como bloques de cemento: Jack, el muchacho al que habían salvado. Y Ben, el pequeño héroe que había dicho a su rescatador: «Saca primero a mi hermano» antes de que lo arrastrara la corriente.

Jack miró hacia la puerta. Había pasado media hora desde que Elodie entrara en la casa y estaba distraído. Ella se había echado a un lado mientras él desconectaba la alarma y quitaba el cerrojo y, cuando abrió la puerta, le había dado las gracias y estaba a punto de cruzar el umbral cuando dudó y dijo:

—Tú no trabajas para el museo, ¿verdad?

—No.

—¿Eres estudiante?

—Soy detective.

—¿De la policía?

—Antes sí. Ya no.

Él no había ofrecido más explicaciones —no le pareció necesario aclarar que el cambio de vocación se debía a una ruptura conyugal— y ella no había hecho más preguntas. Al cabo de un momento de silencio, Elodie había asentido, pensativa, tras lo cual desapareció en el interior de Birchwood Manor.

Durante todo el tiempo que ella permaneció ahí dentro, Jack había estado conteniendo unas ganas casi irresistibles de seguirla. Por muchas veces que volviera a la primera página de las notas, descubría que sus pensamientos divagaban y se preguntaba qué estaría haciendo ella, dónde estaría en ese momento, qué habitación estaría explorando. En un punto incluso llegó a levantarse y se había acercado a la puerta de la casa antes de percatarse de lo que estaba haciendo.

Jack decidió prepararse una taza de té solo para tener algo que hacer, y estaba sacudiendo la bolsita del té con movimientos bruscos cuando sintió su presencia.

Supuso que iba a despedirse, así que, antes de que ella tuviera ocasión de hablar, dijo:

—¿Una taza de té? Acabo de hervir el agua.

—¿Por qué no? —Elodie sonó sorprendida y Jack no supo si era por la invitación o por haber aceptado—. Con un poquito de leche, por favor, y sin azúcar.

Jack sacó otra taza, tras buscar con cuidado una que no tuviera manchas en el fondo. Tras preparar las dos tazas de té, las llevó hacia donde estaba ella ahora, en ese camino de losas que giraba en torno a la casa.

Elodie le dio las gracias y dijo:

—Hay pocas cosas que huelan tan bien como una tormenta que se avecina.

Jack estuvo de acuerdo y se sentaron juntos al borde del camino.

—Entonces —dijo Elodie, tras tomar el primer sorbo—, ¿qué hace un detective forzando puertas en un museo?

—Me contrató alguien para que buscara algo.

—Vaya, ¿un cazador de tesoros? ¿Con mapa y todo? ¿Y con una X que indica el lugar?

—Algo así. Pero sin la X. Por eso resulta un tanto aburrido.

—¿Y qué estás buscando?

Jack dudó al pensar en el contrato de confidencialidad que Rosalind Wheeler le había hecho firmar. A Jack no le importaba romper las reglas, pero no le gustaba romper promesas. Sin embargo, le caía bien Elodie y tuvo una fuerte corazonada: debía contárselo.

—Por si no lo sabes —dijo—, la mujer que me contrató podría matarme por decírtelo.

—Cómo me pica la curiosidad.

—Y qué poco te preocupa mi vida, por lo que veo.

—¿Y si prometo que no se lo voy a contar a nadie? Jamás rompo una promesa.

Al diablo con Rosalind Wheeler: las ganas de contárselo iban a matarle antes que ella.

—Estoy buscando una piedra. Un diamante azul.

Los ojos de Elodie se abrieron de par en par.

—¿El Azul de los Radcliffe?

—¿El qué?

Elodie abrió la mochila y sacó un viejo libro de páginas amarillentas.

Edward Radcliffe: Vida y amores. Jack leyó el título en voz alta.

—He visto este nombre en el cementerio.

—Esta era su casa y el Azul de los Radcliffe, como sugiere el nombre, perteneció a su familia.

—No había oído que lo llamaran así. Mi clienta dijo que el diamante perteneció a su abuela, una mujer llamada Ada Lovegrove.

Elodie negó con la cabeza, pues el nombre no le resultaba familiar.

—Edward Radcliffe sacó el Azul de la caja fuerte de la familia en 1862 para que su modelo, Lily Millington, lo luciera en un cuadro. Según dicen, ella lo robó, se fugó a Estados Unidos y, de paso, rompió el corazón de Radcliffe. —Elodie pasó las páginas con cuidado hasta llegar a una ilustración a color, cerca del centro. Señaló un cuadro que se titulaba *La Belle* y dijo—: Es ella... Es Lily Millington. La modelo de Edward Radcliffe y la mujer que amaba.

Al mirar la pintura, a Jack le resultó muy familiar y comprendió que, por supuesto, había visto ese cuadro muchas veces, pues aparecía al menos en la mitad de las bolsas que llevaban los turistas al salir de la tienda de regalos del museo los sábados.

Elodie le mostró otra fotografía, que sacó del bolso con un cuidado reverencial. El tema era el mismo que el del cuadro, pero aquí, tal vez porque era una fotografía, parecía más una mujer que una diosa. Era hermosa, pero, en buena medida, su atractivo se debía a esa mirada directa que lanzaba al fotógrafo. Jack sintió una agitación extraña, casi como si estuviera mirando el retrato de alguien que conociera. Alguien importante para él.

—¿De dónde has sacado esto?

A Elodie le sorprendió el apremio de su tono y frunció un poco el ceño, interesada.

—Del trabajo. Era una fotografía enmarcada que perteneció a James Stratton, el hombre de cuyos archivos me encargo.

Para Jack, James Stratton no significaba nada y, sin embargo, la pregunta adquirió forma y salió de su boca antes de que él supiera que iba a preguntarlo.

—Háblame de él. ¿A qué se dedicaba? ¿Cómo es que sus archivos merecen que se conserven?

Elodie reflexionó un momento.

—Nadie me hace preguntas sobre James Stratton.

—Me interesa. —Y era cierto: aunque no habría sabido explicar por qué, sentía un vivo interés.

Elodie se sintió perpleja, pero complacida.

—Fue un hombre de negocios de gran éxito (vino de una familia muy rica, muy importante), pero también fue un reformador social.

—¿Qué quieres decir?

—Formó unos cuantos de esos comités victorianos que se proponían mejorar las vidas de los pobres y, en realidad, llegó a cambiar algunas cosas. Estaba bien relacionado, era convincente, paciente y tenaz. Fue amable y generoso. Fue clave al repeler las Leyes de Pobres, proporcionó viviendas y protegió a los niños abandonados. Trabajó en todos los ámbitos: presionó a los miembros del Parlamento, convenció a los empresarios millonarios para que hicieran donaciones e incluso trabajó en las calles dando comida a los necesitados. Dedicó su vida a ayudar a los demás.

—Parece un héroe.

—Lo fue.

Jack sintió el tirón de otra pregunta.

—¿Por qué alguien tan privilegiado adoptó esa causa con tanta pasión?

—En su infancia entabló una amistad insólita con una niña que vivía en circunstancias penosas.

—¿Cómo ocurrió?

—Durante mucho tiempo, nadie lo supo. No da detalles en ninguno de sus diarios. Solo sabíamos de esa amistad por un par de discursos que dio en sus últimos años.

—¿Y ahora?

A Elodie, saltaba a la vista, le entusiasmaba lo que iba a contarle a continuación y Jack se fijó en cómo le brillaban los ojos cuando sonreía.

—El otro día descubrí algo. Eres la primera persona a quien se lo cuento. Al principio no sabía qué era, pero, al leerlo, caí en la cuenta. —Volvió a buscar en la mochila y sacó un archivo de plástico transparente de una carpeta. En el interior había una carta escrita en papel elegante, vieja a todas luces, cuyas arrugas revelaban que había pasado mucho tiempo doblada y aplastada.

Jack comenzó a leer:

Mi querido e inimitable J:

Lo que voy a contarte ahora es mi mayor secreto. Me voy a ir por un tiempo a Estados Unidos y no sé cuándo volveré. No se lo he contado a nadie más, por razo-

nes que para ti serán evidentes. Pero afronto este viaje llena de ilusiones y esperanzas.

No puedo decirte más, pero no te preocupes: voy a escribirte de nuevo cuando sea seguro.

Ah, cuánto te voy a echar de menos, ¡mi querido amigo! Cuánto agradezco aquel día que trepé por tu ventana, cuando me perseguía el policía, y tú me regalaste el taumatropo. ¿Quién se habría podido imaginar lo que nos esperaba?

Mi queridísimo Joe, te envío una fotografía para que te ayude a recordarme. Te voy a echar de menos más que a nada y, como ya sabes, no digo esas cosas a la ligera.

Hasta que volvamos a vernos, sigo siendo
Tu amiga agradecida, que te quiere, BB.

Jack alzó la vista.

—Le llama Joe. No James.

—Mucha gente le llamaba así. No usaba su nombre real salvo para cuestiones oficiales.

—¿Y ese BB? ¿Qué significa?

Elodie negó con la cabeza.

—No lo sé. Pero, sea lo que sea, creo que la mujer que escribió esa carta, la amiga de la infancia de James Stratton, fue la mujer de la fotografía, la modelo de Edward Radcliffe.

—¿Qué te hace estar tan segura?

—En primer lugar, encontré la carta oculta tras el marco de la fotografía. En segundo lugar, Leonard Gilbert reveló que Lily Millington no era el nombre verdadero de la modelo. Y en tercer…

—Me gusta esta teoría. Tiene sentido.

—Me encontré con otro problema. Había descubierto hacía poco que Edward Radcliffe fue a ver a James Stratton en 1867. No solo eso: pidió a Stratton que cuidara de su bolso y el cuaderno de bocetos, tan importantes para él. Por lo que yo sabía, los dos hombres no guardaban ninguna relación y no se me ocurría qué vínculo podía haber entre ellos.

—Pero ahora crees que es ella.

—Sé que es ella. Nunca he estado tan segura de nada. Lo noto. ¿Comprendes?

Jack asintió. Comprendía.

—Sea quien sea. Ella es la clave.

Jack estaba mirando la fotografía.

—No creo que lo hiciera ella. Robar el diamante, quiero decir. De hecho, estoy seguro.

—¿Y en qué te basas? ¿En una foto?

Jack se preguntó cómo explicar esa súbita certeza que se había apoderado de él al contemplar la fotografía, al ver a esa mujer que lo miraba a los ojos. Casi se mareó. Por fortuna, no tuvo que responder, pues Elodie continuó:

—Yo tampoco creo que lo hiciera. Y resulta que tampoco lo creía Leonard Gilbert. Cuando estaba leyendo el libro, tuve la sensación de que no parecía muy convencido y luego encontré otro artículo que publicó en 1938 en el que decía que había preguntado a su fuente si ella creía que Lily Millington había participado en el robo y le había respondido que sabía con toda certeza que no.

—Entonces, ¿es posible que el diamante siga por aquí, como dijo la abuela de mi clienta?

—Bueno, todo es posible, supongo, aunque ha pasado muchísimo tiempo. ¿Qué te dijo exactamente?

—Dijo que su abuela había perdido algo valiosísimo y que tenía buenos motivos para creer que estaba en una finca en Inglaterra.

—¿Fue su abuela quien se lo contó?

—En cierto sentido. Sufrió un derrame cerebral y, cuando comenzó a recuperarse, se le agolparon las palabras y se puso a hablar sobre su vida, su niñez, su pasado, con muchísimas prisas. Habló de un diamante muy importante para ella que había dejado en la casa donde fue a estudiar. Era todo un galimatías, me parece, pero, cuando la abuela murió, mi clienta se encontró con ciertos artículos entre sus efectos personales y está convencida de que su abuela le indicó así dónde buscar.

—¿Por qué no vino la abuela a recuperar el diamante ella misma? Todo me suena poco creíble.

Jack estuvo de acuerdo.

—Y todavía no he descubierto ningún tesoro. Pero, sin duda, su abuela estaba unida a este lugar. Cuando murió, dejó un legado considerable al grupo que gestiona el museo: les permitió hacerlo realidad. Por eso mi clienta pudo conseguirme un permiso para quedarme aquí.

—¿Qué les dijo?

—Que soy un fotoperiodista y que voy a pasar aquí una quincena para realizar un encargo.

—O sea, que no le importa retorcer la verdad.

Jack sonrió y pensó en los gestos de terrier de Rosalind Wheeler.

—No tengo ninguna duda de que se cree hasta la última palabra que me ha dicho. Y para ser justos, había una evidencia que parecía corroborar su teoría. —Metió la mano en el bolsillo y sacó una copia de la carta que

Rosalind Wheeler le había enviado por correo electrónico—. Es de Lucy Radcliffe, que debió de ser...

—... la hermana de Edward.

—Eso. Se la envió a la abuela de mi clienta en 1939.

Elodie echó un vistazo a la carta y luego leyó un párrafo en voz alta.

—«Me llenó de inquietud tu carta. No me importa qué viste en el periódico ni qué te hizo sentir. Insisto en que no hagas lo que dices que vas a hacer. Ven a visitarme, claro que sí, pero no lo traigas contigo. No lo quiero. No quiero volver a verlo nunca. Ya ha causado bastante dolor a mi familia y a mí. Es tuyo. Llegó a tus manos, recuerda, aunque fuera casi imposible, y yo quise que te lo quedaras. Piensa que es un regalo, si así te sientes mejor». —Elodie alzó la vista—. En realidad, no menciona el diamante.

—No.

—Podrían haber estado hablando de cualquier cosa.

Jack estuvo de acuerdo.

—¿Sabes qué vio en el periódico?

—¿Algo relacionado con el Azul?

—Tal vez y supongo que podríamos averiguarlo entre los dos, pero por ahora solo podemos conjeturar. ¿Lo del mapa lo dijiste en serio?

Jack, a quien le agradó que Elodie hablara en plural para incluirlo a él, le dijo que volvía en un minuto y fue a buscar el mapa, que estaba a los pies de la cama en la maltería. Tras regresar al sendero, se lo entregó.

—Mi clienta lo trazó según los efectos personales de Ada Lovegrove y lo que dijo después del derrame cerebral.

Elodie lo abrió y frunció el ceño, concentrada; unos momentos más tarde, sonrió y dejó escapar una leve risa.

—Ah, Jack —dijo—. Siento tener que decirlo, pero esto no es un mapa del tesoro. Es el mapa de un cuento para niños.

—¿Qué cuento?

—¿Recuerdas el que te mencioné ayer? Ese cuento que mi tío abuelo oyó cuando vivía aquí de niño en los años de guerra y que él le contó a mi madre y mi madre a mí.

—¿Sí?

—Los lugares de este mapa (el claro del bosque, el montículo de las hadas, el recodo de los ríos de los Crofter) vienen del cuento. —Elodie sonrió con gentileza y le devolvió el mapa tras doblarlo—. La abuela de tu cliente sufrió un derrame cerebral; tal vez estuviera reviviendo su infancia. —Alzó los hombros, en un gesto de disculpa—. Me temo que no puedo ayudarte más. De todos modos, es fascinante pensar que la abuela de tu clienta conoce ese cuento de mi familia.

—Sospecho que cuando en vez de llevarle un diamante le hable de esa coincidencia, mi clienta no va a estar tan contenta como esperaba.

—Lo siento.

—No es tu culpa. Estoy seguro de que no querías hacer añicos los sueños de una anciana.

Elodie sonrió.

—Por cierto… —Y comenzó a guardar las cosas en la mochila.

—Todavía te quedan un par de horas antes de que salga el tren.

—Sí, pero debería ponerme en camino. Ya te he entretenido bastante. Tienes cosas que hacer.

—Tienes razón. Tengo que estudiar bien el mapa y luego encontrar la puerta a Narnia en el armario de arriba.

Elodie se rio y Jack lo sintió como una victoria personal.

—¿Sabes? —dijo, tentando la suerte—, anoche estuve pensando en ti.

—¿De verdad? —Elodie volvió a ruborizarse.

—¿Todavía tienes esa fotografía, la de tu madre, la que me enseñaste ayer?

De repente, Elodie se puso seria.

—¿Crees que sabes dónde se hizo?

—Merece la pena echar un vistazo. He pasado bastante tiempo por el jardín cuando buscaba el umbral al reino de las hadas, ya sabes.

Elodie le dio la fotografía y se le tensó un poco un lado de la boca, señal de que, a pesar de todos los pesares, todavía esperaba que él fuera capaz de ayudarla.

Y Jack quería ser de ayuda. *Tienes que dejar de intentar ser el héroe de todo el mundo, Jack.*

Cuando le pidió la foto, solo pretendía ganar tiempo, impedir que se fuera tan pronto, pero en cuanto la vio, al fijarse en la hiedra y en el edificio que se sugería detrás y en el efecto de la luz, la respuesta llegó a él con la misma claridad que si alguien se lo hubiera dicho.

—¿Jack? —dijo—. ¿Qué pasa?

Jack sonrió y le devolvió la foto.

—¿Te apetece dar un paseo?

Elodie caminó a su lado a través del cementerio y se detuvo cuando llegaron a la esquina. Jack la miró, sonrió para animarla y se alejó despacio, fingiendo interés en otras tumbas.

Elodie soltó el aliento que había contenido, pues Jack había estado en lo cierto. Era la escena de la fotografía. Notó de inmediato que Caroline había tomado la fotografía en este mismo lugar. Apenas había cambiado en los veinticinco años que habían pasado. Elodie había esperado sentirse triste. Tal vez un poco resentida.

Pero no fue así. Era un lugar precioso y tranquilo y le alegró pensar que una joven cuya vida acabó antes de tiempo había pasado aquí sus últimas horas.

Por primera vez, ahí, entre la hiedra de esa arboleda, rodeada por el murmullo de la quietud del cementerio, Elodie vio con claridad que ella y su madre eran dos mujeres diferentes. Que ella no tenía que ser para siempre una huella pequeña dentro de otra huella enorme que la abarcaba. Lauren había sido una mujer bella, con talento y un éxito enorme, pero a Elodie se le ocurrió pensar que la mayor diferencia entre ellas no tenía nada que ver con eso. Era su forma de ver la vida: si Lauren había vivido sin miedo, Elodie siempre se protegía contra el fracaso.

Comprendió entonces que tal vez debería abandonarse un poco más a menudo. Probar y, sí, fracasar de vez en cuando. Aceptar que la vida es complicada y se cometen errores, que a veces ni siquiera son errores de verdad, porque la vida no es lineal y se compone de un sinnúmero de pequeñas y grandes decisiones que se toman día a día.

Lo cual no quería decir que la lealtad no fuera importante, pues Elodie creía en ello de forma enérgica; solo que —quizás, sólo quizás— las cosas no eran tan blancas o negras como siempre había creído. Como su padre y Tip trataban de decirle una y otra vez, la vida era larga; ser humano no era nada fácil.

¿Y, de todos modos, quién era ella para juzgar? Ayer Elodie pasó la mayor parte del día en un local para recepciones de boda, asintiendo con la cabeza, educada, mientras esas mujeres bienintencionadas la engatusaban con sus diversos tipos de *bonbonnières* y los motivos para «no ir así», mientras se moría de ganas de volver a Birchwood Manor, junto a un australiano que parecía pensar que ella se creería que él trabajaba para el museo.

Ayer se había preguntado, cuando le enseñó la fotografía de Caroline, por qué estaba tan comunicativa, lo cual no era muy usual en ella. Se había convencido a sí misma de que era solo el resultado del cansancio y de las emociones del día. Le había parecido una teoría razonable y casi se la había creído, hasta hoy, cuando Jack dobló la esquina junto al prado.

—¿Estás bien? —le preguntó al aparecer a su lado.

—Estoy mejor de lo que me esperaba.

Jack sonrió.

—A juzgar por ese cielo, creo que no sería mala idea marcharse de aquí.

La lluvia —de gotas gruesas y pesadas— comenzó a caer cuando salían del cementerio y Jack dijo:

—No me esperaba que lloviera así en Inglaterra.

—¿Estás bromeando? La lluvia es nuestra especialidad.

Jack se rio y Elodie sintió el chispazo de una sensación muy agradable. Él tenía los brazos mojados y ella sintió las ganas irresistibles, la necesidad, de tender la mano y tocar esa piel.

Sin una palabra, aunque no tuviera ningún sentido, le tomó la mano y comenzaron a correr juntos hacia la casa.

IX

Está lloviendo y han entrado. No es un chaparrón, sino el comienzo de una tormenta. He estado viendo cómo se acercaba toda la tarde, más allá del río, sobre las montañas lejanas. Ha habido muchas tormentas durante mi estancia en Birchwood Manor. Me he acostumbrado a la atmósfera cargada y cambiante mientras el aire se desplaza hacia delante.

Sin embargo, esta tormenta es diferente.

Da la impresión de que algo va a suceder.

Estoy inquieta y no sé qué esperar. Mis pensamientos van de acá para allá, llevados por las corrientes de las últimas conversaciones, y giran en torno a una piedra y otra.

He estado pensando en Lucy, que tanto sufrió tras la muerte de Edward. Me alegra saber que al final le dijo a Leonard que yo no era una amante infiel; me importan poco las opiniones de los desconocidos, pero Leonard me importaba y me alegra que supiera la verdad.

También he estado pensando en Joe el Pálido. Durante muchísimo tiempo deseé saber qué fue de él... Cuánto me alegra, cuánto me enorgullece, saber de sus logros, saber que dio buen uso a su gentileza, sus influencias y su inquebrantable sentido de la justicia. Pero, ah, qué cruel haber desaparecido de su vida cuando yo lo hice.

Y he estado pensando en Edward, como siempre, y en esa noche de tormenta que pasamos aquí, en esta casa, hace tantos años.

Cuando más echo de menos a Edward es en las noches de tormenta.

Fue idea suya pasar el verano aquí, en esta casa de dos tejados a la que tanto cariño tuvo, cerca del río, antes de viajar a Estados Unidos. Me habló de su plan la noche que cumplió veintidós años, mientras la luz de las velas danzaba en las paredes del estudio en la oscuridad de la noche.

—Tengo algo para ti —me dijo y yo me reí porque era su cumpleaños y no el mío—. El tuyo es el mes que viene —dijo, desechando mi tibia protesta—, queda muy poco. Además, no necesitamos razones para darnos una sorpresa.

En cualquier caso, insistí en que yo sería la primera en darle el regalo y contuve la respiración mientras él retiraba el papel marrón.

Durante una década, había seguido el consejo de Lily Millington: cada semana guardaba en un lugar oculto una pequeña parte de mi botín. Al principio, no sabía para qué lo estaba ahorrando, salvo por hacer caso a Lily, y, en realidad, no me importaba, pues la seguridad que proporcionan unos ahorros no necesita un propósito. Al ir cumpliendo años, mientras las cartas de mi padre seguían recomendando paciencia, me hice una promesa a mí misma: si no me enviaba a buscar al cumplir dieciocho años, me compraría un pasaje a Estados Unidos y viajaría sola en su busca.

Iba a cumplir dieciocho en junio de 1862 y había ahorrado casi lo suficiente para un billete de ida; sin embargo, mis ideas sobre el futuro habían cambiado desde que conocí a Edward. Cuando vi a Joe el Pálido en abril, le pregunté dónde debía ir para comprar un regalo de cuero de la mejor calidad y él me envió al proveedor de su padre, el señor Simms, en Bond Street. Ahí, en esa tienda, que olía a especias y a misterio, hice un encargo.

Por ver la cara de Edward al desenvolver el bolso, mereció la pena gastar hasta el último penique oculto y de procedencia turbia. Pasó los dedos por el cuero y se fijó en las finas costuras, las iniciales grabadas, tras lo cual lo abrió y guardó el cuaderno de bocetos en el interior. El cuaderno entró, como me esperaba, igual que una mano en un guante. De inmediato se pasó la correa por encima del hombro y, desde entonces hasta el último día, no volví a verlo sin el bolso que el señor Simms había hecho según mis instrucciones.

Se acercó a donde yo estaba, junto a la mesa con los materiales de pintura, y su proximidad me cortó el aliento. Del bolsillo de su chaqueta sacó un sobre.

—Y ahora —dijo en voz baja—, la primera mitad de mi regalo para ti.

Qué bien me conocía, qué bien me quería, pues en el sobre había dos pasajes para un barco que cruzaría el Atlántico en agosto.

—Pero, Edward —dije—, el precio...

Edward negó con la cabeza.

—*La Bella Durmiente* ha sido muy popular. La exposición ha sido un gran éxito y todo gracias a ti.

—¡Yo no hice casi nada!

—No —dijo, serio de repente—. Yo ya no podría pintar sin ti. No lo voy a hacer.

Los pasajes iban a nombre del señor y la señora Radcliffe.

—No tendrás que hacerlo —le prometí.

—Y cuando lleguemos a Estados Unidos, vamos a encontrar a tu padre.

La cabeza me daba vueltas, trazando planes, escogiendo un camino entre las nuevas y asombrosas posibilidades, sopesando la mejor manera de librarme de la señora Mack y el Capitán, de evitar que Martin se enterara hasta el último momento, cuando todo llegó a un brusco final.

—Pero, Edward —dije—, ¿y Fanny?

Una leve arruga apareció entre sus ojos.

—La voy a dejar con tacto. Le va a ir bien. Es joven y bonita y rica; tendrá otros pretendientes que le rogarán que se case con ellos. A su debido tiempo, lo comprenderá todo. Es otra buena razón para ir a Estados Unidos; es lo menos cruel para Fanny. La lejanía le ayudará a superarlo, a contar la historia que mejor le parezca.

Edward jamás dijo una palabra que no creyera de todo corazón y supe que también de esto estaba convencido. Me tomó la mano y la besó, y cuando me sonrió, tal era su poder de persuasión, creí que lo que decía era cierto.

—Y ahora —dijo y su sonrisa creció al coger un enorme paquete de la mesa—, la segunda parte de tu regalo.

Con la mano libre, me llevó entre los almohadones del suelo y dejó el regalo —sorprendentemente pesado—

en mi regazo. Me miró con interés, casi nervioso, cuando comencé a abrirlo.

Cuando llegué a la última capa de papel, ahí, bajo el envoltorio, vi el reloj de pared más bonito que había visto en la vida. Tanto la cubierta como la esfera eran de madera finamente tallada, con números romanos dorados, y las agujas eran unas delicadas flechas en punta.

Acaricié con la palma de la mano esa superficie tan suave y una vela cercana iluminó las vetas de la madera. El regalo me abrumó. Al vivir con la señora Mack, no había adquirido un solo objeto que me perteneciera y mucho menos un objeto de tal belleza. Sin embargo, para mí el reloj transcendía su valor material. Al regalármelo, Edward me estaba demostrando que me conocía, que comprendía quién era yo de verdad.

—¿Te gusta? —dijo.

—Me encanta.

—Te quiero. —Me besó, pero al apartarse arqueó las cejas—. ¿Qué pasa? Parece que te acabo de crear un problema.

Y eso es, ni más ni menos, lo que sentía. Tras recibir el reloj, la ilusión dejó paso a la necesidad abrumadora de proteger tan valioso regalo; era imposible que me acercara a Seven Dials con el reloj sin que la señora Mack le pusiera precio.

—Creo que debería colgarlo aquí —dije.

—Tengo otra idea. De hecho, hay algo importante de lo que debo hablarte.

Edward había mencionado antes la casa junto al río y yo había notado cómo le cambiaba el gesto y su mirada se volvía nostálgica, lo cual me habría causado envidia de haber estado hablando de otra mujer. Sin embargo, al hablarme ahora de su necesidad de mostrarme la casa, había algo más en su expresión: una vulnerabilidad que me hizo querer abrazarlo y consolar esa pena distante que evocaba en esos momentos.

—Tengo una idea para mi siguiente obra —dijo al fin.

—Dime.

Y fue entonces cuando me contó lo que le había sucedido a los catorce años: aquella noche en el bosque, la luz en la ventana, la certeza de haber sido salvado por la casa. Cuando le pregunté cómo podía salvar una casa a un muchacho, me contó el antiguo relato de los niños del Otro Mundo que había aprendido gracias al jardinero de su abuelo, sobre la reina de las hadas, que bendijo la tierra en ese recodo del río y las casas que ahí se alzaran.

—Tu casa —susurré.

—Y tuya también ahora. Y ahí es donde colgaremos tu reloj para que cuente los días, las semanas, los meses hasta nuestro regreso. De hecho —sonrió—, he pensado invitar a todo el mundo a pasar el verano en Birchwood, antes de irnos a Estados Unidos. Será una forma de despedirnos, aunque ellos no lo sepan. ¿Qué dices?

¿Qué podía decir salvo sí?

Alguien llamó a la puerta y Edward respondió:

—¿Sí?

Era su hermana pequeña, Lucy, cuya mirada recorrió el estudio en un instante y nos observó a Edward y a mí, el bolso nuevo que llevaba al hombro, el papel de envolver regalos por el suelo, el reloj. No vio los pasajes, sin embargo, porque en algún momento, aunque no advertí cuándo, Edward los había guardado.

Ya me había fijado en cómo miraba Lucy. Siempre observando, siempre tomando notas en su mente. A algunos les ponía de los nervios —Clare, la otra hermana de Edward, tenía poca paciencia con Lucy—, pero había algo en ella que me recordaba a Lily Millington, la Lily verdadera: una inteligencia que se ganó mi cariño. Edward también la adoraba y no dejaba de nutrir esa mente hambrienta con libros.

—¿Qué dices tú, Lucy? —preguntó con una sonrisa—. ¿Te apetece pasar un verano en el campo? ¿En una casa junto al río?... Y tal vez haya una barca.

—En... ¿la casa?

Su cara se iluminó y me lanzó una mirada repentina. Noté el invisible hincapié en esas palabras, como si fueran un secreto.

Edward se rio.

—En esa misma.

—Pero ¿y si madre...?

—No te preocupes por madre. Yo me encargo de todo.

Y cuando Lucy le sonrió, la felicidad que se extendió por su rostro cambió su aspecto por completo.

Lo recuerdo todo.

El tiempo no tiene ataduras para mí; mi experiencia del tiempo no me limita. El pasado, el presente y el futuro son uno solo. Puedo aminorar el ritmo de mis recuerdos. Puedo experimentar los eventos en un fogonazo.

Sin embargo, los meses de 1862 son diferentes. Adquieren velocidad, por mucho que intente detenerlos, y dan vueltas como una moneda que cae por una colina, cada vez más rápido al acercarse al final.

Cuando Edward me habló de la Noche de la Persecución, en los árboles de Hampstead apenas se notaban los nuevos brotes. Las ramas estaban casi desnudas y el cielo era gris y pesado; sin embargo, cuando el cuento llegó a su fin, el verano de Birchwood Manor ya estaba ante nosotros.

TERCERA PARTE

EL VERANO DE BIRCHWOOD MANOR

CAPÍTULO VEINTICUATRO

Verano, 1862

Fue el primer viaje en tren de Lucy y, durante esa media hora desde que partieran de la estación, se había sentado muy quieta, tratando de decidir si sentía el efecto de la velocidad en sus órganos. Edward se había reído cuando Lucy le preguntó si estaba preocupado y ella había fingido que era una broma.

—Nuestros órganos están a salvo en el ferrocarril —había dicho Edward, que le estrechó la mano—. Lo que debería preocuparnos es el bienestar del campo.

—Mejor que Fanny no te oiga decir eso —dijo Clare, que tenía la costumbre de escuchar conversaciones ajenas.

Edward frunció el ceño, pero no respondió. El padre de Fanny había fomentado la difusión de la vía férrea por toda Gran Bretaña, lo que Edward no veía con buenos ojos, pues creía que la naturaleza debía valorarse por sí misma y no por los recursos que ofrecía a quienes deseaban explotarla. No era una opinión fácil de defender —y Thurston disfrutaba al señalarlo— para un hombre que iba a casarse con la heredera de un magnate del ferrocarril.

El señor John Ruskin, amigo de su madre, iba un paso más lejos y advertía de que la invasión de las vías ferroviarias de todos los rincones del globo era una insensatez.

—Solo los insensatos desean acortar el tiempo y el espacio —había anunciado el otro día al salir de la casa de Hampstead—. Los sabios desean prolongar ambos.

Poco a poco, Lucy dejó de pensar en sus órganos y la destrucción del campo y se distrajo con lo maravilloso que era todo esto. En cierto momento, un tren que viajaba en la misma dirección pasó por una vía contigua y, cuando miró al otro vagón, pareció estar parado frente a ella. Había un hombre sentado junto a la ventana y sus miradas se encontraron y Lucy se puso a pensar en el tiempo, el movimiento y la velocidad y comenzó a vislumbrar la posibilidad de que en realidad no se estuvieran moviendo, sino que la tierra hubiera empezado a girar a toda velocidad. Sus conocimientos de las leyes de la física de repente se volvieron flexibles y su mente estalló con las posibilidades.

Le poseyó el fuerte deseo de compartir sus ideas, pero al mirar al otro lado de la mesa del vagón, donde Felix Bernard y su esposa Adele iban sentados, su entusiasmo se desvaneció de repente. Lucy conocía a Adele un poco, pues antes de casarse con Felix solía venir a casa a hacer de modelo para Edward. Aparecía en cuatro cuadros suyos y, durante un tiempo, había sido una de sus favoritas. Últimamente tenía ambiciones de ser fotógrafa ella misma. Adele y Felix habían discutido sobre algo en la estación de Paddington y ahora estaban de mal humor. Adele simulaba estar absorta en *English Woman's Journal*; Felix, en la inspección que realizaba de su nueva cámara.

Al otro lado del pasillo, Clare le hacía ojitos a
Thurston, algo habitual desde que él le había pedido que
hiciera de modelo en su nueva obra. Todo el mundo decía que Thurston era muy guapo, pero a Lucy le recordaba, con sus pavoneos y piernas fornidas, a uno de los
caballos de carreras del abuelo. No devolvía las atenciones de Clare, pues solo prestaba atención a Edward y a
su modelo del momento, Lily Millington. Lucy siguió su
mirada. Le fue fácil comprender por qué atraían su atención. Había algo en su forma de estar juntos, como si no
supieran que había más gente en el vagón, que a Lucy
también le daba ganas de mirarlos.

Como no había nadie con quien compartir sus pensamientos, Lucy se los guardó para sí. Decidió que tal
vez fuera una suerte. Tenía ganas de causar una buena
impresión a los amigos de Edward, y Clare decía que
cuando hablaba así, sobre energía y materia, espacio y
tiempo, parecía loca de atar. (Edward, claro, opinaba lo
contrario. Decía que tenía buena cabeza y que era importante que la usara. Qué arrogancia, dijo, que la hu-
manidad se permitiera reducirse a la mitad al renunciar
a las mentes y las palabras de las mujeres).

Lucy había suplicado a su madre que le contratara
una institutriz o, mejor aún, que la enviara a un colegio,
pero su madre se había limitado a mirarla con preocupación, le había palpado la frente por si tenía fiebre y
le dijo que era un poco rara y que más le valdría dejarse de ideas tan absurdas. Una vez, su madre incluso la
había llamado para que viera al señor Ruskin, quien
tomaba té en el salón, y le hicieron esperar junto a la
puerta mientras el señor le explicaba con amabilidad
que el intelecto femenino no era para «la invención o la

creación», sino para «dar orden, organización y tomar decisiones».

Gracias a Dios que tenía a Edward, que no dejaba de regalarle libros. Lucy estaba leyendo uno nuevo, *Historia química de una vela*, que contenía seis conferencias navideñas para jóvenes que Michael Faraday había dado en la Royal Institution. Ofrecía una descripción bastante interesante de las llamas de las velas y la combustión, de las partículas de carbono y la zona luminiscente, y fue regalo de Edward, así que Lucy estaba decidida a saborear cada palabra; pero, a decir verdad, era un poco básico. Lo tenía en el regazo desde que salieron de Paddington, pero no se animaba a abrirlo y dejó que sus pensamientos divagaran en torno al verano que les esperaba.

¡Cuatro semanas en Birchwood Manor en compañía de Edward! Desde que su madre había dicho que sí, que podía ir, Lucy había contado los días, que tachaba en el calendario de su dormitorio. Sabía de buena tinta que otras madres no habrían visto con buenos ojos que sus hijas de trece años pasaran el verano con un grupo de artistas y sus modelos, pero Bettina Radcliffe no se parecía en nada a las otras madres que conocía Lucy. Era una «bohemia», según los abuelos, y desde la muerte de su marido se había convertido en experta en acoplarse a los viajes de los demás. Iba a pasar julio en una gira por la costa Amalfitana que terminaría en Nápoles, donde se habían instalado sus amigos, los Potter. En lugar de preocuparle que corrompieran moralmente a Lucy, su madre se había mostrado muy agradecida a Edward cuando le sugirió que su hermana pequeña pasara el verano con él y sus amigos en Birchwood Manor, pues así no tendría que soportar la generosidad a regañadientes de los abuelos. «Una cosa menos de la que preocuparse», había dicho con ligereza antes de volver entusiasmada a hacer la maleta.

Había otro motivo por el que Edward quería que Lucy pasara ahí el verano. Ella había sido la primera persona a quien le había contado la compra de la casa. Fue en enero de 1861 y él había pasado tres semanas, cuatro días y dos horas en uno de «sus extravíos». Lucy estaba leyendo una vez más *El origen de las especies,* tumbada en la cama, junto a la ventana de la buhardilla que daba a la calle, en su casa de Hampstead. De repente, oyó en la acera el familiar ruido de los pasos de su hermano. Lucy reconocía los pasos de todo el mundo: los pies que se arrastraban del hombre corpulento que traía la leche, el débil *tic-tic-cof* del deshollinador enfermizo, el liviano corretear de Clare y los tacones afilados de su madre. Sin embargo, su sonido favorito era el del avance decidido y prometedor de las botas de Edward.

Lucy no había necesitado mirar por la ventana para confirmarlo. Apartó el libro, bajó deprisa los cuatro tramos de escaleras, cruzó el pasillo y se arrojó a los brazos de Edward justo cuando cruzaba el umbral de la casa. A sus doce años, Lucy ya era mayor para portarse así, pero era menuda para su edad y Edward la alzó sin problemas. Lucy adoraba a Edward desde pequeñita, desde la cuna. Detestaba que se marchara y la dejara sola con Clare y su madre. Solo pasaba fuera más o menos un mes, pero sin él los días se hacían pesados y la lista de cosas que quería contarle se volvía tan larga como su pierna.

En cuanto llegó a sus brazos, comenzó una crónica en que cada palabra atropellaba la anterior traicionada por las prisas para explicarle todo lo que había ocurrido desde su marcha. Por lo general, Edward escuchaba con avidez las historias de Lucy antes de entregarle el último tesoro que le había encontrado; siempre era un libro y siempre para satisfacer su amor por la ciencia, la historia y las matemáticas. Esta vez, sin embargo, había llevado un dedo a los labios de Lucy para pedirle silencio y dijo que le tocaba a él hablar: había hecho algo increíble y tenía que contárselo cuanto antes.

Lucy se había sentido tan intrigada como complacida. Clare y su madre estaban en casa, pero era ella, Lucy, la elegida. La atención de Edward era como una luz que iluminaba y Lucy disfrutó su calidez. Bajó con él a la cocina, el único lugar donde sabía que nadie los molestaría, y ahí, sentados juntos ante la mesa encerada y desgastada de la cocinera, Edward le habló de la casa que había comprado. Dos tejados, un jardín campestre, el río y el bosquecillo. La descripción le resultó familiar, incluso antes de que dijera:

—Es la misma, Lucy, la misma que la Noche de la Persecución.

A Lucy se le había cortado la respiración y el recuerdo le erizó la piel. Había sabido con exactitud a qué casa se refería. La Noche de la Persecución era una leyenda que ambos compartían. Lucy solo tenía cinco años cuando sucedió, pero tenía la noche grabada en la memoria. Jamás olvidaría lo raro que estaba Edward cuando al fin regresó a la mañana siguiente, el pelo enmarañado y la mirada extraviada. Había tenido que pasar un día entero antes de que pudiera hablar de ello, pero al final se lo había contado, sentados juntos en el viejo armario de la buhardilla de Beechworth. Lucy era la única persona a la que Edward había confesado la Noche de la Persecución; le había confiado su mayor secreto y este se había convertido en un emblema del vínculo que los unía.

—¿Vas a vivir ahí? —preguntó y su mente saltó de inmediato a la posibilidad de perderlo.

Edward se rio y se pasó la mano por el cabello oscuro.

—No tengo planes, salvo que sea mía. Van a decir que es una locura, Lucy, una locura, y van a tener razón. Pero sé que tú me comprendes; tenía que conseguirla. La casa ha estado llamándome desde la noche que la vi por primera vez; ahora, al fin, he respondido.

Al otro lado del pasillo, mientras Lily Millington se reía de algo que había dicho Edward, Lucy observó a la modelo de su hermano. Era hermosa, aunque Lucy sospechaba que ella no habría sabido nunca hasta qué punto sin la ayuda de Edward. Era su don; todo el mundo lo decía. Era capaz de ver cosas que otros no veían y gracias a su arte alteraba la percepción del espectador, que no podía evitar ver lo mismo. En la última de sus *Notas académicas,* el señor Ruskin lo había llamado «la estafa sensorial de Radcliffe».

Ante la mirada de Lucy, Edward apartó un mechón reluciente y pelirrojo de la cara de Lily. Lo pasó por detrás de la oreja y la modelo sonrió. Era una sonrisa que sugería conversaciones anteriores y Lucy sintió algo inesperado y tembloroso en su interior.

La primera vez que Lucy vio a Lily Millington había sido poco más que una mancha rojo fuego en la casa de cristal al fondo del jardín. Corría mayo de 1861 y

Lucy, un poco miope, al principio había pensado que estaba viendo las hojas del arce japonés al otro lado del cristal. Edward sentía debilidad por las plantas exóticas y visitaba una y otra vez la tienda del señor Romano, en la esquina de Willow Road, y hacía bocetos de su hija a cambio de muestras de las últimas plantas venidas de América o las antípodas. Era una de las muchas pasiones que compartían, pues a Lucy también le fascinaban esos visitantes de lugares lejanos que les permitían vislumbrar un rincón del mundo muy diferente al suyo.

Cuando su madre le pidió que llevara dos tazas de té en la bandeja, Lucy comprendió que había una modelo en el estudio de Edward. Su curiosidad se había despertado de inmediato, pues supo quién sería. Era imposible vivir en la misma casa que Edward y no estar al corriente de los altibajos de sus pasiones.

Unos meses antes había caído en una depresión de la que parecía que no iba a salir nunca. Había estado pintando a Adele, pero había llegado a un punto en el que se había agotado la inspiración que hallaba en esos rasgos pulcros y discretos. «No es que su cara no sea bonita —le había explicado a Lucy, caminando de un lado a otro del estudio, mientras su hermana estaba sentada en una silla junto a la caldera—. Es que el espacio que hay entre esas bonitas orejas está vacío».

Edward tenía una teoría acerca de la belleza. Decía que el puente de la nariz, las mejillas y los labios, el color de los ojos y la caída de los rizos en la nuca eran maravillosos, pero lo que iluminaba a una persona, ya fuera en un óleo sobre lienzo o en papel a la albúmina, era la inteligencia. «Y no me refiero a saber explicar el funcionamiento interno del motor de combustión o dar una clase sobre la transmisión de los telegramas; me refiero a que hay personas que tienen luz interior, una propensión a hacer preguntas, a sentir interés, a participar, que no se puede fingir y el artista no puede falsificar, por mucho talento que tenga».

Una mañana, sin embargo, Edward había llegado a casa al amanecer y se notaba la inquietud en sus pasos. En la casa apenas se había despertado nadie cuando abrió de un portazo, pero, como siempre, el edificio sí notó su llegada. La quietud del vestíbulo, siempre sensible a su presencia, comenzó a reverberar cuando Edward arrojó el abrigo a la percha, y cuando Lucy, Clare y su madre aparecieron en camisón en lo alto de las escaleras, estiró los brazos y declaró, con una amplia sonrisa en la cara, que la había encontrado al fin.

Un gran alivio se extendió por la casa mientras se reunían ante la mesa del desayuno para oír su historia.

El destino, comenzó, en su infinita sabiduría, la había llevado ante él en Drury Lane. Edward había pasado la tarde en el teatro con Thurston Holmes y fue ahí, en ese vestíbulo atestado y cargado de humo, donde la había visto por primera vez. (Más adelante Lucy deduciría, durante una disputa regada en alcohol entre Edward y Thurston sobre un asunto que no tenía nada que ver, que fue este quien se había fijado primero en esa belleza de piernas esbeltas y cabellera rojiza; quien había notado cómo la luz se reflejaba en su pelo y volvía su piel de porcelana; quien había comprendido que encajaría a la perfección en la obra que Edward había estado planeando. Fue Thurston, además, quien había dado un tirón de la manga a Edward para que se girase, rompiendo así la conversación con ese tipo a quien debía dinero, para que viera con sus propios ojos a la mujer del vestido azul).

Edward había caído embelesado. En ese instante, dijo, vio el cuadro al completo. Mientras Edward experimentaba esta revelación, la mujer se había dado la vuelta para marcharse. Sin pensar en lo que estaba haciendo, Edward comenzó a abrirse paso entre la multitud, empujado por una fuerza que parecía nacer fuera de él; lo único que sabía era que tenía que alcanzarla. Se hizo paso en ese atestado vestíbulo en pos de la mujer, hasta salir por una puerta lateral a la calle. Y gracias al cielo, dijo Edward, que miró a un lado y otro de la mesa del desayuno, pues cuando al fin la alcanzó en el callejón, llegó justo a tiempo para rescatarla. En el preciso momento en que Edward se abría paso entre la multitud del teatro, un hombre vestido de negro y de carácter deplorable había notado que estaba sola en el callejón y se precipitó para arrancarle un valioso brazalete.

Clare y su madre soltaron un grito ahogado y Lucy dijo:

—¿Lo viste?

—Llegué demasiado tarde. Su hermano ya se había ido corriendo detrás del tipo, pero no lo alcanzó. Volvió justo cuando llegué al lado de ella: al principio, pensó que yo era el malhechor y que había vuelto a terminar el trabajo. Gritó: «¡Quieto! ¡Al ladrón!». Pero ella le explicó enseguida que yo no era ningún ladrón y la actitud del hermano cambió al instante.

La mujer se había dado la vuelta, dijo Edward, y la luz de la luna iluminó los rasgos de su rostro y vio que había estado en lo cierto al mirarla desde lejos: sin duda, era a ella a quien había estado esperando.

—¿Qué hiciste luego? —preguntó Lucy, mientras la criada traía té recién hecho.

—Me temo que no tengo el talento de ser sutil. Le dije, sin más, que tenía que pintarla.

—¿Y qué respondió ella? —Clare arqueó las cejas.

—Y sobre todo —dijo la madre—, ¿qué respondió el hermano?

—Le pilló de sorpresa. Me preguntó qué quería decir y se lo expliqué lo mejor que pude. Me temo que no me expresé con demasiada erudición, pues aún estaba deslumbrado.

—¿Le dijiste que has hecho exposiciones en la Real Academia? —preguntó la madre—. ¿Que cuentas con el favor del señor Ruskin? ¿Que tu abuelo es de la nobleza?

Edward dijo que le había contado todo eso y más; que tal vez incluso exagerara un poco su situación, pues nombró todos los terrenos y títulos antiguos que hasta entonces había intentado olvidar; hasta sugirió que su madre, «lady» Radcliffe, viniera a hablar con sus padres para asegurarles que su hija estaría en buenas manos.

—Me pareció importante, madre, ya que el hermano insistió en que tendrían que hablar con sus padres antes de llegar a un acuerdo... Que la reputación de una mujer respetable podría mancillarse al trabajar como modelo de un pintor.

Acordaron una cita y se desearon buenas noches.

A continuación, Edward había ido a pasear a lo largo del río y luego por las calles oscuras de Londres, dibujando el rostro de la mujer en su mente. Quedó tan prendido de ella que hasta había extraviado la billetera al caminar y se había visto obligado a volver a Hampstead a pie.

Cuando se elevaban los ánimos de Edward, nadie podía escapar de su órbita y, mientras narraba su crónica, Lucy, Clare y su madre le habían escuchado con avidez. Al llegar al final, la madre no necesitaba oír más. Dijo que por supuesto que visitaría al señor y la señora Millington y daría fe de Edward. Mandaron de inmediato a la criada a remendar los agujeros de polilla en su mejor vestido y alquilaron un carruaje para llevarla a Londres.

Un grito metálico, una columna de humo y el tren comenzó a aminorar la marcha. Lucy acercó la cara a la ventana abierta y vio que se estaban parando en una estación. El cartel decía «Swindon» y así supo que ahí era donde se iban a bajar. Un hombre de aspecto puntilloso y uniforme elegante vigilaba el andén y tenía un silbato brillante que usaba a la menor ocasión; varios maleteros se arremolinaban a la espera de los pasajeros.

Al bajar del tren, Edward y los otros hombres fueron directos al compartimento del equipaje para recuperar las maletas y los artículos de arte, todos los cuales —excepto los de Lucy, que se negó a separarse de sus libros— acabaron en un carromato que enviaron a la aldea de Birchwood. Lucy había pensado que irían en carruaje, pero Edward dijo que hacía un día demasiado bonito para perdérselo; además, era mucho mejor ir a la casa por el río que por el camino.

Y tenía razón: era un día precioso. El cielo era de un azul brillante, con una claridad que rara vez se veía en Londres, y en el aire flotaban los olores del campo, como los cultivos de plantas y el estiércol reseco al sol.

Edward los guio y, en vez de seguir los caminos, los llevó por los prados de flores silvestres jalonados de botones de oro, digitales rosas y nomeolvides azules. Por todas partes había delicados brotes de mardiazgo y, de vez en cuando, se topaban con un arroyo serpenteante y tenían que buscar un pasaje de piedras para cruzarlo.

Fue una larga caminata, pero no se dieron prisa. Las cuatro horas pasaron con ligereza, con descansos para almorzar, mojarse los pies en unos bajíos cerca de Lechlade y trazar unos pocos bocetos. El ambiente era frívolo y risueño: Felix llevaba unas fresas en una tela que sacaba de la mochila para compartir; Adele tejió guirnaldas de flores para todas las mujeres —incluso Lucy—, que estas lucieron como coronas; y Thurston desapareció en cierto momento y lo encontraron con el sombrero en la cara, dormido sobre la suave hierba a los pies de un sauce. A medida que el calor del día llegaba a su punto culminante, Lily Millington, cuyo pelo largo caía suelto por la espalda, lo recogió con un nudo y lo fijó en lo alto de la cabeza con un pañuelo de seda de Edward. Dejó a la vista la piel de la nuca, suave y blanca como un lirio, y Lucy tuvo que apartar la vista.

Cerca del puente Halfpenny, bajaron la escalera hacia la orilla y siguieron el curso del río hacia el este, por un prado lleno de vacas, más allá de St. John's Lock. Cuando llegaron al borde del bosque, el sol, aunque todavía ofrecía luz, había perdido fuerza. Edward siempre estaba hablando de la luz y Lucy supo que iba a decir que había perdido el amarillo. El efecto era del agrado de Lucy. Sin ese brillo de color amarillo, el resto del mundo parecía azul.

La casa, según les dijo Edward, quedaba al otro lado del bosque. Insistió en que, al verla por primera vez, lo mejor era venir por aquí, pues solo desde el río se apreciaba bien la verdadera proporción del edificio. Era una explicación razonable y los otros no lo pusieron en duda, pero Lucy sabía que había otro motivo que no estaba dispuesto a admitir. Dentro de ese bosque estaba el claro de la Noche de la Persecución. Edward los estaba llevando por el mismo camino que había recorrido aquella noche, cuando salió huyendo entre los árboles y por los campos, bajo las estrellas plateadas y vigilantes, hasta que al fin vio la luz de la buhardilla, que lo llamaba.

En el bosque, todo el mundo caminó en fila india y en silencio. Lucy era consciente de los sonidos de las ramitas que se rompían bajo sus pies y del viento entre las hojas y de otros sonidos extraños procedentes de la espesura a lo largo de ese camino solitario. En este lugar las ramas de los árboles no eran rectas. Crecían hacia la bóveda celeste formando cintas que se ondulaban y los troncos estaban cubiertos de helechos y líquenes; había robles, pensó Lucy, y avellanos y abedules. La luz formaba destellos al caer y el aire parecía vivo y lleno de expectativas.

Cuando al final llegaron al claro, Lucy casi podía oír la respiración de las hojas.

No era difícil imaginar qué aterrador había sido este lugar en la oscuridad de la noche.

A pesar de los años, Lucy jamás olvidaría el aspecto de Edward al volver a la casa de los abuelos tras la Noche de la Persecución. Le echó un vistazo, curiosa, para ver cómo estaba reaccionando ahora que se encontraba de vuelta, y le sorprendió verle estirar el brazo para tomar la mano de Lily Millington.

Todos siguieron por el claro y continuaron caminando por el bosque tras cruzarlo.

Por fin, el aire comenzó a aclararse y, tras una última subida entre la maleza de la ribera, salieron al aire libre.

Ante ellos se extendía un prado de flores silvestres, tras el cual se alzaba una casa con dos tejados y unas chimeneas impresionantes.

Edward se dio la vuelta con una mirada triunfal y Lucy reparó en que ella también estaba sonriendo.

El extraño hechizo del bosque se había desvanecido y los otros comenzaron a hablar animados, como si al haber visto la casa, por fin tuvieran al alcance la promesa de un verano lleno de emociones.

¿Era cierto que había un bote de remos?, preguntaron. Sí, dijo Edward, estaba en ese granero de ahí. Había mandado construir un embarcadero, allá en el río.

¿Qué parte de estos terrenos le pertenecía? Todo lo que está a la vista, dijo Edward.

¿Había habitaciones con vistas al río? Muchas: toda la primera planta eran habitaciones y había más en la buhardilla.

Tras lanzar un grito de guerra, Thurston comenzó a correr y Felix se lanzó tras él enseguida, para disputarle la carrera; Clare y Adele se cogieron del brazo y empezaron a pasear por el prado. Edward se encontró con la mirada de Lucy y le guiñó un ojo.

—Deprisa, hermanita —dijo—. ¡Corre y quédate con la mejor habitación!

Lucy sonrió y asintió y se apresuró detrás de los otros. Se sentía libre y más viva que de costumbre al notar el aire del campo en la cara, los restos del calor del sol de la tarde y, sobre todo, la alegría de compartir este momento tan importante con Edward. En ese estado de ánimo, al llegar al otro lado del prado, se volvió para hacerle una seña.

Pero él no estaba mirándola. Edward y Lily Millington caminaban despacio hacia la casa, las cabezas inclinadas, ensimismados, en plena conversación. Lucy esperó a ver si la miraba; movió el brazo para llamarle la atención, pero fue en vano.

Al cabo de un rato, se dio la vuelta y continuó, decepcionada, hacia la casa.

Y, por primera vez desde que habían salido de la estación de Paddington a primeras horas de la mañana, Lucy se preguntó dónde estaría Fanny Brown, la prometida de Edward.

CAPÍTULO VEINTICINCO

Birchwood Manor era uno de esos lugares donde los hilos de tiempo se aflojaban hasta soltarse. Lucy notó con qué rapidez los demás adoptaron una rutina, como si hubieran estado en la casa desde siempre, y se preguntó si se debía al tiempo —esos larguísimos días de verano que parecían no tener fin—, este particular grupo de personas que había reunido Edward o si quizás se debía a algo intrínseco a la propia casa. Sabía muy bien qué diría Edward. Desde que aprendiera de pequeño el cuento de los niños del Otro Mundo, Edward estaba convencido de que el terreno en torno a este recodo del río tenía propiedades especiales. Lucy se enorgullecía de tener un carácter racional, pero debía admitir que había algo inusual en la casa.

Antes de venir, Edward había escrito para contratar como sirvienta a una joven de la aldea, Emma Stearnes, que debía llegar temprano por la mañana y marcharse tras preparar y servir la cena. La primera noche al llegar de la estación de ferrocarril, tras cruzar el prado de flores silvestres, Emma los estaba esperando. Había seguido las instrucciones de Edward a pies juntillas y en la amplia mesa de hierro del jardín, cubierta con un mantel de lino, había todo un banquete. De las ramas inferiores del castaño pendían faroles de cristal y al ponerse el sol, prendieron las mechas y las velas comenzaron a titilar. Su luz se volvió más intensa a medida que se oscurecía la noche y, antes de que se acabara el vino, Felix sacó la guitarra. Adele comenzó a bailar mientras un coro de petirrojos cantaba a la última luz del día y, al cabo de un rato, Edward se levantó para recitar el soneto «Estrella brillante» de Keats.

La casa durmió como un bebé aquella noche y a la mañana siguiente todo el mundo se despertó tarde y de buen humor. La noche anterior todos estaban demasiado cansados para explorar y ahora corrían de una habitación a otra y exclamaban ante tal vista o tal detalle. La casa había sido construida por un maestro artesano, dijo Edward con orgullo, encantado, mientras sus amigos indagaban; hasta el rasgo más nimio había sido intencionado. En opinión de Edward, gracias a esa atención al detalle, la casa era «genuina» y le encantaba en todos los sentidos: el mobiliario, las cortinas, las espirales en los tablones de madera del suelo, que provenían del bosque cercano. Su parte favorita era un grabado que había sobre la puerta de una habitación con el papel pintado malva con frutas y hojas; era una habitación de la planta baja con ventanas tan grandes en la pared de atrás que casi daba la impresión de formar parte del jardín. El grabado decía: «Verdad, Belleza, Luz» y Edward, sin poder apartar la vista, maravillado, afirmaba:

—¿Lo veis? Esta casa me estaba esperando.

A lo largo de los siguientes días, Edward dibujó la casa sin parar. Iba a todas partes con su nuevo bolso de cuero al hombro y a menudo lo veían sentado entre las hierbas del prado, el sombrero puesto, contemplando la casa con una expresión de profunda satisfacción, antes de volver la mirada a su obra. Lily Millington, notó Lucy, estaba siempre a su lado.

Lucy había preguntado a Edward dónde se encontraba Fanny. La primera mañana este había llevado a Lucy de la mano por los pasillos para mostrarle la biblioteca de Birchwood Manor.

—Pensé en ti sobre todo cuando vi estas estanterías —le dijo—. Mira qué colección, Lucy. Hay libros sobre cada tema que se te pueda ocurrir. Ahora depende solo de ti adquirir todo el conocimiento del mundo y de sus más brillantes estudiosos. Llegará la hora, lo sé, en que las mujeres tengan las mismas oportunidades que los hombres. ¿Cómo no va a suceder cuando las mujeres son más numerosas y más inteligentes? Hasta entonces, tu destino está en tus manos. Lee, recuerda, piensa.

Edward era sincero cuando expresaba esas ideas y Lucy le prometió que iba a seguir su consejo.

—Puedes confiar en mí —respondió con solemnidad—. Voy a leer cada libro de cada estante antes de que acabe el verano.

Edward se rio cuando lo dijo.

—Bueno, no creo que haga falta ir tan rápido. Va a haber otros veranos. Dedica tiempo a disfrutar del río y los jardines.

—Claro. —Y, al hacerse una pausa, Lucy añadió—: ¿Va a venir Fanny con nosotros?

La actitud de Edward no cambió, pero contestó:

—No, Fanny no va a venir. —Y se acercó de inmediato a un rincón junto a la chimenea que, según comentó, parecía el lugar ideal para leer sin interrupciones—: Ni siquiera sabrían que estás aquí y sé de buena tinta que leer en un lugar que no está a la vista mejora muchísimo la experiencia.

Lucy no volvió a mencionar a Fanny.

Más tarde, desearía haber hecho más preguntas, intentar sonsacarle, pero en realidad no le importaba demasiado Fanny y le alegró que no fuera a venir. En ese momento, la respuesta de Edward, somera, casi desdeñosa, lo había dejado todo bien claro. Fanny era una pesada. Se apropiaba de la atención de Edward y trataba de convertirle en alguien que no era. Al ser su prometida, para Lucy era mucho más amenazadora que una modelo. Las modelos iban y venían, pero el matrimonio era para siempre. El matrimonio supondría una nueva casa para Edward en otro lugar. Lucy no se imaginaba vivir sin su hermano y tampoco cómo él podría vivir con Fanny.

Lucy no pensaba casarse, a menos que apareciera la persona perfecta. Su marido ideal, había decidido, sería alguien igual que ella. O igual que Edward. Y serían muy felices, para siempre, a solas los dos.

Edward había acertado con la biblioteca: era como si la hubieran diseñado pensando en Lucy. Los estantes cubrían las paredes y a diferencia de la colección de la casa de los abuelos, que constaba de enormes tratados religiosos y panfletos para proteger contra los pasos en falso en eventos sociales, aquí había libros de verdad. Los anteriores propietarios de Birchwood Manor habían acumulado una enorme cantidad de material sobre todo tipo de temas fascinantes y, ahí donde había lagunas, Edward había encargado en Londres más títulos. Lucy pasaba sus ratos libres trepando esa escalerilla deslizante para mirar los lomos de los libros y planear las semanas venideras... y tenía muchos ratos libres, pues desde el primer día la dejaron a su aire.

Desde el momento mismo en que emprendieron la exploración inicial de la casa, los artistas se habían dedicado a buscar el lugar ideal donde trabajar. Había un motivo más para esa urgencia, pues, justo antes de partir hacia Birchwood, el señor Ruskin se había comprometido a apoyar una exposición colectiva de sus obras en el otoño. Todos los miembros de la Hermandad Magenta tenían una obra en mente y en el aire flotaba una mezcla de creatividad, competencia y posibilidades. Escogidas las habitaciones, cada pintor se puso de inmediato a desembalar los materiales llegados en carromato desde la estación de tren.

Thurston eligió la sala grande en la parte delantera de la casa porque dijo que esa ventana que daba al sur le proporcionaba la luz perfecta. Lucy trató de apartarse de su camino, en parte porque Thurston le resultaba inexplicablemente desconcertante y en parte porque le avergonzaba ver las miraditas encandiladas de su hermana. Por casualidad, al pasar ante la puerta abierta, Lucy se había encontrado con su hermana posando y había tenido que correr al prado a toda velocidad para librarse de la desagradable sensación que se había apoderado de ella. Lucy había echado un vistazo a la pintura antes de irse. Estaba bien, por supuesto —aun en su primera encarnación— pues Thurston era un técnico competente; pero algo le había resultado chocante. La mujer de la pintura, aunque compartía la postura lánguida de la pose de Clare, hastiada sobre la *chaise longue*, tenía unos labios que pertenecían sin duda alguna a Lily Millington.

Felix había requisado el pequeño gabinete junto al salón de la planta baja, y cuando Edward señaló que apenas recibía luz, Felix había mostrado su entusiasmo y dijo que esa era la clave. Conocido hasta ahora por pintar escenas melancólicas de leyendas y mitos, Felix declaró su intención de usar la fotografía, en lugar de la pintura, para tratar esos mismos temas.

—Voy a crear una imagen de La Dama de Shalott de Tennyson que va a rivalizar con la del señor Robinson. Tu río es perfecto. Hasta tiene sauces y álamos. Lo voy a convertir en Camelot, ya verás.

Desde entonces, entre el grupo se había desatado un debate apasionado sobre si era posible transmitir el mismo efecto artístico en el nuevo medio. Una noche, durante la cena, Thurston dijo que las fotografías eran un ardid efectista.

—Un truco barato, que está bien para crear recordatorios de los seres queridos, pero que no vale para transmitir un tema serio.

En ese momento, Felix había sacado un botón del bolsillo, una pequeña insignia de estaño, que giró entre los dedos.

—Díselo a Abraham Lincoln —dijo—. Se han repartido decenas de miles de estas. Por todo el continente americano hay personas que llevan la cara de este hombre —su vivo retrato— en la ropa. Antaño, ni siquiera habríamos sabido cómo era Lincoln, mucho menos qué pensaba. Ahora tiene el cuarenta por ciento de los votos.

—¿Por qué no hicieron lo mismo sus oponentes? —preguntó Adele.

—Lo intentaron, pero ya era demasiado tarde. Quien actúa primero gana. Pero te prometo una cosa: no vamos a volver a otra elección en la que los candidatos no utilicen su imagen.

Thurston tomó la insignia de estaño y la arrojó al aire como una moneda.

—No niego que sea una herramienta política de gran utilidad —dijo, dando una palmada a la insignia encima de una mano—. Pero no me digas que esto es arte. —Alzó la palma para dejar a la vista el rostro de Lincoln.

—Esa insignia en concreto, no. Pero piensa en la obra de Roger Fenton.

—Las imágenes de Crimea son extraordinarias —aceptó Edward—. Y, sin duda, transmiten un tema muy serio.

—Pero no son arte. —Thurston se sirvió lo que quedaba del vino tinto—. Concedo que las fotografías son útiles para informar de las noticias y los sucesos; para que actúen como el..., el...

—El ojo de la historia —propuso Lily Millington.

—Sí, gracias, Lily, el ojo de la historia... Pero no son arte.

A Lucy, sentada en silencio a un extremo de la mesa, disfrutando de su segunda porción de pudín, le encantó la idea de la fotografía como los ojos de la historia. A menudo, al leer sobre el pasado —y al excavar en el bosque detrás de la casa, donde había comenzado a encontrarse con restos antiguos—, le frustraba la necesidad de extrapolar e imaginar. ¡Qué gran regalo para las futuras generaciones era la fotografía, que mostraría la verdad tal cual! En un artículo en el *London Review* había leído la expresión «la evidencia incontrovertible de la fotografía» y añadía que a partir de ahora nada ocurriría sin que la fotografía creara...

—Un recuerdo tangible y transferible del suceso.

Lucy alzó la vista tan de repente que se le cayó el helado de la cuchara. Fue Lily Millington quien había tomado las palabras que tenía Lucy en la punta de la lengua. O, mejor dicho, había tomado las palabras del *London Review* de la mente de Lucy.

—Sin duda, Lily —dijo Felix—. Un día la imagen fotográfica será omnipresente: las cámaras serán tan pequeñas y compactas que la gente las llevará al cuello con una correa.

Thurston puso los ojos en blanco.

—Y, supongo, tendrán el cuello más fuerte que nosotros esos colosos del futuro. Felix, me estás dando la razón al hablar de su omnipresencia. Tener una cámara no convierte a nadie en artista. Un artista es un hombre que ve la belleza en una niebla sulfúrica donde los demás solo ven contaminación.

—O una mujer —dijo Lily Millington.

—¿Por qué iba a ver una mujer en la contaminación? —Thurston se detuvo al darse cuenta de lo que Lily quería decir—. Ah. Ya veo. Sí, muy bien, Lily. Muy bien. O una *señora* que ve la belleza.

Clare intervino en la discusión con la observación obvia de que no había color en las fotografías y Felix explicó que eso solo significaba que tendría que usar luces y sombras, el encuadre y la composición, a fin de evocar las mismas emociones; pero Lucy ya solo escuchaba a medias.

No podía dejar de mirar a Lily Millington. No recordaba haber oído decir a otra modelo algo sensato, mucho menos dejar en evidencia a Thurston Holmes. Lucy habría imaginado, si hubiera pensado en ello, que Edward ya habría agotado la inspiración de Lily Millington, al igual que se había cansado de las otras modelos anteriores. Sin embargo, ahora empezó a sospechar que Lily Millington era diferente a las demás. Que era, en realidad, un tipo diferente de modelo.

Lily Millington y Edward pasaban cada día recluidos en la sala malva, donde Edward había plantado su caballete. Trabajaba con diligencia —Lucy reconocía esa expresión de inspiración absorta que se reflejaba en su rostro cuando estaba inmerso en la creación de una pintura—, pero hasta ahora se había mostrado inusualmente circunspecto respecto a su obra. Al principio, Lucy había pensado que se debería al contratiempo con el señor Ruskin, que no se había mostrado muy entusiasta el año anterior, cuando Edward exhibió *La Belle.* Entre la valoración de Ruskin y la reseña del señor Dickens, Edward se había puesto hecho una furia. (Cuando se publicó la reseña, Edward había irrumpido en el estudio del jardín y había prendido fuego a todas las obras firmadas por el señor Dickens, junto a su preciado ejemplar de *Los pintores modernos* del señor Ruskin. Lucy, que había hecho cola una vez a la semana en W. H. Smith & Son entre diciembre de 1860 y agosto de 1861 para comprar la entrega de *Grandes esperanzas,* había tenido que esconder sus números de la revista literaria *All the Year Round,* temerosa de que también acabaran entre las llamas).

Ahora, sin embargo, había empezado a preguntarse si había algo más en juego. Era difícil decir de qué se trataba, pero Edward y Lily Millington se rodeaban de cierto secretismo cuando estaban juntos. Y el otro día Lucy se había acercado a su hermano, que trabajaba en su cuaderno de bocetos, y que en cuanto notó la presencia de su hermana lo había cerrado de golpe..., aunque Lucy llegó a echar un vistazo y vio un estudio detallado de la cara de Lily Millington. A Edward no le gustaba que lo observaran mientras trabajaba, pero era muy inusual que se comportara con tantas reservas. En este caso, parecía del todo injustificado, pues ¿a qué venía esconder un estudio de los rasgos de su modelo? Era un boceto como cientos de otros que Lucy ya había visto en la pared del estudio..., salvo por el colgante que llevaba al cuello. Aparte de eso, todo lo demás era igual.

En cualquier caso, Edward estaba ensimismado en su trabajo y así, en tanto que los otros pasaban días ajetreados y Emma estaba ocupada con sus muchas tareas, Lucy tomó posesión de la biblioteca. Le había dicho a Edward que se lo iba a tomar con calma, pero no tenía ninguna intención de hacerlo: cada día escogía un montón de libros y se los llevaba para leerlos al aire libre. A veces leía en el granero, otras bajo los helechos del jardín, y en esos días en que la brisa impedía a Felix retratar a La Dama de Shalott —lo cual averiguaba paseando por el prado al amanecer con un dedo levantado para comprobar por dónde soplaba el viento, tras lo cual volvía a la casa, las manos en los bolsillos y desconsolado— Lucy se sentaba en la pequeña barca, amarrada en el nuevo embarcadero de Edward.

Llevaban casi dos semanas en Birchwood cuando encontró un libro más antiguo y polvoriento que el resto, cuya cubierta pendía de unos hilos. Había acabado en la parte trasera del estante más alto, fuera de la vista. Lucy hizo una pausa en la escalera y abrió el libro por la página del título, donde se anunciaba en una tipografía barroca que se llamaba *Demonología, en forma de diálogo, dividida en tres libros* y que lo había impreso en «Edinbvrgh» el impresor de su majestad Robert Waldegrave en el año 1597. Un libro sobre necromancia y magia negra antigua, escrito por el rey a quien también debían la traducción al inglés más célebre de la Biblia, era demasiado tentador para Lucy, que se lo guardó bajo el brazo y bajó la escalera.

Aquel día llevó varios libros consigo al dirigirse al río, además del almuerzo, envuelto en un paño. Era una mañana cálida y despejada y el aire olía a trigo que se secaba y a cosas secretas, embarradas, subterráneas. Lucy se montó en la barca y remó corriente arriba. Aunque no reinaba la calma que Felix necesitaba para su exposición fotográfica, tampoco soplaba el viento y Lucy decidió dejar que la barca flotara a la deriva para que volviera poco a poco al embarcadero de Edward. Dejó de remar al acercarse a St. John's Lock y abrió *Sobre la libertad*. A la una terminó con John Stuart Mill y abrió *Demonología* y no llegó muy lejos en la explicación del rey Jacobo sobre los motivos para perseguir brujas en las sociedades cristianas, pues tras pasar las primeras páginas descubrió una oquedad en el libro.

En su interior se encontraban unas hojas de papel, plegadas y atadas con un cordel. Deshizo el nudo y abrió las páginas. La primera era una carta, muy vieja, que databa de 1586, y escrita con una letra tan descolorida y embrollada que ni siquiera intentó leerla en un principio. Las otras páginas eran dibujos, diseños para la casa, comprendió Lucy, y recordó que Edward había dicho que la casa fue construida durante el reinado de Isabel.

Lucy estaba encantada, no porque le interesara demasiado la arquitectura, sino porque sabía que a Edward le iba a hacer ilusión y eso era motivo de alegría para ella. Al estudiar los diseños, sin embargo, notó algo inusual. Eran bosquejos de lo que acabaría siendo la casa: los dos tejados, las chimeneas, las habitaciones, que Lucy reconoció. Sin embargo, había una capa inscrita en un papel casi traslúcido, que cubría el primero. Cuando Lucy lo colocó encima y los alineó, notó que mostraba dos habitaciones más, ambas pequeñísimas. Demasiado diminutas para ser un dormitorio, ni siquiera una antecámara. No se había encontrado con ninguna de las dos durante sus exploraciones.

Frunció el ceño, levantó el papel fino y lo ajustó en una posición un poco diferente, intentando averiguar dónde quedarían las habitaciones. La barca se había parado en una pequeña ensenada, la proa curioseando entre la hierba de la ribera, y Lucy dobló el plano para guardarlo y sacó la carta con la esperanza de que arrojara un poco de luz. La había escrito un hombre llamado Nicholas Owen, cuyo nombre resultaba vagamente familiar a Lucy... ¿Quizás por algo que había leído? La letra era de estilo arcaico y elaborado, pero atinó a descifrar algunas palabras: proteger..., sacerdotes..., refugios...

Lucy se quedó sin aliento al comprender qué revelaban los planos. Había leído, por supuesto, sobre
las medidas adoptadas contra los sacerdotes católicos
tras el ascenso al trono de la reina Isabel. Sabía que muchas casas contenían cámaras secretas, ya fuera en las paredes o bajo el suelo, que servían de refugio a los sacerdotes perseguidos. Sin embargo, pensar que había una
—tal vez dos— en Birchwood Manor no podía ser más
emocionante. Y lo mejor era que probablemente Edward no tenía ni idea de estos refugios secretos, pues,
sin duda, si los hubiera conocido, habría sido una de las
primeras cosas que les habría contado. Lo cual quería
decir que iba a poder compartir algo maravilloso con su
hermano sobre esta casa que tan importante era para él:
esa casa «genuina» de Edward tenía un secreto.

Lucy no pudo devolver la barca al embarcadero tan
rápido como quería. La amarró, se puso los libros bajo
el brazo y salió corriendo hacia la casa. Si bien no solía
abandonarse al júbilo y rara vez cantaba, se sorprendió
a sí misma tarareando una de las melodías de bailes favoritas de su madre mientras corría y la retomó con
entusiasmo. Al llegar a la casa, primero se dirigió a la
sala malva, pues aunque a Edward no le gustaba que
le interrumpieran cuando trabajaba, Lucy tenía la certeza de que iba a hacer una excepción esta vez. No había nadie en la habitación. Un paño de seda cubría el
lienzo y Lucy vaciló un momento antes de decidir que
no tenía tiempo que perder. A continuación, fue a mirar

al dormitorio que había escogido Edward, con vistas al bosque, pero no había ni rastro de él. Salió corriendo por los pasillos y se asomó a cada habitación ante la que pasaba e incluso corrió el riesgo de encontrarse con la sonrisa bobalicona de Clare al echar un vistazo en el salón.

En la cocina encontró a Emma, que preparaba la cena, pero cuando le preguntó por Edward, la criada solo alzó el hombro izquierdo antes de lanzar una reprimenda contra Thurston, quien había adquirido el desagradable hábito de trepar al tejado por las mañanas, donde disparaba a los pájaros con el rifle de las guerras napoleónicas que había traído consigo desde Londres.

—Monta un escándalo espantoso —dijo Emma—. Es decir, si al menos existiera una pequeña posibilidad de que le acertara a un pato que pudiera asar..., pero no tiene puntería y, de todos modos, dispara a unos pájaros pequeñajos que no se pueden ni comer.

Era un lamento familiar y Edward le había pedido a Thurston muchas veces que dejara de hacerlo y le advirtió que podría disparar por error a uno de los granjeros y enfrentarse a una acusación de asesinato.

—Se lo voy a decir a Edward en cuanto lo vea —dijo Lucy con la esperanza de apaciguarla.

A lo largo de estas dos semanas se había creado una especie de vínculo entre ella y Emma. Lucy tenía la sensación de que esta la consideraba la única persona normal en toda la casa. Mientras los artistas y las modelos salían y entraban por la cocina con disfraces reveladores y pinceles tras las orejas, Emma parecía reservar todos sus reproches y sacudidas de cabeza para Lucy, como si fueran espíritus afines atrapados en una corriente de locura. Hoy, sin embargo, Lucy solo pudo dedicar su atención a Emma poquísimo tiempo.

—Te prometo que se lo voy a decir —repitió una vez más, ya alejándose, saliendo de un salto por la puerta para llegar al jardín.

Sin embargo, Edward no se encontraba en ninguno de sus lugares predilectos y Lucy casi se estaba muriendo de la frustración cuando por fin vio a Lily Millington a punto de salir del jardín por la puerta principal. El sol iluminaba su pelo, que parecía arder.

—Lily —la llamó—. Al principio, tuvo la impresión de que no la había oído, así que llamó de nuevo, más alto—. Li-ly.

Lily Millington se dio la vuelta y tal vez había estado ensimismada en sus pensamientos, pues su expresión dio a entender que la había sorprendido el sonido de su propio nombre.

—Vaya, hola, Lucy —dijo con una sonrisa.

—Estoy buscando a Edward. ¿Lo has visto en algún lugar?

—Ha ido al bosque. Dijo que iba a ver a un hombre para hablar de un perro.

—¿Has quedado con él ahí?

Lucy se había fijado en que Lily Millington llevaba botas y una mochila al hombro.

—No, voy a la aldea a comprar un sello. —Alzó un sobre con una dirección escrita a mano—. ¿Te apetece dar un paseo?

Como no podía contar a Edward lo que había descubierto acerca de la casa, Lucy decidió que era mejor tener algo que hacer esa tarde en lugar de quedarse esperando, mordiéndose las uñas.

Caminaron por el sendero, pasaron ante una iglesia y llegaron a la aldea. Había una pequeña oficina de correos junto a una taberna llamada The Swan.

—Te espero aquí —dijo Lucy, que había visto una interesante estructura de piedra donde se cruzaban los caminos y quiso acercarse a echar un vistazo.

Lily no se entretuvo mucho y salió de la oficina de correos con la carta en la mano, un sello pegado en una esquina del sobre. Lucy no sabía qué estaba enviando, pero era bastante pesado para necesitar un sello azul de dos peniques y era para alguien en Londres.

Lily depositó la carta en el buzón y comenzaron el breve paseo de vuelta a Birchwood Manor.

A diferencia de Clare y su madre, a Lucy no se le daba bien mantener conversaciones intrascendentes y se preguntó qué decir para romper el silencio. Por lo general, no le parecía que fuera necesario hacerlo, pero al ir con Lily Millington, Lucy deseaba parecer más madura, más inteligente, más expresiva que de costumbre. Por algún motivo sobre el que reflexionaría más tarde, le pareció importante mostrar que no era solo la hermana pequeña de Edward.

—Qué buen tiempo hace —dijo y se le cayó la cara de vergüenza.

—Pues aprovecha mientras dure —dijo Lily—, que va a caer una tormenta esta noche.

—¿Cómo lo sabes?

—Tengo la rara y asombrosa capacidad de leer el futuro. —Lucy la miró. Lily Millington sonrió—. Me interesan los mapas sinópticos y vi uno de casualidad en un ejemplar de *The Times* en el escritorio del jefe de la oficina de correos.

—¿Sabes mucho de previsión meteorológica?

—Solo lo que le he oído a Robert FitzRoy.

—¿Conoces a Robert FitzRoy?

Robert FitzRoy era amigo de Charles Darwin; comandante del HMS *Beagle;* inventor del barómetro y el primer meteorólogo en la Cámara de Comercio.

—Le he oído hablar. Es amigo de un amigo. Está trabajando en un libro sobre el clima que suena muy prometedor.

—¿Le has oído hablar del hundimiento del *Royal Charter* y la creación del pronosticador de tormentas?

—Claro. Es asombroso...

Mientras Lily Millington comenzaba el fascinante relato de la teoría de los mapas de previsión meteorológica de FitzRoy y la ciencia que sustentaba el pronosticador de tormentas, Lucy escuchó con un ávido noventa y siente por ciento de su atención. Con el otro tres por ciento se preguntaba si sería demasiado esperar que, cuando Edward se aburriera de esta modelo, Lucy pudiera quedársela para sí.

Lily Millington había tenido razón acerca de la tormenta. Los días de perfecto clima estival llegaron a su fin de modo brusco a últimas horas de la tarde, cuando la luz del sol desapareció de repente, como si alguien hubiera apagado la llama de la lámpara del mundo. Lucy no se dio cuenta, sin embargo, pues ya estaba sentada en la oscuridad, oculta en una cavidad secreta bajo la piel de la casa de Edward.

Lucy había pasado una tarde de lo más emocionante. Tras regresar de la oficina de correos, Lily Millington había decidido caminar al bosque para encontrarse con Edward. Emma, aún atareada en la cocina, anunció con alegría que Thurston, Clare, Adele y Felix habían salido a tomar el té junto al río y tenían pensado darse un baño, en tanto que ella iba bien con los preparativos de la cena y —si Lucy no necesitaba nada— iba a «volver a casa una hora más o menos para estirarse un poco».

Con toda la casa para sí, Lucy supo a ciencia cierta cómo iba a pasar el tiempo. La emoción inicial del descubrimiento se había disipado y ahora pensaba que sería insensato y precipitado hablar a Edward de los refugios de sacerdotes. Los planos tenían cientos de años de antigüedad; era del todo posible que las cámaras hubieran sido selladas o que los planos no hubieran llegado a realizarse. ¡Qué vergüenza pasaría si lo anunciara a bombo y platillo solo para descubrir su error! A Lucy no le gustaba equivocarse. Sería mucho mejor que primero investigara esos escondites secretos ella misma.

En cuanto Emma se marchó y Lily Millington fue apenas una mancha de color fuego al otro lado del prado, Lucy sacó los planos. La primera cámara daba la impresión de formar parte de la escalera principal, lo cual resultaba tan inverosímil que Lucy pensó en un principio que estaría interpretando mal el plano. A estas alturas ya había subido esas escaleras al menos cien veces y se había sentado a leer en esa elegante silla que había junto a la ventana en más de una ocasión; aparte de un agradable calor que surgía donde las escaleras trazaban una curva, no había notado nada fuera de lo normal.

Cuando cogió la lupa del escritorio de cedro de la biblioteca y comenzó a descifrar la carta, Lucy encontró las instrucciones que necesitaba. Había un escalón falso, según la carta. Habían construido la primera elevación tras el rellano de manera que se inclinaba, cuando se activaba siguiendo los pasos correctos, para revelar la entrada a una pequeña cámara secreta. Pero la carta advertía: para que el diseño de la trampilla resultara discreto, el mecanismo oculto solo se podía activar desde fuera.

Parecía uno de esos folletines para jóvenes que publicaban los periódicos y Lucy salió corriendo a investigar, para lo que apartó la silla de madera alabeada y se arrodilló en el suelo.

Nada de lo que vio sugería que la escalera fuera algo más que una simple escalera y volvió a fruncir el ceño ante la carta. Estudió la descripción, que incluía un dibujo de un pestillo de resorte y sonrió para sí. Tras presionar en ambas esquinas de la elevación de madera, contuvo el aliento hasta que al fin oyó un pequeño sonido y notó que el panel se había deslizado levemente por la base. Pasó los dedos por ese resquicio recién descubierto y levantó el panel, que se deslizó por un hueco bajo el siguiente escalón. Vio una apertura fina y encubierta, bastante amplia para que pasara un adulto —a duras penas— que no llevara nada encima.

Lucy no se lo pensó dos veces antes de entrar en la cavidad.

Era un espacio reducido: era tan bajo que no podía sentarse a menos que inclinara la cabeza y apoyara la barbilla contra el pecho, así que se tumbó. En el interior el aire era rancio y olía a cerrado; el suelo estaba caliente al tacto y Lucy supuso que la chimenea de la cocina debía de quedar debajo. Permaneció muy quieta, escuchando. El silencio era asombroso. Se echó a un lado y apretó la oreja contra la pared. Un silencio de madera, absoluto. Sólido, como si hubiera capas de ladrillos al otro lado.

Lucy trató de imaginarse el diseño de la casa y se preguntó cómo sería posible. Al intentar visualizarlo, comprendió que estaba tumbada en una cámara secreta, diseñada para ocultar a un hombre perseguido por unos enemigos que pretendían aniquilarlo, con una trampilla que podía cerrarse en cualquier momento, encerrándola en una oscuridad completa, donde se asfixiaría en ese aire cargado y sofocante, sin que nadie supiera qué había encontrado y dónde estaba, y se sintió abrumada. Sintió un pánico súbito que le aplastaba los pulmones y su respiración se volvió rápida y jadeante. A tientas comenzó a gatear tan rápido como pudo y se golpeó la cabeza contra el techo de la cámara por el apremio de salir cuanto antes.

El segundo escondite estaba en el pasillo y hacia allá se dirigió Lucy. Era muy diferente: encubierto en el revestimiento de la pared, oculto tras un ingenioso panel deslizante que se podía abrir, por fortuna, desde el interior y desde fuera. Dentro no había mucho espacio, pero ofrecía una sensación por completo diferente a la de la cámara de la escalera: era un escondite reconfortante. Para empezar, la oscuridad no era completa y el panel de la cámara, observó Lucy, era tan fino que se podía oír lo que sucedía al otro lado.

Había oído a los otros cuando llegaron del río, riéndose y persiguiéndose por los pasillos; había oído, además, una rencilla entre Felix y Adele por una broma —según él— sin ninguna gracia —según ella—; y había oído el primer trueno que retumbó desde el río y sacudió la casa. Lucy acababa de decidir que iba a salir, y había acercado la oreja al panel para comprobar que no había nadie cerca que pudiera descubrir su secreto, cuando oyó los pasos de Edward que se acercaban.

Consideró surgir ante él para darle una sorpresa y se estaba preguntado si había una manera mejor de mostrar los refugios de sacerdote, cuando le oyó decir:

—Ven, esposa.

Lucy se quedó inmóvil, la mano en el panel.

—¿Qué pasa, marido? —Era la voz de Lily Millington.

—Acércate más.

—¿Así?

Lucy se apoyó contra el panel para escuchar mejor. No dijeron nada más y Edward se rio por lo bajo. Fue una risa sorprendida, como si acabaran de contarle algo inesperado pero agradable, y alguien inhaló de repente y luego...

Nada.

Dentro del escondite, Lucy notó que estaba conteniendo el aliento.

Lo soltó.

Dos segundos más tarde, todo quedó a oscuras y un trueno ensordecedor sacudió la casa y la tierra sobre la que se alzaba.

Los otros ya estaban en el comedor cuando llegó Lucy. En medio de la mesa, aún sin poner, había un candelabro, cuyas nueve velas lanzaban humo al techo. El viento soplaba con fuerza y, aunque era verano, la noche era fría. Alguien había encendido un pequeño fuego, que oscilaba y chisporroteaba en la chimenea, y Edward y

Lily Millington estaban sentados a su lado. Lucy se dirigió a la butaca de caoba al otro lado del comedor.

—Bueno, a mí no me dan miedo los fantasmas —decía Adele, encaramada junto a Clare en el sofá cubierto de tapices que se extendía en la pared más larga; era un tema recurrente entre ambas—. Solo son pobres almas atrapadas que quieren ser libres. Creo que deberíamos intentar que la mesa se mueva sola... A ver si los otros se apuntan.

—¿Tienes un tablero de ouija?

Adele frunció el ceño.

—No.

Edward tenía la cabeza inclinada junto a la de Lily Millington y Lucy vio el movimiento de sus labios al hablar. Lily Millington asentía de vez en cuando y, ante la mirada atenta de Lucy, pasó las puntas de los dedos por el borde del pañuelo azul de seda de Edward.

—Me muero de hambre —dijo Thurston, que caminaba de un lado a otro detrás de la mesa—. ¿Dónde se habrá metido esa muchacha?

Lucy recordó que Emma le había dicho que iba a ir a casa a descansar un rato.

—Me dijo que iba a volver a tiempo para servir la cena.

—Pues llega tarde.

—Se habrá retrasado por la tormenta. —Felix, de pie ante la ventana azotada por la lluvia, se estiró para mirar algo en el alero—. Está lloviendo a cántaros. El drenaje ya está a desbordar.

Lucy miró de nuevo a Edward y a Lily. Era posible, por supuesto, que hubiera oído mal en el pasillo. Sin embargo, lo más probable era que lo hubiera malinterpretado. La Hermandad Magenta siempre adoptaba nombres cariñosos el uno para el otro. Durante un tiempo, Adele había sido *Minina* porque Edward la había retratado junto a un tigre; y Clare había sido *Rosie* cuando Thurston cometió un desafortunado error de cálculo con los pigmentos y las mejillas quedaron demasiado sonrosadas.

—Hoy cualquier casa digna de ese nombre tiene un fantasma.

Clare se encogió de hombros.

—Todavía no he visto ninguno.

—¿Visto? —preguntó Adele—. No seas tan anticuada. A estas alturas, todo el mundo sabe que los fantasmas son invisibles.

—O traslúcidos. —Felix se giró para mirarlas—. Como en las fotografías de Mumler.

Y como en *Cuento de Navidad.* Lucy recordó la descripción del fantasma de Marley, que arrastraba las cadenas y los candados; cómo Scrooge podía ver a través de él los botones de su abrigo.

—Supongo que podríamos hacer un tablero de ouija casero —dijo Clare—. Solo hacen falta letras y un vaso.

—Eso es cierto... El fantasma se encargará del resto.

—No —dijo Edward, que alzó la vista—. Nada de ouijas. Nada de mesas que se mueven solas.

—¡Oh, Edward! —se enfurruñó Clare—. No nos agües la fiesta. ¿Es que no te pica la curiosidad? A lo mejor tienes tu propio fantasma aquí en Birchwood y tiene ganas de presentarse.

—No necesito ningún tablero para saber que hay una presencia en esta casa.

—¿Qué quieres decir? —preguntó Adele.

—Sí, Edward —Clare se puso en pie—, ¿qué quieres decir?

Durante una fracción de segundo, Lucy pensó que iba a contarles la Noche de la Persecución y las lágrimas se asomaron a sus ojos. Ese secreto les pertenecía a ellos dos.

Pero no lo hizo. En su lugar, les habló de los niños del Otro Mundo, ese cuento popular de los tres misteriosos niños que, según la leyenda, habían desaparecido en un campo junto al bosque y confundían a los granjeros del lugar con su piel que brillaba y su pelo largo y reluciente.

Lucy casi soltó una risotada de alivio.

Los otros escucharon, embelesados, mientras Edward dio vida a la historia: los habitantes de la aldea, ansiosos por culpar a los jóvenes forasteros tras la pérdida de las cosechas y la enfermedad de sus familiares. La amable pareja de ancianos que acogieron a los niños y los llevaron a salvo a una pequeña granja de piedra en el recodo del río; el grupo enojado que irrumpió una noche con antorchas encendidas y llenos de ira. Y en el último momento, un cuerno lanzó al viento un sonido de otro mundo y apareció la reina de las hadas.

—Eso es lo que estoy pintando para la exposición. La reina de las hadas, protectora del reino, salvadora de niños, en ese momento en que la puerta entre los mundos puede abrirse. —Edward sonrió a Lily Millington—. He querido pintarla desde siempre y ahora que al fin la he encontrado puedo hacer realidad mi sueño.

Los otros reaccionaron con gran entusiasmo y Felix dijo:

—Me acabas de dar una idea maravillosa. Ya ha quedado clarísimo durante estas semanas que no va a llegar un día en que no sople el viento en ese río tuyo. —Y como si quisiera darle la razón, una ráfaga sacudió las ventanas en los marcos y en la chimenea el fuego soltó un bufido—. Estoy listo para retirar a La Dama de Shalott durante un tiempo. Digo que, en su lugar, montemos una fotografía, todos juntos, de la escena que acaba de describir Edward: la reina de las hadas y sus tres hijos.

—Pero eso son cuatro personajes y aquí solo hay tres modelos —dijo Clare—. ¿Estás sugiriendo que Edward también se disfrace?

—O Thurston —dijo Adele, que soltó una risa.

—Tengo en mente a Lucy, claro.

—Pero Lucy no es modelo.

—Es algo mejor: es una niña de verdad.

Lucy sintió que le ardían las mejillas ante la posibilidad de hacer de modelo en una de las fotografías de Felix. Los había retratado a todos ellos en estas dos semanas, pero solo como práctica, sin ánimo de crear obras de arte... Nada que pudiera acabar en la exposición del señor Ruskin.

Clare dijo algo, pero retumbó un trueno tan fuerte que sacudió la casa y Lucy no lo oyó. Y luego:

—Pues está decidido —dijo Felix, y empezaron a hablar de los disfraces: cómo harían las coronas de flores, si deberían usar gasa para crear el efecto de la piel que resplandecía de los niños del Otro Mundo.

Thurston se acercó a Edward.

—Dijiste que había fantasmas aquí en Birchwood Manor, pero nos has contado un cuento de la reina de las hadas rescatando a sus hijos.

—No dije que hubiera fantasmas; dije que hay una presencia; y todavía no he llegado al final de la historia.

—Continúa, entonces.

—Cuando llegó para llevarse a sus hijos de vuelta al reino de las hadas, la reina estaba tan agradecida a la pareja de ancianos que los había protegido que lanzó un encantamiento sobre su casa y sus tierras. Hasta este día se dice que a veces se ve una luz en la ventana más alta de las casas que se alzan en este terreno: es una señal de la presencia de los habitantes del Otro Mundo.

—Una luz en la ventana.

—Eso es lo que dicen.

—¿La has visto alguna vez?

Edward no respondió enseguida y Lucy supo que estaba pensando en la Noche de la Persecución.

Thurston insistió:

—Cuando compraste Birchwood Manor, me dijiste en una carta que la casa te había llamado durante mucho tiempo. Entonces no supe qué querías decir y me dijiste que ya me lo explicarías la próxima vez que nos viéramos. Pero entonces ya tenías otras cosas en la cabeza. —Ladeó la mirada, por un momento, hasta llegar a Lily Millington, quien le devolvió la mirada sin reparos, sin siquiera un atisbo de sonrisa.

—¿Es cierto, Edward? —dijo Clare desde el otro lado de la mesa—. ¿Viste una luz en la ventana?

Edward se tomó un tiempo para responder y a Lucy le entraron ganas de soltar un puntapié a Clare en las espinillas por ponerlo en ese aprieto. Todavía recordaba el miedo que se había apoderado de él tras la Noche de la Persecución, la piel pálida y las ojeras, oscuras y enormes, tras haber pasado la noche en vela en la buhardilla, a la espera de ver si la criatura que lo había seguido lo iba a encontrar en la casa.

Lucy intentó atraer su mirada, hacerle una señal para que supiera que ella lo comprendía, pero solo tenía ojos para Lily Millington. Estudiaba su rostro como si fueran las únicas personas en la habitación.

—¿Se lo cuento? —dijo.

Lily Millington le tomó de la mano.

—Solo si quieres.

Con un leve asentimiento y una sonrisa que le hizo parecer más joven, comenzó a hablar.

—Hace muchos años, cuando yo era todavía un niño, me aventuré en el bosque por la noche, solo, y algo aterrador...

De repente, se oyeron unos fuertes golpes en la puerta.

Clare soltó un chillido y se agarró a Adele.

—Será Emma —dijo Felix.

—Ya era hora —añadió Thurston.

—Pero ¿por qué iba a llamar Emma? —preguntó Lily Millington—. No llama nunca.

Se oyó otro golpe, esta vez más fuerte, y el sonido chirriante de la bisagra de la puerta principal al abrirse.

A la luz vacilante de las velas, todos se miraron y esperaron, mientras se oían pasos en el pasillo.

Un relámpago tiñó de plata el mundo exterior, la puerta se abrió de par en par y se coló una ráfaga de viento, que llenó las paredes de sombras.

Ahí, en el umbral, con el mismo vestido verde de terciopelo que llevaba en su retrato, se encontraba la prometida de Edward.

—Siento llegar tarde —dijo Fanny al tiempo que otro trueno bramó detrás de ella—. Espero no haberme perdido nada importante.

CAPÍTULO VEINTISÉIS

F anny entró en la habitación y comenzó a quitarse los guantes y con ella llegó un cambio invisible, pero poderoso. Lucy no supo bien cómo, pero al cabo de un momento de suspense que se hizo eterno, los otros se pusieron en acción al unísono, como si hubieran coreografiado sus movimientos de antemano. Clare y Adele se enfrascaron en una conversación íntima en el sofá —ambas con un oído atento a los acontecimientos—, Felix fijó su atención en el desagüe que bajaba junto a la ventana, Thurston proclamó en voz alta y a todo el mundo a la vez que tenía hambre y qué difícil era encontrar buenos criados en estos tiempos y Lily Millington se excusó, murmurando algo sobre el queso y el pan para la cena al salir de la habitación. Edward, mientras tanto, se acercó a Fanny y comenzó a ayudarla a quitarse ese abrigo empapado.

Sin embargo, Lucy no había captado la indirecta. En su lugar, se arrellanó en el sillón y miró a un lado y otro en busca de alguien con quien ir. Al no encontrar a nadie, se levantó con gesto incómodo, se acercó despacio a la puerta y pasó ante Fanny, que decía:

—Una copa de vino, Edward. Tinto. El viaje desde Londres ha sido atroz.

Lucy se vio a sí misma dirigirse a la cocina. Lily Millington estaba ante la enorme mesa de madera de Emma, cortando un queso cheddar. Alzó la vista cuando Lucy apareció ante la puerta.

—¿Tienes hambre?

Lucy reparó en que tenía hambre. Con todas las emociones del día —el hallazgo de los planos, la busca de Edward, el descubrimiento de los refugios—, se había olvidado de la merienda. Tomó el cuchillo del pan y cortó gruesas rebanadas de la hogaza.

Lily había encendido el farol de sebo que Emma utilizaba al trabajar y ese olor grasiento impregnó la habitación. No era un aroma agradable, pero en una noche así, mientras la lluvia seguía azotando los campos y en la casa todo cambiaba, era un olor familiar y bienvenido y Lucy sintió un inesperado arrebato de nostalgia.

Se sintió muy inmadura de repente y deseó volver a ser una niña pequeña, para quien todo era blanco y negro y cuya niñera ya le estaba preparando la cama, con un calentador de latón bajo la manta para ahuyentar el frío y la humedad.

—¿Quieres ver un truco de magia?

Lily no dejó de cortar el queso y Lucy estaba tan absorta en sus pensamientos que se preguntó si habría oído mal.

Lily Millington alzó la vista y pareció mirarla fijamente; estiró el brazo sobre la mesa y, con gesto perplejo y el ceño un poco fruncido, sacó algo con los dedos de detrás de la oreja de Lucy. Abrió la mano y mostró una moneda de plata sobre la palma.

—¡Un chelín! Qué suerte. Voy a tener que ir contigo más a menudo.

—¿Cómo lo has hecho?

—Magia.

Los dedos de Lucy palparon con prisas la piel alrededor de la oreja.

—¿Me vas a contar cómo se hace?

—Me lo pensaré. —Lily tomó unas rebanadas de pan del tablero de Lucy—. ¿Un bocadillo?

También se había hecho uno para ella y se fue a sentar a un extremo de la mesa, más cerca de la ventana.

—Ventajas de ser las cocineras —dijo cuando notó que Lucy la estaba mirando—. No veo para qué nos vamos a dar prisa para volver. Ya están bastante ocupados. No se van a morir de hambre.

—Thurston dijo que estaba hambriento.

—¿De verdad? —Lily Millington dio un buen mordisco al bocadillo, satisfecha.

Lucy fue a sentarse junto a Lily Millington al final de la mesa.

Fuera, al otro lado de la ventana, por una fisura entre las nubes apareció un trozo de cielo por encima de la tormenta. Se veían estrellas lejanas de luz vacilante.

—¿Crees que alguna vez llegaremos a saber cómo se formaron las estrellas?

—Sí.

—¿De verdad? ¿Cómo puedes estar tan segura?

—Porque un químico, Bunsen, y un físico, Kirchhoff, han averiguado cómo utilizar el espectro que se ve cuando la luz del sol pasa por un prisma para identificar los elementos químicos presentes en el Sol.

—¿Y las estrellas?

—Dicen que será lo siguiente. —Lily Millington también estaba mirando el cielo distante, su perfil iluminado por la tenue luz del farol de sebo—. Mi padre solía decirme que nací con buena estrella.

—¿Buena estrella?

—Una vieja superstición de marineros.

—¿Tu padre fue marinero?

—Fue relojero, hace mucho tiempo, y de los mejores. Iba a Greenwich a reparar la colección de un capitán de barco retirado y fue este quien le llenó la cabeza con las supersticiones marineras. Fue en Greenwich donde miré por primera vez por telescopio.

—¿Qué viste?

—Tuve mucha suerte. Acababan de descubrir Neptuno. Un planeta nuevo y antiguo a la vez.

Lucy deseó haber tenido un padre relojero que la llevara al Observatorio Real.

—Mi padre murió cuando yo era pequeña; tuvo un accidente con un carruaje —dijo Lucy.

Lily Millington se giró y le dedicó una sonrisa.

—Esperemos tener mejor suerte que ellos. —Inclinó la cabeza hacia la mesa—. Entretanto, supongo que deberíamos dar de comer a los otros.

Mientras Lucy se terminaba su bocadillo, Lily Millington juntó el resto del pan y el queso y los dispuso en una fuente de porcelana.

Sí, Lily Millington era diferente a las otras modelos, esos bonitos rostros que recordaban a Lucy las hojas que caían de los imponentes limeros en otoño: de un verde espectacular en verano, pero que solo duraban una estación antes de caer para dejar paso a las hojas del año siguiente. Lily Millington sabía de ciencia y había visto el planeta Neptuno por telescopio y en las pinturas de Edward se reflejaba algo de ese interior. Algo que le había impulsado a contarle lo de la Noche de la Persecución. Lucy tuvo la sensación de que debería odiar a Lily Millington, pero no era así.

—¿Dónde aprendiste a hacer magia? —preguntó.

—Aprendí de un mago callejero francés en Covent Garden.

—No te creo.

—Pues es verdad.

—¿De niña?

—De niña pequeña.

—¿Y qué hacías en Covent Garden?

—Robar carteras, sobre todo.

Lucy supo entonces que Lily Millington estaba bromeando. Edward también hacía eso cuando quería zanjar una conversación. Mientras terminaba el bocadillo, Lucy notó que las nubes habían tapado la fisura y ya no se veían las estrellas.

Edward estaba a punto de salir cuando llegaron al comedor, una vela en la mano y Fanny que se apoyaba contra su costado.

—La señorita Brown está cansada después del viaje —dijo con cautela, en tono cordial—. Voy a acompañarla a su habitación.

—Claro —dijo Lily Millington—. Os guardaré un poco de cena.

—Sé que no lo dijiste en serio, Edward —iba diciendo Fanny mientras avanzaban despacio por el pasillo, arrastrando las palabras más que de costumbre—. No se lo he contado a nadie. Te sentías confundido. Es normal antes de una boda.

—Shh, tranquila, ya vale —Edward la ayudó a subir las escaleras—, mañana hablamos.

Lucy no volvió al comedor; en su lugar, los vio desaparecer y, cuando le pareció seguro, también subió las escaleras. Edward, notó, había llevado a Fanny a la habitación que quedaba al lado de la suya. Era pequeña pero bonita, con una cama con dosel y un tocador de nogal bajo la ventana.

Todo estaba en silencio hasta que Lucy oyó a Fanny decir que la ventana daba al cementerio de la aldea.

—Es solo otra forma de dormir —oyó Lucy decir a Edward—, nada más que eso. Es solo el sueño eterno de los muertos.

—Pero, Edward... —Su voz salía por la puerta abierta y recorría el pasillo—. Da mala suerte dormir con los pies hacia los muertos.

La respuesta de Edward no llegó a sus oídos, pues las siguientes palabras que oyó eran de Fanny.

—¿Está cerca tu habitación? Si no, voy a pasar miedo.

Lucy se puso el camisón y se acercó a su ventana. La enredadera que se extendía con avidez por la fachada de piedra de la casa se había abierto paso hasta la habitación y una ramita de flores reposaba en el alféizar húmedo. Lucy cogió las flores una a una y lanzó los pétalos al aire y los vio caer como copos de nieve.

Se estaba preguntando por Fanny, al otro lado de la pared, cuando oyó la voz de Edward en el patio, abajo.

—¿Entiendo que es a ti a quien debo dar las gracias por esto?

Con cuidado para que no la vieran, Lucy se asomó para saber con quién hablaba. Thurston. Había dejado de llover y ya no hacía frío. Una luna enorme había aparecido en el cielo despejado, más brillante, al parecer, debido a la oscuridad precedente y Lucy vio que ambos hombres estaban junto al cenador de glicina que llegaba hasta la huerta.

—Dice que le escribiste y le dijiste dónde encontrarme.

Thurston tenía un cigarrillo entre los labios y sostenía el rifle de las guerras napoleónicas, apuntando al tuntún a adversarios imaginarios tras el castaño. Con un dedo en el guardamonte, dejó que el rifle diera vueltas en torno a su mano como un villano de pantomima y estiró ambos brazos.

—Qué va. Le escribí para sugerirle que quedáramos y cuando nos vimos le conté dónde encontrarte.

—Eres un bastardo, Thurston.

—¿Qué otra cosa podía hacer? La pobre muchacha se abandonó a mi merced.

—¡Tu merced! Cómo lo estás disfrutando.

—Edward, hieres mis sentimientos. Solo estoy siendo un buen amigo. Me suplicó que te ayudara a ver las cosas con claridad. Me dijo que habías perdido la cabeza y que te estabas comportando de un modo muy indecoroso.

—He hablado con ella... Le he escrito, también, para explicárselo todo.

—¿Todo? Lo dudo mucho. «No lo creo —me decía una y otra vez—, ¿es que no sabe quién es mi padre? ¿No sabe qué le va a hacer? ¿No sabe qué me va a hacer a mí esto?». Y añadió: «¿Por qué iba a hacer algo así? ¿Qué razón tiene para romper su promesa?». —Thurston se rio—. No, no creo que se lo hayas explicado todo, mi querido Edward.

—Le dije lo que necesitaba saber sin hacerle más daño del necesario. —Edward hablaba en voz baja, furioso.

—Bueno, escribieras lo que escribieras, ahora es poco más que un montoncito de ceniza en la chimenea de su padre. Se negó a aceptarla. Me dijo que necesitaba verte en persona para poner las cosas en su sitio. ¿Cómo me iba a negar? Deberías darme las gracias. No es ningún secreto que tu familia necesita lo que Fanny te ofrece. —Sus labios se fruncieron en una sonrisa hiriente—. Esas pobres hermanas tuyas no tendrán muchas esperanzas de lo contrario.

—Mis hermanas no son de tu incumbencia.

—Te agradecería que se lo dijeras a Clare. Es capaz de cualquier cosa para ser de mi incumbencia. Casi me he decidido a darle lo que necesita. Si no, va a echar a perder mi pintura con sus malditas ansias. Y me alegrará cuidar de Lily cuando tú y Fanny arregléis vuestras diferencias.

El cenador estaba en medio, así que Lucy no vio el primer golpe; solo vio a Thurston tambaleándose hacia atrás sobre la hierba, la mano en el mentón y una media sonrisa de sorpresa en la cara.

—Solo intento ayudar, Radcliffe. Puede que Fanny sea una pesada, pero te va a dar un hogar y vas a poder dedicarte a pintar. Quién sabe... Con tiempo y un poco de suerte, tal vez aprenda a hacer la vista gorda.

Más tarde, Lucy recapacitó, tumbada en la cama. La pelea entre Edward y Thurston no había durado mucho y, al terminar, cada uno había ido por su lado. Lucy se había apartado de la ventana y se deslizó bajo la manta fresca. Siempre le había gustado estar a su aire, pero ahora, al notar una sensación opresora en el estómago, comprendió que se sentía sola. Más que sola, se sentía insegura, lo que era muchísimo peor.

Según el pequeño reloj de bronce en la mesilla de Lucy, ya era medianoche pasada, lo cual significaba que llevaba tumbada en la cama, a la espera de quedarse dormida, más de una hora. Nada se movía en la casa; el tiempo se había calmado. Unas cuantas aves nocturnas habían salido de sus refugios para posarse en las ramas del castaño iluminado por la luna. Lucy oía cómo se aclaraban las gargantas. Vaya, se preguntó, ¿acaso los minutos se alargaban y las horas se volvían interminables cuando llegaba la oscuridad?

Se incorporó.

Estaba desvelada y no tenía sentido fingir lo contrario.

Tenía demasiadas cosas en la cabeza para dormir. Quería comprender qué estaba sucediendo. Edward había dicho que Fanny Brown no iba a venir a Birchwood Manor y, sin embargo, aquí estaba. Todos los demás parecían saber lo suficiente como para comportarse de un modo inusual; Thurston y Edward incluso se habían peleado bajo su ventana.

Cuando era pequeña y sus ideas se negaban a dejarla dormir, siempre era a Edward a quien había acudido. Le contaba cuentos o le respondía las dudas que tenía; la calmaba y le hacía reír. Siempre se sentía mejor al salir de su cuarto que cuando había entrado.

Lucy decidió ir a ver si estaba despierto. Era tarde, pero a Edward no le importaría. Era un ave nocturna y a menudo trabajaba en su estudio bien pasada la medianoche, a la luz de las velas a las que casi no les quedaba cera en esas viejas botellas verdes que coleccionaba.

Salió sin hacer ruido al pasillo, pero no vio luz bajo ninguna de las puertas.

Lucy se quedó muy quieta, intentando oír algo.

Un leve ruido llegó de las escaleras. Era la rozadura leve y breve de una silla que se movía en el suelo de madera.

Lucy se sonrió a sí misma. Claro: iba a estar en la sala malva, entre sus pinturas, ante el caballete. Debería haberlo adivinado. Edward siempre decía que pintar le ayudaba a aclarar las ideas: sin su pintura, sus pensamientos le volverían loco.

Lucy bajó las escaleras de puntillas, pasó ante la plataforma que ocultaba la cámara secreta y llegó a la planta baja. Como esperaba, de la habitación al final del pasillo emanaba el débil parpadeo de la luz de las velas.

La puerta estaba entreabierta y Lucy dudó antes de llegar. A Edward no le gustaba que lo molestaran mientras trabajaba, pero, sin duda, esta noche, tras lo que había sucedido con Thurston, seguro que le gustaría tener compañía tanto como a ella. Con cuidado, Lucy empujó la puerta lo bastante para asomar la cabeza y ver si estaba ahí.

Lo primero que vio fue el cuadro. La cara de Lily Millington, deslumbrante, majestuosa, la miró a los ojos, bajo una cabellera roja y ardiente. Lily Millington, la reina de las hadas, era luminosa.

Lucy notó entonces la joya que colgaba del cuello de Lily: era la misma gema que había visto al mirar sin permiso el cuaderno de bocetos de Edward, ahora en color. Era de un azul brillante e iridiscente. En cuanto vio esa tonalidad asombrosa, supo de qué se trataba, pues Lucy había oído hablar muchas veces del Azul de los Radcliffe, aunque no lo había visto. Y ahora tampoco lo estaba viendo, se recordó a sí misma; era solo la representación imaginaria de Edward como el talismán de la reina de las hadas.

Oyó un ruido dentro de la habitación y Lucy echó un vistazo por el borde de la puerta; estaba a punto de llamar a Edward para que supiera que se encontraba ahí cuando lo vio en el sofá y se detuvo. No estaba solo. Edward estaba encima de Lily Millington. El pelo mojado le caía sobre la cara y el cabello de ella se derramaba sobre el cojín de terciopelo; él no llevaba ropa y tampoco ella; la piel de ambos, a la luz de las velas, era tersa y se miraban el uno al otro, aislados en un momento que les pertenecía solo a ellos.

Lucy logró retirarse sin ser vista. Volvió corriendo por el pasillo y subió las escaleras hasta su cuarto, donde se arrojó a la cama. Quería desaparecer, explotar como una estrella en fragmentos diminutos de polvo que ardieran hasta convertirse en nada.

No comprendía qué estaba sintiendo, por qué era tan doloroso. Brotaron lágrimas y se abrazó a la almohada.

Estaba avergonzada, comprendió. No por ellos, que eran hermosos. No, lo que la avergonzaba era ella misma. Supo, de repente, que solo era una niña. Una niña torpe y desgarbada que no era bella ni atractiva, inteligente, sin duda, pero por lo demás normal, y no era, lo vio con claridad, la persona más importante para nadie.

Cómo Edward había mirado a Lily Millington, cómo se habían mirado el uno al otro... Jamás miraría a Lucy así, y aunque ni lo deseaba ni sería aconsejable, al mismo tiempo, al ver su expresión, Lucy sintió que algo dentro de ella, algo que había cuidado y nutrido con esmero, se desmoronaba y caía derribado, pues entendió que el tiempo de ser niños juntos, hermano y hermana, había llegado a su fin y ahora se encontraban en las orillas opuestas de un río.

Un ruido tremendo despertó a Lucy y lo primero que pensó fue que la tormenta había vuelto a desatar su furia. Cuando abrió los ojos, sin embargo, la luz bañaba la habitación y vio que era una mañana luminosa y despejada. También notó que estaba acurrucada en una maraña de sábanas al pie de la cama.

El ruido sonó de nuevo y Lucy comprendió que Thurston estaba disparando a los pájaros. Los eventos del día anterior volvieron a su mente de repente.

Le dolía la cabeza. Le ocurría a veces, cuando no había dormido bastante, y bajó a buscar un vaso de agua. Esperaba encontrarse con Emma en la cocina y arrellanarse en la silla de mimbre junto al fogón, donde escucharía contar a la criada las anécdotas de la aldea y reprochar de buen humor el comportamiento alocado de los otros. Sin embargo, Emma no estaba ahí; la cocina estaba vacía y, al parecer, no había entrado nadie desde que Lucy y Lily Millington hicieran bocadillos de queso la noche anterior.

La noche anterior. Lucy sacudió la cabeza para intentar librarse de la confusión por lo que había visto en el estudio de Edward. Sin duda, explicaba la conversación entre Edward y Thurston que había oído. Y que Edward no quisiera que Fanny Brown viniera a Birchwood Manor este verano. Pero ¿qué significaba todo esto? ¿Qué iba a suceder?

Llenó un vaso de agua y cuando vio una línea de luz en las baldosas del suelo que entraba por la puerta de atrás, decidió salir con el vaso al aire libre.

Todo era mejor bajo ese enorme cielo azul y Lucy paseó descalza sobre la hierba mojada de rocío. Al llegar a la esquina de la casa, cerró los ojos y giró el rostro hacia el sol de la mañana. Solo eran las nueve, pero el sol ya prometía un día caluroso.

—Buenos días, pequeña Radcliffe. —Lucy abrió los ojos y vio a Thurston sentado en la silla de hierro de Edward, sonriendo con un cigarrillo en los labios—. Ven a sentarte con el tío Thurston. Si eres buena, tal vez te deje agarrarme el rifle.

Lucy negó con la cabeza y se quedó donde estaba.

Thurston se rio, alzó el arma para apuntar sin cuidado a un gorrión que se había posado un momento en el cenador de glicina. Sonrió al apretar el gatillo.

—No deberías disparar a los pájaros.

—En esta vida hay muchas cosas que no deberíamos hacer, Lucy. Y suelen ser las cosas que más nos gustan. —Bajó el arma—. Te espera un gran día.

Lucy no sabía qué quería decir, pero no quiso darle el placer de admitirlo. En su lugar, lo miró con frialdad y esperó a que continuara.

—Me apuesto algo a que no te imaginabas que harías de modelo este verano.

Con todo lo que había pasado, Lucy había olvidado la sugerencia de Felix de la noche anterior, su decisión de crear una escena fotográfica basada en la leyenda de los niños del Otro Mundo.

—La pequeña y despampanante Lucy. ¿Has estado practicando tus poses?

—No.

—Buena chica. Es mejor ser natural. Se lo he intentado decir a Clare. Las personas más bellas son las que no se esfuerzan en serlo.

—¿Felix quiere hacer la fotografía hoy?

—Hablaron con entusiasmo de aprovechar la luz de la mañana.

—¿Dónde están los demás?

Thurston se levantó y usó el cañón del rifle para señalar la buhardilla.

—Están revolviendo el baúl de los disfraces.

Se colocó el arma bajo el brazo y pasó junto a Lucy de camino a la cocina.

—Emma no está.

—Eso he oído.

Lucy se preguntó qué más habría oído. Le preguntó cuando se marchaba:

—¿Sabes dónde está?

—Enferma, en casa, en la cama. Ha venido un mensajero esta mañana, alguien de la aldea... No va a venir hoy y nos tendremos que apañar solos.

Lucy encontró a los otros en la buhardilla, donde, tal y como había dicho Thurston, sacaban disfraces de un baúl enorme, se probaban vestidos sueltos, se pasaban cintas por la cintura y se divertían hablando sobre la mejor manera de tejer guirnaldas para el pelo. La novedad de formar parte del grupo volvió tímida a Lucy, que se quedó en un rincón, cerca de las escaleras, a la espera de que la invitaran a acercarse.

—Tenemos que comprobar que hagan juego —dijo Clare a Adele.

—Pero que no sean iguales. Cada uno de los niños del Otro Mundo tendría un tipo de magia diferente.

—¿De verdad?

—Podríamos mostrarlo usando distintos tipos de flores. Yo voy a ser la rosa; tú podrías ser la madreselva.

—¿Y Lucy?

—Lo que le guste. No sé... Una margarita, quizás. Algo que le quede bien. ¿No te parece, cariño?

—¡Sí, sí, maravilloso! —Aunque solo escuchaba a medias, Felix respondió con entusiasmo. Estaba junto a la ventana, sosteniendo un pedazo de gasa fina a la luz, entrecerrando un ojo y luego el otro para sopesar el efecto.

Lily Millington, notó Lucy, no estaba. Tampoco Fanny o Edward.

Adele tomó a Clare de la mano y juntas pasaron ante el rincón de Lucy con unas prisas atolondradas.

—Vamos, tortuga —dijo Clare bajando las escaleras—. Tú también tienes que hacer una guirnalda.

Tras la lluvia de la noche anterior, algunas rosas estaban desmejoradas y había pétalos caídos por toda la hierba, pero era tal la abundancia que no resultó difícil encontrar las flores deseadas.

A lo largo del muro de piedra que rodeaba la huerta había arbustos de margaritas y Lucy escogió unas cuantas flores rosas, blancas y amarillas, con el tallo bastante largo para que luego, sentada sobre la hierba, pudiera entrelazarlas. La guirnalda no duraría mucho, pero Lucy estaba satisfecha con su progreso. No recordaba haber hecho algo así antes y en otro momento habría pensado que era una frívola pérdida de tiempo. Sin embargo, ahora era diferente. Lucy había tenido sus dudas acerca de formar parte de la fotografía de Felix; ahora comprendió que empezaba a hacerle ilusión. Jamás lo habría admitido a nadie más —en realidad, ni siquiera era capaz de explicarse a sí misma lo que sentía—, pero, al salir en la fotografía, Lucy sintió que era una persona más real que antes.

Lily Millington se había unido a ellos en el jardín y estaba sentada en silencio tejiendo su guirnalda; Lucy, sentada junto al arbusto, de vez en cuando lanzaba alguna mirada furtiva y vio que tenía el ceño un poco fruncido. Thurston también había traído su cuaderno de bocetos y sus lápices y estaba ayudando a Felix a montar las placas de vidrio y el colodión, que había que llevar, junto con la cámara y el trípode, al bosque. Solo faltaban Edward y Fanny, y Lucy se preguntó si estarían manteniendo esa conversación que Edward le había prometido al llevarla a la cama la noche anterior.

Felix dijo que la luz sería ideal al mediodía, cuando el sol iluminaba con más fuerza, y todo se dispuso para hacerla entonces.

Durante el resto de su vida, Lucy recordaría el aspecto de los otros, con sus disfraces y sus guirnaldas, al abrirse paso entre la hierba alta del prado hacia el bosque. Las flores silvestres salpicaban la hierba y murmuraban cuando la brisa soplaba entre sus pétalos.

Habían pasado junto al granero, donde estaba la trilladora, y casi habían llegado al río cuando oyeron un grito a sus espaldas:

—¡Esperadme! Quiero salir en la fotografía.

Se giraron y vieron a Fanny, que avanzaba hacia ellos. Edward la seguía de cerca con cara de pocos amigos.

—Quiero salir en la fotografía —dijo de nuevo al acercarse—. Quiero ser la reina de las hadas.

Felix, con el trípode de madera al hombro, negó con la cabeza, confuso.

—Lily va a ser la reina de las hadas; tiene que ser igual que en el cuadro de Edward. Quiero que sean obras gemelas. ¿Qué mejor manera de demostrar que la fotografía y la pintura están a la misma altura? Pero Fanny puede ser una de las princesas.

—Vamos a casarnos, Edward. Yo debería ser la reina de las hadas de tu cuento.

Lily miró a Edward.

—Claro que sí.

—No te he pedido tu opinión —dijo Fanny, con una mueca de desprecio—. A ti se te paga para estar quieta y no pensar en nada. Estaba hablando con mi prometido.

—Fanny —dijo Edward, con un tono de cautela controlada—, ya te lo he dicho...

—Voy a perder la luz perfecta —se lamentó Felix con cierta desesperación—. Necesito que Lily sea la reina, pero, Fanny, tú puedes ser la hija que está en primer plano. Con Clare y Adele a cada lado.

—Pero Felix...

—Adele, ya basta. ¡La luz!

—Lucy —dijo Clare—, dale tu guirnalda a Fanny y vamos a empezar.

En una fracción de segundo, Lucy observó los rostros de Clare, Edward, Lily Millington, Felix y Fanny, todos mirándola fijamente, y, sin decir una palabra, echó a correr.

—¡Lucy, espera!

Pero Lucy no esperó. Tiró la guirnalda al suelo y siguió corriendo como una niña pequeña hasta llegar a la casa.

Lucy no fue a su habitación ni a la biblioteca, ni a la cocina, donde podría haber terminado lo que quedaba del bizcocho que Emma había horneado el viernes. En su lugar, se dirigió al estudio de Edward en la sala malva. Ni siquiera cuando abría la puerta sabía bien por qué había venido, salvo que le había parecido el único lugar al que ir. Lucy estaba aprendiendo rápido que conocía mucho peor sus propias motivaciones que el funcionamiento interno del motor de combustión.

Tras haber llegado, no supo qué hacer. Estaba sin aliento tras la carrera y la avergonzaba haber huido. Se sentía rechazada y enfadada al mismo tiempo por haber dejado que los otros vieran su decepción. Y estaba cansada, muy cansada. Cuántas emociones y cuánto le quedaba por comprender.

Como no se le ocurrió nada mejor, se tiró al suelo, compadeciéndose a sí misma, ovillada como un gato.

Unos dos minutos y medio más tarde, su mirada, que vagaba sin rumbo por el suelo de la habitación, se encontró con el bolso de cuero de Edward, apoyado contra una pata del caballete.

Era un bolso nuevo. Había sido un regalo de cumpleaños de Lily Millington y Lucy había sentido envidia cuando vio cuánto le gustaba a Edward. Se había sentido confundida, además, pues nunca una modelo le había hecho un regalo a Edward, mucho menos un regalo tan valioso. Ahora, tras lo que había visto anoche, lo comprendió con más claridad.

Lucy decidió que ya no sentía el fervor necesario para la autocompasión. Ese impulso había dado paso a otro más poderoso: la curiosidad. Se enderezó y fue a coger el bolso.

Lucy deshizo la hebilla y lo abrió. Vio el último cuaderno de bocetos de Edward y su portalápices de madera, acompañados de algo más, algo no tan esperado. Era una caja de terciopelo negro, como las que tenía su madre en el tocador, en la casa de Hampstead, para guardar las perlas y los broches que le había regalado el padre de Lucy.

Sacó la caja del bolso y, con un escalofrío causado por los nervios, levantó la tapa. Lo primero que vio fueron dos pedazos de papel. Estaban doblados juntos, pero se abrieron cuando la tapa les dejó espacio. Eran pasajes de la compañía naviera Cunard a nombre del señor y la señora Radcliffe, que iban a viajar a Nueva York el 1 de agosto. Lucy aún estaba sopesando las implicaciones de este descubrimiento cuando los pasajes se cayeron al suelo.

En cuanto vio la enorme gema azul que había debajo, Lucy supo que había esperado encontrar el Azul de los Radcliffe en esa caja. Edward no había imaginado el diamante en el cuello de Lily Millington: lo había sacado de la caja fuerte del banco. Y sin permiso, estaba segura, pues su abuelo se habría negado en redondo a consentir esa terrible transgresión del protocolo.

Lucy alzó el colgante y lo sostuvo en la palma, pasándose la fina cadena alrededor de la mano. Estaba temblando un poco, notó.

Volvió a mirar el cuadro de Lily Millington.

Lucy no era el tipo de chica que anhelaba vestidos bonitos y gemas relucientes, pero a lo largo de estas dos semanas se había vuelto más consciente que nunca de la distancia que la separaba de la belleza.

Se acercó con el collar al espejo que había sobre la chimenea.

Se quedó mirándose la cara, pequeña y poco agraciada, y, tras apretar los labios, alzó la cadena y se la colgó del cuello.

El colgante, frío contra su piel, pesaba más de lo que se había imaginado.

Era maravilloso.

Lucy giró la cabeza a un lado y otro poco a poco, observando cómo la luz se reflejaba en las facetas del diamante y lanzaba destellos por su piel. Observó sus dos perfiles y cada postura intermedia sin perder un detalle de esas luces que bailaban. *Esto,* pensó, *es lo que es engalanarse.*

Sonrió tentativa a la muchacha del espejo. La muchacha le devolvió la sonrisa.

Y dejó de sonreír poco después. En el espejo, detrás de ella, se encontraba Lily Millington.

Lily Millington no se inmutó. Ni la regañó ni se rio. Se limitó a decir:

—Me envía Felix. Insiste en que debes salir en la fotografía.

Lucy no se giró y le habló al espejo.

—No me necesita, ahora que tiene a Fanny. Ya sois cuatro.

—No, vosotras sois cuatro. He decidido que no voy a aparecer en esa fotografía.

—Solo lo haces por amabilidad.

—Hago muchos esfuerzos para no hacer nunca nada por amabilidad. —Lily Millington se puso a su lado, miró con atención a Lucy y frunció el ceño—. Pero ¿qué diablos?

Lucy contuvo el aliento, a la espera de lo que sabía que iba a ocurrir. En efecto, Lily Millington estiró el brazo y rozó un lado de su cuello.

—Vaya, mira —dijo en voz baja, estirando los dedos para dejar al descubierto otro chelín de plata en la mano—. Ya decía yo que ibas a ser una amiga de mucho provecho.

Lucy sintió el ardor de las lágrimas a punto de aparecer. Una parte de ella quiso abrazarse a Lily Millington. Alzó una mano para desabrochar el collar.

—¿Has pensado ya si vas a decirme cómo se hace?

—La clave está en esta parte de la mano —dijo Lily Millington, que señaló la piel entre el pulgar y el índice—. Tienes que sujetar la moneda con fuerza, pero ten cuidado para que no se vea.

—¿Cómo pones ahí la moneda sin que te vean?

—Bueno, ahí está el arte, ¿no?

Se sonrieron y compartieron la sensación momentánea de comprenderse.

—Ahora —dijo Lily Millington—, por el bien de Felix, que cada vez está más desesperado, sugiero que vayas al bosque cuanto antes.

—Mi guirnalda, la tiré...

—Y yo la cogí. Está en el pomo de la puerta.

Lucy miró el Azul de los Radcliffe, que aún estaba en su mano.

—Debería guardar esto.

—Sí —dijo Lily Millington, cuando de repente sonaron unos pasos apresurados por el pasillo—: Ah, cielos... Felix, me temo.

Sin embargo, el hombre que apareció ante la puerta de la sala malva no era Felix. Era un extraño, alguien a quien Lucy no había visto antes. Un hombre de pelo castaño y una sonrisita despectiva que dispuso a Lucy en su contra desde el principio.

—La puerta principal no estaba cerrada con llave. Pensé que no te molestaría.

—¿Qué haces aquí? —dijo Lily Millington con voz angustiada.

—Mirar si estás bien, claro.

Lucy miró de uno a otro, a la espera de que los presentaran.

El hombre ya estaba frente al cuadro de Edward.

—Muy bonito. Muy bonito, sí, señor. Es bueno. Tengo que admitirlo.

—Tienes que irte, Martin. Van a volver pronto. Si te encuentran aquí, lo más probable es que se produzca un altercado.

—«Lo más probable es que se produzca un altercado». —Martin se rio—. Escucha a la señora remilgada. —Su expresión alborozada desapareció de repente y dijo—: ¿Que me marche? No creo. No sin ti. —Extendió el brazo para tocar el lienzo y Lucy contuvo la respiración ante el sacrilegio—. ¿Ese es el Azul? Tenías razón. Se va a poner muy contenta. Muy contenta, sí, señor.

—Dije un mes.

—Eso dijiste. Pero trabajas rápido, eres de las mejores. ¿Quién puede resistirse a tus encantos? —Señaló el cuadro con un movimiento de la cabeza—. Me parece que te has adelantado al plazo, querida hermana.

¿Hermana? Lucy recordó entonces la historia de cómo Edward conoció a Lily Millington. El hermano que había estado con ella en el teatro, los padres a los que habían tenido que convencer de que su hija no iba a arriesgar su honra al posar para los cuadros de Edward. ¿De verdad este hombre horripilante era hermano de Lily Millington? Vaya, ¿acaso no lo había dicho ella? ¿Por qué no se lo había presentado a Lucy? ¿Y por qué la dominaba por completo esa sensación de terror?

El hombre vio los pasajes en el suelo y los recogió.

—Estados Unidos, ¿eh? La tierra de los nuevos comienzos. Me gusta cómo suena. Muy inteligente. Muy inteligente, sí, señor. Y qué poco tiempo queda.

—Corre, Lucy —dijo Lily Millington—. Ve con los otros. Deprisa, vete. Antes de que vengan a buscarte.

—No quiero...

—Lucy, por favor.

El tono de Lily Millington era perentorio y Lucy se marchó a regañadientes, aunque no volvió al bosque. Se quedó al otro lado de la puerta y escuchó. Lily Millington habló en voz baja, pero Lucy pudo oír que decía:

—... más tiempo... Estados Unidos... Mi padre...

El hombre soltó una risotada y dijo algo tan bajito que Lucy no lo oyó.

Lily Millington hizo entonces un ruido, como si hubiera recibido un golpe y se le hubiera cortado la respiración, y Lucy estaba a punto de entrar cuando la puerta se abrió de golpe y el hombre, Martin, pasó a su lado arrastrando a Lily por la muñeca, farfullando:

—Azul... Estados Unidos... Nuevos comienzos...

Lily Millington vio a Lucy y negó con la cabeza para indicarle que se esfumara.

Pero Lucy no lo hizo. Los siguió por el pasillo y, cuando llegaron al salón y el hombre la vio, se rio y dijo:

—Cuidado, viene la caballería. Pequeño caballero de brillante armadura.

—Lucy, por favor —dijo Lily Millington—. Tienes que irte.

—Más te vale hacerle caso. —El hombre sonrió—. Las niñas pequeñas que no saben cuándo irse suelen acabar mal.

—Por favor, Lucy. —Había miedo en la mirada de Lily.

Sin embargo, a Lucy la abrumó, de repente, toda la incertidumbre de los últimos días, la persistente sensación de ser demasiado joven para ser de ayuda, de no formar parte de nada, de ver que las decisiones se tomaban sin tenerla en cuenta; y ahora este hombre a quien no conocía estaba tratando de llevarse a Lily Millington y, sin comprender por qué, Lucy no quiso que eso sucediera; y vio que era la oportunidad de ser tajante sobre algo, cualquier cosa, que le importara.

Vio el rifle de Thurston en la silla donde lo había dejado esa mañana después del desayuno y de un solo movimiento se hizo con él, lo agarró por el cañón y asestó un golpe con todas sus fuerzas contra la cabeza del extraño.

Martin se llevó la mano a un lado de la cara, conmocionado, y Lucy le golpeó de nuevo y le soltó una patada en las espinillas.

Martin se tambaleó, se tropezó con la pata de una mesa y cayó al suelo.

—Rápido —dijo Lucy, cuyos latidos le retumbaban en los oídos—, va a levantarse pronto. Tenemos que escondernos.

Tomó a Lily Millington de la mano y la llevó hasta la mitad de la escalera. En el rellano, apartó la silla de madera y, bajo la atenta mirada de Lily Millington, Lucy presionó la elevación de madera que revelaba la trampilla. Incluso en este momento de pánico, Lucy se sintió orgullosa ante la sorpresa de Lily Millington.

—Rápido —dijo de nuevo—. Aquí no te va a encontrar.

—¿Cómo has...?

—Deprisa.

—Pero entra tú también. No es de fiar, Lucy. No es buena persona. Te va a hacer daño. Sobre todo ahora que le has humillado.

—Ahí no cabemos, pero hay otro. Me voy a esconder ahí.

—¿Está lejos?

Lucy negó con la cabeza.

—Entonces, entra y no salgas. ¿Me oyes? Pase lo que pase, Lucy, no salgas del escondite. Quédate a salvo hasta que Edward venga a buscarte.

Lucy le prometió que así haría y encerró a Lily Millington dentro de la cámara.

Sin perder un momento, consciente de que el hombre trataba de ponerse en pie en el salón de abajo, corrió hasta lo alto de las escaleras y por el pasillo, retiró el panel y entró. Cerró la puerta tras ella y se encerró en la oscuridad.

En el escondite el tiempo pasaba de otro modo. Lucy oyó que el hombre llamaba a Lily Millington y oyó otros ruidos, más lejos. Pero no tenía miedo. Sus ojos comenzaron a adaptarse y, en cierto momento, Lucy había notado que no estaba sola y que la oscuridad ya no era completa; había miles de pequeñas lucecillas, del tamaño de un ojal, que titilaban dentro de los tablones de madera.

Mientras esperaba, sentada, abrazada a las rodillas, Lucy se sintió extrañamente a salvo en este escondite secreto y se preguntó si, después de todo, el cuento de hadas de Edward tenía su parte de verdad.

X

A veces todavía oigo su voz, susurrándome al oído. Todavía recuerdo el olor a queso y tabaco de su aliento.

—Tu padre no está en Estados Unidos, Birdie. No llegó a ir. Le arrolló un caballo el día que ibais a partir. Fue Jeremiah quien te trajo a nosotros. Te recogió del suelo cuando estabas enferma, dejó que el asilo de pobres enterrara a tu padre y te llevó con mi madre. Fue tu día de suerte, sí, señora. Y el día de suerte de Jeremiah, que dejó de ir dando tumbos desde entonces. Dijo que eras una pequeña muy lista y le has hecho mucho bien, sí, señora. ¿De verdad pensaste que estaba enviando todas esas ganancias al otro lado del océano?

Si me hubiera soltado un rodillazo en el pecho, no me habría cortado el aliento de forma tan brusca. Y, sin embargo, no cuestioné lo que me estaba contando. No dudé de sus palabras ni siquiera por un segundo, pues en cuanto lo dijo supe que todo era cierto. Era lo único que tenía sentido y, de repente, todo lo sucedido en mi vida hasta la fecha adquirió otro significado. ¿Por qué mi padre no me iba a mandar buscar? Ya habían pasado once años desde que me desperté en ese cuarto sobre la tienda que vendía pájaros y jaulas, rodeada de la señora Mack y los otros. Mi padre estaba muerto. Había estado muerto todo este tiempo.

Martin me agarró de la muñeca y comenzó a arrastrarme hacia la puerta de la sala malva. Iba susurrando que todo iba a salir bien, que él se encargaría de todo, que no me pusiera triste, que tenía una idea. Íbamos a llevarnos el Azul, los dos juntos, y, en lugar de entregarlo en Londres, nos lo quedaríamos, el diamante y también los pasajes, y partiríamos hacia Estados Unidos. Era la tierra de los nuevos comienzos, al fin y al cabo, como decían las cartas que Jeremiah me traía cada mes.

Se refería, por supuesto, a las cartas que la señora Mack me leía en voz alta, las noticias de Estados Unidos, las noticias de mi padre, todas inventadas. Era una farsa impresionante. Pero ¿con qué superioridad moral iba yo a rasgarme las vestiduras? Yo no era más que una vulgar ladronzuela, una mujer que había adoptado un nombre falso sin dudarlo un segundo.

Pero si hasta había engañado a la señora Mack hacía poco más de dos semanas, cuando le dije que tenía intención de ir con Edward al campo. Ella jamás me habría dejado ir de buen grado, ni a Birchwood Manor a pasar el verano ni a Estados Unidos con Edward. A lo largo de los años, me había convertido en su sostén más fiable y durante mi breve vida había aprendido una cosa con certeza: la gente se acostumbraba al dinero enseguida, incluso cuando no habían hecho nada para ganarlo, y en cuanto lo tenían, consideraban que era lo que se les debía.

La señora Mack creía que tenía derecho a todo lo que yo era y tenía, así que, para poder ir a Londres con Edward, le dije que era todo parte de un plan. Le conté que al cabo de un mes volvería con un botín como no habían visto antes.

—¿Qué clase de botín? —preguntó la señora Mack, a quien nunca le gustaron las abstracciones.

Y, como las mejores mentiras siempre rozan la verdad, les hablé de los planes de Edward de retratarme con el valiosísimo Azul de los Radcliffe.

En la cámara estaba a oscuras y era difícil respirar. Reinaba un silencio espectral.

Pensé en Edward y me pregunté qué estaría ocurriendo con Fanny allá en el bosque.

Pensé en Joe el Pálido y la carta que le había enviado desde la aldea, en la que le contaba que me iba a ir a Estados Unidos; que tal vez no recibiera noticias mías durante un tiempo, pero que no se preocupara. Y pensé en la fotografía que había metido en el sobre, «para que te ayude a recordarme», una fotografía que había hecho Edward con la cámara de Felix.

Pensé en mi padre y en el peso de su mano cuando rodeaba la mía, la felicidad suprema de ser pequeña y acompañarlo en aquellos viajes en tren para reparar relojes averiados.

Y pensé en mi madre, que era como la luz del sol sobre la superficie de mis recuerdos, brillante y cálida pero cambiante. Recordé estar con ella un día a orillas del río que pasaba detrás de nuestra casa en Londres. Se me había caído un pedazo de cinta que llevaba como si fuera un tesoro y tuve que mirar con impotencia cómo se la llevaba la corriente. Me había echado a llorar, pero mi madre me explicó que era la naturaleza del río. El río, me dijo, es el mayor coleccionista de todos; desde tiempos antiguos, arrastra su carga, sin importar qué fuera, en un viaje de solo ida hacia el mar sin fondo. El río no te debe nada, pequeña Birdie, me dijo, así que ten cuidado.

Comprendí que llegaba a oír el río en ese agujero negrísimo, que me acunaba en su corriente para adormecerme...

Y oí algo más, unos pasos rotundos sobre los tablones de arriba y una voz apagada:

—Tengo los pasajes. —Era Martin, justo encima de la trampilla—. ¿Dónde te has metido? Solo tenemos que coger el Azul y nos podemos ir de aquí.

Y luego llegó otro ruido, el de una puerta al cerrarse abajo, y supe que alguien había llegado a la casa.

Martin corrió hacia el recién llegado.

Voces, un grito.

Y un disparo.

Unos momentos más tarde, más gritos... Edward llamaba.

Palpé en busca de un pestillo para abrir la trampilla, pero, por mucho que buscaran mis dedos, no encontré nada. No podía sentarme; no podía darme la vuelta. Comencé a asustarme y, cuanto más pánico sentía, mi respiración se volvía más rápida, se me atascaba cada vez en la garganta. Intenté responder, pero mi voz era apenas un susurro.

Hacía calor, muchísimo calor.

Edward llamó de nuevo; me llamaba a mí con una voz avivada por el miedo. Llamó a Lucy. Sonaba muy lejos.

Pasos rápidos, más ligeros que los de Martin, que se acercaban por el pasillo de arriba y luego un tremendo golpe que sacudió los tablones del suelo.

Se hizo el caos, pero no para mí.

Yo iba por el río, en una barca mecida por una corriente suave, y cerré los ojos y vino otro recuerdo. Yo era un bebé, todavía no había cumplido un año, y estaba en la cuna, en una habitación de la planta alta, en esa pequeña casa junto al río, en Fulham. Una brisa cálida soplaba por la ventana y traía consigo los sonidos de los pájaros de la mañana y los olores misteriosos de la lila y el barro. La luz dibujaba círculos en el techo, en sintonía con las sombras, y yo contemplaba su danza. Alcé la mano para agarrarlos, pero siempre se me escapaban entre los dedos...

CAPÍTULO VEINTISIETE

Primavera, 1882

Una casa vieja y acogedora. Un poco descuidada por dentro, pero de cimientos sólidos. Permítame que le abra la puerta y así lo verá por sí misma.

Lucy no tuvo la descortesía con el abogado de Edward ni consigo misma de fingir que nunca había estado en Birchwood Manor; tampoco lo aclaró. No dijo nada y esperó a que el hombre girara la llave en la cerradura.

Era una mañana a comienzos de la primavera y el aire estaba fresco. Alguien había cuidado el jardín; no a la perfección, pero al menos había evitado que los zarcillos cubrieran los caminos. En la madreselva se veían unos brotes prometedores y las primeras flores de jazmín comenzaban a abrirse junto a la pared y alrededor de la ventana de la cocina. Llegaban tarde. Las callejas de Londres ya estaban perfumadas, pero, como decía Edward, en la ciudad las plantas eran más precoces que en el campo.

—Ya está —dijo el señor Matthews, del gabinete Holbert, Matthews & Sons, mientras la cerradura cedía con un ruido sordo y agradable—. Ahora sí.

La puerta se abrió y Lucy sintió una sensación turbia en lo más hondo del estómago.

Tras veinte años de ausencia, de dudas, de intentar no hacerse preguntas, el momento por fin había llegado.

Había recibido la carta hacía cinco meses, apenas unos días después que la noticia de la muerte de Edward en Portugal. Había pasado la mañana en el museo de Bloomsbury, donde trabajaba como voluntaria para ayudar a catalogar las colecciones donadas, y al llegar a casa solo había tenido tiempo de sentarse ante el té cuando Jane, su criada, le trajo el correo de la tarde. La carta, escrita en un papel con membrete dorado, comenzaba expresando el más sentido pésame del autor antes de informarle en el segundo párrafo que había sido nombrada beneficiaria del testamento de su hermano, Edward Julius Radcliffe. Antes de despedirse, el autor invitaba a la «señora Radcliffe» a concertar una cita en su despacho para hablar del tema.

Lucy había leído la carta de nuevo y una vez más se tropezó con las palabras «su hermano, Edward Julius Radcliffe». *Su hermano*. Se preguntó cuántos beneficiarios necesitaban que les recordasen su parentesco con el fallecido.

Lucy no había necesitado tal recordatorio. Aunque habían pasado muchos años desde que viera a Edward, y solo durante un encuentro breve y frustrante en un lúgubre edificio de París, vivía rodeada de recuerdos de él. Sus pinturas cubrían casi todas las paredes de la casa; su madre insistía en que no quitaran ninguna, sin perder la esperanza de que regresara y retomara su obra; quizás no fuera demasiado tarde para «hacerse un nombre», al igual que Thurston Holmes y Felix Bernard. Y así los bellos rostros de Adele, Fanny y Lily Millington —en reposo, pensativas, representando su papel— no perdían de vista a Lucy y seguían sus movimientos mientras esta trataba de continuar con su vida. Esos ojos que seguían a una persona. Lucy siempre evitaba sus miradas.

Cuando recibió la carta de los señores Holbert y Matthews, Lucy les respondió para concertar una cita el viernes al mediodía; y mientras caían los primeros copos de nieve de diciembre al otro lado de la ventana, se encontró a sí misma sentada ante un escritorio enorme y sombrío en el despacho del señor Matthews Sr., en Mayfair, y escuchó al viejo abogado decirle que Birchwood Manor —«Una casa de campo en una pequeña aldea cerca de Lechlade-on-Thames»— ahora era suya.

Cuando la cita llegó a su fin, volvió a Hampstead con la orden de decirles cuándo deseaba visitar la casa, de modo que su hijo pudiera acompañarla a Berkshire. Lucy, que no tenía intención de visitar Berkshire, le había dicho que no quería causar molestias. Sin embargo, «forma parte de nuestros servicios, señora Radcliffe», le había respondido el señor Matthews, que señaló a sus espaldas un gran panel de madera con letras doradas en cursiva, que decía:

HOLBERT, MATTHEWS & SONS
Cumplimos con los deseos de nuestros clientes tanto en la vida como en la muerte.

Lucy había salido del despacho con las ideas sumidas en una confusión inusual.

Birchwood Manor.

Qué legado tan generoso; qué espada de doble filo.

En los días y semanas que siguieron, en el momento más oscuro de la noche, Lucy se había preguntado si Edward le había dejado la casa porque, de alguna manera, tal vez por lo unidos que llegaron a estar, lo había adivinado. Pero no, Lucy era demasiado racional para dejar que esa idea arraigara en su mente. Para empezar, no había nada que adivinar; ni siquiera Lucy lo sabía con certeza. Además, Edward había dejado bien clara su idea: en una carta manuscrita adjunta al testamento, había especificado que Lucy debería erigir un colegio en la casa para formar a niñas tan inteligentes como fue ella de pequeña. Niñas que aspiraran a ese tipo de conocimiento que se les denegaba.

Y al igual que en vida Edward había poseído el don de convencer, en la muerte sus palabras también ejercieron su influencia. Pues si bien en el despacho de Holbert, Matthews & Sons Lucy se había prometido a sí misma vender la casa, no volver a poner un pie ahí dentro, al marcharse, casi de inmediato, la visión de Edward comenzó a filtrarse entre sus pensamientos y empezó a flaquear su sensatez.

Lucy caminó hacia el norte por Regent's Park y su mirada se había detenido en una niña tras otra, todas ellas obedientes, junto a su niñera, y todas ellas deseando, sin duda, hacer más, ver más, saber más de lo que les permitían. Lucy tuvo una visión de sí misma al frente de un grupo de niñas de mofletes sonrosados, espíritus inquisitivos y voces entusiastas, niñas que no encajaban en los moldes que les habían asignado, que deseaban aprender, mejorar y crecer. A lo largo de las semanas siguientes, apenas pensó en otra cosa: le obsesionó la idea de que todo en su vida la había dirigido a este momento; que no había nada más «sensato» que abrir un colegio en esa casa de dos tejados en el recodo de un río.

Y aquí estaba. Había tardado cinco meses en llegar a este momento, pero estaba preparada.

—¿Tengo que firmar algo? —preguntó al abogado, que la guio hacia la cocina, donde seguía en su sitio la mesa cuadrada de pino. Lucy casi esperó ver a Emma Stearnes entrar por la puerta del salón, negando con la cabeza, desconcertada, ante la extravagancia que acababa de ver al otro lado.

El abogado pareció sorprendido.

—Firmar ¿qué?

—No estoy segura. Nunca había recibido una casa en herencia. Supongo que habrá un título de propiedad.

—No hay que firmar nada, señora Radcliffe. El título, por así decirlo, ya está finalizado. Los documentos están listos. La casa es suya.

—Bueno, en ese caso —Lucy le tendió la mano—, le doy las gracias, señor Matthews. Ha sido un placer conocerle.

—Pero, señora Radcliffe, ¿es que no le gustaría que le mostrara la propiedad?

—No va a ser necesario, señor Matthews.

—Pero después de haber hecho este viaje...

—Confío en que ya me puedo quedar aquí hoy mismo.

—Bueno, sí, como ya le he dicho, la casa es suya.

—En ese caso, muchas gracias por acompañarme, señor Matthews. Si me disculpa, tengo muchas cosas que hacer. Esto va a ser un colegio, ¿ya lo ha oído, verdad? Voy a abrir un colegio para jóvenes prometedoras.

Sin embargo, Lucy no empezó de inmediato con los preparativos del colegio. Había algo más urgente que debía hacer en primer lugar. Una tarea tan espantosa como necesaria. Durante cinco meses, le había dado vueltas en la cabeza. En realidad, mucho más tiempo. Había esperado casi veinte años para descubrir la verdad.

Cerró la puerta tras el joven señor Matthews, cuyo semblante dejaba pocas dudas en cuanto a su desánimo, y observó cómo se retiraba desde la ventana de la cocina. Solo cuando salió del camino del jardín y cerró el portón de madera, Lucy dejó de contener el aliento. Se apartó de la ventana y se quedó un momento con la espalda contra el cristal, inspeccionando la habitación. Por extraño que pareciera, todo estaba tal y como lo recordaba. Era como si hubiera ido a dar un paseo a la aldea, se hubiera entretenido y hubiera vuelto dos décadas más tarde de lo esperado.

La casa estaba en silencio, pero no parecía vacía. Lucy recordó un cuento de Charles Perrault que Edward le leía, «La Belle au bois dormant», acerca de una princesa que sufrió la maldición de dormir cien años en su castillo, que inspiró su cuadro de *La bella durmiente*. Lucy no era una persona romántica, pero casi podía imaginar, ahí, ante la ventana de la cocina, que la casa era consciente de su regreso.

Que la había estado esperando.

De hecho, Lucy tuvo la desconcertante sensación de no estar sola en la cocina.

Se recordó a sí misma, sin embargo —aunque se le erizó el vello del antebrazo—, que no era de carácter impresionable y que caer en viejas supersticiones, aquí y ahora, sería un desliz lamentable. Su mente le estaba jugando una mala pasada; el motivo era evidente.

Tras armarse de valor, cruzó el pasillo y comenzó a subir la escalera central.

La silla de madera alabeada estaba exactamente donde la había visto por última vez, en el centro del rellano, donde la escalera trazaba una curva. La silla estaba girada hacia la gran ventana que daba al jardín de atrás, tras el cual había un prado. La luz del sol se derramaba por el cristal e incontables motas de polvo flotaban en corrientes invisibles.

La silla estaba cálida cuando Lucy se sentó con cuidado en el borde. El rellano, también. Recordó que siempre había sido así. La última vez que se había sentado aquí la casa estaba llena de risas y pasión; la creatividad se palpaba en el aire.

Hoy no era así. Solo estaban Lucy y la casa. Su casa.

Dejó que el aire de este viejo lugar se asentase a su alrededor.

En alguna parte del prado, un perro estaba ladrando.

Más cerca, abajo, en la sala malva, el reloj de pared seguía llevando la cuenta. El reloj de Lily Millington, que todavía daba la hora. Lucy supuso que el abogado, el señor Matthews, había encargado que le dieran cuerda. Todavía recordaba cuando Edward lo había comprado: «El padre de Lily era relojero», había anunciado Edward, al meter el paquete en el vestíbulo de la casa de Hampstead. «Lo vi en la pared de un tipo, en Mayfair, y se lo cambié por un encargo. Voy a darle una sorpresa».

Edward siempre había disfrutado al hacer regalos. Le emocionaba la satisfacción de saber escoger. Libros para Lucy, un reloj para Lily Millington... Fue él quien había dado el rifle a Thurston: «Un Baker auténtico, que llevó un miembro del 5.º Batallón del 60.º Regimiento durante las Guerras Napoleónicas».

Era imposible creer que estaba aquí sentada porque Edward había muerto. Que no volvería a verlo jamás. No sabía por qué, pero siempre había supuesto que algún día regresaría a casa.

No se habían visto a menudo tras aquel verano en Birchwood Manor, pero Lucy había estado al corriente de sus idas y venidas. De vez en cuando le llegaba una nota, garabateada en una tarjeta, en la que solía suplicar unas cuantas libras para pagar una deuda que había contraído durante sus viajes. O le llegaban rumores de alguien que le había visto en Roma, Viena, París. Siempre estaba en movimiento. Viajaba para escapar del dolor, comprendió Lucy, aunque a veces se preguntaba si Edward creía que si seguía moviéndose, cada vez más rápido, algún día encontraría a Lily Millington de nuevo.

Pues Edward no había renunciado a la esperanza. A pesar de las evidencias que apuntaban a lo contrario, jamás aceptó que Lily Millington hubiera participado en un engaño... o que no lo había querido con la misma pasión que él la había amado.

Cuando se vieron por última vez en París, Edward le había dicho:

—Está ahí, en algún lugar, Lucy. Lo sé. Lo siento. ¿No lo sientes tú?

Lucy, que no había sentido nada por el estilo, se había limitado a tomar la mano de su hermano y apretarla con fuerza.

Tras entrar en el escondite del pasillo, el siguiente recuerdo de Lucy era abrir los ojos en una habitación con mucha luz que no le era familiar. Estaba en una cama, pero no era su cama. Sentía dolor.

Lucy parpadeó, fijándose en el papel pintado de rayas amarillas, las cortinas pálidas que caían a cada lado de la ventana. En la habitación flotaba un leve olor a algo dulce —madreselva, quizás, y aulaga—. Tenía la garganta reseca.

Debió de emitir algún sonido, pues Edward apareció de inmediato a su lado y le sirvió agua de una pequeña jarra de cristal. Edward tenía muy mal aspecto, más despeinado que de costumbre, la cara demacrada y un gesto de ansiedad. La camisa de algodón le colgaba de los hombros, suelta, y tenía la apariencia de no haberse cambiado de ropa durante días.

Pero ¿dónde estaban y cuánto tiempo llevaba aquí?

Lucy no era consciente de haber hablado, pero, mientras la ayudaba a incorporarse para beber, Edward le dijo que habían alquilado unas habitaciones en la taberna de la aldea.

—¿Qué aldea?

Los ojos de Edward estudiaron los de su hermana.

—Vaya, pues la aldea de Birchwood. ¿De verdad no lo recuerdas?

La palabra le resultó vagamente familiar.

Edward trató de calmarla con una sonrisa poco convincente.

—Deja que llame al doctor —dijo—. Querrá saber que estás despierta.

Abrió la puerta y habló en voz baja con alguien al otro lado, pero no salió de la habitación. Volvió para sentarse en el colchón, junto a Lucy, y tomó una de sus manos en la de él y con la otra le acarició la frente.

—Lucy —dijo, con una mirada llena de dolor—, tengo que hacerte una pregunta, tengo que preguntarte sobre Lily. ¿La viste? Volvió a la casa a buscarte, pero nadie la ha visto desde entonces.

Los pensamientos de Lucy daban vueltas. ¿Qué casa? ¿Por qué le preguntaba acerca de Lily? ¿Se refería a Lily Millington? Era su modelo, recordó Lucy, la del largo vestido blanco.

—Mi cabeza —dijo al notar que le dolía en un lado.

—Pobrecita, cariño. Te caíste, perdiste la conciencia y aquí estoy yo, molestándote con mis preguntas. Lo siento, es solo que... —Se pasó una mano por el pelo—. Se ha ido. No puedo encontrarla, Lucy, y estoy muy preocupado. Ella no se iría sin despedirse.

Lucy vio el destello de un recuerdo, un disparo en la oscuridad. Había hecho mucho ruido y luego había sonado un grito. Había echado a correr y luego... Lucy soltó un grito ahogado.

—¿Qué pasa? ¿Viste algo?

—¡Fanny!

La expresión de Edward se volvió más lúgubre.

—Fue terrible, terrible. Pobre Fanny. Un hombre, un intruso... No sé quién era... Fanny se fue corriendo y salí tras ella. Oí el disparo cuando pasaba junto al castaño y corrí a la casa, Lucy, pero llegué demasiado tarde. Fanny ya estaba... y luego vi la espalda del hombre, que corría por la puerta de entrada hacia el camino.

—Lily Millington lo conocía.

—¿Qué?

Lucy no sabía bien qué quería decir, aunque estaba segura de tener razón. Había habido un hombre y Lucy había tenido miedo y Lily Millington había estado ahí.

—Vino a la casa. Lo vi. Volví a la casa y el hombre vino, y él y Lily Millington hablaron.

—¿Qué dijeron?

Los pensamientos de Lucy daban vueltas. No lograba diferenciar entre los recuerdos, las imaginaciones, los sueños. Edward le había hecho una pregunta y Lucy siempre quería ofrecer la respuesta correcta. Así, cerró los ojos y se adentró en ese remolino de ruidos y colores.

—Hablaron de Estados Unidos —dijo—. De un barco. Y dijeron algo del Azul.

—Vaya, vaya, vaya...

Cuando Lucy abrió los ojos, descubrió que ya no estaba sola en la habitación con Edward. Habían llegado dos hombres mientras estaba concentrada en la pregunta de su hermano. Uno de ellos llevaba un traje gris; tenía patillas pelirrojas, un bigote que se curvaba en los extremos y en las manos llevaba un bombín negro. El otro vestía un abrigo azul marino con botones de latón y un cinturón negro en torno a su amplia cintura; no se había quitado el sombrero y tenía una insignia de plata en la parte delantera. Era un uniforme y el hombre era policía, comprendió Lucy.

Resultó que ambos eran agentes de policía. El hombre más bajo, el del uniforme azul, pertenecía al cuerpo de policía de Berkshire y se encontraba aquí porque Birchwood Manor formaba parte de su jurisdicción. El tipo del uniforme gris era inspector de la Policía Metropolitana de Londres y había venido para ayudar en la investigación a petición del señor Brown, padre de Fanny, hombre muy rico e importante.

Quien había hablado fue el inspector Wesley de la Policía Metropolitana y, cuando Lucy le miró a los ojos, dijo de nuevo:

—Vaya, vaya, vaya... —Y esta vez añadió—: Justo lo que sospechaba.

Lo que sospechaba, según le contó a lo largo de los siguientes días —tras llevar a cabo un registro exhaustivo y descubrir que, tal y como había sugerido Lucy, el Azul de los Radcliffe había desaparecido—, era que Lily Millington había estado involucrada.

—Una gran farsa —anunció a través del bigote, los pulgares tras las solapas del abrigo—. Un ardid escandaloso y descarado. Los dos lo urdieron hacía tiempo. El primer paso fue que Lily Millington consiguiera ser la modelo de su hermano y tener así acceso al Azul de los Radcliffe. El segundo paso, tras ganarse la confianza de su hermano, era que los dos se escaparan con el botín. Y ahí podría haber acabado todo si la señorita Brown no los hubiera sorprendido en el acto y hubiera pagado con su vida inocente.

Lucy escuchó la teoría, intentando no perder detalle. Era cierto lo que le había dicho a Edward: había oído a Lily Millington y al hombre hablar de Estados Unidos y del Azul y recordó que había visto dos pasajes de barco. También había visto el colgante, por supuesto: un precioso diamante azul, la joya de su familia. Lily Millington lo llevaba puesto. Lucy tenía una imagen clara en la mente: Lily Millington en un vestido blanco, el colgante al cuello. Y ahora Lily, el diamante y los pasajes habían desaparecido. Tenía sentido que estuvieran juntos en algún lugar. Solo había un problema.

—Mi hermano conoció a Lily Millington en el teatro. Ella no le buscó para llegar a ser su modelo. Él la rescató cuando la iban a robar.

El labio superior del inspector tembló de placer ante la oportunidad de impresionar a una jovencita con historias del lado más sórdido de la vida.

—Otra estratagema, señorita Radcliffe —dijo, alzando un dedo solitario—, tan ladina como eficaz. Otra actuación engañosa en la que participaron ambos. Hemos visto cómo operan los de su calaña, y si hay una manera infalible de atraer la atención de un caballero respetable como su hermano es ver a una bella señorita en apuros. Fue incapaz de no actuar... y eso es lo que habría hecho cualquier caballero. Y mientras estaba ocupado prestando su ayuda a la mujer, distraído al prestarle sus cuidados, el tipo —su cómplice— regresó y acusó a su hermano de ser el ladrón que se acababa de marchar con el brazalete y, en la confusión subsiguiente —abrió los brazos para darle un efecto dramático y triunfal a sus palabras—, deslizó los dedos en el chaleco de su hermano y se embolsó sus objetos de valor.

Lucy recordó que su hermano le había contado cómo fue la noche que conoció a Lily Millington. Lucy, Clare y su madre —incluso Jenny, la criada, que escuchaba desde donde servía el té— habían intercambiado miradas cariñosas y cómplices cuando les contó que había tenido que volver a casa a pie porque, embelesado por el rostro de la joven, entusiasmado ante las posibilidades que se presentaban, había perdido la cartera no sabía dónde. Esos despistes cuando le llegaba la inspiración eran tan propios de Edward que ninguna de las tres lo había puesto en duda, por no mencionar que su cartera estaba tan vacía como siempre, así que recuperarla no tenía demasiada importancia. Sin embargo, según el inspector Wesley, la cartera no se había extraviado; se la había robado aquel hombre, Martin, en el mismo momento en que Edward creía estar rescatando a Lily Millington.

—Recuerden mis palabras —dijo el inspector— porque estoy dispuesto a comerme el sombrero si me equivoco. Un hombre no pasa treinta años vagando entre la podredumbre y la inmundicia de las calles de Londres sin aprender una o dos cosas sobre lo peor de la naturaleza humana.

Y, sin embargo, Lucy había visto cómo Lily Millington miraba a Edward, cómo se comportaban al estar juntos. No podía creer que todo fuera una estratagema.

—Los ladrones, las actrices y los ilusionistas —dijo el inspector dándose un golpecito en la nariz tras escuchar a Lucy—. Todos cortados por el mismo patrón, todos. Grandes farsantes, embaucadores, todos.

A la luz de la teoría del inspector Wesley, Lucy podía ver que las acciones de Lily Millington tal vez no habían sido lo que parecían a primera vista. Y Lucy había visto a Lily con el hombre. Martin. Así le había llamado. «¿Qué estás haciendo aquí? —había dicho, y—: Tienes que irte, Martin. Dije un mes». Y el hombre, Martin, había respondido: «Pero trabajas rápido, eres de las mejores» y había cogido un par de pasajes y había dicho: «Estados Unidos... La tierra de los nuevos comienzos».

Sin embargo, Lily no se había ido de la casa con Martin. Lucy sabía que no se había marchado, pues Lucy había llevado a Lily Millington al escondite. Estaba segura de haberse sentido orgullosa al mostrarle la cámara oculta.

Lucy intentó explicarse, pero el inspector Wesley se limitó a decir:

—Lo sé todo acerca del refugio de sacerdotes. Ahí es donde usted estaba escondida, señorita Radcliffe, no la señorita Millington —y le recordó el golpe que se había dado en la cabeza y le dijo que tenía que descansar, tras lo cual llamó al doctor—. La niña se siente confundida de nuevo, doctor. Me temo que la he agotado con mis preguntas.

Y era cierto que Lucy se sentía confundida. Porque era imposible que Lily Millington hubiera permanecido en esa cámara todo este tiempo. Habían pasado cuatro días desde la llegada de Martin a Birchwood. Lucy recordaba la sensación de estar en esa cavidad diminuta, lo difícil que era respirar, qué rápido se pudría el aire, las ganas desesperadas de escapar. Lily Millington habría gritado para que la dejaran salir hacía muchísimo tiempo. Nadie se habría podido quedar ahí tantas horas.

¿Quizás Lucy se había equivocado, al fin y al cabo? ¿Tal vez no había cerrado bien la cámara? O tal vez Martin la había dejado salir y se habían escapado juntos, como decía el inspector. ¿Acaso no le había contado Lily que había pasado su niñez en Covent Garden; que había aprendido el truco de la moneda gracias a un ilusionista francés? ¿No había dicho que se dedicaba a robar carteras? Lucy había pensado que se trataba de una broma, pero ¿y si Lily Millington hubiera estado trabajando con ese hombre, Martin, todo este tiempo? ¿Qué otra cosa podría haber querido decir cuando le dijo que necesitaba un mes? Tal vez por eso tenía tantas ganas de que Lucy volviera cuanto antes al bosque, para que pudieran hacer a su antojo...

A Lucy le dolía la cabeza. Cerró los ojos con fuerza. El golpe le habría desordenado los recuerdos, como dijo el inspector. Siempre había concedido suma importancia a expresarse con precisión y desdeñaba a quienes abreviaban o se conformaban con aproximaciones y no parecían comprender la diferencia; y así tomó la solemne decisión de no decir nada más hasta tener la certeza absoluta de que lo que recordaba era verdadero y correcto.

Como era natural, Edward se negó a aceptar la teoría del inspector.

—Jamás me habría robado y jamás se habría ido sin mí. Íbamos a casarnos —le contó al inspector—. Me declaré y aceptó. Había roto el compromiso con la señorita Brown una semana antes de venir a Birchwood.

El padre de Fanny decidió intervenir.

—El muchacho está conmocionado —dijo el señor Brown—. No piensa con claridad. Mi hija estaba ilusionada con la boda y estaba haciendo planes con mi mujer para la gran ocasión la misma mañana que partió hacia Birchwood. Sin duda, si su compromiso hubiera sido anulado me lo habría dicho. No dijo nada al respecto. De haberlo hecho, le aseguro que mis abogados habrían tomado cartas en el asunto. Mi hija tenía una reputación impecable. Había caballeros con mucho más que ofrecer que el señor Radcliffe que hacían cola para pedir su mano, pero ella quería casarse con él. De ningún modo habría permitido que un compromiso roto hubiera manchado el buen nombre de mi hija. —Y en ese momento el hombretón se vino abajo y sollozó—: Mi Frances fue una mujer respetable, inspector Wesley. Me dijo que quería pasar el fin de semana en el campo, donde su novio iba a recibir un grupo de amigos en su nueva casa. Le presté mi cochero con mucho gusto. Jamás le habría permitido pasar un fin de semana aquí si no fuera por su compromiso y ella tampoco lo habría pedido.

Este razonamiento bastó para el inspector Wesley y su colega de Berkshire, en especial cuando fue corroborado por Thurston, quien llevó al inspector a un lado y le informó de ser el confidente de Edward y que su amigo no había dicho ni una palabra sobre romper su compromiso con Fanny Brown, mucho menos que se fuera a casar con su modelo, la señorita Millington.

—Y si hubiera dicho algo semejante, le habría convencido de que era un disparate —dijo Thurston—. Fanny era una joven maravillosa que ejercía una influencia muy sana en Edward. No es ningún secreto que Edward siempre ha tenido la cabeza en las nubes; ella lograba que pusiera los pies en el suelo.

—Fue el arma de usted la que utilizó el asesino, ¿no es así, señor Holmes? —preguntó el inspector.

—Lamentablemente, sí. Era una pieza decorativa. Un regalo del señor Radcliffe, da la casualidad. Estoy tan horrorizado como el que más al saber que la cargaron y la usaron así.

El abuelo de Lucy, tras haber recibido la noticia de la desaparición del Azul de los Radcliffe, había dejado su finca en Beechworth y se ofreció con placer a redondear la descripción de Edward.

—Ya de niño —dijo el anciano al inspector— tenía la cabeza llena de ideas alocadas y de inclinaciones extravagantes. Cuántas veces me he desesperado mientras crecía de niño a hombre. Nada me alegró ni me alivió más que saber de su compromiso con la señorita Brown. Por fin parecía que iba a sentar la cabeza. Él y la señorita Brown iban a casarse, y si Edward dice lo contrario, solo es una triste señal de que ha perdido la cabeza. Comprensible, teniendo en cuenta este terrible acontecimiento, sobre todo para alguien con su temperamento artístico.

El señor Brown y lord Radcliffe tenían razón, dijo Thurston con sobriedad; Edward estaba conmocionado. No solo había perdido a su amada y prometida, la señorita Brown, sino que se había visto obligado a aceptar que él fue el responsable de tan espantoso evento, pues fue él quien invitó a Lily Millington y sus compinches a formar parte de su grupo de amigos.

—Y no puede decir que no se lo advertimos —añadió Thurston—. Yo mismo le dije hace unos meses que había notado que habían desaparecido en mi estudio algunos objetos de valor tras haber recibido la visita de Edward y su modelo. Me dejó el ojo morado por atreverme a sugerir algo así.

—¿Qué clase de objetos echó en falta, señor Holmes?

—Ah, meras bagatelas, habida cuenta de la situación, inspector Wesley. Nada por lo que deba perder el tiempo. Sé que está muy ocupado. Me alegra haberle ofrecido una pequeña ayuda para resolver este turbio asunto. Y pensar que mi amigo se dejó engatusar por un par de charlatanes... Bueno, me hierve la sangre. Me reprocho no haberme dado cuenta de todo antes. Ha sido una suerte que el señor Brown le haya enviado con nosotros.

El golpe de gracia llegó cuando el inspector anunció una mañana que Lily Millington ni siquiera había sido el nombre real de la modelo.

—Mis hombres en Londres han estado preguntando y buscando en los registros de nacimientos, defunciones y matrimonios y la única Lily Millington que encontraron fue una pobre muchacha que murió de una paliza en una taberna de Covent Garden en 1851. Su padre la vendió de pequeña a un par de ladronzuelos y explotadores de niños. No es de extrañar que no saliera adelante.

Y así todo quedó resuelto. Incluso Lucy tuvo que aceptar que el inspector tenía razón. Todos habían sido engatusados y estafados. Lily Millington era una embustera y una ladrona; ni siquiera se llamaba Lily Millington. Y ahora la modelo infiel estaba en Estados Unidos con el Azul de los Radcliffe y el hombre que había matado a Fanny.

Se cerró la investigación y el inspector y el agente se marcharon de Birchwood tras estrechar la mano del señor Brown y del abuelo y prometer que se pondrían en contacto con sus colegas de Nueva York para que al menos trataran de recuperar el diamante.

Sin saber qué hacer, retenidos en el campo, donde el verano apacible había llegado a un brusco final para dejar paso a la lluvia, la Hermandad Magenta regresó brevemente a Birchwood Manor. Sin embargo, Edward era una ruina humana y su desolación y furia impregnaban el aire. Él y la casa eran uno y las habitaciones parecieron adquirir el leve pero pestilente olor de su pena.

Incapaz de ayudarle, Lucy se apartó de su camino. Su angustia era contagiosa y Lucy se descubrió incapaz de acabar lo que empezaba. Le hostigaba, además, un recelo inusual cada vez que se acercaba a las escaleras donde todo había sucedido y se acostumbró a usar las de servicio, al otro lado de la casa.

Al final, Edward no pudo soportarlo más: hizo el equipaje y llamó un carruaje. Dos semanas después del asesinato de Fanny, se corrieron las cortinas, se cerraron con llave las puertas y dos carruajes tirados por caballos recorrieron con estruendo el camino de Birchwood Manor y se llevaron a todos ellos.

Lucy, sentada en el asiento trasero del segundo carruaje, se había girado al partir para observar cómo la casa se iba volviendo más y más pequeña en la distancia. Por un segundo, pensó que había visto moverse una de las cortinas de la buhardilla. Pero supo que solo era la historia de Edward, la Noche de la Persecución, que le jugaba una mala pasada.

CAPÍTULO VEINTIOCHO

De vuelta en Londres, nada fue lo mismo. Edward se marchó casi al instante al continente y no dejó una dirección donde escribirle. Lucy no llegó a ver qué fue de su último retrato de Lily Millington. Tras su marcha, Lucy buscó la llave oculta de su estudio y entró, pero no había ni rastro del cuadro. De hecho, había desaparecido todo lo relacionado con Lily: había arrancado de las paredes cientos de bocetos y estudios. Era como si Edward hubiera sabido que no iba a volver a pintar jamás en el estudio de Hampstead.

Clare, por su parte, tampoco permaneció mucho tiempo. Tras haber renunciado a sus coqueteos con Thurston Holmes, se casó con el primer caballero acaudalado que pidió su mano y no tardó en retirarse feliz a una enorme e impersonal casa de campo que entusiasmó a la abuela. Tuvo dos bebés, uno detrás de otro, pequeños y regordetes, de mofletes amplios y lechosos, y a lo largo de los años, cuando Lucy iba de visita, hablaba vagamente de tener un tercero si alguna vez su marido se dignaba pasar más de una semana en casa.

Al cumplir catorce años, en 1863, en casa solo quedaban Lucy y su madre. Había sucedido tan rápido que ambas se sentían igual de aturdidas. Cuando se encontraban en una habitación, ambas alzaban la vista, sorprendidas, antes de que una de ellas —Lucy, por lo general— pusiera una excusa y se marchara, con lo cual se ahorraban el escollo de inventarse un motivo que explicara la falta de conversación.

Lucy, al acercarse a la edad adulta, evitó el amor. Había visto lo que este podía hacer. Lily Millington había abandonado a Edward y lo había destrozado. Y, así, decidió evitar el amor. Es decir, evitó la complicación de entregar el corazón a otro ser humano. Sin embargo, Lucy sentía un amor arrollador por el conocimiento. Era codiciosa al adquirirlo, impaciente con sus limitaciones para asimilar información nueva. El mundo era amplio y desbordante, y por cada libro que leía, por cada teoría que llegaba a comprender, diez más aparecían ante ella. Algunas noches permanecía despierta, preguntándose cómo repartir el tiempo: no había suficiente para que una persona aprendiera todo lo que deseaba saber.

Un día, cuando tenía dieciséis años y ponía orden en su habitación para poder subir una estantería del estudio, se encontró con esa pequeña maleta que había llevado consigo a Birchwood Manor aquel verano de 1862. Cuando volvió, la había guardado al fondo del armario que había debajo del asiento de la ventana con la esperanza de olvidar todo ese episodio y no había vuelto a acordarse de ella en esos tres años. Sin embargo, Lucy era una joven sensata y así, a pesar de no haberse esperado encontrar la maleta, ahora que la tenía ante sí, decidió que no tenía sentido evitar los objetos que contenía.

Abrió la tapa y se llevó una alegría al ver su ejemplar de *Historia química de una vela*. Debajo había otros dos libros, uno de los cuales recordó haber visto en la parte alta de una estantería de Birchwood Manor. Lucy lo abrió con cuidado, pues el lomo aún colgaba de unos hilillos, y vio que las cartas seguían ahí dentro; ahí estaba el diseño de los refugios de sacerdotes, justo donde lo había dejado.

Apartó los libros a un lado y sacó la prenda que había al fondo. Lucy la recordó al instante. Era el vestido que se había puesto aquel día, el disfraz para la fotografía que Felix iba a tomar junto al río. Alguien se lo habría quitado tras su caída, pues cuando despertó en esa habitación a rayas amarillas en la taberna, llevaba puesto el camisón. Lucy recordó guardar el disfraz más tarde, que metió hecho un ovillo al fondo de la maleta. Entonces le había causado una sensación desagradable y ahora lo sostuvo frente a sí para ver si todavía le aterrorizaba. No le dio miedo. Estaba segura. No sintió aquel ardor en la piel; el corazón no le latió a toda prisa. Aun así, no tenía ganas de guardar esa prenda; se la iba a dar a Jenny para que la cortara y usara los retales para hacer trapos. En primer lugar, sin embargo, como le habían enseñado desde muy pequeña, miró en los bolsillos, aunque no esperaba encontrar más que pelusa y el forro de la tela.

Pero ¿qué era esto? Un objeto redondo y duro al fondo del bolsillo.

Aunque se dijo que sería una de las piedras del río que había coleccionado en Birchwood Manor, Lucy supo la verdad. Se le hizo un nudo en el estómago y una oleada de pavor embistió contra su cuerpo. No necesitó mirar. En cuanto lo tocó, fue como si hubieran tirado de una cuerda y se hubiera alzado el telón y la luz hubiera vuelto al polvoriento escenario de su memoria.

El Azul de los Radcliffe.

Ahora recordó.

Lucy se lo había puesto. Había vuelto a la casa enfurruñada, pues ya no la necesitaban para la fotografía, y mientras exploraba el cuarto de Edward había encontrado el diamante. Desde que caminaran juntos a la aldea, Lucy había pensado en Lily Millington sin parar, tratando de verla como la veía Edward, deseando ser más como ella. Y al sujetar el collar había encontrado una manera de sentirse —solo por un momento— como Lily Millington. De ser mirada y admirada por Edward.

Lucy aún seguía mirándose al espejo cuando Lily Millington apareció detrás de ella. Se había puesto el collar y estaba a punto de devolverlo a la caja cuando llegó aquel hombre, Martin, e intentó llevarse a Lily con él. Lucy había guardado el Azul en el bolsillo. Y ahí estaba todavía, exactamente donde lo había dejado.

Lucy había llegado a creer la historia del inspector sobre Lily Millington, pero cuando encontró el Azul de los Radcliffe, un hilo se descosió del centro del tapiz y el resto de la imagen, tan cuidadosamente bordada, comenzó a desmoronarse. Era muy sencillo: si no había robado la joya, no existía el móvil del crimen. Y si bien era cierto que los agentes de Nueva York habían comprobado la llegada de una pareja que viajaba bajo el nombre de «señor y señora Radcliffe», cualquiera podía haber usado esos pasajes. La última persona que Lucy vio con los pasajes fue ese hombre espantoso, Martin. Edward lo había visto huir de la casa. Tal vez hubiera usado uno de los pasajes y hubiera vendido el otro; tal vez vendió los dos.

También estaba la incógnita de la cámara secreta en la escalera. Si había huido con Martin, Lily Millington tenía que haberle hecho saber dónde estaba escondida y él tendría que haber encontrado la trampilla. Lucy había necesitado seguir instrucciones y, aun así, le había resultado difícil. El hombre habría necesitado tiempo para encontrar a Lily y mucho más tiempo para resolver el rompecabezas de la cerradura. Sin embargo, Fanny había llegado enseguida y Edward poco después. Martin no había tenido bastante tiempo para liberar a Lily Millington.

Además, Lucy había visto cómo Lily Millington había mirado a Martin, asustada de verdad; también había visto cómo Lily miraba a Edward. Y Edward se había enamorado de Lily Millington con locura; era un hecho indudable. Había sido una sombra de sí mismo tras la desaparición de ella.

Lily Millington había desaparecido, era innegable. Nadie la había visto desde aquel día en Birchwood Manor. Lucy había sido la última persona que vio a Lily Millington, cuando estaba cerrando el escondite.

Ahora, de vuelta en Birchwood Manor, veinte años más tarde, Lucy se levantó y entrelazó los dedos, estirando las manos en un viejo gesto de ansiedad. Dejó caer las manos a los costados, poco a poco.

No había nada más que hacer; no tenía sentido perder el tiempo ahora. Si iba a comenzar un colegio en este lugar, y sentía que debía hacerlo, tenía que averiguar la verdad. No iba a cambiar sus planes. Era imposible volver atrás y no tenía sentido desear que las cosas hubieran ocurrido de otro modo.

Lucy apartó la silla a un lado y se arrodilló, contemplando la elevación de la escalera.

Sin duda, era un diseño ingenioso. Era imposible que alguien lo encontrara si no sabía que estaba ahí. Durante la Reforma, cuando los sacerdotes católicos eran perseguidos por los hombres de la reina, estos lugares debieron de ofrecer un gran consuelo. Había investigado sobre el tema y había descubierto que este mismo escondite había salvado la vida de seis hombres.

Haciendo acopio de valor, Lucy presionó los bordes de la elevación y abrió la trampilla.

CAPÍTULO VEINTINUEVE

T an pronto como miró en el interior de la cámara secreta, Lucy cerró el panel de nuevo. La abrumaron unas emociones reprimidas durante demasiado tiempo y dejó escapar un solo sollozo de dolor: por todos los años desde el hallazgo del diamante, en los que había cargado a solas con el conocimiento secreto de lo que había hecho; por Lily Millington, que había sido buena con ella y que había amado a su hermano; y por encima de todo por Edward, cuya fe había traicionado y le había dejado solo en el mundo por creer la historia del inspector.

Cuando al fin fue capaz de respirar de nuevo, Lucy bajó las escaleras. En lo más hondo de su corazón había sabido qué iba a encontrar en el refugio de la escalera. Y, lo que era más importante, lo había sabido en su mente. Lucy se enorgullecía de ser una mujer racional: así pues, había venido con un plan. Había repasado cada una de las posibilidades desde la distancia segura de Londres e ideó una serie de tareas bien definidas. Había creído que estaba preparada. Sin embargo, aquí todo era diferente; la mano de Lucy temblaba tanto que no podía escribir la carta que tenía pensada al señor Rich Middleton de Duke Street, en Chelsea. No había tenido eso en cuenta: el temblor de sus manos.

Así pues, se fue a dar un paseo junto al río para calmar los nervios. Llegó al embarcadero antes de lo que había esperado y se dirigió al bosque. Sin pretenderlo, Lucy comprendió que iba siguiendo los pasos, en sentido inverso, de aquel día, cuando volvió a casa tras renunciar a la fotografía.

En ese bosquecillo estaba el claro donde Felix había planeado tomar la fotografía. Todavía los podía ver a todos en sus disfraces. Casi se pudo ver a sí misma, a sus trece años, herida por el ardor de la injusticia, al salir a toda prisa por el prado de flores silvestres hacia la casa. Pronto encontraría el colgante, lo sacaría de la caja de terciopelo y se lo pondría al cuello, le mostraría a Lily Millington el escondite y echaría a rodar esa espantosa bola de nieve. Pero no; se negó a mirar la fuga de esa niña espectral de trece años. En su lugar, Lucy caminó hacia el río.

Al descubrir el Azul de los Radcliffe en la maleta, en Londres, había sabido de inmediato que debía esconderlo; el escollo era decidir dónde. Había considerado enterrarlo en Hampstead Heath, dejarlo caer por un desagüe, arrojarlo al estanque de los patos en Vale of Health..., pero encontró puntos débiles en todas esas ideas. Sabía que era irracional imaginar que un perro astuto diera con el lugar exacto donde había enterrado la joya, la desenterrara y la llevara a casa; o que un pato se la tragara, la digiriera y la depositara en la orilla, donde la encontraría un niño con mirada de águila. No era menos irracional creer que si llegara a suceder esa improbable cadena de eventos, encontrarían un vínculo entre el diamante y ella. Pero la culpa, como había descubierto Lucy, era la menos racional de las emociones.

Y, en verdad, que la reaparición de la joya atrajera la atención sobre Lucy era lo que menos le preocupaba. Lo que de verdad le importaba, cada vez más con el paso de los años, era cuánto sufrimiento habría sido en vano si se demostrara la falsedad de la historia oficial. Lucy no podía soportar pensar que el deambular de Edward se podía haber evitado; que si hubiera contado antes la verdad, él tal vez habría llorado igual la pérdida de Lily Millington, pero quizás habría podido darle sepultura y continuar con su vida.

No, el diamante tenía que permanecer oculto, para que la historia siguiera siendo verosímil. Todo había llegado demasiado lejos y nada más era aceptable. A pesar de todo, Lucy lo sabía. Y ella sola tendría que vivir con lo que sabía. Dado que era imposible volver atrás en el tiempo para hacer las cosas de otro modo, la culpa eterna y el aislamiento parecían el único castigo apropiado.

Había tenido la intención de guardar el colgante en el ataúd, junto a todo lo demás, pero ahora, de repente, ahí de pie a orillas del Támesis, un río tan diferente aquí al que conocía de Londres, sintió la necesidad de librarse de la joya cuanto antes. El río era el lugar perfecto. La tierra revelaba sus secretos con facilidad, pero el río arrastraría su tesoro hasta el mar sin fondo.

Lucy metió la mano en el bolsillo y sacó el Azul de los Radcliffe. Qué piedra tan brillante. Qué excepcional.

Lo sostuvo bajo la luz por última vez. Y entonces lo lanzó al río y comenzó a caminar de vuelta a la casa.

El ataúd llegó cuatro días más tarde. Lucy había realizado el encargo en Londres antes de irse y le dijo al hombre que le escribiría de nuevo para hacerle saber cuándo y dónde necesitaba que le enviaran el artículo. Había considerado que tal vez fuera innecesario, un desperdicio de dinero, pero las probabilidades, decidió, no estaban a su favor.

Escogió una funeraria que fabricaba ataúdes a nombre del señor Rich Middleton de Duke Street, en Chelsea, y le dio unas instrucciones específicas en cuanto al tamaño inusualmente reducido, junto a una breve lista con otras exigencias.

—¿Triple revestimiento de plomo? —había dicho rascándose la mata de pelo bajo el destartalado sombrero de copa—. Sabe que no es necesario tanto, ¿verdad? No para el ataúd de un niño.

—No he dicho que se trate de un niño, señor Middleton, y no le he pedido su opinión. Le he explicado mis necesidades; si es incapaz de satisfacerlas, acudiré a otro negocio.

El hombre alzó unas manos rosadas de aspecto suave y dijo:

—Es su dinero. Si quiere triple revestimiento de plomo, eso es lo que tendrá, señora...

—Millington. Señorita L. Millington.

Era una elección osada y una insólita cesión al sentimiento. Pero no podía darle su nombre verdadero. Además, Edward estaba muerto y habían pasado veinte años desde el asesinato de Fanny. Nadie estaba buscando a Lily Millington, ya no.

Cuando el hombre terminó de escribir las instrucciones, Lucy le solicitó que se las leyera. Satisfecha, le pidió una cuenta donde realizar el pago.

—¿Va a necesitar un cortejo fúnebre? ¿Unas plañideras?

Lucy le dijo que no haría falta.

Un malhumorado empleado de ferrocarril, que a duras penas logró levantarlo del carro, llevó el pequeño ataúd a Birchwood Manor. Venía embalado en una caja de madera y nada indicaba qué contenía; el hombre, con poco tacto, se atrevió a preguntar.

—Un baño para pájaros —respondió Lucy—. De mármol, me temo.

Le pagó una generosa propina, tras lo cual el humor del hombre mejoró considerablemente. Incluso accedió a llevarlo más cerca del lugar indicado, junto a un cantero del jardín, próximo a la puerta del muro. Ahí fue donde Lucy, que buscaba a Edward para hablarle de los refugios secretos, se había encontrado con Lily Millington, que iba a la aldea a enviar una carta.

—Quiero que se vea bien desde todas las ventanas que sea posible —dijo Lucy al empleado de ferrocarril, aunque esta vez no le había hecho ninguna pregunta.

Cuando el hombre se hubo marchado, Lucy abrió la caja de embalaje para inspeccionar el contenido. Su primera impresión fue que el señor Rich Middleton de Duke Street, Chelsea, había hecho un excelente trabajo. El plomo era esencial. Lucy no podía saber cuánto tiempo permanecería oculto el ataúd, pero, tras haber pasado toda una vida leyendo ávidamente sobre los tesoros del pasado, sabía que el plomo no se corroe. Quería ocultar cosas, sin duda; tenía la esperanza de que permanecieran ocultas muchísimo tiempo; pero no era capaz de destruirlas. A tal fin, Lucy había especificado que la tapa debía sellarse de forma hermética. A menudo, los arqueólogos descubrían vasijas que habían sobrevivido el paso del tiempo, solo para abrirlas y ver que el contenido se había echado a perder. No quería dejar paso ni al aire ni al agua. El ataúd no debía tener fugas ni óxido y no debía agrietarse con el tiempo. Porque algún día sería descubierto; estaba segura de ello.

Lucy pasó las horas siguientes cavando. Había encontrado una pala en el granero y la llevó hasta el jardín delantero. Le dolían los músculos, que no estaban acostumbrados a esos movimientos repetitivos, y tenía que parar de vez en cuando para descansar. Comprendió, sin embargo, que pararse solo servía para que fuera más difícil comenzar de nuevo y se obligó a continuar hasta que la cavidad fuera bastante honda.

Por fin llegó el momento de llenar el ataúd. En primer lugar, Lucy metió el ejemplar de *Demonología,* que contenía la carta de Nicholas Owen y los planos de Birchwood Manor que mostraban los refugios de sacerdotes. Tras subir a la buhardilla, le alegró ver la caja de disfraces donde la habían dejado. Todavía se encontraba entre ellos el vestido blanco que había lucido Lily Millington en el cuadro de Edward y Lucy había envuelto con cuidado los huesos del refugio en su interior; ahora, depositó la carga con sumo cuidado en el ataúd. Veinte años no habían dejado gran cosa.

Por último, aunque no fuera lo menos importante, dejó la carta que había escrito —en papel de algodón, sin ácido—, en la que contaba lo que sabía de la mujer cuyos restos mortales yacían en el interior del ataúd. No había sido fácil descubrir la verdad, pero encontrar información acerca del pasado era lo que mejor hacía Lucy y no era ese tipo de persona que abandonaba una investigación a medias. Había tenido que basarse en casi todo lo que Lily Millington le había dicho y todo lo que Edward le había contado y los detalles que volvieron a ella con el tiempo sobre lo que había dicho aquel hombre, Martin, en Birchwood Manor.

Poco a poco, había juntado las piezas de la historia: la casa que estaba encima de una pajarería en Little White Lion Street, las habitaciones a la sombra de St. Anne, los años de niñez pasados junto al río; hasta llegar al nacimiento de una bebé en junio de 1844 cuya madre se llamaba Antonia, hija mayor de lord Albert Stanley, y cuyo padre se llamaba Peter Bell. Un relojero que había vivido en el número cuarenta y tres de Wheatsheaf Lane, en Fulham.

Lucy selló la tapa justo cuando el sol comenzaba a deslizarse detrás de los tejados. Reparó en que estaba llorando. Por Edward y por Lily; por ella misma también, y por la culpa de la que jamás se libraría.

El empleado de ferrocarril tenía razón —el ataúd pesaba muchísimo—, pero los años pasados en la naturaleza habían dado fuerza a Lucy. También era obstinada y así logró cargar con el ataúd hasta el suelo. Llenó el agujero y aplanó la tierra con pisotones firmes.

Entre el señor Darwin y su propio pasado las inclinaciones religiosas de Lucy habían desaparecido, así que no rezó ante la tumba recién cavada. Aun así, el momento exigía algún tipo de ceremonia y Lucy había pensado mucho en la mejor manera de marcar el lugar.

Iba a plantar un arce japonés encima. Ya lo había adquirido, un pequeño retoño de corteza clara y de ramas elegantes, largas y rectas, finas pero fuertes. Había sido uno de los árboles favoritos de Edward, de hoja roja en primavera, que en otoño se volvía de un bello color cobrizo, igual que el pelo de Lily Millington. No, no Lily Millington, se corrigió a sí misma, pues ese no había sido su nombre verdadero.

—Albertine —suspiró Lucy, que recordó aquella tibia tarde en Hampstead, cuando había visto esa explosión rojiza en la casa de cristal, al fondo del jardín, y su madre le había pedido que llevara dos tazas de té «de la mejor porcelana»—. Tu nombre fue Albertine Bell.

Birdie, para sus seres queridos.

Lucy estaba prestando atención al tramo de tierra aplanada en el cantero del jardín, junto a la puerta del muro, así que no lo notó; pero, por alguna extraña ilusión del atardecer, durante un breve momento la ventana de la buhardilla pareció brillar. Casi como si alguien hubiera encendido un farol en el interior.

XI

Te lo dije. No entiendo estas leyes de la física y aquí no hay nadie a quien preguntar.

De alguna manera, sin entender cómo ni por qué, me encontré fuera del refugio, en la casa de nuevo. Me movía entre ellos como antes, aunque nada era como antes.

¿Cuántos días pasaron? No lo sé. Dos o tres. Ya no estaban durmiendo aquí cuando regresé.

Las habitaciones quedaban vacías por la noche y durante el día llegaba este o aquel en busca de una prenda de vestir o de algún otro efecto personal.

Fanny estaba muerta. Oí a los policías hablar de la «pobre señorita Brown», lo que explicaba el disparo, pero no el golpe.

Los oí hablar, además, del Azul de los Radcliffe y de los pasajes a Estados Unidos.

Los policías también hablaron de mí. Recogieron todo lo que encontraron relacionado conmigo. Con Lily Millington.

Cuando comprendí qué creían, me quedé horrorizada.

¿Qué pensaba Edward? ¿Le habían contado la misma teoría? ¿La aceptó?

Cuando al fin volvió a la casa, estaba pálido y trastornado. Permanecía ante el escritorio de la sala malva contemplando el río y a veces se giraba para mirar mi reloj, los minutos que pasaban. No comía nada. No dormía en absoluto.

No abrió el cuaderno de bocetos y parecía haber perdido el interés en su obra.

Me quedé a su lado. Lo seguí adondequiera que fuese. Lloré, grité, supliqué, me tumbé a su vera y traté de explicarle dónde estaba; pero por aquel entonces no había adquirido las destrezas de ahora. Entonces, al principio, solo me dejaba exhausta.

Y entonces sucedió. Todos se marcharon y no pude impedírselo.

Los carruajes se alejaron por el camino y me quedé sola. Durante muchísimo tiempo, me quedé sola. Me evaporé, regresando a la calidez y la quietud de la casa, y me deslicé entre los tablones del suelo, me asenté entre las motas de polvo, desaparecí en el silencio largo y oscuro.

Hasta que un día, veinte años más tarde, me recompuso de nuevo la llegada de mi primer visitante.

Y, en tanto que mi nombre, mi vida, mi historia yacían bajo tierra, yo, que una vez había soñado con apresar la luz, descubrí que me había convertido en una luz cautiva.

CUARTA PARTE
LUZ CAUTIVA

CAPÍTULO TREINTA

Verano, 2017

Amaneció con esa claridad eléctrica que solo tienen las mañanas tras una noche de tormenta.

Lo primero que notó Jack fue que no estaba en la cama incomodísima de la maltería. Estaba en un lugar incluso menos cómodo y, sin embargo, se sentía mucho más optimista que de costumbre.

Esa maraña exuberante de tonos verdes y púrpuras en la pared le indicó dónde estaba; había dibujos de moras maduras y, sobre la puerta, un grabado decía: «Verdad, Belleza, Luz». Había dormido en el suelo de la casa.

A su lado, algo se movió en el sofá y comprendió que no estaba solo.

Como un caleidoscopio en el que las piezas van cayendo en su sitio, la noche anterior adquirió forma en su mente. La tormenta, el taxi que no vino a recogerla, la botella de vino que había comprado por capricho en Tesco.

Ella aún dormía, delicada, con el pelo oscuro y corto que le tapaba las orejas. Era como una de esas tazas de té elegantes que Jack siempre acababa rompiendo.

Caminó de puntillas por el pasillo y fue a la cocina de la maltería a preparar té.

Cuando llevó las dos tazas humeantes, Elodie ya se había despertado y estaba sentada, con la manta alrededor de los hombros.

—Buenos días —dijo ella.

—Buenos días.

—No volví a Londres.

—Ya me he fijado.

Habían pasado toda la noche hablando. Verdad, belleza y luz; esta habitación, toda la casa, contenía algún tipo de magia. Jack le había hablado de las niñas y de Sarah. De lo sucedido en el banco, justo antes de abandonar el cuerpo de policía, cuando Jack había desobedecido órdenes y había salido con los cuatro rehenes liberados y una herida de bala en el hombro. Según los periódicos, había sido un héroe, pero para Sarah había sido la gota que colmó el vaso.

—¿Cómo has podido hacer algo así, Jack? —le había preguntado Sarah—. ¿Es que no pensaste en las bebés? ¿En tus hijas? Podrían haberte matado.

—También había bebés en el banco, Sar.

—Pero no eran tuyos. ¿Qué clase de padre vas a ser si ni siquiera ves esa diferencia?

Jack no había tenido respuesta. Poco después, Sarah había hecho las maletas y le dijo que iba con las niñas a Inglaterra para vivir más cerca de sus padres.

Le había hablado de Ben, de cuya muerte se habían cumplido veinticinco años el viernes, y cómo había destrozado a su padre. Elodie, a su vez, le habló de la muerte de su madre —también hacía veinticinco años— y de su padre, que igualmente cargaba con un dolor semejante, aunque había decidido que iba a hablar con él cuando volviera a Londres.

Le habló de su amiga Pippa y de lo que sentía por su trabajo y cómo siempre había pensado que le haría parecer un poco rara, aunque ahora ya no le importaba.

Y al fin, como parecían haber hablado de todo lo demás y la omisión era llamativa, Jack le había preguntado por la alianza y ella le había dicho que se iba a casar.

Jack había sentido una decepción mucho más dolorosa de lo que le parecía razonable, teniendo en cuenta que solo la conocía desde hacía cuarenta horas. Había intentado mantener un aire despreocupado. La había felicitado y le había preguntado cómo era el afortunado.

Alastair —Jack no había conocido a ningún Alastair que le cayera bien— se dedicaba a la banca. Era simpático. Era un hombre de éxito. A veces era divertido.

—El único problema —había dicho Elodie con el ceño fruncido— es que no creo que me quiera.

—¿Por qué? ¿Qué le pasa?

—Creo que tal vez esté enamorado de otra mujer. Creo que tal vez esté enamorado de mi madre.

—Bueno, eso es... inusual, dadas las circunstancias.

Elodie había sonreído a pesar de sí misma y Jack le había preguntado:

—Y tú ¿le quieres?

Elodie no respondió al principio, pero luego dijo:

—No. —Y dio la impresión de que se había sorprendido a sí misma—. No, en realidad, creo que no.

—Entonces. No estás enamorada de él y crees que él está enamorado de tu madre. ¿Por qué os vais a casar?

—Ya está todo listo. Las flores, las invitaciones...

—Ah, bueno, entonces es diferente. Sobre todo por las invitaciones. No es fácil devolverlas. —Le dio una taza de té y dijo—: ¿Vamos a dar un paseo por el jardín antes del desayuno?

—¿Me vas a preparar el desayuno?

—Es una de mis especialidades. O eso me han dicho.

Salieron por la puerta de atrás, pasaron cerca de la maltería, bajo el castaño, y cruzaron el césped. Jack deseó haber traído las gafas de sol. El mundo se había vuelto tan brillante como una foto sobreexpuesta. Al dar la vuelta a la esquina y llegar al jardín principal, Elodie soltó un grito ahogado.

Jack siguió su mirada y vio que el viejo arce japonés había caído derribado en la tormenta y yacía sobre el camino de losas, las raíces nudosas levantadas al cielo.

—Mis colegas del museo no van a estar contentos —dijo Jack.

Se acercaron para fijarse bien y Elodie dijo:

—Mira. Creo que hay algo ahí.

Jack se puso de rodillas, metió las manos en el hoyo y quitó el polvo de una superficie lisa con la punta de los dedos.

—A lo mejor es tu tesoro —dijo Elodie con una sonrisa—. Justo delante de ti todo este tiempo.

—Pensé que habías dicho que no era más que un cuento de niños.

—No es la primera vez que me equivoco.

—Supongo que deberíamos desenterrarlo.

—Supongo que sí.

—Pero primero vamos a desayunar.

—Claro que sí, primero vamos a desayunar —aceptó Elodie—. Porque, según los rumores que he oído, es tu gran especialidad y espero grandes cosas de ti, Jack Rolands.

CAPÍTULO TREINTA Y UNO

Verano, 1992

T ip estaba en su estudio cuando llegó la noticia. Una llamada telefónica de la mujer que vivía al lado de ellos: Lauren había muerto en un accidente de tráfico, cerca de Reading; Winston estaba deshecho; la hija lo iba sobrellevando.

Más tarde había reflexionado sobre ello. *Sobrellevando.* Era extraño decir algo así de una niña de seis años que acababa de perder a su madre. Y, a pesar de todo, sabía qué había querido decir la mujer, la señora Smith. Tip solo había visto a la niña unas cuantas veces y para él solo era esa persona diminuta que se sentaba frente a él en esas esporádicas comidas familiares de los domingos, intentando no llamar la atención mientras observaba, curiosa, los ojos abiertos de par en par, por encima del mantel; sin embargo, la había tratado lo suficiente para saber que era diferente a Lauren a la misma edad. Mucho más reservada. Lauren había irradiado una energía desbordante desde el día en que nació. Como si tuviera un voltaje un poco superior al del resto de las personas. Era una niña fascinante —sin duda, triunfaba allá donde iba—, pero no era fácil hacerle compañía. Era una luz que siempre estaba encendida.

Tras recibir la noticia, Tip colgó el teléfono y se sentó ante su mesa de trabajo. Se le nubló la vista mientras contemplaba el taburete que había al otro lado. Lauren se había sentado ahí hacía apenas una semana. Había venido para hablar de Birchwood Manor, para saber dónde se encontraba.

—¿La dirección, quieres decir?

Se la había dado y le había preguntado por qué, si estaba pensando en ir de visita, y ella había asentido y había dicho que tenía algo muy importante que hacer y quería hacerlo en el lugar indicado.

—Sé que solo era un cuento para niños —le había dicho—, pero aunque no sé explicar por qué, soy la persona que soy por esa historia. —Se había negado a añadir nada más y cambiaron de tema, pero cuando se iba a marchar, dijo—: Tenías razón, sabes. El tiempo vuelve posible lo imposible.

Tip había leído sobre el concierto de Bath en el periódico unos días más tarde y cuando vio quiénes eran los otros solistas, había comprendido a qué se refería. Había planeado despedirse de alguien que había sido muy importante para ella.

También se había sentado en ese mismo taburete hacía seis años, cuando volvió de Nueva York. Tip todavía era capaz de verla ante sí tal y como era aquel día; había notado al instante que algo había ocurrido.

Y cómo no: se había enamorado, le dijo, y se iba a casar.

—Enhorabuena —había respondido Tip, pero la expresión de ella dejó claro que no se trataba de una noticia normal.

Resultó que las dos partes de esa oración encajaban de una forma más compleja de lo que Tip había imaginado.

Se había enamorado de uno de los jóvenes músicos invitados a formar parte del quinteto, un violinista.

—Fue instantáneo —dijo—. Fue apasionado y pleno y valieron la pena todos los riesgos y sacrificios y supe enseguida que jamás volvería a sentir lo mismo por otro hombre.

—¿Y él...?

—Fue mutuo.

—¿Pero?

—Está casado.

—Ah.

—Con una mujer que se llama Susan, una mujer dulce a la que conoce desde que era un muchacho y a quien jamás haría daño. Lo sabe todo sobre él, es maestra de primaria y cocina la mejor tarta de chocolate con mantequilla de cacahuete del mundo, y lo sé porque trajo una a la sala de ensayo y nos ofreció a todos antes de sentarse en una silla de plástico para escucharnos tocar. Y cuando terminamos, lloró, Tip... Lloró porque la música la había conmovido..., así que ni siquiera puedo odiarla porque no soy capaz de odiar a una mujer a quien la música emociona hasta las lágrimas.

Y ahí podría haber acabado todo, pero había una tercera parte en la historia.

—Estoy embarazada.

—Ya veo.

—No ha sido planeado.

—¿Qué vas a hacer?

—Me voy a casar.

Y fue entonces cuando le contó la propuesta de Winston. Tip había coincidido un par de veces con él: también era músico, aunque no como Lauren. Buen tipo, locamente enamorado de ella.

—A él no le importa...

—¿El bebé? No.

—Iba a decir si no le importa que estés enamorada de otro.

—He sido muy sincera con él. Dijo que no le importaba, que existían diferentes formas de amar y que el corazón humano no admitía limitaciones. Dijo que tal vez mis sentimientos cambiaran con el tiempo.

—Puede que tenga razón.

—No. Es imposible.

—El tiempo es una extraña y poderosa bestia. Tiene la costumbre de volver posible lo imposible.

Pero ella se había mantenido firme. Jamás amaría a otro hombre como había amado al violinista.

—Pero quiero a Winston también, Tip. Es bueno y cariñoso; es uno de mis mejores amigos. Sé que no es lo normal.

—Lo normal no existe, según mi experiencia.

Lauren estiró el brazo para darle un apretón en la mano.

—¿Qué le vas a contar a la criatura? —le había preguntado Tip.

—La verdad, si es que la niña pregunta. Winston y yo estamos de acuerdo.

—¿Niña?

Lauren había sonreído.

—Es solo un presentimiento.

Niña. Ella, Elodie. A veces Tip se sorprendía a sí mismo mirándola, al otro lado de la mesa, durante la comida de los domingos, un poco perplejo porque reconocía en ella algo que no lograba identificar; le recordaba a alguien y no sabía a quién. Ahora comprendió, tras la noticia de la muerte de su madre, que era a sí mismo a quien le recordaba. Era una niña cuyas aguas en calma ocultaban corrientes profundas.

Tip se acercó al estante donde guardaba la jarra de cachivaches y sacó la piedra, que sopesó en la palma de la mano. Todavía recordaba la noche que aquella mujer, Ada, le habló de ella. Se habían sentado frente a la taberna de Birchwood; era verano y atardecía, así que no había mucha luz, pero era suficiente para enseñar a Ada las piedras y los palos que iba coleccionando. Por aquel entonces, siempre tenía los bolsillos llenos.

Ella los había cogido uno a uno y los observó con atención. A ella también le había gustado coleccionar cosas cuando tenía su edad, le dijo; ahora era arqueóloga, que era a lo que se dedicaban los adultos para seguir haciendo lo mismo.

—¿Cuál es tu favorita? —le había preguntado.

Tip le había entregado un trozo de cuarzo de forma ovalada, muy suave.

—¿Alguna vez has encontrado algo tan chulo como esta?

Ada asintió con la cabeza.

—Una vez, y no tenía muchos más años que tú ahora.

—Yo tengo cinco.

—Bueno, pues yo tenía ocho. Tuve un accidente. Me caí de una barca al río y yo no sabía nadar.

Tip recordó prestarle toda su atención al reconocer la historia; tenía la sensación de haberla oído antes.

—Me hundí en el agua hasta llegar al fondo.

—¿Pensaste que te ibas a ahogar?

—Sí.

—Una niña se ahogó en ese río ahí.

—Sí —concedió Ada con gravedad—. Pero no fui yo.

—*Ella* te salvó.

—Sí. Justo cuando pensé que no iba a poder aguantar más la respiración, la vi. No bien, y solo un momento, y enseguida desapareció y vi la piedra, que brillaba rodeada de luz, y supe, no sé cómo, como si una voz me lo hubiera susurrado al oído, que si llegaba hasta esa piedra sobreviviría.

—Y sobreviviste.

—Ya ves que sí. Una vez una mujer sabia me dijo que había ciertas cosas que podían dar buena suerte a una persona.

A Tip le había gustado eso y le había preguntado dónde podía encontrar una para él. Le explicó que su padre acababa de morir en la guerra y le preocupaba su madre porque ahora le tocaba a él cuidarla y no estaba seguro de cómo hacerlo.

Y Ada había asentido comprensiva y le dijo:

—Voy a ir a verte a la casa mañana. ¿Te parece bien? Tengo algo que me gustaría darte. De hecho, tengo la sensación de que te pertenece. Creo que sabía que ibas a estar aquí y ha encontrado la forma de llegar a ti.

Pero tenía que ser un secreto entre ellos, le había dicho, tras lo cual le había preguntado si había encontrado ya la cámara secreta, y cuando Tip le dijo que no, le había hablado en susurros de un panel en el pasillo y los ojos de Tip se abrieron como platos.

Al día siguiente Ada le había dado la piedra azul.

—¿Qué tengo que hacer con ella? —le había preguntado Tip en el jardín de Birchwood Manor, donde se habían sentado juntos.

—Tienes que cuidarla bien y ella te cuidará a ti.

Birdie, sentada junto a él, había sonreído para mostrar que estaba de acuerdo.

Tip ya no creía en los amuletos ni en la buena suerte; pero tampoco descreía de ellos. Lo que sí sabía es que la idea de la piedra había sido suficiente. Muchas veces, de niño, en Birchwood, pero sobre todo después de haberse ido de ahí, había sostenido la piedra en la mano y había cerrado los ojos y las palabras de Birdie volvían a su mente: recordaba las luces en la oscuridad y lo que sentía dentro de la casa como si lo envolviera y todo fuera a salir bien.

Al pensar en Lauren y en esa pequeña que se había quedado sin madre, Tip comenzó a tener una idea. En el estudio guardaba una colección de carritos, todos ellos cargados con los tesoros que había descubierto en sus paseos: cosas que le decían algo por algún motivo, porque eran auténticas, bellas o interesantes. Comenzó a sacar las mejores, que ordenaba en la mesa delante de él, y devolvía alguna a las bandejas para sacar otras, hasta que quedó satisfecho con la selección. Y entonces empezó a mezclar la arcilla.

A las niñas pequeñas les encantaban las cajas de amuletos. Las había visto en los mercados de los sábados, en fila ante los puestos de artesanía, en busca de cajitas donde guardar sus tesoros. Iba a hacer una para la hija de

Lauren y la decoraría con todos los objetos que eran importantes para él; la piedra también, pues había encontrado a una nueva niña a la que proteger. No era gran cosa, pero era lo mejor que se le había ocurrido.

Y quizás, solo quizás, si lo hacía bien, cuando le diera el regalo sería capaz de inculcarle la misma idea poderosa, la misma luz y el mismo amor que él había percibido en la piedra cuando se la regalaron.

CAPÍTULO TREINTA Y DOS

Verano, 1962

Aparcó el coche en un arcén y apagó el motor, aunque no se bajó; había llegado temprano. Una oleada de recuerdos la había seguido todo el día, amenazando romper contra su espalda, y, ahora que se había detenido, la ola había pasado por encima de ella y la había sumergido en su espuma reluciente. A Juliet la dominó, de repente, el recuerdo visceral de la noche que habían bajado del tren, los cuatro juntos, cansados y hambrientos, traumatizados, sin duda, tras haber tenido que abandonar Londres.

Había sido una de las épocas más terribles de su vida —la destrucción de su casa, la muerte de Alan— y, sin embargo, en ciertos sentidos, Juliet habría dado cualquier cosa por volver a aquellos días. Entrar por esa puerta al jardín de Birchwood Manor y saber que iba a ver a Tip a sus cinco años, con ese flequillo que parecía un telón; a Bea, esa huraña preadolescente demasiado orgullosa para aceptar un abrazo; y a Red, siempre Red, incontenible, con esas pecas obstinadas y esa sonrisa de dientes separados. Su ruido, sus peleas, sus incesantes preguntas. El tiempo que separaba el ahora y el entonces, la imposibilidad de volver atrás, ni siquiera por un minuto, se manifestaba como un dolor físico.

No había esperado sentir que su vínculo con la casa tirara con tal fuerza de ella. No era un peso que llevara a cuestas; era una presión súbita y dolorosa en su interior, que le estrujaba las costillas en busca de una vía de escape.

Habían pasado veintidós años desde la muerte de Alan. Veintidós años que él no había vivido, en los que ella había seguido adelante sin él.

Ya no oía más su voz.

Y ahora, aquí estaba, el coche aparcado junto a Birchwood Manor. La casa estaba deshabitada: lo notó enseguida. La rodeaba una pátina de abandono. Sin embargo, a Juliet no le podría haber gustado más.

Sentado en el asiento del conductor, sacó la carta del bolsillo y la leyó a toda velocidad. Era breve y no daba rodeos; no era su estilo. Decía poco más que una fecha, la de hoy, y una hora.

Juliet todavía conservaba todas las cartas que él le había enviado. Le gustaba saber que estaban ahí, en cajas de sombreros, al fondo del armario. A Beatrice le gustaba bromear acerca de su amigo por correspondencia, aunque, desde el nacimiento de Lauren, ya no tenía tantas energías.

El reloj del salpicadero mostró el paso de un minuto. El tiempo avanzaba con la lentitud de un caracol.

A Juliet no le apetecía pasar otros cuarenta minutos sentada en el reducido espacio del Triumph. Se miró en el retrovisor, comprobó el lápiz de labios y, tras un suspiro decidido, salió del coche.

Siguió el sendero que serpenteaba hacia el cementerio, apartando la espectral imagen de Tip, que se detenía por el camino para recoger trozos de cuarzo y gravilla. Giró a la izquierda, hacia la aldea, y al llegar a la encrucijada le alegró ver que The Swan seguía ahí.

Tras pensarlo un minuto, hizo acopio de valor para entrar. Habían pasado treinta y cuatro años desde que ella y Alan habían llegado en tren desde Londres, Juliet haciendo lo posible para ocultar su embarazo. Casi había esperado que la señora Hammett viniera a saludarla a la puerta y comenzaran a hablar como si acabaran de verse, pero había una mujer joven detrás de la barra.

—Cambió de manos hace unos años —dijo—. Soy la señora Lamb. Rachel Lamb.

—La señora Hammett ¿está...?

—No creo. Se ha mudado con su hijo y su nuera al otro lado de la calle.

—¿Por aquí cerca?

—Demasiado cerca. Está todo el rato por aquí dándome consejos. —Sonrió para mostrar que hablaba con cariño—. Tal vez llegues antes de que se eche la siesta, si te das prisa. Es como un reloj, siempre se duerme a la misma hora.

Juliet no tenía pensado visitar a la señora Hammett, pero siguió las indicaciones de Rachel Lamb y llegó enseguida a la casita de fachada roja y buzón negro. Llamó a la puerta y contuvo el aliento.

—Lo siento, llegas tarde —dijo la mujer que abrió la puerta—. Duerme como un bebé y no me atrevo a despertarla. Se pone de mal humor si no echa una cabezadita.

—¿Podrías decirle que he venido? —preguntó Juliet—. No sé si me recordará. Sé que habrá tenido un montón de huéspedes, pero fue muy buena conmigo y con mi familia. Escribí un artículo sobre ella. Sobre ella y las mujeres del servicio de voluntariado.

—Ah, bueno, ¡tendrías que haber empezado por ahí! ¡Juliet de Laneway! Todavía tiene un ejemplar enmarcado en la pared, junto a la cama. Dice que fue su momento de gloria.

Mantuvieron una charla agradable durante unos minutos, hasta que Juliet dijo que tenía que marcharse pues había quedado con alguien y la nuera de la señora Hammett dijo que ella también tenía cosas que hacer en la despensa.

Juliet estaba dándose la vuelta para marcharse cuando se fijó en un cuadro que había sobre el sofá. Un retrato de una joven bellísima.

—¿A que es guapa? —dijo la nuera de la señora Hammett.

—Embriagadora.

—Era de mi abuelo. Lo descubrí en la buhardilla cuando falleció.

—Qué gran descubrimiento.

—Lo guardaba todo, de verdad. Tardamos semanas en poner orden... Casi todo era basura mordisqueada por las ratas. La casa había pertenecido a su padre antes que a él.

—¿Era artista?

—Un policía de los de entonces. Cuando se jubiló, subieron las cajas con sus viejas notas y ahí se quedaron olvidadas. No sé de dónde habrá salido ese cuadro. Está sin terminar... Se nota en los bordes, donde el color no está bien y las pinceladas son toscas... Pero su expresión tiene algo, ¿no te parece? Es imposible no mirarla.

La mujer del cuadro permaneció con Juliet cuando empezó a caminar hacia Birchwood Manor. No le resultaba familiar, no exactamente, pero la esencia de la pintura le recordaba algo. Todo en su cara, en su expresión, irradiaba luz y amor. Por algún motivo, le recordó a Tip, a Birchwood Manor, a aquella tarde soleada de 1928 cuando había discutido con Alan y se había perdido y se había despertado en el jardín, bajo el arce japonés.

No era de extrañar, claro, que hoy pensara en aquel día. Juliet y Leonard llevaban casi veinte años intercambiando cartas, desde que ella le escribió para pedirle su contribución a un artículo de Laneway que había planeado escribir sin llegar a hacerlo, acerca de las muchas vidas que se viven en una sola casa. Leonard había recibido la carta demasiado tarde y cuando le respondió, Juliet ya estaba en Londres de nuevo y la guerra tocaba a su fin. Aun así, habían permanecido en contacto. A él también le gustaba escribir; se llevaba mejor con las personas por escrito.

Lo habían compartido todo. Todas las cosas que Juliet no podía contar en sus columnas, la ira, el dolor, la pérdida. Y, poco a poco, lo que les había sucedido a lo largo del camino: lo bello, lo divertido, lo verdadero.

Pero no se habían llegado a encontrar en persona, no desde aquella tarde de 1928. Hoy iba a ser la primera vez.

Juliet no le había contado a nadie lo que estaba a punto de hacer. Sus hijos siempre la estaban animando a salir con este o aquel tipo, pero esto, hoy, era imposible de explicar. ¿Cómo les iba a hacer comprender lo que ella y Leonard habían vivido, los dos, aquella tarde en el jardín de Birchwood Manor?

Y, así, él siguió siendo su secreto; este viaje de vuelta a la casa solo le pertenecía a ella.

Los dos tejados quedaron a la vista y Juliet notó que había comenzado a caminar más rápido, como si algo tirara de ella hacia la casa. Metió la mano en el bolsillo para comprobar que la moneda de dos peniques seguía ahí.

La había guardado todo este tiempo; ahora, por fin, podría devolverla.

XII

Jack y Elodie han salido a dar un paseo, juntos.

Ella dijo que quería ver ese claro del bosque en persona y él se ofreció como guía encantado.

Y así, aquí estoy, sentada una vez más en ese rincón cálido en la curva de las escaleras, y espero.

Una cosa sé con certeza: Voy a estar aquí cuando ellos vuelvan.

Voy a estar aquí también cuando se vayan y lleguen mis próximos visitantes.

Tal vez incluso vuelva a contar mi historia algún día, como se la conté al pequeño Tip y, antes que a él, a Ada, entrelazando los hilos de la Noche de la Persecución de Edward y de las historias que me contó mi padre sobre cuando mi madre se fugó de casa, la leyenda de los niños del Otro Mundo y la reina de las hadas.

Es una buena historia, sobre la verdad y el honor y los niños valientes que hacen justicia; es una historia poderosa.

La gente da importancia a las piedras relucientes y los amuletos de la suerte, pero olvidan que los talismanes más poderosos son las historias que nos contamos a nosotros mismos y a los demás.

Y, así, aquí estaré, esperando.

Cuando estaba viva y se puso de moda por primera vez el espiritismo y el deseo de comunicarse con los muertos, todos daban por supuesto que los fantasmas y las apariciones anhelaban ser liberados. Que acechábamos a los vivos porque estamos atrapados.

No es así. No deseo ser libre. Soy de esta casa, de esta casa que Edward adoró; soy esta casa.

Soy las espirales en cada pedazo de madera.

Soy todos y cada uno de los clavos.

Soy la mecha de los faroles, la percha de los abrigos.

Soy esa cerradura complicada de la puerta de entrada.

Soy el grifo que gotea, el círculo rojo de herrumbre en el lavabo de porcelana.

Soy la grieta en el azulejo del baño.

Soy la chimenea y el desagüe negro que serpentea.

Soy el aire de las habitaciones.

Soy las manecillas del reloj y el espacio que hay entre ellas.

Soy el ruido que oyes cuando piensas que no oyes nada.

Soy la luz en la ventana que sabes que no es posible que brille.

Soy las estrellas en la oscuridad cuando sientes que la soledad te rodea.

NOTA DE LA AUTORA

Comparto la ansiedad de Lucy Radcliffe sobre los muchos temas que hay que estudiar y comprender en el término de una sola vida, así que una de las grandes ventajas de ser escritora es la oportunidad de explorar esas cuestiones que me fascinan. *La hija del relojero* es un libro sobre el tiempo y la eternidad, la verdad y la belleza, los mapas y la cartografía, la fotografía, la historia natural, las propiedades curativas de caminar, la hermandad (como tengo tres hijos, este tema se volvió muy importante), las casas y la noción de hogar, los ríos y el poder de los lugares, entre otras cosas. Me inspiré en el arte y los artistas de los poetas románticos ingleses, los pintores prerrafaelitas, los pioneros de la fotografía, como Julia Margaret Cameron, y diseñadores como William Morris (con quien comparto la pasión por las casas y que me llamó la atención sobre las maneras únicas en que los edificios de los Cotswolds imitan el mundo natural del cual surgieron).

Entre los lugares que prestan el hilo con el que se ha tejido esta novela, se encuentran Avebury Manor,

LA HIJA DEL RELOJERO

Kelmscott Manor, Great Chalfield Manor, Lacock Abbey, el White Horse de Uffington, el Castro de Barbury, Ridgeway, los campos de Wiltshire, Berkshire y Oxfordshire, las aldeas de Southrop, Eastleach, Kelmscott, Buscot y Lechlade, el río Támesis y, por supuesto, Londres. Si deseas visitar una casa con refugios de sacerdote auténticos, Harvington Hall en Worcestershire conserva siete diseñados por Saint Nicholas Owen. Además, se encuentra en una isla con foso.

Si te interesa leer más sobre el Londres decimonónico y las calles por las que caminaron Birdie Bell y James Stratton, he aquí algunos títulos de interés: *London Labour and the London Poor,* de Henry Mayhew (que proporciona una visión de algunos oficios olvidados, como los vendedores callejeros ciegos de agujas para sastres, los retratistas ambulantes o los escritores de cartas de súplicas y peticiones); *Victorian London: The Life of a City 1840-1870*, de Liza Picard; *The Victorian City: Everyday Life in Dickens' London,* de Judith Flanders; *The Victorians,* de A. N. Wilson; *Inventing the Victorians,* de Matthew Sweet; y *Charles Dickens,* de Simon Callow, afectuosa biografía de uno de los victorianos y londinenses más universales. Seven Dials sigue siendo un rincón bullicioso en Covent Garden; sin embargo, si lo visitas, vas a encontrar más restaurantes y menos tiendas que venden pájaros y jaulas que en la época de la señora Mack. Little White Lion Street se llama Mercer Street desde 1938.

Mientras escribía *La hija del relojero,* me inspiraron varios museos, lo cual parece indicado dada la importancia que se da en la novela a la conservación de los tesoros del pasado y el uso de estructuras narrativas para contar historias enlazadas acerca de un pasado inconexo. Entre mis favoritos están: el Museo de Charles Dickens, Watts Gallery y Limnerslease, el Museo de Sir John Soane's, el Museo de Fox Talbot, el Museo de Victoria y Alberto, el Museo Británico y el Observatorio Real de Greenwich. Me encantó asistir a las siguientes exposiciones y doy las gracias a las galerías y los curadores que las hicieron posibles: «Julia Margaret Cameron», Museo de Victoria y Alberto, 2015-2016; «Painting with Light: Art and Photography from the Pre-Raphaelites to the Modern Age», Tate Britain, 2016; «Victorian Giants: The Birth of Art Photography», National Portrait Gallery, 2018.

Quiero expresar un agradecimiento especial a mi agente Lizzy Kremer y todos en DHA, mis editores Maria Rejt y Annette Barlow, Lisa Keim y Carolyn Reidy en Simon & Schuster y Anna Bond en Pan Macmillan. Gracias también a Gonzalo Albert y el equipo de Suma de Letras por convertir mi historia en este libro y enviarla al mundo de una manera tan bella. Isobel Long me proporcionó con generosidad información sobre el mundo de los archivistas; y agradezco a Nitin Chaudhary —y a sus padres— su ayuda con los términos en punyabí en la historia de Ada. Todos los errores, por supuesto, son míos, ya sean intencionados o no. Me he tomado, por ejemplo, la libertad de situar la exposición de la Real Academia en noviembre de 1861, aunque durante el siglo XIX la exposición anual de la RA abría sus puertas en mayo.

Entre quienes me han ayudado de maneras menos específicas pero no menos importantes al escribir *La hija del relojero,* deseo mencionar a Herbert y Rita, queridos amigos que se han ido, aún en mis pensamientos; mi madre, mi padre, mis hermanas y amigos, en especial los Kretchies, Pattos, Steinies y Browns, a todas las personas que han leído y disfrutado alguno de mis libros; a mis tres luces en la oscuridad, Oliver, Louis y Henry; y sobre todo, por tantas cosas que no cabrían aquí, al copiloto de mi vida, Davin.

Kate Morton creció en las montañas del noreste de Australia y en la actualidad reparte su tiempo entre Londres y su granja australiana. Es licenciada en Arte Dramático y Literatura Inglesa y albergó el sueño de unirse a la Royal Shakespeare Company hasta que se dio cuenta de que, en realidad, más que actuar, lo que la entusiasmaba era el lenguaje. Aun así, Kate sigue sintiendo una punzada de nostalgia cada vez que va al teatro y las luces comienzan a atenuarse.

Ha vendido más de 11 millones de ejemplares y ha sido traducida a 34 idiomas y publicada en 42 países. *La casa de Riverton*, *El jardín olvidado*, *Las horas distantes*, *El cumpleaños secreto* y *El último adiós* se han convertido en número uno de ventas en todo el mundo.

«Caí profundamente enamorada de los libros en mi infancia y estoy convencida de que leer es volverse libre, vivir mil vidas dentro de una sola; de que una obra de ficción es una conversación mágica entre dos personas —tú y yo— en la que nuestras mentes se encuentran a través del tiempo y el espacio. Me encantan los libros que hacen aparecer un mundo a mi alrededor, insuflando vida a personajes y escenarios, para que el mundo real desaparezca y lo único que importe, de principio a fin, sea seguir pasando páginas».

https://www.katemorton.com/espanol/
KateMortonAuthor
katemortonspanish
katemortonauthor

megustaleer

Esperamos que
hayas disfrutado de
la lectura de este libro
y nos gustaría poder
sugerirte nuevas lecturas
de nuestro catálogo.

Si quieres formar parte de nuestra
comunidad, regístrate en
www.megustaleer.club y recibirás
recomendaciones de lecturas
personalizadas.

Te esperamos.